FOLIO SCIENCE-FICTION

Alain Damasio

LES FURTIFS

Gallimard

Le poème « Un papa rapluie » repris p.206
a été écrit par Pierre Ruaud

Conception et réalisation graphique : Esther Szac
Composition des portraits typographiques,
mise en page, création du système d'écriture des furtifs
et dessin des caractères…

Né à Lyon en 1969, Alain Damasio caracole sur les cimes de l'Imaginaire depuis la parution en 2004 de son deuxième roman, *La Horde du Contrevent*, qui a reçu le Grand Prix de l'Imaginaire 2006 et le prix Imaginales des lycéens 2006. Il explique sa prédilection pour les récits polyphoniques, et pour le travail physique, physiologique de la langue, par un besoin vital d'habiter plusieurs corps, et de se laisser lui-même habiter. Après la réédition par la Volte en 2007 de *La Zone du Dehors* (prix européen Utopiales 2007), récit d'anticipation inspiré par Michel Foucault, et un recueil de nouvelles, *Aucun souvenir assez solide*, Alain Damasio publie son roman *Les furtifs*, qui réunit ses préoccupations politiques et son amour du vivant, fondus dans une langue très inventive. *Les furtifs* a été élu Meilleur Livre 2019 par le magazine *Lire*, a reçu le prix Libr'à Nous 2020 dans la catégorie Imaginaire et le Grand Prix de l'Imaginaire 2020.

Amplement salué par la critique, dévoré par le public, Alain Damasio construit une œuvre rare, sans équivalent dans les littératures de l'Imaginaire.

Ce livre est dédié à Aliocha et à Callirhoé,

mes éblouissantes Tishkas,

qui m'ont appris que le soleil avait trois noms,

mes boules de vif, or ou châtaigne, joie rouge, safran et vert forêt,

et à celle qui les a enfantées dans la couleur,

à ma Sahar de haute proferrance,

qui émancipe et construit l'enfance qui vient,

à Sophie.

Puisse ce roman vous dire avec ses mots fous

que tu m'émeutes, vous s'ammourez, on s'âme'ourse,

que ton Lorca... que votre papka... enfin... que je vous airme.

« Allez annoncer partout
que l'homme n'a pas encore été capturé. »

— Valère Novarina

Signes de reconnaissance des principaux personnages

··Lorca·Varèse

´Sahar ´Varèse´

)Sa)skia Larsen)

‘Hernán ‚Agüero‘

\Nèr\\Arfet\

‚Toni ’ Tout-fou

Chapitre 1
Le Blanc

— Il est dedans…

— Comment tu peux savoir qu'il est dedans ?

Arshavin a un petit hoquet rieur, surpris. À ce moment-ci de l'examen final, après soixante-dix-neuf semaines de formation où il m'a tout appris, il ne s'attendait pas, de ma part, à une aussi potache provocation. Ça m'a échappé. Son bras est toujours tendu vers la porte close, vitrée dans sa partie supérieure, afin de m'inviter à entrer dans la salle… Il me toise à plein visage, avec son calme lunaire et ses yeux pers qui sont un hommage quotidien à l'intelligence. Derrière ma saillie, aggravée par mon sourire de contenance, il lit à cœur ouvert. Que j'ai peur. Que j'ai honte de m'abriter derrière des vannes déplacées alors qu'il faudrait être là, juste là, en prise. À se hisser en silence à la hauteur de l'instant.

Le furtif est *dedans*. Ils le savent parce qu'ils ont activé les capteurs optiques, tactiles et thermiques, la résonance magnétique et l'artillerie d'écoute ; qu'ils ont mesuré les variations de l'hygromètre, le jeu des trains d'ondes et les infimes turbulences de l'air à l'intersection des murs. Ils le savent parce qu'ils ont au bout des doigts et devant les yeux la fastueuse technologie des chasseurs de furtifs que j'ai mis un an et demi à apprivoiser – cette technologie dont l'usage m'est, précisément, interdit pour l'examen. De manière à me mettre dans la plus nue des postures : seul dans un cube vide de six mètres d'arête. Face à face avec le furtif.

— Lorca, je te rappelle les règles. Cette épreuve du cube achève ta formation. Elle est éliminatoire pour l'accès au statut de chasseur, comme tu le sais. Tu as passé avec brio les épreuves théoriques et techniques. Je t'en félicite. C'était nécessaire pour se retrouver là, devant cette porte. À présent, il s'agit de prouver que, sans aucune aide technique, avec ta seule intuition et ton savoir acquis, avec ton seul regard et ton seul corps, tu peux capturer un furtif. Le cube est une épreuve de synthèse, qui catalyse la totalité de ce que tu as *appris, construit et compris* – d'où son prestige. Tu t'es entraîné avec des fouines et des mangoustes, avec des robots ultrarapides, des simulacres et des artefacts de furtifs. Mais rien ne remplace la traque d'un original…

— Quelle taille il a ?

— La taille d'un écureuil à peu près.

— Il a des ailes ?

— Parfois. Parfois il flotte, parfois il vole, parfois il court, comme tous les furtifs…

— Comment vous l'avez piégé ?

La figure fine d'Arshavin s'épanouit.

— On ne l'a pas piégé, il était là.

— Dans la salle ? Tu plaisantes ?

— Nous avons branché les capteurs il y a trois jours, pour faire des essais. On s'est rendu compte qu'il était là…

— C'est un sacré coup de bol, non ?

— La salle est presque toujours vide de présence humaine. Donc idéale pour se cacher. Les furtifs se moquent des capteurs, tu le sais bien. Seul l'œil humain les tue.

— J'ai une heure…

— Tu as une heure. Tu seras supervisé par cinq jurés : deux experts, son et optique ; un psychologue de l'unité et un gradé qui n'appartient pas au Récif, et nous est imposé par le Ministère. C'est notre béotien. Je préside le tout. Nous t'observerons de l'extérieur de la salle par caméra et micro. Nous commentons beaucoup durant l'épreuve mais tu n'en sauras naturellement rien. L'écoute n'est pas réciproque. Par contre, la durée te sera décomptée par haut-parleur. Durant l'épreuve, tu as le droit de demander un conseil d'ouvreur et deux positions-cibles…

— Les fameuses « conditions réelles »…

— Ça reste une chasse en huis clos, évidemment. Mais nous tenons à ce qu'elle soit réaliste. Si un jour tu chasses en meute, l'ouvreur t'aidera aussi…

Arshavin regarde sa bague, qui vient de luire.

— Bon, il reste… une minute. La porte va s'ouvrir au signal et il te faudra plonger, tu connais la contrainte. Tu te sens prêt, Lorca ?

— Absolument pas…

— C'est précisément ce que j'appelle être prêt. Cet état d'incertitude fragile, ouverte, qui rend disponible à l'inconnu. Crois-moi Lorca, quoi qu'il arrive, tu vas vivre l'un des moments les plus intenses de ton existence. Reste ouvert.

La porte s'efface dans le mur. Un bond – je suis dans la salle – la porte siffle dans mon dos. Close. J'attends le verdict…

« Pas de fuite à signaler ! Le furtif est toujours dedans ! » tonne une voix de nulle part. *« Compte à rebours »*, enchaîne la voix d'Arshavin.

« Chasse Lorca Varèse lancée ! »

Je respire violemment et je me plaque au mur. Saskia m'avait dit : « C'est un cube blanc, tu verras, ça n'a l'air de rien mais c'est très impressionnant. » Je n'avais pas imaginé à quel point ça me prendrait à la gorge, et aux rétines. *Paint it white.* Le cube est blanc, oui, d'un blanc impeccable, tendu d'un seul aplat mat massif qui glace les quatre murs et noie la surface du sol dans un lac de lait glacé.

Je lève les yeux vers le plafond : il est insituable : il pourrait être à deux mètres ou à dix, le blanc me l'avance et me le recule, l'absorbe doucement, me l'efface... Des six parois du cube, la lumière luit d'une façon si uniforme qu'elle pourrait aussi bien sortir de six écrans plats. À peine si je distingue les angles droits des murs, si j'arrive à fermer, à former, du regard, la perspective. À peine si je devine le long trait d'un blanc un peu moins blanc au pli des parois et à la jointure du sol. Je n'y vois rien, j'acclimate mal, je balaie circulairement des yeux les murs. *Approprie-toi l'espace, prends corps dedans.*

En me faisant violence, je lâche le mur et fais quelques pas vers le centre de la pièce, avec la sensation nauséeuse de marcher à travers la brume, un jour pourri de ski, en glissant sur une plaque de verglas recouverte de poudreuse. J'ai des haut-le-cœur et la peur piteuse de tomber, je sais qu'ils me regardent et je me rabats vers le mur le plus proche que je longe et palpe avec le plat de mes paumes, rasséréné du contact froid et lisse, dur et dense, du béton peint.

Au deuxième mur palpé, mon début de panique reflue. J'apprivoise petit à petit la salle. Je suis dans une cage blanche. Sans meuble, sans l'ombre d'un objet. Ni table ni chaise. Pas la moindre affiche ou la moindre applique fixée au mur. Rien qui puisse laisser au furtif la moindre chance de se cacher, d'utiliser ses capacités mimétiques ou de faire fructifier sa prodigieuse faculté de métamorphose en composant son corps avec l'environnement. C'est vide. Vide à tanguer. En ce sens, il s'agit bien d'un combat à armes égales : l'homme privé de toute prothèse techno face au furtif privé de tout environnement fécond. « Un duel au désert », a dit Arshavin.

— La phase d'adaptation a duré combien ?

— Quatre minutes environ.

— C'est un peu long...

— Il est vieux et ça reste un civil, à l'origine. Ce n'est pas si mal.

— Il s'est reterritorialisé avec le toucher, ça me semble intéressant.

— Ce qui est plus intéressant encore, c'est qu'il réfléchit avant d'appliquer le protocole technique. Plutôt rare.

Les cônes et bâtonnets de ma rétine commencent à saisir des nuances précieuses. Je discerne le blanc du blanc cassé – et même des tavelures gris clair, çà et là.

Maintenant, je dois agir.

D'abord m'orienter. La paroi où se trouve la porte fera mon mur nord. En face le sud. Est et ouest à l'avenant. Les quatre angles, je les code NO, NE, OS et ES. Puis quadriller l'espace. Du pied, avec la gomme de mes semelles, je trace vingt-cinq petites croix au sol, une par mètre. J'ai mon damier de six par six. Je me déchausse, prends ma chaussure en main et racle ma semelle sur les quatre murs, comme je peux, à un, puis à deux mètres de haut. Et je trace de grands ronds. On dirait des traces de pneus, ou une esquisse de peintre maboule. Sauf que ça rouvre puissamment la perspective et me permet des cadrages précis du regard.

— On sent la patte d'Agüero là-dedans. Le damier, ils font tous ça maintenant.

— C'est ce que vous leur apprenez, non ?

— C'est une facilité qui sert surtout le furtif. Il sait que le regard du chasseur va suivre les lignes malgré lui, qu'il sera pré-guidé. Il ne peut pas rêver plus prévisible !

— Les ronds par contre, c'est une innovation. Curieux de voir ce qu'il va en faire…

Je me loge dans l'angle OS pour avoir la porte dans mon champ de vision. Le carré de vitre qui troue sa partie supérieure est la seule surface distinctive de la salle : ça m'aide à reposer le regard et ça me rassure. Calé dans mon angle, je regarde le plafond droit à ma verticale puis la totalité du cube blanc, tacheté de croix, qui s'étend devant moi. Rien, bien sûr. Sans parler du silence, presque insultant. *Il est dedans.* Je veux bien les croire, putain. Mais où ? Ça pourrait être une farce. Un bizutage de fin de formation. Mon champ de vision couvre 180° à l'horizontale et 120° à la verticale. Quand je regarde la salle, posté dans l'angle, j'ai l'impression panoptique de tout couvrir – et cependant je laisse de courtes plages hors champ – sol, côté, plafond – où le furtif se cache. « L'angle mort est leur lieu de vie » – c'est la première chose qu'on nous apprend. Je pense à Sahar, j'aimerais qu'elle soit là, avec les jurés, avec Arshavin et qu'elle ravale sa phrase qui me dévore depuis des mois :

« Vos furtifs sont des artefacts de capteurs ; c'est juste un fantasme de grands gosses… Jamais ça ne nous ramènera Tishka… » Du haut de ses quatre ans, Tishka savait, elle, que ça existe. Si j'échoue là, je ne pourrai jamais te le prouver, Sahar, je ne serai jamais chasseur, je ne pourrai jamais te rapporter cette preuve indiscutable qui ferait tout basculer. Qui ferait qu'on serait deux, à nouveau, pour la chercher.

— Cinquante minutes, Lorca ! cingle le haut-parleur.

Sous le coup de fouet, j'attaque mes déplacements sur le damier en mode tour d'un jeu d'échecs, puis en mode fou, avec des voltes vives à chaque changement de direction et des regards précis et balayants – haut-bas, droite-gauche – en décalé, la nuque jamais dans l'axe du tronc. Aucune chance de le voir avec une technique aussi rationnelle, aussi anticipable pour lui, mais ce n'est pas le but : le but est d'acculer le furtif dans des angles morts puis d'avuer ces zones d'un coup d'œil pour l'obliger à bouger par bonds, à se fatiguer, à trahir sa présence. Le cube commence enfin à vibrer. De très légers bruits de béton gratté, frotté ou frappé, de tapotis de pattes au sol, de froufrous d'aile froissée parfois. Ou ce que j'imagine tel, quelque part au plafond…

Sans attendre, je mets en œuvre le second niveau de couplage marche-regard, par ce qu'on appelle les tournées. Plutôt que de tracer (aller droit ou oblique), je m'efforce de chasser (aller en crabe), de circuler (en arc de cercle) et de reculer, aussi souvent que possible pour comprimer les zones-refuges derrière moi.

— Il applique le cours, c'est bien…

— Ça ne mange pas de pain mais ça ne sert à rien !

— Il varie bien les allures, il casse plutôt bien ses cadences, notamment lorsqu'il alterne arc et crabe…

— Et il découple bien ses regards de sa marche, avec des mouvements de pupilles tantôt circulaires, tantôt pendulaires, qui sont asynchrones avec ses trajets. Presque systématiquement. Du beau boulot, assez virtuose même...

— Ça suffirait pour coincer nos robots. Mais là, le furtif se les frise...

— Où est-il, si je puis me permettre ?

— Toujours au plafond, mon commandant.

— Il faudrait que Lorca se couche dos au sol pour l'obliger à descendre...

— Au sol, la vision latérale est rétrécie. On perd aussi en couverture angulaire.

— Aucune position n'est optimale dans l'absolu. Tout l'art est d'articuler mouvement erratique et trajectoire de l'œil.

— Je dirais plutôt que tout est question de swing, de balancé, de pause soudaine, de tempo. Le furtif se fixe sur nos rythmes humains, instinctivement. Plus ils sont répétitifs, mieux le furtif anticipe.

Ça fait déjà vingt-cinq minutes que je cours, saute, bloque mes genoux pour décadencer ma marche et me casse la nuque à tourner la tête par à-coups brusques, comme un oiseau svelte que je ne suis pas. Je sens mes cervicales racler et mes chevilles qui enflent à force de changer d'appui, sans cesse, sans cesse. À cause des cris que le furtif jette, pour brouiller mon écoute, j'ai une amorce de mal de crâne. Mes yeux me brûlent de fixer le vide blanc moucheté de croix sans rien y voir d'autre que du vide blanc. Moucheté de croix. L'évidence est que je ne suis pas au niveau physiquement – je le prends en pleine gueule. À quarante-trois ans, je suis trop vieux pour être chasseur, trop lent. Je manque de souffle et de résistance sur les fractionnés. Je ne peux pas tenir les intensités qu'exigent les tournées au niveau musculaire et cardiaque. Sahar me dirait : « Tu te bousilles. » Je ne suis au niveau que dans ma tête. Et encore... Je perds le fil, je tourne en rond...

— Trente minutes !

— Position-cible...

— Arshavin au micro ! Je t'écoute Lorca...

— Je demande une position-cible...

— Cible au sol à 7 heures. Quatre mètres vingt.

Ferme les yeux et allonge-toi.

Je me suis allongé dans l'angle OS, la tête calée contre l'arête. Et j'ai fermé les yeux... Peut-être que le furtif ne s'attendait pas du tout à ça. Peut-être qu'il ne pouvait y lire qu'une stratégie inquiétante et nouvelle, dont la meilleure parade, dans son esprit, ne pouvait être que sonore et s'appuyer sur une prolifération de leurres auditifs destinés à me faire rouvrir les yeux, de façon réflexe, parce que j'entendrais une aile battre juste au-dessus de ma tête ou un serpent siffler entre mes jambes. Peut-être. Moi je sentais mon cerveau fasciculer, s'ouvrir. Peut-être qu'il avait tout simplement besoin de déployer sa fantastique énergie vitale trop longtemps contrite dans cette cage blanche sans herbe et sans plantes avec lesquelles se végétaliser, sans caillou ou bout de métal à métaboliser, sans animaux avec lesquels échanger. Et que dans ce désert-ci du cube nu, où nul objet n'était à assimiler, il ne lui restait que la puissance incorporelle du *son* à libérer et à propager, que la ressource d'une gueule d'où faire jaillir des cris, des râles doux, des chants et des chuchotements, que la volupté des mélodies qu'il pouvait sortir de lui, à foison, comme d'une flûte de Pan toute neuve issue d'une automorphose sublime de son museau d'écureuil – ou de n'importe quoi !

Toujours est-il que le cube se mit à frémir et à hululer – accentuant ma concentration. Je redescends au présent... Des deux hémisphères de ma boîte crânienne plaqués dans l'angle des murs, de mon corps allongé en lourde corde à même le sol monte une musique bruitiste inouïe, vibratoire et sourde, que déchire la beauté soudaine d'un trille, d'une cymbale incongrue et de notes dépenaillées de piano, captées d'on ne sait où. Elles tombent du plafond en vrac avec la frénésie d'une pluie pour venir s'amalgamer, dans la salle désormais pleine d'échos, à la banque faramineuse de sons artificiels qui font notre quotidien d'humains et dont les furtifs, on le sait, sont des collectionneurs involontaires et des mimes fulgurants de sorte qu'ils sont capables de ventriloquer à la volée n'importe quel moteur, sonnerie de portable, crissement de pneu et freinage, klaxon ou corne de bus, s'il faut attirer votre regard à l'opposé d'où ils traversent.

J'ouvre les yeux plusieurs fois, au hasard, sans me laisser héler ou happer par un bruit qui m'aimante, sans chercher à suivre le trottinement des pattes qui crépite de mur en mur à une vitesse telle que les courses successives semblent simultanées – ou provenir de plusieurs animaux à la fois tandis qu'il n'y en a qu'un. Enfin sans doute qu'un !

— C'est assez splendide... Vous enregistrez, n'est-ce pas ?

— Ce qui est impressionnant à l'écoute, même quand on en a l'habitude, comme moi, c'est qu'il se sert beaucoup des réverbérations, du déphasage, de la réfraction et de la diffraction, des interférences de la salle close, avec des effets de superposition et de battements, de la distorsion involontaire, du moiré, du bruit blanc, des ondes stationnaires… C'est tout bonnement vertigineux… Aucun animal connu, même les oiseaux virtuoses, ne sait faire ça.

— Le pire est qu'il reste, pour l'instant, en mode joueur, si je puis dire. S'il voulait, il pourrait développer des attaques soniques, par infra ou ultrasons.

— Pourquoi il ne le fait pas ? Il est attaqué, non ? Il risque sa vie, il le sait. Si Lorca le voit, il est mort… Pourquoi il ne contre-attaque pas ?

— Un tir d'ultrason ciblé suffirait…

— Bien sûr… On se le dit à chaque fois. Ça reste une énigme. Nous travaillons dessus depuis huit ans et on ne comprend toujours pas.

— Il est pacifiste en quelque sorte… Peut-on dire ça ?

— C'est une vision très anthropomorphique… Quand un furtif assimile un chien, il peut l'amputer d'une patte en deux temps trois mouvements, pour la réassembler dans son corps. C'est une forme d'agression, très cruelle en un sens. Pour le moins d'hyperprédation.

— À cette nuance que le furtif ne tue jamais : il fait vivre. Il métamorphose, oui, mais toujours pour créer quelque chose de vivant…

Je suis maintenant debout au milieu de la salle et je chante, et je crie, et je parle au furtif qui me répond avec ses chants à lui et ses cris qui partent de tous les points du cube, par salves, comme s'il voulait me cribler de balles soniques ou me faire danser en levant les pieds au milieu d'un saloon de western. Je n'ai plus l'esprit à quadriller, alors je passe au niveau trois de la tactique de traque, celle des trajets en spirale et de la valse, dont Arshavin nous a enseigné qu'elle était la meilleure façon de prétendre couper la trajectoire toujours changeante d'un furtif. Et je ne fixe plus de zones précises : j'adopte le regard flou, la visée flottante. Je dessine des arabesques avec ma pupille, je vagabonde avec mes prunelles et mes pieds selon la technique supérieure du chasseur soûl, et le temps s'écoule, et ça ne marche pas. Pas plus. Pas mieux. Avec de surcroît la sensation crasse de faire n'importe quoi et de dilapider le peu de chances qu'il me reste de le clairvoir. Quand soudain...

— Merde, regardez ça ! Regardez où il est !

Il y a quelque chose sur mon dos. Entre mes omoplates. L'adrénaline gicle dans mon sang. Je plie le bras derrière ma nuque et j'arrive à l'effleurer du bout des doigts, mon dieu. C'est chaud, fourré et doux comme un pelage de chat. Ça frétille tel un colibri. C'est calme et incroyablement véloce à la fois, hypranerveux et zen, je n'arrive pas à trouver l'image en moi, cette sensation que ça me donne et la forme que je sens que ça a. *Il est là.* C'est tout. Je le touche et je ne peux pas l'attraper, ni l'agripper, il me manque quelques centimètres, une once de souplesse du bras que je n'ai plus, et c'est comme s'il le savait pertinemment. Je sens sa truffe sur mon cou, il me hume ou me lèche, je frissonne des pieds à la tête, ça pourrait presque être un bisou. L'instant d'après, il est reparti.
Et je me dis que c'est fini.
J'ai eu ma chance, il me l'a donnée. Je ne l'ai pas prise.
Sahar ne me croira jamais.
Vidé, je vais me placer mur sud et je regarde la porte en face de moi. La sortie. Cinq minutes coulent à pic.

— Compte à rebours : quinze minutes !

Je ne dois pas lâcher. Au moins pour l'honneur, au moins pour Tishka. J'appelle à nouveau...

— Arshavin, je demande ma deuxième position-cible...

— C'est ton droit.

— Le furtif est où ? Juste maintenant...

— Il est devant toi, Lorca.

— Sérieusement ?

— Il est pile en face de toi, sur la vitre de la porte.

Des leurres visuels qu'utilisent les furtifs, la formation nous a tout appris. Les illusions géométriques – de grandeur, de courbure, d'angle, de perspective – avec les figures de Müller-Lyer, de Poggendorff, l'illusion de Titchener ; les illusions de couleurs et de contraste avec ce foutu échiquier d'Adelson et la grille d'Hermann ; les illusions subjectives de Kanizsa ou de Kennedy ; les illusions de mouvement, l'effet phi, la persistance rétinienne positive et négative ; les illusions artistiques et même culturelles ; les stéréogrammes... Et bien sûr le camouflage et le mimétisme environnemental. À l'examen d'optique furtive, j'ai eu la note maximale.

Aujourd'hui pourtant, je regarde, je regarde droit devant moi, je scrute la vitre et je ne vois absolument rien. Rien d'autre qu'un carreau en verre securit cerné d'un cadre d'aluminium, avec la vague amorce du couloir d'accès que l'on voit à travers, fondu dans un reflet fade de la salle.

Sans lâcher la porte des yeux, j'avance d'un pas. Un aboiement de rottweiler jaillit sur ma droite, très fort, très proche de mes mollets. Je tremble ; je ne dévie pas. Dans mon dos gronde le moteur d'un camion, qui accélère... Le camion pile à m'en strier les tympans. *Tu m'auras pas*. Encore un mètre. Fixe Lorca, fixe. Les cris éclatent et sifflent, ils montent du sol avec des bruits d'insecte disproportionnés, de marais qui grouille et de crotales qui crissent entre mes pieds. Ils tombent du plafond en plaques de plâtre. Mais le pire est cette nuée de guêpes à un mètre de ma tête qui grésille avec un réalisme insupportable et qui me demande un effort suprahumain pour ne pas lever les yeux. Pour tenter d'atténuer le vacarme, je mets mes mains sur mes oreilles, en vain : la plupart des sons que génère le furtif passent par conduction osseuse. Tu l'as appris, connard.

À trois mètres, à présent, de la vitre – je me tiens. En toute probabilité, le furtif est étalé sur la porte à la manière d'une raie manta, protégé d'une peau mimétique blanche, argent et grise. Les yeux sont peut-être les quatre vis du cadre d'aluminium. À cette distance, un simple cillement, un simple coup d'œil hors champ et je le perds. Il le sait. Je le sais. Il a retourné sa tactique en m'étouffant d'une gangue de silence, qu'il perce d'alarmes, tout à trac, d'appels, troue de klaxons, criards, sans aucun rythme, à l'improviste. *No way* : j'ai verrouillé mon cerveau reptilien quelque part dans un coffre d'os doublé en granit au fin fond de ma boîte crânienne. Tout ce qui reste encore en moi d'animal s'est vrillé en un câble de métal dans mon nerf optique. J'ai abandonné mon corps souple. Je suis un pur œil de férocité fixe. Encore un pas, Lorca. Tu vas le voir. TU VAS LE VOIR !

— Il y est, il y est… Il va le faire ! chapeau !

— Un sacré mental, ton protégé, Arshavin ! J'aurais jamais tenu avec ces guêpes.

— Ce n'est pas fait, messieurs. Ne nous emballons pas…

Le cadre d'aluminium est d'un pouce trop épais. Aux angles, les vis chatoient.

Elles sont comme huilées ou humides... : DES YEUX ! Une fraction de seconde. Le temps que mon cerveau établisse que c'étaient des yeux *vivants* qui me regardaient. La stupéfaction que j'ai ressentie, le furtif l'a vue, l'a sue. Sans doute l'avait-il anticipée, même. Les quatre yeux se sont pétrifiés immédiatement. Ils sont tombés en billes de verre au sol et j'ai été tellement surpris que je les ai regardés rouler sur le béton blanc sans comprendre que je venais de rater le reste du corps, que le furtif s'était déjà projeté ailleurs, oiseau ou gecko, qui sait ? pour fuster loin de la vitre et s'abriter hors de portée.

— Tout est à refaire...

— Le furtif a donné ses yeux pour sauver le reste du corps. C'était la meilleure feinte possible, acculé comme il l'était. Lorca n'aurait jamais détourné le regard sinon : il fallait que quelque chose de visible bouge. Sa rétine s'est jetée dessus, avidement. Elle n'attendait que ça.

— Je suis désolé, je ne suis que psychologue, pas éthologue. Pourtant il y a une chose que je n'arrive définitivement pas à comprendre : comment le furtif peut-il savoir qu'il est *vu* ?

— Vraiment *vu* ? Pas seulement regardé ?

— Oui. Et comment se fait-il qu'avec son intuition, il ne sache pas que nous le regardons depuis une heure par caméra interposée ? Qu'il ne comprenne pas qu'il est *vu*, précisément, et que par conséquent il n'adopte pas le principe de sauvegarde général de l'espèce, à savoir se céramifier, ce qui rend toute étude physique impraticable ?

— Il sait pertinemment qu'il est observé. Aucun doute là-dessus.

— Donc il se sait *vu* !

— Qu'appelles-tu « voir », au juste ? Et qu'est-ce qu'on voit, exactement, de cette salle de contrôle et avec nos machines ? Quand il était sur la porte, qu'est-ce que nous avons *vu* ? Soyez francs…

— Personnellement, rien de reconnaissable, Amiral…

— Une forme de chauve-souris très aplatie, translucide…

— Si vous voulez… Nous avons vu des taches thermiques sur la vitre et un peu partout autour. Nous avons vu une hygrométrie supérieure à la normale sur la porte, mais aussi en quatre autres points de la salle. Nous avons vu un rayonnement magnétique et des trains d'ondes qui se dispersaient vers la droite et au-dessus. Nous avons mesuré une épaisseur de deux centimètres environ sur la plaque de verre grâce au capteur de relief. On a pu situer le bulbe cérébral, l'estomac et ce qui pourrait être des nerfs, grâce à l'IRM. Les micros ont localisé la source probable des cris au pied de la porte – même pas venant de la vitre ! Et avec tout ça, en faisant tourner une quarantaine de logiciels processant des téraoctets de données fluantes et contradictoires, nous avons interpolé que le furtif était sur la porte. Enfin : probablement ! Avec quelle morphologie temporaire ? occupant quelle surface exacte ? ventriloquant avec quelle bouche ? située où ? quel type de peau, quelle patte, aile ou ventouse ? – nous n'en savons fichtrement rien ! Alors vous affirmez : « On l'a vu ! » J'entends bien… C'est une interprétation psychologique. Scientifiquement, c'est plus discutable…

— Paradoxalement, c'est lorsqu'il est immobile qu'il est le plus difficile à « clairvoir ». Lorca y était presque, je pense…

— Il lui reste combien de temps ?
— Neuf minutes.
— Il est foutu. Il n'y arrivera pas.
— Je crois qu'il réclame son coaching...
— À la bonne heure ! SOS, Papa Arshavin !
— Ne soyez pas narquois, commandant. Il se sert simplement des règles. En condition de meute, il aura un ouvreur pour le guider. (...) Lorca, je t'écoute !
— Je suis passé tout près... Je lui ai pris ses yeux. Comment je peux... exploiter ça ?
— Il va lui falloir un peu de temps pour reformer ses yeux, d'autant qu'il n'a rien dans le cube à métaboliser. Il va devoir procéder par automorphose. Pour s'orienter et bouger, il va donc certainement se guider au son, aux mouvements de l'air que tu provoques en te déplaçant, à ta chaleur. À mon avis, il est quasiment aveugle pour l'instant, même s'il doit avoir quelques cellules photosensibles encore actives. Il est handicapé, donc profites-en si tu peux.
— OK. Merci. Je vais quadriller en hexagone.
— Une dernière suggestion, Lorca, si je puis me permettre : oublie la technique.

Il l'a glissé doucement à travers le haut-parleur, et aussitôt les mantras de ses cours se sont réactivés en moi : « La technique est l'ensemble de ce qu'il faut savoir pour échapper à la technique. Ne cherche plus à raisonner : cherche la résonance : thermique, physique, spirituelle. Cherche ce point d'extrême disponibilité en toi à partir duquel tu vas sentir le furtif bouger. N'essaie pas de *pressentir*, puisque c'est déjà anticiper sur ses mouvements et il te déjouera aussi sec. Ne te contente pas non plus de ressentir, ce qui revient à post-sentir, car c'est déjà trop tard lorsqu'on chasse un furtif. Mais cherche plutôt à... »

— *Présentir*, oui... Je me souviens de tes leçons.

— Essaie de sentir à la vitesse du présent pur. Ni plus lentement, ni plus vite. En prise avec la durée. Repousse toute anticipation. Essaie d'atteindre la simple présence à ce qui se passe, flue et change. Sans cesse. C'est là que vit le furtif. C'est là que tu le croiseras.

— « On ne chasse pas un furtif. On le rencontre. On va à sa rencontre. »

— Tu peux le faire, Lorca, crois-moi !

Je me suis assis au milieu de la salle. Et j'ai posé mes mains au sol, bien à plat, en fermant les paupières et en ouvrant grandes mes narines, lâchant du bout du nez un souffle de petit buffle. J'ai hissé les pavillons de mes oreilles et laissé ma peau à nu, offerte comme l'eau d'un lac, à l'infime rafale. Pourquoi j'ai choisi cette voie ? la plus passive, la plus en dedans ? Plutôt que d'engager cette traque méticuleuse et féroce que me suggérait mon stress, sur un furtif que je savais en outre mutilé ? Les mots d'Arshavin ? Mon intuition ? L'intuition qu'ainsi, j'allais enfin basculer dans son monde ?

Pour la première fois depuis le début de l'épreuve, je prends la mesure intime de l'espace alentour, de la hauteur qui s'étend au-dessus de moi, de la profondeur de la salle. Du volume. Et je respire enfin à l'intérieur. Je contracte le cube, je le dilate, je retiens un peu les parois et les écarte à chaque bouffée comme si cette cage blanche était ma cage thoracique, un poumon ample qui enfle et désenfle, souplement. Le furtif ne voit rien, je le sens. Il est comme moi à l'écoute du cube, il hume, je fais silence, il laisse passer sur lui les infimes pétulances de l'air, la vapeur d'eau que ma peau exhale. Je sens les volutes résiduelles de mes valses de tout à l'heure qui tournoient, minuscules, il les effleure. La salle est vivante. Le sol frissonne au toucher, le béton vibre et restitue nos courses, les ondes magnétiques se réverbèrent par tous les plans et tissent en se croisant des textiles frêles que je peux déchirer avec la buée de ma bouche.

Sous la perception descendre, descendre encore…

J'ai l'impression de savoir où le furtif se love, pas précisément encore, au moins la zone – à l'arrière en oblique, à mi-mur il me semble. Une chose pareille à la peur émane de ce mur – une onde cisaillée, pulsatile, à fréquence courte, lestée de stress, dont l'amplitude est neuve, et qui alternativement s'efface et insiste. À peine si elle se détache sur un fond de vibration banale, de bruit blanc propre à la virilité rêche du béton, qui rend chaque coup qu'on lui donne longtemps après l'écho du combat.

J'ai atteint le temps mort, je le sens à mon calme soudain. Floribond.

Je me tiens dans cette attente riche qui n'anticipe plus, qui n'a plus peur d'être en avance ou en retard, qui est à la vitesse du devenir et de l'événement. Plus ne bouge, aucun indice ne lui donne, j'ouvre simplement mes yeux parce que je suis prêt à la rencontre et que je sais qu'il va bouger quand je vais crier – je ne sais pas quand, ni quoi – crier ! Me vide encore un peu plus, descends sous la lumière, sous la blancheur, dans l'infrablanc et l'ultragris, dans l'infracri de l'ultrason… Poussé du ventre, le souffle monte et me déchire par la trachée – je le crache :

— *Skkklllesssssshhhhh !*

D’une touche, subreptice, l’air bouge, le volume du cube se troue sur ma droite, le furtif file, tout est flou, je cadre le mur devant mes yeux, rien de plus, vraiment… Un à-coup me hache le cerveau, une vague saccadée qui m’inquiète, très brève pourtant… Un vertige épileptique…

Puis le blanc –

, ‘ ‘ ’ ‘ , ‘ ‘ , ‘ ’’ , ‘’ ’ ,

— Tu peux le lâcher maintenant ?
— Qu’est-ce… qui… s’est… passé ?
— Tu as perdu connaissance, Lorca. Tu as fait une crise d’épilepsie. Ça arrive parfois, quand on chasse…
— J’ai… échoué, hein ?

Des yeux bleus me regardent, énormes… je flotte…
— Tu as réussi l’examen, Lorca Varèse. Ton diplôme, tu l’as entre tes mains…

Dans la marmelade, j’ai des trouées, des bribes, je nage… Retard sur tout ce qu’on me dit… Je reconnais le visage fin d’Arshavin… reprends conscience… par gros morceaux de réel… Comme si un technicien recâblait mes neurones lobe après lobe, nonchalamment… À travers les nappes de brouillard, qui s’éclaircissent mal, je métabolise que j’ai les mains crispées sur une sorte de sculpture foutraque, en céramique brune, que je caresse machinalement…
— C’est ça… le furtif ?
— C’est lui. Enfin… c’est ce que tu en as fait.
— Ce que… j’en ai… fait ?

— Sa pétrification si tu préfères. Tu l'as tué en plein mouvement.

Je tends la sculpture devant moi, à bout de bras, la tâte et essaie de comprendre. Mon cerveau est cramé. Je ne saisis aucune forme, rien, c'est fuselé, explosif. Alors je lève les yeux vers Arshavin, puis vers les quatre jurés et je réalise que je les reconnais sans difficulté. Ça me rassure. Qu'est-ce que c'est beau ! On dirait... je ne sais pas, une mangouste ou une martre, avec des oreilles et des pattes qui giclent sur des ailes acérées. Arshavin me prend l'objet des mains et me montre le mur, en face de moi. Il y a comme un tag. Une longue trace rouge calligraphiée.

— Il a laissé un céliglyphe sur le mur...

— Oui, comme toujours...

— C'est sublime... Vous l'avez pris en photo ?

— Tout est enregistré, à mille images secondes, en haute déf'. Tu sais tout ça, Lorca. Ça va ?

— J'arrive plus à articuler... Ma bouche me fait mal.

— C'est l'épilepsie. Tu t'es mordu la langue au sang. Tu te souviens du moment où tu l'as *vu* ?

... Le furtif est entré dans mon champ de vision, plein axe, à la vitesse d'une mangouste foudroyée. C'est la seule chose dont je me souvienne absolument. Les jurés m'ont dit, plus tard, et je l'ai vu sur les images captées par les caméras, qu'il s'est pétrifié sous mon regard, selon la stratégie sempiternelle de l'espèce, et que son corps, à cause de la vitesse acquise, a roulé-boulé sur toute la largeur du mur en esquissant un glyphe élégant et définitif, que les cryptographes ont ajouté à leur banque de données sans y comprendre que pouic – sinon qu'il s'agit d'une forme de testament éclair, dessiné quelques centièmes de seconde avant le suicide consenti du furtif, et qui doit signifier quelque chose de vital pour l'espèce – un message, une alarme, un cri peint à corps levé, avec du sang. Certains glyphiers pensent que ça s'adresse à nous, possiblement. D'autres qu'il s'agirait d'une forme d'idéogramme instinctif, réflexe. Ou d'une trajectoire de survie. Ou d'une signature cinétique, moins visuelle que rythmique, moins peinte que tracée pour faire piste, pour laisser ouvert un cercle de feu final. On n'en sait rien. Pour l'examen, j'ai passé des journées fébriles à étudier un à un les deux cent dix-huit céliglyphes répertoriés à ce jour par l'armée. (Le mien est le deux cent dix-neuvième, je n'en reviens pas.) Je sais juste qu'aucune toile, qu'aucun dessin humain ne m'a jamais fait cette impression de vitalité ultime. De *motu proprio* sidéral en train de se faire, d'être fait & refait sans cesse, ici, sous les yeux qui le regardent et le relancent à la prunelle.

Arshavin me relève du sol et sur son visage, il y a un bonheur de gosse qui vaut toutes les récompenses, toutes les félicitations fabriquées avec des cubes de mots. Il y a un bonheur de père ému devant le premier flocon de son fils – le bonheur que j'aie réussi l'épreuve, que le furtif soit aussi étrange et beau, qu'il ait un nouveau chasseur pour ses meutes qui se dépeuplent, mois après mois. Le bonheur simple que la recherche puisse continuer... Et un bonheur plus discret aussi, moins innocent et plus rageur : celui d'avoir eu raison contre tous les formeurs qui voulaient me dégager, contre tous ceux qui disaient ou pensaient (très très fort) qu'un civil comme moi n'avait pas sa place au Récif, qu'un quadra n'aurait jamais la vitesse, jamais la *vista*, jamais l'endurance physique pour aller chercher un furtif. Ils avaient raison : je n'aurai jamais la vitesse ; je n'aurai jamais le physique. Mais j'ai la *vista*. Et j'ai surtout ce que très peu de jeunes ont au Récif : une raison absolue de devenir chasseur.

— Je voudrais te demander une faveur, Arshavin.

Il a lu mon regard, il a déjà compris.

— Tu veux garder le furtif ?
— Si je peux.
— Le labo n'aime pas ça, tu t'en doutes. Ils demandent des garanties exorbitantes. Tu vas me faire crouler sous la paperasse…
— C'est très important pour moi.
— Tu connais au moins les règles de base ? La céramique restera chez toi, cachée. Le labo peut la rappeler quand il veut. Pas de photo, pas de film, pas de moule ou d'empreinte, personne ne doit la toucher ni évidemment te l'emprunter. Si jamais tu la montres à un proche, il n'y a qu'un discours : c'est l'œuvre d'un sculpteur, Anje Fontaine, mort en 1973. Sa biographie a été montée de toutes pièces sur le Net. Tu y renvoies. Les critiques d'art sont volontairement fades et déceptives. Toutes les images qui circulent sont des faux. Bref : tu mens. Nous sommes d'accord ?
— Pas de problème.
— Ton furtif va passer au labo, pour les tests et prélèvements d'usage. Ça ne donnera rien, comme d'habitude, mais tu vas devoir attendre deux semaines pour le récupérer. Si j'arrive à les convaincre, ce qui n'est pas gagné.
— Ça me va.
— Va te préparer, maintenant. Ton intronisation officielle a lieu dans une heure, au mess.

Il attend que je parte mais je ne bouge pas.
Je n'osais pas jusqu'ici. J'ose :

— Arshavin ?

— Oui ?

— Merci. Merci de ne m'avoir jamais lâché. Merci pour tout ce que tu m'as appris… Comme mentor, mais surtout comme être humain.

Arshavin baisse la tête et esquisse un glyphe sur le béton, de la pointe du pied. Lorsqu'il se redresse, sa voix a chuté de deux octaves et sa franchise me prend aux tripes :

— Tu étais le plus doué de ta promotion, Lorca. Personne ne s'en est rendu compte ici. Ni les formeurs, ni tes camarades. Même pas toi. Tu deviendras un chasseur exceptionnel, c'est l'évidence – et tu seras, comme tous les chasseurs exceptionnels, d'abord confronté à ta propre folie. Accepte-le. Accepte-la. Il n'y aura personne pour te donner un conseil qui vaille à ce moment-là…

Avant même de me doucher, la première chose que j'ai faite a été d'ouvrir la bouche et de me regarder dans la glace. Sur le pourtour de ma langue, il y a l'empreinte, crue, des canines et des molaires dans la chair, des hématomes sévères dans l'épaisseur du steak et du sang noirci. Avec la décompression, la douleur se réveille, plus insistante, plus nette.
La douche est comme un bain vertical. La tension dégouline sur mon torse et mes hanches et part dans le siphon. Je me suis habillé en tenue d'apparat, boots tactiles, pantalon de camouflage et chemise mimétique, avec le béret assorti des apprentis-chasseurs, que j'enfilais pour la dernière fois. À nouveau, j'ai regardé dans la glace. Ce que j'y

vis ne ressemblait à rien : un civil déguisé, avec un visage hagard de post-épileptique qui secouait ses synapses dans le vide, comme un grelot.

Lorsque je suis sorti du cube, j'ai avancé en fantôme sur la passerelle qui relie le pôle Corps au pôle Esprit du complexe, selon la classification antique d'Arshavin. Et je me suis arrêté. Pour prendre du recul.

La passerelle surplombe les places, le petit lac et les caillebotis mobiles qui distribuent les accès vers les dortoirs, les salles de cours, la cantine et le café, les technograppes bleues, les labos. Comme chaque début de semaine, Arshavin a déplacé le café, réorienté les caillebotis, fait bouger les places et les bancs, décalé les arbres et allongé un peu le lac en abaissant les bondes. Il a fait couvrir quelques verrières, en a découvert d'autres, incliné les rampes d'accès, condamné des portes et des porches et réaffecté sans doute un ou deux dortoirs en sites de chasse, laissant exprès une signalétique contradictoire. C'est toujours le Récif (Recherches, Études, Chasse et Investigations Furtives), c'est toujours là que se forme l'élite des chasseurs, c'est toujours la même vocation pédagogique et militaire bien que ce ne soit jamais, d'une semaine sur l'autre, la même architecture, jamais la même implantation du bâti et des places, jamais les mêmes cheminements, la même répartition programmatique, jamais la même distribution entre espace intime et public, volume clos et entr'ouvert, entre chaleur et fraîcheur, pénombre et lumière, porosité des coursives et barrières physiques. Ainsi l'a voulu Feliks Arshavin. Ainsi l'a-t-il imposé, surtout, au mépris des pressions, à une hiérarchie militaire marmoréenne qui s'était d'abord crispée sur les surcoûts induits par une architecture dynamique et mobile avant de comprendre qu'elle était la plus pertinente façon de former de futurs chasseurs à affronter leurs proies : en les immergeant dans un environnement incertain et chaotique, dans un monde métamorphique tout sauf inerte, tout sauf routinier et fixé une fois pour toutes.

Quand je regarde le Récif, chaque lundi matin, de cette passerelle que j'adore, ce que j'admire n'est pas l'inventivité d'Arshavin ni son intelligence indiscutable de l'espace, c'est que le résultat porte toujours – quelque sauvage et haché, quelque contre-intuitif ou contre-routinier soit-il – sa grâce. D'une certaine manière, lui si secret, si agile dans ses esquives sociales, livre chaque semaine, en trois dimensions et sur cinq mille mètres carrés, le portrait de son humeur mentale – parfois rigoriste, parfois joueuse – toujours destinée à nous fouetter l'habitude et le sang.

— Alors ? hèle une voix en contrebas.

C'est Saskia. La traqueuse phonique des Têtes chercheuses, avec son éternel bonnet violet qui couvre ses systèmes d'écoute, sa voix de sable et sa curiosité riche. L'une de mes rares amies au Récif.

— Alors quoi ? réponds-je à la masse.

— T'es fier ?

— Ah... Ben je l'ai eu !

— Je sais, patate ! Wooaaouh ! Tu es officiellement un chasseur maintenant ! Tu sais que tu vas sans doute rejoindre notre meute ? Tu le sais ? C'est magnifique ! Il était comment ?

— Qui ?

— Ton furtif, patate douce ! T'as le cerveau en crumble ou bien ? Tu as crisé ?

— Je crois, oui...

— Malaise vagal ou épilepsie ?
— Épilepsie.
— Bienvenue au club ! Tu l'as invoqué, aussi bien !
— Quoi ?
— Je t'expliquerai ! Souffle un peu et prépare-toi à la réception, l'Orque ! Arshave va te mitonner un discours aux petits oignons ! J'attends ça depuis six mois !
— Six mois ? ? Tu pensais depuis six mois que je serais chasseur ?
— Non. Mais j'espérais ça très fort. J'ai croisé les doigts pour toi. Je suis trop heureuse !

Le bonnet prune de Saskia oscille et file comme un coup franc en banane sous le porche des dortoirs. Elle bute sur une grille nouvelle, rit et finit par trouver l'échelle, récente, posée contre la fenêtre, par laquelle elle disparaît sur un coucou joyeux de la main.

Lorsque je suis entré dans le mess, je ne m'attendais pas à grand-chose. J'avais la langue en braise et j'étais vide comme une batterie de bot en fin de traque. J'ai poussé le double battant de la porte orange et j'ai eu l'impression qu'on me clipsait un câble haute tension sur le névraxe cervical – tant la clameur m'a sidéré. Tout autant que le silence, aussi soudain, qui l'a éteinte dans la seconde.
Face à moi, dans un alignement impeccable qui courait sur toute la longueur de la salle des trophées, toute la promotion était debout. Au garde-à-vous. Les camarades, puis les formeurs, puis les gradés. Et tout au fond il y avait Arshavin, dans son uniforme d'amiral, me saluant de la scène, le furtif posé à sa droite sur le pupitre. Sous les sifflets, les ovations et les vivats, j'ai traversé la salle, électrisé

des pieds jusqu'à la pointe des cheveux, je n'avais plus mal nulle part, je ne marchais plus, je glissais sur coussin d'air à travers la haie d'honneur et je serrais à la volée des mains, touché-coulé par l'enthousiasme d'une promotion qui m'avait pourtant, jusqu'ici, plutôt accueilli avec une défiance, sinon une hostilité certaine. Que je leur ai bien rendue. J'étais maintenant des leurs, hein ? C'est ce que leurs voix, leurs bravos, leur chaleur me criaient.
Sur la scène, Arshavin m'a remis sans protocole le furtif céramifié – et je l'ai levé au-dessus de ma tête, comme une Coupe du monde arrachée à la dernière minute de jeu.

Lorsqu'Arshavin prit la parole, beaucoup devaient s'attendre au ronronnant discours, sagement élogieux, qui salue d'ordinaire l'accession au grade de chasseur. Avec, puisqu'il s'agissait d'Arshavin, un taux élevé de mots d'esprit et d'ironie piquante qui, chez lui, massicotait souvent sa bienveillance.
À son sérieux, cependant, il fut vite évident qu'il était venu mettre à feu des missiles – dans cette salle où de chaque niche narquoise creusée dans l'épaisseur des murs, un furtif figé, trophée de chasse, tirait dans l'espace pour toujours l'ogive de ses ultimes gestes.

— Mesdames et messieurs les Officiers, Colonels et Commandants, mes Commissaires et Capitaines, Augustes Bigors et Dragons… Chers camarades Chasseurs, et surtout chers Apprentis : vous avez ici devant vous, sur cette estrade, Lorca Varèse, quarante-trois ans, venu du *civil*.

Ça commence fort.

— Vous l'avez côtoyé pendant dix-huit mois, poliment, dans nos technograppes et nos amphis, au dortoir ou au mess. Vous l'avez rudoyé sur les champs de traque où chacun de ses écarts lui a valu une balle sonique. Vous l'avez ciblé dans le chaos de nos hangars en le bizutant à l'ultrason. Vous avez même pensé le dominer avec vos sarcasmes, vos rodomontades de gros bras, votre ironie jeune, votre supériorité au triple saut ou à la course. Vous avez cru le choyer avec vos gestes de soutien un rien condescendants, votre humour de chambrée, votre respect, souvent équivoque, pour son âge. Mais qui a cru, sincèrement, parmi vous, qu'il ferait un jour partie des nôtres ? qu'il aurait la trempe pour capturer un furtif et vous l'amener entier, là, sur ce pupitre ? Qui ?

Ex abrupto, je vois Saskia, au troisième rang, qui lève le bras, fièrement. Personne ne l'accompagne. Elle le baisse aussitôt. Pas gênée, non : colère.

— Votre erreur d'appréciation n'a pas été unique. Elle n'a pas été propre aux apprentis. Elle a été celle des vétérans aussi. De nos gradés. De nos jurés. Plus grave encore : elle a été celle de nos Formeurs qui, pour beaucoup – pas tous –, ont méprisé pendant un an et demi cette règle, écrite nulle part, hormis dans notre dignité, qui veut qu'on prise la différence, toujours. Parce que ce qui diffère brise la familiarité en nous, déconstruit nos certitudes et par là nous jette hors de nos égocentres, vers l'inexploré. Là où il nous faut inventer, prendre un étage de plus : grandir, en un mot ! Varèse, hein ? Un civil, un intello, un quadra – selon vos normes. Trois façons qu'a eues Lorca d'être un étranger parmi nous. Jusqu'à ce qu'il trouve la ressource d'être aussi fort que vous, à sa manière, et je dirais, *in extremis*. Car à quatre minutes près, dans le cube, il ressortait bredouille en vous donnant raison et en confortant vos paresses mentales. Si bien que je ne serais pas là, devant vous, à vous mettre le nez dans vos selles en espérant enfin vous apprendre quelque chose que des années d'entraînement intensif n'ont pas suffi, apparemment, à vous faire approcher…

Çà et là, dans les rangs, des borborygmes rentrés rabrouent le silence. Un début de bronca ? Personne n'aurait l'audace. Les gradés sont à quia. Pas un vétéran ne moufte. J'avoue que j'adore ce moment.

— Lorca Varèse a avué un furtif en s'asseyant tranquillement sur le sol. Il n'a pas couru de coin en coin en multipliant frénétiquement les tournées. Il n'a pas cavalé comme un dératé en crabe et en arc, en découplant l'œil et le pied, ses courses et ses regards. Ou plutôt si : il l'a fait. Jusqu'à ce qu'il comprenne ! Comprenne quoi ?

Saskia se retourne pour voir où je me suis placé, au beau milieu de la troupe, parce que je ne veux pas qu'on me voie rougir, ou être ému.

— Toute chasse possède sa leçon. Celle de Lorca, que vous découvrirez sans doute en vidéo demain, nous dit, je crois, ceci : que la chasse est d'abord un art de l'affect. Que chasser un furtif, c'est d'abord entrer dans l'Ouvert. Là où la durée coule au goutte-à-goutte dans vos veines, jusqu'à ralentir votre perception, qui tourne alors avec la précision tactique d'un moteur pas à pas. Ce qui implique de

> *sentir* : sentir ce qui passe, ce qui *se* passe et par où *ça* passe – à quel instant précis, sur quel exact tempo. La chasse est un rythme. Et n'est sans doute que ça. Sauf que ce rythme, vous ne devez jamais le battre, vous. Vous devez le laisser au furtif : qu'il compose et bouge, lui ; qu'il cadence et se trahisse, lui ! Vous, vous n'êtes que la syncope. Le contretemps subtil. L'intermezzo. L'excellence commence quand le Chasseur écoute, avec son corps ouvert pour chambre d'écho. Sans anticipation, sans filtre. Sans la petite radio qui grésille dans votre cerveau. Elle est dans le Chasseur qui n'écoute plus avec ses oreilles – plus seulement, mais avec des sens animaux ou post-humains, qu'on ne saisit pas bien encore, qui sont rétifs à la science.

À leur mine, vide ou béate, il est manifeste que les trois quarts de l'assemblée ont décroché. Entre deux têtes, Saskia me sourit, complice. Elle se régale. Agüero l'ouvreur de sa meute et Nèr, son traqueur, étouffent un rire et scandent discrètement chaque salve d'Arshavin avec un geste qui signifie : « Bam, prenez ça dans la tronche ! »
Derrière ėux, je suis soudain happé par une voix malsaine, ċelle d'un offiċier qui lâċhe (il est pourtant à quinze mètres, faċile, et je suis ċarrément surpris de pouvoir l'entendre ċhuċhoter, à son voisin, d'aussi loin, ċomme si mon oreille disċriminait le son sur une minusċule fenêtre de tir) : « Ċette tafiole de ċivil est une taupe, ċomme Arshavin. »
J'ai un aċċès de vertiġe et je sens, d'un ċoup, un flux de haine, liquide ėt ġlaċée, qui part de l'offiċier malsain et vient me rinċer la ċouenne. Je fais deux pas ėn avant, Saskia me redresse de la main, aveċ disċrétion, un peu inquiète,

Arshavin s'arrête quelques secondes puis, voyant que je tiens le choc, il reprend avec la même aisance :

— Le Chasseur qui écoute ne bouge plus. Il n'en a plus besoin. Puisque tout bouge, fantastiquement, dans ce qu'il est devenu apte à éprouver. Et ce qu'il éprouve, il l'éprouve sur toute la surface de sa peau, par chaque nerf qui s'électrise, par ses os qui vibrent ; il l'éprouve dans sa lymphe et son sang, comme une minuscule marée qui monte et se retire ; il le vit dans ses poumons, dans sa rate ou son foie – par n'importe quel organe. Puisque chaque mouvement, chaque volte du furtif lui devient sensible, hors de toute vision. Même pas au-delà : *en deçà*, en deçà de toute vision. Alors le Chasseur descend à pas de loup, à pas de fou, dans la durée et dans l'espace propre de sa proie. Et il peut aller, non pas la capturer : simplement la rencontrer là où elle se trouve, là où elle se déplace, à son rythme. C'est ce qu'a fait Lorca, à sa façon, avec sa lenteur que vous raillez, avec ses articulations de quadra qui rouillent. Avec cet esprit clairvoyant, qu'il a, et qui est d'abord une disposition, très pure, à être affecté par ce qui n'est pas lui. Ce que j'appelle l'*exoïsme* : le contraire de l'égoïsme. Donc bravo à lui – et respect !

À presque tout le monde elle a échappé, la clôture abrupte du discours d'Arshavin. Pas à Saskia, qui applaudit à tout rompre, toute seule pendant cinq très longues secondes, avant que la salle s'extirpe de sa torpeur, surmonte sa bougonnerie et lâche ses mains les unes contre les autres, avec un enthousiasme polaire. L'officier haineux est déjà sorti. Je le sais sans l'avoir vu sortir et je ne sais pas pourquoi je le sais : il est sorti.

Parmi tous ceux qui sont venus me féliciter, peu ont mérité que je m'en souvienne. Une nuée de politesses fades, de tapes sur l'épaule et de phrases en contreplaqué débitées en planches de quatre secondes. Par contre, je me souviens très bien de Hernán Agüero, de sa petite masse explosive et trapue qui a bousculé sans égard les soldats qui encombraient l'estrade. Je me souviens de sa voix rauque piquetée d'accents argentins, de ses cheveux bruns en torche, coiffés à l'arrache. Je me souviens surtout de son visage ouvert et franc, très agréable, de la bouche duquel est sorti, en quelques mots bruts, mon avenir proche :

— Tu commences avec nous cette semaine, mec. Chasse urbaine. Dans un squat. La branlette dans les cubes blancs, c'est fini ! Tu vas découvrir la vraie traque. Le bonheur ! Tu connais déjà Saskia, voici Nèr, le traqueur que toute l'armée nous envie...

— Enchanté, Nèr...

— Salut.

L'homme qui se tient devant moi ressemble à un fantôme grésillant. C'est un petit mec mince et sec bourré de tics, aux cheveux gris et ras, à la barbe rêche et courte, au visage long troué par des yeux bleus précis. Surtout : ultravifs. Il dégage une incompressible tension nerveuse, une sorte d'onde inquiétante et inquiétée, qu'amplifient sa poignée de main saccadée, son allure de *nerd* et son sourire glitché, qui semble sauter et se brouiller sans cesse, comme s'il cherchait, sur un canal non piraté, une image nette où se figer – sans y parvenir. Mais du tout. Flippant. Agüero enchaîne :

— Ce type n'est pas un homme : c'est un œil ! Avec toi, Varèse, nous serons quatre. Petite meute, caza maestra ! Avec nous, tu entres chez les tout-bons.

> Au tableau de chasse, on squatte en tête depuis deux ans. Pas dégueu, non ? Bienvenue dans la meute des Têtes chercheuses, Varèse ! Et trop heureux d'avoir tapé dans la pioche une tronche comme toi, plutôt qu'un boludo en treillis qui sprinte au cul des rats sans rien capter à ce qu'il cherche !

Agüero m'a pris dans ses bras, d'un seul bloc, et son geste était à la fois simple, plein, spontané et beau. Un pur geste d'accueil. Et d'amitié.

CHAPITRE 2
PROFERRANCE

·· *« Sahar, · j'ai quelque chose de très précieux à te montrer, qui confirme les hypothèses dont je t'avais parlé… J'aimerais vraiment qu'on se voie. »*

Au bout du fil, Sahar avait répondu par un silence de dix secondes, bien tassé. Je m'étais efforcé de ne pas soupirer, d'impatience, de ne pas enchaîner à fleur de nerfs, et de ne surtout pas argumenter. Juste avais-je suspendu ma respiration et respecté son silence, au bout duquel je ne pensais pouvoir entendre qu'une chose : le recul cranté de la culasse et le choc du tir, pleine tempe : *« Je ne suis pas prête à te revoir Lorca. Et surtout pas pour rebrasser ça. »* À la place, Sahar avait déroulé une nouvelle plage de silence, coupée par un court ressac de papiers qu'on déplace, puis une plage derrière la plage, encore plus longue, encore plus plane, un authentique piège à relance – cependant, j'avais tenu. Enfin est venu le miracle que j'attendais depuis neuf mois :

— Viens me chercher après mon cours… À onze heures… Ne sois pas en retard ! Les milices tournent beaucoup en ce moment…

— Tu seras où ?

— Tu veux que mon cours soit interdit ? Cherche !

Pour notre génération, trouver n'importe qui et n'importe quoi, de n'importe quel spot à n'importe quel moment fait partie des compétences bas du front. Tout môme de cinq ans sait localiser son doudou au bipeur,

pister son drone dans une fly-zone standard et traquer sa mère au mètre près au milieu d'un centre commercial saturé de pères Noël. Un adulte à peu près débrouillé peut géolocaliser sa copine au décimètre dans un bar, savoir à chaque instant qui l'entoure et à quelle exacte distance, et pour peu qu'elle ait un piercing aux lèvres, deviner qui l'embrasse, sans caméra ni témoin, simplement en paramétrant sur son mobile une alerte sur la distance interindividuelle, lorsqu'elle tombe sous les trois centimètres entre deux balises physiques. Ça se fait. C'est même devenu courant chez les nouveaux réacs, les croisés du mouvement *Infidèle Zéro*.
Sauf que Sahar n'a pas de piercing, qu'elle refuse absolument de porter des ubijoux qui puissent interagir avec le milliard d'objets pucés qui communiquent à chaque seconde dans nos dos, et enfin qu'elle ne prend jamais sa bague communicante lorsqu'elle part faire cours parce qu'elle sait pertinemment que les proferrants sont tracés. En particulier par la concurrence. Il me fallait chercher autrement.

D'une main, j'ai poussé mon bol et balayé ma constellation de miettes, de l'autre passé un coup de torchon crade sur une moitié de table et j'ai commencé à naviguer directement sur la nappe tactile, en smashant les liens au poing tellement le réseau me semblait lent. J'ai fait les portails militants, quelques blogs éducatifs que Sahar fréquentait avant qu'on se sépare. Le site Coerrance pour ceux qui veulent co-errer ensemble dans des cours de profs errants... J'ai tagué &SaharVarèse sur les réseaux sociaux de seconde zone, un peu datés où elle allait parfois, j'ai alterné une demi-douzaine de moteurs de recherche, en mode PeopleSeek : chou blanc.

Alors j'ai repensé à Saskia, à ce qu'elle m'avait dit au Récif, un soir que je pataugeais dans un atelier de traquage numérique : « Le Net, Lorca, c'est foutu comme un hypermarché : c'est classé par allées, puis par rayons, puis par produits ; et au bout t'as de la bouffe pour chien. Si tu cherches de la vraie came, tu vas où, dans le monde réel ? Dans les trous. Alors si tu traques et que tu cherches vraiment quelque chose qui vaille la peine, va sur le Nut. »
J'ai éteint ma nappe, rebooté ma table et j'ai basculé sur l'*Internut*, l'Internet des dingues – « l'Entrefous » comme l'appelle joliment Sahar. La table grésillait, le réseau était instable. J'ai commencé à naviguer quoique ça tanguâ de lien en lien, avec des interfaces circulaires un peu partout (la marque du Nut) qu'il faut savoir manipuler avec deux mains et huit doigts, en jouant sur les angles, la vitesse du majeur et les courbes d'accélération, en bout d'ongles.
La vérité, je vous la dis : je m'appelle Lorca Varèse, j'ai quarante-trois ans, j'ai gagné vingt ans ma croûte en sillonnant des communes autogérées pour les aider à vivre ensemble, j'ai une expérience des collectifs épaisse comme un bœuf de Kobé, une culture alternative plutôt überfournie, je connais dix-huit mouvements pirates, une cinquantaine de hackers IRL qui te font des bleus quand ils checkent tellement leurs mains sont blindées de bagues – mais en réalité, je ne sais pas me servir du Nut ! J'arrive au maximum à passer trois niveaux de profondeur en me luxant le poignet et en traçant des cercles de beurre sur ma table, pour tomber invariablement sur des plasmaps, ces sortes de cartes rhizomatiques qui ressemblent à des amas de synapses sur lesquelles il faut zoomer en les faisant pivoter dans l'espace pour suivre les bons axones et trouver ce qu'on cherche. Donc souvent rien. C'est délicieusement intuitif, dira-t-on, à la limite de l'initiatique, et même plutôt génial dans la structuration

chaotique des données qui sont disponibles sans être offertes, protégées sans être cryptées (enfin, si, mais pas toujours). Sauf que pour un noob comme moi, un profane éduqué par B.right, qui tape « mteo » à deux doigts, pour savoir si Talto s'est acheté pour la journée un droit à polluer son quartier, il n'y a pas d'espoir de rédemption : les moteurs de recherche ont depuis trop longtemps gelé mes capacités de fouine.
Le cours de Sahar finissait à onze heures ; il était dix heures : voilà ce que je savais avec certitude. Sinon que Sahar ne m'attendrait pas, puisqu'à la fin de ses cours débarquaient très vite soit la police, soit les milices privées, lorsqu'elle ne devait pas se défaire d'une bande de relous que la vision d'une femme en jupe, fine et élégante, ouverte à l'échange, éveillait à des idées moins sages que l'appel de la connaissance.
Bref, je n'avais qu'une heure. Alors j'ai appelé Zilch.

— Madame Varesse...
— Oui ?

ʻLe ˏmonsieur ʻqui m'a interpellée, debout au premier rang, recule d'un petit pas étonné. Sa voix dégage une forme de timidité enfantine, adorable, qui ouvre soudainement son visage vers la joie, ce visage que j'avais repéré en arrivant, parce qu'il m'avait paru d'un abord rétif, avec sa veste de laine relevée au col et ce bonnet noir qui lui tombait sur les sourcils. À son accent, il doit être marocain.
— Voilà. Il y a beaucoup d'adolescents du quartier qui sont là ce matin, à vous écouter. C'est assez rare de voir autant de jeunes ici. C'est une chance...

— C'est encourageant, oui.

— Je me demandais si vous ne devriez pas leur expliquer l'origine de la ville… Ils sont nés après la Tour-Rouge, ils ont toujours vécu dans la ville volée…

— Et ils ne savent pas toujours ce qu'il y avait avant, c'est ça que vous voulez dire ?

Il est presque surpris d'avoir osé interrompre la proferrante, il a ce respect naturel pour le savoir transmis « en chaire et en os », par un être vivant, que n'ont plus les riches, depuis longtemps. J'avise la quinzaine d'ados qui se serrent les mains fourrées dans les poches et le bonnect chauffant sur la tête. Ils ont froid.

— Quelqu'un voudrait-il raconter comment la ville était avant son rachat ?

Personne ne se lance. Derrière moi, d'une pression légère, j'éteins l'écran souple que j'ai accroché ce matin, comme j'ai pu, entre deux arbres décharnés, au milieu de cette place Hakim-Bey bétonnée de part en part. Le smog noie les cités qui cernent le site, trop hautes rapportées à l'étroitesse de la place, laquelle en paraît surplombée et comme punie. Avec mes trois camarades (maths, santé et médias) nous avons découpé la place comme une tarte, en quatre parts. Au printemps, le public tourne d'heure en heure et suit au fil de la matinée les quatre cours. L'été, les gens s'assoient ou s'allongent, activent leur bague pour filmer ou transcripter le cours avec une application de reconnaissance vocale. Des travées monte alors ce gazouillis calme que j'adore, fait de petites phrases glissées à la machine et de bisous parfois qui bruissent à la dérobée. L'hiver est différent, c'est la saison des durs au mal. Je regarde mon public : trente personnes à peu près, une bonne moitié d'ados. Une audience inespérée pour ce quartier, à cette époque. Ils sont tous restés debout, à dansailler d'une jambe sur l'autre, puisque ceux de devant n'ont pas voulu s'asseoir : les chaises pliantes sont en métal et il fait cinq degrés.

— Il est dommage que les anciens présents ici ne veuillent pas s'exprimer. Mais je vous comprends… Ça n'a rien d'évident. Alors, notre ville… ? Comment s'est-elle construite ? D'où sort-elle ?

— De ton cul ! pouffe une ado, assez fort pour déclencher quelques rires, mais pas assez pour que je me sente obligée de répondre.

D'abord fais-je mine de n'avoir rien entendu tandis que les adultes prennent à partie la jeune fille, qui proteste puis s'atermoie et *in fine* part en bougonnant, drainant dans son sillage deux acolytes atones.

— Vous ne souhaitez pas entendre ce que mon postérieur pourrait vous dire, jeune fille ? osé-je finalement, à la volée. Vous avez peut-être peur de l'odeur ? Parce que votre ville est née d'un charnier ! Des gaz, disons, d'une multinationale ! Elle est née le 7 décembre 2021 en écrasant sous deux cents tonnes de gravats les soixante-dix manifestants du collectif *Reprendre*. Et les vingt-deux familles qui vivaient encore dans la tour et qu'ils défendaient. Elle est née de la faillite d'une commune asphyxiée par les banques, dégradée triple C par les agences de notation internationales et obligée d'emprunter son budget à des taux de 18 % ; d'une commune déclarée en rupture de paiement en 2028, lâchée par l'État et mise en vente en 2030 sur le marché des villes libérées. Vous savez ce qu'est une ville libérée ?

— C'est une ville volée à ses habitants ! s'enhardit une vieille dame qui s'est mise en bordure du groupe, sans savoir si elle allait rester ou pas. Elle reste.

— Une ville dite « libérée » est une ville soustraite à la gestion publique et intégralement détenue et gérée par une entreprise privée. Son maire est nommé par les actionnaires, à la majorité simple des parts. En août 2030, la ville de vos parents, qui s'appelait Orange, a donc été rachetée par la multinationale du même nom, pour un prix dérisoire. Savez-vous pourquoi ?

— Parce qu'Orange, ils zont pas eu à racheter le nom de la ville ! Le nom, c'est ça qui coûte le plus cher, Madame !

— Oui. Le tribunal de commerce a jugé que la notoriété de la marque Orange – la marque de télécommunications, je précise – préemptait la marque de la ville, moins connue du grand public. Je vous rappelle que Paris, rachetée par LVMH, ou Cannes, rachetée par Dysflix, ont vendu leur nom à des prix astronomiques. Ce ne fut pas le cas chez nous.

— Madame, c'était qui ces chums de *Reprendre* ? En vrai ? On dit qu'ils sont restés exprès dans la tour qu'allait s'écrouler ? C'est du bullshit ?

L'ado qui partait s'est arrêtée dans l'allée pour me poser cette question. Manière pour elle de s'excuser ? En tout cas, elle a raccroché. Elle ne part plus.

·· Zilch · avait dit « yak ! » trois fois, très vite, à mes trois questions. Puis il s'était mis illico au travail. Au bout d'une minute trente, il savait où se trouvait Sahar.

— Place Hakim-Bey.

— C'est loin ?

— Ça dépend pour qui…

— C'est-à-dire ?

— Standard ou premium ?

— Qui ?

— Dieu !

— J'ai un forfait standard, tu le sais bien, Zilch. Je vais pas engraisser ces fumiers !

— Pffff !! 11 h 48.

— Il est 10 h 21, tu déconnes Zilch, mets ton horloge sur Greenwich, t'es à Moscou là !

— 11 h 26 en premium. Marge d'erreur ?

— De quoi ? Je comprends rien !

— 5 min ? 10 min ? 11 h 10 maximum ?

— Euh oui… 11 h 10, ça passe encore… Au-delà, elle sera partie, je pense…

— Alors privilège. 11 h 08.

— J'imagine que ce sont des temps calculés en marche normale. Et si je cours ?

— Tu cours ! 11 h 08.

— Avec tram, glisseur et vélock, en utilisant tous les transports publics ?

— Tous.

— Comment veux-tu que j'y arrive avec mon forfait standard, c'est même pas la peine que je sorte de chez moi, je suis flingué !

— Pars.

— Je prends ma bague et mon gant, j'imagine, sinon tu ne pourras pas me guider ?

— 1.

Il n'avait pas répondu à ma dernière question : il l'avait tapée au clavier, directement sur l'écran de mon gant. Chez Zilch, ça signifiait approximativement ceci > tu poses trop de questions, je perds du temps > je hacke, mec, et t'es qu'un putain de boulet de notech > alors agis et trace !

1 c'était oui. 0 c'était non. J'adorais Zilch, même et surtout quand il était aussi cash. Il avait ceci de rare que, dans les relations humaines, il ne mettait pas la moindre goutte d'huile. Ça s'emboîtait métal dans métal avec lui ou ça cassait dans la minute. Il ne s'adaptait à personne et ne demandait à personne de s'adapter à lui. Ce mec était un diamant. Brut et brillant. Lorsqu'il nous lâchait sa vision du monde, souvent au beau milieu d'un hack, sur un toit rempli d'altistes qui le regardaient pirater le réseau électrique du quartier comme on mate une séance de tirs au but, ça posait alentour du silence. Les mots qu'il gravait, par saccades, s'incisaient en vous, sur ce que vous pensiez être la plus dure, la moins rayable de vos surfaces. L'orgueil ? Vos certitudes politiques ? L'amour ? Son diamant découpait tout : il vous laissait un carré de vide qui cadrait brusquement une vérité que vous aviez toujours fuie.

— Le cload > 44» 32'.

— Mon GPS marche pas, Zilch, ne me guide pas en coordonnées, je suis paumé là !

— Nord-nord-ouest, 16 m.

— J'ai pas l'appli boussole. Je suis un boulis.

— Pff... Main gauche, à 10 h. 13 m.

Je marche dans l'avenue Origami, l'un des quatre axes majeurs de la ville, fermé aux premiums et aux standards de 12 à 14 heures et de 18 à 20 heures tous les jours de la semaine. Aux heures de pointe, les riches sont libres de circuler fluide, n'est-ce pas ? Ça rendait fou mon père dans son taxi. En dix ans, ils ne lui ont jamais accordé le premium.

Je hâte le pas et j'avise le cload sur ma gauche. Le nuage de données flotte à deux mètres de haut, avec des allures de poche de brume lumineuse, orangée, un air de cumulus môme au soleil couchant. Le cload, accordons-leur ça, est *la* belle idée urbaine d'Orange : placer, au beau milieu du brouhaha publicitaire, des petits nuages poétiques de téléchargement à la volée qui délivrent des bulles de silence, des sons rares, des poèmes et des haïkus, bref, quelque chose de gratuit, sans message et qui ne vend rien. « Ils rebootent juste ton cortex blindé de pubs, noob, pour le rendre à nouveau disponible la minute d'après. Effet ardoise magique. Le cload est un outil de gestion intelligente de l'attention. C'est tout ! Tension&Détente. Avertir>Divertir>Convertir. Dans cet ordre. »
Du Zilch, justement [Mode Cynique On]. N'empêche que quelque chose se passe dans le nuage, qui personnellement me sort du champ commercial et me donne la force d'y résister. Outre que chaque citoyen qui le traverse peut apporter au cload son contenu, qu'il soit textuel, visuel ou sonore. Ces contenus sont filtrés, plutôt finement d'ailleurs, avec une vraie ligne éditoriale assurée par des gens « bien », tellement sont rares dans la capitale les postes offerts aux compétences culturelles. Filtrage qui n'a jamais empêché l'injection de virus, ni le hack évidemment, et qui fait que la plupart des gens évitent les cloads. Pas moi, et surtout pas quand Zilch y place les autorisations d'accès dont j'ai besoin, pour rejoindre Sahar à 11 heures.

— Qu'est-ce que tu m'as mis dedans ? Une carte vé... ?

— Forfait privilège intégral.

— Quelle version ?

— Temporaire ambassade. TotalCover.

— J'ai accès à quel pourcentage des rues et des places de la ville ?

— 91 %.

— Pourquoi pas 100 % ?

— 9 % de bidonvilles. Ils évitent ça aux diplomates.

Le sujet est toujours si délicat à aborder en public... Le brouillard se lève doucement sur la placc, la clarté avive un peu la grisaille minérale, le médecin ambulant gare sa fourgonnette devant la file qui s'allonge, à l'angle de l'avenue Benasayag. Je me lance :

— *Reprendre* était un collectif de citoyens qui s'opposait au rachat de leur ville par une entreprise. Qui considérait qu'une ville doit rester publique. Quand l'État a démissionné, *Reprendre* a proposé de mettre en place une commune autogérée par les habitants, comme ça s'est fait dans de nombreux villages, un peu partout en Europe. Orange a répliqué en proposant une prime de mille maos par foyer à ceux qui souscrivaient son forfait citoyen. Il y a eu un vote. Orange a gagné, avec cinquante-cinq pour cent des voix.

— Et alors ? beugle la jeune fille bougonne. C'est mieux géré maintenant, non ?

— Alors Orange a commencé par faire ce qu'ils font dans toutes les villes « libérées ». Ils ont mis en place leurs trois forfaits citoyens : un forfait privilège pour les citoyens aisés et leur famille, un forfait premium pour les classes moyennes et un forfait standard pour les plus démunis. Et à ceux qui ne pouvaient pas payer le forfait standard, ils ont proposé de partir. D'abord gentiment, avec une prime de départ, puis un peu moins courtoisement avec des lettres et des huissiers, puis encore moins courtoisement avec le retrait des aides sociales et l'interdiction de l'école aux enfants. Ça a suffi neuf fois sur dix. Mais les dix pour cent restants n'ont pas voulu céder et ils se sont battus jusqu'au bout. Afin de garder leur logement et de rester citoyens de la ville.

— D'accord M'dame ! Mais *Reprendre*, dans tout ça ? Pourquoi c'est culte ici ? Pourquoi tout le monde les kiffe ? Ils ont fait quoi pour ça ?

— Ils ont fait front avec les plus pauvres. Ceux qui résistaient à l'expropriation. Orange a commencé par détruire des cités et des tours, pour « redynamiser le centre urbain », en expulsant les habitants et en les relogeant hors de la ville, dans les hôtels-péniches que vous connaissez, sur le Rhône. Toutefois une tour a tenu bon. On l'a vite rebaptisée la Tour-Rouge à cause des fumigènes qui brûlaient toutes les nuits sur le toit, pour flouer les drones. Orange a choisi la voie juridique dure et a décidé d'en faire le siège, pendant plus de cent jours. Après un mois, les habitants de la Tour ont commencé à crever de faim, ils étaient heureusement ravitaillés par les caves, par les toits, des drones pirates les livraient sur les balcons... Mais tous ceux qui essayaient de sortir étaient aussitôt capturés par les milices et incarcérés pour violation du droit de propriété. La résistance était âpre parce que c'était le statut même de la ville qui se jouait là-bas. Tout le monde le sentait. Si la Tour-Rouge tombait, les gens savaient que cette ville cesserait de fonctionner comme une démocratie. Un cap serait passé. Si la Tour tenait, ça voulait dire qu'on avait encore une chance de reprendre la ville. *Reprendre*, c'était ça. Redonner la ville à ses habitants...

La place est totalement silencieuse désormais. Peut-être qu'ils sentent monter mon tremblement, mon émotion. J'ai du mal à maintenir ma voix droite. La Tour-Rouge a été mon premier choc politique, une sorte d'initiation au monde adulte, j'avais douze ans. Je me souviens encore du visage de ma mère quand la Tour est tombée (nous étions dans la manif d'appui, nous chantions), tombée d'une masse, verticale, les étages comme des rayonnages qui s'écroulent les uns sur les autres, dans un bruit sourd, mais sourd... Ça a tremblé jusque dans mes vertèbres. Ma mère a juste répété : « Ils peuvent pas faire ça, ils peuvent pas faire ça... » Nous étions à trois cents mètres, pas plus. Nous n'avons pas entendu le moindre cri, c'était trop soudain, trop impossible d'imaginer qu'ils le fassent, avec vingt-deux familles dedans, et soixante-dix militants...

— Alors, madame ? Il s'est passé quoi exactement ?

— Certains disent que c'était un suicide. Que c'est les habitants de la Tour qui l'ont fait péter... C'est de l'intox ?

Je les regarde et j'ai de l'eau plein les yeux. J'arrive à répondre « non » de la tête, sans parler, l'humidité est glacée sur la place, je me demande pourquoi je leur raconte ça dans un cours d'éducation civique, ils sont là, debout, ils comprennent, ils n'osent plus enchaîner les questions. Finalement, j'arrive à me reprendre et je dis, avec une voix qui oscille, se perche malgré moi et chute :

— La multinationale Orange... a injecté... des explosifs... liquides... dans le circuit de chauffage de l'immeuble. Ils ont attendu… que ça monte… dans tous les radiateurs de la Tour. Ça… a… explosé tout seul…

— Les deux gars qu'ont fait ça, ils ont dit que c'était pour venger un pote à eux…

— Un mec qu'avait eu la jambe crashée par un frigo. Jeté du toit !

— Vous y croyez, madame ?

J'arrive encore à faire « non » avec mon cou. Qu'est-ce qu'il fait humide… Orange a bénéficié d'un non-lieu. Leurs deux miliciens ont été suicidés en prison, deux ans et demi après. Le temps que ça retombe. Ils n'étaient pas à deux cadavres près. Devant moi, les gens piquent du nez vers le béton en se mouchant avec leur manche, j'ai froid aux jambes, je pense à Lorca qui va débarquer à la sortie du cours avec cette attente énorme qui couve en lui et je me sens soudain vidée. À ma gauche, sur son bout de kiosque, j'entends mon collègue des médias, par bribes, qui parle de neuromarketing, de self-média et d'ubizness. Moi aussi j'étais venue parler de l'ubi et des bagues, avant cette question sur la ville qui m'a sortie de mon cours. J'inspire une large bouffée d'air frais, tout en réfléchissant à quelques phrases de conclusion qui soient justes et équilibrées. Quelques mots à même de les porter non pas à accepter une vérité mais à la construire par eux-mêmes, avec des matériaux sains. L'émotion, sans que j'y puisse rien, me secoue à nouveau, avec retard, à la façon d'une réplique sismique, de sorte que la seule chose que je trouve à dire pour clore le sujet, est :

— Chaque fois que vous verrez un carré rouge peint sur un mur, avec le mot Orange marqué dedans, vous saurez maintenant ce que ça signifie…

··Dans·mes écouteurs, j'entends la grenaille des lignes de code que Zilch tape comme on mitraille. Ce qu'il fait demanderait plusieurs jours à un pirate déjà chevronné. Mais lui a ses troyens et ses backdoors déjà ouverts, son armée de botnets et une flopée de machines zombies activables à l'envi ; il a son armurerie de softs à lui, accumulée sur dix ans, un trésor de guerre d'applis, de vers et de routines agressives qui percent les boucliers de sécurité par des failles minuscules et pénètrent les serveurs comme de l'acide ; il a surtout sa banque de données mentale, caffie d'algorithmes qu'enrichit sans cesse son intelligence ultravive. Et pour finir, il carbure à la neuroïne, ce qui coupe tout lag, toute pause : il déteste. Je ne suis même pas sûr, au moment où je lui parle, qu'il ne travaille pas sur deux trois hacks à la fois en multitâche.

— Le forfait se charge directement sur ma bague ? Je reste juste sous le nuage ?

— Et tu updates au crossload.

— Le crossload, c'est le nuage bleu derrière la vapeur grise ? C'est ça ?

— *Notech, no future !*

Je traverse la vapeur pailletée de l'infog et m'encaisse ma salve de brèves qui crépitent sur mon gant. 10 h 44.
J'attaque maintenant la partie la plus dense de l'Origami, la bande piétonnière qui concentre sur deux kilomètres ce que l'ubimarketing a fait de mieux ces dix dernières années. Leur chef-d'œuvre : la double couche. Une couche réelle, saturée de capteurs enfouis dans le mobilier urbain, qui répond à une couche virtuelle, toute d'ondes, que les designers ont rendue visible par des petits volumes de brume luminescente, qui flottent à fleur de tête. Le résultat est assez élégant et rythme incontestablement l'espace.

Chaque halo a sa couleur – le crossload est bleu, hein – je le franchis lentement, jusqu'à ce que le *cling* du téléchargement réussi sonne. Puis je file le long de la ligne blanche, la freeline, qui protège des ondes intrusives. Clairement, traverser en homme libre l'avenue Origami est un défi pour qui veut, à mon instar, échapper au harcèlement. Une école de la fuite, qui m'a toujours excité.
Depuis l'âge de quinze ans, dès que j'y passe (ce qui est rare), je compte les touches : pris par un oculomètre ? Ça fait un. Capté par un aspirateur vocal ? Deux. Je n'ai jamais fait moins que trois. Si ce n'est qu'aujourd'hui je me sens vif, à devoir aller vite, très vite, avec Zilch qui me porte. *Vamos* Ŀorca ! Ŀ'armée t'a servi à quoi sinon ? Tu as le jus comme jamais, tu es même svelte, presque, non ? Jėt d'adrénaline, je me prends au jeu et me mets à ziġzaġuer ċomme un ġosse pour éviter deux solliċes, baissant la tête sous une poċhe d'infoġ, sautant quatre ou ċinq dalles pop-up que j'ai repérées au feelinġ et je parviens même à ċontourner en torero les îlots primes qui surġissent en montiċules 3D sur le trottoir pour m'ėmplir ma baġue de *must-have-produċts* à date de péremption délibérément très ċourte.

— Joli, mec ! Vista !

Zilċh appréċierait, en ċọnnaisseur, zip, zap, happe pọint, happe pas. Sur sa plasmap ċlignọteraient les ċapteurs de l'avenue, en vọlume et ċọuleurs, je n'y serais qu'un pọint, qu'un pọint--pọint t'y es---pọintillé… Họp, happe pas, éċhappe. Ụne esquive, hanċhe, ċalte, manċhe, qui multiplierait arċs, laġs et liġnes brisées #nọ taġ, pọur demeurer họrs ċhamp, une arabesque de liberṫé en train de se dessiner, un trajet fuġitif à travers la ċarte du ċọntrôle ċọmmerċial qui se trọue, se trọue, se trọuerait. Ŀ'animal serait disċret qui rirait seċret à l'injọnċtiọn « laissez-mọi vọs ċọọrdọnnées ». Flèċhe et flux sans planċhe surfe sur le trọttọir tọut en air, qui va là, halte-là, qui vire, vers ọù ?

— Ça chauffe là-bas.

— …

— Lorca ? Écho ?

Pure sensation de chute dure. Blam ! Bitume ! Ça… quoi ? Chauffe ?

— Où ? Sur la place ? Des milices ont débarqué ? Ils ont arrêté Sahar ?

— Hum…

— Quoi Zilch ? Crache le morceau !

— Éducal.

— Ils sont planqués dans le public, habillés en civil ? Ou ils sont en uniforme et déjà en train d'intervenir ?

— …

— Dis !

— Civil.

Perturbé, je perds ma vigilance et j'enfonce du pied une dalle sensitive. Je devine qu'elle va capter ma démarche et mon poids, mesurer l'usure de mes semelles, ma pointure et l'importance de ma pronation, repérer que j'appuie un peu trop fort sur les talons car j'ai les tendons d'Achille qui sifflent quand je cours sans échauffement, comme là… Bingo ! Cent mètres plus loin, devant la vitrine *JOG*, la paire de baskets qui tournoie dans la glace est la *Run4U. Pron* à voûte plantaire renforcée, version pronateur, en 42, *« designée pour vous, Lorca »*. Encore plus loin, l'écran d'une dalle s'est subitement illuminé pour m'indiquer un podologue à trente mètres : *« À deux pas de redécouvrir le plaisir de faire un vrai pas, Lorca.* » À présent, mon gant clignote parce que j'ai coupé, sans faire gaffe, le grand S serpentant d'une sollice et déclenché leur putain de jingle : « SOLLICE-CITÉ, *parce que vous aimez qu'on vous sollicite...* » Suit une vidéo de la pharmacie qui fait l'angle : elle tient à ma disposition sa pommade *Achilléine*, à – 20 %.

Zilch m'a demandé de stopper sous un second crossload. Dans ces carrefours du réseau haut débit, les téléchargements à la volée sont fulgurants. Zilch réactualise mon forfait privilège, apparemment. En pleine rue, les crossloads sont souvent saturés de geeks sur un carré de trois mètres sur trois mais on y trouve surtout du café. J'en ai profité pour en prendre un, rapide, au distributeur. Le gobelet en carton est siglé *Lorca Varèse*. Sous mon nom, il y a une citation de Deleuze qui fait le tour de la tasse et qui dit : *N'interprétez jamais, expérimentez.* Comment savent-ils que je lis Deleuze ? Personne ne se le demande plus. Les gens adorent ça au contraire : on s'adresse enfin à *eux*. Ils sont seuls, ils sont divorcés, ils ne voient plus leurs gosses, leur patron les ignore et leurs collègues les zappent, leur maire fait du business mais quelqu'un, quelque part, les *écoute*. Une Intelligence Avenante logée comme une araignée de lumière au fond d'une base de données pense à eux, amoureusement, à chaque instant. Elle accueille sans se lasser le plus infime, le plus intime, le plus insignifiant de leur comportement, l'interprète comme un désir secret, pour un jour pouvoir y répondre, au bon endroit et au bon moment. Les experts ricains appellent ça l'*Ad libitum*. Quelqu'un connaît leurs goûts, devine leurs désirs, quelqu'un anticipe leurs besoins. Bonheur ! Vive le MOA ! *My Own Assistant* !

Avenue modèle, reprise dans beaucoup de villes, l'Origami a sanctifié le règne du marketing *one to one* dans toute sa splendeur. C'est le royaume de l'ubimmersion optimale où chaque façade, chaque porte est un écran, chaque vitre une interface tactile, chaque miroir l'occasion de vous voir minci et subtilement plus jeune, le visage en douceur retouché, les cheveux parfois recoiffés, avec au poignet la montre du magasin *Time* que je viens de dépasser, le pull bleu de chez *Molière* qui se substitue visuellement à ma vieille parka sapin, et plus loin, une paire de lentilles *Spark* sur les yeux, qui m'éviterait ce que je fais, à savoir marcher le nez sur la paume tendue de mon gant pour suivre sur l'écran souple les indications de Zilch. Lequel ne parle plus dans cette zone éminemment surveillée, mais crypte. × 2 pour accélérer (10 kmh), × 3 pour courir (15 kmh), × 5 pour sprinter (25 kmh), avec les directions au cadran horaire : tout droit = 12, à droite = 3, à gauche = 9... Après dix minutes de marche sur l'avenue, ça donne ça sur mon écran : × *2.12. Time. 3. Molière.* × *4.12. 0 infog. 12* × *1. 0 sollice.* × *0. 1 cload.* × *0. 12* × *1, 9* × *2. Spark.*

— × 3 mec !

— Je suis cassé. Ils attendent la fin du cours pour intervenir ?

— Ou pas...

— T'as pas moyen de le savoir ? C'est très important, Zilch !

— They wait.

— Comment tu peux me jeter ça comme ça, camarade ? Tu lis dans leurs pensées ?

— Dans leur ubi seulement. Mais ça leur sert de pensée...

Éducal, bordel ! La multinationale de l'enseignement. Le leader mondial. En Europe, ils ont racheté tous leurs concurrents privés en moins de cinq ans : Profession Professeur, MonProf et même Conatus… Et maintenant, j'ai eu plusieurs échos convergents là-dessus, ils s'attaqueraient à la proferrance, pour faire place nette. Avec des méthodes d'intimidation juridique et policière plutôt féroces. Je veux pas qu'ils touchent à Sahar.

— Zilch, je suis dans le tram, ils attendent que le remplissage dépasse les 80 % pour démarrer, c'est la merde…
— Tacot.
— J'ai pas les moyens.
— Note d'ambassade. Gratos.
— Qu'est-ce que je ferais sans toi, mec ?
— Rien.
— Merci !
— *poof*

De tous les pirates que j'avais côtoyés, Zilch était le plus sobre, le moins prolixe. Ses hacks, la plupart sur système physique, étaient sublimes – et déjà légendaires dans la petite élite dont il faisait partie. Pourtant il se débrouillait toujours pour les faire attribuer à d'autres, à la fourmillante confrérie des pirates bravaches, qui n'attendaient que ça : pouvoir s'approprier un détournement de drone, l'accident d'un taxile, prétendre avoir passé le parc Carmon en standard une journée entière ou être celui qui avait fait virer tous les logos d'Orange au rouge sang un 7 décembre. Parler avec lui, surtout en ligne, vous apprenait au moins deux choses : compacité et anticipation. Laconique à l'extrême, il l'était, par goût, par ascèse aussi. C'était son élégance de codeur : entre deux formules, chercher l'optimale : celle qui contenait la plus forte quantité d'infos en utilisant le minimum de caractères. Chose qui supposait un interlocuteur particulièrement éveillé pour le suivre dans ses arcanes et pour déployer ce qu'il livrait compressé à l'excès, sans qu'on sache jamais vraiment, au fond, si l'incompréhension qui résultait parfois de ses mocodes trop pointus venait de son insuffisance à lui ou de nos lacunes à nous. Dialoguer avec lui revenait donc à courir sans cesse le long de cette frontière qui sépare l'assimilable de l'incompréhensible, en cherchant autant que possible, à rester du bon côté… J'avoue que j'aimais ça. J'avais l'impression, fugitive, de m'élever. D'approcher d'une sorte de magie du verbe, délesté de toute scorie, de tout gras. Un langage nu. Strictement efficace. Un code donc ? Oui.

´Quatre ˏhommes ´de forte corpulence qui arrivent dix minutes avant la fin du cours et font semblant d'écouter en jaugeant, avec une discrétion pachydermique, la composition de l'assistance et le contexte urbain, j'avoue qu'il ne faut pas être dotée d'un nez de chien truffier pour les flairer. À ces moments-là, l'unique question qui se pose pour un proferrant d'expérience, ainsi que je commence à l'être, devient : vont-ils oser et jusqu'où ?

— En vertu du Code de la concurrence, je vous arrête, madame Sahar Varèse, pour exercice illégal de l'enseignement.

Ils l'ont dit avec une discrétion calculée pour n'être pas entendus du public qui vient déposer quelques pièces dans mon chapeau et se disperse ensuite rapidement, trop heureux d'aller se mettre au chaud. Sans doute vais-je rapidement être seule, et ils sont quatre, avec des cous courts et ces mines butées qui sont apparemment la marque génétique des services d'ordre de toutes les corporations du monde. Un homme a mis la main sur l'épaule d'un milicien, qui se retourne nerveusement :

— Quoi ?

— Bonjour monsieur. Votre Code de la concurrence ne s'applique pas dans les zones autonomes de la ville. La place Hakim-Bey est hors de votre juridiction. Votre intervention est illégale. Je vous prie par conséquent de laisser madame.

— Qui êtes-vous ?

— Un homme de justice.

J'ai mis quelques secondes à le reconnaître à cause de ses cheveux rasés et de son visage, qui a changé. Lorca ! Il a maigri à l'armée ; il est moins rond, moins joufflu. Moins papa, plus viril.

Le bouledogue m'attrape la main et retire de mon index le papier alu dont j'avais entouré ma bague, pour bloquer le scan d'identification. Pas si con. Il lui faut quand même une dizaine de secondes pour réaliser que Sahar et moi avons le même nom de famille. Ça n'aide pas à ma crédibilité, évidemment, d'autant que le statut des zones temporaires n'est pas aussi simple que je le dis : les lois commerciales s'y appliquent. Je ne me démonte pas :

— Lâchez-la, s'il vous plaît ! Vous n'avez aucun droit sur elle !

— Veuillez reculer, monsieur Varèse. Nous sommes missionnés par Éducal pour mettre un terme aux pratiques illégales de l'enseignement dans ce quartier. Et dans ce cadre…

— LÂCHEZ-LA, CONNARD !

´ Lorca (avait ´ beaucoup de qualités ; il n'a jamais eu celle de la patience. Il bouscule le premier milicien et se jette sur ceux qui me tiennent. La bagarre éclate aussitôt, sans que j'y comprenne rien. Je suis quelqu'un de complètement étrangère à la violence, je n'en ai même pas peur, je crois ; je n'y comprends juste rien, ça me dépasse. Je vois seulement Lorca frapper des poings et des coudes, avec une coordination que je ne lui connaissais pas. Un milicien tombe, puis un second qui se tient le nez, Lorca esquive remarquablement les coups – puis il se fige, est pris de spasmes et s'effondre droit comme un i. Ils l'ont phasé.
J'appelle à l'aide, des gens accourent, le médecin ambulant est là, qui s'occupe aussitôt de Lorca. Un milicien continue à me tordre le bras, il y prend manifestement un plaisir, sexuel. Les deux autres miliciens font écran à mon groupe d'élèves, ceux qui sont restés, une dizaine. Leurs voix sonnaient calmes et surprises, au début, suite à l'arrivée soudaine des quatre malabars : « D'où vous sortez, vous ? », puis le ton s'est tendu et il vire à présent agressif, à la vue de Lorca au sol, le regard vide. La tension s'ajuste, au fond, à la hauteur de la violence calculée, dégueulasse, de cette milice commerciale qui les tient à distance et qui a cherché à m'exfiltrer en toute discrétion pour m'intimider. C'est râpé. Les gens sont scandalisés par ce qui m'arrive. Ça me fait un bien fou de les entendre. J'ai les épaules qui lâchent, le poignet à la limite de l'entorse, ma jupe est graissée par leurs gants poisseux, mais ce qui se passe est la plus belle preuve possible que ma place est vraiment ici, devant ces gens. Ici, à leur enseigner le peu que je sache, le peu qui puisse les aider, un jour, à s'émanciper de ce monde qui les broie.

— Foutez-lui la paix ! Elle fait ça gratos !

— Allez faire votre fric ailleurs, suceurs ! Elle, elle est là pour nous ! Vous, vous êtes là pour qu'on raque !
— On vous connaît, les Éducons !
— Lâchez-la maintenant ou on vous pète la gueule !

Les miliciens commencent à échanger des regards brefs, qui sentent la trouille. Moi je n'ai plus peur, je sens la foule derrière moi qui pousse, qui est prête à aller au bout. J'ai un sentiment de haine saine qui me mord et ça me prend totalement à revers. C'est tellement neuf, ça déferle si pleinement. J'ai envie, une envie brute, sadique, de les voir lynchés là, sous mes yeux. Que le quartier les massacre. Des cris descendent des fenêtres, des groupes accourent en renfort. À mon public s'est ajoutée en un clin d'œil une vraie petite foule, comme tombée des toits ou sortie des caves. Je vois le moment où les miliciens vont se servir de moi comme otage ou bouclier. La foule les bouscule, tout proche est le point de bascule… Et soudain, un milicien sort une arme sonique et tire. Le son est si insupportable que la foule se vrille de douleur, avant de fuir s'abriter, en titubant. Les salauds !
Fut-ce l'onde de choc, qui le dira ? mais alors qu'il semblait hors d'état sur la civière du médecin ambulant, Lorca se relève et d'un geste sec, pas spécialement rapide, toutefois inattendu, il tamponne la face du milicien qui me tordait le bras… avec un caillou qu'il a ramassé au sol ! Le nez du milicien dégouline comme une tomate trop mûre et ses trois collègues se sont retournés en un bel ensemble buté.
La petite foule, encore chancelante du choc sonique, bloque, aussi sidérée que moi et tout aussi incapable de réagir quand les miliciens d'Éducal se mettent à foncer sur Lorca, lequel a pris ses jambes à son cou et file vers le

premier bâtiment qui pourrait l'abriter, lui éviter un tir de phaseur ou une nouvelle salve sonique. Je le vois zigzaguer droite-gauche comme s'il devinait les tirs possibles et il s'engouffre *da capo* dans un petit immeuble de cinq étages dont plusieurs vitres sont occultées de planches. Moitié squat, moitié logement social ? Quelques ados plus vifs ont le temps, et le courage, de rattraper les miliciens et tentent de s'interposer devant l'entrée de l'immeuble, mais un tir d'ultrason siffle avec une férocité ignoble et ils s'affalent à genoux, les mains vissées aux oreilles, incapables de rien faire d'autre. Alors que ses deux collègues pénètrent dans l'immeuble, le troisième appelle des renforts policiers dans sa bague et tient en respect la vingtaine d'habitants qui s'approchent et qu'il plie à son bon vouloir avec son canon à bruit, variant ultrason et ultrabasse. Il n'y a rien à faire...

— Reculez, vous allez vous blesser ! Ça laisse des acouphènes terribles ! (...) Reculez ! je leur hurle. Je n'entends moi-même plus grand-chose depuis le premier tir.

En moins de quatre minutes, deux escadres de police citoyenne, uniforme « noir et feu » comme ils disent pour séduire les jeunes postulants, ont envahi la place. De grosses capitales 5A, 3C, 1B mangent le dos de leur armure orange avec leur fonction écrite à hauteur d'omoplates : « recadrage », « secours », « respect ». Un type long à la coupe bien propre pivote et avance directement sur moi – j'ai eu le temps de lire « négociation » dans son dos.

— Sahar Varèse ?

— Dites-moi, vous êtes très efficaces lorsqu'il s'agit de protéger les entreprises, n'est-ce pas ? Moi, quand je vous appelle pour un viol dans ma rue, vous arrivez deux heures après.

— Noam, enchanté. Je suis le négociateur Orange. Je suis là pour apaiser les tensions. Votre mari est dans ce bâtiment ?

— Nous sommes séparés.

— Il a agressé un agent de la société Éducal…

— Il s'est défendu, c'est tout ! Ce sont les miliciens qui ont attaqué en premier.

— Je ne vais pas polémiquer, madame. Nos enregistrements vidéo et sonores feront foi. Nous avons pour devoir d'épauler les forces de paix en cas de conflit qui dégénère. C'est à ce titre que nous sommes là…

Foutaises. La vérité est qu'ils ont le même employeur… Éducal est une filiale d'Orange.

— Je croyais naïvement que vous veniez rétablir la justice…

— Nous sommes aussi là pour ça. Afin d'éviter d'aggraver la situation, il serait judicieux que vous nous aidiez à raisonner votre mari. Il va vraisemblablement écoper d'une retenue sur salaire et d'un sursis, rien de bien terrible. Mais il vaudrait mieux qu'il se rende. Dans son intérêt, le vôtre et celui de la petite foule qui s'agite ici…

— Vous vous exprimez admirablement bien, monsieur. Vous savez choisir votre vocabulaire. Moi aussi. Et dans le mien, permettez-moi de choisir le mot « fuck ».

— Très élégant. Vraiment. C'est votre dernier mot ?

— Je n'ai pas l'habitude de collaborer ni de négocier avec des gens qui empêchent l'enseignement bénévole. Et qui se servent de leur pouvoir juridique et technologique pour nous faire taire. Sous votre bel uniforme, vous n'êtes qu'une souriante ordure, rien d'autre. Et c'est effectivement mon dernier mot.

De ses yeux bleus, le négociateur m'a dévisagée benoîtement, il a eu cette pulsion d'agressivité, courte, retenue, que j'ai subie parfois, qui me semble un mélange d'attirance sexuelle et de frustration de ne pouvoir me « baiser », dans tous les sens du terme, laquelle donne des comportements assez dangereux dont j'ai appris à me méfier dans les cités. Du bras, il m'a sèchement repoussée, histoire que je n'entende pas ses consignes lorsqu'il a susurré dans sa bague. Trente secondes après, il était campé devant l'immeuble avec son porte-voix directionnel, qui n'émet que dans le cône de visée. Ça permet d'ordinaire d'éviter d'alerter tout le quartier : j'ai vu ça en manif. À ceci près qu'ici le quartier est déjà sur les braises et se déverse, qui curiosité malsaine, qui envie d'en découdre, qui simple volonté d'en être, sur toute la surface de la place.

— Monsieur Lorca Varèse. Je suis Noam Rosenberg, le négociateur de votre ville. Nous comprenons votre colère, bien entendu. Mais elle ne doit pas vous amener à porter atteinte à autrui ou à vous-même. Nous vous demandons, si vous le voulez bien, de ressortir pour qu'on puisse traiter ce différend dans le calme…

·· Avalé · les ċinq étaġes sans m'en rendre ċompte, signe que l'entraînemėnt a porté saċrément ses fruits. À peinė essoufflé, j'ai la tête qui tourne, et très froid aussi, sans doute à ċause du phaseur. Par le vide de l'escalier, j'ai aperçu tout en bas deux miliciens empoigner la rampe. Ils montent avec précaution, en « sécurisant » chaque niveau, ils font rentrer les habitants trop curieux dans leur appart. Au cinquième, comme je l'espérais, il y a côté gauche une trappe de toit. Je l'ọuvre, trọp bruyamment, vais pọur ġrimper – quand une furieuse bọuffée d'instinċt me ċlọue subitement au sọl et m'intime de ne pas sọrtir. *İl y a une ċaċhẹ. Ċaċhe-tọi. Tọi.*

Me demandez pas ċomment je l'ai repéré, ou su, ċ'est ċomme si je l'avais su toujours : sur ċe même palier, ċôté droit, juste à l'aplomb d'un paillasson *Welcome* ċalé ċontre une porte sur laquelle était éċrit, à la main, *Famille El-Harrabi*, il y avait à deux mètres ċinquante de haut un ġros bloċ de ċlimatisation blanċ, dont la totalité du moteur avait été retirée. Il ne restait que la ġrille, laquelle s'enlevait, et j'avais juste la plaċe de m'y ġlisser et d'attendre. J'ai ġrimpé en opposition pied-dos jusqu'à la hauteur du ċlimatiseur, j'ai retiré la ġrille puis basċulé dans le bloċ en position ċouċhée en priant que les attaċhes rouillées ne ċèdent pas, et j'ai replaċé la ġrille au moment où le tandem de ċonnards atteiġnait le ċinquième étaġe, les yeux rivés sur le puits de lumière qui tombait du toit ouvert.
Pas un regard de mon côté, où le palier est sombre et vide. La trappe béante vampirise leur attention… Les miliciens saisissent l'échelle et montent sur le toit, je tremble tellement, foutue trouille, à faire tinter la grille métallique, qu'on pourrait croire que la clim est en marche. Quelques pas sur le zinc, qui s'éloignent… Pfff…

Alors que je reprenais le contrôle de ma respiration, comme je l'avais appris en jiu-jitsu, et que je me relâchais autant que je pouvais, une voix vibrant dans mon crâne m'a glissé doucement…

— Impressionnant… Vraiment.

J'ai tellement sursauté que je me suis cogné. Un bong de tôle.

— C'est quoi ça ?

— *Piano, piano*... Baisse la voix... Ils ont posé un crophone sur le quatrième palier...

— Zilch ? Zilch, c'est toi ?

— Afaik.

— Comment tu sais que je suis là... Bordel de dieu... Comment tu peux me parler ? Je t'entends... directement dans ma tête !

— Conduction osseuse. Phalange-Cubitus-Humérus-Clavicule-Nuque... J'émets par ta bague. Très basse fréquence. Inaudible hors de toi.

— ...

— J'avoue que je t'ai perdu une minute. Comment t'as fait ?

— J'ai couru.

— J'utilise les capteurs des clims comme traceur thermique, je t'ai perdu pendant la montée.

— Ils sont en panne.

— Non, le tien est en panne. Les autres fonctionnent. Comment t'as effacé ta trace thermique ?

— J'ai rien effacé du tout, j'ai couru comme un malade, je crève de chaud !

— Now, oui. Mais pas pendant la montée. Impressionnant.

— Qu'est-ce qui est impressionnant ? Que j'arrive à hisser mes quatre-vingts kilos à deux mètres de haut ?

— Un Asmog ? Le FarFluzz ?

— Quoi ?

— Ton brouilleur, petit malin ? Tilii.

— J'ai pas de brouilleur, Zilch. J'ai pas ça sur moi !

— Tss. I lost you 55 sec. L'éternité pour un traqueur !

Une impression de déjà-vu. Surréaliste. J'étais coincé dans un bloc de climatisation avec deux miliciens dont les boots martelaient le toit au-dessus de moi. Et une poignée d'autres qui venaient de débouler dans l'entrée de l'immeuble. Je ne savais pas si je devais continuer à me cacher ? sortir ? fuir ? – et Zilch me parlait par mes os en me demandant pourquoi il m'avait perdu une minute – quand c'était à ma connaissance un pur miracle qu'il puisse me suivre, savoir où j'étais, me faire la causette tandis que la police la plus techno de la ville ramait grave pour me retrouver.

— Ils sont où, là ?

— Bout du toit. Scannent les cheminées. Matent les balcons. Comprennent pas.

— Et ceux que j'entends monter ?

— Quatre. Fouillent les apparts. Trop vite. Mal.

Dans un couinement de souris, la porte de l'appart « El-Harrabi » s'est ouverte. Je voyais un visage rayé d'homme à travers la grille. Un vieux Maghrébin a traversé le palier et a saisi l'échelle d'alu qu'il a jetée tranquillement dans le vide de l'escalier, dans un tintamarre monstrueux. La panique en bas. Puis il a tiré, difficilement, sur la trappe, pour la refermer. Ensuite, il a traîné ses babouches sur le bois autrefois verni et il s'est arrêté sur le pas de sa porte pour dire à mi-voix, comme s'il se parlait à lui-même :

— Je laisse ouvert... pour toi. J'ai une ou deux bonnes cachettes dans ma casbah... Viens prendre le thé...

Disọns ça, même si j'ai eu un trọu, encọre un, cọmme si mọn ċọrps seul pilọtait, basċulant sur ọff l'interrupteur de ma tête quand il le vọulait, disọns que je serais desċendu presque illico, sans bruit, toujours en opposition, puis disons que j'aurais pénétré dans l'appart très sombre et que j'aurais filé sans savoir réellement pourquoi dans la salle de bains, déclipsant le rectangle de bois qui cachait la colonne d'air et me fourrant dedans, sans aviser que j'avais quinze mètres d'à-pic sous moi, jusqu'à la cave. Derrière moi, une main tavelée aurait refermé la plaque sans un mot, avec bienveillance, et j'aurais commencé à me laisser déraper vers le bas, les deux pieds et les deux mains en appui, la sueur perlant et séchant grâce au vent tiède qui serait remonté de la colonne. Disons ça.

À nouveau, Zilch m'avait perdu. Puis il me retrouva, à peu près au niveau du rez-de-chaussée, toujours aussi intrigué. Oh, pas par mes exploits physiques de quadra, ni par l'aide inattendue de M. El-Harrabi, ni par le fait qu'un homme puisse se loger dans la gaine d'air d'un immeuble aussi ancien : par le fait que je ne laissais pas de signature, à certains moments, malgré ma bague.

— La prise d'air est à la cave. Mais si tu sors, t'es mort. Wait.

— Dehors, ça se passe comment ?

— Good game. Émeute XL.

— Sahar va bien ?

— Paw.

Complètement · en nage, la sueur imbibant mon slip, j'étais une tache rouge vif sur n'importe quel scan thermique. Mais rien. Ils sont passés une fois, deux fois, à moins d'un mètre... Deux agents Orange, bandeau de vision en mode infrarouge. J'ai attendu qu'ils terminent leur check de la cave, sidéré de passer à travers, et j'ai descellé la grille d'un kick, avant de la remettre de guingois. Dans les couloirs en T des caves, il m'a fallu peu de temps pour repérer une porte à code. J'ai fait toutes les dates de naissance de 1980 à 2040 : bingo à 2001 ! Hop, faufilé dedans. La cave ? Un vrai capharnaüm : un banc d'i-fit posé sur un vieux frigo tactile, deux vélices sans batterie, des coques de réul, du linge, un matelas à mémoire de forme, des meubles intelligents... mais pas assez pour se réparer tout seuls. De façon étrange, je n'ai pas eu de mal à y prendre mes marques et à en assimiler le chaos. Happant du linge et courbant le matelas, j'y ai rapidement fait mon nid et je me suis lové en boule à l'intérieur.

Aussitôt s'est dissous le stress. J'ai senti mon pouls retomber à soixante et s'harmoniser mon souffle : j'étais viscéralement bien. Zilch a encore réussi à venir me parler, au fin fond de cette cave et j'en ai presque souri : Dieu n'aurait pas fait mieux. Il m'a dit que Sahar était encore sur la place, mais à l'abri, que le grabuge se tassait, qu'elle n'était pas blessée. J'ai glissé à Zilch que je coupais jusqu'à demain 5 heures parce que j'avais peur qu'ils interceptent nos échanges et j'ai enveloppé ma bague dans une gangue compacte de papier alu. J'en avais toujours en poche.
La vérité était que j'avais un besoin tripal de me retrouver seul, que j'avais envie de cette sensation de môme, cette sensation magnifique d'être caché et introuvable. J'ai amassé de vieux draps, roulé une bâche en plastique et pris un coussin, j'ai agencé tout ça autour de moi et je me suis repelotonné à l'intérieur, je me suis blotti tout au milieu, comme un chat niché dans une panière. De l'extérieur ne m'arrivaient, par à-coups, que les ondes sourdes des salves soniques qui faisaient vibrer l'épaisseur du béton – mais ça a cessé assez vite et dans la somnolence qui montait, j'ai repensé à Sahar. Est-ce qu'elle avait peur pour

moi ? Pensait-elle que j'avais déconné en attaquant ces miliciens ? Ou elle était heureuse, sans le dire, que j'aie voulu la protéger ? même aussi connement ? Encore une fois, je n'avais pas pu lui parler, encore une fois la rencontre était repoussée, cette fois-ci par ma faute, bien que j'eusse le sentiment qu'enfin nous allions nous retrouver, enfin discuter de Tishka. Elle aurait adoré jouer ici, Tishka. Elle aurait eu peur et adoré à la fois, ce chaos, ce matelas tout doux où elle aurait imprimé son petit pied en poussant de toutes ses forces pour que ça fasse un creux.

La fatigue m'a finalement cueilli et j'ai rêvé. Rêvé de fuite, toute la nuit : je filais par des fentes, je passais entre les lames fines des persiennes d'un bureau en flottant, j'étais une forme d'eau ou d'air qui coule, par les interstices sifflais à travers la ville – oiseau, oisair, moineau, moinair. Rien ne me bloquait plus.

Lorsque j'ai rallumé ma bague dans le noir intégral, sa lueur tatouait 5 h 02 sur le matelas neigeux de poussière. Lentement je me suis ébroué, inexplicablement léger et heureux, avant de me forcer à me lever, à sortir de la cave et à tenter une sortie à l'orée du jour...

L'avantage des polices commerciales demeure qu'elles sont payées à l'heure et que la prime de risque associée aux missions nocturnes les rend vite coûteuses. Maintenir par conséquent une dizaine d'agents sur place, surtout en zone autonome, n'avait pas de sens, économiquement parlant, pour la gouvernance : beaucoup trop cher et sans rendement électoral. Il était donc probable que les flics aient levé le camp vers minuit, en laissant sans doute un binôme pour pacifier la zone. Leur pratique ordinaire de l'émeute consistait à payer les meneurs locaux pour qu'ils se calment et à employer l'arsenal non létal (phaseurs, armes soniques et drones) pour les excités qui ne voulaient pas négocier. Ça marchait généralement assez bien. Avec beaucoup de précaution, l'oreille aux aguets, je suis sorti de la cave, j'ai remonté l'escalier, atteint le hall d'entrée sans rencontrer personne... et je m'apprêtais à sortir lorsqu'un doigt s'est enfoncé dans mon omoplate... Volte-face :

— Ils sont encore deux dehors... Je vais sortir les poubelles à 6 heures : cachez-vous dedans. Je vais les embrouiller à ma façon et vous pourrez filer...

La voix, je la reconnaissais...

— Vous êtes monsieur El-Harrabi ?

— Halej pour vous servir. Monsieur El-Harrabi nous a quittés il y a deux ans. Paix à son âme. Nous vivons sur sa pension. Il m'avait demandé de ne pas le déclarer.

— Pourquoi vous faites ça ?

— Pour survivre.

— Non... Pourquoi vous m'aidez, je veux dire ?

— Votre femme a remis mes minots à l'école. Rien qu'avec son sourire et son talent. Ils y vont en courant, inch Allah ! Je lui dois bien ça, non ?

— Comment vous savez que c'est ma femme ?

— Je vous ai vu la regarder...

Halej m'a tassé dans la plus petite des quatre poubelles et il les a sorties une par une à 6 heures tapantes. Les miliciens ont évidemment contrôlé la plus grosse, d'abord, en la renversant sur l'asphalte d'un coup de latte, en parfaits crétins. Halej a activé sa bague et trois dealers ont rappliqué illico. Ça a dégénéré gentiment – juste le temps que je soulève d'un centimètre le couvercle, jauge par la fente que les flics étaient de dos à exhiber leur phaseur et m'éclipse furtivement.

Parvenu dans ma rue, j'ai avisé le civil en faction devant ma tour si bien que j'ai bifurqué pour aller chez mon pote Sullivan, qui habite un bloc plus loin. À cette heure, il n'était pas encore couché, il jouait au foot dans neuf mètres carrés avec ses chaussures à pression de surface où chaque passe ou tir donne une vraie sensation de toucher. Il m'ouvrit le casque sur le front, il puait le fauve en cage mais il était en finale de la Ligue des champions.

— Qu'est-ce tu fous là ?

— Flics au cul...

D'un sourire, il m'a fait comprendre que j'étais le bienvenu mais qu'il lui restait dix minutes à jouer et qu'il avait deux buts à remonter. Je l'ai regardé entrer dans son cube, remettre le harnais et entamer ce ballet fou et sublime des footeux virtuels, faits de coups de reins, d'appels de balle, de pivots, d'*air dribble* et de courses suspendues à un mètre du sol. Sullivan, en outre, parlait beaucoup à ses coéquipiers.

J'ai fermé la double porte et la première chose que j'ai faite a été d'appeler Arshavin. Je ne voulais pas qu'il apprenne ce qui s'était passé par les médias. J'ai mis la visio sur le mur du salon, taille cinéma. Avec la définition de son projecteur, je ne raterais pas un seul frémissement de ses rides. Je savais que je risquais gros. L'exclusion, tout simplement.
Arshavin se levait à 6 heures chaque matin : il était déjà parfaitement en forme. Son œil frais, bleu lagon, brilla

sur l'ovale fin de sa face quand il m'aperçut. Il était chez lui, dans sa bastide. Sa voix sonnait plus grave qu'à l'accoutumée :

— Ne me dis rien, Lorca... J'ai reçu le rapport au lever. Directement du Général. J'ai cru que j'allais devoir te rendre visite au mitard. Mais si je ne m'abuse, tu me sembles encore un homme libre ?

— On dirait... Tu... veux que je t'explique ? Des milices ont attaq...

— Épargne-moi ça. Le rapport est très clair. Tu as fait un sacré grabuge. Ou plutôt, si : explique-moi comment tu as pu leur échapper ? Tu avais des soutiens dans l'immeuble ?

— Si on veut...

— Le canal est crypté. Tu peux y aller...

— Dis-moi les choses... franchement, Feliks... Tu... vas me virer ?

Sa face longue se fend d'un sourire. Il attendait manifestement ma question.

— J'ai lu le rapport du département de police d'Orange à 6 h 05. À 6 h 10, j'ai appelé l'Intérieur. Le milicien d'Éducal qui t'a phasé est mis à pied. Ta riposte a été requalifiée en légitime défense. J'ai obtenu que Sahar soit rétablie et greenlightée. Ils l'avaient blacklistée de toutes les cités Sud. La loi autorise une entreprise d'éducation à défendre ses propres enseignants, pas à attaquer la concurrence, même illégale. Ils le font par abus de pouvoir depuis quelque temps parce que personne ne défend les proferrants, qui n'ont pas de valeur pécuniaire ni de syndicat valide. Sauf que là, ils sont tombés sur un os...

— Arshavin...

— Je sonne comme un nom d'os, pour toi ?

— Je suppose que je te dois un immense merci...

— Ne t'emballe pas, soldat. Je ne t'ai pas évité la retenue sur salaire. Ils vont te prendre 10 % de ta paie de chasseur pendant un an.

— Les fumiers. Ça fait cher le coup de poing...

— Disons que c'est « pédagogique »... C'est le directeur général d'Éducal qui m'a dit ça. Il sait de quoi il parle, n'est-ce pas ? C'est son champ de compétence.

— Il a vraiment dit ça ?

— Écho. Cela dit, tu connais le code implicite de la grande muette, Lorca. On te couvre systématiquement une fois. Une seule. Si tu sors à nouveau des clous, tu seras seul devant la justice commerciale et tu prendras le maximum. La première qualité d'un chasseur est la discrétion. Toutes les discrétions. Compris ?

— Compris.

Arshavin repose sa tasse en porcelaine. Il a sa mine des bons jours. Celle où il provoque, puis rassure, puis te secoue, puis t'encourage. Pas toujours dans cet ordre.

— J'ai vu des images de ta femme. Très charmante, une élégance racée. Tu as décidément bon goût, Lorca. Tu l'aimes encore, n'est-ce pas ?

— Votre question s'inscrit-elle dans une requête réglementaire, Amiral ? Ou elle relève juste du psychotest sauvage ? Puis-je demander à voir votre mandat ?

— Pourquoi t'a-t-elle quitté exactement ?

— Tu le sais, Arshavin. Ne joue pas à ça.

— Tu dois pouvoir la reconquérir... à mon très humble avis. Tu es un vrai gentleman et tu viens de le prouver, hautement. Comptes-tu la revoir bientôt ?

— Comme mentor, tu restes exceptionnel, Arshavin. Par contre, en matière de coaching sentimental, je pense que l'IA la plus pourrie du marché a plus de finesse que toi…

— Ne lui parle pas des furtifs, Lorca. Jamais. À aucun titre. Est-ce clair ?

— Je connais les règles, boss. Je suis un militaire, je te le rappelle.

Arshavin éclate d'un rire court qui cingle le mur du salon.

— Un militaire ? Toi ? Je n'ai jamais formé quelqu'un d'aussi peu soldat dans l'âme ! Tu es un anarchiste, Lorca, de la chienlit de civil, tu es inapte à respecter la moindre hiérarchie !

— Pourtant je te respecte, toi.

— Tu respectes l'homme en moi. Pas le chef ! Un vrai militaire, c'est quelqu'un qui respecte le chef – n'importe quel chef – fût-ce le dernier des abrutis. Tu pourrais respecter un abruti ?

— Non.

— CQFD. Je vais te dire, Lorca : des profils comme le tien, on en croise tous les cinq ans, au mieux. Normalement, des garçons comme toi ne passent pas le pré-recrutement : tu es une anomalie. Une anomalie que j'ai recrutée et entretenue.

— Je sais…

J'ai entendu Sullivan hurler derrière la double porte et le mur du salon, je pense qu'Arshavin a dû l'entendre aussi. « *Goaaaallll !!!!* » Il devait être dans les arrêts de jeu. Ça ne faisait que 2-1 à mon avis. Sinon, il m'aurait projeté le ralenti sur les quatre murs du salon en surround. Arshavin s'est repoussé sur le dossier de son siège, avec cet air soudain leste, plus mobile, qu'il avait quand il réfléchissait – l'inverse de la plupart des gens :

— Lorsque l'armée a découvert les furtifs, l'erreur profonde de la Gouvernance a été de nous confier leur traque. À nous, les militaires ! Or aucun militaire digne de ce nom n'a le cerveau assez flexible pour affronter ces créatures. On chasse, on tue, on rechasse, on retue, et ça dure depuis dix ans. Ce qu'il nous faudrait en réalité, tu vas sourire, ce sont des personnalités créatives. Des artistes, des sensibilités. Et une vraie démarche éthologique de recherche. Aller au-delà de la prédation.

— Tu me vois comme un artiste ?

— Tu as indéniablement une sensibilité ample, variée. Tu peux recevoir et traiter l'information sur plusieurs canaux sensoriels à la fois, tes tests l'ont prouvé. Et tu sais créer en situation de stress. Plutôt rare. Je peux te poser une question, Lorca ?

— Tu vas la poser de toute façon...

— Est-ce que tu t'es caché dans l'immeuble ?

J'ai hésité à répondre. Le silence de plomb qui venait du cube me disait que Sullivan avait perdu. Je n'avais jamais menti à Arshavin, je ne pouvais pas. Je n'avais jamais menti à mon père non plus, alors...

— Oui, je me suis caché.

— Combien de temps ?

— Toute la nuit.

Il a un sourire immense qui fait pétiller ses pupilles. On dirait un parieur qui vient de donner le tiercé dans l'ordre et qui le savait. Il jubile presque, bien que je ne saisisse pas tout. Même plutôt rien.

— C'est fabuleux ça. C'est éminemment fabuleux !

— En quoi c'est fabuleux ?

— Tu t'es senti comment quand tu te cachais ? Tu as eu peur ? Tu étais heureux ? Tu as eu l'impression de te fondre dans l'environnement ?

— Je sais pas… Je… Je sentais les volumes sans les voir, l'espace… beaucoup mieux…

— Est-ce que tu as fait un nid ?

— J'étais bien. Étonnamment bien… Comme si je me retrouvais, enfin.

Il s'est levé pour fermer la porte de son bureau. Une de ses filles avait passé la tête.

— Je vais pas te lâcher, Varèse, crois-moi. Attends-toi à m'avoir sur le dos un bout de temps.

Il a ensuite allégé la conversation en la faisant glisser sur des banalités du Récif et en évoquant la nouvelle promotion. Des têtes à claques, quatre filles seulement, beaucoup de gars augmentés, qui ne quittent jamais leurs disques rétiniens… Rien de nouveau, ma promo ne valait pas mieux. Il m'a redit qu'il allait faire protéger Sahar et son statut, qu'elle ne soit plus ennuyée à l'avenir et puisse exercer son métier en paix. À sa mine, il avait eu ce qu'il cherchait, et plus que ça.

— Un dernier détail, chasseur : j'ai vu les images de la rixe. Pas mal du tout, tes esquives. Mais il faut vraiment que je t'apprenne à te battre. Tonicité-Explosivité-Courage, c'est la clé de tout.

— Le fameux TEC, hein…

— Toi, aujourd'hui, tu n'as que le C. Mais c'est déjà bien.

— C comme « Connard » ?
— Tu te sous-estimes, Lorca. C comme « séisme » plutôt.

Son visage est resté d'un sérieux olympien, m'arrachant un rire incompressible. Ce type était beau à soixante-cinq berges, désarçonnant aussi. On aurait pu le croire sculpteur ou philosophe à cause de la complexité de ses rides, de la finesse du regard, de sa bienveillance aussi. Une chose était sûre : sans lui, je n'aurais jamais été chasseur. Pas seulement parce qu'il m'avait voulu, et choisi, dès le pré-recrutement, pas seulement pour tout ce qu'il m'avait appris depuis, mais parce que, tout simplement, sans son regard et sa chaleur, sans son ironie altière, l'armée m'aurait été très vite insupportable. Lui et Saskia m'avaient tenu à flot, quand j'étais physiquement trop court, mentalement trop fatigué, politiquement hors cadre. Je leur devais tellement quand, de mon côté, je ne comprenais pas trop ce que je lui apportais, moi, de si précieux pour qu'il me protège ainsi ?

— Prends soin de toi, chasseur. Ta première sur le terrain est dans trois jours.
— Agüero m'a appelé. Et Nèr m'a mis la pression, sévère...
— Tu es dans la meilleure meute possible. Ce sont des furieux. Avec eux, tu vas apprendre en un mois plus qu'en deux ans au Récif.
— *Inch Allah*...
— Ça y est, El-Harrabi t'a ensorcelé...
— Comment tu sais ça ? !
— Oh, tu sais... Je laisse les capteurs et le renseignement digital aux milices. À l'armée, nous avons un très vieux procédé qui s'appelle le « renseignement

humain ». Ça marche plutôt bien avec les Maghrébins… Disons tous les peuples qui parlent à autre chose qu'à leur IA personnalisée. Et pour qui le rapport humain a encore une valeur et un sens…

CHAPITRE 3
L'IRRÉEL DU PASSÉ

·· Ce · café-ci, Sahar l'avait choisi dans un quartier sans âme, exprès. Un parallélépipède allongé en bord de fleuve qui suintait cette fausse chaleur des designers scandinaves, toute de vitre et de bois clair, où la convivialité se résumait à des ardoises sans craie posées sur des chevalets neufs, des menus *gluten-free* et cet accueil indécidable, plus souriant que *friendly*, qui t'intimait de commander en effleurant ta table tactile puis en levant gentiment ton cul pour aller chercher tes consommations au bar, quand ladite table, en mode vibreur, te le secouait par les coudes. Sahar avait pourtant comme moi toujours vomi cette partie rénovée de la ville – qui tolérait du bout du drone les forfaits standard – ces îlots végétalisés avec mares à grenouilles pour résidents gentrifiés, ces grands quais terraformés à bandes cyclables et à bancs recyclés, sans angle mort et sans bosquet, ce régime de visibilité urbaine qui se payait le luxe de l'espace, et où les couples privilège se délassaient sur des chemins en S pavés de planches dans le gazon ras. Ici, Tishka n'avait jamais couru, ne s'était jamais cachée dans un fourré. Je n'y avais jamais fait le sanglier le groin dans l'herbe avec elle sous mon ventre, mon marcassin, mimant l'attaque des loups. Ici, Sahar ne m'avait pas embrassé, aucune AG ne s'était un jour tenue, elle n'y avait proféré aucun cours libre. Nous n'y avions ensemble aucune mémoire, aucun passé. Et c'est précisément ce qu'elle voulait en me donnant rendez-vous là : ne réanimer rien. Juste discuter.

J'étais venu en avance si bien que j'avais déjà fait toute la longueur du quai, aller et retour, sur mon vélo sans puce, en essayant de piger ce qui se jouait sur l'espacement des buttes, la position des arbres et les circulations douces, à travers cette clarté tactique dont les architectes avaient voulu impacter le site. Ce qui y relevait du sécuritaire, de la ville servicielle et de l'induction subtile. Ici, la seule authentique élégance était qu'on y échappait au harcèlement commercial. La vue glissait sans rencontrer d'écrans. Les bancs ne vous parlaient pas – enfin, pas les dix premières minutes, ce qui était déjà sublime.

À 17 heures, je suis allé m'asseoir sur la terrasse du café, avec, au ventre, le stress incompressible d'apercevoir Sahar, d'encaisser sa présence soudaine, sans être vraiment prêt... Pour m'apaiser, je me suis concentré sur le fleuve gris-vert, les vélocks lents, le léger ronronnement des dérailleurs en roue libre, qui passaient. Faire le vide. Vider l'attente.

Je n'ai rien vu du ciel qui virait à l'anthracite, rien compris quand l'averse commença à crépiter sur les tables en teck, si ce n'est que je fus vite suffisamment trempé pour être acculé à pénétrer à l'intérieur. J'ai vérifié rapidement si Sahar y était, mais non. Trop tôt encore. J'avais un peu de temps pour apprivoiser le lieu, m'assurer que personne n'avait un profil de militaire ou d'agent, absorber le contexte. À l'intérieur, on retrouvait au fond la même logique que sur les quais : visibilité de part en part, ni niche ni poche où s'isoler, aucune intimité pour quiconque. Rien de plus qu'un open space – facile à construire, à meubler, à nettoyer.

C'était un « café efficace », disons. Un café qui, comme la plupart, depuis que la ville avait été privatisée, n'était plus du tout un lieu de braillades, de petits vieux, d'échanges ou de cuites complices mais un ersatz de bureau pour travailleurs auto-entrepris. Un *fiflow* comme ils disaient : « *Free Office For Liberal Open Workers* ». Personne ne prenait plus la peine de s'y regarder, d'y tenter un flirt ou un tchin : on co-bossait sans même se voir, le bright-phone pluggé dans le hub de la table, le plateau relevé à 60° servant d'écran et dressant, de toute façon, un muret sans appel entre le client et le monde, encore redoublé par le cocon du casque. La convivialité 2040.

Il était 17 h 30 et elle n'était toujours pas là. Le choc de la revoir, après l'incident de la place, l'émeute que j'avais suscitée, l'appréhension qui va avec se battait, chien/chat, avec l'angoisse qu'elle eût renoncé à venir. Comme les quatre fois d'avant. Ça faisait neuf mois désormais sans pouvoir partager quoi que ce fût avec elle. Après sept ans de vie commune, ça m'avait semblé énorme, comme une autre ère, comme si on m'eût volé ma famille et ma vie, d'un tour de passe-passe. J'avais passé les six premiers mois à insister, réinsister, courriels, appels, courriels et je ne savais plus si j'avais eu raison de continuer, si elle était prête à m'entendre, si c'était encore trop tôt. Machinalement, je palpai le sac de sport posé à mes pieds. Dedans, il y avait la preuve que je n'étais pas fou. La preuve que j'avais eu raison. Au moins sur ça.

J'ai cette impression, fluctuante toutefois, de m'avancer un peu plus solide, d'avoir progressé, oui, depuis neuf mois. Grâce à Miguel, à la faveur aussi du temps qui délave et distancie la douleur. Ce matin, j'ai senti une adhérence différente, plus marquée (ou juste intriguée ?), plus embarquée en tout cas de mes élèves alors qu'il s'agit d'un

quartier où je patine depuis de longs mois, où j'enseigne surtout pour honorer mon contrat avec ces parents qui n'ont pas les moyens de se payer l'école privée et qui se rabattent sur la proferrance. Non par choix idéologique : par dépit ou par défaut, plutôt. Chaque semaine, j'essaie de leur prouver que notre pédagogie vaut, et dépasse même de beaucoup, celle du privé.
Quand j'ai parlé des *degrés de liberté* aux adolescents, ces degrés que le numérique leur a fait perdre par rapport à leurs grands-parents – anonymat des échanges, des courriers, des achats par exemple, liberté d'expression sans trace –, ils ont commencé à mordre. Ça s'est senti aux regards, aux discussions parasites dans les travées, aux questions. Le sujet les touche, naturellement, ils le vivent, ils sont nés dans ce monde bagué où le moindre de leur acte s'enregistre et informe un tiers de ce qu'ils sont et font. Mais j'étais aussi plus habitée qu'à l'ordinaire, quand j'ai montré comment une histoire d'amour est aujourd'hui prise dans un filet de traces, est obligatoirement sue. Ça m'a fait un bien fou de les sentir « tomber » dans le cours. Redescendre enfin là avec moi, sur ces gradins branlants qu'il faudrait vraiment changer – ne plus flotter dans l'ailleurs, à tripoter leur bague, à se vidéoprojeter des sottises à l'encan. La mode cette année est d'utiliser le front comme écran. Le front des autres évidemment, celui d'un brave gamin qui essaie d'écouter et ne se rend compte de rien (c'est plus drôle).
Chez cette génération, la tranche d'attention continue avoisine les trente secondes. Elle était encore de deux minutes il y a dix ans. Par conséquent, chaque demi-minute exige de couper/relancer, sans cesse, par une question, par un jeu, par une photo, par une musique, faire réadhérer leur tête de lecture sur ma surface vocale.

Harassant en termes de rythme. D'autant qu'ils viennent contraints par les parents, sans énergie d'apport et qu'ils se posent sur les gradins, côte à côte, alignés et creux comme des vases qui attendent leur eau. Fatigue. Ou leurs fleurs.

Hier soir, Miguel a dilaté son œil de psychanalyste, précis et perçant. J'ai passé ma séance à parler de Lorca, de ce rendez-vous qui hautement me perturbe, et il m'a glissé au moment de partir, sourire et sérieux mêlés : « Si vous étiez sage, vous ne devriez pas y aller, Sahar. Pas maintenant. Le travail est loin d'être fini. Votre mari refuse le deuil, c'est évident. Il a développé une schizophrénie de compensation, très dangereuse, et il veut vous associer à sa psychose. Vous êtes combative, mais votre inconscient est encore fragile, songez-y. Si vous y allez quand même, gardez votre ligne, projetez-vous vers l'avenir, vers votre reconstruction, ne régressez pas. Et n'entrez pas dans son jeu, vous ne l'aiderez pas ainsi. Vous ne ferez que réunir le manque ensemble. »

Non loin du café, je gare mon vélock entre deux flaques, il est gris, toujours aussi lourd et je contresigne avec ma bague. Pieds et cheveux trempés : ma cape de pluie a fait ce qu'elle a pu. C'est maintenant que j'ai peur. Maintenant seulement. Peur de sa voix. Peur de son amour. Peur de ce qu'il y aura dans ses gestes de désarmant, de tellement lui. Peur car ce que je vois à travers lui, depuis qu'elle est partie, c'est Tishka – Tishka toujours et éternellement – et c'est parce que je ne pouvais rien contre ça : contre la ressemblance génétique : contre sa présence qui brûle, en lui, de notre fille – que je l'ai quitté, Lorca. Pour ça. Et pour rien d'autre.

·· Elle · est venue. Elle passe devant les vitres du café, rayée par l'averse, sa jupe orange dépasse de sa cape sombre, elle relève la tête, comme si elle espérait que la pluie la lave, ses cheveux perlent – et elle entre dans le café. La porte vitrée croasse, elle a vu où je suis assis, elle serpente entre les tables, tout est souple, tout file, son buste coule à travers les carrés de bois, des bruits de tasses qui tintent…

´ Une ˏgraphiste ´qui rabat sa table à l'horizontale pour accueillir un chocolat chaud et deux cookies dans une coupelle. Ils lui ont coupé ses cheveux en vrac à l'armée. Juste parler. Juste parler.

·· Sahar · était là maintenant, son sac à dos glisse de son épaule, elle étendit d'un tournemain sa cape sur une chaise vide et lèverait enfin les yeux sur moi. On se regarde. Je baissais les yeux. Alors elle dit :

— Je ne retrouve plus ton visage…

— …

— Tu changes… C'est bien.

— Toi, tu ne changes pas… Mais c'est bien aussi…

Elle a un sourire court, cassé. Elle se plaque contre sa chaise. Si elle pouvait reculer encore, elle le ferait.

´Avec ˏinfiniment ´de douceur, une irrépressible bonté qui lui monte aux joues, Lorca me sourit ; il me regarde comme si l'on n'avait pas été sept ans et demi ensemble, comme si l'on s'était donné rendez-vous aujourd'hui pour la première fois après m'avoir vue donner ce cours à la Friche-aux-Chats, m'avoir parlé une heure de Varech, et que dans ce rendez-vous, il jouait son amour, la chance de me revoir une fois encore. Et c'est peut-être ce qui me touche le plus, de sentir cet amour comme un battement,

comme une poussée qu'il n'arrive pas à étouffer, à domestiquer – et sous sa frimousse qui s'arrondit, à travers ses yeux émus de môme qu'il écarquille sans s'en rendre compte, quelque chose de scellé – d'enfoui profond, si profond… dans un sarcophage de béton psychanalytique – quelque chose se libère sauvagement, et me troue ·/) Alors ȷe vois Tishka debout, qui se retourne, sa bouille ravie ·/) ȷe vois Tishka qui court vers moi à l'entrée de la classe de petite section de la maternelle de Granados et elle galope à toute vitesse en oubliant d'un coup la classe et ses copines, la maîtresse et ce rectangle de murs autour d'elle et elle ne voit que moi ·/) elle court comme si elle pouvait me traverser de part en part ou comme si ȷ'étais un doudou immense de peluche qui l'amortira touȷours, qui touȷours la soulèvera d'un geste rieur vers le ciel du plafond et les larmes sortent de mes yeux toutes seules ·/) Je me souviens, ȷe me souviens enfin et c'est net, mon dieu, que c'est furieusement et magnifiquement net.
Lorca tend sa main par-dessus la table, ȷe la lui laisse, elle est chaude tandis que la mienne est une plaie cousue qui se redéchire bord à bord…

— Elle va revenir, tu sais…

— ELLE REVIENDRA PAS !

·· Sahar · l'a hurlé. Les clients se retournent sur nous, j'ai peur qu'elle parte, je lâche sa main, ses coudes glissent sur la table, ma tasse de café tombe et se fracasse sur le carrelage. Ses joues sont pleines de larmes. Je me lève pour aller l'enlacer, je sens monter son parfum dans ses cheveux mouillés, ses tremblements. Ça m'a manqué ton corps, ça me manque tellement.

— Messieurs dames… Vous êtes naturellement les bienvenus dans notre hub… Je vous demanderais juste de vous décaler un peu vers le fond de la salle pour ne pas perturber nos clients qui travaillent. Le bris de la tasse ne sera pas pris en compte dans votre notation clients, rassurez-vous...

´La ˏ serveuse. ´Nous nous déplaçons mécaniquement vers une zone orange matelassée d'alvéoles. Un pictogramme *blabla* y est peint aux pochoirs sur les murs. Là nous avons officiellement le droit d'émettre des mots l'un envers l'autre.

·· Sahar · s'est refermée d'un coup. Je m'apprêterais à parler, elle coupera court, d'un geste. Se redresse sur son siège. Sécherait ses yeux qui seraient maintenant vert d'eau, plus lumineux. De la Chartreuse.

— Je sais ce que tu vas me dire, Lorca. Je ne veux pas t'entendre.

— J'ai du nouveau.

— Tu n'as pas de nouveau. Tu n'as rien de nouveau ! Tu refuses de faire le deuil, et tu refuses, et tu refuses, et tu refuses encore ! GRANDIS, nom d'un chien !

Pure pulsion de lui balancer la table, de rage. C'est elle qui refusait d'y croire, elle qui a lâché ! Elle ! Moi je me bats chaque jour pour que Tishka revienne ! Où qu'elle soit aujourd'hui ! Dans ce monde-ci ou de l'autre côté, ou au-delà encore ! Et je vais me battre jusqu'à mon dernier sang pour ça ! Elle me toise droit dans les yeux :

— Tishka est partie. Quelqu'un l'a enlevée. Et il l'a emmenée très loin, au Brésil, au Japon, en Inde, sur la Lune – on ne saura jamais, Lorca ! Et peut-être qu'elle est heureuse, elle doit l'être, elle était faite pour ça. Mais elle est heureuse sans nous !

Ou elle est morte et un dingue l'a découpée et enterrée morceau par morceau dans un terrain vague à deux kilomètres de chez nous. Mais elle ne reviendra JAMAIS. Tu comprends ? TU COMPRENDS ?

Elle crie encore. Elle ne pleurait plus. Tout était rigide dans son corps, de l'os et des nerfs, du métal et du câble. Méconnaissable. Je respirais, laissais passer sa colère et ça sortit tout seul :

— J'ai réussi l'épreuve, Sahar. Je suis officiellement chasseur de furtifs depuis dix jours...

— Bravo.

Plus glacé que ça, il y a plaquer sa main nue sur une rambarde métallique, par – 20 °C.

— L'État ne met plus un mao dans l'éducation publique mais il en a encore assez pour payer des pères de famille de quarante ans à courir derrière des souris mutantes !

— Ce ne sont pas des souris...

— C'est quoi alors ? Des rats ?

— Non. C'est ça... Regarde...

´Oscillant ˏde ´la tête, droite et gauche, Lorca observe les tables derrière nous avec un air ridicule de conspiration. Depuis qu'il est à l'armée, ȷ'imagine qu'on lui a enseigné ces réflexes de barbouze, d'espion du dimanche. Il « checke » partout, tout le temps, depuis que ȷe suis arrivée. Ça ne lui va pas du tout, cette paranoïa, ces postures soi-disant « pros ». Il pose un sac de sport sur la table, l'ouvre et m'invite à regarder. C'est censé m'intriguer. Hormis que ȷe ne bouge pas.

— Ne le sors pas du sac… Ce que je fais là est rigoureusement interdit par l'armée.

— Tu t'entends un peu, Lorca ? Tu te rends compte de ce que tu deviens ? Tu as perdu du poids, c'est peut-être la seule chose positive que t'ait apportée ta formation. Tu es physiquement plus affûté, mieux dans ton corps et ça se sent. Mais ta tête se ferme. (Il encaisse, je m'adoucis.) Qu'est-ce que c'est ?

Je n'ai pas envie de jeter un œil. Je voudrais partir.

— Regarde par toi-même…

Il me pousse le sac sous le nez, je le prends et le pose sur mes genoux. À l'intérieur est empaquetée une sorte de sculpture dans du papier bulle, la taille d'une fouine ou d'une marmotte. Je retire le scotch du papier et me saisis du volume. Au toucher, ça ressemble à de l'ambre sombre ou à de la céramique. Assez surprenante est la forme, très cinétique, le mouvement est superbement rendu, on dirait du futurisme italien, un repentir de Boccioni par exemple. Une impression têtue de vitesse s'en dégage comme si l'artiste avait vitrifié un animal en fuite, d'un jet d'air liquide, comme le font beaucoup les post-réalistes.

— Très joli… Je dois comprendre que c'est un cadeau ?

— Pas vraiment. Je… J'adorerais te l'offrir… mais je peux pas. Je suis désolé.

— Dommage. Tu opères dans le trafic d'œuvres d'art maintenant ?

·· Elle · regarderait à nouveau dans le sac, caresserait la céramique à deux mains, presque à l'aveugle puis la reposerait avec délicatesse, la réenveloppant sommairement. Elle me rend le sac. Elle a alors un mouvement du buste, très beau, son corps a retrouvé sa souplesse délicieuse, comme si toucher la pièce lui avait fait du bien. L'envie de la prendre dans mes bras.

— C'est un furtif, Sahar.

Il a baissé la voix, l'a descendue dans les graves et il me parle maintenant le torse penché en avant, au plus près de mon oreille, sans que je fasse rien pour m'approcher. Avec ses cheveux très courts, son visage rond ressort d'autant plus, sauf qu'il a perdu des joues, que ses traits sont devenus un peu plus tendus, un peu plus durs. Il a gagné en virilité ce qu'il a perdu en tendresse. Je vois plus l'homme que le père et je ne sais pas si ça me plaît.

·· C'est · maintenant que ça se joue. Ma crédibilité. Sa capacité à entendre. Le fait qu'on puisse se revoir ou pas. Maintenant.

— C'est le furtif que j'ai chassé lors de mon épreuve d'initiation.

— C'est un moulage. Superbe. Mais un moulage.

— Les furtifs se portent eux-mêmes à très haute température quand ils meurent. On dit qu'ils se céramifient. C'est un processus de sauvegarde de l'espèce. Ça empêche qu'on les capture vivants et qu'on puisse les étudier.

— Ça empêche surtout de contredire vos délires ! C'est tellement pratique, tu ne crois pas ? Tout ça est juste un conte, Lorca, du *storytelling* de militaire auquel tu as besoin de croire, auquel tu t'accroches ! C'est tout. Vous alimentez à votre façon, très sérieuse, très carrée, cette légende urbaine d'êtres qui seraient totalement libres, qui seraient capables d'échapper à notre monde hypertracé. Toute légende, tu le sais, tu as fait de l’anthropo, naît d’un désir subconscient, partagé de communautés entières. Le nôtre est de pouvoir disparaître, de devenir invisibles, de pouvoir fuir quand toute notre société crève d’être sous contrôle ! L’armée récupère cette pulsion. Elle a juste l’ignominie de l’exploiter. De faire croire à une menace parfaitement imaginaire afin d’affiner encore ses techniques de détection et de traçage. Comment tu peux tomber dans ce piège grossier ? Tu connais leurs méthodes, non ? Tu sais qu’ils ont besoin de nous fabriquer sans cesse des ennemis. D’autant plus besoin que notre société éclate, qu’elle se segmente en une myriade de communautés depuis la faillite des villes. Ressouder est un impératif pour ce qui reste de notre État à l’agonie. Et rien ne ressoude mieux un peuple qu’une menace commune.

Elle était remontée à l’étage intellectuel, là où elle était à l’aise, toujours, là où l’émotion n’entrait plus, ne pouvait plus la bouleverser. Difficile de lutter. Je la regardais parler et j’étais ému de l’entendre, ému par sa voix dont je retrouvais les nuances, le mouvement, par sa diction si claire, touché aussi par l’élégance de ses traits et de ses gestes, par cette finesse, vive et précise, que restituaient sa langue et son corps, en résonance. La voir bouger, c’était la voir penser. Sa colère même était déliée, fouillée. Elle me rappelait cette intuition de Deleuze, que je lui avais répétée cinquante fois : que le charme était la vie du visage, était l’effet d’un visage qui vit.

´J’aimerais ˏtellement ´te croire, si tu savais, tellement, je ne demande que ça, Lorca. Je voudrais débrancher ma conscience, ou la tordre comme tu la tords, dingo que tu es, me dire que cette céramique si jolie a été un animal, oui, que tes furtifs existent bel et bien, qu'ils ont emmené Tishka avec eux et que tu vas la retrouver en apprenant à les chasser. Ça ferait un si beau conte de fées, papa, ce serait tellement miraculeux si le réel n'était qu'une pâte mentale, à pétrir et à façonner selon nos désirs, si les morts qu'on aime n'étaient jamais tout à fait morts, si les disparus revenaient toujours, pour peu qu'on le veuille vraiment… Toute la littérature fantastique est issue de cette inclination, tu sais, elle est native en nous. Tishka l'avait, cette pensée magique, comme tous les enfants l'ont, vivace, et comme tu l'as aussi Lorca, intacte en toi et psychotique, parce que tu refuses le vide. La mort est un face-à-face. Un face-à-face avec un trou.

— Il y a une part de légende urbaine dans les furtifs, je suis d'accord avec toi. Tu as raison là-dessus. Mais l'animal qu'il y a dans ce sac, je l'ai vu courir, sauter, je l'ai…

— L'as-tu vraiment *vu* ? Je croyais qu'on ne pouvait pas les voir sans les tuer ?

— Je… Je ne l'ai pas vu, mais je l'ai entendu en tout cas. Ils produisent des leurres sonores.

— Tu l'as vu mourir ?

— Pas exactement… J'ai croisé son regard et j'ai… j'ai perdu connaissance…

— Épilepsie ?

— Oui.

— Tu n'avais plus eu de crise depuis combien d'années ?

— Quatre. Mais je sais pas si c'était de l'épilepsie. C'était plus étrange que ça encore…

·· Ses · narines se fronçaient. Je la perdais.

— Comment veux-tu que je te croie, Lorca ? Franchement ?

— Tu as une preuve, là, dans ce sac ! Tu as touché le furtif, tu as bien vu que c'était du vivant figé, céramifié ! Personne ne pourrait sculpter ça ! C'est pas de l'art, c'est de la vie tuée ! Tu peux sentir la différence, non ?

Il tremble. Il a commandé un autre café, directement par la table, ce qu'il ne fait jamais d'habitude : nous privilégions tous les deux les « interfaces humaines », comme ils disent, même quand elles singent, comme ici, une mauvaise IA.

— Tu as perdu connaissance et tu t'es retrouvé avec une œuvre d'art dans les mains. Tu n'as pas vu l'animal, tu l'as entendu, enfin juste des leurres. Et tu m'apportes une sculpture pour que je te croie... Mets-toi à ma place Lorca, juste une minute...

— Je m'y mets ! Je ne fais que m'y mettre, à ta place, depuis que Tishka est partie ! Tu refuses l'espoir, Sahar. Tu refuses d'y croire parce que c'est trop cruel pour toi d'espérer. Je suis sans doute plus faible que toi, oui, j'ai besoin d'y croire, j'ai besoin de cet espoir, oui, viscéralement. Mais explique-moi comment une gamine de quatre ans pouvait connaître l'existence des furtifs quand 99,9 % des adultes ignorent absolument qu'ils existent ! ? Elle m'en a parlé, à moi, le dernier soir, et le lendemain elle n'était plus là !

— Elle a juste dit « les fifs ». Pas « les furtifs ».

— C'est pareil. C'est leur diminutif.

— Qu'est-ce que tu en sais ?

— On le dit dans l'armée. On dit « fif » parfois.
— Dis-moi juste si tu en as déjà vu un…
— Tu sais bien que c'est impossible. Précisément, c'est leur force, c'est comme ça qu'ils survivent parmi nous. Ils protègent l'espèce.
— Quand tu as fait son bisou à Tishka et qu'elle t'a demandé de rester allongé à côté d'elle, qu'est-ce qu'elle t'a dit exactement ?
— Je te l'ai déjà raconté mille fois…
— Redis-le encore une fois. S'il te plaît.
— Elle m'a dit qu'il y avait un fif qui vivait dans sa chambre et qui mélangeait tous ses jouets, qu'il adorait se cacher, qu'il était très fort à ça, qu'on ne pouvait pas le voir mais qu'on pouvait lui parler ; qu'elle lui parlait quand c'était tout noir dans la chambre. Elle m'a dit que c'était fabuleux de jouer avec lui et…

Il pleure en parlant, les mots ne sortent plus, je ne dois pas le lâcher :
— Et… ?
— Et… qu'elle… allait partir quelques jours avec lui, qu'il allait lui apprendre à voler comme un oiseau, à se cacher, à se transformer…

C'est là que je dois le ramener, là. À l'exactitude :
— Tishka n'a pas dit les choses comme ça, Lorca. Avec le temps, ta mémoire a complètement réinventé ce qu'elle a vraiment dit ce soir-là. Tu as reconstruit la scène, à force de ressolliciter ta mémoire. Tu souffres d'un *fake memory syndrom*, c'est assez classique dans les événements violents. Ce que tu me racontes là n'est pas du tout ce que tu m'avais

raconté le lendemain de sa disparition. Je l'avais retranscrit mot à mot sur un cahier pour garder la trace. Ce cahier, je te l'ai apporté : le voici. Si tu veux relire, fais-le. C'est important que tu le fasses, je pense.

Je lui tends le cahier et je l'ouvre à la page. Il ne le prend pas. C'est moi qui suis restée allongée près de Tishka pour l'endormir, après que Lorca lui a raconté l'histoire du fantôme de la tour onze puis lui a fait un câlin. Tishka m'a dit qu'un animal vivait sous son lit, qu'il était génial parce qu'il lui parlait la nuit et qu'il rendait ses doudous vivants. Elle ne m'a pas parlé, à moi, de « fif » ni dit qu'elle voulait partir avec eux. Et dans la première version de Lorca, la version d'origine, la plus fiable, celle du lendemain matin, lorsque nous n'avons pas retrouvé Tishka dans son lit, il avait relaté que Tishka avait murmuré ça, au moment où il la laissait et juste avant que j'arrive pour le relayer : « Le fif, il dit que je suis aussi rapide que lui, que je pourrais le battre à cache-cache. Je vais réussir à le battre, papa, tu crois ? » Et Lorca avait répondu : « Pour le battre, il faut que tu apprennes à être comme lui. Il faut que tu l'écoutes et que tu le recopies. Alors, un jour, tu seras aussi forte que lui, oui ! » Ça, il l'a complètement oublié. Refoulé. Parce que sa terreur profonde, dans son délire schizo, c'est ça : qu'il ait pu pousser Tishka à partir. À partir avec le furtif. Il prend finalement le cahier et lit ma retranscription. Très vite, ses larmes aquarellent l'encre du papier, il fait buvard avec sa serviette et s'excuse comme un enfant. Puis il me rend le cahier.

— J'étais sous le choc... Tu imagines bien, j'ai oublié plein de choses... Ce que tu as retranscrit est juste, sauf que Tishka m'avait dit beaucoup plus que ça.

Elle a parlé assez longtemps. Elle était fascinée par ce furtif, j'avais senti que quelque chose était sérieux en elle, qu'il y avait plus qu'un enfantillage, plus qu'une invention de gosse.

— Ça, c'est ce que tu te dis aujourd'hui.

— Non. Je me souviens parfaitement de ma sensation ! Ça m'avait perturbé.

— Ta sensation a changé, Lorca. Tu l'as reconstruite au fil du temps. Chaque fois que tu convoques une réminiscence, ton cerveau reconstruit le réseau neuronal du souvenir, et il le déforme de proche en proche, en l'adaptant au présent. Sur des événements traumatiques, sollicités des centaines de fois, ça finit par altérer totalement le souvenir originel.

— Les chasseurs de furtifs existent, Sahar. C'est un fait. J'en fais partie. Je te présente quand tu veux Arshavin, mon instructeur, il est passionnant, il te plairait. Je te présente Agüero l'ouvreur, Nèr le traqueur optique, Saskia la traqueuse phonique. Quand tu veux !

— D'accord. La vérité est que tu es plus fort que moi, Lorca. Parce que toi, tu arrives à supporter la souffrance de l'espoir. C'est même ton carburant. Moi j'y ai cru jusqu'au chaman, j'ai cru au chaman, j'ai cru qu'il avait retrouvé Tishka dans la forêt des Dombes, qu'elle y était séquestrée par un gourou. Et quand j'ai vu son maillot sur une branche, son doudou dans la cabane, j'étais sûre qu'elle était là, que nous allions la ramener, que le cauchemar était terminé. Comment j'aurais pu croire qu'un charlatan soit assez vénal et ignoble pour nous voler un doudou lors de sa visite, et plusieurs vêtements, puis aller les disposer théâtralement là-bas pour rendre crédibles ses oracles ? Comment un être humain peut faire ça à des parents qui ont perdu leur gosse ? Comment ? Après son arrestation, j'ai su que je ne pourrais plus jamais revivre une descente aussi violente. Je n'ai jamais pu y croire à nouveau. La machine à rêves est cassée. (Lorca part, il est ailleurs.) Est-ce que... Est-ce ça t'aide, toi... d'espérer encore ?

Lorca se mouche et me dévisage, désarçonné, comme s'il ne comprenait pas ma question. La serveuse pose le café sur la table avec une petite plaquette de plastique sur laquelle brille une seule étoile. Une étoile sur cinq. Elle nous a dégradé notre note client. Comme ça, tranquille.

— Ça m'aide... Et ça m'aide pas... Je vis pas les choses comme toi. Toi, tu analyses et tu psychologises tout... Moi, j'ai juste une intuition, une intuition sauvage qui ne m'a jamais quitté depuis la disparition de Tishka : c'est qu'elle n'est pas morte. Si elle était morte, je l'aurais ressenti. C'est parfaitement irrationnel. Ce n'est fondé sur rien... je n'ai aucune preuve de ça... Je le sens, c'est tout. Maintenant pense ce que tu veux. Que j'ai besoin de croire ça pour m'en sortir, pour ne pas sombrer, parce que je refuse la vérité, parce que je ne fais pas le deuil, tout ce que tu voudras. Tishka est vivante, c'est une certitude absolue pour moi. Et il y a de grandes chances qu'elle soit partie d'elle-même puisque notre porte était verrouillée par une serrure trois points, que nos fenêtres étaient au cinquième étage, qu'il n'y avait strictement aucune trace de doigts, de rayures ou d'effraction, ou d'ADN étranger sur sa fenêtre, la police scientifique l'a certifié. Il n'y a jamais eu de demande de rançon et les pédophiles ne volent pas dans le ciel en ballon ! Alors quoi ? Quoi ? Qu'est-ce qu'on a de crédible ? Qu'est-ce qui est logique ou rationnel là-dedans ?

— Nous avons eu vingt mille fois cette discussion, Lorca, s'il te plaît… Tu connais mon hypothèse…

— Si c'était un monte-en-l'air, il serait passé par le toit et il serait descendu en rappel : la serrure du toit aurait été forcée. C'était impossible de monter directement du sol dans cet immeuble, avec le champ vigilant. Mon hypothèse vaut ce qu'elle vaut, elle est ténue, d'accord, mais elle s'appuie sur ce que Tishka a dit. Sa disparition défie toute logique, OK. Alors il faut oser frôler la folie pour imaginer une explication. Même les flics, qui en ont vu d'autres, n'avaient pas de réponse, ils étaient secs, tu t'en souviens ?

— Ce sont eux qui nous ont conseillé de recourir aux chamans…

— Les furtifs restent à ce jour la meilleure explication « imaginable », la moins absurde en tout cas. Je ne dis pas que c'est une piste « probable », même pas ! Je dis juste que leurs facultés pourraient expliquer que Tishka soit partie sans effraction et sans laisser la moindre trace. Eux peuvent le faire : ma formation m'a au moins confirmé ça. Et s'il existe un pour cent de chance que j'aie raison, j'explorerai ce pourcent jusqu'au bout. C'est pour ça que je suis devenu chasseur.

Il avait l'air tellement sûr de lui. Je repensais à Miguel : ne pas entrer dans son délire, se projeter vers ma reconstruction et non vers ce passé qui me fouaillait. Nous avions été un beau couple, je crois, tellement proches sur notre vision du monde, dans nos combats politiques, dans cette évidence d'être généreux. Et Tishka avait ouvert ce gouffre entre nous. En disparaissant, elle nous avait montré à quel point nous étions différents. Lorca me regardait encore, je savais qu'il m'aimait, qu'il n'avait jamais cessé de m'aimer, lui, qu'il n'avait jamais vraiment intégré pourquoi j'étais partie, pourquoi je n'avais pu que le quitter : pour survivre. Il aurait voulu prendre ma main, il aurait voulu être contre moi, je ressentais ses ondes, son envie. Il n'osait pas toutefois. Je me sentais si froide, si grippée.

J'essaie de revenir, d'être là. Il tente de casser ma glace.

— Comment ça va, sinon ? Tes cours ? Il y avait du monde sur la place...

— Ça va mieux. Parfois, j'arrive à passer une heure sans penser à elle...

Lorca baisse la tête et avale son café, par lampées. Cette salle est si triste. Nous sommes les seuls à parler ensemble, en chair et en os. J'ai horreur de ces endroits, j'avais juste souhaité un terrain neutre, pas anticipé cette ambiance. Lorca hésite à reprendre la parole puis il repart dans une bouffée schizo qui me crispe :

— C'est marrant que tu dises ça... Moi, quand je ne pense pas à elle, j'ai l'impression de la trahir. De l'abandonner. Je me dis que plus je pense à elle, plus j'émets d'ondes mentales vers elle, plus elle a des chances de me retrouver. Je suis comme un phare à ondes dans sa nuit, dans son errance, là où elle est. À force, peut-être qu'elle finira par me voir.

— ...

— Si tu crois à quelque chose, Sahar, cette chose se met à exister ; si tu crois en Dieu, tu fais exister Dieu – Dieu n'existe pas mais pourtant il se tient là, debout, tout fragile, tenu par des fils de pensée, par chaque minuscule acte de foi que des millions de gens font pour lui. Je retiens Tishka, je la maintiens du côté de la vie, juste en y pensant, en y pensant très fort, tout le temps. Tishka a besoin que j'y croie, pour exister.

·· Sahar · resserre ses épaules, elle a froid :

— C'est toi qui en as besoin. Parce que sinon tu t'écroulerais comme je me suis écroulée. Écoute-toi, Lorca... tu débloques gentiment. Tu en as conscience ou pas ? Tu es un enfant avec une belle pensée magique. Parfois, je t'envierais presque pour ça, j'aimerais avoir ta démence naïve, j'aimerais avoir cette folie d'y croire encore, d'y croire toute la vie. Moi j'y ai cru pendant un an, jour après jour, vingt heures éveillées sur vingt-quatre, trois mille six cents secondes par heure. J'y ai cru comme personne ne pourra jamais y croire, même pas toi. Et elle n'est pas revenue, Lorca. J'ai prié toutes les forces de la nature et de la religion, je l'ai appelée avec toute la fureur de mon cerveau, de ma mystique intime, et elle n'est pas revenue ! Après le choc du chaman, sa manipulation atroce... J'ai plus pu. La seule chose qui m'a tenue, c'était de penser au suicide, à la façon dont j'allais me suicider le soir même. Et quand c'était la nuit, je pensais au suicide du matin, et quand c'était le matin, je me disais : « À midi, tout sera fini, je vais m'ouvrir avec le couteau à pain dans la cuisine, ça sera douloureux deux ou trois minutes puis je souffrirai plus jamais. » J'ai sauté de toutes les hauteurs imaginables dans cette ville, je me suis noyée cinquante fois dans ce fleuve, en me lestant, en me droguant, en m'assommant et ça me reposait tant de penser à ça... Ça m'a sauvée.

— J'étais là aussi, non ?

— Oui, tu as été là. Je ne sais pas comment tu as tenu, je ne te donnais plus rien, je donnais plus rien à personne, j'étais du néant. J'étais un siphon à néant, tu étais là et ça ne servait à rien, à rien du tout, mais tu étais là et d'une façon ou d'une autre, ça m'a aidée.

— Tu ne m'avais jamais dit que ça t'avait aidée...

— ...

Sahar fige. Elle regarde soudain un étudiant tapoter tel un débile sur sa table tactile.

— Tu ne voudrais pas qu'on aille se promener ? Je supporte pas ce lieu, en fait.

Lorsque nous sortîmes, le ciel empilait ses ballots de coton gris dans le crépuscule. Le soleil avait trouvé moyen de se glisser sous la ligne des nuages et tentait un dernier salut jauni avant de plonger à son tour. De l'autre côté du fleuve, on voyait le damier des buildings s'allumer avec parcimonie, et sur le quai où nous marchions, les panneaux solaires restituaient enfin tout ce qu'ils avaient pris sous la forme de diodes multicolores, enchâssées dans le caillebotis de la digue, censées nous guider sans nous contraindre, pourtant aussi peu inspirées que le reste. Sans ordre ni prévenance, la pluie tombait par à-coups, battante ou bruinée. Je ne cherchais plus à m'abriter, l'eau me faisait du bien.

Par deux fois, ma bague a clignoté en rouge, sans que j'y prête attention, j'ai fini par vérifier sur mon brightphone : nous sommes partis sans payer l'addition. Elle vient de m'être automatiquement imputée puisque Lorca n'a pas de bague, avec l'amende de dix pour cent pour conduite négligente. Suit dessous ma cotation client où la serveuse vient de me punir trois fois en m'affectant la note d'une étoile (pour avoir zéro étoile, il fallait tuer la serveuse) aussi bien en respect du service, qualité comportementale et convivialité. Pas la peine d'en parler à Lorca : il serait capable d'y retourner et de tout casser, vu l'état dans lequel ça le met, la cotation réciproque. Je lui ai pris la main et il s'est laissé faire.

Ça m'émeut beaucoup plus que je ne le pensais de me promener avec lui. Revenir ensemble, ce serait si évident, si simple… Je repense à Miguel, hier, et je lance à Lorca :

— Tu as quelqu'un dans ta vie en ce moment ?

— Non.

— Tu devrais, ça te ferait du bien…

— Tu as quelqu'un, toi ?

— J'ai eu quelques aventures ces derniers mois…

— Des choses sérieuses ?

— Il y en a une qui dure un peu, les autres étaient des passades… Ça m'a surtout aidée à reprendre pied dans la vie. À me réouvrir.

— …

— Ça va ?

— Je pensais pas que tu te réinvestirais si vite… Mais c'est bien. Moi, je pourrais pas. Pas encore. Je ne suis pas du tout prêt.

— Il faut que tu coupes avec notre passé, Lorca. Que tu passes à autre chose. Si les chasseurs t'aident à faire le deuil, tant mieux. C'est bien fini, tu le sais.

·· Elle · m'aurait pris la main et pendant un moment suspendu, j'aurais cru que ça signifiait quelque chose... autre chose qu'une compassion moisie. Elle venait de lancer quatre petites phrases anodines, de sa voix la plus charmante et la plus calme, et ça m'avait cloué au mur comme un jet de couteaux. Flirter ? ? Je n'avais jamais été d'un naturel jaloux, pourtant je la voyais partir, je la voyais ensevelir notre vie, à légers coups de pelle, tandis que de mon côté... Flirter ? Je n'aurais pas pu. Parce que j'aurais eu l'impression de trahir Tishka en aimant quelqu'un d'autre que sa mère. Parce qu'un an et demi après notre séparation, j'étais encore avec Sahar, dans ma tête, dans mon cœur, et il avait juste fallu qu'elle traverse la terrasse sous l'averse, qu'elle entre dans le café, pour que sa grâce me prenne à nouveau à revers, pour que sa présence me dise que c'était elle dont j'avais envie, dont j'avais besoin, pour entrer à nouveau dans la couleur.

´Est-ce ˏqu'il ´me croit ? Il ne me regarde plus, il se noie dans le sol. Si ȷe m'écoutais, à cet instant, ȷe le prendrais dans mes bras et ȷe l'embrasserais – et il serait heureux. Juste pour le sentir heureux. Il faut absolument qu'il croie que ȷ'ai tourné la page, qu'il l'encaisse comme une vérité sèche car c'est la seule façon de nous sauver, chacun, et tous les deux. Miguel est lucide. Je n'ai eu aucun flirt évidemment, ȷ'ai été courtisée bien sûr (pas tant que ça, mon indisponibilité se sent) mais à chaque fois, même en me forçant, ȷe n'arrivais pas à oublier le regard de Tishka, ce qu'elle en aurait pensé du haut de ses quatre ans, elle qui n'imaginait pas que notre amour ne soit pas du touȷours-touȷours... elle que nos baisers faisaient rougir comme une petite pomme.

·· Après · un quart d'heure de marche lente, nous avions atteint le bout de la presqu'île, là où la proue du quai coupait le fleuve en deux. La journée s'achèverait dans la pluie et le plomb. L'eau aurait des allures d'asphalte qui coule, le silence nous aurait rejoints pour nous accompagner et je ne saurais plus comment lui casser la gueule, au silence. Alors, voilà :

— Je voulais te demander encore quelque chose, Sahar.
— Vas-y.
— Est-ce que tu me crois fou ?

Elle enraye un début de sanglot, se reprendrait et s'est jetée dans mes bras. Elle me serre de toutes ses forces, muette. Puis elle me fit asseoir à même la pelouse trempée, sortit le furtif du sac et le prit contre elle comme elle aurait serré Tishka contre sa poitrine. Alors elle commença à chantonner, tout doucement, elle se mit à chantonner, à mi-voix, la comptine des pouces en caressant le museau de la céramique et la naissance de ses ailes, chantonner elle continua, *in petto*, inspirée...
L'averse rincerait à présent la pelouse, la nuit monterait, la lumière serait devenue incertaine et la sculpture commença, c'était brouillé et presque imperceptible, à vibrer et à émettre une note tenue, mélodique, tournante (( )) exactement comme si l'on avait passé un doigt mouillé sur le pourtour d'un verre de cristal (( )) Stupéfiée, Sahar regarderait attentivement la pièce tout en continuant à la caresser et à chanter, un peu plus fort, un peu moins vite, sinuant entre l'aigu et le grave de sa voix de mezzo-soprano jusqu'à ce que la céramique finisse elle-même par contre-chanter en écho, en miroir vocal, comme un louveteau de granit hurlant à la vie.

Sahar ferma les yeux et laissa la plainte s'éteindre lentement dans le parc)))))))) Lorsque l'averse se calma enfin, elle murmura :

— Ce n'est pas de la céramique, la céramique ne sonne pas comme ça. C'est une forme de vitrification ou de cristallisation particulière. Tes militaires n'ont pas d'oreille. C'est très beau en tout cas.

— Est-ce que je suis fou ?

Sahar me prendrait les deux mains comme si je pouvais m'échapper. Je serais complètement trempé et je commencerais à avoir froid. Son visage a viré au didactique. Elle me regarde intensément tout en me parlant et elle enfonce bien ses phrases dans la planche de ma nuque, clou après clou :

— Tu es fou, Lorca. Cliniquement parlant. Tu es atteint d'une schizophrénie de compensation, qui s'est déclenchée à la disparition de notre fille. Elle n'a fait que s'auto-renforcer ensuite. Ton intégration à l'armée fonctionne comme une confirmation malencontreuse de tes intuitions délirantes. L'unité des chasseurs où tu viens d'être reçu t'a permis d'étayer ce qui ne relevait jusqu'ici que d'une reconstruction hallucinée du réel. Une construction destinée à te permettre de croire encore à l'existence de Tishka. L'armée ne fait qu'accroître ta psychose, que la solidifier et c'est dramatique pour toi, pour nous. Tu as inventé un lien absolument non avéré entre les furtifs et ta fille, qui te donne la sensation que l'existence des furtifs, si elle est confirmée, confirmera aussi celle de Tishka. Mais ça n'a strictement rien à voir. Tu en es conscient ? Ce sont deux événements, deux phénomènes, deux mondes que toi seul as reliés. Pour te sauver de la dépression, de l'effondrement. Tu saisis ce que je dis ? Dis-moi que tu me comprends, Lorca, dis-le-moi, je t'en supplie.

Il me regarde avec une dureté très rare chez lui. Ses yeux sont deux pierres. Il grelotte, se tient les épaules pour se réchauffer, semble réfléchir violemment, secoué peut-être par des pensées antinomiques. Puis il range la céramique dans le sac et me fixe avec un aplomb impressionnant. Sa voix elle-même a changé, elle a un timbre sec, sablé :

— Alors tu me crois fou. Merci d'avoir été honnête. Je n'ai pas les moyens, aujourd'hui, de te prouver que je suis sain d'esprit. Qui peut prouver qu'il est sain, de toute façon ?

— Lorca...

— Tishka est vivante. Ça me perturbe beaucoup que tu ne le sentes pas toi-même, sa propre mère. Ça m'attriste aussi. Tellement. Mais sans doute que j'ai infiniment plus de sensibilité à ces choses-là que toi. Tu as toujours eu un fond scientifique, finalement, malgré tes études de lettres. ... Je croyais te convaincre en t'amenant le trophée. Le lien que je fais, je comprends qu'il soit pour toi hallucinant parce que tu n'étais pas dans la chambre à ce moment-là, quand Tishka m'en a parlé. J'avais une complicité différente avec elle, de jeu, d'histoires à nous, elle me disait parfois des choses qu'elle ne t'aurait pas dites... Et ça, tu as du mal à l'entendre...

— Peut-être...

— Un jour, je pourrai t'apporter la preuve que tu attends, parce que tu l'attends. Tu la rêves cette preuve, quoi que tu dises. Et alors tu comprendras la différence entre une intuition absolue et la folie.

·· Il · y a un maître-chien qui s'approche, le chien nous sent déjà, il faut partir.

— Je ne voulais pas te blesser. Mais je te dois la vérité, au moins ça. Tu es malade, Lorca. Tu dois l'accepter !

En épaulant mon sac, je me serais levé et je lui aurais lancé : « Ça me manque de ne pas te voir, Sahar. Ça me manque de ne plus partager ma vie avec toi. Alors même si tu me crois fou, pourrais-tu accepter qu'on se voie ? De temps en temps au moins, un peu plus souvent ? » Elle aurait remis sa cape sur ses cheveux qui faisaient une tache d'or clair dans la nuit, avec un air mutin, presque léger pour la circonstance. En quelques pas de marelle, fluides et vifs, elle sortit de la pelouse interdite en sautillant – Tishka.

— Nous allons nous revoir, oui, je te le promets. Prends soin de toi, Lorca et repense à ce que je t'ai dit. Tu es suffisamment fort et intelligent pour te guérir toi-même. Il suffit que tu le veuilles.

Je n'ai pas répondu, j'aurais juste souri.

CHAPITRE 4

C3

Depuis qu'Orange avait détourné le Rhône en 2028 pour irriguer sa skyline et s'acheter un statut de ville hype, atteindre rapidement le Récif à vélo n'était possible que par les quais. J'entends : pour un citoyen standard comme moi qui n'avait pas le niveau de forfait pour pouvoir couper par le cœur de ville. Ces quais, c'était aussi mon trajet pour amener Tishka le matin à la maternelle, sanglée sur le siège gentiment branlant du porte-bagages. Je longeais l'arc du Rhône à peine jauni par un soleil brouillé, qui me semblait aussi ensommeillé que moi. J'en oubliais parfois le poids de Tishka et sa présence derrière pendant les longues minutes à pédaler dans la brume... Puis soudain, une voix jaillissait dans mon dos, aussi surprenante que le sourire sans chat d'Alice, une voix pure et suspendue, sans corps, qui me disait :

— Là-bas péniche papa !

Cette voix, je l'espérais encore parfois. J'avais laissé le siège enfant en place depuis sa disparition, je n'y avais pas touché parce que l'enlever du porte-bagages, ç'aurait voulu dire que je n'y croyais plus. Que j'avais accepté qu'elle ne reviendrait jamais. Si bien que lorsque je prenais le vélo, comme ce matin, que je reprenais le quai en longeant l'eau grise, je n'osais pas me retourner ni tendre la main derrière moi pour lui tâter le mollet, lui faire un câlin furtif et m'assurer qu'elle n'avait pas trop froid. À certains moments, j'avais l'impression qu'elle s'asseyait en douce sur le siège et qu'elle m'effleurait le dos de ses petites griffes comme pour me dire « t'en fais pas, papa. Chuis pas loin » avant de repartir jouer. Sûrement. Quelque part sur le fleuve.

— Ils viennent de passer le quai Saffroy en premium... J'ai forcé le zonage et le drone m'a télébloqué mes freins. Je suis désolé de mon retard.

— Parce que tu n'es même pas en premium ? s'épata Agüero. T'es au parfum qu'on t'a passé chasseur, Lorca ? Ta paie va doubler gringo... Il serait temps d'entrer dans la civilisation !

J'aurais voulu lui répondre qu'il s'agissait moins d'une question de niveau de vie que de solidarité avec ceux qui ne pourraient jamais s'offrir une ville ouverte. Mais Arshavin m'avait déjà balancé un cube roulant dans les tibias, que je m'y assoie. En obtempérant, je balayai du regard la salle des meutes, que je découvrais. Murs intégralement tactiles, vitres sensitives, vue princière sur les toits tuilés d'Orange : plutôt superbe. Arshavin nous briefait en uniforme, avec la face qui va avec : impeccable et glacée. Il ne supportait pas les manquements à la ponctualité et reprit la balle d'Agüero au bond :

— La civilisation ? Votre nouvelle recrue est un rebelle et un barbare, à sa façon. Il vit sans bague, hors système et hors trace, n'est-ce pas ?

— J'essaie de préserver une certaine liberté... C'est ma façon à moi d'être furtif, tentai-je maladroitement.

— Furtif mais pas suffisamment pour être apte à semer un drone à vélo ou fausser sa plaque d'immatriculation...

— Si... Je l'ai leurré, mais...

— Mais... ?

— Le radar de quai m'a identifié. Oculomètre. Par l'iris.

— Je viens de raconter à tes camarades ce qu'il m'a fallu intercéder pour te sortir de tes frasques avec les milices. Monsieur Varèse aime à faire le coup de poing dans la rue et jouer au furtif dans les poubelles… Et il défie les drones, donc.

— Je vais m'efforcer d'être discret désormais.

— Ça me semble bien parti…

‘Arshave ˛tonne ‘en mode schlague, sec en salive. Il prend le retard de Lorca pour une provoc personnelle. Vu sa gueule confite, le boludo Lorca s'en veut. Assez pour ne plus moufter du brief, si tant est que ce soit le genre. Je sniffe chez lui une envie, plutôt, d'apprendre. Un versant buvard plus que bavard, plus que frimasse. Sortir chasseur à 43 piges, commac, se refaire un corps desde la nada, tout en tonus, en giclant la graisse… Se coltiner les jeunes pendejos, chaque jour, au mess, pour finalement choper au gong un furtif dans le cube, juste à la frissonnade (de ce qu'on m'avait dit), juste au vibré… Ça, ça te le pose pour moi. Quand Arshavin me l'a proposé, il a pas eu à me le vendre : j'aimais déjà sa bouille de gauchito, un peu ronde. Calor. Son sourire franc du collier. Surtout, le mec sonne profond. Il vient de loin. Il a brassé un peu partout dans le pays, d'après sa fiche. Communautés, trucs autogérés, des zags crasseuses, les recoins. Sûr que c'est pas un molosse à crocs, non, formé comme eux-autres à courir et à traquer, fiérots de leurs gros muscles qui cognent dans les lourdes. C'est plutôt l'inverse. Moins un chasseur qu'un type qui réfléchit comme une proie. Un mec *proyé* comme l'a bien tilté Saskia. Qui l'aime bien. Pas comme Nèr \ lui, il tord le nez sur les civils. Dans ma meute, j'ai eu ma dose de pisteurs que trois chasses poussent à l'asile… Marre des geekos qui branlent leurs machines au lieu de penser. Je veux plus d'un minot qui sprinte le pif dans ses écrans. Je veux un lent en piste qui soit malin, le groin à l'air. Qu'ait la cervelle et les tripes du même métal fluide qu'un fif. Pour le capter de l'intérieur. Jusqu'à te l'anticiper, un peu, à l'empathe. Arshave tasse le brief :

— Je souhaite pointer deux choses. D'abord qu'il m'a fallu deux ans pour obtenir cette autorisation d'accès au Centre Culturel Capitale, le C3. Ce centre a été privatisé par Civin, vous le savez sans doute, puis rapidement fermé en 2038 au motif qu'il n'était pas rentable. La décision avait choqué les bobos, vous pouvez l'imaginer. En réaction, le C3 a tout de suite été squatté, pendant bien six mois, par un collectif d'artistes qui voulait le protéger d'une réaffectation en funzone. Assez vicieusement, Civin a laissé le squat s'installer puis l'a noyauté avec doigté. Ils se sont appuyés sur deux artistes dont ils ont mécéné les œuvres par la suite, en remerciement. Civin a fait courir le bruit qu'un gang de brocanteurs pillait et dégradait le bâtiment, de manière à le faire évacuer par leur milice avec la caution de la Gouvernance. Puis ils l'ont muré, électrifié et droné pour empêcher toute nouvelle intrusion.

— Ça a tenu ?

— Jusqu'à aujourd'hui, oui. Il faut que vous sachiez que toutes les œuvres ont été conservées sur place parce que Civin a refusé de payer le transport et l'assurance ! Au final, le site est donc resté fermé à toute présence humaine pendant plus de deux ans. Autant dire que nous avons là un nid potentiel de furtifs qu'on ne trouvera nulle part ailleurs dans cette ville.

— Miam miam…

— J'ai obtenu vingt-quatre heures pour vous. Officiellement, pour Civin, vous êtes des experts en radiations. J'ai, disons, électrocuté leur inertie en leur expliquant que les terraristes adoraient creuser sous ce type de bâtiment et y placer des bombes passives qui contaminent lentement la structure. Le bâtiment en devient inutilisable pour six cents ans environ…

— « Environ » ? C'est joli… Ils ont marché ?

— Suffisamment pour délivrer tous les certificats.

L'Amiral était fortiche, un capo même, dans ce type de deal. Le mafioso diplomate. Je lui pousse un fauteuil, qu'il chope enfin. Dos d'équerre et jambes croisées. Même sur un plaid caffi de maté, il dégage de la classe.

— Vous allez vraisemblablement tomber sur des furtifs de taille respectable. Puisqu'ils ont été protégés de toute vision humaine, on peut espérer qu'ils se sont habitués à prendre leurs aises. Pour chasser, vous aurez notre dernier prototype de fusil à seringues. La seringue a été redessinée en forme d'ogive. Elle explose et perce sous n'importe quel angle, avec une tête chercheuse intégrée. Laquelle est indexée au mouvement de sorte que le tir peut rester approximatif, la balle va malgré tout aller chercher le furtif là où il est. Exactement comme un missile. Et l'endormir.

— Combien de temps entre l'impact et l'anesthésie ?

— Quatre dixièmes de seconde.

— Ça risque d'être insuffisant… lâche Nèr, un brin déçu.

— Le choc mécanique a été conçu pour être assez soft. Ça ne devrait pas stresser le furtif. Le temps qu'il ressente l’impact, il ne réussira sans doute pas à se figer, ni à métaboliser.

— Il trouve pourtant le temps sur des balles à haute vélocité…

— Oui, parce qu’il anticipe le choc. Il se fige avant même que la balle arrive. Et parce qu’on n’a jamais réussi à tirer directement sur lui dès la première balle. Aucune meute. À ma connaissance. Si tu mitrailles un furtif, dès la deuxième balle, il est prêt !

— Et là, pourquoi il ne serait pas prêt ? ose Saskia.

— La balle est subvéloce, donc assez lente, et elle zigzague. Sa trace sonique est chaotique, elle génère des ondes en sinus. Difficiles à lire pour lui.

— Hum… Les sinus, il sait lire.

Sceptiques les compadres… J’ai fait signe à l’Amiral de me laisser la main :

— J’ai testé le fusil hier sur des mangoustes : tu flingues au jugé, la balle fait 90°, elle s’angle et va sécher la bête qui cavale ! Jamais eu une arme commac dans les mains, croyez-moi ! Ça peut le faire ! On peut l’avoir vivant avec ça !

Je ne pus m’empêcher de sourire. Agüero restait tel que je l’avais toujours connu, du premier jour où j’avais intégré sa meute, il y a quatre ans déjà : positif et optimiste, si généreux dans son énergie, jamais ne s’économisant. Chaque chasse était pour lui LA chasse : à la fois la première et l’ultime. Celle qui allait ramener un furtif *vif*, enfin, au Récif. Pas juste un bloc de céramique. La chasse qui ferait de lui, de nous quatre car il était viscéralement partageur, les héros d’une armée dont on ne savait combien de temps encore elle allait accepter de financer un programme de recherche aussi décalé et aussi inefficace dans ses résultats. Au point que j'avais souvent l'impression d'être dans une unité d'études à l'ancienne, à l'époque de l'université reine, où le savoir pour le savoir conservait encore un sens. L'époque au fond de mes grands-parents, Ava et Joop Laas Larsen, qui auraient été ravis de me savoir ici. Grands spécialistes des lémuriens, ils étaient morts sereins en forêt, au Brésil, sans doute dévorés par des animaux qu'ils étaient heureux, j'en suis certaine, d'avoir nourris pour relancer les cycles du vivant. Je pensais à eux deux à chaque sortie. Au retour, je reportais en secret tout ce que je découvrais des furtifs sur un cahier à spirale, exactement comme ils le faisaient. Pas de numérique, quelque chose de non piratable ! J'avais été leur petite-fille chérie toute mon enfance, la seule à les accompagner en forêt, à avoir hérité de leur curiosité passionnelle. La seule qui ait suivi la voie de l'éthologie dans la famille. Alors oui, mon travail ne représentait pas encore grand-chose face à leur carrière majestueuse. Mais moi, j'étudiais le plus bel animal du monde (et ça, c'était une fierté magnifique).

\En\\ mécanidés,\ je prends tout. Mes quatre surchiens : Boxer/Dober/Słoughi/Botweiłer. Tous łes intechtes aussi, ła série, intégrałe. Mon furet, s'ił faut. Faudra strier łe płafond, et très vite. Niveau łux, ce sera tactique pour cłarter ła sałłe de concert. Juste à décrypter ła maquette, ça stresse. Trop d'angłes, de płis. Au psy, direct, łes archis. Je vais jeter des sołeiłs sous ła voûte. Des sphares Hełiop KS9. Les fifs détestent, ça łes fait siffłer. Le reste au łaser à bandes, de ła łuciołe en nuée aussi. On a déjà fait płus grand une fois/je capaciterai. Checks batterie par contre. Pas dit qu'on puisse se pługger. Je vais demander łe drone porteur. Les trois. Puissance de feu. Ça me rend hystérique ces płis. Au psy, direct. Voudraient łes protéger, iłs feraient pas mieux. 24 h, ce sera überkurz si j'étałonne sur płace. Całibrer łe max avant. Le łidar va être décisif sur ła łigne de front. Surtout en verticał, pour cłairvoir en profondeur. Dałłe/Dałłe. Pour ła médiathèque aussi. Stratigraphie mułti-cłoisons. En enfiłade. Trop de płis. À se demander, franchement, łes archis ? Qu'est-ce qu'iłs visent ? Pour qui iłs font ça ? Au psy/direct !

— Une dernière recommandation : Saskia a beaucoup travaillé sur la façon dont les furtifs aménagent leur espace pour le diffracter, le rendre labyrinthique. Là, vous allez sans doute être gâtés dans ce registre. J'imagine que vous trouverez des valcôves, des caches aménagées, voire des origanids. Filmez-les soigneusement et ramenez-nous tout ça, évidemment !

‘Sitôt ‚Arshave ‘parti, j'ai fait valser fauteuils et canaps pour les foutre en cercle, roulé une table au milieu, tanké sa maquette dessus et dégoupillé quatre bières que j'ai jetées en gueulant « GRENADE ! ». Tout en les lançant tant droites que tout le monde a pu les récupérer sans une goutte. Tous, sauf Lorca qui s'en est foutu une belle giclée sur le poitrail.

— Ah, bordel...

— Ça viendra ! le tance Saskia. J'ai mis deux mois à maîtriser le geste pendulaire pour éviter que ça mousse... Tu vas quand même pas le faire du premier coup ?

·· Ŀe · soleil du matin entrait à foison dans la salle. Par les larges hublots du lab, sis au sixième étage, la vue dominait une mer orangée de tuiles en terre cuite qui rappelaient que cette ville avait été, avant d'être « civinisée », une plutôt avenante cité provençale. D'ici, la carapace en acier froissé du centre culturel, étincelante sur la colline Saint-Eutrope, nous narguait en secret. Un mausolée en cœur de ville... Pas rentable donc on ferme ? Qui étaient les nouveaux barbares ?

Aux gestes de Nèr lorsqu'il pointait la maquette, plus saccadés encore que d'habitude, plus enjoués aussi, à l'excitation de Saskia qui prenait feu à mesure qu'Agüero détaillait le site – autant qu'à l'énergie du brief, discours très pro, très vif, plein de gouache et de perles, je mesurais le cadeau que m'avait fait Arshavin en m'affectant dans cette meute. En une simple matinée, j'en apprenais davantage qu'en six mois de formation parce que j'avais devant moi Hernán Agüero, trente-neuf ans, dix ans de chasse, trente-sept furtifs au compteur, tout simplement le record, *ever*. En moyenne, un ouvreur tenait trois ou quatre ans avant de jeter l'éponge, au mieux sur un burn-out, au pire à l'hôpital psychiatrique. À la cantine du Récif, la plupart des anciens l'appelaient le Matador quand ils ne le saluaient pas en deux parties : « Herr Nán ». Quant aux jeunes, ils disaient juste qu'il avait tué le game.

À dire vrai, Hernán aurait eu toutes les raisons de me prendre de haut en me faisant la leçon. Allez, de me bizuter même : il avait l'intelligence de faire exactement le contraire en allant me chercher là où j'étais, dans l'antichambre de la chasse, à peine sevré des connaissances théoriques indispensables au métier et vaguement aguerri par les exercices pratiques à base d'animachines que nos officiers nous lâchaient dans des hangars qui ressemblaient à des brocantes. Il savait que mon armoire à trophées se réduisait à un furtif figé dans un cube vide quand nous allions traquer, demain, des monstres de vivacité dans vingt mille mètres carrés de dédale postmoderne… Est-ce que je pouvais servir à quelque chose, honnêtement, pour une première sortie ? Hormis porter les caisses de matériel et faire biper quelques capteurs auxquels je captais que couic ?

— Parlons un peu de ton rôle, Lorca. Sur le papier, tu es le pisteur de notre meute…

— Le tracier, oui…

— Saskia gère la traque phonique et Nèr la traque optique. Ils sont tous deux des traciers. Dans leur champ. Comment tu vois ton travail avec nous ?

)Nu)lle provocation) dans la question d'Agüero. Nèr ricane néanmoins, ce qui met mal à l'aise Lorca.

— Je… Je vais m'attacher aux traces, tenter de repérer leur présence, leur passage. Je me vois d'abord comme un préleveur d'empreintes. Je vais utiliser ma gamme de senseurs pour détecter les empreintes thermiques et chimiques, les bouquets d'odeur, les rémanences magnétiques, le…

— Stop…

— C'est pas ça ?

Nèr ricana à nouveau, d'un rire nerveux et acide, qui hachait ses prises de vues sur la maquette. Il était déjà en train de recenser les angles morts selon les axes de circulation principaux du Centre. Couloirs, escalators et rampes d'accès. À titre personnel m'inquiétait plutôt la faiblesse de la réverbération des ondes sur les plans obliques. Les ultrasons risquaient de se disperser.

— Si. A la escuela. Je voudrais que tu oublies tes cours. D'abord, tu vas laisser tes senseurs là, dans le labo. C'est ta première chasse. Tu prendras juste tes boots infrarouges. Et un grand truc bien utile : ton corps. (Nèr éclate de rire.) Tout ton corps. Ta chair et tes nerfs. C'est eux qui vont sentir. Tu me fixes tes deux yeux de part et d'autre de ton groin. Tu visses bien tes esgourdes et au bout de tes poignets, tu clenches tes mains qui palpent. Voilà ! Les nez électroniques, c'est bien mais ça flèche tellement d'odeurs à la seconde que tu sais plus quoi trier. Pareil pour le séquenceur ADN : tu te noies dans les chaînes catagagacaca et tu loupes l'essentiel. On chasse pas des datas. On chasse une chose chaude comme nous. Avec des poils, de la peau, du sang qui coule, de l'herbe sur le dos parfois, parfois du plastoc, de la pierre ou du fer par petits bouts, mais jamais tellement. On chasse un mammifère, Lorca, *entendés* ? Qui crie, qui couine, qui sent le chien, la fouine, le fauve, le pétrole. Qui pue. Pour un nez électronique, rien ne pue. Donc tu vises le minimum machine ! Laisse ça à Nèron ! Tes bottes vont cibler automatiquement les objets anormalement chauds. Tu y vas, tu touches, tu tâtes. Si c'est une mue de fif ou un morceau qu'il a métabolisé, tu vas apprendre à le flairer. C'est pas juste caliente : ça vit encore. Ça contient encore un peu de bougé, de vibrations. C'est dur à capter mais si tu mords dans ta sensation, ça va monter...

— C'est tout ?

— Si tu lèves de la trace, ça va m'aider à centrer la chasse, boludo ! D'autant que le volume à couvrir là-bas va être barjot. On devra d'abord se répandre, un peu partout, au petit bonheur, un jet de miettes. Ni Nèr ni Saskia vont être dispos pour s'occuper des traces. Ils vrillent chacun dans leur monde, tu choperas vite le problème. Eux, c'est le live.

\Le\\ problème\est 1 : Hernán est trop gentił/2 : tu vas servir à rien. Zéro virgułe zéro. La cłé, c'est ł'espace, petit. Le scanner, łe strier. No błindspot. Puis łe réduire/łe réduire. Le réduir. En aspirant ła cibłe dans un vołume de płus en płus shrunk. Qu'ełłe tienne/End/sur łe screen dans un carré de 16 pixełs.
OK/Récap : centre cułtureł = ełłipse. Coupée en quatre. Grand axe + petit axe en coułoirs d'accès. Vitrés. Centre = atrium. Circułaire. 20 m de haut. En tournant quart après quart, on a : ła Phiłharmonie, ła Réałité, ła médiathèque, łe musée. La sałłe de concert >< cauchemar : quatre niveaux de bałcons. Des îłots courbes, concave/convexe. Fosse, scène, coułisses >> płutôt cłassique. La Réałité > typique des espaces de jeux virtuełs ringards 2030. Que des bułłes, des grappes, du transparent, du łisibłe, du visibłe : łe Bien. La médiathèque : dédałé, merdique. De ła sałłe en parałłélépipèdes, cołłés/cołłés. Douze en tout. Sur ła maquette, on dirait douze dicos posés sur une tabłe, emboîtés. Sauf qu'aucun łivre n'a ła même taiłłe. Ni ła même épaisseur. Donc aucune sałłe łe même vołume. Ni łe même niveau. Parfois łes sas entre deux sałłes font 1,5 m de haut, parfois 5 m, parfois 3. Parois opaques souvent, pour corser. Quełques vitres/pas assez. À scanner ? L'enfer. À traquer ? Oubłie. Gros souci. Enfin łe musée. Murs courbes, en S. Rien d'impossibłe. Si Hernán rabat dedans > ça peut passer.

·· Civin · avait décidé de nous ouvrir le Centre à dix heures du soir, pour limiter les curieux. Dans ce quartier privilège, de toute façon, dès le coucher du soleil, les avenues ressemblaient à une station balnéaire, hors saison. Le centre culturel Capitale, j'y étais allé avec Tishka et Sahar, plein de fois, sept ou huit au moins. Sahar embarquait Tishka dans l'île aux minots, entourée de son lac de livres, avec ses poufs flottants, ses bateaux-lits et ses hamacs où elle lui lisait des histoires de tempêtes et de pirates, où elle lui montrait tous les mots en T qui coulaient le long du mur, en vagues de lumière. Elle se régalait.

Moi je l'amenais au musée, parce que l'espace y respirait et qu'au bout des salles, juste avant le magasin, si tu bifurquais par un couloir oblique que peu de gens repéraient, il y avait cette œuvre monumentale de Fulvia Carvelli, *Il Cosmondo*, qu'elle avait explicitement permis (et même encouragé) qu'on touche et que les visiteurs pouvaient même escalader et modifier, parce qu'elle était modulable. C'était une sorte de maison-monde de six mètres de haut et de bien quinze de large où l'on pouvait entrer, ramper, se glisser et se cacher, se perdre même tant les cheminements étaient sinoques et contre-intuitifs sur un aussi petit volume.

Je me souviens du bond intérieur de Tishka quand elle avait vu cette maison la première fois : elle avait hésité quelques secondes devant la porte de guingois puis elle avait commencé à grimper à la fenêtre du premier en fourrant ses petons dans des trous, à courir dedans, à m'appeler, à hurler parce qu'il y avait des araignées jaunes à l'intérieur et des serpents mauves qui pendaient, des monstres en peluche qui gambadaient, des bruits, rien de vraiment flippant, juste du thrill, des bots qui se mettaient en marche, de la surprise sans cesse et des pièces qu'on pouvait ouvrir et fermer, agrandir en poussant une paroi ou en soulevant un plafond (ou bien réduire à un simple couloir, à une chatière). Le C3, les rares fois où j'y repensais, c'était d'abord cette œuvre *joyeuse*, cette folie partagée – *Il Cosmondo*. Des mondes enveloppés dans un monde, qui devenait notre maison à nous, l'espace de quelques heures.

Sahar finissait souvent par aller nous y dénicher lorsqu'elle en avait son soûl de lire et sitôt arrivée, elle jouait le jeu de nous chercher car on se cachait – Tishka ne voulant jamais être loin de moi, voulant toujours me toucher, sentir ma main, mon bras, ma présence contre elle. Nous attendions comme des chatons, blottis l'un dans l'autre, lovés sous un plafond de fourrure, que maman vienne nous débusquer au troisième niveau en tirant subitement sur une corde.
Tishka lui montrait alors toutes les peluches qu'elle avait capturées et fourrées dans son petit sac à dos, puis elle les relâchait et les peluches se remettaient aussitôt à courir, ce qui la fascinait. Moi aussi...
D'aller là-bas, dans cette salle, y retourner dans le silence, dans la mort d'un lieu vide, est-ce qu'ils avaient laissé la structure en place ? Y être et m'y tenir, juste pour me rappeler. Juste pour refaire une à une les coursives en esprit et prendre les escaliers, ouvrir un volet à l'étage, juste parce que je savais que les formes, s'ils n'avaient pas tout retiré, me ramèneraient des choses que j'avais, férocement, voulu oublier. Et que je ne voulais plus oublier. Enfin... Je savais plus vraiment. Tellement peur j'avais, aussi, du choc retour. De craquer devant la meute. Quand la fracture va jusqu'à déchirer la peau. Sort de la cuisse.

‘N'ont ¸même ‘pas checké notre matos ! Le boss a bien fait les choses ! Deux vans siglés *ARMÉE DE TERRE – SÛRETÉ NUCLÉAIRE*, plus nous quatre en uniforme qui tape : ça a suffi à les calmer. Et l'Amiral a poussé le bouchon jusqu'à demander aux vigiles de décharger nos caisses devant les rideaux de fer et de neutraliser les alarmes avant de leur suggérer, plácido, de nous laisser taffer. Ils ont calté sans broncher, en électrifiant l'enceinte et en réactivant les détecteurs de rue. Qu'on ne soit pas emmerdés. Puis ils ont talkie-walké « Bonne chance ». L'humilité magique des civils, gringo !

)Qu)and Nèr) a ouvert la porte latérale de son van, j'ai craint qu'on ne fasse les bêtes de somme dans cette mission. Je n'en avais aucune envie. Pas là. Pas dans un temple pareil où il faudrait surtout tendre l'oreille, pavillonner dans la souplesse et se fondre. Še faire aussi menus et discrets que possible afin de laisser les furtifs venir, plutôt que de les assaillir de rayonnements infrarouges et d'ultrasons. À l'évidence, il avait tout pris, tout ce qui était humainement charriable en termes de matériel de détection : ses capteurs de présence, de passage et de mouvements, d'accord, normal. Mais aussi ses capteurs de distance, son lidar, l'épiscope, les scanners de sol ou encore son capteur inductif à courants de Foucault pour mesurer les variations du champ magnétique... Il avait même pris la caisse du tomo et l'IRM de poche comme si le boucan de l'engin n'était pas suffisant pour faire fuir un furtif à 2 km !
En le regardant charger ses caisses sur un diable, je me rendais compte à quel point il gardait ce besoin de se rassurer, par la technique, par ses outils ultrapointus, si spécifiques au renseignement. Nèr pensait en combattant, pas en chasseur. Il avait fui Israël, il avait déserté Tsahal après six ans passés à panoptiquer la bande de Gaza. Il avait eu le courage de placer son éthique au-dessus du confort de la loi. Il vivait en France depuis dix ans maintenant, sous une autre identité : chapeau ! Ceci posé, il demeurait dans une logique de guerre. Il restait cet officier d'élite qui voulait décomposer la menace et qui avait peur. Qui avait besoin d'armes pour domestiquer cette peur, en faire quelque chose d'architecturé, d'actif et de maîtrisé.

Lorsqu'il les sortait de la mousse compensée, tous ces capteurs optiques, j'avais l'impression qu'il faisait briller ses propres os. Il donnait des yeux à son corps muré. À travers eux se devinait sans peine son âme de voyant, de voyeur. Il voulait voir, Nèr. Tout. Et à travers tout. Quitte à s'éblouir. Quitte à s'aveugler.

Lorca l'avait encore aidé à porter dans l'atrium ses caméras, ses radars, ses senseurs thermiques, ses fluxmètres, son gyroscope et ses accéléromètres à six axes, ses pièges photoélectriques et son compteur Geiger tandis qu'Agüero souriait de la débauche et de l'hystérie technophiles. Pour ma part, j'étais triste et colère contre moi car je n'avais jamais eu la trempe de lui dire « stop ». Pas l'aplomb, pas encore, pour lui expliquer que ce qu'il allait gagner en précision optique, il me le ferait perdre en grésillement, en ondes parasites et en discrimination dégradée des sources sonores. En réalité, ses dispositifs étaient bavards. Et Nèr me polluait. « T'as pris tout ça, toi ? » finit par me lancer Lorca à son cinquième aller-retour, avec une inflexion amusée dans la voix.

La pile de caisses avait disparu à l'intérieur, Agüero dansait d'un appui sur l'autre, avec de faux airs de boxeur, près des poubelles, en se parlant à lui-même. À ses lui-mêmes.

Pour quelques minutes encore avant le grand saut, nous prenions l'air sur le parking, en plein vent et les bruits restaient vastes. Un vieux drapeau du centre culturel, effiloché et raide de crasse, claquait sur un hauban. Tout ça ? J'avais, c'est vrai, mon pull en angora sur les épaules, celui qui absorbait si bien les sons, une écharpe de la même laine et mon olifant en bandoulière. Du lourd.

— Tout est sous le bonnet, tu le sais bien…

— Les picots dans le crâne te font pas mal ?

— J'y suis habituée. J'essaie de ne pas bouger la tête trop vite ni de trop sourire.

— Tu souris, là…

— Et ça me fait mal…

— Tu commandes… vraiment tout… par ondes cérébrales ?

— Mes gants me soulagent un peu : je gère les volumes dessus et j'occulte certaines pistes directement avec les doigts. Je me suis rendu compte que j'avais besoin de manipuler des choses pendant la chasse, d'utiliser mon corps pour être mieux…

— Et tes crophones, ils sont où ?

— C'était la grosse caisse bleue qui t'a cassé les reins.

— Je dirais plutôt la verte… Elle pèse un éléphant !

— C'est pas loin d'être ça. C'est Dober la verte… Tu verras, tu vas l'adorer.

‹J'ai ¸baragouiné : ʿon s'imprègne. Primero. Chacun un espace. Ơn se donne une heure. Ơn la prend, vraiment. Vous ouvrez les chakras, vous essayez de piger où on est, où ils crèchent puisque nous ne sommes pas chez nous, olvidate, et moins que jamais : nous sommes chez eux. Ils vont nous accueillir. À leur façon. Nèr a détesté l'idée, voulait tout balayer au scan, d'emblée, il me broute. Trop à vif, mon fouineur, je voudrais qu'il grandisse, il se raye ces derniers temps, je trouve. J'aime le calme de Saskia, son ampleur. J'aime ce que dégage Lorca, une fraîcheur absolue, une envie, énorme, d'être là. Buena onda. Il a tout du minot, du môme qui écoute et vient apprendre. Il sait sa chance, il est *là*, et quand t'es *là*, tout est possible avec les fifs. Le miracle peut te trouver.
J'ai lâché Nèr dans la Réalité : les grappes de bulles font des passe-travers, il peut tout percer à l'infrarouge, très

peu de recoins, ça va le poser. Pas trop la gueule d'un biotope à furtif – ¿pero quién sabe ? Ils ont été si peinards tellement longtemps… À Saskia, j'ai fourgué les volumes de la médiathèque : des boîtes, des murs face à face, de la réverb et de l'équerre. Elle seule est fichue d'avancer dans le cubique, en semelles souples, en étouffant le barouf. Nèr là-dedans, il te vide un bus de furtifs en trois bips. À Lorca, j'ai filé le musée parce que ça s'annonce moins patchwork que la Philharmonie. Que j'ai prise, bien obligé. Ici c'est alcôves et balcons courbes, niches à mioches, fauteuils de feutre partout, murs pliés : de la planque à gogo ! Un fif se pavanerait sur un fauteuil au premier balcon, même pas sûr que je l'avue, avec ces rambardes pleines.

Faut que j'aille camper mon corps chaud dedans, maintenant ! Vamos capo !

Par jardin chuis entré direct sur scène ~ pupitres, câbles, des enceintes ~ suis assis. Paumes au sơl, histoire de tâter la température des planches. Frío. La poussière, pfff, poudroie, taquine, une farine, comme s'ils en avaient saupoudré la scène. Mis ma ǵniaque au calme que mes mirettes acclimatent. Bizarre que les viǵiles aient foutu les veilleuses en partant. ¿Por qué nơ? Se sont dit que ça nous aiderait ? À mesure, les masses de crème des balcons bouffent la pénombre, à peine. Ça fait île flottante dans une assiette creuse. De l'oblonǵ, blanc. Assez clair pour sortir de l'ơscuridad les fauteuils couverts de housses. Un défi bơnus, ces housses. Y a eu un silence presque prơpret pendant cinq pauvres minutes. Trop poli pour être jơli. Depuis ça commence à ǵrincer, tout en haut, à tiqueter aussi, tinǵ-dinǵ-dinǵ, tinǵ-dinǵ-dinǵ. Le lustre ? Un premier leurre ? Che ! Alors çà et là je balance du flash, à la tơrche, histoire d'amorcer le paso doble. Très bref. Puis lonǵ. Puis moyen. Bref. Assez lonǵ. Bref. Du flash sans

jamais viser d'où le son part, faut pas déconner. Un Picasso de favela, avec un pinceau de lumière, qui ferait dans l'impressionnisme, à coups de photons, sur une toile de 60 m par 30, mal tendue sur des fauteuils… Voilà le topo, grosso merdo. Le plafond, la fosse, le rideau dans mon dos, sans cesse, par sautes, au cas où…
Un premier fauteuil vient de pouffer, brusquement, d'un balcon, avec ce moelleux typique de l'assise qui se rabat contre le dossier. L'adrénaline pulse.

OK. Ils sont là.
Al menos uno.

D'un bond je suis debout, pointe ma torche au hasard, haut \gauche/ ailleurs, surtout sans logique, et illico j'hallucine : au premier rang, troisième balcon, pile dans mon axe, les fauteuils, ouverts et déhoussés ~ va piger pourquoi ! se referment soudain d'une seule mitraille, à la volée, en claquant un par un ~ mais si vite, toute la rangée ~ qu'on dirait un jeu de dominos ~ touf-touf-touf-touf-touf ~ che espléndido ! Je me laisse embarquer, mauvais réflexe de chien fou et j'éclaire l'appât jusqu'au bout de la rangée, trop scotché pour couper… si bien que je m'encaisse pleine rétine le contre-flash du fif ! Une réflexion salement précise de mon propre faisceau, un éclair aveuglant \ bim, blanc ! Quinze secondes pour récupérer mon œil. Une éternité. Mon bras que ça a rebondi sur une carapace-miroir. Vu le nombre de glaces dans l'atrium… Trop tentant pour un fif.
Où je me cacherais, si j'étais eux ? ¿Dónde, Hernán? Si je te traque ? Entre les cristaux du lustre, à contre-intuition ? C'est tellement large, fourni, ça brouille si bien la lumière ? Là, derrière, en coulisse, ils ont laissé un tel

boxon que… Dans la bourre des fauteuils, bien au chaud, fourré dans une des deux milles places ? Ṣous une housse qui flotte ?

·· Une·heure, m'avait dit Agüero, « Une plombe là-bas, solo, pour entrer dans leur monde. Prends ton temps, prends tes marques, explore… » J'avais avancé en tremblant sur la rampe d'accès – et tout au fond, comme si les leds ne s'étaient jamais vraiment éteintes durant toutes ses années, je pouvais lire *Musée d'art contemporain* en bleu indigo, au-dessus du porche carré qui annonçait l'autre monde. « On va au musée d'art comptant-pour-rien, papa ? » Oui, on y va, Tishka… On y est…

Au bout de la rampe, le hall d'accueil semblait figé dans un silence d'outre-temps. À fleur de plafond, l'éclairage fusait si faible, si diffus que j'avais la sensation qu'un soleil de Finlande s'était glissé par une fente minuscule pour donner ce qu'il lui restait, soit à peu près rien, et ce rien encore tout près de s'éteindre dans l'infini crépusculaire. Par chance, la blancheur des murs restituait des halos de clarté, assez pour que je m'oriente a minima, suffisamment en tout cas pour que je choisisse de ne pas allumer ma torche, que je devine quand même le tripode du tourniquet, ose le passer et stoppe, des frissons dans l'échine, devant les lettres incertaines de ce qui devait être le titre de l'exposition. La dernière avant la fermeture du Centre. Au bout d'une minute, arraché à la frange du déchiffrable, je parvins à détacher ça :

(DÉ)MONSTRATIONS.

Avec ce sous-titre qui oscillait à la lisière de ma myopie :

(DÉ)FIGURER LE MONSTRE DANS…

Dans quoi ?

Je suis entré dans la première salle comme j'aurais avancé en boots sur un champ de neige par une nuit de décembre, un champ dont je n'eusse plus discerné les dimensions ni les limites. Les murs qui devaient encadrer la pièce s'étaient dissous dans la brume. Subitement, j'eus une ou deux saccades glacées dans la colonne, comme si l'air se dilatait autour de moi ou qu'un vent coulis s'était insinué dans la pièce, provenant d'une autre salle ou remontant du tréfonds arctique du musée. À chaque pas, mes semelles s'amortissaient dans une poudreuse indéfinissable de sorte que j'avais l'impression de défricher un territoire vierge, de le marquer de mon empreinte, malgré moi, d'en violer indûment la paix, l'équilibre ou la mémoire. Autrefois, ici, le visiteur humain se croyait prince, les salles résonnaient de son babil, les sols étaient lavés et rincés tous les jours pour la brillance, cadres et œuvres époussetées avec soin. L'électricité imposait sa lumière droite, savamment croisée, qui contre-efface les ombres. Autrefois, il y avait un musée dans ces murs afin qu'on vienne y rencontrer un art, une pensée hors norme, une démence : cette démence apprivoisée et transmise par l'œuvre même qui avait su, pour et par l'artiste, la cristalliser dans l'acrylique, la résine ou l'acier. Aujourd'hui, ce musée, contre toutes mes attentes, était encore là. Hormis qu'il était devenu une crypte. Un tombeau pour une culture déjà désuète et figée, dont j'étais le témoin négligeable.

Quėlques pas encọre... J'avais ċette sensatiọn tenaċe, diffiċile à ċhasser, dė me dédọubler, de m'aperċevọir en surplọmb, fugitivement, puis de rapatrier mọn ċọrps à tire-d'aile, sans vraimėnt parvenir à le ċọntenir, sans savọir rester tọut à fait en plaċe, bien ċalé à l'intérieur, à l'anċre. Je mentalisais mės emprėintes à la façọn d'un trajet, d'un

tracé dessiné du bout des semelles dans une fine couche de temps. Tellement facile à suivre, j'étais, tellement sacrilège aussi, ma présence…
Machinalement j'aurais relevé la tête sur un bruit et un flux de frousse m'aurait traversé : j'aurais repéré soudain une silhouette à quatre mètres de moi. Puis une autre, à ma droite, immobile, me toisant. Et une sorte d'animal arc-bouté un peu plus loin. Allumer, Lorca ? J'aurais résisté d'abord. Je me serais mis à chantonner, à l'instinct, dans l'espoir de me ménager une minuscule poche d'intimité dans la peur, de faire que ma voix les écarte, les repousse. Puis j'aurais plus pu. Alors j'aurais enfoncé le bouton de ma torche, deux secondes, en expirant fort et en ciblant trois points différents ainsi qu'Agüero me l'avait conseillé. Un. Deux. Trois…

Je compris vite que je me trouvais au milieu de la salle, sans l'avoir cherché, cerné par des sculptures en taille réelle : trois humanoïdes. L'un tendait son brightphone à bout de bras et tout son visage était aspiré dans l'écran, collé à la vitre, à la façon d'une pâte de peau élastique. Bien ignoble. L'autre avait des doigts faits de cubes de clavier. Le troisième s'apprêtait à placer sur son crâne obturé un casque audio fait avec deux oreilles de chair.

Arshavin ne nous avait pas bluffés : Civin avait tout abandonné sur place, intact, en l'état ! Toute l'exposition laissée sur socle, les tableaux accrochés au mur, sans même ranger les œuvres, sans même les protéger ! Histoire d'en avoir le cœur net, je traçai droit vers la deuxième salle, puis enchaînai la troisième, dans l'enfilade : là aussi toiles et dispositifs étaient restés tels quels. Il y avait en outre des installations en mode veille, des machines dont la diode des batteries oscillait vers la recharge. Dans le couloir, une hyène aboya sur mon passage. Un bot ? Elle sentait le fauve. Pas osé regarder. Sur un mur, une boucle vidéo avait redémarré et montrait un enfant qui se dévorait les mains, pouce, index, majeur, annulaire, en effet supraréaliste. Lorsqu'il attaqua son moignon, je fuyais vers la salle suivante. Soufflant.

Et là quelque chose me frappa.

Une évidence que j'aurais dû repérer dès la première salle si mon flux de réflexion n'avait pas été sans cesse gauchi, faussé de frousse, depuis que j'avais entamé mon exploration. « Ils savent très bien utiliser notre peur. On dirait presque qu'ils devinent nos imaginaires », avait résumé une fois Arshavin. Le sol était jonché de draps blancs, de housses et de coques… Les œuvres avaient bien été protégées (ainsi que la décence minimum l'exigeait !) sauf que quelqu'un, ou quelque chose, les avait rendues à l'air libre. Quelqu'un ou quelque chose avait comme voulu que l'exposition puisse être à nouveau visitable, à jamais visitable qui sait ? Quelqu'un ou quelque chose avait voulu ou voulait s'y balader à sa guise afin d'admirer une à une les œuvres, pouvoir les caresser ? À moins que… Une intuition atroce sinua en moi, jusqu'à la conscience. D'où ? D'où montait-elle ? Plus profondément, comment avais-je même pu la former ? Cependant je suis revenu sur mes pas et j'ai touché du bout des doigts les oreilles de chair en enfonçant mon index dans l'hélix et les tympans et en suivant la courbe du pavillon. Puis j'ai caressé l'avant-bras de résine et le crâne plein de pustules qui raclaient un peu la paume… Je n'ai pas eu à éclairer la pièce pour vérifier, ma peau savait pertinemment, bien mieux que ma vue : l'humanoïde n'avait pas, sur lui, la moindre pellicule de poussière ou de crasse. Mes mains étaient propres. Łe drap qui le couvrait – il y a un jour ou une minute à peine – ce drap venait juste d'être enlevé !

\Tɵujɵurs\\ se \ płacer dɵs au mur/rien dans łe dɵs. Łe champ ɵuvert à π, devant, maximał. Trɵuver ce pɵint précis/unique de ła sałłe ɵù tu cɵuvres łe vɵłume d'un seuł train d'ɵndes. Ici. Vɵiłà. Ça tease. Ça tease chez łes fifs dès que j'active ł'infrarɵuge. Je passe en visiɵn augmentée. Ça s'agite. Ça fiłe sɵł & płafɵnd. Des traits ɵrange. Brush strike. Petits arcs, petites bɵucłes, zigɵuigɵuis typiques. Ça crépite jaune dans łes bułłes. Iłs bifurquent, iłs angłent. Iłs łaissent des pɵints rɵuges qui virent ɵrange puis jaune en refrɵidissant. Ça signifie ça : iłs łâchent déjà des pièces, des membres. Iłs caquent. Iłs ɵnt senti que je bałaie. Tɵut de suite. Ça crayɵnne rɵuge sur ma rétine gauche. Obłigé qu'y en ait płein. Iłs se frisent ici. Płus pɵur łɵngtemps. Nèr est dans ła płace, łes rats ! Nèr stratifie ! J'ai switché ła map infrarɵuge rétine drɵite, avec łes hałɵs magnétiques par-dessus/en błanc > et łes vecteurs de mɵuvement/ błeus. Je garde ł'œił gauche pɵur ła visiɵn directe en accrɵissement de łumière avec łes zɵɵms/dézɵɵms indexés. Et łe grid. Je centre łes grappes sur łe grid. Qui scintiłłent. Des sphères de 2,5 m de diamètre, cołłées comme du raisin, de haut en bas. Cascade. Neuf niveaux. Six grappes. Cinquante-quatre bułłes par grappe. De ła VR en mułtijoueurs. Le reste de ła sałłe dépłie łe gymnase d'e-sport. Ringue à souhait. Normał qu'iłs aient fermé. Disposés en roue > un terrain de futsał, un court de tennis, basket, hand, simigołf, bassin. Au fond : un shoot'em ałł avec caisses et bariłs pour cover. Banał à chiałer. Même pas vintage : ringue ! Vingt ans de retard sur Israël.

Je pige pas Agüero. Je retire łes łeurres du grid/j'ai bien deux fifs en łigne de mire/deux sûrs/deux ouais/

sûr/vu łes vecteurs. Jamais on a eu ça. Aussi vite. Aussi évident ! C'est de ła pouponnière, iłs forniquent ! Ałors quoi ? Faut que je reste une heure à łes cibłer sans rien faire ? Je błoque rien ? J'ouvre pas łes caisses ? Dober à ła niche ? Les intechtes stay off ? Ił baisse, Agüero. Ił est płus comme avant. Ił réfłéchit trop. Ił a perdu sa vista. Avant, on serait entrés płein fer dans ła Phiłharmonie, des fłèches > łe furet en tête, avec łes bots rivés devant łes ouvertures, j'aurais łâché łes intechtes au płafond. La panique ! Et on serrait ł'enceinte, maiłłe à maiłłe, sévère, jusqu'à verrouiłłer ł'arène. Là, je suis seuł, ça se bałade de partout, ça sort >< ça entre, c'est łe cirque ! On perd une heure. Les fifs se fichent nos gueułes. J'use łes batteries. Où on va ?

)Le) froufrou un) peu raide d'une jupe de papier plissé, frôlée par un čourant d'air ou peut-être tournoyante. Č'est mon premier son distinčt dans mon bonnet d'éčoute. J'ai toujours pensé que ça avait une forme d'importanče, če premier son qu'ils me laissent. Avant d'en arriver là, j'ai poussé la porte vitrée d'un sas, laquelle a pivoté sur son axe métallique, aveč une sačcade inopportune qui a perturbé le verre. Alors j'ai avančé de six pas sur une moquette bienvenue, dans če que ma mémoire du plan donnait pour la bibliotĥèque des sčienčes ĥumaines. Dans un noir pas loin d'être total, j'ai lissé de ma main les rayonnağes flexueux, d'un bois ağréable et sensuel, pour m'asseoir finalement au sol, au milieu des livres, en faisant le vide dans ma quête. J'ai attendu que le silenče premier, toujours très intense, propre à la réačtion visčérale des furtifs dès qu'ils sentent une présenče, če silenče qui démontre à quel point ils savent les sourčes et čomment les čontrečarrer, če silenče se défasse.

Alors seulement j'ai allumé mon interfače čérébrale et ajusté mon bonnet et mes ğants. Toutes mes élečtrodes sont opérationnelles. Le système de čontrôle toujours aussi fluide. Je n'ai même pas eu à toucĥer au volume : le bruit ambiant reste bas, bien que parfaitement audible. J'ai rapidement repéré la fréquenče de la ventilation, dont j'ai éliminé le ronronnement rond. J'ai člaqué des doiğts pour estimer les plans de réverbération et lâcĥé quelques « bam ! » assez amples qui m'ont situé la distanče des quatre murs et du plafond. La brillanče des deux parois vitrées, dans le ğrand axe, se distinğue bien des murs latéraux que la surfače de livres rend élastique dans leur rebond et assez doux. Če bruit de jupe plissée, si net, je viens de l'entendre une deuxième fois. Je le lis pourtant différemment : plutôt l'effeuillağe des pağes d'un livre par la trancĥe, aveč le pouče. Ou enčore le battement rapide de deux ailes de papier, à vitesse variable.
J'aime former des imağes. Ça m'aide à mémoriser, à qualifier les bruits stručturés et à suivre leur évolution en les affečtant d'une identité dynamique. Il faut pas trop fiğer non plus, éviter de se čristalliser sur une seule vision sinon on perd l'aptitude à épouser les métamorpĥoses.

J'ai attendu, laissé ğlisser une plaque de temps.

À l'arrière-plan, les sons avaient repris leur vie čomplexe, étonnamment tonale. Après une lonğue plağe sans bouğer, če qui était l'empreinte indisčutable des furtifs se fit entendre à travers toute la bibliotĥèque. Quelle empreinte ? Une forme de polypĥonie rytĥmique des écĥanğes, faite de salves et de čontrepoints, sčandée par des synčopes, des čris de matière, des petits pas, des appels, nappée du bois qui mute. Un jeu presque, qui s'en

déğağeait à forče de lier par les oreilles če qui semblait d'abord parfaitement et délibérément disjoint. Ça faisait penser à du jazz très expérimental voire à de la musique čončrète, imprévisible bien sûr, sans čadenče ni temps pulsé, mais dont l'unité čependant finissait par être sensible. Šensible ğrâce à la texture très procĥe de la plupart des sons qui tous réfračtaient la matière dominante du lieu où les furtifs čonstamment puisaient pour se transformer. Dans čette bibliotĥèque par exemple, le son texturait le papier, le čuir des reliures et le bois moderne des étağères, qui ne pouvaient qu'être le čœur des métamorpĥoses pĥysiques. Même si m'arrivaient par moments des sons minéraux : du verre essentiellement.
Desčends Šaskia. Affine enčore.
À des distănčes qui s'étağent de l'ăvănt-plăn sonore ău fond plus brouillé, et sur des ăxes qui čouvrent tout le čadrăn ănğulăire, j'entends măintenănt les pağes făseyer) flip-flăp (à lă façon sècĥe d'une toile de voile et des livres qui respirent, qui enflent et se déğonflent čomme des soufflets. J'entends des čouvertures ăttăquées à lă ğriffe de verre, peut-être mâcĥonnées ou ronğées et des dičtionnăires qu'on décĥire en deux, dăns un râle sourd. Plus loin, des feuilles froissées ăveč délicătesse, roulées en boule, pliées et repliées à une vitesse fulğurănte. Un čisăillement d'élytres, un čolibri de păpier peut-être, čoupé de čhočs sourds ău sol. Šans doute des livres tombés ou jetés, ăveč lă moquette prise pour ğrosse čaisse ou tămbour…
Est-če qu'ils se parlent ainsi ? Ou, čomme des oiseaux, juste écĥanğent et interčalent leur mélodie, leurs trilles de feuille, leurs roulades étouffées dans un ğosier de čuir ? La čertitude est qu'ils s'entendent, ça oui. Ils s'éčoutent. Ils ne čessent de s'éčouter čar presque rien n'empiète. Aučune séquenče un peu tenue ne se superpose. Aučun

ğrinčement, čri ou črépitement, frottis, frottement, torsion ou frôlement ne se čončurrenčent simultanément. La čačophonie reste distribuée, pas brouillonne : elle est suivie et enchaînée. Elle est fondée sur l'écho, la réponse. L'amorče puis l'attente. Le *lead* et le čontrechant. Jamais aussi net que ça ni aussi simple. Jamais non plus à éčraser un čri, un élan expressif ou un break de batterie issu de petites pattes mates qui čavalčadent sous une étağère. Je ne sais pas čombien ils sont : parfois un furtif seul est čapable de susčiter le jazz entier, notes et chants, čhočs et perčus, et če que tu prends pour un čončert n'est qu'un solo. Parfois ils sont trois, č'est arrivé une fois, alors que j'avais l'impression d'un seul animal démultiplié par ses leurres, čirčulant dans tout le volume de la friche et nous y baladant. Là, je dirăis deux à čause des textures. L'un tout păpier, un čolibri dăns mon imağinăire, ăveč un plumăge de pağes, des ăiles de čarton riğide et un beč de bois. L'ăutre une sorte de loir, čreusănt des tunnels dăns les livres serrés les uns čontre les ăutres, lonğitudinălement. Donč derrière lă trănche, donč ăbsolument impossible à voir. Un loir à ğriffes et mâchoires de verre căr quelque chose ăttăque le čuir des čouvertures : çă me făit măl ăux oreilles.

« *Dix minutes* », coupe mon interface. Plus que dix minutes avant de rejoindre les autres. Zut ! Qu'est-ce que je vais leur dire ? La vérité ? La vérité est que je n'ai plus envie de chasser, si tant est que j'en ai jamais eu l'envie. Je crois qu'on fait fausse route depuis l'origine du Récif. D'une telle intelligence sensible sont ces animaux, en fusion si viscérale avec leur environnement ! Ils se déplacent si vite et si bien, en pleine perception de chaque son et de chaque matière alentour qu'il y a quelque chose de dérisoire à vouloir les capturer.

On peut couper en deux un arbre qui a fait repousser ses bourgeons et ses feuilles deux cent cinquante printemps de suite avec une tronçonneuse à essence et en huit minutes. On peut abattre un jaguar qui court à 90 km/h dans une savane en un dixième de seconde et avec une seule balle. Qu'est-ce que ça prouve de nous ? Qu'on sait stopper le mouvement ? Qu'à défaut d'être vivants, nous voudrions nous prouver qu'on sait donner la mort ?
Je voudrais rester dans ce Centre non pas vingt-quatre heures mais six mois. Juste à les écouter courir et pétiller, faire piailler la matière et la réinventer, se parler avec un langage que je finirais par deviner. Les écouter encore métaboliser le bois et ramener sans cesse à la vie, en l'ingérant comme ils le font, ce qu'on a scié, émietté et recollé pour en faire des planches plates et de la paperasse de notre putain de race. Je voudrais contempler leur monde avec mes oreilles en fleur aussi longtemps que je puisse – jusqu'à ce qu'y pousse un fruit qui m'éveille et fasse enfin chair pour moi.

·· Agüero · bondit presque quand il parle. Son corps petit et trapu explose sous l'excitation contenue.

— Bon, je débriefe. Y en a partout ! Vous en avez tous vu, senti, entendu ! On doit faire un choix de site. Je pensais attaquer sur la médiathèque mais Saskia dit qu'il y a beaucoup d'entres avec des tunnels dans les livres. Ça risque d'être coton. La Philharmonie est trop haute avec trop d'accès à couvrir pour chaque balcon et trop de planques partout, même si c'est clairement une réserve de chasse ! Nèr ?

— La Réalité me semble carrée. J'ai élaboré un premier mouvement pour fermer l'arène. Je te montre ?

Nèr ne s'adresse qu'au chef, c'est comme ça. Saskia me regarde et sourit. Nèr pose son cube par terre et l'hologramme se matérialise. On voit clairement les grappes vitrées au centre de la salle et tout autour, disposés en parts de pizza, les terrains de sport virtuel. Il n'y a que quatre accès à protéger, pas beaucoup de caches et une vraie possibilité d'acculer progressivement le furtif vers les bulles opaques du simsex, nichées dans l'angle sud de la salle. Agüero acquiesce :

— C'est du classique mais c'est du solide. Avec le matos qu'on a, ça va le faire. Saskia et Lorca, vous sortez les intechtes et vous leur entrez les coordonnées des trappes et des grilles d'aération que va vous donner Nèr. Vous programmez les cigales pour quadriller la voûte. Avec Nèr, on va monter les mécas et les mettre en place devant les accès. Hors salle et en mode veille pour garder l'effet de surprise. On les allumera au moment voulu. Lorca ?

— Oui ?

— À partir de maintenant, ça va aller très vite. On va pas avoir le temps de t'expliquer grand-chose au moment de la ruée. Tu te mets où on dit. Et tu fais ce qu'on dit.

— Affirmatif.

— Tu iras tâter les traces avec tes boots infras. Et tu doubleras la garde d'une porte avec Sloughi quand ça va partir dans tous les sens. En faction, gaffe aux leurres sonores. Tu colles à la porte et tu mates tout ce qui arrive vers toi. Voilà ton flingue. À la moindre ombre qui bouge vers toi, tu tires. L'arme fera le reste ! Mais surtout, tu sors jamais de l'axe de la porte, quoi qu'il arrive. OK ?

— OK.

Ils mirent moins de huit minutes à monter les quatre animachines, en mode mécano fou, tandis que Saskia et moi programmions les intechtes. Je découvris à quel point ça n'avait rien à voir avec notre matériel d'entraînement. Ce que je sortis des coffres était de l'art militaire. Soixante-quatre cigales en carbène, avec des ailes de jaspe à la minutie troublante ; une centaine de be-bees aussi raffinées que des abeilles dont on pouvait effleurer le duvet et distinguer la mosaïque des yeux ; des coléoptères à la micromécanique imperceptible ; des libellules hybrides ; des bourdrones ; des sortes de blattes translucides, à la carapace irisée, pour quadriller le sol. L'ensemble était à la fois inquiétant et beau, conçu à l'évidence aux confins de la génétique et de l'électronèse organique. Laquelle avait salement révolutionné les techniques de surveillance civile !

Quand nous en eûmes terminé, je vins me placer dans la salle entre Nèr et Saskia, prêt à tout. Eux étaient subitement passés dans l'autre monde.
Nèr déjà n'était plus que rétine, tics, coups de nuque, indexation oculaire, commande à la paupière et rotations du tronc. Il avait déserté son visage et son corps. Ce n'était plus un être humain : c'était une interface. Saskia fermait les yeux et pivotait la tête sur un arc de cent quatre-vingts degrés avec une lenteur cyclopéenne. Elle était devenue une immense oreille verticale. Un radar équipé d'une âme.

Tu y es, Lorca.
Tu y es.
C'est maintenant.

CHAPITRE 5

Tinc-tanc-tunc

·· Aguëro · compte… *Trois, deux, un… Feu !*
Et la lumière électrique douche la Réalité, de but en blanc, comme on éclaire un ring. Saskia ouvre les yeux et embouche son olifant pour sonner l'ouverture de la chasse à la manière médiévale. Agüero tremble de joie et me sourit, j'ai les larmes aux yeux.
Il y a aussitôt un bourdonnement, enflant, enflant, enflant… vite intense et terrorisant, de ruche qu'on libère. À la vitesse de l'éclair, les intechtes se faufilent à travers l'entrebâillement des quatre portes et filent en flèches diaprées à travers le volume fermé de la salle, ciblant les bouches, les grilles, les fentes qui pourraient servir de point d'échappée aux furtifs. Ł'essaim pourrait piquer : il n'est programmé que pour vrombir et vibrer, ce qui suffit, étrangement, à les décourager d'approcher des ouvertures. Tout en haut, sous toute la surface de la voûte, brillent déjà les étoiles nacrées des cigales crissantes, dans un tchi-tchi placide et stressé tout aussi dissuasif. Ça va rabattre les furtifs vers le bas de la salle, où nous serons aptes à mieux les tracer.

— Boxer ! Dober ! Sloughi ! Botweiler ! braille Agüero.

Je ne peux m'empêcher de sursauter : les quatre surchiens viennent de surgir en fureur dans l'enceinte par les quatre portes de la salle et foncent ventre à terre crocs devant sur des proies paniquées que seuls leurs senseurs sentent et ciblent. C'est une rage pure d'aboiements métalliques et

de grondements en ultrabasses qui prennent aux tripes. Je me recule par réflexe contre le mur, Agüero rauque des ordres tandis que Nèr les transcrit en mocodes et mocris pour ses mécanidés, afin de les amener à rabattre les furtifs. (Enfin, je crois !) Soudain, les cris qui sortent des gueules changent, aléatoirement. Sloughi jappe comme une hyène, Dober rugit puis hurle, Botweiler a un sifflement d'aigle, Boxer génère du gosier une meute de loups. Ŀa simulation des prédateurs est parfaite et glaçante, variée à l'envi, j'ai du mal à la dissocier du réel, je voudrais sortir...
Sur le green du simigolf, des cadavres de vrais rats gisent déchiquetés. Ŀes mastards tournent et ajustent leur course à foulées courtes et surcadencées, ils cherchent, me frôlent, entourent maintenant les grappes... Ŀeurs clabaudements de chiens de chasse reprennent et montent encore d'un cran, insupportables.

— L'équerre des cages ! Derrière ! hurle Nèr.

— Dans les grappes, partie haute ! Deux frissons distincts... dit calmement Saskia.

— Trou dans la nappe de cigales... Rétablir ! Obturer !

— On en perd un par le toit...

— Coordonne les chiens, je veux une poussée !

— Ils sont en autonomie ! Mode Chaos !

— Coupe les chiens ! tranche Agüero.

D'un coup, j'ai l'impression d'à nouveau respirer. Ŀe crissement des cigales revient comme une bénédiction. Agüero s'assoit en tailleur sur le terrain de futsal, Saskia s'isole un peu plus loin, tout retombe. Ŀes chiens sont des statues biomécaniques. Seul Nèr reste debout, électrique, agacé de la pause, gestes convulsifs, supervisant l'espace, incessamment, et réglant ses mires par sa sidérante interface posturale. Agüero lui demande de projeter la plasmap au sol. Elle s'affiche, saturée de rouge.

— Tu chiffres à combien ?

— Au moins cinq...

— C'est notre jour, mec. Des fuites ?

— Un par la clim du toit... un bug de cigales...

— Y a pas de bugs...

— Je sais.

— Pourquoi tu les as pas rabattus angle sud ? Avec les chiens ?

— Je... J'ai eu peur d'en perdre un... J'ai vu un fif de taille à les métaboliser...

— Mais on s'en fout, Nèr ! C'est que du matos ! Aujourd'hui, on va au bout ! *Entendido ?*

) Là) où Agüero) s'était affiné en tant qu'ouvreur, c'était sur le rythme de la chasse. Avant il lâchait les chiens pour susciter la panique et enchaînait sans vraiment réaliser qu'à ce jeu les furtifs finissaient toujours par être les plus véloces. Désormais, il les agressait, attendait qu'ils se dispersent, me laissait écouter puis resserrait l'enceinte. Il alternait attaque et écoute, vision et audition : le petit Nèr et la petite Šaskia, quoi ! J'avais réussi à lui montrer qu'il existait une réponse sonique des furtifs à l'attaque. Au moment du chaos, cette réponse était de l'ordre de la plainte réflexe avec des projections de leurres sonores qui souvent reprenaient et retournaient les bruits qui les agressaient. À l'écoute, ça produisait des effets de masque et une multiplication des pistes presque impossible à déchiffrer. Mais si tu coupais l'attaque, le furtif cessait de bouger. Et il cherchait aussitôt à se rassurer en émettant son frisson. Exactement comme les chats ronronnent pour s'aménager un cocon vibratoire où

ils se lovent et s'apaisent. Alors il devenait possible de les identifier.
Là, ça čommençait juste. J'avais une sorte de mélopée qui provenait du panneau de basket. Aussi, tout en ĥaut de la ğrappe, un battement seč, tel un break de batterie, assez čourt, brouillé par les čiğales, parasité par leur nappe, mais qui revenait, net et distinčt. Au bout de dix minutes, j'avais quasiment effačé les bandes de fréquenče des intecĥtes dans mon bonnet. Les bots réduits à quia, le čhamp s'ouvrait. J'entrais enfin dans l'empire pĥonique des furtifs…

‘Je ¿pourrais ‘tenter un tir. D'ici. Je suis dans la raquette. La serinǵue va esquiver le panneau de basket et frapper derrière. Ciertơ. Le souci, c'est le pylône. Tu vas te nicher derrière, hein ? Au pire, si j'avance, tu voles jusqu'à la ǵrappe et tu te tankes dans une bulle. Et là, je fous quoi ? Quand on est entrés, les sphères étaient transparentes, toutes. Maintenant, j'en ai déjà quatre qui sơnt brouillards. Vous y foutez quoi dessus ? Votre sanǵ ? Votre morve arǵentée ? Votre sperme ? Comment vous faites ça ? Y a un de vous, une méduse, qui s'est sacrifiée ? Je l'ai fiǵée sans même le savoir et ça donne ça : ce voile. De quoi ? Plastoc ? Résine ? Reste qu'à présent, vơus avez quatre planques de plus, de beaux cocons ronds où ça va être cotơn d'aller vous flinǵuer !
Saskia a tout bon. Faut y aller despacio. Tact et tactique. Les repousser au son, angle sud : les murs sont en biseau, le plafond bas du front. En bloquant bien la porte, c'est du cul-de-sac. J'ai envoyé Lorca verrouiller les simsex. Vous pourrez plus y crécher, les chiots ! Nèr va replacer les bots en arc, programmer une poussée fermante. Il fait déjà tourner ses bourdrones pour éviter qu'un fif repique dans

nos dos. Sur la plasmap, les taches thermiques migrent déjà côté sud. Bueno. Pas s'énerver. Prendre place. Les laisser s'habituer à nous \ faire le taf. Dans un quart d'heure, on rattaque. Féroce !

)J'ai) confié) à Lorca un bonnet d'écoute, plus rudimentaire que le mien évidemment, quoiqu'assez efficace. La salle est à nouveau plongée dans la pénombre. Il comprend mal ce qu'il perçoit comme un temps mort. Le temps mort est pourtant une durée qui vit. D'un mouvement de tête, je lui montre qu'il peut venir discuter. Il s'assoit par terre à côté de moi. Il a encore une patte de furtif dans la main. Un membre lâché lors de l'attaque, pour s'alléger. Terre cuite.

— Fais toucher... Hum, il est tiède encore...
— On dirait qu'il sort du four...
— Tu entends le frisson là-haut ?
— J'entends un truc oui... qui vient de la bulle-miroir. Mais je sais pas si c'est ça...
— Isole-le, moujik, et fais-le-moi écouter...

·· Je · débruite le segment comme je peux et passe un écouteur à Saskia. Sa réaction me surprend :

— C'est ça, oui... Bravo !
— C'est son frisson ? C'est *ça*... un frisson ?
— Il en existe autant que de furtifs, Lorca. Parfois ça ressemble à une mélodie, une forme de ritournelle, parfois à des trilles. Parfois ce ne sont que des ondes, des vibrations bizarres qui reviennent. Parfois, comme ici, c'est un rythme assez clair...
— Ça change tout le temps...
— Oui, ils montent ou descendent dans les octaves. Ils pitchent et distordent à leur façon. Ils y ajoutent

d'autres bruits qu'ils captent à la volée… Là, il a intégré des crissements de cigales et un grondement… celui de Dober.

— Comment… t'arrives à reconnaître que c'est un frisson ? J'ai attrapé ce rythme puis j'ai été happé par des feulements. Je ne suis pas sûr que je l'aurais retrouvé…

— Mais tu l'as senti. Et c'était ça. Parce que tu es doué. Tu es un auditif Lorca, comme moi.

— C'est surtout de la chance…

— Non. Le frisson a une intensité spécifique, il « saille ». Il a un patron rythmique, une structure musicale, qui est souvent prodigieuse…

— « Prodigieuse », vraiment ?

— Oui, sans exagérer. Parce qu'elle est faite de ce que j'appelle des sons vivants. C'est-à-dire des sons génésiques. Des sons qui poussent, évoluent, se déploient tout en conservant leur syntaxe. Je n'ai pas énormément de talents mais j'ai celui de sentir le frisson…

Lorca rajuste son bonnet sur sa tête en me regardant. Il m'a repris la patte du furtif. Je lui dis :

— Tu sais pourquoi c'est si facile de savoir si un furtif est dans un site ? Et si dur de les repérer exactement ?

— Mmm… À cause des leurres ? tente Lorca.

— Soit un furtif bouge, et alors il métabolise l'environnement. Il l'ingère, il mue, gagne ou perd des membres, en laisse par terre et là tu peux trouver des traces qui sont des preuves de présence, comme tu viens de le faire. Soit il s'immobilise, aux aguets. Pour analyser l'espace, parce qu'il cherche où se nourrir ? Pour se reposer ? on ne sait pas. À part que là, il s'exprime, il « chante ». C'est l'un ou l'autre. Bouger ou parler. Dans les deux cas, ce qui permet la chasse, c'est que le furtif est toujours actif. Tu te souviens de la marotte d'Arshavin ? « Il fluit. » Si bien qu'il impacte sans cesse le site où il évolue. Il crée des « événements » qu'on peut repérer : de la casse, du bruit, les bulles qui deviennent opaques, des objets qui se déplacent… Puisqu'il n'est jamais fixe, tout ce qui change est potentiellement *lui*. Nèr se nourrit de ça, du mouvement. Il ne voit vraiment bien que ce qui bouge…

Lorca hoche la tête, le temps de bien intégrer. Il a un beau visage lorsqu'il écoute : très bienveillant, très ouvert, il te donne vraiment envie de parler. Il relance d'ailleurs déjà :

— Mais quand le furtif stoppe et se cache, c'est plus difficile…

— Quand il stoppe, il parle. Et c'est à moi qu'il parle. Aux autres furtifs, aux autres animaux sans doute, à la matière même, qui sait ? Sauf qu'il n'y a presque aucun moyen de distinguer ce qu'il émet de la cacophonie du site… si tu n'isoles pas son frisson…

— Le frisson est sa carte d'identité sonore…

— C'est plus compliqué que ça. L'esprit humain ne sait identifier une chose que si elle conserve sa forme dans le temps. Alors seulement tu peux la « *re*connaître ». Nèr peut interpoler un furtif mais ne sait jamais si c'est le même. Sa trace thermique ou magnétique oscille sans cesse, sa taille réduit ou grossit, il va plus ou moins vite… La forme physique est instable. Elle résiste à l'identification.

— Alors que la forme vocale, elle, a une manière de stabilité ?

— Le furtif se crée une espèce de canevas sonique propre, oui. Il a son thème. Le défi est de trouver ce canevas, cette ritournelle, et d'être capable d'en suivre les transformations. Elle est souvent polluée. Il l'arrête, la reprend… Elle est distordue parfois… Si tu veux, c'est comme si elle flottait en barque, toute fragile, dans un océan de bruits qui l'engloutissent. Mon travail, en gros, est de ne jamais lâcher cette barque dans la tempête… Je passe mon temps à éliminer le fracas de l'écume, du vent et des vagues. Le brouhaha.

— Saskia…

— Oui ?

— Tu penses au fond qu'il y a une forme de supériorité dans la traque phonique… Je veux dire, par rapport à la traque optique, n'est-ce pas ?

·· Saskia · retira un instant son bonnet et me sourit. Elle était touchée par ma question, je compris qu'elle était en fait ravie de pouvoir parler de ça. Ça tombait bien pour moi.

— Je ne crois pas ça dans l'absolu. Mais je crois ça pour les furtifs, carrément. Le sonore est un art de la durée. Donc du mouvement et de l'émotion : c'est la même racine. Tu te fonds dans un flux, tu nages en pleine rivière. Tu accompagnes la métamorphose progressive des sons, tu les épouses. Tu *deviens* en même temps que ce que tu écoutes. L'optique par contre est un art de l'espace. À mes yeux. Ça consiste à fixer et à figer le monde à l'instant t. On se tient dans le froid, le spéculaire, la distance, la maîtrise. Et quand ça bouge, on est dans le contrôle. On checke des coordonnées, des trajectoires, des vecteurs. L'optique relève pour moi du pouvoir. Profondément. S'il le pouvait, Nèr voudrait immobiliser cette salle, la tenir sous sa supervision éternelle. En tout cas, je le ressens comme ça. Moi je crois à l'écoute, Lorca. À l'accueil du monde. Parce que lorsqu'on écoute, on partage quelque chose avec quelqu'un qui l'exprime, qui s'expose. Plus simplement même, nous faisons corps avec la salle telle qu'elle vit, sans l'impacter. Enfin, au minimum… J'aime m'asseoir pour ça.

Sous le plafond, des spots claquent. Les sphères de simulation s'assombrissent.

— Je suis un profane, je débute avec vous. Mais… j'ai l'impression que vouloir *voir* un furtif est un contresens… Non ? Il est né pour déjouer ça…

— Je ne sais pas. Mais c'est sûrement la meilleure façon de les tuer. Sans en retirer le moindre savoir utilisable… La meilleure façon de ne rien comprendre d'eux. Le contraire d'une approche éthologique)) mon grand-père se retournerait dans sa tombe s'il voyait comment on travaille. Le sonore en tout cas a une analogie très forte avec la métamorphose, avec la transformation continue, qui est la clé comportementale d'un furtif. Je pense que c'est le sens qui leur correspond le mieux. Et qui permettrait aussi de leur « parler » un jour.

— Leur *parler* ? Mais comment tu veux leur *parler* ?

— Avec ça.

— Tu vas te servir de l'olifant ?

— Aujourd'hui, quand il sera dans l'arène, j'essayerai de communiquer avec lui… Agüero m'a dit OK hier. Ce sera une première.

— Tu penses vraiment que tu peux leur *parler* ?

— Souvent le furtif parle, lui, quand il est acculé, avant l'hallali. Alors je peux essayer de lui répondre…

— Comment tu veux répondre ? Avec de la musique ?

— Tu verras à ce moment-là, si on le coince. Ce sera le plus beau moment de la chasse, peut-être. Le plus émouvant sûrement.

\ Capŧeurs \\ đe \ présence eŧ đe passage > ɵK. Senseurs đe sɵł > ɵK. Micrɵs ɵK. Łiđar ɵK. Capŧeurs đe cħamp > ɵK. Całages/Ɵrienŧaŧiɵns đɵne. Cħeck baŧŧeries 84 % > ɵK. Caméras acŧivées. Ᵽłasmap 1 : 10. Ᵽrɵjeŧée rełief, ŧaiłłe griđ cɵmmuniquée à meuŧe. Mécas en pɵsiŧiɵn. Inŧecħŧes ɵP. Meuŧe en pɵsiŧiɵn. Cinq ennemis au rađar +/– 2 pɵs-sibiłiŧés łeurre. Aŧŧenŧe signał đe ł'ɵuvreur > ?

‘Sur ¸la ‘plasmap, Nèr a tracé un trait bleu, à mi-salle. J'attends que tɷus les fifs passent cette liǵne et miǵrent côté sud pour envoyer la ǵuerre. Saskia a l'ơlifant en ǵueule. Lorca est taquet. Ça y est, les radiations opèrent : le dernier fif s'est décalé sud-salle, derrière la ǵrappe centrale. Je lève le bras ! *Venǵa !*

·· D'un · souffle surpuissant, boosté par l'amplification, Saskia entonne le thème de la Poussée. Tellement de fois je l'ai entendue jouer en exercice, néanmoins jamais comme ça : ce qui sourd de son cor est de l'émotion brute, brutale, de sorte que, placé à cinq mètres d'elle seulement, j'ai l'impression que le pavillon de mon oreille vient d'être décroché de ma tête par une rafale. L'architecture de la salle se met à vibrer. Les grains des grappes tintent en s'entrechoquant. Et sur la plasmap qui scintille en hologramme devant nous, les taches rouges qui filaient en tous sens sont comme suspendues au geste d'un dessinateur sidéré.

Aussitôt, l'arc de poussée que nous formons avec les surchiens – un chasseur, un chien, un chasseur, un chien, une chaîne hybride de huit traqueurs soudés – se met à avancer. Cette fois-ci, les mécanidés émettent des ultrasons en linéaire, silencieux pour nous, terribles pour les furtifs tandis que Saskia mène l'attaque phonique dans l'audible à coups d'olifant. À l'entendre, on dirait que chaque couac et chaque vrille, chaque onde, chaque stridence qu'elle tire délibérément de l'instrument, et qu'elle projette dans tout le volume, rageuse, sans ordre, hachée, elle l'extirpe de sa colère intérieure et qu'elle les chasse moins qu'elle ne les intime à fuir – fuir devant cette machine de guerre qui roule inexorablement sur eux à la façon des chenilles d'un tank qui écraserait la foule, tour de roue après tour de roue.

— *Braillade !* jette Agüero.

Agüerọ et Nèr ċriaient maintenant, ils vọċiféraient des ċhants abrasifs et faux, du yaọurt, des hymnes de ġuerre, de l'hébreu, ils sifflaient et feulaient, họrs d'eux, méċọnnaissables, transfọrmés, ils frappaient aveċ des ċubes d'aċier sur des bidọns vides et prenaient les ċaisses pọur les jeter au sọl – et mọi, et mọi, et mọi je faisais ċọmme eux et je lâċhais ċe qui sọrtait de mes tripes sans que j'aie jamais su ċe qu'elles ċọntenaient avant – et ċ'était de la bọuillie de ċris, un éraillement hystériquement aiġu de viọlenċe raturée, du ċraċhat de syllabes, mes mọlaires ġrinçaient – quand sọudain je me mis à hurler ċọmme un veau en arraċhant de mọn ventre perċé une plainte qui me perfọra du bassin à la ġọrġe. Pis les larmes jaillirent dans la mọrve, les sanġlọts saċċadés manġeaient mes hurlements pọurtant je ne lâċhais rien et je ċọntinuais à avanċer le visaġe liquide, trempé de pleurs, en họquetant ma blessure intime par blọċ, pierre à pierre…

... et alọrs le sọurire de Tishka vọla ċọmme une ġrenade à travers ma ċọnsċienċe. Déġọupillée.
Sa bọuille-sọleil. Intaċte. Sa ċọurse pọur se jeter dans mes bras. Ŀe ċhọċ mọu de sọn ċọrps, je la sọulève, elle est absọlument tọut ċọntre mọi, tọut ċọntre... Ŀe sọuvenir-ġrenade explọse...

— Ça va Lorca ? dit une voix.

— Qué tal, tracier ? embraya Agüero dans le brasier de ma souffrance qui me ravageait comme une joie. Ça fracasse la braillade, hein ? Ça m'a fait ça aussi la première fois. J'ai revu mon pater qui me frappait et j'ai tellement beuglé ma rage que toute la meute a stoppé !

À peine dix seċondes, Aġüero est sorti de sa transe pour me parler et y replonġer illiċo. Un zap. Il s'était déjà remis à frapper son fût, en barbarė, déċadenċė. Saskia me passa la main sur la nuque et son ġeste me fit un bien fou.

J'étais revenu, j'étais là. Je suis là.

— L'ennemi recule. Proies à proba 90 % en 4-7, 4-9, 5-6 et 6-8 sur le grid. On maintient la pression. J'enclenche les tirs magnétiques. *Over*.

— Reçu. Saskia ?

— J'ai des salves très fragilisées, avec des frissons mités, rien de stable, pas de certitude. Je suspends l'olifant si permission et je m'immerge en mode écoute.

— Accordé, tu reprends dans une minute. Lorca ?

— Déchets au sol, bouts de corps, segments chauds. Ils ont sérieusement allégé, on dirait.

— C'est ta poussée qu'a produit ça, mec ! Tu m'as retourné le bide et le cerveau, avec tes sanglots. Les fifs sentent l'émotion. C'est encore un de leurs foutus miracles. Peux te dire qu'ils ont pris cher et que ça les a fait reculer plus sévère que nos vieux fûts !

— Proie au zénith ouvreur ! Sans cover. Tir recommandé ! nous coupe Nèr.

D'un geste d'une dextérité de singe, Agüero fait glisser le cuir de sa bandoulière et ramène le fût de sa carabine à la verticale d'une seule main en appuyant dans le même mouvement sur la gâchette. En vérité, je reconstitue. C'est infiniment plus vif que ça : *Shhtou !* La seringue est partie. Deux secondes après, elle retombe à mes pieds, aiguille tordue. Je ne peux m'empêcher de lever la tête. Un spot. Un spot sur rail, mobile, en surchauffe. La seringue l'a percuté. Nèr a un spasme. Il cligne frénétiquement des paupières :

— Leurre de l'ennemi ! Stay focus ! Map refresh !

— J'ai deux confirmations proie en simsex 3 et sol à 2 heures, jette Saskia.

— Sol 2 heures ? ! Où ça ?

— Borne à casque…

— Derrière ?

— Dedans. Les ondes arrivent compressées.

— J'ai presque rien en thermique.

— Essaie au lidar.

— … Le lidar confirme. Ennemi à l'intérieur.

— Lorca, avec Boxer et Dober, tu couvres la porte sud. En position ! À la moindre ombre, tu tires. N'aie pas peur de gâcher ! Saskia, olifant ! Nèr, tu contrôles !

\Cette\\ fɵis, \ɵn vɵus nique ! Snipeđ ! Ŧu sɵrtiras pas đe ŧa bɵrne. Ᵽas đebɵuŧ ! Ŧ'es đeađ ! Nèr ŧ'a en régie. Nèr ŧe perce. Nèr saiŧ. Eŧ ŧɵi, đans łe simsex ŧ'as faiŧ łe mauvais cħɵix. Une bɵuɫe ! Une seuɫe sɵrŧie ! Ɵn va ŧe cribɫer. Je senŧais ceŧŧe cħasse. Je ɫa senŧais ! Ŧape Saskia, ŧape ! Scɵŧcħe-ɫeur ɫes ɵreiɫɫes ! Vriɫɫe ɫeur saɫɵperie đe nerfs ! Visse-ɫes à ɫeur caque ! Le bɵss arrive. Ɵn va ɫes ŧrɵuer !

)No)us étions) si près… De lă borne j'entendăis presque en son direčt lă pulsătion du frisson, če băttement člăir et musičal qui se dilătait et rălentissăit, prenăit une tonălité de métăl et revenăit vers le bois, ălternătivement, aveč des riffs soudăins en entrelăcs, inexpličables, qui sonnăient čomme une intro de ročk ğotĥique. Et plus loin, de lă bulle ouătée du simsex provenăit une sorte de ronronnement ămple et făbuleux, à vertu ăudiopnique tellement č'étăit ağréable de l'ăvoir dăns mon časque. En temps normăl, j'ăurăis eu peur qu'on les tue. Măis ăujourd'ĥui nous ăvions les serinğues dosées et l'opportunité unique de les toučher vivănts ! J'ăvais le čœur dăns lă poitrine. Je suivăis des yeux Ağüero qui proğressăit vers lă borne… Il étăit à trois mètres măintenănt et le băttement čontinuăit, il suffisăit de făire săuter lă čoque ăvant et ălors…

— Envoie la purée Saskia !

J'ai embouché l'olifant. Et de tout ce que mes poumons contenaient d'air, j'ai sonné l'hallali d'une seule traite, dans l'espoir et la tonitruance.

ʿÇa ˛se ʿdéclipse par la drσite, en deux pattes de plastσc, je connais ces bσrnes. L'idée, c'est : je ǧlisse le canσn dedans et je tire ! La serinǧue trσuvera toute seule. C'est fait pσur. Putain, j'aurais jamais cru avσir une chance cσmmac ! Il s'est piéǧé tout seul ce fif, il a jamais dû rencσntrer d'humain avant. Il est né ici ! Au paradis du Balade-tσi !

— Mouvement dans le simsex ! L'ennemi se rapproche de l'ouverture !

— Mets les chiens dessus.

— Ça va rompre l'arc. Faut maintenir l'étau. Demande autorisation de tir.

— Accordé ! Je prends la borne, tu prends le sim !

·· Nous · formions maintenant un trianġle ċompaċt dont je protéġeais la pointe aveċ Dober et Boxer. De là où j'étais, j'avais à ma droite Nèr, de dos, qui mettait en joue la porte ċourbée de la sphère ėt à ma ġauċhe Aġüero, de faċe, fusil à l'épaule qui ne lâċhait pas la borne des yeux. Et derrière eux, Slouġhi, Saskia et Botweiler fermaient la retraite aveċ un mur d'aboiement et de trompe. On aurait pu ċroire que je les snipais parċe que j'avais aussi ċalé mon armė sur l'épaule et que je balayais l'espaċe droite-ġauċhe, aux aġuets du moindre déplaċement de poussière, l'index ċrispé sur la ġâċhette. Dans mon bonnet d'éċoute me parvenait enċore et enċore le frisson rythmique, lanċinant, qui m'imprimait une manièrė de tension et de tempo…

— Nèr ! Nèr mon dieu !

)Nè)r est) au sol, son fusil a valdingué. Il se tient la clavicule. Un spot lui est tombé dessus du plafond. Le spot de tout à l'heure ! Je ne vois rien du simsex, j'entends juste un froissement de polymère. La porte ? Nèr tente d'attraper son fusil, il a mal. Lorca s'avance par réflexe et tire plusieurs seringues vers la boule.

— Garde ta porte ! Ta porte Lorca ! ! je lui hurle.

Il m'éčoute et rečule, toujours en position. Ağüero ne čède pas à la diversion, il sait, il sait trop bien, Nèr pourrait pisser le sanğ, il ne quitterait plus la borne. Il plače le

čanon de son fusil en pied de bičhe et déčlipse le ĥaut de la čoque, doučement... Le son du tir. *Scĥtou !* Le băttement du frisson s'intensifie, prend de lă synčope, s'enjolive măis ne dispăraît păs. Et si lă borne étăit... ? Ağüero ĥésite, il déčlipse lă sečonde ăttačhe et făit săuter lă čoque qui tombe en bălançănt čomme un ročkinğ-ĉhair.
Lă borne... est une entre ! Un lăbyrinthe en relief, făit d'ăluminium et de čirčuits imprimés, une mărqueterie de čaches. Tunnels et trous. Grottes. Ĉhicănes. Trompe-l'œil. Une merveille de terrier. Ağüero ă un instănt d'ădmirătion et de stupeur. Porte sud, les ĉhiens se sont mis à ăboyer.

— *Papa ! Papa !*

— Tishka ! Tishka, je suis là !

— Ta porte ! Ta porte Lorca ! REVIENS !

‘J'ai ¸piģé ‘une salope de secơnde trơp tard. Un appel d'air derrière la bơrne et ce vertiģe \ ça tanģue / ce chaud-frơid dans l'air, qui fait que je sais que c'est eux. Direct j'ai vidé mơn charģeur. Le temps que j'appuie sur la ģâchette, il avait fait les dix mètres qui le séparaient de la pơrte sud. Ơù il est passé. Cơmme une fleur. Au-dessus des clebs. Avec nơtre tracier dans les nuaģes. Nèr déboule sur Lorca en se tenant l'épaule, furax.

— T'es le roi des cons ! Tu tiens pas ton poste ! T'as raté l'inratable !

— J'ai...

— Je vais demander à l'Amiral ta radiation ! C'est une faute professionnelle !

— Calme-toi Nèron ! T'as jamais suivi un leurre, toi ?

— Pas là ! Pas comme ça ! Il assurait la couverture arrière ! T'es une merde de civil ! Tu vaux que dal ! Je le savais !

— J'ai cru que…
— TA GUEULE ! DÉGAGE !

)Ag)üero attrape) Nèr par son uniforme et le retourne. Ša voix tonne trois tons plus bas que d'habitude. Il est bouillant.
— Tu parles pas comme ça à notre tracier !
— C'est pas notre tracier !
— Tu t'excuses maintenant. Tu t'excuses ou c'est toi que je mute.

Nèr n'ouvre pas la bouche. Il n'y arrive pas. Ša joue se fronce, ses paupières grésillent à force de papillonner. Il est au bord de la crise de nerfs. Lorca est ailleurs, encore dans ce qui vient de se passer. Je n'ai pas saisi pourquoi il a bougé. Une engueulade explose entre Nèr et Agüero, comme souvent. J'éloigne Lorca au pied de la grappe et je le prends à part. C'est lui qui parle en premier :
— Saskia, tu l'as entendue aussi ?
— Entendu qui ? quoi ?
— Elle m'a appelé. Ça venait de la sphère… C'était sa voix, Saskia. Je peux le jurer.
— Ta fille ? Tu as entendu ta fille ?
— Elle m'a appelé.
— Lorca, c'est une hallucination auditive. Ça peut arriver sur certaines chasses.
— Non.
— Quoi non ?
— C'était pas une hallucination. C'était parfaitement clair et audible. C'était elle.
— Lorca, j'ai douze ans d'expérience professionnelle dans l'écoute. J'ai été oreille d'or dans la Marine nationale, spécialiste de la reconnaissance des sons

pour les sous-marins nucléaires ; je suis traqueuse au Récif depuis cinq ans. Si un rat pisse sur une plinthe, je suis capable de l'entendre à l'autre bout de ce gymnase avec douze pistes en simultané et quatre surchiens qui aboient par-dessus ! Et tu veux m'expliquer que le fantôme de ta fille t'a appelé à cinq pas de moi et que j'ai rien entendu ?

‘Y ¸a ‘pas le temps pour la castagne et l'embrouille. Ơn a perdu quatre plombes pour des plosses, chou blanc, d'ac. Et quoi ? Il reste assez de seringues pour ramener du fif à fourrure, on a trois sites encore. Faut juste que je fasse taffer un bleu avec un gris sombre qui se croit le nec alors qu'il me fait tirer sur des spots et se les prend derrière sur le paletot ! Lorca est un brin émotionneux, blast ! Nèr voit ça « faiblesse ». Moi je crois que ça nous aide, à la vraie vérité : les fifs carburent aux sens, c'est des affectifs, il les aimante, je sais pas comment expliquer ça. Avec l'expérience, je sniffe quand un fif est tissé dans nos basques, qu'il bouge rapport à nous, y avait de ça dans la Réalité. J'ai été un vrai bousin sur la borne. Trop dans l'excite. Clair que j'allais décapsuler une entre. Blaireau ! Ơn retourne dans l'atrium. Faire caucus. Nèr s'excusera pas. Tête de pioche. Du moment que Lorca s'en fout, je passe l'éponge.

— Bon, reste vingt heures devant nous. On enchaîne sur où ?

— Faut demander au concierge… Lui il sait sûrement… \caillasse Nèr/ Alors, le tracier, il est où notre furtif à présent ? Tu nous le retrouves ? T'as ramassé des miettes dans le couloir ?

Ça part bien. Lorca encaisse, moufte pas. Pis il prend le crachoir. L'air bizarre.

— Je sais pas si je dois le dire… J'ai eu… comme une vision. Enfin, un pressentiment…

— Crache ta pilule !

— Je pense que le furtif est dans le musée.

— Quel furtif ? Celui de la borne ?

— Oui.

— N'importe quoi ! \explose Nèr/ T'es oracle aussi ? Tu tires les tarots ? Le musée est gigantesque ! Y a dix-sept salles sur la map ! Même s'il y était, tu veux qu'on cherche où ? Hein ? Petit malin !

— J'ai… l'idée de la salle où elle est.

— Elle ?

— Il, pardon… \Il tremble comme un mât/ Je peux vous y amener.

— Tu mesures ce que tu dis, quand même, Lorca ? \glisse Saskia, pas trop à l'aise avec ça/ La chasse n'est pas de la divination. Tu ne peux pas jouer avec ç…

— C'est du bluff. Il veut se rattraper. C'est un bouffon !

Lorca ne se démonte pas. Il est vénèr même. Tout de go, il tend la main à Nèr, qui pige pas. Il veut toper.

— D'accord. Je parie mon poste dessus. Tapis !

— Quoi ? !

— Si le furtif n'est pas dans la salle que j'annonce, je donnerai ma démission demain à Arshavin. \Nèr écarquille/ Ça vous convient, monsieur Nèr Arfet ?

— T'es un sacré chaman, pour un puceau. Même le boss s'est jamais permis de faire des prophéties sur la position d'un fif ! Tant mieux, Varèse, tant mieux… J'ai plus que quelques heures à te supporter et ciao…

·· Sale · taré. Saskia retire son bonnet, elle ébouriffe ses cheveux courts et lance sarcastiquement à Nèr :

— Et toi, tu paries quoi ?

— Moi, je fais pas dans le pronostic. Je suis un traqueur. Le réel me suffit bien.

— Un peu facile, non ?

— Si t'avais pris un spot sur l'épaule, tu trouverais pas ça si facile, je pense.

)Je) ne sais) pas à quoi jouait Lorca. Ni s'il avait toute sa raison ; il paraissait hanté, à la fois totalement fragile et tout à fait sûr de lui, à l'image d'un homme debout sur une tour qui dit « chiche ? » en n'ayant jamais fait de *base jump*.

‘J'aime ¸pas ‘ça. Pas du tout. Jouer au con comme ça, le Lorca, pour se la péter. Pour la provoc. Il a quelle proba d'avoir le fif là-bas ? Une sur cent ? Je le croyais solide, sous ses paso doble, il est peut-être juste foireux. Cinglé. Pas fiable. Nèr a vu juste, j'ai trop écouté Arshave qui le couve, c'est son chouchou. J'ai voulu le voir comme il le voit, y mettre un jeton dessus. Un civil qu'amène autre chose. Córtala ! Là, s'il nous fait perdre deux plombes et qu'on ressort bredouilles, faudra pas qu'il compte sur Agü pour lui sauver sa couenne. Il ira donner sa dém' et je l'accepterai. Ojo !

·· La · chose qui m'avait parlé – que ce fût son fantôme ou son esprit, une onde du passé, je cherchais pas à comprendre – cette chose ne pouvait aller se cacher que là-bas. Là-bas : dans le *Cosmondo*. Là-bas où sa présence devait être restée quelque part dans l'épaisseur des murs, stockée par la maison, restituée dans le silence. Un épicentre mémoriel. Un siphon. Ce que j'avais entendu n'était pas une hallucination – c'était ma seule absolue certitude. Et si un furtif était capable de parler avec sa voix, de reproduire son timbre avec cette perfection, alors il savait certainement ce qu'elle aimait et qui elle était, n'est-ce pas ? J'ai des sautes… Pourquoi ? S'ils ont démonté le *Cosmondo*, tu fais quoi Lorca ? Ta carrière de chasseur aura duré une journée ? Tu fais quoi ? N'est-ce pas ?

⁾Lo)rsque nous) sommes entrés dans la salle qu'avait indiquée Lorca, nous avons verrouillé aussitôt la porte en parant toute sortie avec une nuée d'intechtes. Puis j'ai contemplé avec attention cette maison loufoque, enfantée dans la couleur. Aux lignes aussi tordues qu'un Hundertwasser, au volume aussi costaud qu'un bateau qu'on aurait posé sur cale. Je la découvre pour la première fois. Elle a l'allure d'une masure dessinée par un môme, et bricolée avec beaucoup de génie, et beaucoup de récup. L'angle droit y semble l'ennemi. À telle enseigne qu'elle ressemble à une entre, pleine de niches et de nids, de petites pièces coudées et de couloirs coupés. Mais une entre maousse, taille patron, faite pour des humains… Malgré tout, je reprends le sourire : le site me semble propice. Et le pari de Lorca, qui m'avait paru d'abord cintré, me rassure déjà un peu plus… Je choisis de placer des crophones sur toute la façade et je m'assois devant la maison en demandant le silence. Pour Nèr, la cause est entendue depuis l'entrée : il n'y a rien. Šes écrans sont vides. La vérité, c'est qu'il n'a plus la force de sortir le gros matériel à cause de son épaule blessée.
En premier lieu, j'ai effačé la fréquenče des intecĥtes. Puis j'ai očculté la VMC et le rayonnement mağnétique des néons sur la façade. Pour finir, j'ai demandé à Nèr de

mettre tomo et lidar sur off. Ça l'arranĝeait. Le silenče qui monte, ămple et plein, peut être du meilleur ăuğure. Ou tout ăutănt siğnăler le néănt. Šoit če qui est là nous perçoit et se tăit. Šoit il n'y ă tristement rien. Lorča ă enfončé son bonnet d'éčoute sur son front et il semble désespéré. Il me reğarde en implorănt un miračle.
Je păsse les čropĥones un à un en revue, en les ămplifiănt ău măximum pour ăččroĉher lă moindre vibrătion de lă sčulpture.
Rien.
Des băsses informes… le bruit de fond du bâtiment…

L'aurais-je fait si ça n'avait été Lorča ? Toujours est-il que j'eus l'envie de tenter à mon tour un pari. J'avisai un volet oranĝe au rez-de-ĉhaussée, dont le bois sonnait člair. Et aveč la baĝue de mon annulaire, je me mis à tapoter déličatement dessus. À y reproduire à l'oreille le rytĥme du frisson qu'on avait isolé tout à l'ĥeure dans la Réalité :

… tunc-tinc-tunc—tunc-tinc. tunc-tinc-tunc—tunc-tinc. tunc-tinc-tunc—tunc-tinc…

Aveč la même netteté détaĉhée, le même swinğ pulsatile.

Šeul Lorca comprend ce que je tente. Il me sourit, tellement reconnaissant, et à nouveau plein d'espoir. Assez vite, je laisse des espaces pour une réponse, des plages de silence, puis répète le rythme – une fois, six fois, dix fois. Aucun écho. Ça sent mauvais.

Au bout d'un moment, Nèr commence à racler ses caisses avec les pieds pour ranger son matos, détruisant la quiétude, exprès. L'abruti. Lorca reste prostré en tailleur. Il ne lève plus la tête. Alors, par acquit de conscience et parce que je ne sais plus quoi faire, je vais placer ma tête à plat contre le bois du volet. On ne sait jamais, pas de regret. Perdu pour perdu. Et là :

... tanc-tinc-tanc—tunc-tinc. tunc-tanc-tunc—tinc-tinc. tunc-tinc-tunc—tunc-tinc...

En infrabasse, par čonduǒtion osseuse. Uniquement audible par ma boîte črânienne. Je me děčolle du volet et je rečolle ma mâčhoire et ma tempe, pour être bien sûre :

... tanc-tinc-tanc—tunc-tinc...

Je ne sais pas quel sourire je fis. Il devait être d'une douce violence, car Agüero s'approcha aussitôt :

— Que onda ?

— Il est là.

— Quoi ? !

— Le furtif de Lorca. Il est dans la structure. Il s'est réfugié là.

— Sûre ?

— Certaine.

Agüero s'illumine, heureux comme un gamin. Un type bien, spontanément.

— Qu'est-ce qu'on fait ? On sort l'artillerie ?

Ša voix laisse l'alternative ouverte. Est-ce qu'il pressent déjà ce que je veux faire ?

— Je voudrais te demander une faveur, Hernán... Voilà... J'aimerais le faire à ma manière ici...

— Tu veux dire... sans capteur ? sans infrarouge ? Pas de tir magnétique ?

— Juste les caméras à très haute vitesse, pour enregistrer. Et mes micros. Le reste, je le gère à l'olifant...

— Che… Nèr est pas bien de toute façon. Il est sous pain de glace, le temps de gober l'hématome. Donc… OK. Vas-y à l'instinct ! À l'ancienne !

Je l'ai checké poing-paume et je n'ai pas pu m'empêcher de répliquer :

— Pas à l'ancienne, Matador : à l'avant-garde plutôt ! Et à la finesse, pour une fois…

‘Au ¸pire, ‘on perd encore deux plombes, mais ça vaut le coup d'essayer. Nèr est *out*, j'ai même pas eu à lui bourrer le mou. Je l'ai vissé à la porte, avec les mécas en veille. Pourra plus gueuler qu'on couvre mal l'arène vu que le cerbère, c'est lui ! Pour le reste, tactique Saskia : on envoie Lorca au contact, il connaît la baraque, il va zigonner jusqu'en haut, au mieux. Chaque fois qu'il peut, il ouvre du volet, bouge les meubles de poco peso, me dégage les axes de tir et cale les portes ouvertes à l'intérieur que la seringue puisse se faufiler jusqu'au fif sans s'enfarger. Moi je tourne autour la casbah, prêt à sniper. Et je la joue à la pirsche au besoin. Plus je serai près, moins le fif pourra métaboliser avant l'impact. Saskia, la maline, elle va communiquer avec le fif, juste à l'olifant, tout doux, mode discute et musique, apprivoisage. Estoy muy curioso de voir si ça va marcher. Dios dirà. A priori, quand il chante, \ tranqui / il bouge pas. Elle va aussi filer à mon fusil les coordonnées soniques du fif. Histoire que la tête chercheuse aille le chiner là où il planque. Voilà !

·· À · mesure quė je monte, les souvenirs ġiclent, des ġeysers. Ça fuse tellement intense qu'à plein de moments, je ne distinġue plus le présent du passé. Ŀes temps fusionnent. Ċ'est ċomme si sa voix se préċipitait ċhimiquement dans l'air, ses mots éċlatent en flaques tendres, son rire explose dans le couloir et il me guide. Instinctivement, je suis le parcours « familier », celui qu'on faisait toujours, peu ou prou – l'échelle de corde dans le salon aux hipposofas, le dédale mou, la trappe, puis la cuisine miniature, le chamboule-tout où elle jette les balles-qui-parlent et le parc à doudous fous où les peluches font la fête – là ça ne marche plus, les doudous sont déchargés et c'est un peu triste.

— On fait la scalade tout en haut ?

— Cap ou pas cap ?

— Cap !

— Tu prends l'ascenseur à bascule !

— Oh non papa ! Ça fait la peur !

Dans mon bonnet, Saskia m'informe en continu, quoique ce ne soit plus la peine. Je sens que le furtif n'a pas bougé. Je pourrais presque dire où il niche. Et aussi qu'il m'attend et qu'il devine exactement par où je vais passer. J'ouvre encore un double volet au deuxième étage et bloque béante la porte ronde du tunnel aux araignées qui chatouillent, ce tunnel qui est la plus grosse épreuve de Tishka. Elle n'y va que si j'y vais, « toi d'abord », devant et que je rigole, pour désamorcer ; il faut avouer que même à moi, ça fout la trouille ces mygales de laine qui se scotchent à ton ventre ou ton dos pour faire des guilis. C'est une expérience puissante du retournement de la peur proposée par Fulvia Carvelli, l'artiste. Sahar a toujours trouvé une bonne excuse pour éviter d'y aller.

— Papaaa !

— N'aie pas peur ! C'est que des doudous, tu sais...

— Papa ! !

C'est fou la force de ce mot. C'est un coup de feu à bout portant avec une balle d'amour dans la bouche. Ça te dit que tu existes comme tu n'as jamais existé pour personne. C'est un appel qui happe le présent pur, il t'avale. Il t'oblige à être ici : ici même, *hic*. Tu ne sais pas ne pas y répondre, parce que voilà : tu es là, elle est là et son appel jette une passerelle vers toi que tu n'empruntes même pas : elle te traverse de part en part, elle te crée deux bras en plus, des jambes en mieux, un visage et une voix doubles. Un nous. Papa. C'est le premier mot qui sort un jour des lèvres de ton bébé et qui veut dire « lié ». Deux. Fonduensemble. Plus jamais seuls. L'unique mot absolument plein de la langue. Quand Tishka a disparu, plus aucun mot n'a jamais eu cette force, cette violence solaire. Sahar m'appelait « Lorca » bien sûr, mais Lorca sonnait comme une coque creuse.

— Papaaa !

Devant moi, dans le tunnel, il y a quelque chose. Pas une mygale en peluche : un rat. Un rat vivant. Il hésite puis recule.

— Ça va Lorca ? Ton cardio est monté à 140 !

— C'est rien, un rat, j'ai eu la trouille...

— Le furtif me répond ! Il joue ! C'est juste incroyable !

— Je sais. Je l'entends aussi. Tu es en train de réussir, Saskia !

— *On* est en train de réussir ! Il complexifie sans cesse le rythme et il intègre mes sons de trompe dedans, c'est... c'est presque du jazz ! Il a une virtuosité mimétique folle... On dirait presque qu'ils sont deux !

— Deux ?

— Par moments. Mais je pense que c'est un leurre.

— Agüero est en position ?

— Oui. Il a trouvé un axe idéal. Je crois qu'on peut l'avoir vivant, Lorca. Continue... Vas-y doucement... Brusque rien surtout...

J'ai atteint le dernier étage. Au fond du couloir, après deux chicanes, il existe une trappe qui donne sur une cheminée-cabane, laquelle coiffe toute la maison et contient le « doux-d'art ». Pour moi le chef-d'œuvre de Carvelli. Une peluche hybride, bourre et bois, acier et coton, avec une tête en résine morphique qui se modèle toute seule tout au long de l'ascension en s'informant de ce que l'enfant fait, des pièces qu'il traverse, de la forme et de la hauteur de ses cris... Et qui se présente à la fin devant lui, un peu comme un portrait de Dorian Gray : une poupée-miroir, une sorte de figure-écho de ses actes, de l'énergie qu'il a dégagée, de son vagabondage dans la maison, et qui parle avec des extraits volés de sa voix pris par des capteurs cachés, dans un langage syllabique déroutant. Tishka n'a rencontré le doux-d'art qu'une fois ; après elle a toujours refusé d'y retourner, je peux deviner pourquoi. Le doux-d'art te met face à ton reflet. Son visage, sa forme, te montrent quelque chose que tu n'as pas forcément envie de voir. C'est juste une carte physiquement restituée, en trois dimensions, de tes traces, du small data en sculpture, un algorithme malin, rien de plus. Et pourtant ça fonctionne comme une métaphore qui te paralyse. La remise sous tension du Centre l'a-t-elle réactivé sur sa borne de recharge ? Est-ce qu'il est en marche, là-haut ?

— La cabane-cheminée, tout en haut... Le fif est là, chuchote Saskia.

— Je suis juste dessous. Je peux déverrouiller la trappe... Vous me dites ?

— T'as tout ouvert au troisième ? Axes de tirs OK ? coupe Agüero.

— Ça doit passer. Vise par le hublot, c'est l'ouverture la plus proche de la trappe... Et alterne avec la cheminée, la seringue doit pouvoir plonger à l'intérieur...

— Je suis prêt, mec. C'est toi qui comptes.

— OK... (...) Trois... Deux...

Je n'ai pas le temps de finir... La trappe s'ouvre d'elle-même et l'échelle tombe aussitôt à mes pieds. Un mélange de flèches et de frelons siffle. Je me fige de peur de me prendre une seringue. Ça me frôle sans me toucher, deux, quatre, huit... Agüero canarde ! Dans l'intervalle, je me hisse dans la cabane. Il y a un petit lit à baldaquin fermé par des tentures tango qui se balance mollement sur des pieds courbes. J'écarte les tissus et je découvre une poupée clouée dans un oreiller. Elle a une seringue plantée en plein ventre. Sur le matelas, le doux-d'art est là, debout. Qui danse un pogo de gosse. Il a des gestes ultrarapides, presque frénétiques et me lâche un rire de Tishka qu'on dirait pitché à haute vitesse.

— Où elle est ?

— BATIGA BADI ! FASTILA PASSI ! KINOK ! KINOK !

Le doux-d'art finalement saute et vient se blottir dans mes bras comme pour un câlin. J'entends ses rouages ronronner contre ma poitrine, sa peau est tiède, dérangeante. Je suis désarçonné. Je n'ose pas regarder son visage, y affronter la part de vérité que l'algorithme a façonnée...

— Lorca ? Qu'est-ce qui se passe là-haut ?

— ...

— Tu as quelque chose ? s'inquiète Saskia.

— Y a des poupées...

— J'entends plus le frisson... Le fif a bougé...

— C'est maintenant ! C'est maintenant que ça se passe !

Je ne sais pas pọurquọi j'ai dit ça. Qu'est-ċe que j'en sais ? Mọnte une vọix intérieure qui me dit « reġarde-mọi... reġarde-tọi... reġarde-mọi... » si bien que je déċọlle le dọux-d'art de ma pọitrine et le tends à bọut de bras devant mọi. L̇a résine ọrġanique est perċée de deux yeux vert d'eau, très ġrands, à la façọn des manġas. L̇e reġard tremble ċọmme un peu de pluie dans une flaque, la bọuċhe est inċrọyablement bien faite, elle sọurit dans la frambọise, des sọns épars en sọrtent, j'entends ma vọix... Elle ċhantọnne... *tinċ-tunċ-tinċ... tanċ-tunċ...* Aveċ des ċlaquements de lanġue. Au ċentre du visaġe, là ọù il pọurrait y avọir le nez, un họrrible riċtus tọrd la ċhair en spirale et s'enfọnċe dans un siphọn de peau. L̇'impressiọn d'avọir dans mes mains ma sọuffranċe. Ma quête réverbérée. Je lâċhe la pọupée sur le lit, j'ai envie de vọmir...

— Lorca ?

‹Enclenché ¸un ‘chargeur de vingt seringues et j'arrơse tơut ce que je peux sur tơus les axes pơssibles du trơisième étage > cheminée, hublơt, fenêtres, trappes, fentes > puis je mitraille la façade de haut en bas avec la maniaquerie d'un mabơul. Y a ce chaud-frơid dans l'air et...

) Ağ)üero s'ăvanče,) se déčale. Il tire măintenănt sur lă porte d'entrée de lă măison. Un bruit de boomerănğ hăĈhe l'ăir... Où il est ? Une énième serinğue părt en missile et čontourne lă măison ăvănt de filer vers lă porte où se tient Nèr))) Nèr ă le réflexe de plonğer) trop tărd) il prend lă serinğue en pleine čuisse. Très vite je le vois blăňčhir)) il s'effondre, să tête perčutănt le béton du sol.

— *¡El origen rojo! ¡El origen rojo! ¡Está aquí!*

Le čri d'Ağüero siffle tellement ăiğu, tellement différent de să voix ĥabituelle, que je me retourne vers lui. Il est étendu sur le dos, tétănisé. Un čerčle de sănğ ăutour du nombril, poissănt son măillot. Il reğarde ăvidement le plăfond čomme s'il y cĥerčhăit d'où vient če son de serpe qui trăncĥe l'espače. Il est blessé et…

— Ça va ?

— ROJO ! PROTÈGE LA PORTE ! ROJO !

Les čhiens ăboient et bondissent vers le ĥaut, trois bons mètres ! ils retombent dăns un cĥuintement pneumătique, leur tête ărtičulée pivote à trois čent soixănte değrés săns părvenir à se fixer quelque părt, le son siffle et se réperčute părtout sur les părois săns qu'on săcĥe où porter le reğard et tout à čoup, j'ăi un ačoupĥène… Dober perd să tête qui roule, ses păttes vibrent et se détačhent, les ăutres surcĥiens se jettent sur lui dăns une furie mécănique tăndis que lă porte qu'ils ğardăient se déčhire subitement păr le čentre.

Le son strident česse ăussitôt. Les cĥiens s'éteiğnent. Le silenče tombe ălors dăns lă sălle, măssif, insultănt.

Nèr gît inconscient en travers de la porte. Agüero se relève secoué, il touche sa plaie circulaire sur son ventre : c'est de la peinture, juste de la peinture liquide !

Il vient tâter le pouls de Nèr, paraît inquiet.

Lorca est enfin redescendu, il n'a pas besoin qu'on lui dise.

Il a compris déjà, il sait.

Le furtif est sorti.

On l'a raté.

Encore.

·· Ŀorsqu'Agüero · titubant a lâché le brancard dans l'atrium et qu'il s'est affalé telle une poupée de chiffon

à côté de Nèr évanoui, j'ai su que Saskia avait vu juste : il avait aussi pris l'une de ses propres seringues dans le corps, probablement parce qu'il se trouvait dans l'axe du furtif au moment où la tête chercheuse tentait de l'atteindre, sous une foultitude de changements de direction.
À ce moment-là, il nous restait encore dix-huit heures de présence autorisée dans le Centre et Agüero, dans son délire, dans sa lutte contre le narcotique, répétait : « Continuez, on les serre… l'origine rouge… rojo… à la pirsche… » Nous avons appelé Arshavin qui nous a fait envoyer les secours, en arguant auprès des sbires de Civin d'une exposition intense aux radiations. Il était très surpris, pour sa part, d'apprendre que son ouvreur et son traqueur optique avaient été attaqués par un furtif. En réalité, le furtif n'avait attaqué personne et l'hypothèse d'une agressivité envers l'homme était à nouveau destituée. Tous les cas validés de violence portaient sur de l'inanimé : matériel ou robots, intechtes, mécas, oui. Vivant, jamais.

Arshavin a géré Civin et il nous a octroyé le droit de retourner dans l'enceinte, en mode exploratoire. Nous sommes allés récupérer les caméras haute vitesse, ainsi que les cartes son et vidéo pour le débrief, qui s'annonçait exigeant. Moi j'ai voulu aller voler le doux-d'art dans la cheminée-cabane et il n'y avait plus rien, ni poupée, ni doudou ! Impossible de retrouver la peluche morphique : j'ai refait une à une toutes les pièces de la maison, du délire !
Sur les murs de la salle, il y avait des traces de pattes et de griffes, des bouts de plâtre entaillés à de nombreux endroits – sans doute là où le furtif avait viré, pris appui, bifurqué. Nous avons retrouvé une aile en céramique brisée dans la maison, des touffes de poils, un morceau de

ce qui pourrait avoir été une queue, avec le dard de la seringue dedans. Saskia pense que le furtif a été touché plusieurs fois par Agüero. Sauf qu'il a désolidarisé aussitôt les membres anesthésiés, comme un oiseau qui se démettrait d'une aile trouée par une balle tout en continuant à voler. Minutieusement, nous avons filmé les quatre murs tant les arabesques dessinées par les trajectoires de fuite du furtif se révèlent, à l'infrarouge, magnifiques. Même deux heures après, l'empreinte thermique reste lisible. Nèr a tout raté. On dirait une fresque géométrique. Saskia a dit : « un mandala cinétique ». Pas faux.

Je l'ai sentie tellement heureuse d'être délestée de Nèr et d'Agüero, d'avoir ce temps pour nous, pour l'imprégnation et l'exploration pure, sans traque – si rare – que j'en aurais presque oublié la chasse avortée. Son amour des furtifs est bien plus profond qu'elle ne le laisse transparaître au Récif. J'ai cru deviner aussi qu'elle était heureuse de vivre ça avec moi.

Quand nous avons réalisé qu'il nous restait encore pas mal d'heures devant nous, Saskia m'a emmené dans la médiathèque et elle m'a fait asseoir au milieu d'un auditorium de poche, dans une pièce circulaire où s'alignent, à la verticale des murs, les disques de verre et les vieux vinyles. Elle m'a ajusté son bonnet sur la tête, a réglé les volumes quelques minutes... puis s'est mise à jouer de l'olifant, longtemps et doucement, presque en sourdine, avant de le reposer sur la moquette.

Nous avons laissé le silence s'installer, respirer.

Bientôt j'ai ċommenċé à les entendre. Un onġle passé sur un miċrosillon ; le *zizzz* d'un vinyle qu'on raye aveċ un tesson ; du verre pilé, émietté, jeté en lit de ġravier sur une table de bois, quelque part derrière nous, dans la pénombre ; du plastique plié, ċassé net ; un disque de ġlaċe qui ċraque, ċraquette, se fraġmente… Puis des bruits de molaires, de dents de strass malaxant des pierreries, des ċris de vitre et des trilles de verre, en ċontrepoint, à ċontre-ċhant.

Saskia éċoutait ça à l'oreille nue, sans amplifiċation et parfois osait un son, une vibration du ċor, une plainte joyėuse et tonitruée. Et ċlairement ça répondait, ċomme transposé dans une matière autre, souvent le verre, parfois le frémissement du plastique. Aveċ reprise du thème joué par Saskia, sample de sa mélodie, déċalaġe ou insertion de rythmes. Elle souriait à ċhaque fois, ċomplètement émue. Ċheffe d'orċhestre à l'envers, musiċhienne, olifante, animaliċe, elle devenait quelque ċhose d'autre l'espaċe d'un silenċe – une ġrâċe, un mot de passe, un larsen. Moi je tâċhais d'entrer dans la danse, dans ċe monde qu'elle m'ouvrait aveċ un simple bonnet d'éċoute et beauċoup, beauċoup de ċonċentration et de patienċe. Au bout de quatre hėures, je sentis enfin distinċtement que les furtifs nous avaient, par-devers eux, ménaġé un espaċe dans leur territoirė sonore, un lieu à nous où loġer nos dialoġues aveċ Saskia, poser nos voix d'humain et même insinuer l'olifant dans leur ċrissant royaume de siliċe ċuite.

Saskia leur dit au revoir d'une courte fanfare et ne voulut pas explorer les entres dans cet auditorium où ils nous avaient si bien reçus. Nous le fîmes dans la bibliothèque. Elle m'y montra les fameux origanids, ces architectures de papiers enchâssées dans d'invisibles recoins, là où un individu ordinaire jamais ne penserait à jeter un œil, et où l'on supposait que les furtifs dormaient. Elle bougea des masses de livres pour y débusquer les tunnels creusés longitudinalement dans le cœur des ouvrages, derrière la tranche intacte des reliures. Entre deux rangées centrales, elle dénicha une entre au niveau du sol : un pur labyrinthe en relief fait de feuilles et de couvertures en carton, de minuscules couloirs à angles, de tubes enspiralés, avec des culs-de-sac et des chambres centrales. Des terriers de livres si bien occultés et encapsulés qu'un furtif y aurait piqué une sieste, nous aurions été incapables de le voir, encore moins de l'atteindre.

On fit beaucoup d'images au même titre que nous avions enregistré beaucoup de sons. À une heure du départ imposé par la Gouvernance, je tins à dire au revoir au *Cosmondo* avant de quitter définitivement le centre culturel Capitale. Une dernière traversée lente du musée avant de le laisser retrouver la pureté de sa poudreuse, sa vie bruissante et secrète à l'abri de nos regards invasifs et bavards. Saskia eut l'élégance de m'attendre dans la boutique. Je me reċueillis devant la maison ċriblée de seringues, de ċhaque fenêtre de laquelle j'avais l'impression que pouvait d'un moment à l'autre surġir la frimousse rieuse de ma fille. En m'évidant de l'intérieur, je sentis bientôt neiġer sous ma pėau la douċeur immarċesċible de Tishka, son odeur de miel et de lait, ses joues que seċoue son rire de ċaċahuète ġrillée.
J'allais sortir de la salle quand Saskia m'arrêta en posant sa main sur mon épaule. Je faillis sursauter. Je ne l'avais pas entendue approcher. Elle me dit :

— Il est revenu, tu sais.

— ...

— Le furtif... Il est revenu là-haut, dans sa cabane. Son frisson a un tout petit peu évolué mais il reste très reconnaissable...

Sous l'émotion, j'ai pris Saskia dans mes bras. Sa veste sentait le plâtre et la poussière.

— Est-ce que tu entends quelque chose à côté de lui ? ou dans la même pièce ?

— Un bruit de matelas, de sommier ?

— Je sais pas...

— J'entends quelque chose qui saute, disons qui rebondirait sur un matelas...

J'ai souri en l'imaginant pogoter.

— Le doux-d'art est revenu aussi, alors...

— C'est quoi le doudard ? s'amusa Saskia, sans sortir de mes bras.

— C'est... C'est une œuvre d'art qui prend la forme de ceux qui visitent la maison... Une sorte de doudou bizarre... mimétique. Il est fait en résine organique...

— Et... ?

— Et... rien. Ça fait toujours quelque chose de le rencontrer. Il te met face à toi-même... Tu te regardes dedans...

Saskia s'est détachée de moi. Elle a pris mes mains dans les siennes.

— C'est ça que tu as vu là-haut tout à l'heure ?

— Ouais...

— C'est pour ça que tu as mis tant de temps à redescendre ?

— J'ai attendu en fait... J'espérais un miracle, je crois.

Elle m'a dévisagé. Je ne sais pas ce qu'elle comprenait, elle était avec moi, c'est tout et c'était déjà énorme. Elle a eu un petit rire très joli, très lumineux sur son visage d'ordinaire en tension. Une mèche en vrac cachait ses yeux marron.

— Et il ressemblait à quoi ton doudard ? Dis-moi… À un tracier qui débute ?

— Pas vraiment, non… Il…

— Il… quoi ? Accouche !

— Il ressemblait à quelqu'un qui espère… Et qui souffre.

Elle m'aurait repris dans ses bras avec une chaleur incroyable. Alors j'aurais fermé les yeux. Et puis voilà.

CHAPITRE 6
Hystérésis

— Alors ?

Lorsque j'ai retiré mon casque de cosmonaute et que je l'ai posé sur le rack, j'avais la tête en sueur. J'étais le dernier : les six autres étaient déjà revenus au réel. Dans cet amphithéâtre du Récif, où nous avions simulé tellement de chasses en réalité virtuelle, en revoir une que j'avais vécue moi, il y avait à peine deux jours, la revivre en relief, en haute définition et en son binaural, avec une caméra à mille images/seconde, dans cette lenteur magique où une balle de revolver peut traverser l'espace à la vitesse d'une balle de tennis mal frappée, cela me donna d'abord l'impression que mon propre souvenir relevait de l'implant mémoriel, qu'on en avait déjà fait une fiction. Il faut dire qu'au *Cosmondo*, je n'avais rien vu du furtif qui avait fui par la cheminée-cabane et échappé aux tirs d'Agüero, que je n'étais pas cerbère à la porte comme l'était Nèr à ce moment-là – si bien que l'axe par lequel la caméra me restituait la scène m'était radicalement neuf.

— Alors, votre sentiment ? répéta le général Delattre, le ponte bougon du Renseignement, qui avait repris place sur l'estrade, aux côtés d'Arshavin et de Vincelles, le directeur des Infiltrations, un type si haut et si mince qu'on l'imaginait bien passer entre une fenêtre et son volet.

— Est-ce que nous avons vu la même chose ? insista Arshavin.

‘Mal ¿au ‘but. Ces casques sont des tueries matière résolution. À part que le relief, à cette vitesse, ça foireaute quoi ! Les plans s’écrasent l’un l’autre, un tas de crêpes ! Le fif, on le capte nickel, ça oui, on voit le huit qu’il fait à cheval mur/plafond, l’esquive sur la première seringue, une passe de torero ouf ! Puis les deux dribbles, en w, quand il fonce sur les surchiens. Tellement violents dans le changement d’appui qu’un jaguar tente ça, il se luxe les deux pattes ! Le bond sur place de Dober derrière, et comment le fif s’en sert pour lui dévisser la tronche avant même qu’il ait retouché le sol et puisse gnaquer. Mais après ? Après, y a trop de choses à la fois, ça baroufe. Pour moi, Sloughi chope le fif, qui s’est mangé une seringue en l’air et accuse le coup. Même : il le croque \ au moins l’arrière \ la partie avec la nageoire caudale. La merde ensuite est qu’on a deux trois images-fantômes qui flaflottent dans le casque et s’intercollent. Ơn dirait que le fif se photocopie. Genre il se clone dans l’alignement, rapport à masquer quelque chose derrière... quelque chose qui va passer, fuera de cámara, qui passe et crashe la porte. Ơu bien ?

Avec son plot carré et son bide-cylindre, Delattre emboîte :

— Si j’ai bien compté, onze seringues sont tirées entre le moment où la proie sort de la cheminée et le moment où elle déchire la porte. Deux l’ont touchée formellement. Sur la première, au plafond, la proie est touchée à une aile et la détache aussitôt de son corps...

— Sauf votre respect, mon Général, elle la « donne » cette aile, franco. Elle cherche pas à esquiver...

— Reste qu’elle est touchée, ouvreur. La tête chercheuse a fonctionné, n’est-ce pas ?

— Elle a marché sur tous les tirs, sans exception, mon Général. Le fusil est pas en cause. Simplement, le furtif a leurré la tête trois quatre fois avec des bouts chauds de son corps. Il les lâche en pleine course. Ou en plein vol. Et quand les leurres ont pas marché, il a esquivé assez facilement...

— Je dirais même pire, si je puis me permettre, me coupe Saskia. Le furtif a utilisé la latence angulaire de la tête, quand elle change de direction, afin qu'elle percute des obstacles, notamment des corps. En tout cas, le furtif a clairement guidé la seringue sur Hernán et Nèr pour les mettre hors circuit.

— Restons factuel : si l'on s'en tient au final, près de la porte, la deuxième seringue touche tout le bas du corps. La proie est alors largement anesthésiée, elle est à portée directe des mécanidés qui se jettent sur elle. Et pourtant, elle parvient à passer... Comment ? Comment vous analysez cela ?

·· Dans · le petit amphi, les hublots libérés de leurs volets tavellent le sol d'éphélides. Nous sommes des verrues entre les taches de rousseur sur la peau d'un mystère. Nèr, qui n'a encore pas dit un mot, se tient debout, voûté, il est saccadé de tics. Sa présence grésillante met tout le monde mal à l'aise. Puis il a cette saillie :

— Proie broie... Dober aboie... il boit... Il boit le chien... boit !

)Je) m'empresse de) couvrir le malaise. Ne pas laisser le silence s'installer :

— Mon impression... mais j'aimerais la confirmer avec un visionnage 2D de la scène... est que le furtif se compose à la volée avec les pièces de la mâchoire de

Dober. Vous avez pu avoir le sentiment qu'il dévisse la tête du surchien. Mais en réalité, je crois qu'il l'explose avec un choc sonique. Plus précisément, il désolidarise la mâchoire articulée en mettant les pièces en résonance et il les récupère pour son propre organisme. Il se les greffe, pour faire simple. Ce qu'on appelle, nous, métaboliser. Ensuite, avec cette nouvelle mâchoire composite, il file déchirer la porte.

— Et les autres surchiens ?

— Ils sont désorientés par le choc sonique qui sature leurs capteurs. Leur IA passe en mode survie. D'où qu'ils attaquent indistinctement.

Arshavin hoche la tête et m'encourage à développer :

— Comment tu peux affirmer qu'il s'agit d'un choc sonique alors qu'on n'entend pas d'explosion, rien que des aboiements ? Si j'ai été assez attentif évidemment...

— Sur place, j'ai senti mes joues vibrer, mes viscères aussi. Et j'ai un acouphène qui persiste depuis deux jours. C'était un tir d'infrason, je dirais autour de dix hertz. Nos capteurs ne sont pas assez sensibles pour l'avoir restitué. Et la fréquence est trop basse pour qu'on ait pu l'entendre, nous, directement. Mais ce type d'infrabasse rend même le béton poreux. Sur du carbène, les liaisons moléculaires deviennent lâches. Ça facilite les morphoses.

— Je comprends. Veuillez nous repasser la vidéo à plat, s'il vous plaît. Sur le mur polarisant, merci... dicte Arshavin au technicien.

À la deuxième vision, sans relief, nous fîmes repasser plusieurs fois le moment de la porte. C'était encore plus dérangeant, plus angoissant même. Je ne sais pas ce que voyaient les autres. Pour ma part, derrière l'espèce de faucon-fouine qui s'offrait au combat, j'apercevais fugacement une forme, une forme verticale, qui semblait passer à travers la mêlée, s'y faufilait peut-être, comme si… comme si le premier furtif n'avait été qu'un appât – un change, au sens de nous, les chasseurs. Et il me semblait bien, aussi, que le furtif se solidifiait avant d'être mis littéralement en pièces par Šloughi.

·· Au · moment où les hublots ramenaient la lumière dans la pièce, Saskia me regarda insistamment puis échangea un hochement de tête avec Agüero qui signifiait quelque chose comme : « On la boucle. On n'a rien vu de spécial. »

\ Słɵugħi,\\ ił \ incise / ił scie. Đécisif Słɵugħi/đécisif ! Đɵber nɵn, Đɵber bɵiŧ/bɵîŧe, Đɵber ła nique, łe fif ił riŧ/ił łui pique ŧɵuŧ, ił łe đébɵîŧe, łes incisives, ła bɵîŧe à mɵłaires, ħiħi ! Ła fiłłe fiłe-fiłe/se faufiłe/ c'esŧ łe fił. Qui điŧ ? Qui điŧ ? Ɵù ? Ħɵuħɵu ? Ɵù đɵnc qui điŧ ? Bɵxer aŧŧenđ sɵn ħeure. Bɵxer pas đ'ħumeur ! Bɵxer meurŧ. Ᵽas ła płace đans ma głace. Qui đécħire łà-đeđans ? Qui me cħie đans ła ŧêŧe ? Vɵus êŧes cɵmbien ? Ŧu, ŧɵi, viens sɵłɵ ? Cɵmmenŧ ŧ'as bien faiŧ ? Ła łame à ŧravers łe cɵrŧex, ça je sens. Aussi fine que đu jambɵn sec/sec. Łamełłe/łamełłe/łamełłe. Je/ŧue. Vincełłes va Vaissełłe, assieŧŧes verŧicałes, łave-vaissełłe. Đełaŧŧre, ł'auŧre, łaŧrines. Ᵽipi đe cħaŧ. Cħien-cħiɵŧ, ŧɵuŧ-en-cħair, łe grɵs cħieur. Veuŧ ŧrɵuver rebɵɵŧ. Réiniŧiałiser cɵrŧex. Ᵽeux płus. Réveiłłé cɵmme ça, cɵuŧeau đans cɵrŧex, fił à cɵuper łe cœur. Qui điŧ crise ? Qui qui crie ? Qui qu'a crié ? Điŧes ? Điŧes ?

— Comment analysez-vous ce nouvel échec, capitaine Agüero, en tant qu'ouvreur et chef de meute ?

Est-ce que l'arbre des causes dressé par mon service vous paraît pertinent ?

‹ Qu'est-ce ¸qui ˛voulait que je lui dise, à Vincelles ? Qu'on avait jamais été aussi près ? Qu'avec un brin de choune, Nèr esquivait la seringue et te flinguait le fif à bout touchant ? Et qu'on sortait du Centre avec le graal dans les bras, une fouine toute chaude comme personne au monde t'en avait jamais fouillé la fourrure ? J'en bavais d'envie. Pas pour la frime derrière. Pas pour la petite gloire face aux mecs. Pour me dire, moi, que je l'avais fait. Pour pouvoir me poser chasseur, chasseur une seule fois dans ma vida. Ce qu'ils ne savaient pas, aucun, même pas Nèr, que je savais moi, fixez-le : le chasseur choisit pas sa proie. C'est proie qui choisit chasseur. Dans la friche Kavinsky, il y a quatre ans de ça, j'ai été blessé. Et depuis, à chaque traque, je reviens blessé. Les sites changent, ouais, mais le furtif en face est toujours le même. Il est là pour ma pomme, c'est ma présence, mon sang, ma pulsation ? \ no lo sé / qui l'appelle. Il m'a choisi. Il me défie. Et il me touche, un coup de griffe, de patte, rien, juste pour que ça saigne. Alors j'ai fini par lui donner un nom : *el origen rojo*. L'origine rouge. C'est pour lui que je continue. Un jour, je l'aurai dans les mains. Vivant. Et il ronronnera.

— Quels comportements alternatifs – j'entends : à ceux que vous avez malheureusement adoptés – auraient selon vous permis de ramener cette proie vivante ? S'agit-il d'un échec technique ? Considérez-vous que le matériel mis à votre disposition s'est révélé d'une efficacité insuffisante ?

) Vi)ncelles restera) toujours Vincelles : un cérébral. Un réseau neuronal qui croit qu'une chasse se résume à une chaîne de choix rationnels. Et qu'en explorant l'arbre des causes, nous trouverons la petite variable qui, inversée, aurait mené au succès. Par exemple ici, tiens, si je descends les branches de l'arbre : deux unités pour garder la porte au lieu d'une ? un troisième tireur en poste (moi ?), un surchien à mâchoires renforcées... ? À ses côtés, Delattre opine de son menton carré et bouffe ses syllabes. Je le connais depuis mes classes : on l'appelait Général Optimal. Pour lui, la technologie peut tout. Il griffonne déjà des consignes pour ses ingénieurs sortis de l'X. Des ailettes plus flexibles pour les têtes chercheuses, des capteurs un micron plus fins pour le guidage, un absorbeur de vibrations pour protéger le crâne des mécas...

Šur cette chasse, il est délicat d'incriminer le facteur humain. Aucun des trois gradés n'a osé remettre en cause ma tactique d'échange sonore et de fixation du furtif, ce qui m'a surprise. Agüero a parfaitement joué son rôle : position et affût. Nèr a fait ce qu'il a pu. Lorca a chassé à l'approche pour débusquer la proie. Où est l'erreur dite humaine ? Alors ils se rabattent encore et toujours sur la technique. La technique justifie les budgets, les ingénieurs, les postes, les salaires. Elle donne l'impression d'avancer, elle permet de faire des rapports à base de couples problèmes/solutions, *trial and error*. Elle offre un horizon pour la recherche qui peut ainsi se revendre en interne aux services d'infiltration, de traque et de balistique. Et en externe aux industriels pour optimiser des capteurs de présence...

Tout aurait pu continuer à rouler sans la colère inattendue d'Agüero. Dès que Delattre a commencé à bramer de sa voix de stentor « On peut améliorer les ailettes... », il a vu rouge et il a parlé cash :

— Général, je vous coupe, je suis désolé. Le matos, je vais vous dire : c'est votre métier, je le respecte. Mais pour nous, sur le terrain, c'est vent et mousse ! No sirve para nada ! C'est des kilos de rien dans des caisses en plomb ! Vous pouvez nous pondre un fusil à missile si vous voulez, un drone dix fois plus rapide qu'un frelon ou un capteur qui sentirait un moucheron péter à deux kilomètres, ça changera tchi pour nous ! J'ai allumé le fif à trois mètres avec des têtes chercheuses, en rafale. Je l'ai même touché ! Et Nèr, le traqueur le plus rigoureux de tout le Récif, pas vraiment un bleu, excusez-moi, il protégeait une porte renforcée avec une nuée d'intechtes plus quatre mécas devant lui, il avait le fusil sur l'épaule et il a fini dans le coma. Alors quoi ? Vous voulez ajouter des bots ? fignoler des ailerons ? La techno pédale dans la semoule, quand elle foire pas ! Et vous voulez encore ajouter de la techno à la techno ?

·· Là, · j'ai senti que le Général prenait un tour de sang. Son buste d'armoire a bondi en avant, décalant d'un coup la table sur l'estrade.

— Et vous proposez quoi, capitaine ? De jouer du pipeau en attendant que vos bébêtes viennent ? Vous en êtes à cent quarante-cinq chasses au compteur et vous n'avez toujours rien ramené… Ah si ! De belles céramiques pour décorer des couloirs ! Dans n'importe quelle branche du civil, vous seriez depuis longtemps licencié. Vous croyez que l'Armée va continuer à vous payer ad vitam pour échouer ? En global, sur dix ans, votre pôle d'investigations furtives a enregistré deux cent quatre-vingt-quatorze échecs. Si vous n'aviez pas un as de la diplomatie à votre tête, je parle de votre Amiral Arshavin, le ministère de la Défense vous aurait depuis longtemps fermé ! Et pour ma part, je sauve votre peau chaque mois en essayant de prouver que les prototypes ultra coûteux qu'on vous fabrique sur mesure vont trouver une rentabilité sur le marché civil. Ce qui n'a rien d'évident, à aucun titre ! Alors baissez d'un ton, ouvreur !

Agüero a préféré s'écraser sous la virulence de l'attaque. Nèr a haché des « Si… Si… si, si » psychotiques et j'ai vu Arshavin appeler discrètement les services médicaux. Clairement, il ne récupère pas. Vincelles a passé sa tablette en mode cube et pivote le volume dans tous les sens pour se donner une contenance. Il finit par le réaplatir sur la table et prend la parole :

— Pour être tout à fait franc, la question de la pérennité du Récif se pose. Et je le dis en toute amitié devant Arshavin ici présent, qui fait par ailleurs un excellent travail… Vous savez que, hiérarchiquement, le Récif dépend du Renseignement et qu'il a été placé dès l'origine sous la tutelle de mon département, l'Infiltration. Nous subissons des coupes claires, comme tous les services d'État. On nous demande de faire des choix, en priorisant nos investissements. Longtemps, la recherche furtive a bénéficié d'un effet de séduction et de nouveauté. On a d'abord pensé qu'il pouvait s'agir d'une arme d'infiltration chinoise, issue du génie génétique. Puis quelques scientifiques ont suggéré la piste d'une mutation accidentelle des mustélidés, à partir de biohacks aventureux de type crispr-9.

Bon… Surtout, nous avions l'espoir que l'on capture un animal vivant pour étudier son ADN et le dupliquer. Au moins *un*, qui aurait pu enrichir nos propres systèmes anti-détection, voire servir de souche à une lignée de clonage. Aujourd'hui, si la fascination demeure intacte pour ces animaux – et je vous avoue que je reste sidéré par leurs capacités de fuite – il devient difficile de justifier des budgets aussi élevés. En termes de résultats, nous n'avons pas grand-chose à vendre si ce n'est des blocs de céramique comme le dit le Général ou de magnifiques vidéos de fuites. Ça ne met au final en valeur que notre nullité à les traquer. Bref, il me semble qu'on se trouve dans une impasse. Faute de proposition neuve, qui offrirait un vrai changement de paradigme, je crois donc, comme le Général, que nos perspectives sont minces. J'ai bien peur de ne plus pouvoir bien longtemps protéger votre unité…

À la façon gelée dont il redresse son buste, saisi d'une nervosité inhabituelle chez lui, je prends conscience, par Arshavin, de l'importance de la menace. En pare-feu, il commence par rappeler l'utilité des technos conçues pour la chasse aux furtifs – seize brevets déposés, la création des intechtes, l'optimisation des mécanidés – mais il sent très vite à l'attitude de Delattre que ça ne suffira plus. Je surprends alors un échange de regards avec Saskia… Aussi Saskia se lève et s'avance au centre de l'arène. Elle est venue en pantalon mimétique et chemise kaki, elle a le port droit, cheveux courts attachés, qui renforcent son côté garçonne, comme l'aiment les gradés – ou comme elle croit qu'ils l'aiment – et place ses mains dans le dos.

Cependant, très rapidement, la conviction qu'elle met dans ce qu'elle dit décolle ses bras de la bienséance initiale :

— Je comprends vos réticences, qui sont factuelles et légitimes. En réponse, je voudrais vous proposer une approche, qui pourra paraître très personnelle ou trop centrée sur mon métier. Mais j'ai aujourd'hui cinq années de recul et cette dernière chasse a fait événement. Elle a ouvert d'après moi de vraies perspectives. On peut échouer beaucoup et avancer toutefois. Comme on peut accepter d'avoir eu tort longtemps et d'avoir enfin un déclic.

— Ça semble prometteur… Continuez…

Elle parle de surcroît très bien, avec un débit fluide et modulé, sans avoir de difficulté à trouver les mots justes – un talent qu'elle a affiné durant une décennie d'activisme dans l'écologie. Saskia jouit d'une authentique finesse de perception. L'écoute n'est pas juste une compétence, elle se retrouve chez elle au quotidien dans sa disponibilité aux êtres et aux contextes, sa façon de les recevoir et d'en discriminer les enjeux, avant d'imposer quelque vision qu'elle ait. Cette écoute relève d'un habitus, elle est une façon de laisser le monde des autres entrer chez elle quand tellement de gens s'en méfient ou s'en défient. De là, elle tire naturellement une intelligence des situations, dont j'essaie souvent de m'inspirer :

— Je vais être franche. Et que Nèr m'en excuse : je ne crois plus à la traque visuelle des furtifs. D'abord parce que le fait n'est maintenant plus discuté : il y a un syndrome de la Gorgone chez eux, qui fait que dès qu'ils se savent vus, ils se figent. Soit par mimétisme avec un objet proche, soit par montée brutale en température à 1 400 °C pour se céramifier. Ce mécanisme de survie protège l'espèce en ne laissant à nos généticiens qu'une matière inerte inutilisable. En soi, c'est déjà, selon moi, plus que la preuve d'un instinct surdéveloppé : c'est l'évidence d'une intelligence anticipatrice. Et c'est cette intelligence qu'on retrouve partout et qu'on sous-estime encore très largement dans nos stratégies de chasse. Elle est indexée non seulement sur le regard humain et ses failles, mais aussi sur l'optique technologique à travers caméras et capteurs. Quand le furtif accepte d'être vu, par médiation technique, et donc sans se suicider, il conjure encore la captation en faussant nos outils et en les leurrant.

— Pour l'essentiel, nous savons cela...

— Ma pratique m'a permis de découvrir que leur comportement est très différent dans le champ auditif. Comme beaucoup d'espèces animales, les furtifs ont fait de l'oreille l'organe de la vigilance, de l'orientation dans l'espace et de la communication. Sur site, il m'est arrivé plusieurs fois de constater que le furtif n'avait pas d'yeux ! Et parfois, lorsqu'il en a, il lui arrive de s'en défaire dans sa fuite ! En revanche, je n'ai jamais vu un furtif sans oreilles.

— Aucun ?

— Aucun. Comme il n'existe pas de furtif sans organe phonateur.

— Émettre et recevoir du son...

— À l'écoute, on constate des invariants dans la présence furtive sur les sites. Cinq invariants. Désolée d'insister, mais c'est important. Un – en intrusion de site, ils sont capables de *générer* un silence, donc de contre-effacer leurs traces sonores pour mieux écouter l'intrus. Deux – une fois l'intrus analysé, ils peuvent émettre des leurres sonores, des bruits urbains, des cris désarçonnants, bref utiliser le son comme une arme de distraction massive. Trois – quand ils ne bougent pas, ils s'expriment. Et ils s'expriment avec le son, soit en « discutant » entre eux, soit en répondant à d'autres animaux. Voire en faisant sonner la matière inerte, qu'ils ont l'air de percevoir comme une ressource. Quatre – ils savent se servir du son comme d'une arme offensive, on l'a vu avec Dober ; plus globalement comme un art cymatique…

— Cymatique ?

— Oui, ils peuvent donner forme à la matière en émettant des ondes sonores. Un peu comme un haut-parleur fait des vagues dans un récipient d'eau. À bien plus grande intensité chez eux…

‹Elle ¿te ʿles a calmés les grados. Ils font moins les marioles ! Ơn dirait des marmots qui gobent de la science. Arshave se marre en douce. La Saskiale enchaîne :

— À ces quatre invariants, que je connaissais déjà, s'est ajoutée une hypothèse, que j'ai pu tester avec Lorca et Agüero au C3. J'ai la quasi-certitude aujourd'hui que si les furtifs n'ont pas d'identité de forme, physiquement parlant, puisqu'ils se métamorphosent sans cesse, ils ont par contre une identité sonore. Cette identité admet des variations musicales, tout en restant très reconnaissable. C'est une manière de canevas rythmique, de thème, que j'appelle le frisson.

— Le frisson ? grogne Delattre. Pourquoi ce nom bizarre ?

La petiote rougit un peu de la pommette, elle est coupée dans son élan par Delattre. Elle se recale et prend son temps :

— Parce que… Parce qu'il suscite une émotion particulière quand on l'écoute… C'est plus qu'une série de bruits… plus qu'une musique ou un tempo… C'est un son vivant, très riche en timbre, qui revient de proche en proche avec de minuscules différences qui le rendent passionnant à suivre. Il y a comme un tremblé dans la ritournelle. Ça nous fait frissonner, tout simplement…

— Et en quoi tout ce que vous nous racontez peut aider à mieux chasser, lieutenante ? te la recadre Vincelles.

— J'y viens. Si l'on accepte l'idée que la vision est le champ du morbide pour les furtifs, un terrain de guerre où être vu les tue… Si l'on comprend que la présence humaine, qui est prédatrice pour l'espèce, les a fait évoluer vers la recherche instinctive de l'invisible, on peut en déduire ça : qu'a contrario, le champ sonore est un monde où ils sont chez eux. Un monde où ils ont choisi de s'exprimer, d'échanger, de jouer. Un lieu de vie à l'abri des angles morts. C'est donc là qu'on peut aller les chercher. Aller établir avec eux une communication, leur parler. Le sonore est leur sens privilégié. C'est mon intime conviction aujourd'hui.

Vincelles et Delattre se regardent en hochant la tête, avec une moue appréciative. Arshavin profite de la légère pause pour jouer au profane et amener Saskia à développer devant eux nos découvertes les plus fraîches sur la communication possible. Delattre s'en étrangle presque :

— Vous avez réussi à communiquer à l'olifant ? ! Vraiment ?

— Saskia a cette expertise que n'ont pas les autres traqueurs phoniques. Elle émet aussi du son... intercède Arshavin.

— Les autres ne font que le capter, n'est-ce pas ? fait préciser Vincelles.

— Oui. Ils n'outrepassent pas leur fonction. J'ai pris sur moi d'accorder à Saskia cette extension de compétence. Elle s'en sert remarquablement.

— Lieutenante, aviez-vous déjà tenté auparavant de « parler » avec un furtif ? Ou était-ce une première ?

— Pour être honnête, je l'avais déjà fait avant certains hallalis. Je m'étais rendu compte que reproduire leur frisson les « saisissait », si je puis dire. Donc les rendait un peu moins véloces. Ça a facilité parfois la prise finale... Mais là, ce qui est neuf est qu'il y a eu... un dialogue, oui... Un échange. Purement rythmique pour l'instant, bien que trahissant un haut niveau de perception et d'intelligence.

— Pourquoi d'intelligence ? En quoi ?

— J'ai reproduit le rythme de son frisson avec un instrument à vent, l'olifant, donc, ce qui l'a rendu inévitablement plus mélodique. Puis je l'ai arpégé et joué *andante* et *allegro*. Il a d'abord répondu en miroir puis en contrepoint, avant de proposer ses propres variations. C'était complètement bouleversant...

— ...

— Je voudrais juste vous dire ceci, pour finir : nous sommes en face d'une intelligence animale qui est... je ne sais pas... peut-être supérieure à celle des singes...

À la mine ouverte et sidérée des deux gradés, je sus que Saskia avait touché au cœur. Ils découvraient d'un coup plus qu'un univers (dont ils savaient finalement si peu) : des potentialités inouïes, presque vertigineuses. Avec une nouvelle façon d'approcher des « proies » qui leur avaient toujours échappé jusqu'ici.

Avec son sens de l'à-propos, Arshavin fit le reste. Il obtint du Général et du Commandant, au début réticents, une audition officielle devant le ministère de la Défense. Pour y exposer une réorientation stratégique majeure. Delattre accepta mais fixa le délai : il faudrait être prêt dans une semaine ! Clôture des budgets oblige. C'était un délai fou et irresponsable compte tenu de l'ampleur de ce qui allait se jouer : la survie du Récif ! Arshavin en avait parfaitement conscience. Il n'avait juste plus le choix. Il allait falloir être à la hauteur. Lui et Saskia.

J'allais rentrer chez moi, bien fracassé déjà par la mission et par le débrief tendu, quand Agüero m'attrapa par la veste et, sous prétexte d'un verre pour fêter ça, m'aspira dans le QG de notre meute, avec Saskia.

— Où est Nèr ? Il est rentré ?

— Ils l'ont amené à l'hosto. L'HP.

— Merde, qu'est-ce qu'il a ? C'est le choc ? Un burn-out ?

— C'est bien pire que ça, gadjo... Tiens... ¡Bebe un trago!

— C'est quoi ?

— Es argentino. Puro fuego.

Agüero m'avait hâlé sur la terrasse du toit, en vérifiant qu'aucun bidasse ne traînait sur les balcons en dessous. Sa masse de circassien, si tonique d'habitude, cette vitalité explosive et souple qu'imprimait en temps normal sa présence, elle suintait la fatigue. Il avait encore la force de sourire toutefois et de faire tinter nos verres tandis que Saskia nous rejoignait, boostée comme jamais par l'entretien.

— Qu'est-ce qui est pire qu'un burn-out ? je voulus insister.

Un rictus de tristesse tordit sa peau tannée. Agüero me toisa de son regard absinthe, comme s'il voulait être sûr que ma question allait au-delà de la politesse, sonnait en moi aussi cruciale qu'elle sonnait pour lui.

— Si je te le dis, tu prends tes affaires ce soir dans ton bahut. Et tu reviendras pas.

— Pourquoi ?

— Parce que tu n'oseras plus aller chasser.

— Qu'est-ce qu'il a ?

Saskia s'accouda à la rambarde de la terrasse et fit face à la chaleur déclinante du soleil. La douceur de mai remontait du bitume, le vent balayait agréablement le toit, soyeux et tiède. Elle prit sur elle de répondre :

— Il a invoqué...

— Invoqué ? Invoqué qui ?

— Invoqué. Tout court. Tu vas faire chialer Hernán si tu insistes. Alors zappe, s'il te plaît... Je t'expliquerai.

À 23 heures et quatre cachaças plus tard, blottis dans notre petit mess qui dominait la ville, Agüero illumina le mur et il y repassa, encore et encore, l'exfiltration du furtif au *Cosmondo*. Saskia et lui voulaient débriefer hors gradés, OK.

Je ne comprenais pas ce qu'il y avait encore à dire sur ces images que nous avions déjà visionnées une dizaine de fois, en plat et en VR. Disons que j'étais un bizuth, un foutu chiot de meute qui avait tout, absolument tout encore à apprendre. Dans le flux, Saskia captura six images avant de les projeter côte à côte sur le mur. Elle siffla cul sec sa caïpi, fit claquer le verre et, l'haleine enflammée, elle me lança d'un ton nonchalant :

— Qu'est-ce que tu vois ?

— Pff... fis-je, faussement cool. Quatre cabots sur un os.

— Gros malin... Derrière Sloughi ? Puis entre Sloughi et Boxer ? Tu vois quoi ?

— Je vois une ombre. Sans doute celle de Nèr...

— Nèr à ce moment-là est déjà raide au sol ! Presbyte ! Il n'y a pas de spots au-dessus de la porte. Sous cet angle, rien qui puisse projeter une ombre. Ça peut pas être une ombre.

— Alors c'est quoi ?

— Ouvre tes putains de mirettes, salope de civil ! se mit à hurler Agüero, sans plaisanter du tout. *¿Qué estás viendo*?

Ma cinquième cachaça m'attendait, taquine, je n'y touchai pas. Je ne voyais rien parce que je ne regardais, malgré moi, *que* l'action. Sloughi qui déchiquetait le furtif, la giclée de sang sur le métal des mécas, les mécas s'agressant eux-mêmes sans raison. Alors qu'entre les têtes, oui, d'accord, en plissant les yeux... entre les têtes se dégageait une forme. Elle prenait exactement la couleur orangée du mur de la maison, dans l'arrière-plan, ce qui rendait si difficile de la détacher. En quelques images, c'est-à-dire cinq ou six millièmes de seconde, la forme passait au milieu des chiens qui tentaient, semble-t-il trop tard, de la happer...

L'explication officielle était que Sloughi n'avait pris dans sa gueule que la queue du furtif et que le reste du corps, sa partie motrice, avait filé à travers la porte. En vérité, le surchien avait bien tué le furtif entier. Entier et encore chaud, livré saignant et pas encore figé, pour mieux affoler les capteurs ! Sur la cinquième image extraite par Saskia (et qui m'avait tout à fait échappé lors des précédents visionnages), on voyait le furtif déployer une aile, genre chauve-souris, dans l'intention manifeste de masquer la tête de la forme qui passait. Ensuite, la caméra percutée basculait face béton.

Je me suis levé et j'ai mis un coup de latte dans le fauteuil. J'étais fasciné et furieux :

— Il y avait… deux furtifs, hein ? Pas un ! Deux ! Deux, c'est ça ?

— Tu comprends vite mais il faut t'expliquer longtemps, colgado…

— Le premier se fait choper mais le deuxième en profite…

— No, para nada ! Le premier se sacrifie. Il se suicide pour leurrer les mastards. Et pour planquer derrière lui son pote…

— Le cacher à la caméra ?

— Et aux chiens. Les capteurs sentent le sang et ils sont saturés par le choc sonique. Cacher, c'est aussi ça : masquer une information sous une autre, plus aveuglante, plus intense, cingle Saskia.

— Je pige pas.

— Tu piges pas quoi ?

— Le second furtif semble haut sur pattes, non ? Sa tête arrive au niveau des épaules des chiens.

— Oui. Un mètre à peu près…

— C'est plutôt exceptionnel pour un furtif, non ? Tous ceux que j'ai vus ont un corps en longueur... Ils sont pas verticaux, comme là !

— Et alors ? Tu crois que tu as tout vu ? En une chasse ?

— Pourquoi il s'est pas pris de seringues, lui, en étant debout ? Comment il a fait ?

— Il était dans la maison. Il a baissé sa température sous le seuil de captation...

— Où dans la maison ?

— Juste dans l'entrée. C'est la distance la plus courte jusqu'à la porte de la salle, tu crois pas ?

À tout digérer, j'avais du mal :

— Mais comment ils ont fait ça, vous vous rendez compte ? Cette complicité ? Ça implique un niveau de communication incroyable ! L'équivalent de ce que feraient deux espions humains surentraînés ! Comment ils se coordonnent au millième de seconde ? C'est de la folie douce ! On déraille là, on fantasme ! Il n'y avait qu'un furtif ! Et le second est juste un effet d'optique, une rémanence !

Saskia ne prit pas la peine de me répondre. Elle afficha un gros plan du furtif mort avant d'avaler un demi-litre d'eau. On y voyait sans conteste possible ses oreilles en pavillon, son museau aérodynamique, la triple aile de chauve-souris, quatre pattes dessous. Il était complet. La partie motrice était bien là. Ça ne pouvait pas être lui qui avait déchiré la porte. Pas le même.

Tout à coup, Agüero se leva. Il se campa devant nous, en léger tangage. Et il nous balança ça, sans qu'on sache quoi imputer à l'ivresse, quoi à la démence, quoi à la déconne :

— Le fif, le deuxième, es mi golem. Il était venu pour moi. Dire coucou le Nán ! Il est là tout le temps. L'origine rouge, se llama. C'est lui qu'a fait le cercle rojo sur mon bide. Il m'a blessé. Il blesse à chaque fois. Mon taureau. Faut pas se plomber, novilleros. Nèr va pas revenir. Se acabó. Ma meute est morte. On va faire autre chose maintenant. Grâce à vous. La relève, elle est là, c'est vous ! Traqueuse, t'as un an d'avance sur tout le Récif. Ils nous ont foutus dans le mur, avec leurs joujous, sauf Arshave, lui il voit. Moi je vais arrêter quand j'aurai l'origine dans les bras. Faut qu'on lui parle, faut qu'on sache. ¿Por qué yo ? On chasse jamais qu'une proie. C'est elle qui nous choisit. Hein ? Qu'est-ce qu'elle veut me dire ? Tenés que ser paciente. On va l'écouter. À la prochaine chasse, elle sera là. Encore. Encore. *El origen rojo*. Parfois, elle me parle. Ça te fait jamais ça, Saski ? J'ai un sixième sens juste pour *el rojo*. Je peux voir un coquelicot au milieu d'un champ de blé à deux kilomètres. Le point rouge d'un laser à trois blocs de chez moi. Une mariquita dans un tas de souches pourries. *¿Cómo?*

Sur ce, Agüero s'interrompit, eut un rot et traça aux chiottes. En trois vagues, il gerba sa soirée et tira la chasse dessus. Connaissant sa tenue à l'alcool, il devait avoir l'estomac perturbé : je l'avais jamais vu dégobiller pour quelques cachaças bien tassées. Des restes de l'anesthésiant dans le sang ? Probable. Lorsqu'il revint, il prit sa veste et nous comprîmes qu'il fermait la boutique. *¡Fuera!*

) Qu)'il ait) décliné m'aurait semblé normal vu notre état, il aurait aussi pu le prendre pour une avance, si je n'avais intégré depuis un an à quel point, hors Šahar, son ex, rien ne s'allumait sur son radar sentimental. Nonobstant il avait dit « oui » et à minuit, il était sur mon sofa à dessaoûler lentement dans l'eau chaude et mes feuilles de tilleul. Šans doute avait-il pressenti qu'existait un autre plan. Une vérité seconde ou tierce derrière la vérité de cette chasse ? Il avait deviné que je n'avais pas tout dit ? Pas même à Agüero ? J'ai ouvert le fichier son du *Cosmondo* sur Ondatrax, mon logiciel de traitement. Puis j'ai tendu un casque à Lorca, qui matait ma déco.

— Qu'est-ce que c'est encore ? Tu vas me faire entendre un troisième furtif qui chantait *La Marseillaise* sous la voûte ? Putain... Vous allez me tuer...

— C'est la captation du crophone. Celui que j'avais placé sur la porte de la maison. Ça correspond à la dizaine de secondes avant que la pipistrelle vienne piéger les surchiens. En vitesse normale, le pitch est tellement élevé que les aigus passent les 20 000 Hz. Au-delà du seuil de l'audible... Enfin pour nous les humains... À vitesse 1/1000e, j'ai capté dans le yaourt qu'il y avait de la voix mais c'était bien trop grave. J'ai tâtonné un peu et je me suis rendu compte que ça devenait clair autour de 1/200e. Voilà ce que ça donne...

·· Je · respirai un bon coup, fermai et rouvris les yeux pour tenter de récupérer un peu d'attention. En face de moi, sur le mur du salon, une collection profuse d'olifants, de trompes et de cors pendaient dans la pénombre. Cuivre, fer, ivoire, corne. Et dans les espaces libres avaient été punaisées des photos de furtifs, chacune couplée à une partition. Je revins sur le visage acéré de Saskia : il avait viré au solennel. Elle planta ses yeux châtaigne dans les miens.

— Tu es prêt ?

— Je crois…

— Tu peux pas être prêt en vérité. Quand j'ai entendu ça, j'avoue, j'ai chialé toutes les larmes de mon corps.

— T'es une sentimentale Saskia, sous tes airs de scientifique carrée, tentai-je, bravache. Allez, balance ! Je suis tellement nase de toute façon que ça peut rien me faire…

Un papa rapluie
Qui me fait un abri
Quand j'ai peur de la nuit

Un papa ratonnerre
Je ne sais pas quoi faire
Quand il est en colère

Un papa rasol
Avec qui je m'envole
Quand il rigole

Un papa tout court
Que je fête en ce jour
Avec tout mon amour

)Ši) Lorca avait) été une vitre, à ce moment-là, j'aurais vu un pare-brise exploser sous une pierre à 200 km/h. Je ne peux pas dire qu'il pleura. Non. Il pleura mais dans un tel mélange, une telle déflagration de bonheur et de joie brutale que le bol qu'il tenait dans ses mains éclata sous le tremblement de nerfs, dispersant l'infusion brûlante sur ses cuisses sans même qu'il s'en rende compte.

Je le vis alors serrer les poings, comme un footeux, en se défonçant les tendons puis glisser à genoux en implorant je sais quoi ni qui dans un torrent d'émotions impossibles à sérier. Quand il redescendit dans le langage, il répéta pour lui-même et comme pour passer du rêve au réel à coups de mots :

— Elle est vivante. Ils l'ont pas tuée. Elle a pas été kidnappée. Elle est vivante. Vivante en vrai.

— Tu... Tu connaissais ce poème ?

— Je l'ai eu pour la fête des Pères... une semaine avant que Tishka disparaisse. Elle me l'a récité le dimanche. Au dessert. Deux fois parce qu'elle s'était trompée et qu'elle a voulu refaire tout bien...

— C'est sa voix ?

— Quoi ?

— C'est sa voix que tu entends sur la bande ?

— Non... C'est pas elle. C'est un autre enfant qui récite. Parfois, on dirait elle... certaines inflexions... mais globalement... non.

Il ne se rendait pas compte de l'importance de ce qu'il disait. De l'ambiguïté solide.

— J'ai pas voulu faire écouter à Hernán. Encore moins aux gradés. Je voulais que tu sois le premier à l'entendre. Et que nous décidions ensemble de ce qu'on en fait. De ce que ça veut dire pour nous...

— Ça veut dire qu'elle est en vie.

— C'est pas si simple, Lorca. Tu dis toi-même que c'est pas sa voix...

Il buggait. Regard fixe. Puis ça :

— C'est elle... C'EST ELLE !

— Pardon ?

— C'est elle qui passe entre les surchiens ! C'est elle qui est sortie du *Cosmondo* vivante ! Un mètre, bordel ! C'est exactement sa taille !

— Plein de choses font un mètre de haut, Lorca...

— Repasse-moi les images... Repasse !

Avec la projection d'une fillette à l'esprit, la forme du second furtif prenait une évidence anthropomorphique : il était tout à fait possible d'y voir une tête avec des cheveux mi-longs, une silhouette d'enfant avec deux bras... Il suffisait de *vouloir* la voir aussi tripalement que Lorca le voulait. Quand bien même, l'énigme restait entière : comment pouvait-elle aller aussi vite par exemple ? Mais Lorca... Lorca bétabloquait.

— Il faut qu'on retourne là-bas.

— C'est impossible Lorca, tu le sais très bien. Le C3 est une forteresse ! Tu seras tout de suite chopé et l'impact négatif pour le Récif serait dramatique. Au pire moment pour nous.

— Il faut que j'aille la chercher. Je trouverai comment passer.

— Chercher qui au juste, Lorca ? Tu crois que tu vois quoi sur ces images ? Ta fille Tishka, en chair et en os, qui chante des comptines pour son papa ? Alors explique-moi comment elle fait pour avoir la peau orange ? Pour courir à la vitesse du son parce que c'est à peu près la vitesse qu'elle atteint ici entre ces six images ! Explique-moi avec quoi elle a pu déchirer une porte de salle de musée, ou comment elle a pu se greffer en six millièmes de seconde une mâchoire robotique en carbène sur ses petites lèvres fruitées ? Vas-y, explique-moi ?

— … Elle… Elle a acquis des pouvoirs de métamorphose…

Il était absolument nécessaire que je sois la plus carrée possible :

— OK, admettons. Donc elle s'est hybridée, pour toi ? Elle a muté. Elle est devenue furtive, au moins en partie ?

— Je ne sais pas… Oui…

Il continuait à débobiner :

— Pourquoi… Pourquoi elle est pas venue avec moi ? Pourquoi elle m'a pas rejoint quand j'étais dans la maison ?

— Peut-être que ce sont juste des bouts d'elle, des morceaux ? Qu'elle est déjà dispersée sur plusieurs corps… Tu as bien entendu sa voix, hein, dans la maison ?

Lorca frôlait l'incendie. Il se mit à décrocher complet plusieurs longues minutes. Je n'aurais jamais dû dire ça. Pas comme ça en tout cas. Et qu'est-ce que j'en savais, de toute façon ? Nous étions en train d'échafauder la théorie la plus dérangeante qu'on ait jamais posée sur les furtifs. À savoir qu'ils pourraient s'hybrider avec des êtres humains, comme ils s'hybridaient déjà avec des animaux ou des plantes. D'un point de vue logique, ça n'avait rien d'inimaginable. Ou plutôt ce n'était pas moins imaginable que le frisson ou leur totimorphie sans aucun équivalent en biologie. Oui… Excepté qu'on franchissait un cap de vertige et de terreur. Juste insinuer ça : « Un enfant peut muter furtif » pousserait n'importe quel gouvernement à leur extermination radicale.

Lorca finit par sortir de sa torpeur. Son jean était toujours trempé.

— Tu penses que ma fille pourra jamais redevenir comme avant ?

— Lorca… Je suis désolée d'avoir sous-entendu ça. En toute rigueur, comment veux-tu que je le sache ? Nous ne savons même pas si c'est ta fille, son fantôme, un fantasme, nos propres délires ! Les psys du Récif parlent souvent de propriétés psychomimétiques, voire chamaniques chez les furtifs. L'hypothèse qu'ils pourraient « lire » nos désirs et y faire miroir a été émise suite aux hallucinations fréquentes des chasseurs…

— Sauf que là, tu as un enregistrement externe… La voix, elle existe !

— L'autre hypothèse serait que Tishka a bien croisé, rencontré des furtifs. Elle a échangé avec eux, à sa façon. Et l'un d'eux a capté sa voix, ses histoires, est devenu porteur d'un bout de sa personnalité. Ou encore…

— Arrête-toi là…

— Ou encore elle est bien en vie Lorca, et spirituellement entière, mais son corps a un peu évolué et elle a acquis, comme tu le dis, des capacités furtives… (Je l'avais mieux exprimé cette fois-ci… Lorca avait enfin pris le torchon pour s'essuyer.)

— Il faut qu'on en parle à Arshavin, Saskia.

— Je crois pas. Personne ne doit être mis au courant. Je vais effacer cette bande audio de toute façon.

— Pourquoi ?

— Imagine que ta fille soit vraiment vivante, Lorca… j'entends vivante comme un organisme autonome qui bouge, pense et sent, qu'est-ce que tu crois que l'armée va faire ? va lui faire ? Demande-toi...

— Je sais pas ?

— Ils la traqueront, pour la récupérer. Lui prélever son ADN, expérimenter sur elle comme des porcs, en faire leur cobaye, la cloner. Tu saisis ? Ils ne la lâcheront plus parce que c'est juste le rêve absolu pour eux : fabriquer des humains qui soient des armes vivantes d'infiltration, qui puissent entrer et sortir de tous les sites protégés, traverser les technobunkers les plus sécurisés du monde...

— Pénétrer des banques... des coffres...

— Ça, ce sera quand ils auront revendu son ADN aux Chinois...

Le visage de Lorca luisait sous l'alcool et la chaleur. Je n'avais pas payé la clim sur mes charges optionnelles. Pas vraiment malin à cette saison...

— Réfléchis : si le premier furtif s'est sacrifié pour elle...

— Stop Lorca ! STOP ! STOP ! Rien ne dit que c'est elle, je le répète ! C'est un fantôme orange *à forme de fillette*. Rien d'autre à ce stade !

— S'il s'est sacrifié, c'est qu'il a voulu la protéger. Ils la protègent, non ?

— Ils ont une solidarité d'espèce, oui. Alors... En tout cas, ils ont voulu t'envoyer un message d'amour. Ils... Ils t'encouragent à continuer Lorca. Ils nous encouragent à leur parler... Je t'ai pas cru dans la Réalité, quand tu m'as dit que tu entendais sa voix. Mais si c'était déjà elle là-bas...

— Sahar me croira jamais...

— Tu dis rien à Sahar. Surtout pas. Surtout pas maintenant. Nous ne savons rien, nous sommes bourrés, nous avons tellement encore à comprendre. Ma seule certitude est qu'il faut entrer en contact auditif, développer une relation vocale, musicale avec eux. Et leur « vendre » ça, à l'armée, jeudi prochain. Leur dire que c'est ainsi que l'homme a domestiqué les chevaux et les loups, qu'on peut y arriver aussi, qu'on en fera des animaux dociles et soumis, à notre service...

— C'est horrible de dire ça...

— C'est ce qu'ils veulent entendre ! Nous, nous rêvons de symbiose. Eux, ils veulent dominer ! L'idée est de leur faire miroiter qu'ils vont pouvoir les domestiquer *seulement* s'ils les comprennent.

— Nous, pendant ce temps, nous leur apprendrons à mieux fuir... À mieux nous fuir.

— Voilà, t'as tout compris. T'es pas si bourré que ça en fait... C'est nul, je vais même pas pouvoir te violer...

Et elle partit dans un vaste éclat de rire. Je ne sais pas comment elle arrivait à passer ainsi du grave au graveleux, aussi vite, d'un claquement de langue. Elle pouvait citer Darwin et Dawkins en rotant une bière et te parler de l'extinction glaçante des dauphins pour, la seconde d'après, te dire que t'avais un beau cul pour un quadra. Moi j'avais l'impression d'avoir des muscles en eau tellement je me sentais rincé.

Lorsque Saskia me proposa de rester dormir, je me mis en slip et T-shirt dans la minute et m'étalai sous la couette. Ça fit rire Saskia, encore, qui ne garda, elle, que sa culotte et plongea à son tour dans le lit. Nous avions déjà dormi côte à côte sur le terrain, en forêt, dans le désert, hormis que nous avions alors des sacs de couchage pour armure sensorielle, autant dire pour capote de niveau deux. Là, j'avais sa peau chaude et odorante à dix centimètres de mes narines. Si son visage était taillé à la serpe, tout en angles, son corps était svelte et ferme, sans un pouce de graisse. Tankée. « De dos, c'est une bombe » comme le résumait Agüero qui, en matière de filles, avait plutôt l'œil absolu.

J'eus une pulsion qui monta et retomba aussi vite en piqué dans le moelleux de mon oreiller. Pas la peine. Même après un an de célibat, Sahar ne sortait pas de moi. Elle prenait encore toute la place sous ma peau. Et dans mon âme, c'était pire. J'aurais eu l'impression de la tromper rien qu'en effleurant Saskia. De briser en morceaux notre triangle magique avec Tishka si j'avais eu la moindre histoire amoureuse avec quiconque. Saskia prit ma main et la logea dans la sienne, sans bouger, sans aller plus loin. Et ça m'allait très bien.

— Copains ?

— Copains.

Dans l'avenue au loin, une sirène écorchait le silence.

— Tu penses à quoi, juste là ? murmura-t-elle sans que je m'y attende, avec une voix incroyablement douce qui m'arracha un frisson.

— Je... Je me demandais pour Nèr...

— Belle passe, Manolete...

— Tu as dit que tu m'expliquerais...

— Invoquer ?

— Oui.

— *In vocare*. La voix qui entre à l'intérieur.

— Et ?

— Oublie Lorca. Si ça t'arrive, c'est mal barré, c'est tout.

‘

’

‘

’

‘

’

Le lendemain, je me réveillai dans des cris d'oiseaux, au milieu d'une forêt tropicale qui avait envahi l'appart. Saskia était debout sur sa table de petit déjeuner et effleurait un holumen perché dans un arbre virtuel. L'oiseau de lueur, tissé au fil laser, disparut dans un nuage de rien. Aussitôt un nouveau cri retentit, amenant Saskia à s'étirer au plafond pour décrocher l'oiseau. Toutes les cinq secondes, elle touchait ou elle lançait des noms latins et il me fallut du temps pour comprendre qu'elle s'entraînait à identifier leur chant.

Quelques minutes plus tard, alors que je comatais encore au milieu de la forêt pluviale, Saskia surplombait mon oreiller en riant. Elle avait entamé une traversée pieds nus sur la largeur du mur de sa chambre en s'accrochant aux prises de résine qu'elle y avait fixées : « Ça travaille la souplesse et la précision... C'est bon les lendemains de cuite. »

Quand j'atteignis enfin mon bol de thé, pus dévisser le couvercle du pot de miel et tartiner un peu de beurre sur du pain coupé, je me rendis compte qu'elle avait affiché la gueule ensauvagée d'un beau gosse sur l'écran souple derrière l'évier et qu'elle lui laissait un message vocal. J'allais tenter d'articuler ma première phrase, rapport à son petit copain, vu que, pourquoi elle, mignon hein, quand elle me devança :

— Je me suis abonnée à « oneboy/oneday », c'est rigolo. L'IA me tire chaque jour au sort un profil optimal, calqué sur mon humeur, et quand le mec me plaît, je laisse une capsule. S'il répond, je le speed-date. Parfois ça matche !

Elle sautillait sur place en esquissant des mouvements de frappe et d'esquive. Elle n'avait pas encore petit-déjeuné et elle était tranquillement à bloc.

Par la fenêtre de son deux-pièces, je voyais une nuée de drones livrer les balcons de l'immeuble en face. Le soleil les faisait scintiller. Ça me rappelait les intechtes. J'étais empli d'une fatigue saine et délicieusement molle et à dire vrai, je me sentais bien chez elle, avec elle. Sous ses poussées de fitness et ses pulsions de célibattante, Saskia était d'abord une intello – ou même pas : il n'y avait ni ordre ni rang, elle était indistinctement pointue, girly et beauf, garçon manqué et fille réussie, cerveau bien foutu et gameuse insatiable. Elle fit encore plusieurs tractions sur les doigts en écoutant un sample bizarre de Bach et de Mushin, puis partit à la douche en chantant, tapotant la porte en plexi sur un rythme qui était celui du furtif dans la salle des archives.

J'aimais beaucoup cette fille en réalité parce qu'elle était libre. Et obsessionnelle. Sa bibliothèque en papier faisait le quart de celle de Sahar, toutefois s'avérait ultra-ciblée. Que des livres d'éthologie, ou presque, un vrai bestiaire ! Aux murs, dans tous les recoins qui toléraient une punaise, des photos de furtifs balançaient dans le courant d'air, des bouts de partitions, des notes manuscrites comme s'il fallait pour elle que ses recherches soient toujours là, à portée de vue, côte à côte pour que des corrélations se fassent, à force, toutes seules ? Sur le frigo s'égarait une photo de la meute parmi les stickers écolos et en dessous une photo de moi à la remise du diplôme, mon furtif dans les mains.

— Dis-moi que tu vas m'aider pour l'audition, jeta Saskia en sortant de la douche, serviette drapée.

Elle faisait assez exprès d'être belle. Ou même pas.

— Je peux essayer…

— Tu as fait des études supérieures, tu sais structurer. On ne peut pas se rater, là. Ce sera un *one-shot* devant la commission…

Là, c'était déjà l'autre. La petite-fille des meilleurs éthologues que l'Europe ait portés. La scientifique et sa clarté. L'exigence pour évidence et tenseur. Saskia Larsen en note de bas de page sur un exemplaire de *Nature*.
Bien sûr, j'allais l'aider.

Il me fallut plusieurs jours pour récupérer authentiquement de la chasse et du débrief. La décompression me lacérait en bandes de tissu. Effilochées, flottantes.

Disons quoi ? Que je serais allé dans des squares standard, blindés à craquer de mômes, pour y entendre leur joie trouer le bleu. Ce haché de cris qui est la vie. J'y aurais cru sentir Tishka courir à travers les buissons, glisser sur le toboggan entre deux petits Blacks toniques qui fusaient à même le métal sur leurs jeans épais, Tishka nicher dans la cabane et passer sa tête – on joue à trappe-trappe ? Les jours se seraient écoulés dans mon appart aux allures de musée bruissant, où j'aurais toujours eu l'impression de les attendre, Sahar et elle, Sahar ou elle, où je serais en attente chaque semaine d'emménager ailleurs-mais-où ?

J'aurais passé des soirées à vouloir appeler Sahar et à m'avalancher de toutes les raisons pour lesquelles il ne fallait surtout pas que je le fasse, à finir par appeler Saskia pour parler d'un point de l'audition, d'un argument qui porte, pour parler de rien, pour parler. Un matin, j'aurais eu le ċouraġe d'aċċompaġner Aġüero à l'hôpital psyċhiatrique, pour visiter Nèr. À ċhaque sas de verre franċhi, qui nous amènerait plus près de sa ċellule, à ċhaque ċommentaire ġlaċé du médeċin, répondant de biais à Aġüero, je me serais senti plus mal, plus enċaġé. Je me serais demandé pourquoi je venais, au fond, pour faire ċorps aveċ mon ouvreur, vraiment ? Par solidarité aveċ un ċollèġue que je n'avais jamais senti ? Par ċompassion ou par superstition, juste pour déċulpabiliser, par ċuriosité malsaine ? Avant de tout ċoċher à la hâte, bâċlant l'enquête. Nous serions entrés dans la ċellule ċapitonnée, Nèr se serait tenu debout dans l'anġle, ċôté porte, ċomme s'il eût voulu pouvoir nous surprendre. Nèr visaġe vide, pupille dilatée, indéċhiffré, ċamisolé des bras, à siffler, des stridules. Aġüero aurait essayé de lui parler, beauċoup en français, quelques mots tentés en hébreu, pour aċtiver le passé ? En arġentin pour meubler son anġoisse ? À sa façon de bouġer, Nèr, à ses ċoups de nuque, droite-ġauċhe, volte-faċe, Nèr, pas ċhassés, Nèr, je me serais vu soudain, soudain à sa plaċe, dans le ċube blanċ, lors de l'épreuve inauġurale pour le ġrade de ċhasseur, j'aurais fait ċe lien terrifiant, ċe ċourt-ċirċuit mental et je n'aurais pas su ċe que ça voulait dire. Sur lui ou sur moi. Peut-être qu'il revivait l'épreuve, tout le temps, ou une ċhasse, la dernière, une ċhasse partiċulière ? Aġüero m'aurait assez vite demandé de sortir et ça m'aurait soulaġé, je serais juste resté à reġarder malġré moi par la vitre de la porte, ċomme le maton, ċomme deux mateurs. Au bout d'un moment, Aġüero aurait tenté de

le serrer dans ses bras, Nèr, à la sud-amériċaine et Nèr l'aurait mordu en ripostė, à l'épaule, salement, molaires à bave, le maton se sėrait préċipité, Aġüero aurait dit « ça va, ċ'est bon », ċhoqué pourtant, plus ċhoqué par le ġeste que par la doulėur.
De la disċussion derrière aveċ le psyċhiatre de l'armée, je n'aurais riėn trop ċapté. Ċhoċ ċhimique, ċontre-ċhoċ, ċatharsis. Aġüero se serait enġueulé aveċ le psy, en lui disant de sortir de ses ċadres, de ses routines bornées, qu'il piġeait que dal en vrai. L'entretien aurait été éċourté, très.
En quittant Aġüero, devant le portail de l'asile, peut-être que je me sėrais dit qu'il avait eu raison et que j'aurais aimé qu'il me parlė, qu'il m'explique ċe que lui savait.
« Je te préserve. Ça viendra bien assez tôt… Foċusse-toi sur l'audition, meċ. » Il serait reparti ġêné, en saluant de dos, tête dans lės ġrolles, sombrė.

)Il) y eut) deux réunions préparatoires avec Arshavin. Courtes et efficaces. Il avait décidé que c'était moi qui parlerais. Pas de vidéos, pas d'hologramme, pas de bande-son : du langage. Ma voix. Mes convictions. Ça m'allait bien.
Il me fit faire l'exposé en enregistrant puis projeta les phrases découpées par la reconnaissance vocale sur son murmir, en les réordonnant en quatre zones : écouter, dialoguer, apprivoiser, dresser. De son index bagué, il pointait la phrase, la reformulait, plus compacte, et une fois qu'il était satisfait, l'enroulait en spirale. Ça faisait comme des lombrics ou de petits vortex. Il mit ensuite les cercles côte à côte par zones et un rythme s'en dégagea. Petit-gros-petit. Il allongea quelques phrases, en raccourcit d'autres, plaça des incises, des respirations d'humour pour alléger et les logea dans le flux. Il demanda ensuite

à Lorca de lire le discours en redéroulant les lombrics et à moi de ne faire attention qu'au rythme et à sa vivacité. Après deux séances serrées, il me dit juste : « Nous y sommes presque. Tu apprends ça par cœur et tu le répètes jusqu'à ce qu'on ne puisse plus deviner que tu récites. Quand tu te sens fluide, tu repasses l'enregistrement dans cette appli. C'est un scanner mélodique. Il va mesurer l'ampleur des variations et des ruptures. Au-dessus de 85, tu es prête. » Après trois jours, j'étais à 91 et l'IA ne m'apprenait rien : je savais que j'étais dedans et que ça coulait, musical et pêchu. Lorca voulut bien faire l'oreille extérieure. Il me donna un seul conseil : « Fais confiance à ta voix. Ta voix sait, elle est vivante, plus vivante que ton cerveau. Laisse-la penser à ta place et monter toute seule dans les mots. Ceux qui t'écoutent suivront ce mouvement et ce sera beau. »

·· Le · jour J, nous prîmes un Air Train pour Paris. Une petite heure de coussin d'air sur un monorail qui rappelait ce que l'axe Bruxelles-Lyon-Marseille était devenu : une sorte d'hyper-espace compact qui ne valait plus que par les *bankables cities* où l'Air Train s'arrêtait : Nestlyon, Moacon, Paris-LVMH, Lille-Auchan, AlphaBrux. Entre ces villes riches, drainant les meilleurs cerveaux et offrant la plus haute qualité de vie, le train fusait par bonds, comme s'il ne voulait pas voir Valence ou Vienne, Dijon ou Auxerre, Arras, Amiens ni rien du tout du Nord honni. Toutes ces cités moyennes, larguées sur la hit-list du tourisme, lâchées par un État en faillite, boudées par ce qui restait des régions, mais qui n'étaient pourtant pas assez pauvres ni assez petites pour s'effondrer enfin et entrer dans l'aventure des villes rachetées par leurs habitants – pour le meilleur et pour le pire. À l'arrivée à Paris-Sud, j'avais envie de vomir sous la décélération trop brutale, le ventre déjà brassé par la bouffe moléculaire du bar. En sortant, alors que Saskia et moi aurions préféré marcher, Arshavin a décidé de prendre un taxile pour remonter la luxueuse avenue Parislam jusqu'au ministère.

Dès l'énoncé de la destination, l'habitacle se remplit de réclames ciblées. Ils appelaient ça la *prépub*. Au retour, ce serait la *postpub*, toujours autour de l'Armée. On se demandait… ce qu'était la pub du coup ? Sous couleur de bonne gestion, l'Armée était devenue comme le reste : moins l'incarnation de ce qui aurait pu demeurer, avec Police et Justice, l'ultime bastion de l'État régalien, qu'un énième et désormais banal centre de profit. *A business as any.* Avec son marché, sa clientèle de Grands Comptes et son Avantage Concurrentiel, réticulé autour du produit princeps : l'Arme. Qu'elle fût individuelle ou collective, publique ou privée, protectrice des citoyens ou apte à détruire l'ennemi – et dieu sait si l'ennemi, dans nos mondes qui tenaient de la conforteresse, était une notion extensive. Des valeurs comme l'honneur et la bravoure, l'esprit de corps ou le sens du sacrifice, loin d'être évacués, subsistaient à titre de culture de marque. Ça servait à vendre un *êthos* tout autant qu'une techno. Les copropriétés se soudaient autour des capteurs d'intrusion, *combattaient ensemble* et transformaient leur immeuble en *boucliers anti-nuisibles* qui neutralisaient au taser automatique aussi bien les rats que les chats non répertoriés, les drones de cambriolage que les démarcheurs sans bague. Et dans les parcs privilèges, on vendait les dispositifs discriminants, aptes à éloigner les standards comme moi, avec ce beau phrasé militaire : « Nous protégeons vos libertés. Parce que rien ne doit empêcher vos enfants de grandir en paix. » J'avais tenté une fois d'entrer au parc Carmon avec

Tishka et mon statut de parent pas vraiment privilège : un birdbot m'avait accueilli d'une giclée d'encre indélébile sur ma chemise... ce qui avait fait hurler de rire Tishka qui voulait sans cesse qu'on y retourne ! Papa clown avait décliné.

Personne ne l'avait sans doute mieux exprimé que Rem Casari, le directeur des Espaces, à qui une association de parents standard dont je faisais partie demandait depuis quatre ans l'égalité d'accès aux squares pour tous les enfants : « Qui ne paie ne peut exiger la paix. C'est un sacrifice financier que je sais difficile. Mais il faut investir dans vos enfants ! »

Autour de 2030, lorsque le concept d'impôt optionnel, puis « optatif », s'était généralisé à ce qui restait de solidaire et de redistribué dans nos républiques self-service, l'armée avait d'abord dérouillé salement en matière de budget alloué. Presque autant que l'éducation, mais pas tout à fait... Il faut reconnaître que le maillage des satellites américains, qui permettait des tirs nucléaires à la verticale de quatre cents métropoles mondiales sans riposte satisfaisante, avait quelque peu ridiculisé la prétention des États comme la France à conserver une force de frappe propre. S'il restait quelques conflits préhistoriques au sol, la plupart des nations avaient basculé dans la seule guerre mondiale résiduelle, celle des marchés. Au point que l'armée, dans beaucoup de pays, avait dû « s'adapter » et reconvertir ses unités de recherche dans les champs de l'agressivité civile et de l'autodéfense privée. Quant au budget public extorqué aux citoyens compatissants, il remontait légèrement ces dernières années grâce à une campagne de mercatique soutenue, qui faisait du concept de guerre une donnée quasi privée, quasi intime, exigeant une « réponse proportionnée ».

Tout faisait « ennemi » : plus seulement les migrants, ces grappes d'enfants mineurs et de mamans multiviolées parvenant encore par miracle sur nos rives ; plus seulement les terroristes qui, depuis vingt ans, agrégeaient sur leur nom les figures multiformes de tout ce qui pouvait tuer plus d'une personne par an. Plus seulement les sans-bagues, les punks à chiots, les saboteurs de drones et de sas d'accès. Mais aussi ceux qui n'avaient pas l'heur d'avoir le même forfait que vous : les standards pour les premiums, les premiums pour les privilèges...

Sous ce crible-là, le Récif était au pire perçu comme une anomalie dispendieuse à raturer, au mieux comme un cabinet d'innovation et de prototypage pour la lucrative industrie du contrôle. Devant certains financeurs, Arshavin suggérait encore que les furtifs pourraient provenir de mutations fomentées par des erroristes du gène. Histoire de surfer sur la vague complotiste et d'arracher quelques lignes de crédit additionnel...

Le hall du ministère de la Défense, très vaste, très haut, très gris, aurait pu imposer un reste de solennité si les designers-fictions mandatés pour « l'animer » n'avaient eu de cesse d'y imprimer leur détestable empreinte. Dès le passage du sas, on vous confiait une « arme » qui n'était en réalité qu'une manette en plastoc destinée à choisir et à piloter le drone (armée de l'air) ou le bot (armée de terre) qui allait *singulariser votre expérience* et vous *mentorer* vers votre « champ de bataille ». À savoir la salle d'attente où l'on vous parquerait sur des caisses ludifiées, style FPS du pauvre, ou le mobur (bureau mobile) où l'on daignerait, si vous aviez le grade adéquat, vous recevoir sans trop de délai.

)J'ai) fait) comme Lorca, j'ai choisi le drone en pariant sur la discrétion. *Fail* : l'engin multiplie les démonstrations de voltige et assure son autopromotion vocale, en mode personnification narrative. Plus moisi, tu meurs :

> « Je suis Hélia, votre drone-conseil pour votre expérience-Défense. Je suis ravie de vous accueillir et de vous accompagner, Lorca ! Vous êtes ici pour exposer les atouts de votre organisation et mettre en valeur vos projets d'innovation. Are you pitch-ready ? »

En habitué du ministère, Arshavin s'est contenté d'un bot cubique. Il l'a d'emblée paramétré en mode clavier pour éviter d'être identifié à voix haute. Il me pointe sur l'écran le numéro d'ordre, le créneau horaire et le déroulé. Aïe…

— Bon… Delattre n'a pas été convaincant, il faut croire… Ou n'a pas daigné l'être… Nous serons dans la salle de marché. Nous ne bénéficierons pas d'une entrevue bienveillante en cercle restreint, comme je l'espérais… Par contre, les deux décideurs du ministre sont bien prévus dans la salle. Ce sont eux qui trancheront au final. Mais il faudra pitcher devant un parterre d'industriels et de *business-beyond* en chemise bioréactive…

— Qu'est-ce que c'est que ça ?

— Si ton auditoire s'ennuie, les chemises restent grises. S'il est enthousiaste ou excité, la chemise vire à l'orange ou au rouge… Du textile intelligent indexé sur les signaux corporels…

— Je connais ça, Saskia. Je parlais des « *business-beyond* ».

Dans le regard d'Arshavin, je lisais quelque chose que je n'y avais jamais vu. Une ombre. L'ombre d'un doute. Pour la première fois, je le voyais fragile. Fragilisé.

— S'il s'agit de convaincre des industriels, est-ce qu'il ne serait pas préférable que je modifie un peu mon exposé ? proposai-je pour alléger la tension.

— Nous ne changeons rien, chuchota-t-il. Je ne m'adresse pas à ce public. Nous ne venons pas vendre des brevets. Nous venons démontrer qu'il est possible de domestiquer une nouvelle espèce intelligente. Une espèce qui peut révolutionner l'infiltration.

Nous avions tellement pris l'habitude de nous reposer sur Arshavin et de croire en lui. Il avait tellement toujours su tout retourner en faveur du Récif ! En faire une sorte de *hype* de l'armée, une unité d'élite que le ministère chouchoutait... Là, nous étions ravalés au rez-de-chaussée, dans la salle fourre-tout, au même niveau que la foultitude des projets orphelins qui mendiaient un budget bonus à coups de diaporama de huit slides.
À mes côtés, Lorca s'était adossé au mur, son drone éteint entre ses pieds. Le couloir était saturé de gamins à la sueur âcre qui répétaient leur topo à haute voix, sans aucun égard pour quiconque. *Make your space. Be yourself.* Comme tout le monde. Lorca stressait à bloc. Il savait que nous jouions là nos postes. Nos carrières de chasseurs. Un gros pan de nos avenirs. Et pour lui, surtout, la chance de pouvoir rechercher Tishka avec de vrais moyens de traque, une vraie logistique. Et pas l'absolu hasard pour seule boussole. Peut-être qu'il se disait aussi que si notre meute disparaissait, je partirais vers d'autres horizons et que je le laisserais tomber. Il avait tort. Je n'avais juste

aucun moyen de le rassurer là-contre à ce moment-là. Moi je n'avais pas peur. Je savais que j'étais prête. Et plus que prête : j'avais les crocs. Cette pure envie de leur retourner le cerveau.

·· Saskia · avait choisi d'arborer son uniforme d'entraînement, pantalon et shirt mimétiques, qui prenaient du sol bleu un peu de sa couleur. Son corps y ressortait dans sa finesse musclée, épaules nues et buste tendu. À l'appel du « projet Récif », soutenu de pop-rock, elle s'avança sur l'estrade ainsi qu'on monte au front : crânement. La lumière douchait son éternel bonnet violet, d'où dépassaient quelques mèches, brunes et sans discipline. Arshavin la présenta brièvement et se retira pour laisser opérer son charisme.
Debout, comme ça, au milieu d'une salle dissipée, qui manipulait ses cubewanos, elle affrontait le pire de ce qu'on peut espérer d'une assistance : des mâles blasés et fats, placés à cette heure de l'après-midi à un niveau de fatigue tel qu'ils ne cherchaient plus que le ricanement, la blague salace et la médisance facile. Plus qu'à t'éliminer.

À peine commença-t-elle que j'eus le ventre qui se serrait, comme si un mamba vif et noir s'y lovait, tassé en un seul nœud vibratile. Toujours j'éprouvais, en l'écoutant, cette disjonction entre ses gestes, brefs et tranchés, sans vrai charme – et sa voix, plutôt haute mais bruissante, pleine de grain, comme rayée. Un filet de sable sur une carrosserie chaude, tout en inflexions souples et sifflantes, qui me séduisait complètement et finissait, après quelques minutes, par me faire oublier son visage un peu dur et ses lèvres trop minces qui connotaient pour moi la partie scientifique de son être.

Saskia attaqua bille en tête en projetant son énergie en cône sur tout ce qui se trouvait en face d'elle. Très vite, elle fut au cœur du sujet :

— Le furtif n'est pas un ennemi. C'est une arme potentielle : une arme intelligente, autoprogrammée, faite d'ADN unique et de sang. Le furtif est le fruit génétique raffiné d'une évolution sans doute antérieure à l'*Homo faber*. Une merveille qu'aucune usine à gènes ne pourra jamais produire ! Lorsqu'une espèce nouvelle aussi exceptionnelle dans ses capacités d'esquive est découverte et approchée, l'objectif ne peut pas simplement être de la tuer ! Ces compétences animales, l'intelligence commande non de vouloir les détruire mais d'essayer de les récupérer. De les faire fonctionner, pour nous, à notre profit !

Çà et là, sur la première rangée en arc, les têtes avaient commencé à se lever. Les cubewanos s'aplatissaient. Des chemises viraient au jaune pisseux, quelques-unes se dégradaient vers l'or et l'orange. Saskia traçait, sans égard. Carrée, précise. Elle était dedans. Parmi la nuée des projets sécuritaires pour ghettos domotiques et les copies de copies d'armes non létales, dont les pitchs tournaient en continu de l'autre côté de la salle, nos furtifs faisaient tache. Ils ne correspondaient à rien : pas rentables, pas duplicables, pas *scalable*. Même pas un produit. Pas de marge donc ou alors, justement, que de la marge ? Un effet d'aubaine. Un truc « *total out-of-the-box* » ainsi que le clavardait à l'instant même un serial entrepreneur de vingt ans sur le daziwaouh derrière Saskia. Parce qu'il fallait, live oblige, jauger en temps réel le buzz et réfracter la viralité des réactions brutes de la salle, n'est-ce pas ?

Tant le discours seul ne saurait suffire, ne saurait capter *toute* l'attention, n'est-ce pas ? Et bien sûr diffuser ça dans le dos de l'orateur, avec des relents de *gossips* corporate et de bruits de chiotte, histoire d'accroître sa fragilité et son stress – suis-je convaincant ? qu'est-ce qu'ils disent de moi ? Hormis qu'ils avaient Saskia face à eux et que Saskia se contrefoutait des gazouillis. Seul le contenu comptait. Dense et sans facilité :

— À l'image du son, le furtif ne connaît pas d'état arrêté. L'imprévu est sa nature. Tous deux, furtif et son, relèvent de la transformation perpétuelle, impossible à bloquer, à fixer. En reconstitution permanente, ils sont l'autopoïèse dans sa plus pure expression, à savoir l'autofabrication agile de soi. Qui est le moteur du vivant. Cette vitalité fait peur, bien sûr. Elle suscite l'appréhension. Parce que le furtif reste imprévisible et incontrôlable ; qu'il est déjà autre quand nous l'identifions, l'espace d'un instant.

Aux répétitions, ça m'avait totalement échappé... mais Saskia ne touchait-elle pas au fond à des thèmes majeurs du management disruptif ? la mobilité comme norme par exemple, la faculté à constamment surprendre, innover, s'adapter ? Bien qu'elle le fît avec son vocabulaire et sa sincérité, sur des animaux inconnus de ce public et qui cependant leur faisaient miroir ? Miroir en tout cas à leurs rêves ? Toujours est-il que les chemises s'orangeaient doucement, à la vitesse d'une pensée qui exigeait de l'attention, qui plutôt que d'opérer par slogan installait lentement son émotion :

— Dans l'histoire humaine, la réponse au bruit a été le rythme. Dès l'origine. Elle a été la musique comme thème et harmonie, forme à reconnaître dans une trame où l'identique peut revenir, peut se retenir. D'où les répétitions et les variations, d'où cette forme si belle : la ritournelle. Eu égard au furtif, j'ose vous soumettre ce projet qui pourrait devenir plus qu'un objet de recherche : notre nouvelle quête si vous le voulez bien : apprendre d'abord à les écouter. Puisque c'est dans un territoire sonore qu'ils se tiennent et d'abord vivent. Ensuite apprendre à leur répondre, à faire à notre tour musique auprès d'eux. Et enfin comprendre, comprendre comment les apprivoiser, comment échanger, comment collaborer même avec eux dans l'espoir qu'à terme, nous devenions capables de les domestiquer et de les dresser pour les mettre à notre service ! La grandeur de l'être humain a moins été selon moi d'inventer la poudre à canon ou le ciseau génétique que de domestiquer le loup en chien et le cheval en animal de labour, puis de prestige et de chasse. De ce que nous voyions jusqu'ici comme un adversaire, je voudrais demain faire un allié. Un allié de notre Armée. Avec votre aide. Un soldat à quatre pattes et parfois trois ailes qui sache faire ce qu'aucun de nos agents humains n'approche, même de loin : pouvoir pénétrer l'ultrasécurisé, y entrer et en sortir. Pouvoir fuir la détection la plus fine et la plus exhaustive. Ce que je vous demande, en continuant à financer le Récif, qui reste à ce jour la seule unité au monde à étudier les furtifs, ce n'est pas d'investir dans une arme de plus. C'est d'investir dans ce qu'aucune arme ne pourra jamais abattre : l'absolue vivacité du vivant.

Saskia avait attendu la péroraison pour descendre à leur niveau quelques instants. Leur jeter, tel bonbon, un slogan qui claque, un chiasme qui va bien, une redondance qui cloue l'adhésion à la planche de leur fatigue. Le parterre d'entrepreneurs était maintenant un camaïeu fauve, qui flambait mollement d'étoffes rouges et crépitait d'applaudissements lascifs. Affiché en énorme derrière Saskia, le score métacritique de son exposé clignotait à 91 %, un exploit à cette heure de la journée. Plus frais ou plus sérieusement attentifs, les deux décideurs du ministre, un homme et une femme, calés au deuxième rang dans leur cabine sphérique, avaient applaudi aussi, sobrement. La règle voulait que Saskia ait droit à trois questions. La première vint de la femme, une quadra qui respirait la précision et le professionnalisme :

— Je vous remercie d'abord pour cet exposé solide et sans concession, qui ne m'étonne guère d'une protégée d'Arshavin. Je vous félicite. Ma question porte sur des enjeux de confidentialité : longtemps, l'armée a maintenu au secret l'existence des furtifs et si je mets de côté quelques légendes urbaines, ils restaient hors de la connaissance du grand public. Ce type de session montre qu'à l'évidence cette confidentialité, et je le déplore, n'est plus prioritaire dans notre approche. À votre sens, lieutenante Larsen, et je pose la question aussi à votre hiérarchie, est-ce que l'armée pourrait avoir du retard dans ce champ de la communication avec les furtifs, que vous venez d'évoquer ? Par rapport à des chercheurs de la société civile par exemple qui auraient exploré cette piste que vous prospectez, bien avant nous ? Par conséquent, est-ce qu'il n'y aurait pas un budget spécifique à allouer à l'infiltration de groupes civils qui ont déjà pu avancer sur ces sujets ? C'est une hypothèse, bien sûr. Qu'en pensez-vous ?

Plutôt surpris, Arshavin décida de répondre de façon très directe : oui, il était possible qu'existent déjà des unités de recherche clandestines et même des expériences concluantes de chercheurs ou de passionnés isolés. Oui, ça méritait instamment d'être vérifié. Oui, il allait soumettre un budget pour ça.

La deuxième question jaillit d'un post-ado à la chemise désormais écarlate qui piaffait au fond de la salle :

— Franchement, je scotche sur votre découverte. Je connaissais pas du tout vos furtifs, là. C'est juste génial qu'une espèce comme ça ait survécu jusqu'à nous et qu'on n'en sache rien. Ça vaut les bactéries de Mars ! Alors voilà mon *insight* : est-ce que vous avez déjà pensé à faire de vos furtifs des animaux de compagnie ? Et d'ouvrir à terme un marché des NAC de luxe ? Un biz génétiquement sécurisé comme Animas l'a fait pour les panthères et les tigres ? Parce que je vous proposerais bien un partenariat...

Avec un tact un tantinet sec, Arshavin esquiva. Puis tomba la dernière question, celle du second décideur, un chauve au style viril qui était vraisemblablement le *cost-killer* du duo :

— À combien chiffrez-vous votre nouvelle approche tactique ? Nous avons beaucoup investi sur le Récif ces dernières années... beaucoup trop si j'en crois l'inutilité selon vous des senseurs que nous vous avons financés depuis huit ans... Je vous avoue que le ministre attend de votre service un redéploiement plus agile des crédits...

— J'attendais que Saskia termine pour mentionner cette bonne nouvelle mais vous m'en donnez judicieusement l'opportunité, monsieur Mauro. Notre nouvelle stratégie parie sur le talent individuel de nos effectifs. En premier lieu sur nos oreilles d'or issues de la Marine, dont Saskia est une illustre recrue. Elle recourt à des technologies déjà existantes et que nous maîtrisons. L'approche opérationnelle va s'avérer plus légère, peu intrusive et moins coûteuse en matériel et en énergie. Nos meutes vont aussi être réduites. Même si l'on intègre une unité spéciale d'infiltration des réseaux civils, tel que le suggère Mme Wallach, j'évalue à 12 % le gain budgétaire induit pour le ministère.

— Nous espérions un peu plus... De l'ordre de 18 %.

— C'est un objectif qui n'est pas hors d'atteinte. Je vous propose qu'on en rediscute dans un cadre plus confidentiel. Si vous le voulez bien...

— Naturellement. Sachez que sur le fond du dossier, vous conservez notre totale confiance. Et nous tenons à vous féliciter, au nom du ministre, d'avoir su si adéquatement vous renouveler.

À ces mots, Saskia faillit bondir de joie sur la scène bien qu'elle demeurât, comme moi, d'un sérieux plombé, pieds écartés et tête droite, dans ce garde-à-vous de bon aloi qu'Arshavin nous avait conseillé d'adopter quoi qu'il arrive. Notre vrai public avait comporté deux personnes au milieu d'un brouillard de branleurs. Et ces deux personnes venaient de nous annoncer, dans leur sabir administratif, que le Récif survivrait. Dorénavant, nous aurions carte blanche pour traquer les furtifs à notre façon.

Je n'avais pas pu piper mot de toute la rencontre. Dans mon ventre, le mamba noir délova lentement ses nœuds et s'étira. À ce moment-là, j'ai pensé à Sahar et à ce que j'allais avoir le courage de lui raconter. Sans qu'elle me croie dément.

CHAPITRE 7
BATARA KALA

.. J'étais . bien.

Pour la première fois depuis un bon bout de temps : bien. Mes cuisses s'étaient fondues dans mon short et mes pieds épousaient mes sandales. Mon torse respirait dans un maillot tellement de fois lavé que son vert s'aquarellait dans le paysage, se fondait dans les couleurs du groupe, y apportait sa touche. Ici, je n'avais plus qu'à être ce que j'étais... ce que je fus si longtemps avant le choc de l'armée : Lorca le liant, Lorca l'ouvert, celui qui sourit et circule au milieu des autres avec une disponibilité d'éponge. Un type loin, bien loin du chasseur aux cheveux courts, au visage rasé et à la tenue nette et sans pli. Je l'avoue : je n'étais pas mécontent que Saskia et Agüero découvrent ce type-là, enfin.

Autour de moi, c'était simple : il n'y avait que des bouilles connues, que des amis. Le gang Kebyar au grand complet, qui chiquait son bétel en disposant des pichets d'arak sur les buffets. Sur cette place sans limite claire qui tenait à la fois du jardin et du temple, la fontaine ruisselait sa Camargue éternelle tandis que la statuaire balinaise, omniprésente sur le pourtour, vous basculait de l'autre côté du monde. Boma et Barong, Siwa et Surya, ces divinités splendides et intranquilles... Au milieu bégayaient des tables, rondes et nombreuses comme les taches, rouge et or, des pradas qui les couvraient.

— *Selamat sore !*

— Comment ça va ?

— *Baïk ! Baïk !*

Lorsqu'ils étaient arrivés de Bali, aucun de ces garçons ne parlait un mot de français. Pour toute fortune, ils avaient un gamelan de bronze à quinze pièces dont ils jouaient avec une virtuosité assez bluffante. Si l'on s'avisait de demander leur nom, ces timides répondaient Rindik (le xylophone), Rebab (la vielle), Suling (la flûte), Kenong et Ketuk (les gongs renflés), ou encore Peking, Demung, Slentem (les claviers de lames) tant on leur avait répété de ne jamais révéler leur vrai nom s'ils voulaient n'être pas renvoyés de France. Ils formaient ce que les Balinais appellent un *gong kebyar*, lequel était vite devenu un *gang* par chez nous. Ce « gang kebyar » dégageait une telle gentillesse native qu'il se faisait pigeonner un peu partout à Port-Saint-Louis-du-Rhône. Une vieille fleuriste qui adorait Bali, et qui avait progressivement vu leur sourire s'étioler, leur avait un matin conseillé d'aller s'installer sur le Javeau-Doux : « Vous y serez plus tranquilles. »
Le Javeau-Doux était cette île de sable et de limon terraformée par l'Inter, qui en avait doublé la surface. Comme souvent, l'Inter avait su se faufiler entre les deux barbelés d'un no man's land juridique sur le droit de propriété – ici le droit des fleuves – pour créer des îlots dans le delta du Rhône, et les mettre à disposition des Alters, des sans-bagues, des sans-toits ou des migrants. Très vite, l'idée, plutôt géniale, avait été reprise et multipliée sur tous les fleuves de France et elle essaimait maintenant en Europe. Entre Arles et Port-Saint-Louis, on comptait désormais une dizaine d'îles qui constituaient l'archipel des Javeaux.
Sans vouloir la ramener était-ce sans doute ici que j'avais connu l'un des plus beaux succès de ma carrière tumultueuse de sociologue « ès communautés libres ». Ça devait être en 2037, soit à peine quatre ans en arrière,

alors que ça me semblait appartenir à un passé brouillé et lointain, comme tout ce qui datait d'avant la disparition de Tishka.

À dire vrai, lorsqu'on m'avait appelé à cette époque sur le Javeau-Doux, la communauté était (comme presque toujours dans ce métier) proche de l'effondrement. Une manière de miracle était attendue les mains jointes par la poignée de gens qui conservaient en eux assez de recul et de bonne volonté pour pouvoir faire appel à un sociologue extérieur. Les autres vous accueillaient au mieux dans l'indifférence, le plus souvent d'un air narquois, au pire avec une hostilité torve qui pouvait facilement tourner à l'agression physique. Fallait se montrer solide. Et capter vite sur qui t'appuyer. L'ego et l'orgueil du sociologue ne servaient à rien, sinon à intensifier les tensions.

Là, ç'avait été un peu différent, d'emblée. L'accueil avait été chaleureux. En réalité, la quinzaine de Balinais portait la communauté d'environ deux cents membres sur ses épaules, par sa générosité quotidienne, sa production ingénieuse de riz et sa spiritualité intacte. Le reste des îliens se composait surtout de parasites et de new-ageux qui tournaient à deux massages par jour et trouvaient que l'encens, ça sent bon. En creusant un peu, on dénichait quelques bobos déniaisés et pragmatiques avant de tomber sur les inévitables pirates du fleuve, adeptes du trafic, à la gouaille facile et à l'apport social proche du néant, dont les hors-bord braillards étouffaient les berges. Magnifique pourtant était le site, posé au beau milieu d'un Rhône sauvage avec une île assez vaste et assez haute pour permettre de cultiver en terrasses et pour offrir une vue plutôt princière sur la Méditerranée au sud, sur la Camargue au couchant – et à l'orient, sur le pas de tir de Fos-sur-Mer, festonné de torchères, avec sa foultitude de fusées bourdonnant dans la nuit, les réacteurs à l'envers. Manière de marier, d'un regard panoramique, une nature des plus pures avec le plus raffiné du pollué, en mode baroque et cyberfunk.

— Tu es venu avec des amis ?

— Oui, je te présente Saskia. Elle est musicienne. Et Agüero, qui travaille avec moi dans les communautés...

— *Selamat sore !*

— Ils ont une bonne tête...

— Te fie pas vraiment à ça, Kendang, ce sont des poivrots ! Ils peuvent t'assécher un fleuve d'arak en deux heures à eux deux !

Après une semaine d'immersion sur place, j'avais à l'époque fait le pari de m'appuyer sur la culture balinaise, que je connaissais déjà un peu. Kendang m'en avait fait approfondir les potentialités consensuelles. Mon intuition me soufflait ça : que cette culture avait la force et la finesse pour irriguer le fonctionnement de l'île. Outre que j'avais senti, de façon plus terre à terre, à quel point ces quinze Balinais étaient respectés ici, même par les parasites, même par les pirates, que leur probité interloquait.

Avec l'aide de Kendang – qui à trente ans faisait figure de doyen (il en paraissait vingt) – nous avions mis sur pied un *banjar suka duka*, c'est-à-dire un *banjar* « pour le partage des joies et des peines ». L'île avait à peu près la taille d'un quartier balinais avec soixante *pekarangans* (foyers), lesquels regroupaient plus souvent des bandes d'amis et des clans que des familles. Malgré tout, chaque foyer avait dévolu un ou une représentante pour assister au *sangkepan* (l'assemblée). Kendang avait accepté d'en être le *klian* (médiateur) et un marinier le *perkebel*, une figure en charge des relations avec la Berge – aka la ville.

Moitié par amusement, moitié par fascination, par dépit parfois, tant leur organisation avait foiré, parce que ça les intriguait ou peut-être juste pour voir, les îliens avaient joué le jeu de ce nouveau modèle largement exotique pour eux.

Pour acter une rupture, j'avais posé une expérimentation d'un mois où toute personne dérogeant aux règles était illico exilée. Les premières décisions s'étaient prises au consensus et à l'unanimité, chose impensable auparavant ! L'interdépendance délibérée des tâches, où l'on se rend sans cesse service, en réciprocité, favorisant l'entraide ; les amendes dosées en cas de manquement ; le principe des corvées communes pour l'irrigation ou pour la reconstruction sempiternelle des digues que le fleuve arasait ; les cérémonies croisées où tour à tour tel foyer ou tel clan recevait puis donnait, débouchant sur des fêtes purgeant les tensions : tout ça était directement issu de Bali.

S'y ajoutait la beauté spirituelle des offrandes, dans leur gratuité si contraire à nos capitalismes, et dont l'impact fut incroyable ! Ces offrandes posaient chaque matin et chaque soir une forme de stase poétique, de grâce, avec leurs barcarolles de roseaux glissant vers la mer, chargées d'un peu de fruits, de quelques fleurs, saupoudrées de grains de riz, que les enfants adoraient construire et regarder dériver sur le fleuve. Si l'offrande n'avait aucune utilité matérielle, pour le reste, elle bouleversait tout : dans l'esprit, dans l'ouverture à un ailleurs où les Balinais infusaient ce plaisir de réjouir les dieux tout en apaisant leurs démons – et où nous, Européens, retrouvions un rapport perdu au dehors. Une relation aux oiseaux qui picoraient l'offrande comme aux poissons qui la mangeaient, une sensation de donner, donner enfin à des forces positives, qui nous reliaient à notre propre bonté refoulée. Ce que beaucoup d'Occidentaux, plombés par notre judéo-christianisme, envisageaient au départ comme un acte de déculpabilisation, requis par la peur d'être punis, prit bien vite son sens profond. Celui d'un geste de gratitude envers la richesse de la vie – l'intensité du soleil, la fécondité de l'eau, la poussée lente des arbres et du riz, les cycles de la lune, le mistral qui fait frissonner les trembles. Moins un devoir qu'un honneur, moins une routine qu'un hommage éveillé.

Un mois plus tard, je me souviens, l'expérience avait étonnamment pris. Elle s'installait, elle mordait sur les quotidiens, bien plus que mes méthodes pourtant éprouvées d'élection sans candidat et de décision par consentement. Elle s'ancrait par une sorte de charme que je m'expliquais mal mais qui semblait couler de source pour les Balinais. Ils riaient de cette imprégnation discrète de leur culture, et ils en étaient naturellement ravis.
Un anthropologue aurait certainement su montrer ce que ces pratiques, à la fois énergétiques, sociales et spirituelles, tramaient en profondeur, à la manière d'un batik. À mes yeux, deux choses étaient sûres. Je les retrouvais intactes et même enrichies ce soir, après trois ans sans être retourné ici, trois ans sans vraiment savoir si ça continuait, si le modèle balinais s'était vraiment ancré et tenait encore, si le miracle opérait toujours sur le Javeau-Doux. Ces deux certitudes étaient que je connaissais très peu de communautés où les liens étaient aussi délicatement tissés entre les gens, où l'on sentait une telle attention mutuelle, une attention ourlée et constante, j'allais dire féminine. Et

moins encore de communautés où ces liens humains semblaient se prolonger hors du social, en rhizome à nos pieds ou à la façon de branches qui auraient poussé au bout de nos doigts, tendues vers… Vers… quoi ? Les animaux et les plantes, la terre retournée, le fleuve ? Plus loin ? Vers le cosmos ? Ça sortait en tout cas du seulement-humain, du trop-humain, de l'hominite aiguë qui nous attaque les os et les sinus, nous rend si pincés, si étroits.
Était-ce aussi que la réputation favorable de l'île y avait attiré de nouvelles populations, plus ouvertes et plus tactiles, davantage dans la bienveillance aussi ? suivant en cela ce mantra que mon expérience m'avait forgé : ce ne sont pas vraiment les gens qui choisissent leur territoire ; c'est le territoire qui les choisit ! Le territoire et son socius qui filtrent ceux qui s'y trouvent en affinité, et qui sauront donc s'y épanouir dans la durée.

‘Pour ‚une ‘première en infiltration, ça déboîte. « Ça va vous changer la tête, vous allez voir » il a lâché, Lorca, un chouïa dans la rigole, quand Arshavin lui a validé la mission. « Le Javeau, c'est idéal pour vous familiariser avec les Alters. Vous allez découvrir leur monde en douceur. »
Moi, rien que l'arrivée sur l'île, avec ce merdier de barques en grappes, ces digues branlantes, les hors-bord solaires, ça m'a fouetté d'emblée la routine. Ce côté tout en vrac, gros amas, où tu te faufiles au milieu d'un tas de péniches collées à touche-touche pour atteindre l'embarcadère. Tu vois nada d'abord. Nib de l'île derrière les rafiots barbouillés de slogans pour gentils. Nada parce qu'autour, c'est déjà un souk à îlots, des faux trucs sans terre, je veux dire du ponton flottant en veux-tu en voilà ! Posés comme on pose sa caisse pour prendre le pain en double file, ces pontons, et qu'on laisserait finalement là,

au beau milieu du fleuve, quitte à y riveter une cabane par après, un café avec terrasse à ras l'onde ou à y vendre des légumes sur palettes.

Aussitôt les sandales sur la terre ferme, Lorca nous a présentés, Saskia et moi, à une bordée de minas et de gauchitos en jupe, qui ont eu sacrément l'air d'être surtout jouasses de le revoir, lui. Une gamine de dix-sept berges nous a embarqués pour un tour du site, elle courait en tongs > ici, c'est TongTown, la godasse fermée, tu oublies !

En deux-deux, j'ai bouffé mes préjugés à la cuiller. D'abord la rizière en terrasse. Trop chouette, rose et verte sous le soleil qui dévisse. Le système d'irrigation, canal et pente, subtil à souhait, total naturel avec prise de l'eau en amont du fleuve. Ensuite les serres rondes en verre, comme une ville pour les fruits, une ville pour les légumes. Entre ? Des rubans de sorgho, de la céréale, une ribambelle de trucs que j'ai pas retenus, des vergers encore. Juste à l'œil, tu piges que ça rigole plus. Que l'agriculture ici, ils savent. Ils maîtrisent. Tellement bien intriqué, tellement mosaïque, ça se marie et ça s'emboîte dans la beauté. Permaculture, OK. Ensuite, la jeune fille, Suling, trognonne et métisse, tout en longueur et souplesse, nous a montré où ils crèchent. Un mix de cabanes bois/roseau, de baraques en argile et de pavillons « à la balinaise » éparpillés dans les creux et les bosses de l'île. Plus un hameau collectif, positionné façon soleil au centre du Javeau, avec marché rouge, café, boulange, boucherie > les mecs font aussi de l'élevage sur une surface minus. Taureaux noirs et vaches blanches, que des petits modèles ! Du bovin bonsaï ! En mode biohack quoi. Depuis deux ans, ils tournent en autonomie alimentaire. Ils « exportent » même vers la ville. Ça marche tellement bien que ça attire plein de gringos qui te flairent le paradis à portée de pagaie. Ils y viennent squatter le fleuve tout près. Ơu ils se greffent carrément sur l'île avec leurs péniches. Ơn les accepte. À condition qu'ils sniffent les règles. Les Balinais acceptent de tout ici, c'est pas des vénèrs !

ʾÀ) la) tombée de la nuit, je les ai vus enlever les housses sur l'estrade pour se préparer à jouer… J'ai alors pu découvrir le gamelan ! Une merveille qu'ils ont ramenée directement de Bali, devant laquelle se sont assis en tailleur une dizaine de musiciens, drapés dans leur costume traditionnel. Presque tous de couleurs fauves et chaudes, avec notamment un jaune qui est si riche, si plein qu'on dirait de l'or végétal, de la joie fondue en lingot et devenue couleur.
De ce que j'en vois d'où je suis placée, très près de la scène, le gamelan se compose pour l'essentiel de percussions : des gongs en bulbe, alignés comme une expo de marmites closes sur des socles, des gongs circulaires pendus à des portiques, des métallophones aux sons toniques, des xylophones de bambou au timbre rond et sec et enfin plusieurs tambours, dont l'un, profond, scande clairement les temps et se révèle le chef d'orchestre discret du groupe. À ces percussions viennent s'ajouter des cordes frottées (une vielle ?) et pincées (une cithare ?) et deux flûtes qui sont d'une douceur de hautbois.
Les danses ont commencé mais j'avoue que je n'ai pas regardé tant j'étais hypnotisée))) mieux audiocapturée)) par le gamelan) Quel son !
Un pur ruissellement de marteaux de métal sur des lames de bronze. Une maestria de frappes qui čarillonnent et qui črépitent sur un člavier éčlaté-déplié, réparti et čomme

démultiplié à travers la čonstellation perčussive, laquelle ne česse de tinter et de tintinnabuler, tinǧ-ǧinǧ-dinǧ, en čavalčade, par salves et par rasades, qui me font frémir jusqu'à l'éčhine. Le métal tonique dressé, debout sur les flûtes. Les marteaux dansant čomme un rire qui ĥésite et s'abat, rebondit et s'élève tandis que le ǧonǧ tonne et plombe, plonǧe et obombre čette člarté fasčinante des lames qui haĉhent la vitalité de l'aiǧu. Č'est un seul čorps musičal ouvert sur la sčène et disséqué *live*. Une seule čoulée de forǧe refroidie d'un čoup, il y a très lonǧtemps, puis massičotée à la ĥâte, sčiée brute, tordue dans le tiède. Et parfois rečourbée par un artisan aussi féroče que fin dans l'intention d'en faire une série, un puzzle čompačt d'instruments en fusion… Ou alors, un animal, un animal à écailles dont ĉhaque os et čhaque portion de peau sonnent et črient – črient leurs notes à čoups de beč sur une čymbale.

Musicalement, il faut bien regarder pour le comprendre tellement ça va vite : les Balinais atteignent à certains moments des *tempi* vertigineux par le partage de la ligne mélodique entre les instrumentistes, dont les parties se découplent et s'imbriquent les unes dans les autres. Comme si huit comédiens se répartissaient chaque tirade, l'un ne prononçant que les a et les o, l'autre les i et les u, le troisième seulement les fricatives, *and so on*. Le mot m'est revenu en boomerang, de mes études d'ethnomusico à la fac : *kotekan*, ils appellent ça.

‹Avant ¸de ‘venir, Lorca m'a affranchi un peu sur les gaffes à pas faire. Donc j'ai pas parlé organisation. J'ai fait le mec raccord, le fondu des collectifs. Je suis venu déguisé en gaucho, avec chapeau qui va bien, pantalon rouge et chemise crade. La barbe bien fricheuse. Genre le gars qu'a dix ans derrière lui à bourlinguer dans les communautés. Pour qui « pas de chef » est juste normal. Le prix libre, la norme quoi. Qui trouve évident de troquer et de jamais avoir d'oseille dans les poches : ils ont une appli qui décompte tout sur le serveur de la communauté. Tu dois juste être positif rapport à ta dette aux autres. Et sinon ? Sinon que dal, il se passe rien, ça ronchonne un peu et basta. Tu feras un peu plus d'heures les pieds dans la gadoue, à la rizière, c'est tout. Et si tu merdes vraiment, que tu fais le gros morpion qui suce ? Ben, on finit par te foutre dans la cale d'une péniche et on te ramène à Arles fissa. Tu deviens tricard ici. Ils dégagent deux trois mecs par mois comme ça. Que des mecs, pour le coup : les nanas foutent pas la merde. D'ailleurs elles sont en majorité sur l'île.

)Là) j'éčoute) juste, ĉhavirée, j'éčoute du plus pointu de ma propre perčeption. J'entends les čarillons qu'on atomise, qui jouent en čontrepoint tissé (ensemble et déčalés) (ensemble et dissočiés) (čomme s'ils avaient voulu *partitionner la partition*) (à l'extrême) (en séquenčes minusčules) (dont aučune (en soi) n'est teĉhniquement exiğeante) pour que toute la ğrâče (éminemment virtuose) du jeu ne tienne plus à un individu (fût-il brillantissime). Non : qu'elle tienne seulement à l'auto-čoordination vertiğineuse du čollečtif. Šans ĉhef d'orčhestre, sans type à la bağuette ! L'exčellenče est relationnelle.
Les instruments (un à un puis ensemble) ne font pas la musique. Plutôt est-če la musique qui vient (prismatiquement) se subdiviser dans les instruments, et les amène à la vie. Toute la splendeur respire là) dans če tričotağe (tout en čontrepoint ornemental, dont l'oriğine pour moi ne peut pas faire de doute : la nature ! La nature en est remplie.

J'ai trouvé ĉes ĉontrepoints dans l'entremêlement ĉhoral des ĉris des animaux, en partiĉulier des batraĉiens, que je sais très présents à Bali… La forêt, les marais, les prairies)) beauĉoup de biotopes ont ĉette marqueterie de territoires sonores juxtaposés et étağés à la fois. Ĉette intriĉation des voix qui font que l'on entend tout et tout le monde)) dans une ĉaĉopĥonie qui n'existe que pour les oreilles rustres et mal défroissées. La vérité est que l'espaĉe sonore est maintenu toujours ouvert et partağé) par ĉhaque animal qui loğe son ĉri dans la trame (à la ĥauteur, au timbre et aveĉ la forĉe qu'il faut pour exister et ne pas reĉouvrir l'autre (ne pas le masquer). Le ğamelan joue et je retrouve ĉe miraĉle de partağe, ĉette fois-ĉi advenu dans l'ĥumain. Ça me donne envie de ĉhialer.

·· Kendang · a profité du concert pour s'isoler dans un coin de la place avec moi. Il m'a servi un verre d'arak puis m'a dévisagé en douce, comme s'il cherchait sur mes traits un nouveau paysage, les traces de l'érosion. Une ravine. Il lance avec son accent roulé :

— Pourquoi tu n'es pas venu nous voir quand ta fille a disparu ?

Ça me désarçonne complètement. Je ne savais pas qu'il savait. Tous les ponts, je les ai coupés, je ne suis revenu nulle part, dans aucune communauté. Depuis.

— Je… Je sais pas vraiment… J'y ai pensé, Kendang. Je me souviens que j'y ai pensé. Mais on était focalisés sur les enquêtes de police, avec ma femme. J'étais noyé. Complètement paumé, tu sais. (…) Peut-être que j'ai eu peur aussi de ce que vous me diriez…

— Si tu étais venu, nous aurions pu te dire où elle était partie…

Je siffle mon verre d'arak et je me mouche le nez. Saskia et Agüero sont suffisamment loin. Je préfère.

Au « Dja », comme le surnomment les rastas, l'eau est partout. Elle glisse autour de l'île sans bruit, nappe à motif de ciel pour qui y jette un regard de surface. Mais si l'on descend dans la sensation, surtout la nuit, comme là, le volume en mouvement devient palpable ; presque angoissant. Tu ressens la masse pleine, et épaisse, et faussement lisse, qui à tout moment charrie des milliers de mètres cubes d'alluvions et d'organismes, de neige fondue et de pluies rassemblées. Je regarde Kendang dont le sourire est maintenant fendu comme un *candi bentar*. Il attend ma réaction. Aucune impatience.

— Tu pourrais le dire encore aujourd'hui ?

— Dire où elle est partie ? Hom. Ça fait combien de temps ?

— Deux ans exactement, dans quatre jours.

— Tu la sens parfois ? Tu l'entends passer ?

— Oui.

Kendang hoche la tête, elle monte et descend tel un marteau de gamelan. Il semble parti, vide. Quand il revient, ses pupilles sont deux onyx noirs et nets.

— Viens avec moi au Pura Dalem.

Aussitôt se lève et sort de la place, le suis machinalement dans l'obscurité, ne vois rien, je me guide à la coulée de sable qui croustille sous mes sandales. Le temple de la mort est forcément en aval et du côté du couchant. Çà et là, le *boup* des grenouilles assoit la nuit, il la pose comme rien d'autre ne sait la poser. Kendang s'arrête finalement au milieu de ce qui doit être un champ et me prend la main pour cheminer avec moi. Arrivés devant le *candi*, la masse de pierre sculptée vient peser sur moi. Je devine qu'au-dessus, encastré dans le porche, il y a Boma. Kendang retire ses tongs, j'en fais autant avec mes sandales puis nous pénétrons ensemble dans la première cour intérieure. Le vent tourne et s'y piège, j'ai un frisson qui dure. Kendang allume une petite lanterne et dépose à terre une offrande dont j'ignore d'où il la sort. Avec l'alcool et la flamme, le bois de son visage oscille quand il parle :

— Ce que je vais te dire ici, Lorca, tu peux le croire ou pas le croire. Je suis pas un pedanda ou un balian, je vais te dire des choses très simples. Mais tu pourras parler cette nuit au balian si tu le veux. Il sait que tu es là. Je peux commencer ?

— Oui...

— Ta fille, c'est vraisemblablement Batara Kala qui l'a prise.

Ça met du temps à remonter jusqu'à mon cerveau. Des bas-reliefs, des images de putti, Tishka qui court en se retournant et ma mémoire qui ramone. Ça revient :

— Batara Kala... Oui. Le démon du temps ?

— Pas seulement. Pour nous Balinais, Batara Kala est un démon des charnières. Il frappe ses victimes aux articulations du temps et aux carrefours de l'espace... Tu connais son origine ?

— Mal...

— Son origine est un accident. On dit que le dieu Siwa avait égaré son sperme sur la Terre. Une goutte a donné naissance à un ogre monstrueux. Cet ogre, c'était Kala. Son nom, comme tu le sais, signifie « temps ».

— Temps comment ?

— Temps au sens d'instant, de moment fragile, qui passe...

— Continue…

— Je vais te raconter l'histoire parce que ça va t'aider pour ta fille. Kala veut dévorer son frère Kumara, qui est né comme lui pendant la semaine Wayang, celle des ombres, des doubles. Par malchance, ta fille est née cette semaine-là. Tu m'avais envoyé le faire-part mais je n'ai rien voulu te dire. J'aurais dû. Siwa, son père, demande à Kala d'attendre que Kumara soit plus grand pour le manger. Mais en douce, il donne à Kumara la jeunesse éternelle. Kumara sera le dieu des bébés. Kala attend et attend, Kumara ne grandit pas. Si bien qu'il perd patience… Alors Siwa envoie Kumara chercher refuge sur terre auprès des humains. Et par souci de justice, il autorise Kala à essayer de le dévorer pendant la semaine Wayang.

— Je me souviens un peu… Sur le plan symbolique, c'est comme si le temps qui passe voulait tuer l'éternité, son double. Comme si l'instant voulait détruire la permanence, la durée… Non ?

— Kumara échappe à Kala en s'extirpant d'objets à sorties multiples : il fuit des foyers à quatre feux, il s'échappe des bambous par les nœuds ouverts. Kala les maudit aussitôt. Ces objets sont d'ailleurs proscrits chez nous. Avec le temps, Kala va développer son pouvoir. Il devient capable de traquer quiconque s'expose aux moments de transition et aux lieux d'où ça s'articule.

— Tu parles de mieux en mieux notre langue, Kendang…

Il sourit, sincèrement flatté, et esquisse un geste de mains jointes.

— Mayane me donne des cours. Presque tous les jours.

— C'est quoi ces moments de transition dont tu parles ? Ces lieux ?

— Midi par exemple, où l'ombre s'efface. Ou minuit. Le crépuscule où corps et ombres se confondent. Mais aussi les carrefours, dont tout Balinais se méfie. Écoute encore : Kumara trouve finalement refuge dans un instrument de musique qui accompagne le wayang kulit, le théâtre d'ombres qui est donné pour l'anniversaire d'un humain né cette même semaine Wayang, comme ta fille. Kala surgit et dévore avidement les offrandes du sacrifice, un œil sur le spectacle. C'est alors que le dalang lui dit son fait : « Ô Kala, tu as mangé les offrandes qui ne t'étaient pas destinées. Tu avais certes le droit de te nourrir sur cette terre cette semaine, mais seulement une fois. Ton temps est écoulé, tu l'as gaspillé, Kala. Ta voracité t'a perdu. Laisse désormais Kamura en paix. » Depuis, Kala maudit tous les natifs de la semaine Wayang. À l'approche de leur anniversaire, nous changeons le nom de la personne en danger sur sa porte, nous lui donnons de nouveaux vêtements, nous emmenons les anciens chez les voisins avec des offrandes… Tout ça pour égarer Kala et l'empêcher de reconnaître sa victime…

Je pense à Tishka, je pense à la fenêtre fermée, aux volets clos. Je pense au lendemain où je suis entré dans la chambre et qu'elle était vide. Je vois encore la fenêtre parfaitement fermée, le loquet rouillé du volet rabattu à l'équerre de la patte. La tige droite, bien bloquée. J'ai ouvert la fenêtre puis les volets métalliques, pour faire de la lumière et chercher où elle se cachait. L'équipe scientifique n'a pas retrouvé mon empreinte sur la poignée. Pourtant je me souviens avoir tourné et tiré sec parce que le bois du chambranle coinçait un peu, comme d'habitude. L'équipe a retrouvé trois empreintes de doigts, par contre. Celles d'une enfant de quatre ans, mais avec un ADN inutilisable. Pouce-index-majeur. Même moi, je ne peux pas ouvrir juste avec trois doigts.

‘À ¿10 ‘heures, les danseuses de *leǵonǵ* ont déǵaǵé pour laisser la place à un truc de pur fou. Le *keçak*. Cinquante bonshommes en cercle, cơllés, assis, qui fơnt de la percu avec leur voix. Juste leur voix. Que de l'onomatopée, du cri, par saccades, par vaǵues, en échơ tchac-à-tchac-à-tchac-à-tchac à-tchac-à-tchac > Tcha-tcha ! Un bloc de bras et de voix, qui bouǵe, en houle, en foule. Plus fơrt que toute musique. Plus brut que toute danse. Ça prend les reins, ça te coǵne le thorax, ça te frappe les tempes > Çak-Çak ! À un mơment, ils ont allumé un feu en pyramide et un ǵars est venu le fracasser à coups de tibia, marcher pieds nus sur les braises, ça montait encơre, Çak-à-Çak-à-Çak-à-Çak-à-Çak-à-Çak > Çak-Çak ! Là je me suis levé et j'ai cơmmencé à dinǵuer sur les braises, pareil le type, le sinǵe, pareil. Quelque chơse est sơrti de mơi et a cơmmencé à danser avec mes pieds et avec mes hanches. J'ai tơut ơuvert.

)Qu)and j'ai) vu mon Agüero bondir de son siège et se jeter dans l'arène, traçant comme une balle à travers le feu, il était trop tard pour faire quoi que ce soit. Il a commencé à danser et pour la première fois de ma carrière de chasseuse, j'ai vu en acte ce qu'est une invocation. Ce que ça fait. Ce que ça libère d'un corps. Quand ça monte du dedans et que ça prend sa place. Comment ça peut plier un tronc, d'un spasme-éclair, tordre un os en arc. Déjeter une ligne de hanche, déboîter et remboîter un genou, en cadence.

Agüero n'a plus de regard. Il danse. Les braises giclent, le feu flue, des gosses lui lancent des pommes de pin, un chien errant le suit et cherche à le mordre, quatre Balinais voudraient le faire sortir de la cour – il court, saute, esquive, se décale... Ce qu'il fait n'a pas de nom, ou tous les noms, traverse toutes les danses sans le vouloir, à la diable, pêle-mêle. C'est du cake-walk et du calypso tout à trac, soudain du boogaloo. Il glisse, pivote, s'efface d'un geste de capoeira. Évite une canette en saccadant du bassin, samba ou rumba, ou mouvement de mambo, *pronto*, *speed*, à toute volée, à la galope. Ça swingue et ça twiste, ça zouke et ça valse, aucun jet ne le touche, java/jerk, aucune braise ne le brûle, on dirait maintenant de la saltarelle, du coupé-décalé, il slame trois fois face contre terre et ricoche d'un coup de nuque, personne n'ose plus venir, les çak-à-çak claquent comme des morsures, un assaut gnaqué à coups d'incisive sur une plaque.

Agüero a cessé de courir à présent. Il s'est comme logé dans un cercle d'à peine un mètre de rayon. Et de là, sans faire un pas, alors que pleuvent sur lui les bières, les pierres et les pommes de pin, comme un jeu, comme une épreuve que sa danse terrifiante a déclenchée, il esquive de la tête et du tronc, d'un salto, d'une volte. D'une fulgurante rotation.

On dirait qu'il fuit sur place. Qu'il détale, qu'il calte et cavale sur place, sans avancer ni reculer d'un brin. À un moment, il se luxe les deux épaules et les rabat d'un soubresaut de breakdance dans son dos pour offrir moins de surface aux tirs. À un autre, sa tête se tasse si basse dans son cou, il se replie si densément qu'on ne voit plus de lui qu'un ballot de chair, un corps entier qui se dissipe, se dérobe à la nuit. Et soudain il n'a plus de tendons, plus de muscles pour retenir ses membres. Il a la fragilité agile d'une marionnette sans fil et les projectiles le ratent, le ratent encore, n'arrivent pas à toucher cette silhouette flexible, aux articulations oscillantes, démantibulée, qui les défie.

Je suis juste complètement fascinée par ce que je vois, comme tout le monde ici. La foule est à quia. Pas de cri, pas d'applaudissement, juste de la sidération brute. Aussi j'ai peur pour Agüero, peur qu'il finisse plié et brisé sur une ultime frasque, trop brusque, un geste si sec que son ossature casse… Qui est en lui ? Quelle force ? Lequel des trente-neuf furtifs qu'il a figés depuis qu'il chasse ? Et pourquoi maintenant ? Pourquoi surgit-il là, du fond du corps, comme un souffle qui enfle, un kyste de rien, un enfant sans forme mais qui peut agir ? Qu'est-ce que c'est vraiment ?

Agüero chancelle, son regard est revenu. Une pomme de pin rebondit sur sa joue, son pied grille sur une braise, il le retire, il n'esquive plus rien. J'ai juste le temps de le sortir du cercle avant qu'il ne s'affaisse. Des Balinais viennent m'aider et soignent déjà ses brûlures avec des plantes.

Qu'est-ce qu'ils nous font, qu'est-ce qu'ils nous passent quand ils décident de mourir ? Une énergie ? Une énergie qu'ils planquent en nous, parfois ? Comme s'ils se nichaient ou se réfugiaient en nous pour survivre ? Pour prolonger quelque chose d'absolument vital, d'eux, qui ne veut pas figer ? Une voix ? Une voix ? Tous les chasseurs qui ont fini à l'asile disent ça : ils les entendent. À l'intérieur. Agüero soûl m'a dit une fois, une seule, il avait plus de cachaça que de sang dans les veines : « J'en ai quatre. Ils sont différents tous les quatre. Faut vivre avec, les accepter. Ou tu finis maboule. »

Moi, je n'ai rien. Parce que je ne tue pas. Ou qu'ils veulent pas venir en moi ? J'aimerais en avoir un. Ça me foutrait une trouille totale d'en avoir un.

— Je voudrais voir ton balian.
— Il est là. Dans la troisième cour intérieure.
— Si Kala a dévoré Tishka, qu'est-ce qu'elle devient ?
— Elle circule.
— Où ?
— Dans les plis du temps. Aux carrefours.
— Qu'est-ce que ça veut dire ?
·· Kendang · s'est levé, il a franchi deux cours puis il est revenu. Il m'a serré dans ses bras. Très tendrement.
— Vas-y maintenant. Si tu es prêt.

Je ne suis pas prêt, je suis bourré. L'arak me fait flotter. Pourtant j'avance. J'avance vers un silence de plus en plus épais, là-bas, un noir de plus en plus fourni. Au bout, au cœur du temple, la clarté se refait. Assis en tailleur, il y a un homme, devant des feuilles de *lontar*, étalées en éventail, un parchemin ancien ? Sa voix bourdonne, quelques bougies tanguent. Ce ne serait pas un Balinais, je serais déjà loin – tayaut ! revenu à la fête. Mais lui, ce balian, je le reconnais, il me connaît, il a déjà vu Tishka lorsqu'elle avait trois ans puisque j'avais débarqué ici avec Sahar et elle pour un week-end de trois jours. Ça devait être à Pâques. À peine posé son peton sur le ponton, tout l'avait éblouie, Tishka, et appelée au-dehors. Les cabanes sur pilotis, les moulins à aubes des canaux, l'école en plein air, le marché à prix libre où tu donnais ce que tu voulais, les offrandes partout devant les maisons, qu'une fillette lui avait aussitôt appris à confectionner. Tishka était un buisson à croissance folle, comme la plupart des mômes : la moindre rencontre lui était pluie et lumière, terre fertile et sels minéraux, chance de bourgeonner, occasion de fleurir plus ample, fruits au bout, que sa joie instinctive distribuait à tous. Lui, il l'a connue vivante – un point énorme pour moi. Pas comme la flopée de charlatans que nous avons subis avec Sahar et qui disaient Tishka au Brésil chez un milliardaire, dans un palais en Inde, découpée pour ses organes, enterrée dans une forêt des Cévennes. On a tout eu : pendules, boules, cartes, radars, objets à elle. Beaucoup d'IA bricolées aussi, qu'ils faisaient tourner sur des critères foireux pour se donner un vernis scientifique. J'ai espéré à chaque fois, à chaque fois j'ai essayé d'y croire parce que ne pas y croire, j'avais peur que ça plombe la recherche, que ça les perturbe et les handicape secrètement. J'attendais qu'ils aient fini leurs passes. Alors je leur demandais calmement s'ils mentalisaient les vêtements que Tishka portait. Puis ce qu'elle avait dans les bras. Aucun n'a su répondre – répondre complètement. Elle est partie avec sa parka orange, qui manquait au crochet, que nous n'avons jamais retrouvée nulle part ni repérée sur aucun flux vidéo dans cette ville pourtant blindée de caméras jusqu'à la nausée. La police nous a mis un algorithme, juste là-dessus, pendant un mois plein après la disparition – 720 heures de vidéos fois 2 684 caméras. Fillette d'un mètre, la biométrie intégrale, peau, traits, cheveux, chaussures rouges, parka orange. Au final : *« Aucun résultat ne correspond à votre recherche. »* Et dans les bras, elle avait son doudou : un louveteau gris. Et pas l'éléphant rose, avec lequel elle s'était endormie. Est-ce qu'elle aurait pris le louveteau si elle avait été kidnappée ? Sahar pense que l'agresseur était un pervers, très psychologue et sans doute intelligent. Moi je pense qu'elle est partie seule, d'elle-même, consciemment, qu'elle a suivi quelque chose, pas quelqu'un. Qui a fermé le volet ? Ça, ça reste absolument incompréhensible, dans toutes les hypothèses. Sortie par la porte d'entrée ? Aucun verrou n'a bougé, toutes les clés dans le bac, à leur place. Alors ?

— Selamat datang, Lorca.

— *Selamat malam*.

— Alors ?

— Je suis venu… vous demander plusieurs choses…

— Je suis écoute.

— Ma fille Tishka a disparu il y a deux ans. Je p… crois qu'elle est partie avec des êtres… des êtres que j'appelle les furtifs… Je voudrais savoir…

Il me coupe d'un geste lent de la main.

— Placez-vous là. Faites calme en vous…

‘Carmịn ‚carmịne ʻcerịse cơraịḷ crịse rơcaịḷḷe rơuǵaịḷ rơcơu cramơịsị » amarante, aịmante, écarḷate, ịncarnat, ķermès, cịnabre, nacarat « ǵrenat, rubịs, rébus, ǵrenade, brịque, baraque, crịque, cercḷe » fraịse, ǵḷaịse, frambơịse, ambrơịse, ǵrơseịḷḷe, ǵrịsaịḷḷe, ǵrésịḷ, tơmette, tơmate « ơrcanète, ơrseịḷḷe, ơseịḷḷe, ơreịḷḷơn, vermeịḷ, vermịḷḷơn, merveịḷḷeux, mịnịum, pơnceau, pơurceau, pơurpre » cơchenịḷḷe, cơccyx, cơccịneḷḷe, campêche, ǵarance, fraǵrance, santaḷ, aḷịzarịne… ḷatịn *rubeus*, rơumaịn *rơịb*, ơccịtan *rơǵ*, cataḷan *rơịǵ*, *rơja*, espaǵnơḷ *rubịơ*, *rơjơ*, pơrtuǵaịs *ruịvơ*, ǵrec *eruthrơs*, ǵermanịque °*rauda-*, aḷḷemand *rơt*, anǵḷaịs *red*, néerḷandaịs *rơơd*, suédơịs *röd*…

·· Dans · cette cour interdite aux profanes pointent des autels verticaux sculptés dans la pierre. Ils forment des masses noires et sont espacés avec minutie. Pour étancher mon angoisse, j'essaie de puiser dans ma mémoire quelques seaux percés de culture balinaise, que ma mission sur l'île m'avait remplis.

Ce qui me revient d'abord, c'est ça : un corps, quel qu'il soit, un scooter ou une rizière, un fleuve, une maison, un temple : toute entité est vivante. Il faut que je l'imagine soumise à des axes terrestres et cosmiques : mer et montagne, amont et aval, levant et couchant. Des énergies y circulent à travers, des énergies physiques, spirituelles ou émotionnelles... Leurs architectures sont conçues pour offrir des zones de passage et de transition. Elles laissent ouvertes des charnières, des jointures, aménagent des carrefours par où les forces naturelles et surnaturelles puissent passer, venir aérer et nourrir le site. Ou le corps. C'est ça. C'est à peu près ça. Continue.

Rites et règles ne sont là que pour assurer la propagation adéquate des énergies, notamment par les offrandes – et pour faire en sorte que ces énergies ne soient jamais bloquées, contrecarrées. Ainsi le monde est sans cesse, discrètement, rééquilibré par des rituels qui sont bien plus que des symboles : qui agissent, qui appellent et articulent les forces. Comment ? Tu te rappelles ? Quelles pratiques ? ... Il y en a plein, c'est ce qui explique le caractère hautement créatif de cette culture. Les forces, oui... Les forces s'apprivoisent par des gestes, de la musique ou des sons, par des danses aussi, par des tas d'actes d'art – tableaux de matières, dessins avec des aliments, des plats qu'ils cuisinent ensemble ou des pièces qu'ils vont sculpter, parfois le simple écho des couleurs.

Récite-toi encore, remâche, fais comme Sahar quand elle prépare son cours... Trois axes : *kaja* (amont) / *kelod* (aval), *kangin* (levant) / *kauh* (couchant), *ulu* (origine, source, tête) / *tebèn* (bas, inférieur)...

Un détail que m'avait appris Kendang me revient, il me fascine. À savoir que dans chaque maison, les distances entre les pavillons obéissent d'abord à une mesure stricte (toujours impaire parce que le pair est considéré comme un nombre fermé et qu'il faut maintenir l'espace ouvert). Mais qu'au-delà, à chaque dimension calculée, les artisans ajoutent une petite mesure dite « de vie » qu'ils nomment aussi « âme de la mesure ». Elle a vocation à donner du jeu dans des constructions par ailleurs extrêmement rigoureuses, d'offrir au mouvement la possibilité de se faire, d'assouplir les articulations. Et de faciliter ainsi la pénétration des énergies vitales au cœur de la structure.
Ce que ça dit de leur vision du monde me semble magnifique.
J'ai coupé ma radio intérieure. D'un coup. *Switch off.*
Balian a dit « calme ».
Calme.

Je me suis senti décrocher doucement, comme si je passais enfin la main à quelqu'un d'autre, que je m'ouvrais une porte entre mes deux épaules, tout seul, pour laisser entrer un pote, ou le vent. Quelqu'un qui taperait délicatement sur la butée de mon sternum— entrez ! j'ai fait, entrez !
Alors j'aurais pris place debout devant une masse de bois ouvragée, un quasi-cube presque aussi haut que moi. Il aurait été percé et ciselé sur la totalité de ses faces, même foré de tunnels par endroits. Le balian aurait posé une lanterne dessus, qui multiplierait les poches d'ombre.

— Asseyez-vous, silakan... Jangan mengganggu.

Il m'aurait tendu une sorte de cône de cuivre planté dans le cube et qui aurait paru y plonger assez profondément.
J'y aurais collé l'oreille.

Le balian se mettrait alors à ċhuċhoter en balinais, à ġenoux, en abouċhant un tube de bois qui aurait pu être une flûte s'il n'avait été aussi lonġ et ne se sėrait pas enfonċé lui aussi au ċœur du bloċ. Disons qu'il ċhanterait un pėu, taperait dans ses mains, sifflerait par instants, aurait mimé un brin de *keçak*, en rythmant l'ėnsemble au tambour. Tout douċement toutes ċes ċhoses – murmurės, sifflaillons, ċhantonnements, peau effleurée du tambour – ça évoquerait le friselis des vaġues à l'orée d'une plaġe très ċalme.
Alors dans mon ċône, un ċhuċhotis eût bruissé en réponse. Pas un ġrattemėnt d'inseċte ou un jappement animal, pas du tout : de la voix artiċulée. Des syllabes très rapides, détaċhées et audiblės, qui ressembleraient foutrement à du balinais. D'ailleurs le balian répondrait en balinais. Il sourirait, il aurait arrêté le tambour et tutti quanti. Il nė ferait que parler maintenant, imaġinons. Et moi je ne piġerais rien. Rien.
Jusqu'à ċe que sortent du bloċ, dans un timbre subitement différėnt, au milieu d'un torrent de lanġues malaisiennes, dėux phrases en français.

‘Alors ‚ouais. ‘Bon. Niveau infiltration, concours de *stealth*, immersion fluide chez les alternos, ni vu ni connu, je repasserai… Un type m'a montré la vidéo du *keçak*. Six minutes vingt-deux d'Agüero-live-show intégrale-plombs-fondus. Más zarpado, tu chercheras en archive, j'ai pas. J'ai fait effacer la vidéo, alerté en crypté Arshavin. L'a fait coder aux services un algo pour cleaner tout ce qui pourrait vomir de cette soirée sur le réseau. Il couvre. Avec classe, comme d'hab. Il sait que ça m'arrive. Que c'est la croix des ouvreurs. Il adore ces moments, le lascar, en réalité. Il va se repasser le stream quinze fois, décomposer mes explosions physios, se taper de l'hypothèse. Perso, ce qui me le met à zéro, c'est l'impression que ça vient quand ça veut et que ça repart quand ça part. Où ça retourne, bordel ? Par où ça se planque ? « J'ai une bonne nouvelle pour toi, m'a charrié Saskia ce matin : t'es enceinte. Mais le bébé veut pas encore sortir. » Pas loin d'être ça.

La puta que te parió. Les toubibs m'ont traversé avec toutes les ondes et les sondes possibles, scanné de la raie du cul à la bite, du colon à la gorge, sur tous les axes. Rien trouvé. No kyste, no ulcère, no tumeur, no bizarrerie, nada. Côté psy, c'est moins la fête : bouffées schizos, parano latente, stress excessif, hyperactivité. Disent que c'est normal, vu mon job, vu la charge mentale, vu mon âge. Pelotudeces. Des fifs vivent en moi, logés-nourris, ils campent dans ma rate, font du canyoning dans mes sphincters, me parlent en argentin et me démontent quand ils veulent… et c'est « normal » ?

Rapport à mes délires, qu'ont terrifié une palanquée de bobos, et rapport au pétage de câble de Lorca, presque raccord, dans son temple, Kendang nous a conseillé d'en faire des caisses pour rééquilibrer le cosmos local, qu'est un peu sens dessus dessous, cause de nous. En clair : va falloir envoyer des travaux d'intérêt général puissance trois, si possible de la corvée qui tache. Ben tiens !

C'est pas comme si mes ménisques roulaient dans mes rotules dès que j'aligne trois pas debout. Ni que j'avais l'impression d'avoir le bassin monté à l'envers. Quand j'ai atteint le lopin de rizière, cahin-caha, planté mes deux pieds dans la boue liquide, ça m'a fait un bien fou aux brûlures. Mais quand ils nous ont filé à chacun una pala pour racler la gadoue et la ramener sur la diguette, je pouvais même pas tirer tellement mes épaules sont défoncées. Un

robot de chantier est plus souple que moi. En vérité, un facteur est venu au réveil ce matin dans ma case et m'a livré un sac d'os, dans le désordre. J'ai ouvert : c'était mon corps. Saskia a eu la bonté de me recaler les cervicales, une par une. Je la bénis pour la vie.
Lorca a rien vu de mon délire, hier. Pas plus mal. Il a pas tellement l'air mieux que moi. En contrebas de notre lopin, sur le fleuve, des gamins se tapent une joute sur deux barques. Ils foncent l'un face l'autre avec une grande perche en bois, un pauvre bouclier sur le cœur et ils s'éjectent à la flotte quand ça percute bien. Je ferais ça aujourd'hui : mon corps, il explose en morceaux.
Saskia est la seule qui tiennasse la route. Elle a attendu qu'on soit seuls tous les trois dans notre bouillasse pour relancer la machine. Elle lâche pas l'orque :

— Il t'a traduit ce que la bête disait ?

— Non. J'ai même pas demandé.

— Je lui aurais mis un couteau sur la carotide pour qu'il me traduise les phrases, une par une, je te jure ! T'es un boloss, Lorca. Pourquoi t'as pas demandé ?

— Il était dans sa transe… c'était un moment sacré. Tu peux pas couper ça. Et j'étais pas du tout venu le voir pour ça. J'étais là pour Tishka. Il me montre ce cube, je flottais…

— C'était un furtif pour toi ?

— J'en sais rien…

— Ce que tu décris, ce bloc de bois, la façon dont c'est sculpté, les tunnels, les chicanes, le côté terrier, c'est une putain d'entre, non ?

Lorca coince sa pioche. Il rame pour tirer. Sa chemise est une serpillière :

— Ça ressemblait à ce qu'on a vu dans le centre culturel, oui. Mais fait par un artiste, un humain…

— Ça fait bien dix ans que l'armée modélise des entres en 3D et eux, tes Balinais, ils te sculptent ça dans leur temple, tranquille, et ils font venir des furtifs dedans pour tailler la bavette ! Tu mesures ce que ça voudrait dire ?

— Pas trop…

— Que l'armée a juste dix ans de retard sur les civils ! explose Saskia, en balourdant sa pelle dans la digue.

Lorca se crispaille.

— Pour le balian, ce n'est qu'un esprit. L'œuvre attire le démon du temps, Batara Kala. Ça n'a peut-être rien à voir avec nos furtifs. Il ne connaissait même pas le mot !

— Mais ton ami Kendang le connaît, non ? Il sait ce que c'est ?

— J'ai rediscuté avec lui ce matin sur la terrasse. Il m'a dit que le balian élaborait des cérémonies spéciales la semaine du Wayang où il fait descendre Batara Kala dans le temple. Il le piège dans sa maison à vent.

— Sa quoi ?

— C'est comme ça qu'il appelle l'entre. Il dit que Kala est aspiré par les courants d'air, qu'il apprécie les carrefours et qu'il vient se tenir là, aux aguets. Alors le balian lui parle.

— Comment il sait qu'il est là ?

— Il le sait, c'est tout. Parfois ça ne marche pas.

— Comment… Comment il communique avec lui ?

— Par mantra. Et aussi par *mudra*. *Mudra*, ce sont les gestes sacrés…

Tellement déter, Saskia, qu'elle a soldé sa digue et attaque dans la foulée celle de Lorca. Je tente l'incursion dans le clash :

— C'est joli mais qu'est-ce que ça nous apporte ? Notre mission de départ, soldats, je vous rappelle, était de voir si un boludo d'ici avait eu vent d'un furtif. Et si tant qu'à faire, il avait développé un truc avec lui…

— Ça me semble être exactement le cas, Agüero !

— C'est pas l'avis de Lorca on dirait !

— Je dis pas ça. Je sais pas si nous parlions de la même chose avec le balian, c'est tout… Ça laisse un gros doute.

— Dis-moi que tu as enregistré, Lorca…

Saskia a suspendu sa pelle. Je la laisse mariner quelques secondes, pas exprès, j'ai juste un trou. Les gamins qui joutaient sont revenus sur la berge. Ils construisent maintenant un radeau avec du bois flotté. Tishka aurait adoré faire ça.

— J'ai enregistré. Toute la session, je crois. J'ai tous les sales réflexes de la boîte maintenant…

— Dans tes moments de génie, comme ça, je pourrais presque tomber amoureuse de toi, tu le sais ? Putain, fais-moi écouter. Envoie !

J'ai transmis la captation sur sa bague, elle s'est aussitôt assise sur sa digue de boue molle. Elle a enfoncé son bonnet violet et d'une rotation de la main a réglé le volume ((fort)) et hop ! nous n'existions plus. J'avoue que j'aimais la regarder écouter. Si le mot « concentration » a un sens, le dico des synonymes peut mettre en face : Saskia.

⁾D’)abord la) sourče était pončtuelle)) pas linéaire ni plane) pas une voix surplombante ou transčendante du tout. Ça partait bien d’un pôle situé à l’intérieur du bloč. Ensuite, la voix arrivait aveč des effets de distorsion, réfračtée)(diffračtée, des interférenčes... Du moiré même quand la pĥrase s’allonğeait. Je n’imağinais pas un « esprit » s’imposer ça. Le čhemin ačoustique était čelui d’un čorps qui parle du fond d’un labyrinthe en trois dimensions. Aučun doute là-dessus. Enfin, la voix elle-même avait un timbre flexible et très fluide, une empreinte unique : l’attaque, la texture, les formants des voyelles, le vibrato, la brillanče, la ĉhute... Č’était la pĥonation artičulée d’un être vivant. Et čependant, pas čelle d’un ĥumain : trop rapide déjà, du niveau d’un rappeur ĥors norme. Et « polluée » aussi, si je puis dire, par des fričatives sifflées, des feulements, des trilles, qui s’invitaient dans les pĥrases, en ornementation.

— Ton verdict ? m’entreprit Agüero à peine mon bonnet relevé.

Je souriais tellement que j’eus du mal à articuler :

— Je crois bien... que c’est un furtif...

Lorca n’arrivait pas y croire. Ça le perturbait trop :

— Personne n’a jamais entendu un furtif parler, Saskia ! Ni aucun animal parler, jamais ! Même les singes : les spécialistes leur accordent quelques syllabes qu’ils peuvent enchaîner mais jamais des phrases de cette taille. Comment tu peux être aussi catégorique ?

— OK. Objection retenue. Réponse en cours. Branchez vos cerveaux. Hypothèse : si un furtif, par miracle, se mettait à parler... D’après ce que vous

très joli… Le balian se met à utiliser deux langues en même temps, et voilà… ça me touche profondément aussi… Il dit en gros : Kala, tu es le démon du temps qui passe, de l'accident, le démon de l'unique, de l'événement unique, de ce qui n'a pas de copie. Moi, balian, je ne suis qu'un intermédiaire, un passeur. Entre les mondes naturels et surnaturels, les forces vitales du cosmos et ce qu'on appelle les hommes. Cependant considère ceci : les cycles et les boucles, les retours, sont là pour capturer le temps, c'est vrai, et pour imposer une mémoire, d'accord. Mais ils ont aussi parfois cette beauté de pouvoir rejouer en nous le moment premier… de retrouver le miracle des origines et de le rendre présent à nouveau, comme s'il recommençait sous nos yeux. Dans mes cérémonies, dit le balian, je courbe le mythe pour qu'il se répète… et je tente en secret de faire mieux, tellement mieux… j'essaie de faire que la création se refasse. Qu'elle se tienne là, dressée devant nous, comme au premier jour. Ce moment, quand il survient – il y faut beaucoup de *taksu*, il insiste, de talent – ce moment a la splendeur d'un instant tout aussi unique que la foudre du temps… celle qui frappe et fuit… Enfin, j'ai traduit comme ça…

J'avais les pieds dans la boue quand elle a eu fini et j'y suis resté, sonné, la tête au soleil. Perchés où nous étions, avec l'île en enfilade, je dévalais un camaïeu de vert, oscillant entre l'émeraude, le vif et le jade selon le stade de croissance des pousses. La rizière inondée étincelait à cette heure, miroir sur miroir, aussi soigneusement fragmentée et sertie de digues que ma propre conscience en éclats.

Si Saskia avait raison – mais comment jamais le prouver, même à un Arshavin ? Si Saskia avait raison, ça signifiait au moins cinq choses, qui toutes cinq matraquaient de baffes brutales nos gueules de militaires prétentieux et suréquipés. Ça signifiait :

a - que les civils, au moins les mystiques, avaient déjà, et apparemment depuis longtemps, développé des relations poussées avec les furtifs, sans que personne chez nos services de renseignement ne s'en avise ;

b - qu'ils avaient trouvé un langage commun, articulé, bref que notre hypothèse déjà hautement audacieuse (pour nous !) qu'un échange avec eux soit possible par la musique ou le son était d'emblée sous-estimée à bloc, voire carrément ridicule puisqu'ils pouvaient, dans certaines conditions, carrément s'exprimer avec des mots et des phrases, et mieux encore, dans nos langues !

c - que l'infiltration de ces groupes civils « furtivo-communicants », selon le jargon pourri du ministère, devenait forcément la priorité absolue si l'on voulait avancer dans la compréhension de ce qu'ils étaient ;

d - que Saskia et moi avions eu indiscutablement raison, raison à un point cependant très en dessous de la réalité ;

e - que je ne savais plus du tout quoi faire, quoi être maintenant que j'avais broyé notre seule chance de dialoguer avec le balian et son furtif en renversant, de fureur, son cube de bois de quatre-vingts kilos et en y fracassant une lanterne pleine d'huile qui y avait mis le feu. Sur une bonne moitié.

J'ai quelque exċuse, bien sûr. J'ai entendu la voix de Tishka, qui m'appėlait du dėdans, qui riait. Supporte plus de l'entendre. Supporte plus de ne pas savoir si j'ai des halluċinations auditives ou si ċ'est vraiment elle, vraiment sa voix, juste sa voix ? Et si ċ'est elle, pourquoi elle nė vient pas dans mes bras ? Se blottir, faire ċâlin ? Pas elle ? Si ċ'est sa voix, ċomment ils arrivent à la rėproduire aussi exaċtement, ċomme ils veulent, à l'envi ? D'où ils la prennent ċette voix ? Perroquet ? Singė ? De moi ? Ċhez moi ? Ċomment ils me la ċopient de ma mémoirė ? Pas ça ? Ils l'ont renċontrée où alors, Tishka, quand ?

‘Le ¸boulot : ‘poser une dalle flottante à l'est, sur le fleuve. À cent mètres de « la plage du matin ». En emboîtant des palettes quatre par quatre avec des clenches. Puis l'arrimer, la dalle, avec une énorme pavasse au fond et quatre câbles. C'était la corvée n° 2 du jour. Sur la première, je pense qu'on méritait un 2/5, en étant gentil. Là, c'était plus rigolo. Plus fout-la-gerbe aussi. Rajoute que le Rhône en juin, ça monte pas énorme en degrés et qu'une pierre nage mieux que moi hoy, tu as le topo-guide d'une fiaca perso grande largeur. Je me suis couché sur la dalle, bras en croix et j'ai attendu que ça se passe. Avec nous, y avait un nageur de combat, un Slovène, cent vingt kilos de barbaque qu'avait une sale cuite à solder, du mois dernier, où il avait fait du petit bois avec le mobilier balibio issu du fablab. « Va nous arrimer le bordel au fond, c'est ton taf, non ? » je lui ai soufflé, en mode amiral. Il a pas moufté. L'habitude ! L'a même souri, il a pris en pogne le cerceau soudé dans la grosse pavasse et l'a basculé à l'eau, lui derrière, accroché comme une algue.

Combien il a mis pour toucher le fond ? Allez, six secondes peut-être ? Après j'ai compté, j'avais que ça à

foutre. Histoire de pouvoir paniquer s'il remontait pas. À une minute, je me suis dit : il est fort. À trois minutes, je me suis rappelé que c'est la norme d'apnée pour un nageur de combat. À cinq minutes, j'ai enfilé un masque et j'ai regardé si je le voyais. Nib. À sept minutes, j'ai hurlé, sans que ça serve à grand-chose, personne voulait y aller. À huit, il est remonté et il a pris une grande inspiration. « Está hecho », il m'a dit, pour me faire plaise. La plate-forme flottante était arrimée !
J'ai cru d'abord que c'était pour y caler un magasin ou une cabane. Para nada ! C'était pour y tanker une tour de cinq mètres entièrement conçue et bricolée par des gosses de dix ans, un truc magique ! Une tour carrée avec un toboggan suspendu à deux et quatre mètres pour se crasher dans l'eau et deux plongeoirs à planche-qui-rebondit sur les deux autres faces. Tout en haut une salle de jeux et un phare minus à lentille ! En fin d'aprèm, tout ce que l'île compte de minots grouillait sur la plate-forme au point qu'un groupe d'ados a dû instaurer des navettes : les parents apprennent aux marmots à s'autogérer, ici. Pas plus mal on dirait.

·· Le · soir venu, Saskia a demandé une audition au balian, qui l'a acceptée. Auparavant, j'ai été lui présenter mes excuses, qu'il a aussi acceptées. Il m'a accueilli dans la deuxième cour du temple et m'a servi du *kopi luwak*, authentique. Kendang se tenait à mes côtés. De jour, son visage semblait froissé, petit, il était remarquablement maigre aussi. Une tige. Dans un sourire qui lui plissait toute la face, le balian m'a demandé comment allait ma femme, Sahar. Je lui ai avoué que nous étions séparés, à cause de Tishka. Il n'a d'abord rien répondu. J'ai senti une réprobation. « Kala est parti, il a eu peur mais il va revenir. Il revient toujours. Nous sommes des amis maintenant », il a ajouté, sans que je sache s'il cherchait à me rassurer ou à se rassurer, lui.

J'ai pris mon courage à trois mains et, avec l'assentiment de Kendang, je lui ai demandé s'il avait déjà vu Kala en vrai.

Il a laissé un silence de plusieurs minutes tourbillonner dans la cour puis, tandis que je tremblais comme une feuille en redoutant la réponse : « Kala est fuite. Se cache toujours. Si tu vois Kala, tu tues Kala. Surtout pas le voir, surtout pas. »

Ça me suffisait. Ça me suffisait amplement. J'avais ma preuve.

Jusqu'au sol je l'ai salué, j'ai laissé une offrande pécuniaire devant l'autel, ainsi que le veut la coutume, puis je me suis levé. L'humidité commençait à perler. J'allais me retirer quand il m'a pris le bras, avec une poigne si sèche pour un aussi petit bonhomme qu'une tenaille ne m'aurait pas pincé la chair davantage. Sa voix, par contre, était profonde et calme comme le tambour d'appel d'un *kulkul*.

Avec vingt mots, il m'a ouvert de part en part :

— Bapak Varèse, tu dois renouer avec ta femme. Ta fille est vivante, elle habite l'air. Vous devez être ensemble pour qu'elle revienne.

Kendang m'a affirmé que j'ai perdu connaissance en sortant du temple. Je ne sais pas, je ne m'en souviens pas. Je me souviens juste que j'ai eu comme un flip-flap de présence et qu'au moment où j'ai aperçu le soleil rouge à travers les manguiers, je me suis dit : le soleil se lève.

CHAPITRE 8
LE SOL PEUT ATTENDRE

— Ascenseurs bloqués ! Ils ont repris la main sur la domo !
— Les enculés... Prenez l'escalier !

Ces mecs sont tablés. Zéro préparation. Un sac à dos, une bite, un couteau. Basta ! Combien on est ? Quatre-vingts ? Cent ? Où est le matos ? Quelle stratégie ? Y a même pas de chef ! Au pied de l'immeuble, les cars bleu nuit sont à touche-touche. C'est la fête à Gyronimo ! Ils vont pas tarder à charger. Et c'est pas les trois palettes et les barres d'échafaudage jetées à l'arrache en travers des portes vitrées qui vont ralentir grand-chose. Qu'est-ce que je fous là ?

« Vous êtes dans une propriété privée de classe privilège. Le complexe BrightLife appartient à la société Civin qui vient d'en achever la construction. Tous les logements ont malheureusement été vendus et ne sont donc plus visitables. L'hôtel et les étages de loisirs ne sont pas encore ouverts à la clientèle. Nous vous demandons de bien vouloir respecter les parties communes et de ne pas pénétrer dans les appartements. Toute intrusion ou dégradation est passible d'une amende personnalisée de trente-six mois de revenus et d'une peine pouvant aller jusqu'à cinq ans d'emprisonnement, assortie d'une déchéance de citoyenneté. Merci de bien vouloir quitter les lieux au plus vite. »

Cálida y agradable, la voix de la médiatrice, je la mate du second, elle se tient bien en vue sur le parvis, longs cheveux bruns, uniforme qui va bien. Ils sont malins. Pour peu, j'irais presque boire une mousse avec elle. À part que cette nuit, je suis censé être un *Céleste* ou un *Altiste*, au choix, un bouffeur de toit, un type vénèr qui vient squatter une barre design de vingt étages flambant neuf, prévendue à des pendejos qui palpent plus de thunes en un jour qu'un chasseur de ma trempe en un an. Je suis là dans l'espoir que les chiches prennent la gâche des riches, ¿por qué no? J'aime l'idée. J'aime juste pas la manière. Rapport que ça part dans tous les sens, c'est faussement calé, faussement déstress, sacrément el quilombo. On risque gros, tous. Arshavin aurait jamais dû cautionner qu'on en soit.

— Ça charge en bas, ils sont entrés dans le hall !

— Déjà ?

— On a été balancés, c'est certain. Ils étaient là tout de suite !

— Faut monter ! Plus le choix !

— Y a deux hélicos qui tournent, faudrait pas qu'ils atterrissent… Parce que là…

)Je) ne) croyais pas retrouver ça, cette sensation d'être traquée, d'être en faute, ce feeling d'adolescente et cette trouille qui monte. Je me suis répété « vis ça comme un jeu ! » et je n'y arrive pas, tout bonnement. Parce que tout le monde ici a misé sa liberté sur cette action et que la police n'a pas spécialement l'intention de nous laisser prendre cette tour qui a coûté la bagatelle d'un demi-milliard à Civin ! Quatre à quatre, je monte les escaliers avec Lorca tandis qu'Agüero trace devant. Mes cuisses sont bourrées d'acide lactique, pas normal, j'expire mal, je suis pas bien.

— Qu'est-ce ça dit plus haut ? hurle une gamine à peine majeure, voix cassée et rauque, trop mûre pour être vraie.

Elle se la pète. Ou elle mesure pas le danger.

— Ça craint du boudin... Ils descendent !

— Quoi ?

— Des miliciens ! Ils descendent ! Ils ont des guns !

— D'où ils sortent, putain ?

— Tracez vos mères !

Aux ordres brefs) des aboiements (suivis du bourdonnement čaračtéristique des frelons) čette plastique stridenče (je réalise qu'une briğade a envaĥi la čağe d'esčalier. Les droniers remontent, métĥodiquement, par palier. Ça črie, ça résonne, des čorps tombent, le béton nous réperčute tout. Notre petit ğroupe atteint le sixième étağe. Au-dessus, on entend les tirs inčapačitants des miličiens, à quelques paliers de nous ((ils sont procĥes. En dessous, les frelons font le travail)) le vrombissement insupportable, čonçu pour la panique) puis la perčussion des piqûres dans les nuques. Nous allons être pris en sandwicĥ, Lorča me reğarde, Ağüero sort son pied-de-bičhe pour déğonder la porte palière.

— Ils ont le contrôle de toute la domotique de l'immeuble. Ils pilotent ça de l'extérieur. Dès que vous repérez du câble ou un placard électrique, vous coupez, vous disjonctez, OK ? lâche une fille au maquillage géométrique noir/blanc.

Elle a deux yeux sur le front et quand elle nous regarde, on cherche sa bouche : de l'anti-biométric pensée, poussée.

— Balcons ! Passez par les balcons !

Trois types sanglés dans leur baudrier, farcis de mousquetons, grillent la priorité à Agüero et foncent dans le couloir. On les suit. Accueil du spa, piscine, bar à eau, soins, jacuzzîles, *fitnest*, on débouche devant des baies vitrées larges comme des écrans de cinéma. Aux premières loges pour voir les premiers militants traînés au sol sur le parvis, mains dans le dos. Heureusement la foule réagit aussi sec : la manif des standards contre ce complexe privilège a un solide cortège de tête, coiffé de masques-miroirs qui scintillent dans la nuit. Au creux de leur main, ils serrent leur lampe surpuissante et pratiquent la *Blitzlicht*, la guerre-lumière. Sur un signal discret, ils pointent leur faisceau de trois mille lumens dans les yeux des flics, qui chancellent, aveuglés. Le cortège en profite pour amorcer un encerclement, ils sont assez nombreux pour ça, mille au moins, ça prend...
À mes côtés, sans que je m'en rende compte, un militant regardait la même chose que moi, il tourne la tête :

— Hey Lorca ! Ça fait du bien de te voir ici ! Ça fait un bail !

— Salut Happ ! T'es aussi dans la place ! Où est ton gang ?

— On est tous là. Jump et Droppy sont déjà là-haut, dans le jardin du toit. Ils ont monté des tripodes pour empêcher les hélicos d'atterrir. Squik est en train de spiter la façade. T'as un shunt ?

— Non.

— Prends celui-là. Squik va tendre une ligne du toit jusqu'à cette terrasse. Tu te fixes dessus et tu pompes jusqu'en haut. T'as pris des muscles on dirait ?

— Un peu...

— Ça fait mal aux bras mais c'est mieux qu'un ascenseur. T'as pas le vertige ?

— Non…
— Vaut mieux pas. Y a du gaz. Et les parties vitrées sont sévères. C'est de la réglette. Si tu galères, appelle ! Un ange viendra te chercher. Tiens, les voilà !

Arrivant de l'arrière, trois garçons et deux filles en combinaison ciel débarquent en checkant à la volée et filent vers la terrasse. Gros sac à dos, parapente dedans, c'est la Céleste, ils devraient déjà être sur le toit, ils ont dû être coincés dans l'escalier. Agüero s'approche d'eux alors qu'ils déplient leur toile compacte. Je reconnais Velvi, Fled et Carlif, nous avions occupé l'hôtel Parriott ensemble en 2035, pendant une semaine – Sahar était de la partie. Agüero se défait mal de ses réflexes de chef de meute :
— Vous n'allez pas sauter de là, c'est de la folie ? !
— On va pas sauter, camarade, on va monter. On attend les thermiques, sourit Velvi, toujours aussi calme et habitée.

Agüero hallucine un peu. Velvi hume l'air de la nuit de ses narines ailées, elle a quelque chose d'un sylphe. Comme toutes les filles au sein des mouvements radicaux, elle n'attache plus ses cheveux désormais, elle les lâche au vent – ça brouille l'identification.
— Et comment tu vas le reconnaître, ton thermique ?
— Avec ça, répond Velvi en lui posant l'index sur son nez. Quand tu sens l'odeur du sol, c'est que t'as une ascendance. Mais ce soir, ce sera facile. Ça va puer le cramé : on a nos missiles en bas…

À ses côtés et sans attendre, Fled saute du parapet ! Il angle dangereusement vers la foule puis brusquement s'élève en enchaînant des huit très courts au-dessus d'un taxile

en flammes – il a mis son masque filtrant, il monte et monte, nous salue d'un geste rapide et atteint bientôt le niveau des toits... Au pied de l'immeuble, la fraction « terrestre » de la Céleste a enfin réussi à mettre le feu aux palettes entassées. Demain, ces « missiles » sol-air feront le lien entre le sol et le ciel – et réciproquement – si l'occupation tient, mais ce soir, ils assurent pour leurs potes les précieuses ascendances sans lesquelles les ailiers iraient vite tutoyer le bitume. Cette symbiose est l'une des beautés du collectif.
Quelques minutes anxieuses coulent – et ça y est, toute la Céleste est maintenant en vol, enspiralée autour des thermiques, tandis qu'au sol les policiers tentent, en retour et en vain pour l'instant, d'éteindre les bûchers pour couper les ascendances.

— *Soldats, la milice de Civin a pris possession de votre étage. Ils avancent vers le spa. Il faut fuir.*
— *Fuir où ? On n'a pas de parapente, nous !*
— *Grimpez par l'extérieur.*
— *Ils vont nous tirer comme des lapins !*
— *Ils ne touchent pas aux grimpeurs, ne vous inquiétez pas. Ils ont une consigne « zéro mort ». Médias oblige. Trop de risques de chute.*

‹Saskia ¸me ‘reluque, elle a capté les ordres d'Arshavin en intra, par conduction osseuse. Comme moi. Ses joues virent lait fraise. Elle patine sur place. On dirait un tank déchenillé. Je sors sur la terrasse. Mate la façade. Étages 7_8_9_10, que des balcons. Trois mètres par étage mais avec la rambarde, tu chopes facilement le balcon supérieur. Une corde rouge traverse la façade. Verticale. La ligne de vie. Trois gadjos se hissent dessus, suivis par des drones d'une race que je connais pas. D'autres grimpent en solo directement par les balcons. Des mabouls. Saskia jette un œil en bas. Trente mètres de vide. Du vide urbain. Avec béton au bout. Si tu glisses, tu crabouilles. Rien que monter sur le parapet vitré, épais comme un doigt, ça te met le cardio en mode rotor \4 000 tours/minutes/ Saskia jette très vite voix filet :

— J'y vais pas Je reste là Je vais me rendre.

Lorca souffle deux secondes. Il la cale par ses deux épaules :

— Si tu te rends, y a plus de recherches furtives, Saskia. Y a plus de meute, y a plus d'armée pour toi. Arshavin te dégage. Il sera obligé. Le ministère lui imposera. Trop de médiatisation. Tu saisis ?

— Je peux pas, Lorca. Je suis désolée. Je veux pas mourir comme ça.

— Agüero va t'assurer du haut. Au pire, il te hisse. Et moi, je grimpe derrière toi. Je te lâche pas. Ça va le faire. Regarde-moi : ça va le faire !

Elle tanģue. Pas attendu sa répơnse. Sur la liğne de vie, j'ai fixé mon bloqueur, j'y ai mousquetonné une lonģe de deux mètres, histoire d'avơir de la marģe pour les jetés. Et de l'amplitude de mơvimiento. Et j'ai verrouillé mes deux poğnes sur les barreaux du balcon supérieur. Pas se crisper. Tractiơn. Rétablissement. Sơuffler. Équilibre parapet. Jeté. Traction. Souffler. Sans ģamberģe. Sans reğarder en bas. Juste pousser. S'élever. Viser le ciel. Viser le toit. Au dixième étaģe, les balcơns s'arrêtent. Ça devient du verre au-dessus. Du lisse. Je sors ma corde du sac. Fais un nœud de huit au bơut. Que Saskia ait juste à mơusquetonner dessus. Bricole un relais sur le balcon. Me campe. Ģueule « Corde ! ». Je vois à peine la silhouette de Lorca attraper le bout, ça pourrait être n'importe qui. Un milicien autant...

— Saskia attachée ! Sec ! Elle doit te sentir ! On attaque !

C'est bien Lorca. Sur la façade, ça bourrasque pas mal. On sent l'odeur de cramé, de feu de bois, ça boucane du sol. Me recuerda asado, c'est presque rassurant. Au-dessus, les hélicos font dans le cercle. Ça filme, ça scanne, ça hésite à atterrir on dirait. Je m'essuie la coulée noire qui me poisse du front. Putain de peinture camouflage. Ça te nique la biométrie mais c'est gras. Sur le parvis, boxon des grands jours ! Ça grouille, foule et flics ! Ça se mailloche et ça recule, les gars essaient d'être très près des golgoths pour les foutre par terre. Parce que ça, ils aiment pas, ils bougent comme de gros scarabées alors, plombés par leurs armures et leurs protège-tout qui pèsent quinze tonnes. Tu commences à être dans le match, hein ? Ça commence à te plaire, pas vrai ? Ouais, ça me rappelle l'Argentine, l'Argentine qui se battait. Celle de mon père et de ma mère. Avant que ma mère y passe.

— Concentre-toi sur ton corps. Tes mains. Tes bras. L'épaule, voilà. Tu te tractes. Voilà. Pousse sur les cuisses. Ton corps. Ton corps. Souffle. Souffle bien... Vers le haut. Toujours. On enchaîne. Encore deux étages. Agüero te tient. Sens ton sang dans tes pieds, sens l'air dans tes poumons, avale, expire. Voilà.

·· Je · la pousse, je la touche autant que je peux, qu'elle reste fixée sur son corps, sur ses muscles. Qu'elle sente ma présence à chaque mètre. Qu'elle soit pas seule dans sa peur, aucune seconde, aucune brèche pour décrocher, reliée à moi, à ma voix, à mes mains, à ma chaleur, en continu. Sa peur a éliminé la mienne, plus le temps pour la trouille, c'est trop tard, fallait avoir peur avant. Là, faut survivre et tracer, ne pas se faire prendre, assurer avec les Célestes, les Altistes, l'Inter, le gang anarchitecte, la Traverse, les Guette-Heures. Assurer devant Pontife, Fled, Velvi, Happ, Tyrol, Amar, Tête-de-Nœud, Droppy. Ils sont tous là. Ils m'ont tous vu aussi, et leur sourire, leur sourire ancien, leur sourire des actions communes avant Tishka m'a fait un bien inimaginable. Ils n'ont rien oublié de ces luttes. Moi non plus. Et il est hors de question que je les déçoive. Je vais atteindre le toit et je vais y rester autant de temps qu'il le faudra, autant de jours et autant de nuits que la lutte durera !

) Pa)rvenue au) balčon du dixième, j'ai čru atteindre l'Everest. Je sentais plus rien, plus mes bras, plus mes jambes, j'avais ni ĉhaud ni froid, je flottais. À la vérité, ça ne faisait que čommenčer. Šur l'arc de cercle que dessinait la façade, entre le dixième et le vingtième étage, tout en verre-miroir, c'était juste... la folie. Il y avait des lignes de corde un peu partout. Des lignes avec des grimpeurs suspendus en grappes qui se hissaient comme on glisse sur un rail. Des types qui montaient en lézard-ventouse, pieds/gants à même la paroi, une techno bricolée. D'autres qui fixaient un cube de trois mètres par trois contre la façade, à la façon d'une maison sac à dos, déjà percée de vitres. Pour chaque voie étaient écrits des noms, au marqueur blanc. « Ils les baptisent parce que ça porte bonheur » m'a dit Lorca : *Jusqu'ici, tout va bien*, *Engagez-vous, qu'ils disaient !*, *Tomate-Mozart-est-là*, *Pourtant la suite est jolie*, *La douce lumière du noir*, *Qui dort drone* ! Šur le balcon d'à-côté, un type en costume de cirque, avec deux singes libres à ses côtés, des écureuils, un lémurien, remontait à la manivelle une cage pleine d'oiseaux !

— C'est Noé, me dit Lorca.

— Qui ?

— Le type avec ses animaux, c'est Noé. C'est une figure de la Traverse. Il transborde l'Anarche.

— Tu m'affranchis ?

— *L'Anarche de Noé*, tu connais pas ? Il fait proliférer les animaux dans les cités. Le mec le plus détesté par les copropriétés de la ville ! et le plus adoré des mômes ! Regarde comment il va atteindre le toit. Que ce gus ne soit pas encore mort, c'est juste un miracle.

Le Noé en question sortit une bonbonne de son sac et une minute plus tard, un ballon occupait le volume entier du balcon. Avec une longueur de corde, il trama à la hâte une manière de filet, dont il enveloppa le globe. Aux mailles, il attacha la cage, laissa les animaux grimper et s'accrocher puis il actionna une ultime fois sa bonbonne. Le ballon s'éleva très doucement au-dessus du balcon alors qu'un projecteur des médias le prenait dans son rond. Je ne sais pas comment il gérait le gaz pour ne pas partir dans l'espace mais le ballon rebondit plusieurs fois contre la paroi avant de s'envoler jusqu'au toit, hors de notre vue.

— Je t'emmène, poupée ? Il paraît que tu n'aimes pas trop l'escalade ?

— Euh... Ça peut porter deux personnes ton parapente ?

— Ça m'est arrivé de porter une famille si tu veux savoir...

— Vas-y Saskia, tu ne risques rien. Velvi est un ange.

‹ Saskia ¸ s'arrime ‘ à rebrousse-poil, puis hop, la Velvi fait deux S au-dessus de la foule (du biscuit !) et file la poser sur le toit. Vrai, ils manient leur voile en as, à l'aise comme des poissons dans l'air. Pour nous autres, la manade plantée sur le balcon, ça s'annonce moins rigolard. Car en bas, ils ont décidé d'envoyer du drone, du qui pique et te laisse sur le carreau. T'as une minute pour les sommations \ sont obligés, c'est la loi / puis ou tu te rends, ou ils te tasent ! Un guetteur en a planté deux avec un tir au gluon, un truc de génie, une sorte de fusil hydraulique qu'ils chargent d'une pâte noire, mélangée de limaille. Ils attendent que le drone se freeze à hauteur, pour faire sa sommace. Puis, glouf, ils t'y balancent leur boule de boue ! qui vient gluer le bulbe du drone et barbrouiller les capteurs. La machine part à l'errance quand c'est pas les rotors qui bloquent direct. Là, ce qui remonte vers nous, par contre... ¡Mierda! C'est du drone noir, du drone militaire...

— Un Ska-104 sonique ! Vamos !

·· À · la première salve d'ultrabasse, j'ai cru que mes tympans allaient sortir de mes pavillons, tellement la décompression est violente. Derrière nous, la baie vitrée de l'appartement vole en éclats, elle vomit sur le parquet une rivière de verre. Agüero a bondi en premier, moi j'ai titubé à sa suite, les deux guetteurs nous ont dépassés pour enfiler le couloir et tenter d'ouvrir, trop nerveux, la porte du loft. Évidemment, on fait face à de la biométrique dernier cri : un couplage iris-palmaire avec confirmation vocale et nous ne sommes pas les nouveaux proprios ; ni le concierge. Quoique le concierge soit là... de l'autre côté de la porte ! avec la brigade d'intervention anti-occupation : la bianoc. J'entends leurs consignes étouffées et la voix du gardien, qui demande de bien faire attention aux sculptures du loft. Sur le balcon, les drones restent figés en suspension devant la baie vitrée : trop de dégâts déjà, l'armée ne pourra ou ne voudra pas payer davantage. Donc ouf, ils figent.

— Les keufs vont rentrer ! Faut bloquer la porte !

— Planquez-vous !

— OK Civine, ferme le volet roulant ! je lance à l'encan, sans trop y croire, en grimpant fissa le colimaçon du duplex.

— *Pouvez-vous vous identifier s'il vous plaît ?* répond une voix très claire, qui semble tomber du plafond. *Je suis Civine, pour vous servir.*

— Bonjour Civine... Je suis... Paul Traqué.

— *Bonjour Paul, enchantée de faire votre connaissance. Que puis-je pour vous ?*

— Je souhaiterais que vous fermiez le volet roulant de la terrasse...

— *Vos désirs sont des ordres...* cajole l'intelligence artificielle.

Programmation dite de complicité. Sensualité discrète. Certainement en standard pour les lofts de célibataire. Agüero me regarde avec un immense sourire, la mine épatée. Avoir apprivoisé l'IA domestique relève un peu de la magie tant ces lofts sont d'ordinaire sur-*sérénisés*, même de l'intérieur. Pas encore paramétrée, la Civine ? Sans doute. En bas, j'entends les deux guetteurs qui déplacent des meubles, cherchant de quoi bloquer le couloir. Le marbre stridule.

— Où vous êtes ? Venez nous aider, ça pèse une tonne ! Ils vont entrer !

— Planquez-vous, ça sert à rien ! Ils vont vous défoncer ! rétorque Agüero.

— Tu veux te planquer où ? C'est tout lisse ici !

Le clic parfaitement net de la porte d'entrée retentit, puis plus rien. Pas de cavalcade, de rodomontade de film d'action, à peine un appui couinant sur le marbre du couloir, une épaule qui cogne une cloison et puis fffllli—fffflli, deux fois.

— Ramassez-les… (…) Ils n'étaient que deux ?

— Je ne sais pas, les drones disent quatre.

— On vérifie. Fouillez les pièces !

Alọrs ils auraient ċọmmenċé par la ċuisine, le ċellier, le salọn, la salle de réalité, les deux ċhambres du bas. L'appartement aurait fait dans lės deux ċent ċinquante mètres ċarrés sur deux niveaux. Peut-être auraient-ils ċherċhé sọus les sièġes du ċinéma de pọċhe, dans le ċọnġélateur de trọis mètres ċubes, à plat vėntre sọus les lits et dans le haut des plaċards taċtiles. Ils seraient ensuite mọntés à l'étaġe ọù nọus seriọns ; l'une après l'autre ils auraient fọuillé les deux ċhambres mọquettées en faisant vọler les ċọuettes, la salle de bains japọnaise aveċ sa baiġnọire en bọis, le sauna, l'atelier de sċulpturė, la bọthèque. En redesċendant, ils auraient simplement haussé les épaules et demandé à Ċivine d'ọuvrir le vọlet rọulant pọur éċhanġer aveċ les drọnes. Họrmis que les drọnes seraient déjà repartis en missiọn et qu'à leur plaċe, ils seraient tọmbés sur un ġrimpeur ébahi, piéġé sur le balċọn ċọmme un lapin dans les pharės. Si bien qu'il y aurait eu un trọisième fffllli.

Pendant tọute la visite, je n'aurais pas su ọù était Aġüerọ, pas plus que lui n'aurait dėviné ọù j'étais, pas saisi quel miraċle de ċaċhette il eût été ċapable de se déniċher pọur éċhapper aux reċherċhes. Tọut ċọmme j'aurais été tọut à fait inapte à vọus expliquer ċọmment, physiquement et mentalement, j'avais pu tenir en ọppọsitiọn pieds-mains

– à la façon de l'*Homme de Vitruve* de Léonard de Vinci – le corps plaqué sous le plateau de la table de l'atelier de sculpture. Ni pourquoi j'eus à ce moment-ci l'absolue certitude que personne n'aurait l'idée de regarder là, ni même de se pencher au cas où – et mieux : l'intime et fulgurante évidence des endroits où ils allaient en revanche vérifier avec attention et fouiller – et ceux, ceux pour lesquels leur conformation visuelle ne pourrait imaginer que s'y loge un corps, cette tache aveugle du traqueur, ce trou en eux. Ce que j'ai envie d'appeler, de la raison humaine, l'angle mort.

Le toit du complexe *BrightLife* était une merveille de parc paysagé. Il s'étirait en arc sur la longueur d'un terrain de foot. De nuit, des globes d'or à allure de lanterne éclairaient de place en place des potagers en permaculture et des îlots de graminées, un verger d'arbres matures et des pelouses ovales ouvrant des plages moelleuses où s'allonger. Le jardin d'enfants était l'œuvre d'un artiste, avec des balançoires ailées et des toboggans-toucans. Les bancs de bois flotté avaient été sculptés à la main et positionnés sur des buttes pour un panorama optimal. En avançant vers l'ouest du toit, on découvrait au fil de l'eau : un parcours ludique de santé, un théâtre de verdure, un jardin éolien où des harpes vibraient sous les rafales, des barbecues en pierres et l'inévitable piscine abritée dont un mur vitré donnait sur le vide. C'était juste insolemment beau, intelligemment conçu et scandaleusement destiné, en toute privauté, à une centaine de clients über-riches. Des traders en cryptomonnaie à même d'acheter ici quand les squares pour standards de la ville avaient leurs toboggans en plastoc brisés, trois buissons de base, puaient la pisse et saturaient de mômes.

— Je peux tenir un mois ici, ça m'a l'air cosy… avait plaisanté Velvi en atterrissant.

À quoi tient une prise de conscience ? À quoi se joue un engagement politique ? J'étais venue ici par devoir, juste en mission. Au départ. Formatée en mode ruse, sous les ordres d'Arshavin et l'insistance de Lorca. J'étais venue pour qu'on rencontre Toni Tout-fou, un activiste de la Traverse, tagueur et squatteur, un spécialiste des blitz-occupations pour qui la peinture était un art de combat. Toni Tout-fou dont nos services de renseignement supputaient qu'il travaillait sur les céliglyphes : des tracés furtifs expressifs. Lorca avait deviné qu'il serait de l'assaut du *BrightLife*. Il pensait qu'il n'y avait pas de meilleure immersion que la lutte partagée. Rien de plus efficace que de participer à l'action pour lever toute réticence, afin de n'avoir rien à prouver quand nous toucherions enfin Toni. *Tricky* certes. Bien que je soupçonnasse maintenant (pas si connasse) qu'il avait aussi voulu simplement en être. Et que j'en sois. Voulu que je voie de mes yeux ce qu'on faisait de cette ville, ce qu'était l'habitat princier d'un citoyen privilège. Afin qu'au-delà et sans blabla, je saisisse, qui sait ? que cette brutalité économique n'avait rien d'une fatalité ? Qu'il « suffisait » au fond de se dresser contre ? Prendre sa part de l'orage, prendre place dans cette pluie.
Et de fait, j'y étais. J'étais sur ce toit balayé par les projecteurs des hélicos et la bruine impromptue. J'étais cette fille qui portait une énième barre de fer pour ériger un tipi d'acier sur une pelouse encore libre à seule fin qu'aucun appareil ne puisse y atterrir. J'étais cette activiste qui aidait à hisser les derniers grimpeurs épuisés par cent mètres d'à-pic achevés sur des réglettes. J'étais cette militante

vierge à qui un garçon de dix-neuf ans apprenait à touiller du gluon pour alimenter les fusils anti-drone. Et j'étais à fond.

— Ils attaquent, viens aider !

Lorsque Lorca et Agüero sont réapparus, j'avais presque oublié que nous étions arrivés ensemble. J'étais totalement happée par l'événement, la tension, les risques. J'ai sprinté avec les autres, une cinquantaine, jusqu'à l'héliport de poche et j'ai levé la tête comme eux. Un homme (Jojo) était suspendu dans le vide, au bout d'un câble, sous l'hélico de la Civin. Il avait dû tirer au harpon magnétique sous la carlingue et il oscillait maintenant dans le ciel, soumis au ballant périlleux des mouvements de l'appareil...

— Complètement barjot le mec !

— Il sait ce qu'il fait... Technique du fil à plomb. L'hélico est obligé de rester en vol stationnaire sinon il risque de le crasher contre la façade. Ça bloque les déplacements latéraux pour eux...

— Qu'est-ce qu'ils peuvent faire ?

— Ils vont chercher à le poser, avec délicatesse. Mais s'ils font ça, ce sera tout bon pour nous...

‘Le ¿Jojo, ‘il a une poigne de la mort ! À chaque à-coup qu'il file au câble, l'hélico, dans le ciel, rote un hoquet ! Et à chaque hoquet, c'est l'amok dans la meute ! Une ola monte ! À un moment, le pilote se décide à redescendre le gringo sur la pelouse. Il se cale pile à vingt mètres au-dessus mais Jojo plie les jambes pour pas toucher. À peine Jojo frôle l'herbe qu'un milicien essaie de décrocher le câble de la carlingue. Reste que ces verrous magnétiques, c'est du vingt tonnes en traction pour les arracher ! Quand la meute a vu que ça tenait, ça a été très vite...

·· J'ai · couru sans réfléchir, sans comprendre que j'allais participer à l'action la plus dingue de ma vie d'activiste. De toutes les zones du toit, des bancs et des planques embusquées, une pure ruée a déferlé vers la petite pelouse où Jojo avait touché le sol. Aussitôt des mains ont sorti dégaines et mousquetons, sangles, cordes, bouts de draps et les ont fixés au crochet du câble. Ça faisait une flopée d'attaches et de prises, disposées en étoiles, nous étions une quarantaine, parfois plusieurs par corde ou par sangle et bien vite nous avons commencé à tirer...
Ŀà-haut, les deux miliciens qui se tenaient sur les patins de l'appareil ont relevé la visière de leur casque tant ils hallucinaient.

— Monte ! on a entendu le premier hurler au pilote.

— *Up ! Up !*

Mais c'était déjà trop tard. Quarante corps et quatre-vingts bras étaient maintenant arc-boutés sur le soleil de corde et tiraient. Elles tiraient, ils tiraient – nous tirions de toute la puissance d'une lutte qui n'aurait attendu que ce moment, nous tirions à nous luxer l'épaule, à s'en déboîter le coude, à nous casser le poignet, nous tirions avec les obliques, avec les dorsaux, à la soudure des vertèbres qui grinçaient, avec toute la voracité musculaire contractant nos cuisses. D'abord rien ne bougea – une sorte d'équilibre homme/machine se fit – ça se jouait à rien... Puis l'hélico se mit à accélérer. Des bourrasques de vortex nous rinçaient la gueule, un furvent venu du ciel, vertical et mouillé, qui nous plaquait la pluie sur l'équerre des épaules. Ŀes plus petits d'entre nous n'avaient déjà plus les pieds au sol, je me sentis décoller une première fois, plonger et retoucher le sol, redécoller, quelques mains lâchaient, de surprise ou de peur, ou parce qu'ils n'en pouvaient plus ?

— Lâchez pas !!

Le rotor de l'hélico était maintenant monté à son maximum de régime. Ça sirénait dans l'aigu à te massicoter le crâne. Et d'un coup, la grappe entière des combattants fut arrachée du toit et soulevée dans les airs ! Il y eut plusieurs secondes où je ne sus plus s'il fallait que je lâche ou que je tienne, la frousse me trouait de finir enlevé dans le ciel et de tomber comme une pierre de tout là-haut, ça gueulait de partout dans la grappe, ça disait de tenir, tenir et... je sentis juste ça : une corde – une corde passer dans mon baudrier – dans d'autres – faufilée comme un serpent fin. Agüero sauta sans hésiter de la hauteur d'un étage avec cette longe dans la main. Sous mes pieds, toujours suspendu dans le vide, je le vis rouler-bouler en félin puis filer arrimer la corde à un banc tout proche...
Subitement, l'hélico s'arrêta de monter. Il y eut un à-coup ultra brutal – élastique. Dans ma colonne, l'impression qu'un type avait écarté mes vertèbres d'un coup de treuil comme s'il voulait me faire grandir de cinq centimètres en deux secondes. Déjà Agüero mettait plusieurs va-et-vient de sangle à cliquet et à la façon carrée dont il aurait calé une caisse de matos sur le toit de son camion, il nous ramena sans forcer sur la pelouse ! Alors, comme un seul homme, comme une seule femme, tout ce que le toit comportait de gens encore debout s'accrocha à nouveau au câble – plus déter que jamais !
Agüero n'était plus un chasseur, plus un militaire en mission. Il était redevenu l'ouvreur. Celui qui anticipe et qui trouve, la tête chercheuse et le poisson-pilote. Il se campa devant la meute et pointa ses doigts vers ses yeux pour fixer l'attention de tous. Puis sans beugler, il colla le dos de ses deux poings l'un contre l'autre et il dit juste : « Ensemble ! »

En ajoutant, la main levée : « À mon signal ! »
La meute s'enroula sans attendre les poignets dans les sangles, quitte à s'en broyer les carpes. Les regards se rencontrèrent enfin, solennels, rieurs, beaux. Je vis un groupe en train de naître – un groupe, plus qu'une grappe. Au milieu des rugissements de l'hélico qui tentait de s'arracher du toit jaillit la voix d'Agüero. Son premier « Ensemble ! »
Alors la meute tira… D'un même mouvement d'épaule synchrone. D'un même plié rageur des bras. On avala aussitôt un mètre de câble. Jojo se précipita pour remonter le shunt. « Ensemble ! » répéta Agüero. « Ensemble ! », « Ensemble ! », « Ensemble ! » il répéta, en rythme, en scansion, en cadence, pareil à une respiration – « Ensemble ! » – encore et encore.

Lorsqu'on releva enfin la tête, l'hélico avait perdu une dizaine de mètres d'altitude et son moteur grognait dans le vide comme un gros rottweiler volant étranglé par sa laisse. Et sèchement rapatrié, sèchement, à la niche ! Bourrés d'adrénaline, on avala un autre mètre de corde. Puis un autre. Un autre. Un autre… Six tonnes de métal tractées par des moteurs d'avion étaient ramenées à la seule force de bras humains vers le sol…

— On va le crasher ! On va le CRASHER !

Quand l'hélico ne fut plus qu'à quatre mètres de nous – c'est-à-dire trop haut pour sauter et trop bas pour éviter une attaque – Tête-de-Nœud et Cab arrimèrent le câble sur des spits au sol. Alors ce fut une véritable lapidation ! Tout ce que le toit recelait de pierres vola vers l'hélico, défonçant l'habitacle. Les huit miliciens tentèrent de riposter avec lacrymos et fusils à lanceurs de balles mais ils furent vite déséquilibrés par le souffle des pales et les barres d'échafaudage qu'on leur jetait dans les tibias. Beaucoup se résolurent à sauter comme ils purent, se blessant dans l'impact, si bien qu'on les désarma facilement avant de les locker sur les bancs du jardin, à la façon d'otages.

Il était 3 heures du matin quand Amar mit le feu au réservoir de l'hélico que nous avions mis en bascule sur le rebord du toit. L'explosion le précipita dans le vide du haut des vingt étages et sa carcasse alla s'écraser sur les cars blindés des flics ! L'image, autant le dire, fit immédiatement le tour du monde – enfin de ce monde mort qui est le nôtre, où le moindre événement « violent », c'est-à-dire *vivant*, vient affoler la litanie sécurituelle de la confor(t)matrice ! Sans le vouloir, sans y penser, nous avions franchi ce gradient médiatique où faire en sorte que tout bouge sans que rien arrive ne suffit plus. Ce gradient où s'éveille dans nos petites casemates, au début dans un simple frisson, au cœur protégé de nos jolies conforteresses ou de nos vilains confortins, la sensation que quelque chose peut changer.

Déjà les slogans graffés sur les parois du complexe, souvent en lettres énormes, circulaient viralement sous le tag *&BrightFight*. N'ayant pas de bague, je les regardais défiler sur l'écran des bancs :

BrightLife : votre vie brille mais votre ville brûle...
Brillez... ou grillez !
C'est un privilège d'avoir une chambre à soi
Ce matin, le soleil vrille pour tout le monde
Don't be right and bright. Be light. Or be fight.
BrightLife > Tout ce qui brille n'est pas Ordre...

En bas, la panique policière eut un effet précieux : elle permit à plus de deux cents personnes d'infiltrer le bâtiment et de nous rejoindre. À trois cents insurgés là-haut, nous avions franchi la masse critique, chose inespérée il y avait seulement deux heures. Le toit était à nous ! La prise d'assaut épique du complexe BrightLife sonnait déjà comme une victoire historique sur les réseaux. Un espoir immense autant qu'inattendu frémissait dans la population standard : celui de pouvoir, sur un immeuble, par une place, site après site, reconquérir cette ville qu'on nous avait volée. Au directoire de Civin, ça grimaçait salement. À l'ouverture de la Bourse, le lendemain matin, l'action dégringolait de 30 %. Et rien que ça, c'était du bonheur en barre – « en barre chocolatée caramel pistache triple nougatine » pour reprendre les mots savoureux de Velvi.

— *Vous dégagez maintenant,* a tranché Arshavin à 8 heures du matin. *Ça a été trop loin. J'ai retiré votre profil et la totalité de vos sets de datas de toutes les bases militaires. Officiellement et numériquement vous n'existez plus. C'est le minimum pour vous protéger. Mais beaucoup de gradés vous connaissent et peuvent vous identifier. Donc vous ne quittez pas vos cagoules et dès que je peux, je vous exfiltre incognito.*
— On est là pour Toni, tu le sais. Il nous faut un peu de temps avec lui.
— *La mission est annulée. Vous rentrez ! C'est un ordre.*
— Je prends les ordres les uns après les autres, par ordre chronologique, Amiral Arshavin. J'ai risqué ma vie pour cette mission. J'entends la terminer. Ensuite vous nous exfiltrerez. *Over*... a répondu Agüero avec une dureté que je ne lui connaissais pas !

L'intracom a d'abord crépité dans le glitch. Puis Arshavin a juste dit, de sa voix la plus sereine et d'un ton presque amusé :

— *Lorca, je vous laisse une journée. Jeudi, si vous êtes encore sur place, je viens vous chercher moi-même. J'ai gardé une vraie agilité en parapente ; et je vise toujours très bien.* Over.

)To)ni est) un gamin basané aux boucles noires et aux yeux marron clair. Une gueule de gosse poussé trop vite, un visage ouvert. Gitan ? Taille moyenne et corps énergique, il dégage une présence exubérante, une vie fraîche et libre, qui jaillit en gerbes de ses gestes. Un côté chien fou et boutefeu, très attachant. Il bouge et s'enthousiasme vite, rit beaucoup et fait beaucoup rire, pas toujours exprès. Impossible de le rater avec sa chemise peinte, groseille et tango, au dos de laquelle il a écrit au marqueur : « *Ne peins pas des formes : peins des forces.* »
De lui, avant même de lui avoir parlé, on sait tout, ou presque. On en sait trop pour l'aborder avec spontanéité. Je me repasse pourtant sa fiche en intracom.
Ša compétence majeure est le taguage et la signalétique d'occupation. À partir de drones détournés en machines à peindre et de botags qu'il bricole et programme lui-même. Il peut ainsi bomber de grandes surfaces en très peu de temps, avec une vraie cohérence typo. C'est ce qu'il vient de faire pour le vingtième étage de la tour, que les architectes ont dédié à la restauration. Autant dire qu'on est sorti du gris perle et des teintes pastel… Ça lorgne vers le bar révolutionnaire des *boliches* de Buenos Aires, Agüero a adoré. Comme l'exprime doctement son profilage : « *M. Antoine Pissarro-Toufoula actualise visuellement le sentiment de réappropriation des occupants illégaux*

et signale au public et aux autorités que le site a été réinvesti par des forces radicales. »

Toni maîtrise la peinture radioactive (pour rendre des zones impraticables, brouiller les capteurs, préserver un espace) et la peinture bactériologique (virale et infectieuse, parfois hygiénique et assainissante). Ça donne une efficacité concrète à l'acte de peindre et dépasse le simple effet artistique ou symbolique. La peinture a pour lui une dimension offensive. Avec d'autres graffeurs, il a mis au point des peintures migrantes, capables de se déployer seules à partir d'un point d'impact (tir à grande distance possible). C'est pas du flan : à l'aube, je l'ai vu repeindre le parvis en mode tapis rouge à partir de deux tirs du toit !

Allongée sur un transat, façon punk, je laisse fluer la fiche de l'armée dans mes oreilles. Elle se termine ainsi :

« *La cible peut peindre par machine interposée mais aussi directement avec des pistolets polyvalents de grande puissance. Disciple revendiqué du graffeur Banksy (début* XXIe*). Recourt fréquemment au couplage mot/dessin et exploite les singularités de l'espace urbain pour mettre en scène sa production. Refuse de vendre ses œuvres. Refuse de participer de quelque façon que ce soit à un marché de l'art. Vit essentiellement de rapine et de troc. Pas de compte bancaire. A découvert les céliglyphes furtifs il y a seize mois. L'événement semble avoir eu un gros impact psychologique et spirituel sur son évolution. Pas de traces numériques toutefois. Pas de vidéos ni de dialogues enregistrés.* »

Lorca est en train de discuter avec lui dans le jardin éolien. *Chilling time.* En dépit des drones (médias/police indissociés) qui bourdonnent sans cesse au-dessus du toit et bien qu'un nouvel assaut soit inévitable, l'ambiance est au ressourcement après cette nuit à haute intensité. Il faut dire que le parc s'y prête, avec sa marqueterie de jardins et ses jetées qui prolongent le toit, pareilles à des pontons posés sur l'air, au bout desquelles tu peux admirer la ville en suspension. Finalement, j'ai enlevé ma cagoule pour mettre un chèche. Et des lunettes de glacier. Pour le soleil ? Šurtout parce que je crains, plus que tout le reste, la reconnaissance iridienne.

— Mais c'est quoi la différence entre la Céleste et la Traverse ?
— Ahah, la question qui tue… Tu viens d'où, toi, pour me demander ça ?
— J'viens de l'armée, pourquoi ?
— Quel service ?
— On dit pas « service », mina, on dit « unité » chez nous. Je suis de l'unité Chasseurs de furtifs.

‘La ¿fille ‘éclate de rire. « Parfois dire la vérité passe pour le plus crédible des mensonges. » Ce foutu Arshavin \ premier cours sur le camouflage social. Elle me regarde, je la sens séduite, prête à parler. L'une des rares à garder son visage à découvert ici. « Me revoiler ? Je leur ferais jamais ce plaisir. J'ai pas fait tout ce chemin pour finir avec une cagoule. Ma peau est libre. » Elle doit avoir trente-cinq ans. Berbère ou Targuie, un léger accent.
— Waouh ! Quelle classe ! « Chasseurs de furtifs » ! Si ça existait, ce serait tellement magique comme job ! Trop poétique ! \Elle siffle une gorgée de bière et me rend la bouteille/ Comment commencer ? Fled t'expliquerait ça mieux que moi… C'est lui le vrai pionnier. Moi je suis venue bien après…

— On s'en fout, raconte... \Elle se recale en tailleur, s'enlève un tesson dans la paume sans moufter/
— L'idée, ça a toujours été que les villes sont trop conçues... trop vécues du sol. C'est la voiture qui a créé nos villes. Le trottoir même est une invention de la voiture, les feux, les ronds-points, les avenues ! On voulait trouver d'autres chemins, des trajets à nous qui ne décalquent pas les rues... des obliques, des traçantes... Et on s'est dit que l'espace existait, il existait là-haut... il existait sur les toits, que notre bitume, il serait bleu. Ce serait l'air. Au début, c'était juste des défis et des kiffs. Relier la cité Calico à la mosquée Orange, deux kilomètres à vol d'oiseau, sans toucher terre. Juste avec des ponts de singe, des tyroliennes, des pendules de malades ! Avancer avec du tir de harpon, des sauts portés, du *base jump* sur certains passages. Le but était de trouver la voie, d'ouvrir un parcours. Un *pànthàh* comme disent les hindous. On leur a donné des noms, comme pour des voies d'escalade : « Attention les cieux ! » ce genre de truc. Puis on a commencé par occuper des toits : dans les cités, sur des barres longues. Les gens ont trouvé ça culotté, les copros ont fait la gueule d'abord, ont appelé les milicos, puis certaines ont fini par accepter, puis elles ont kiffé ! Parce qu'on montait des yourtes pour faire des ateliers, des cabanes avec des palettes de récup, des tentes pour les mômes. On amenait de la terre pour faire pousser des tomates. Velvi a mis au point ses × d'eau avec des pyramides de fûts qu'on voit partout maintenant. On a calé des carrés solaires en open source et des éoliennes pour l'autonomie en

énergie, qu'on soit plus taxés de taxeurs. Avec nos braseros, on se faisait des pigeonnades. Bientôt, c'est devenu un mouvement. Y avait peu de cités, peu d'immeubles où tu finissais pas par trouver un jeune pour devenir Alto. Chacun voulait pouvoir frimer sur son toit, être le seigneur de sa tour, signer un parcours qui déchire. Assez vite derrière, on a développé l'aspect parapente, l'aéroportage, les autogyres pour limiter les accidents de corde et faciliter les circuits entre toits éloignés. En ce moment, je passe le plus clair de mon temps à fabriquer des parap'. J'apprends aussi à piloter aux ados...

— Les cubes sur les façades, c'est vous aussi ?

— Oui, mais c'est plutôt l'Inter. Les maisons sac à dos... les cocons suspendus par câble, les abris calés entre deux immeubles, c'est plutôt eux ça. L'intersticiel. Nous, c'est juste... le ciel ! Mais c'est déjà beaucoup !

La mina me pointe un ulm qui pêche du drone dans son filet. Avec une vista assez bluffante, il les chope dans sa tirasse et les barbouille de gluon.

— Et la Traverse, par rapport à ça ?

— Ah, la Traverse... La Traverse, c'est la vraie noblesse ! Nous, on plane, on rêvasse, on se coltine pas la merde du réel ! L'altitude, ça protège. Les toits, c'est une forme de petit paradis, c'est aussi ce qui attire les gens...

— Eux ils vont partout...

— Eux ils partent du principe que la ville doit être redonnée, réofferte. D'abord aux sans-abris, aux migrants, à tous ceux qui ne peuvent même pas se payer le forfait standard. Ils viennent de la mouvance anarchitecte. Avec un super mélange d'artistes et d'intellos, d'ingénieures genre terrain et d'activistes qui viennent de la rue, physiques et rapides, qui peuvent te monter une cahute en deux-deux. Le principe est que chaque personne qui récupère un logement doit donner un jour par semaine au mouvement. Ça assure le brassage et la solidarité, c'est plutôt bien calé.

— Ils font quoi exactement ?

— Eh ben ils construisent des habitats rapides... surtout en zones premium et privilège. Partout où ça s'insère naturellement, où ça peut permettre que des gens se mélangent. Ça peut être en bordure de square, sur une friche, sur les terrains pas encore vendus d'une zone pavillonnaire... Ça peut être accroché sous un pont, sur les berges... derrière un entrepôt ou même en pleine rue, sans que ça gêne. C'est jamais de la provoc. Ou plutôt c'est de la provoc ! Mais qui fait sens, qui brasse des niveaux d'habitation et des populations qui ne se croiseraient normalement jamais.

— Balaise...

— Oui... Souvent ce sont des cabanes, avec du matériau local, pris autour. Bois de palettes, briques, bouts de béton, terre, déchets... Ils savent tout travailler. Ils sont très forts en adobe. Ils remplissent des boudins, les empilent puis c'est fini à la chaux. L'objectif est que ça se monte en une seule nuit et que ce soit habitable au matin. L'autre principe est que celui qui va habiter participe toujours à la construction. Il fait sa maison avec l'aide des « œuvriers ». On ne lui offre pas toute faite. Pas de charité. Le mantra, c'est : « On défend bien que ce qu'on a construit ensemble. »

— Mais comment ils font pour que la police les déloge pas ? dès le lendemain ?

— Deux fois sur trois, ils sont délogés, faut pas rêver ! Mais c'est déjà un bon ratio. La Traverse a des négociatrices hors pair, le tact incarné. Et toute construction est défendue pendant dix jours, le temps que le voisinage s'habitue. Car ça reste une forme de violence, c'est clair.

— Dix jours, c'est peu…

— Ça suffit souvent ! Orange n'a pas les effectifs pour une guérilla longue. S'ils réussissent pas à nous dégager en deux jours et que le taux de plaintes reste assez bas, ils abandonnent : ça leur coûte trop de fric. C'est ça aussi le libéralisme : ça ouvre des brèches !

)À) midi,) Velvi est venue me voir pour me demander mon avis. Elle n'était pas obligée, j'ai trouvé ça touchant. Elle était avec Fled, le grand escogriffe dont les bras ressemblaient à des ailes et Carlif, une jeune fille assez boulotte qui portait la joie du monde sur sa bouille ronde. Ça faisait tellement de bien de voir ces énergies affleurantes, cette densité de corps qu'on ressentait si rarement dans la ville. Pour eux, l'enjeu, les jours qui venaient, était de tenir. Et tenir impliquait trois choses : empêcher les hélicos d'atterrir, pouvoir sortir/rentrer et pouvoir être ravitaillé (en matériel & nourriture). Un assaut par l'intérieur leur semblait peu crédible puisqu'on bloquait le hall du rez-de-chaussée et tous les accès aux toits ; et que nos hackers avaient repris la domotique. À eux trois, Velvi, Fled et Carlif avaient une dizaine de sièges à leur actif. La grande leçon qu'ils en avaient tirée, c'était que tenir un siège impliquait une rotation des défenseurs, de la fraîcheur physique et la possibilité de bouger, de partir pour mieux revenir. Pour ça, il n'y avait qu'une solution : ouvrir le maximum de voies aériennes, en soleil autour du complexe. Loin de faire du *BrightLife* un donjon inexpugnable, que les pouvoirs allaient tôt ou tard affamer, en faire un porte-avions pour la Céleste et les Altos. Plutôt que le claquemurer et le défendre, comme une île de plein ciel, avec des armes forcément assez pauvres, l'inclure dans un anarchipel avec d'autres toits, d'autres tours, des grues-relais, des minarets, des flèches d'église. Tracer en ligne brisée, par hauteurs décroissantes, des tyroliennes. Placer des planches de saut et des matelas de réception pour les profanes du parkour. Activer des points chauds, çà et là, sous le plan de vol des paraps pour assurer suffisamment d'ascendances) et éviter les atterrissages forcés.

Velvi me déplia une première carte qu'elle plaqua avec quatre galets. C'était une vue aérienne montrant les toits des bâtiments, zébrée de traits multicolores. Concentration :

— En rouge, ce sont les drailles pour le parkour. Les carrés, c'est les lâchés, les pointillés les sauts de détente ou les sauts de fond ; quand une façade se désescalade, on la met en épais. En bleu, tu as les courbes de vol pour les parapentes. Les ronds et les zigouigouis orange, ce sont les thermiques, les rectangles les zones possibles d'atterrissage. Tyroliennes en gris simple, ponts de singe en gris doublé. Position actuelle des flics en violet. Snipers croix violette.

— Le problème, c'est pas plutôt les drones ?

— Si. Mais les snipers touchent à un kilomètre parfois. Et quand t'es touchée, tu as une minute pour te poser et pour t'allonger. Après tu t'évanouis : somnifère.

— C'est très beau votre carte. Mais je vois pas trop à quoi je pourrais vous servir...

— En vrai, Saskia, on a la tête total dans le guidon. Tous ces chemins que tu vois, on les bosse en boucle depuis un mois. On arrive plus à dégager ce qui est le plus prévisible. Le plus évident pour les keufs. On voudrait focusser sur les voies les plus malines pour ravitailler. Mais en AG tout à l'heure, ça a été une boucherie : personne anticipe la même chose.

— Bref, on a besoin d'un regard vierge ! ajoute un type masqué, à la voix mature. C'est Lorca qui nous a conseillé d'aller te demander. Il paraît que tu pistes les chevreuils et que tu modélises leurs trajectoires de fuite. Ça peut te parler !

Honnêtement, c'était comme aller voir un myope pour lui demander d'ajuster la mire d'un lance-roquettes. Pourtant, aussi incompétente que je fusse, je me devais de répondre quelque chose, ne serait-ce que pour ne pas foutre Lorca dans la panade :

— Laissez-moi la carte, que je m'imprègne des trajets. Je vous dis ça dans une demi-heure. Pour ce que mon avis vaut...

— Imagine que t'es une chasseuse et que tu suis des chevreuils qui fuient. Où tu te placerais pour les intercepter ? Quelle piste tu surveillerais en priorité ?

— OK... Ça, je peux certainement vous le dire...

Un furtif… Qu'est-ce qu'aurait fait un furtif en pareil cas ? Je me suis isolée sur la table à coussin d'air, dans le carré des jeux vintage, et j'y ai étalé la carte au soleil. La première chose qui m'a sauté aux yeux, c'était que toutes les voies avaient un nom de baptême, qu'elles fussent rouges, grises ou bleues. Un nom griffonné avec une fine écriture de plume qui suivait le fil de chaque ligne ou courbe. Ši tu faisais abstraction de l'enjeu, la carte ressemblait à un phare à éclats, tout en traits et phrases, elle sonnait (sur le papier) comme le récitatif d'un oratorio qui se serait chanté (dans les faits) avec des courses, des bonds et des vols de proche en proche à travers la ville. Plutôt que de chercher tout de suite les meilleures voies, je me suis laissé porter par ces noms. Le long des courbes bleues, on trouvait…

L'R DE RIEN ET L'O DE LÀ
PRIS DANS UN VIOLENT COURANT D'ART
TON VIDE N'A PAS PRIS UNE RIDE
LE MOT VILLE PREND DEUX AILES
AU BOUT DE L'AIRRANCE
DIX CONSEILS POUR AMÉLIORER SA QUALITÉ DE VIDE
HIGHWAY TO ELLE
MON CHEMIN DE COMPOSTE-AILES
LE NUAGE NU
AIRMAPHRODITE
LES 12 TRAVELOS D'AIRCULE
REMUER CIEL ET TERRE
101 BIS, AVENUAGES
AIDE-TOI, LE CIEL T'AIDERA
CIRRUS, CUMULUS, STRATUS
LA NATURE A HORREUR DU BIDE

Šur les lignes rouges, celle des parkours, plus difficiles à suivre tant elles s'entrecoupaient de pointillés, ça partait aussi dans tous les sens, avec un foisonnement de titres :

Qui t'es, toit ?
Rendez l'antenne !
Pèlerinage en air trouble
Pour qui sonne le smog ?
Assumances tous risques
Vas-y dense mon frère !
Toit, toit, mon toit
A-vide de B-ton
Roof of proof
Tour à tour
L'Île-Roue-baie-Tour-coin
Alto Solo
Une visite au musée d'air contemporain
Petit bonhomme de chemin
Tu joues la fille de l'air
Une idée qui fait son chemin
Tous les chemins minent ta reum
Ballast & Bollocks
Voies de fait sur un dépositaire de l'ordre privé
Dévers à moitié vide
Les sans-ciels et l'accès soir

Enfin, je me mis à suivre les lignes grises, celles des slacklines, des ponts et des cordes, qui soutenaient souvent le parkour. Et qui permettaient aussi les transferts de matériel lourd.

Est qui libre ?
Slackline #666
Ponts de singe de ce con de Serge
Sage est le singe qui s'engage
Tutoyer le vide & vouvoyer la chute
À tue et à toit
Slack is the new Black
Une seule corde vous manque…
Ta ville ne tient qu'à un fil
Pour en finir avec le gaz à effet de « serre ! »
La bande de Gaza
La voie tractée
Nous avons tous nos passages à vide…

·· J'ai · le cœur qui bat la chamade et la bouche qui mâche mes syllabes, comme si j'avais peur de dire la phrase de trop, de faire le pas de côté, de briser d'un coup, comme un blaireau, la confiance incroyable que j'ai su tisser avec Toni en si peu de temps. Ce gars est d'une générosité brute, liquide, il donne sans attendre, alors j'y suis allé aussi, j'ai tout lâché comme on dégonde une bonde dans un étang en crue, en trichant à peine. Je lui ai raconté Tishka, le furtif du *Cosmondo*, le balian et Kala, les entres, ce que je sais, et j'en sais finalement beaucoup. Ça l'a fasciné. Il en faisait tourner ses pistolets à peinture entre ses mains à la manière d'un cow-boy euphorique. Alors il m'a parlé des céliglyphes et il m'a sorti son précieux carnet de dessin où il les retrace au fusain. Il ne veut pas les prendre en photo, il dit que la photo est un assassinat, que le numérique vole et ne restitue rien, qu'il n'est qu'une photocopie morte du monde, que comprendre, c'est toujours refaire le chemin, retrouver l'énergie qui est à l'origine de l'acte, réamorcer le parcours avec sa main, puisque le furtif l'a fait, lui, avec ses pattes ou ses ailes, avec son corps entier. Il en a seize, des céliglyphes, « seize sûr » plus une vingtaine pour lesquels il hésite, ne peut ou ne veut pas être catégorique.

— Comment tu décides que c'en est un ?

— Pff... C'est la grosse prise de chou... Disons que... T'as déjà vu un traceur, un mec qu'a vraiment le flow ? qui gicle grave sur un parkour ?

— À peu près...

— Quand ils font un tic-tac ? ou un wall spin de freerunner ? Y a toujours un ou deux appuis qui se font en opposé. Pas sur la même surface que la course d'élan. Le furtif fait pareil. Du coup, son trajet fait plafond-mur. Ou flippe-flappe de part et d'autre d'un angle. Ou alors il vire dos au mur et finit par terre. Un humano tague jamais comme ça. Il prend un mur à niveau et basta, il barbouille !

— Un gamin peut racler un caillou d'un mur à l'autre...

— Si tu veux, mais ensuite, c'est la vitesse qui décide. Chez le fif, le glyphe part en fusée, du fusain-fusée, c'est ! L'empreinte, elle est survolée ! Un coup de cutter, slllaa ! Ou alors, s'il prend appui en virage, elle troue le mur. Y a pas d'entre-deux ! Quand t'essaies de refaire le jet, t'y arrives pas sauf en mode folaille, bras qui part, overspeed !

— Y a beaucoup de boucles...

— Yo ! Comme s'il revenait pour signer. Comme s'il voulait entourer un truc, ou te montrer un endroit. On dirait qu'il creuse un sillon. Maintenant si tu regardes bien, y a pas de ronds. Pas de cercles, jamais ! C'est que des ovales...

— Pourquoi ?

— Mon pote Balthaze pense que c'est la vitesse. Il va trop vite. Donc quand il vire, ça arque direct en parabole, ça étire la courbe.

— On dirait des calligraphies, tu trouves pas ?

— Carrément !

Nous sommes arrivés à la serre, dix-neuvième étage. Toni fait rouler deux colliers de métal autour de son cou, par petits gestes nerveux, un peu comme il ajusterait les crans virtuels d'un mécanisme de coffre-fort. Sa bague projette des lignes de programmation sur le sas vitré. Il déblatère en mocodes, face au cerbère domotique qui aboie en retour du langage-machine. Trente secondes passent et le sas s'ouvre ! Une bouffée tropicale nous emplit les poumons, ça sent l'humidité gérée au brumisateur et la chaleur douce d'un équateur reconstitué – au cri perçant des paypayos près.

— C'est là-bas, au fond, derrière les grands arbres...

Il est 3 heures de l'après-midi et la serre est exposée sud, comme il se doit. Le soleil entre à l'oblique dans une petite merveille de canopée bonsaï, où les kapokiers culminent à cinq mètres au lieu des quarante ordinaires de la Guyane, tout en conservant la même densité de sève et la même rayonnante plénitude...

— Amar a mesuré : ils ont mis cinq mètres de terre dessous, dans l'entresol, tu imagines ? Le volume ? Les containers importés ? Le bilan CO_2 ?

— Ça sert à quoi de faire ça ici ?

— Méditation. Oxygénation. Frime. Dépaysement. J'en sais trop rien !

Dans l'angle sud-est, Toni se faufile derrière un fromager dont les racines font des draperies. Il me fait adosser au tronc, devant le coin de vitre qui donne sur la ville. À cette heure, le soleil nous arrive droit dessus en traversant la baie – impossible de rater que la vitre est striée. Et même qu'elle est rayée sur ses deux pans d'une sorte de huit allongé, disons de signe infini, qui remonte soudain vers le plafond dans une moucheture d'impacts droite-gauche, presque symétriques. Quelqu'un qui se serait amusé à planter des clous dans la vitre, juste pour la poinçonner sans la briser. Ça pourrait être des griffes et ça donne furieusement cette impression sur le tracé du huit, qui est comme triplé. En haut, à cinq mètres, ça se termine par trois petits points discrets sur la vitre droite… Rien au plafond.

— Il a fini où ?

Toni se penche et prend en terre une pierre planquée sous des feuilles de frangipanier. Elle est d'un noir lumineux, quasi métallique. Sur une face, elle semble aussi oblongue qu'une carapace, par contre quand tu la poses dans ta paume, tu sens trois pointes de chaque côté. Je retourne la gemme. On dirait un fossile de crabe, pas plus gros qu'une main, mais si minutieux – on devine même une aile !

— Je l'ai trouvée pile à l'aplomb de la vitre droite. Je l'ai planquée en attendant…

— Il y en a d'autres dans la serre ?

— De quoi ?

— Des minéraux de ce type…

— Je crois pas. De ce que j'ai vu, non. Pas vitrifiés comme ça. J'ai checké la pierre : obsidienne. C'est une roche volcanique, ça sort directement du magma. Les cailloux de la serre sont banals. Température bien moins haute.

— Il s'est vitrifié au moment de mourir…

— Elle. C'est un crabe femelle.
— Tu ne veux pas garder la pierre ?
— Je sais pas si j'ai le droit de faire ça. J'crois qu'elle est tombée là où elle voulait tomber. Peut-être que l'endroit a un sens. Il faut respecter.
— Qui l'a tué ? Toi ?
— C'est quoi ton délire ? J'ai juste entendu que ça crissait derrière l'arbre, j'ai été voir et j'ai trouvé ça ! Tu cherches la merde, là ?

Je le sens touché au ventre. Il me toise, vaguement furieux :
— Tu sais que les furtifs se suicident, Toni ?
— Quoi ? Qu'est-ce tu baves ?
— Pour sauver l'espèce. Ils se figent à très haute température, souvent sous forme céramique, pour que leur corps reste inexploitable par la science. Parfois, ils copient juste la forme moléculaire la plus proche : une branche morte, une canette, un sac plastique… Là, tu as un cas exceptionnel : le furtif a gardé sa constitution.
— D'où ? ! D'où tu sais ça ?
— Dans notre groupe, on pense que le furtif fait ça quand il est mature, qu'il a acquis une mémoire, une sorte d'identité. Et qu'il veut transmettre quelque chose. Peut-être que le glyphe et la forme, ensemble, disent quelque chose de lui. Un testament. Un message laissé pour les autres furtifs… ?
— Ou pour nous ?

Toni a subitement les larmes aux yeux. Il me prend dans ses bras. Moi aussi, j'ai envie de chialer, je ne sais pas pourquoi. Je me détache doucement, j'avance et j'ose enfin passer mes doigts sur la vitre, en frémissant, tactile… Je suis le tracé rayé avec ma pulpe… Un sillon, pourquoi pas ? Le trajet fulgurant du fif, juste avant son suicide consenti, je le refais, saute de vitre en vitre, droite-gauche, tic-tac, trou par trou incisé, avec mes ongles au bout de mes phalanges qui sont des griffes et j'entends presque siffler une poignée de fibres qu'on frotte, j'entends vibrer par mes doigts une musique inscrite et stridente, qui sortirait par petites salves de pizzicati d'un stradivarius d'acier, comme agressé, scié par un archet à vif, vrillé.

En remontant sur le toit, Toni me remontre un à un ses croquis, un à un les seize glyphes : il ne peut s'empêcher d'y voir une calligraphie globale, de l'envisager comme une fresque destinée à un public. Et si c'était notre erreur ? Si au lieu d'y lire un tout, il fallait coller en aveugle à la trace, si a contrario ne comptaient que le trajet, le parcours dans son déroulé, dans son improvisation, et pas son rendu final sous un œil holistique ? Ramener au simultané ce qui a été cinétique et s'est diffracté dans la durée, fût-ce celle d'un éclair ? Vouloir peindre avec une seule image, ramasser d'une seule page, une mélodie qui aurait pris son espace et son temps pour exister ?
Et pourtant… Pourtant j'ai la même intuition que Toni. Il existe une volonté de dessin, comme un désir d'œuvre qui se dégage de cette indiscutable élégance, une envie de signer sa vie en partant… Une allure de paraphe tracé à la hâte à la pointe de l'épée par un chevalier qui se saurait déjà mourir et qui ferait siffler une ultime botte dans l'air, à vide, avant que la flèche du temps ne le transperce… Un paraphe pour exprimer… quoi ?

— Qu'est-ce qu'y a, Lorc' ? T'es tout blanc !

— Toni…

— Qu'est-ce t'as ? T'as eu un flash ? T'as la figue d'un mec qui vient d'avoir un flash...

— Ton céliglyphe... Le onze...

— Ouais ? Le onze quoi ?

— Je l'ai déjà vu...

— Bienvenue au club ! OK. Où ça ?

Ŀe ċhọċ de la réminisċenċe m'a fait ċhanċeler et je me suis assis dans la tėrre ċhaude. Il est inċrọyable que ça ne me sọit pas revenu avant. Pas jailli tọut de suite. Ŀa puissanċe du refọulement, abyssale, de tọute ċette matinée, atrọċe, qui a ċọupé ma vie en deux. Il y avait un dessin sur le mur viọlet de la ċhambre de Tishka le matin ọù elle a disparu. Traċé à la ċraie. Par elle ? Nọus n'y avọns jamais vraiment fait attentiọn, ni Sahar ni mọi. Ċ'est demeuré un mystère seċọndaire parmi tellement d'autres mystères plus massifs, plus déċisifs – par exemple ċe vọlet ọuvert et refermé sans empreinte, ċette vitre intaċte, ċette seule ratiọnalité pọssible qui disait que Tishka était partiė d'elle-même en ọuvrant elle-même la fenêtre. Je viens de revọir ċette triple bọuċle, pareille à un trèfle vibratọire, à une ọnde qui se dilate ? Pọurquọi laisser ça ? Qui ?

‘Saskia ¿m'a ‘demandé pour la carte. Je lui ai dévidé franco ce qui pue l'évidence : le plus dur à anticiper, pour les poulagas, ce sont les changements d'axe dans la fuite. Si tu fais A>B>C>D en sautant de toit en toit, en ligne, même brisée, tu vas surprendre personne. Mais si tu droppes en façade de deux trois étages, que tu t'abrites dans le creux des balcons, quitte à traverser des apparts en faisant coucou au passage pour ressortir ailleurs. Si tu pendules d'ouest à nord, en contournant un angle pour repartir en V rapport d'où tu viens. Si tu joues sur les hauteurs avec des rappels *pin pan pun* et des tractions qui dépotent pour remonter fissa, là tu deviens plus difficile à traquer. Les drones aiment pas naviguer trop près des arêtes. Et les balcons, ça se scanne tarpin moins bien qu'un toit plat. Tu niques n'importe qui, machine ou mec, si t'exploites l'épaisseur des bâtiments. Après, en vitesse pure, le parkour, relayé par les bonnes tyroliennes et quelques pendules con huevos sous parap, de-ci de-là, ça envoie et ça se suit pas du sol. La clé, ça reste quand même de jouer sur les altitudes en façade. Toujours repartir plus bas ou plus haut que t'arrives. Et par un angle pas naturel. Pareil tu dribbles.

Bon, la surprise, en soirée, ça a été de voir débarquer l'ex de Lorca ! Je l'avais vue qu'une fois, la miss. Je savais qu'elle faisait dans la proferrance et qu'elle hésitait pas à se taper les barrios cracra. Elle est arrivée sous aile avec Velvi, qui s'est pris, la pauvre, un snipe de seringue trente secondes avant d'atterrir ! Ơn l'a vue verdir, bleuir, blanchir… Puis mode planche pour douze heures. La gouvernance a resserré la cage autour du *BrightLife*. C'est pas gagné de sortir debout par les toits alentour.
Sahar était en saroual et chèche, elle a une foutue classe la mina, ça se commande pas ces trucs-là, ça tient au port, à la voix, c'est de l'intelligence nichée dans le corps, c'est une façon d'apprivoiser les macaques dans les groupes et de sniffer le vent, de pas la ramener et d'attendre le moment où tu peux prendre ta place. Elle a installé des guitounes carrées dans le théâtre de verdure et des caisses à parole où tu peux te percher quand tu veux l'ouvrir. J'ai assisté à son cours, trop curieux de voir ça. C'était une sorte de théâtre-forum. Chaque tente te mimait un appart, dans une barre. Le but était de traverser la barre

nord-sud, point. En utilisant couloirs, escaliers, apparts, balcons. Avec des vigiles qui contrôlaient certains couloirs, pas tous. Des drones, simulés par des jouets, qui te suçaient la roue. Et surtout des habitants, pas vraiment acquis à ta cause, qui pouvaient te laisser entrer, t'abriter, te virer, céder aux ordres des flics, te laisser calter par leur balcon… Selon la situation, ce que tu disais, faisais. Bien chaudard. À chaque scène où tu assistais, tu pouvais remplacer le gus ou la mina si tu considérais qu'elle merdait, monter sur la caisse et tenter de faire mieux. La Sahar, elle jouait tantôt une habitante, tantôt un milico, tantôt te remplaçait pour montrer ce que t'aurais pu ou dû faire, toujours sobre, ultra-concentrée, attentive à tout, sur près de trente belus et cinq six scènes à la fois. Vivace, la copine du Lorca. J'ai adoré sa démo. Surtout qu'elle a fini par une sorte de débrief, avec des leçons à garder en tronche : jamais agresser personne car ta présence, dans un foyer, est déjà une grosse agression de base, même si tu te crois piola. Toujours écouter, même dans le jus ! Faire miroir aux gens dans leur tchatche, leurs façons, s'ils disent « policier », tu dis aussi « policier », tu dis pas « poulaga ». Et déminer sans cesse la colère, la « désescalade » elle appelle ça. Chercher l'empathie, donner quelque chose, même si c'est juste un sourire, juste un merci, juste un compliment à la volée. Savoir prendre le temps de rester et de se tanker parfois… Car c'est comme ça que tu crées du lien, de la solidité. Donc des bases de repli pour d'autres.

Quand elle a eu fini, j'étais prêt à traverser la ville de part en part en enquillant cinquante apparts en série, tellement ça m'a filé la patate. Quand bien même, elle est venue me voir à la fin et m'a serré dans une tente. Elle avait bien sûr pigé qu'on n'avait rien à foutre là, normalement.

Elle voulait savoir où était Lorca. Et vous savez quoi ? Il a débarqué à ce moment-là. C'était beau de les poser face/face. Cara a cara. Ça sentait le malaise et l'amour à la fois, la joie et le compliqué.
J'ai pas traîné, j'ai zippé le velcro du tipi et je suis allé taquiner Saskia. Z'avaient sans doute une ou deux bricoles à se dire...

CHAPITRE 9

Revenir

Aussitôt entré, il a été dans mes bras, lové contre ma poitrine, son museau dans mon cou, exactement comme Tishka l'aurait fait, avec la même brutalité douce, sans parler, les yeux fermés, à renifler ma peau pour savoir, pour me retrouver et raccourcir d'une odeur la distance que le moindre mot aurait pu creuser. Je sais que je pourrai, que j'ai pu l'oublier, je sais que je serai un jour capable de vivre et d'aimer un autre homme, seulement subsiste une chose que je ne pourrai jamais effacer, qui tient à son regard d'enfant, à sa tendresse spontanée que Tishka avait avalée toute, qui fait qu'il m'est impossible de le voir sans voir Tishka, Tishka se blottir et sourire à travers lui.

D'une certaine façon, il est tout ce qu'il reste d'elle de têtument vivant. Bien sûr, je sens sa charpente, je sens que son dos s'est durci, je sens cette récente densité à l'armature de ses épaules qui n'y était pas avant que l'armée le muscle – cependant, dans la courbe de ses joues, dans l'innocence du câlin, ça pourrait être tout à fait elle, si par miracle je le miniaturisais, là, d'un coup de baguette magique – elle dans son évidence de fusion.

— Comment t'as su que j'étais là ? il finit par souffler.

Maintenir une distance.

— Je ne suis pas venue pour toi, je suis venue pour aider. Tu sais, dans mon imaginaire plutôt restreint, les militaires évitent de participer aux émeutes. Ou alors ils sont en face, non ?

— Nous sommes venus en mission.

— Vous venez restituer le *BrightLife* à Civin ? C'est votre employeur, après tout…

— C'est l'État notre employeur…

— Ce n'est pas vraiment lui qui vous paie, si tu lisais les budgets de l'armée…

Même quand elle se veut sèche, elle n'arrive pas à se débarrasser de sa grâce. Sa voix ne ferme jamais tout à fait, elle coule souple et claire, un ruisseau. Ses yeux oscillent entre le vert et le jaune, à la façon d'une flamme végétale. Parfois, ils virent vieil or, comme ici. Elle s'assoit sur le tapis sans rupture, je la sens tendue sans que sa nuque se décale ni que ses bras saccadent, elle prend juste une allure un peu plus hautaine de princesse arabe, son port est un peu plus droit, ses cheveux courts brûlent ses joues d'un blond un peu plus vénitien. Jamais je n'ai connu quelqu'un qui avait une aussi faible conscience de sa beauté crue, une indifférence aussi cristalline à ce que son charme imprime malgré elle sur les gens. Seule la qualité de ce qu'elle dit et fait compte pour elle : le reste n'est qu'un effet collatéral de la nature, qu'elle cherche autant que possible à neutraliser par sa sobriété. Ça m'a toujours beaucoup séduit.

J'ai pris ma décision en entrant dans la tente. Je l'ai prise en réalité quelques minutes avant, quand j'ai vu la carte que Saskia étudiait et qu'au bout d'un pointillé rouge, j'ai reconnu le toit en étoile de la tour Zücker, celle que nous avons habitée à la naissance de Tishka, et les quatre années derrière. J'ai montré le point à Toni et je lui ai dit : « Le glyphe est là, cinquième étage. » De son ongle, il a suivi

les lignes grises et rouges, rayé les croix violettes, mesuré avec sa paume les distances – trois kilomètres à peu près, à vol d'oiseau. Il m'a regardé avec ses deux grains de café grillé, et m'a lancé tout de go : « Va falloir envoyer du flower-flow et des jumps pète-rotules mais c'est du parkour comme j'aime. Vista et saut de fond ! »
Je me suis assis en tailleur en face de Sahar, j'ai pas pu m'empêcher de lui effleurer la joue, elle s'est laissé faire, elle a senti que je voulais parler. J'ai expiré un grand coup et…

— Je vais être direct. Ça sert à rien de tourner autour du pot. Je sais ce que tu penses, Sahar. Tu penses que je suis malade. Tu le penses gentiment. Tu penses que je me suis construit mon univers de cohérence, avec mes règles, mes hypothèses et mes preuves. Tu crois que je ne veux pas faire le deuil, que je ne suis pas capable de le faire. Tu crois que j'ai besoin de mon délire des furtifs pour tenir le coup, pour ne pas m'effondrer. Pour croire qu'elle est encore vivante. Pire, tu as la conviction intime que je cherche à t'embarquer dans ma folie. Et que ce serait la dernière chose à faire, comme te l'a dit ton psy lacanien, ce jeune connard… Parce qu'alors, ça deviendrait une schizo à deux, auto-entretenue, avec une intensité émotionnelle massive qui nous détruira à terme tous les deux. Tu…

Elle lève la main pour me couper. Un réflexe d'AG.

— J'ai essayé de te croire Lorca, vraiment. J'ai essayé d'y croire de toutes mes forces. Même si Tishka ne m'a jamais parlé, à moi, des fifs ou de quoi que ce soit d'équivalent. Tu sais comment je suis. Rien ne me plaît plus que d'apprendre, et d'apprendre aux autres à apprendre. C'est ma vocation. J'aime découvrir ce que je ne connais pas, j'aime assimiler des cultures différentes, urbaines, étrangères, des cultures qui me rendent plus vaste, plus ample. Je ne refuse rien *a priori*...

— Tu n'as jamais voulu que je te montre les...

— Laisse-moi parler ! Après notre séparation, j'ai passé six mois à arpenter le réseau, Lorca, Nut et Net compris. J'ai même rémunéré un sniffeur pour m'aider à chercher ! J'ai accumulé des monceaux de *Tonbandstimmen*, de photos floues et de vidéos fantômes. J'ai lu un par un tous les témoignages archivés sur les soi-disant furtifs, les *stealthies*, les *résifs*, les *fantâmes*, les *fumetraces*, les *brumiers*... Tu ne peux pas imaginer la littérature de déséquilibrés qui existe là-dessus ! J'ai lu et annoté dans mon cahier spécial les légendes urbaines, des compilations d'ethnologues, j'ai dévoré les analyses des psychiatres, les interviews de chamans, les carnets dits « secrets » des sherpas de l'urbex. Et j'ai lu, surtout, ce que les scientifiques en disaient. Oui, avec nos outils actuels, avec nos capteurs spectraux, oui avec le matériel haut de gamme de l'armée, ils réussissent à repérer des formes thermiques, des auras passives, des nœuds d'ondes, qu'ils savent encore mal interpréter. Oui, sur le Nut, l'existence du Récif est évoquée, trois ou quatre fois, et ça a été effacé depuis, preuve que l'armée fait très bien son boulot de veille. Mais de tous les travaux sérieux que j'ai lus, il ressort ça, Lorca, que tu le veuilles ou non : l'armée se sert de l'hypothèse furtive pour mettre au point des technologies chaque année plus pointues de détection et de traçage. La chasse n'est qu'un alibi pour tester de nouvelles armes. De nouveaux jouets ! Vos chefs vous manipulent. Ils vous entretiennent dans votre quête alors que vous ne trouvez rien…

— C'est faux ! On trouve des choses !

— Quoi au juste ? Quoi Lorca ? Des artefacts de céramique qu'ils vous cachent dans des sites préparés ? Comme une chasse aux trésors pour grands gamins ? Des cailloux qu'ils vous font prendre pour des copies moléculaires faites par un organisme mimétique ? Est-ce que tu as déjà vu un furtif *vivant* ? Vivant et bougeant ? De tes yeux vu, Lor, *in situ* ? Est-ce que tu en as vu ailleurs que sur des vidéos confidentiel défense qu'ils vous fabriquent avec moult effets spéciaux et ce qu'il faut de glitchs et de pixels qui grésillent ? Est-ce que tu en as entendu ailleurs que sur des enregistrements ? Quelle preuve absolue et formelle tu as que ça existe *vraiment* ?

Je n'ai pas voulu répondre. Pas encore. Je voulais qu'elle aille au bout. Même si j'étais déjà hors de moi.

— Je ne nie pas qu'il y ait des rémanences d'ondes, d'accord ! des phénomènes magnétiques dans un monde saturé d'émetteurs et d'objets connectés. Que dans certaines conditions, ces ondes donnent naissance à des formes fantômes. Je comprends très bien que dans notre société de traces, contrôlée jusqu'à l'obscène, où le moindre vêtement, la moindre semelle de chaussure, le moindre doudou, une trottinette rouillée, je sais pas : un banc public, les pavés même, émettent de l'information… où le moindre mot lancé dans un bar est collexiqué !

Je comprends tellement que ce monde rêve d'un *envers* ! De quelque chose qui lui échapperait enfin, irrémédiablement, qui serait comme son anti-matière, le noir de sa lumière épuisante ! L'abracadata qui échapperait par magie à toutes les datas ! Je comprends que la fuite, Lorca, la liberté pure, l'invisibilité qui surgirait au cœur du panoptique soient les fantasmes les plus puissants que notre société carcélibérale puisse produire comme antidote pour nos imaginaires. À commencer par le tien, par celui de ton camarade Agüero ou de ta copine Saskia ! Que ce délire ait une fonction sociale précieuse, oui, à l'instar de n'importe quelle légende urbaine, tous les ethnologues le savent ! Que ça réponde si bien à un besoin pulsionnel, j'allais presque dire artistique ou poétique, Lorca, je le comprends encore. Je devine bien aussi ce que l'armée peut techniquement en retirer. Mais qu'est-ce que tout ça peut avoir à faire avec notre fille ?

Sa voix cassait en morceaux de plâtre.

— J'ai parcouru le réseau entier pendant des mois, Lorca, accepte-le. Accepte que j'aie fait ce travail, ce travail que toi tu n'as pas fait parce que tu as suivi ta pulsion, rien d'autre ! Aucune enfant nulle part n'a jamais disparu d'un appartement du cinquième étage d'une tour en disant la veille à son papa qu'elle allait partir avec des furtifs ! Aucune. Il n'existe pas un fait divers, pas même un roman ou une fiction, pas un film, pas un livre pour enfants qui ait cette trame débile ! Tu es un génie à ta façon, peut-être, un génie créatif. Mais personne de sensé ne te suivra jamais dans ce délire.

J'ai entr'ouvert la tente parce que j'étouffais. Je n'ai pas cherché à la regarder car je l'aurais fusillée. Au contraire, j'ai baissé la voix d'une octave et j'ai fixé le tapis, obstinément :

— D'accord. Admettons. Admettons que l'armée embauche, très astucieusement, des profils crédules et dynamiques de chasseurs. Admettons qu'Agüero, Nèr, Saskia et la trentaine de recrues que j'ai côtoyées deux ans au Récif soient des naïfs mentalement réceptifs à un imaginaire de fuite. Tous. Beaucoup finissent à l'asile, si tu veux savoir. Ça peut confirmer tes intuitions. Admettons qu'ils m'aient mis une sculpture de céramique dans les mains après une épilepsie provoquée lors de mon épreuve de diplôme. Admettons que soient fabriquées toutes les vidéos que j'ai vues. L'armée a les moyens financiers et techniques de faire ça, sans problème. Admettons que Toni Tout-fou se soit inventé seize glyphes, que la voix de Tishka que j'ai entendue au *Cosmondo* soit une pure hallucination et que Saskia m'ait aussi fait écouter une comptine de fête des Pères reconstituée avec des traces numériques de la voix de notre fille. Ce serait le comble de la perversion, ça ferait de Saskia un monstre, mais admettons. Admettons que le balian de l'île balinaise du Javeau-Doux, que tu connais, qui te connaît, triche aussi, ce que je ne pourrai jamais croire, moi. Admettons que les cris, les rythmes, les frissons que j'ai appris à reconnaître dans les sites abandonnés ne soient rien d'autre que la beauté de la nature quand on l'écoute enfin. Je ne te convaincrai pas, Sahar, en empilant dans cette tente la centaine d'indices et de confirmations que j'ai cumulées ces deux dernières années. Tu les rapporteras toujours à ce système de cohérence que je me suis bâti, selon toi. Et bâti avec d'autres, civils ou militaires. Notre délire collectif. Alors je vais juste te demander une chose. Une dernière chose. Si ça ne te convainc pas, nous arrêterons définitivement de parler des furtifs. Je ne les évoquerai plus jamais de ma vie devant toi.

Elle me regarde, déstabilisée :

— D'accord...

— Toni Tout-fou va te montrer son carnet de croquis. Sur le croquis nº 11, il y a un dessin qu'il a découvert sur l'envers du toboggan du square Zücker. Tu sais, le toboggan-tunnel en alu qu'adorait Tishka ? Le dessin était gravé dessous, avec un caillou. Ou une pointe.

— Et alors ?

— Il l'a recopié aussi minutieusement qu'il a pu. Tout à l'heure, en le revoyant, j'ai eu un flash. Un retour de refoulé. Parce que c'est exactement le même dessin que celui qui était sur le mur violet de la chambre de Tishka le matin où elle n'était plus là...

Sahar a un soubresaut, comme une barque secouée par une vague :

— Comment tu peux dire ça ? Comment tu te souviens de ça ? Et... Et qu'est-ce que ça voudrait dire ?

— Tous les quatre de chaque mois, je fais un pèlerinage dans la ville. Je repasse par tous les endroits où nous avons été avec Tishka. Et je me remémore chaque moment, chaque bribe que je peux. Pour qu'elle ne s'en aille pas. Au milieu de ce parcours, je passe systématiquement par le square Zücker et je passe toujours sous le toboggan où je tapais du poing pour lui faire de la musique de cirque. On y avait gravé un cœur, avec nos trois noms, tu te souviens ?

— Bien sûr...

— Donc le dessin qu'a trouvé Toni n'y était pas le mois dernier. Je l'aurais vu. Il a été fait récemment. Juste à côté du cœur gravé.

— Il a pu être fait par Toni lui-même...

— Si c'est le cas, comment il a pu réaliser exactement le même dessin que celui sur le mur de la chambre ? Il ne l'a jamais vu, ce mur.

— Le dessin à la craie ? Les trois cercles ?

— Oui.

— Et si tu te trompes ?

— Nous allons aller vérifier. Ensemble.

— L'appart a été reloué. Tu le sais, Lorca ! Il est hors de question que je retourne là-bas ! Je ne suis pas prête à ça. Ça ferait resurgir trop de choses...

— On va y retourner tous les deux. Et avec Toni, Agüero et Saskia. On va aller vérifier si j'ai raison.

— Tu es devenu complètement fou Lorca. Le dessin, même si c'était le même, a dû être nettoyé depuis bien longtemps ! Pourquoi les nouveaux locataires l'auraient laissé ?

— Ils l'ont effacé, c'est sûr. Mais il a été refait. Depuis. Plusieurs fois.

— Tu te rends compte de ce que tu affirmes ? Deux ans après ? Sur le même mur ? Tu es à la lisière de l'asile, là ! c'est totalement n'importe quoi...

Elle veut se lever pour sortir, je la bloque.

— Je voudrais juste que tu parles avec Toni et avec Saskia. Et que tu viennes avec nous, Sahar. Fais-le pour moi. Qu'est-ce que tu as à perdre ? Au pire, le mur de la chambre sera lisse et tu auras ta confirmation que je délire. Au mieux, il y aura un dessin et tu pourras reprendre espoir avec moi.

— Si celui qui a enlevé Tishka s'amuse à redessiner sur son mur deux ans après, je demanderai immédiatement à la police de mettre des caméras sur la fenêtre de l'appart ! C'est la seule chose rationnelle à faire.

— Si tu veux. D'accord… Tu acceptes d'aller voir Saskia maintenant ?

) Ce)s enflures) ont lâché quatre essaims de frelons à la tombée de la nuit. Juste au moment où le clair-obscur rend vraiment délicat de les situer. Ils ont coordonné ça avec un assaut en façade : une vingtaine de grimpeurs, plus dix guignols en jet-pack qui ont surgi à hauteur de toit en gazant la zone au soporose. Un hacker a dérouté une partie de l'essaim sur les grimpeurs. Joli ! ils sont restés scotchés à mi-paroi sur leur câble. Le reste des frelons a été cramé au lance-flammes : ça dégrade le narcotique. Šur le flanc est du toit, les camarades sont tombés comme des mouches à la première giclée de gaz. Mais la riposte des autres a été très rapide car ils avaient leurs nariniers à portée. Ça leur assure un mélange d'oxygène en cas d'attaque. Même si ça ne tient que deux minutes, ça a suffi pour actionner les ventilos de secours et pilonner les réservoirs des jet-packs. Les guignols ont préféré larguer leur réacteur et ouvrir le parachute pour pas finir en torche.

J'étais en train de sortir un dard de la nuque d'une militante de soixante-dix ans, qui suffoquait, quand la femme de Lorca m'a tapé sur l'épaule. Elle s'est présentée. Perturbée, j'ai confié la dame aux roofmeds puis je suis allée récupérer le code d'un loft pour pouvoir être tranquille avec Šahar.

Bonne surprise, le botbar du loft n'avait pas encore été complètement pillé. Nous avons pris place dans une saloperie de fauteuil en veau authentique et nous avons trinqué. L'assaut nous avait bien secoués, il fallait le dire, et j'étais pas peu heureuse d'avoir une heure devant moi dans un salon cosy bien abrité du tumulte. De surcroît, j'avoue : j'étais plus qu'archi-curieuse de découvrir la femme qui avait tant et si bien retourné le cœur de mon petit Lorcal qu'il ne lui était même pas imaginable d'envisager une vie sentimentale après elle. D'emblée, j'étais bien calmée. Pas que ce fût une bombe, non : elle était fine, pas beaucoup de formes, taille moyenne, visage ovale... Rien d'extraordinaire au premier abord si ce n'est qu'elle était foutument bourrée de charme. En sus d'avoir une voix splendide. À peine commençait-elle à parler que tu te prenais à te poser, à la regarder bouger, à l'écouter. Et tu te sentais tout de suite bien en sa présence. Ši j'avais dû la comparer à un animal, j'aurais dit un lynx ou un serval. Le genre de bête que tu peux contempler des heures à la jumelle sans te lasser, voir se lécher les pattes ou dormir, tellement ça te délasse.

Très vite, elle a retourné la caméra et m'a demandé ce que je faisais au sein du Récif. Ce que j'y trouvais. Et elle l'a fait avec une attention tellement sincère et des questions si précises par rapport au métier que j'ai assez vite oublié pour quoi j'étais là à l'origine. Je crois aussi qu'elle était clairement fascinée par ce que je lui révélais. Šurtout sur le frisson et l'identité sonore des furtifs, sur la musicalité de leurs échanges. Je ne savais pas qu'elle jouait du

Tu as parlé de violence. OK. Ça, c'est extrêmement violent. Tu es prête à encaisser ?

— Pas vraiment... Mais vas-y...

De la réaction de Lorca quand il l'avait entendue dans mon appart, je me souvenais parfaitement. Šon explosion défragmentée de joie. Lui, peu ou prou, au moins dans l'espoir, il avait été prêt à entendre cette voix. Elle, je sus dès les premières secondes où Tishka commence à chanter qu'elle avait enterré, au fond du tréfonds de ses tripes, tout ce qui aurait pu rallumer le souvenir vocal de sa fille.

C'était un cadavre subitement debout que je lui sortais de terre et de chair. Un deuil fusillé, retué. Défoncé par la présence subite d'une voix sortie du néant et injectée pure dans sa tête ouverte, qui ne s'y attendait pas. Je l'ai vue littéralement imploser.

Le sang lui a pissé du nez, la bave lui est sortie aux coins des lèvres, comme si la digue de ses dents éclatait sous la pression. Elle a arraché le bonnet avant même que ce soit fini. Elle ruisselait de sueur, partout. Puis elle s'est levée. Et elle m'a dit :

— Je viens avec vous.

— ...

— Même si ça doit me tuer...

‘Ơn ¿a ‘limité le team à six. Moi à l'arrière, en couverture. Puis Saskia devant moi, Sahar et Lorca, notre Toutfou en second, en véritable traceur, qui va défricher les courses et nous déblayer les axes. Et puis Naïme devant, tout en nerf et débit mitraille, qui s'est proposée pour ouvrir, en éclaireuse. Une vraie mangouste d'après Toni. Impossible de dire si c'était un mec ou une meuf, c'était de la vitesse aux cheveux longs avec des jambes à faire du triple saut. C'était une face fine, intense, maquillée camouflage, une figure de la lutte qui avait perdu sa mano dans une manif et qu'avait mis à la place une buse d'acier pour taguer, partout, et pour te noircir les visières des keufs. Et l'œil des dronasses autant. Elle dégageait grave. Enfin « iel » comme disait Toni dès qu'il parlait d'elle. Euh... « d'iel ». Gros charisme !

C'est iel qu'a mené les deux heures d'entraînement. La prépa pour nous. La base du parkour. À l'armée, on a été formés à faire les sauts de fond, les roulades et les réceptions, la planche et les balancés. Sahar connaissait pas mais elle a appris vite, c'est un chat cette nana, tu la jettes d'un toit, elle retombera sur ses pattes en miaulant. Toni nous a ensuite montré le tic-tac, trop beau quand il le fait \ le passe-muraille et les lâchés / bien fout-la-trouille \ surtout quand t'as du gaz dessous. À la fin, pour le fun, Naïme nous a fait une démo de freerun avec *wall spin* et *wall flip*, du *cast bomb*, des *corks* et des *kick the moon* à qui mieux mieux. Les filles étaient scotchées, moi itou. La trans, le long de sa cuisse, iel a un tatouage maousse qui dit : *le sol peut attendre*. Eh ben ouais, qu'il attende encore ! Et pour nous aussi ! Ơn va pas béflan qu'on est prêts : ce serait se mousser. Reste qu'on n'est pas si ridicules pour des bolu-dos qui débutent dans le parkour. À la fin, j'ai senti Naïme plutôt rassurée. Et déter.

Rayon arme, par contre, y a pas bézef ! J'ai hérité d'un lance-fumigènes sanglé sur l'avant-bras, six fusées dans la ceinture et deux grenades de désencerclement version hackfab, qu'ont plus de chance de me désencercler mon trou de balle qu'autre chose ! Toni, lui, il t'a l'allure d'un gaucho des tejados : sa pampa, c'est le gravier des terrasses/ ses arbres, c'est des cheminées. Dans son futal, il porte deux colts de tagueur \ deux calibres qu'il te charge avec des cartouches de peinture. Paraît que ça le fait ? J'attends de voir !

Ơn a poireauté en somnolant, mal, jusqu'à 2 heures du mat. Pile. Cause que les flics sont des bots : la relève, elle tombe à las dos et ça guenille chez eux à ce moment-là. Des trois toits touchables par câble, direct, aucun sent bon. À vue de groin. Caffis de keufs \ trop de snipers calés / du ball-trap ! Alors Naïme leurre à 1 :59 en harponnant un rebord sur le toit du Sherton. Amar t'y fixe un pantin vaguement humano, boudiné dans des sacs de déchets et l'expédie par le câble. Une gravasse de secondes plus tard, notre poupée gonflable se fait trouer par des seringues. *¡Copiado!* Bord sud, Velvi fait mine de tendre une tyrol, en amarre cheminée, sur la tour Datum. Les drones lui collent aux basques \ bonne diversion. Flanc ouest, Toni tire au quinzième étage de la Cité éphémère sur un balcon de camarade. Il te couvre l'impact magnétique par un jet de grenade dans la piscine au-dessus. Ça va me plaire cette sortie ! J'ai même pas vu le câble se tendre que Naïme s'est déjà balancée dans le vide. *Zzziiiii*, ça fait. Ơn voit que couic. Saskia se fait déjà caca dessus. Lorca lui parle. Sahar se tord les poignets. Un triple *bzzeuu* de drone, genre bug de rotor : c'est le signal !
Toni clenche sa poulie sur le câble et se jette illico, calé dans son baudard, les deux mains aux hanches sur ses colts, prêt à défourailler ! Sur le bord du toit, Amar chuchote « Lorca, *go* ! », « Sahar *go* ! », « Saskia *go* ! » et il la pousse genre gros sac de boxe rapport qu'elle s'accroche des deux mains à sa roulette. Pas gagné.
Moi, j'ai filé d'une traite, fácil. Sauf que dès que j'ai tapé le balcon, j'ai levé la tête \ un réflexe / alors que je

déclipsais ma pouliche. Et voilà que je repère une boule noire en haut qui dépasse du toit. J'ai tiré d'instinct. Comme j'aurais fait en chasse, pour un fif. Le fumigène est parti droit dans la tête du sniper. Ce truc-là a plus fait pour ma légende, chez les compañeros, que tout ce que j'ai foutument réussi cette nuit de folie. À commencer par la série de lâchés sur cinq étages que Toni nous a imposés face nord de la Cité, après avoir traversé deux apparts comme des balles. J'ai juste encordé Saskia à mon harnais et j'ai prié la Pachamama qu'elle chute pas. Sinon quoi ? Soixante kilos à bout de rein ? Personne a pu mater mon saut portenaouak du minaret qatari, blam, sur le dome doré, suite que la milice m'a démagnétisé le câble. Passer en dernier, en parkour, ça t'expose à ce genre de blague. « On met les jumpers en queue de crew, c'est la mana ; et toi, Agouï, t'as la meilleure détente du groupe, donc *perdón*... » *Muchas gracias* Toni !

) Lo)rs du) brief, nous avons fait le choix de passer par *La bande de Gaza* et par *La voie tractée*, en enfilade du *Qui t'es, toit ?*, une tangente faite de petits sauts de toit en toit qui nous a semblé plutôt bien protégée. Nous y sommes, à *La voie tractée* et je comprends mieux le souci : très exposée, trop visible. De là part ce qu'ils appellent un « téléféerique » : un câble longue portée, qui survole le centre commercial à cent mètres de haut pour aboutir à un gratte-ciel bourdonnant qui rayonne de pistules en étoile. C'est tout simplement... l'aérodrone sud de la ville ! Là où viennent se poser, se parquer ou décoller les milliers de drones domestiques et logistiques d'Orange sur bien cinquante étages tassés ! C'est clairement le passage le plus dangereux du parkour. Oh, même pas pour le vertige, je m'y habituerais presque, ni pour les nuées de machines : leurs radars anti-collision sont excellents. Juste parce que c'est l'un des rares câbles fixes que les Altistes ont installés et que la Gouvernance a laissés en place, sciemment. Šachant que tôt ou tard, nous l'emprunterions, pour circuler...

— Y a bessif deux snipers au bout, faut pas rêver. Au minimum. Si Naïme engage, iel finit en tartare...

— Tu proposes quoi ? J'envoie notre drone ?

— Ils vont le défoncer direct. Je veux le garder pour la Zücker.

— Et donc ?

— Je vais y aller moi. Avec mes plaques. Agouï, puisque t'as l'air putain d'adroit, tu vas me coller derrière. Et t'alignes tout ce qui sort son casque des cheminées.

— Mode commando quoi ?

— *Si senor*. Fumigènes, gaz, grenades, tu cribles ! Moi je cartonne aux cartouches.

Là encore, le débat a duré dix secondes, pas de plan B, pas d'option, Toni charge les cartouches dans ses colts. Il sort deux plaques de kevlar de son sac et les fixe sous ses semelles en mode surf des neiges. Bien pratique puisqu'il peut souder et détacher les deux pieds, comme il veut, selon les moments. Il se suspend par son harnais, s'allonge dans l'axe du câble, s'équilibre et tend ses jambes devant lui. De nuit, avec la forme des plaques ramenées en V, sa silhouette dessine une sorte de flèche.

— Vous connaissez la prière des traceurs ? lance subitement Toni, comme pris par la solennité de l'instant.

Naïme s'illumine, une fente brève sur ses lèvres. Sahar répond « non » de la tête. Alors Naïme se lance :

— Récitez avec moi :

Notre terre, qui es aux cieux,
que notre bond soit sanctifié,
que ton règne vienne,
que ta volonté soit Fête sur nos câbles comme en vol.
Donne-nous aujourd'hui notre pinte de ce jour.
Pardonne-nous nos offenses,
comme nous pardonnons aussi à ceux
qui nous ont défoncés.
Et ne nous soumets pas à la gravité
mais délivre-nous du vide.
Promèn !

·· Agüero · recula un peu, il empoigna Toni par son baudrier et sprinta avec lui vers le vide… Ensemble, ils décollèrent dans la nuit et très vite, grâce à la pente du câble, leur double masse boostant l'accélération, ils atteignirent une vitesse inquiétante…
Fut-ce le riff aigu de la poulie sur l'acier du câble qui alerta d'abord les tireurs ? Sans doute. À peine une poignée de secondes et des drones se détachaient déjà de la nuée pour cibler nos camarades, bien aidés par le projecteur qui illumina soudain le téléféerique.
Je me souviens avoir vu Toni Tout-fou rentrer la tête et foncer couché tel un pilote de bobsleigh dans son couloir de glace. On crut un instant qu'il sortait ses bras comme des ailes, pour freiner – en fait il dégaina d'une boucle de coude ses deux colts – et il alluma à la volée les drones avant d'en éclater une dizaine à coups de latte et de plaques en plein vol ! On suspendit notre respiration… Nos épaules se touchaient sur le rebord du toit et l'on se serra encore, Saskia, Sahar et moi.

— Ils sont dingues…

Là-bas, Toni et Agüero trouaient maintenant le trafic de l'aérodrone, lancés comme un missile, l'entaillaient de leur lame rutilante sur laquelle venaient ricocher les phares de la tour de contrôle. Des balles s'écrasaient sur le surf d'argent, un crépitement nourri de tirs étincelait dans leurs pieds mais ils ne lâchaient rien – Toni vidait son chargeur de capsules tandis qu'Agüero, abrité derrière lui, faisait siffler les fumigènes par-dessus son casque. Une première fusée partit dans l'espace, mais il ajusta aussitôt, une autre gicla et soudain on vit un sniper prendre feu sur le toit et se rouler dans les graviers de la terrasse pour essayer de s'éteindre ! Son collègue surgit pour lui venir en aide et le traîna pour l'abriter.

)To)ni et) Agüero sont déjà sur le toit. Ils avancent à *cover* derrière les cheminées et les blocs de chauffage)) des taches de peinture blanche étoilent le béton) un autre fumigène percute une cabine) et ensuite on ne distingue plus rien dans le ballet des drones)) que de la fumée et du chaos de silhouettes, au milieu, qui semblent se battre ? Une minute plus tard, Toni lève les bras sur le rebord du toit. Il nous fait signe de venir. Lorca nous regarde et il dit :

— Allez-y ! Je dois vous couvrir quand Agüero part devant.

— On y va ensemble ? me suggère Sahar.

— C'est pas de refus...

´Ce ˏque ´j'ai adoré a été cette sensation constante de fluidité et d'effort, tout au long du parkour, et le plaisir que j'y ai pris, en dépit du sévère danger. J'ai savouré la partie au sol, les sauts de précision de muret en muret, les interlignes, les courses, la façon dont Toni nous a fait couper à travers les grillages, par-dessus les portails, monter aux poteaux, redescendre, filer par-dessus les voitures. Il allait tellement vite que nous perdions sans cesse sa trace alors il ralentissait et nous éclairait la voie. Toute la partie finale du parkour, au moment où nous sommes remontés sur le toit de l'église par les gouttières, les bas-reliefs et les gargouilles, je n'aurais pas cru que j'en sois capable, même encordée. Et je n'évoque pas la série de sauts « de détente » sur le dédale des toits de zinc où j'ai regardé Lorca bondir sans réfléchir et où je n'ai fait que l'imiter, les imiter tous, comme Saskia, ni plus ni moins. Aux deux tiers de la flèche gothique, quand nous avons longé la corniche au-dessus du parvis, j'ai évité de regarder Saskia qui tremblait mais je l'ai entendue dire ça à Lor, que j'ai trouvé très beau : « Mec, là je te le dis, je dépose mon cerveau dans mes pieds. Je me dis que mourir au milieu de gens que j'aime, dans une soirée comme ça, ça peut pas être la pire des morts. »

·· Toni · n'a ralenti qu'au sommet de l'église, après trois kilomètres à tracer, à fond, une fois qu'il a eu la certitude que nous n'étions plus suivis, ni par des milices au sol, ni par des drones en vol, et que nous nous tenions au-dessus de la ligne des caméras fixes. Pour mon premier – et j'ose croire dernier – parkour de ma vie de preneur d'ascenseurs et de descendeur de trottoirs de vingt centimètres, j'ai un clip mental de scènes et de sauts, de souvenirs hachés emmêlés qui défilent, un souvenir de débuts de crampes aussi, de peur de ne plus tenir tant le rythme a été élevé. Toni mesure enfin notre état physique, il n'a pas eu conscience d'à quel point nous avons ramé. Nous sommes à présent tassés à cinq dans le clocher, à récupérer, puisque Naïme nous a lâchés pour faire diversion en embarquant une petite escouade de flics loin de l'église.

Toni n'a pas l'air inquiet pour son matricule : « Elle a des relais Mue partout, elle va se flouter. » Comme Agüero fronçait des sourcils, Sahar l'a affranchi : « La Mue, tu sais, la réappropriation de nos corps. »
Moi je me suis efforcé, très égoïstement, de me réapproprier le mien, en descendant mon rythme cardiaque et en essayant de récupérer. Quand je me suis enfin relevé, j'ai regardé par une meurtrière, côté est. La tour Zücker était bien là, intacte, comme éternelle dans mon souvenir, et dans mon présent. J'ai compté cinq niveaux à partir de la rue, puis trois balcons à partir de la gauche. Sahar est tout contre moi. C'est là. C'est là qu'on habitait. Notre chez-nous. Je chuchote à son oreille :

— C'est avec ce clocher que t'as appris à compter à Tishka...

— Oui... Tu te souviens ? Elle appelait ça la fusée-en-pierre...

— *Appelle*... Elle *appelle* ça la fusée-en-pierre...

Sahar a un spasme, elle ne répond rien, ne se tourne pas vers moi. Je suis juste derrière Toni, qui s'est accroupi pour ne pas s'exposer, suffisamment près de lui pour discerner sur sa nuque un tatouage qui semble ancien, presque effacé. Je le déchiffre difficilement dans la pénombre. « *Être et durer.* » Je ne peux m'empêcher de le prononcer à haute voix, ça fait sourire Toni qui tourne la tête :

— C'est un classique du parkour. Un peu old school, j'avoue. Derrière le mollet droit, j'ai mieux, j'ai : « *N'invoque jamais le ciel. N'évoque jamais le sol. Sois Toit.* »

— Avec un T ?

— Avec deux.

— Et deux S à « sois » ?

— T'es con...

Il se détend un peu et sort de l'herbe de sa poche pour se rouler un spliff. Ça me soulage qu'il fasse une pause, on l'a tellement attendue celle-là ! Je vois à quel point Sahar accuse la fatigue, je devine que Toni est prêt à bavarder un peu, alors je le relance d'un regard. Il tire une taffe et me jette en expirant la fumée :

— Tu sais pourquoi j'adore autant le parkour, frère ?

— Hum... Parce que... quand tu cours et que tu sautes, c'est comme si tu dessinais, que tu faisais de l'*air tag*. Tu peins l'air avec ta trace...

— Jamais pensé à ça, man ! (il fait, joyeux, entre deux bouffées de ganja) c'est joli ! Oim, j'vois plutôt le parkour comme un truc de minot. Jouer avec ce qu'on te donne. Regarde : ils te font des bancs pour que tu t'assoies. Ils font des bagnoles pour rouler. Ils font des toits pour abriter nos gueules...

— Ils ont même fait cette église pour que tu pries...

— Wesh ! Et moi mon kiff, c'est de faire autre chose avec ! Cette église, hop, j'en ai fait une falaise ! Quand tu tires des tangentes par les toits, tu suis plus leurs rues. T'en traces d'autres, en biais ! Et au sol, t'es debout sur le truc où ils s'assoient, tu cours sur le mur qui les sépare et voilà, tu les réunis ! Tu casses leurs frontières.

— Je pige. Tu refais leur ville par tes déplacements. Tu la réinventes à ta manière...

— En vrai, tout est fait pour qu'une chose serve à une seule chose. Les vioques que je croise, ils me disent sans arrêt : « C'est pas fait pour ça ! » Une école, t'y apprends. Une tour de bureau, tu bosses dedans. Ton balcon, t'y mets des plantes et t'y fumes ta clope. Alors que nous, un balcon, ça sert à grimper, à se lâcher, souvent c'est notre porte d'entrée dans l'immeuble, on y cause, on y dort même quand ça le fait. Les bureaux, on s'y pète des teufs la nuit ! Et les toits, c'est nos parcs, nos stades de toof, ça devient le terrain de camping du coin...

Agüero se mêle à la conversation, parle de porte-avions, des toits comme un porte-avions pour la Céleste et s'emmêle dans une métaphore militaire du parkour. Toni tique un peu :

— Je sais pas. Je pense aux mômes. Ils transforment tout, ils rebootent tout, on fait juste pareil, en plus sérieux, en trop sérieux...

— Moi (je relance), j'aurais pensé que c'était d'abord la fuite que tu aimais dans le parkour... Ce kiff de fuir... Fuir, c'est créer. Tu vas où personne n'anticipe, tu renouvelles tout.

— La natchave, j'adore, yo. Mais t'sais, souvent, je bouge pour bouger. Gratos. On se fait plaise avec Naïme, ça coûte rien. T'avertis personne, tu vas où tu veux, tu prends l'espace comme ça vient. Juste pour niquer la norme. Maintenant, quand j'suis en solo, j'me fais mes films, des fois, comme quoi j'ai les schmitts au cul. Et là, un soir commace... ben ça devient IRL ! Ce qu'on a tombé cette nuit, niveau trajet, personne aurait pu dire que c'était jouable. Cette voie qu'on a ouverte, sur trois kils, c'est un genre de chef-d'œuvre. Vous avez assuré grave pour des sol-sols. Quand t'es fier d'une fresque, tu la signes. Là, franchement, ça se signe...

— Tu vas l'appeler comment cette voie ?

— Hey ! C'est pas à moi de dire ! lâche-t-il dans une énorme bouffée d'herbe. C'est vous qui l'avez faite, les michtos ! On l'a faite à six !

— *Tishka...*

— Quoi *Tishka* ?

— On peut l'appeler : *Scot'tish'ka.*

— *Fortiche K.*

— *Tishka'danse infernale.*

— *Tishkabalistique... Tishkaméra... Tish'ka fée.*

— On n'est pas encore au bout de la voie, calmos. Il reste une longueur. Et pas du biscuit. Si tu baptises avant d'avoir fini, ça fout le mauvais œil...

Sur ces mots, tout le monde s'est tu dans l'espace exigu du clocher. Quand quatre heures du matin ont subitement sonné à toute volée juste au-dessus de nos têtes, j'ai bien cru que nous finirions sourds tant la vibration s'insinua dans nos os et nos tympans mal bouchés par nos mains. L'immobilité et la fatigue, sans parler de la pierre, glacée, me faisaient frissonner ; je me sentais incapable de grimper encore ou pire de désescalader de la hauteur vertigineuse à laquelle notre coup d'adrénaline final nous avait fait accéder.

Outre qu'il m'était inimaginable d'aller « visiter » notre ancien appartement, d'en seulement toucher le balcon... Ce balcon sur le bord duquel Tishka venait chaque matin poser sa poignée de graines en se hissant sur le bout de ses pieds, en sursautant, d'excitation, dès qu'un moineau venait virevolter pour finalement planter son bec sur le métal de la rambarde et picorer, picorer encore, picorer et repartir... Alors elle criait « maman ! » comme si j'avais été ailleurs, au bout de l'appartement, déjà dans la cuisine, au lieu que je fusse là, juste derrière elle, de peur qu’elle ne glisse. C’était notre rituel à nous, sans papa qui se lèverait un quart d’heure plus tard, c’était notre moment suspendu, où le moineau frétillait dans la fraîcheur, faisait coucou de ses courtes ailes, nous annonçait que la nature existait encore ici, n’avait pas été complètement chassée par les rotors écœurants des drones. Même quand le moineau repartait, nous attendions encore, je la soulevais dans mes bras, je l’enveloppais d’un pull, nous attendions que la cloche se balance et sonne huit heures, ces huit coups que Tishka ne savait pas compter encore, si bien qu’elle m’écoutait, épatée, les égrener, en chantonnant la mélodie de ma voix… *cinq, six, sept, huit !* Alors on refermait vite la fenêtre pour filer dans la cuisine, Tishka devant, déjà éveillée et vive – « tu me cours ? » – faire chauffer le biberon, le poudrer de cacao, secouer, donner, blottir. La magie du quotidien.

) Qu)and Agüero) m’a dit « Toi et moi on reste là, on surveille l’avenue et on les couvre. Y aller à trois, c’est déjà beaucoup, c’est déjà trop », j’ai su que je ne verrais pas le glyphe. Merde… « C’est leur histoire à eux », il a ajouté. À part qu’il a évidemment tort. C’est mon histoire tout autant. La sienne, la nôtre. Celle de tout le Récif. Ce glyphe peut apporter la preuve que… Que quoi exactement ? Qu’un furtif peut développer une relation privilégiée avec un enfant ? Revenir là où cette relation s’est nouée, absorber une partie de ses émotions et s’en nourrir ? Les restituer, les faire exister à travers lui, même si l’enfant a disparu depuis longtemps… ? Ou plus fascinant encore… la preuve que Tishka existe bel et bien sous une forme à présent… modifiée ? furtive ? hybridée ? Et que, oui, c’est elle qui a gravé le glyphe du toboggan, oui,

elle qui revient l'écrire sur le mur de sa chambre, même occupée par un autre, même sans ses parents ? Pour quoi faire bon dieu, avec quel espoir ?
Ce que je ne comprends pas, dans tous les cas de figure, ça reste : si le glyphe est bien une écriture ultime, un dernier signe laissé par un furtif qui se sait mourir, pourquoi le refaire ? Quel sens y a-t-il à ça ? Un hommage ? Un totem ? Une façon de faire le deuil ? Un appel pour le ramener ? D'où ?
Ši l'on part de l'hypothèse, si belle quoique bien tordue de Lorca, que le tracé vaudrait moins par son dessin que par le sillon qu'il grave dans la matière… OK. Donc qu'en repassant sur ce sillon avec la bonne tête de lecture, le je-ne-sais-quoi d'adéquat, peut-être qu'un son en sortirait, comme d'un antique vinyle. Mettons, une musique, une voix ? J'ai pourtant essayé de toutes les façons possibles sur la vitre de la forêt tropicale du *BrightLife* : vite, lentement, avec des micros, des piézos, une membrane, en épousant les rayures… Šans rien qui sorte. J'ai un matériel de malade pourtant.
« Leur histoire à eux », Agüi ? Vraiment, tu me tues, oui ! Comme si ce n'était pas l'histoire de Toni non plus, sa quête… Comme si l'on ne touchait pas, en venant ici, le point le plus haut, potentiellement, qu'on n'ait jamais atteint dans la compréhension des furtifs ? !

Avec Lorca, nous avons pris la décision d'activer notre intracom, au cas où. Ši jamais il se trouve obligé de me chuchoter quelque chose quand il sera sur le balcon, dans la chambre. Ou si je dois les alerter qu'ils sont repérés. Agüero a fait non de la tête, j'ai insisté et passé outre et il a fini par me glisser discrètement, de crainte que Toni entende : « Vous faites une connerie. » Cinq minutes plus tard, j'ai compris qu'il avait raison. Ma mâchoire a grésillé sous la gueulante :

— *Vous faites quoi au juste là ? Vous jouez l'avenir du Récif à la roulette russe ? Vous mesurez que vous avez toutes les milices de cette ville aux fesses ? Et que ça fait quatre heures que je vous cherche ? Pour vous mettre à l'abri ! En espérant un signe !*

Je suis désolée, j'ai tapé en mocode sur la paume de ma main, Toni était trop près pour que je parle. *On ne pouvait pas te prévenir. Risque d'interception* – j'ai improvisé. Agüero venait de se connecter à son tour et grimaçait salement. Là, on risquait clairement l'exclusion. Lorca se fendit d'abord d'un sourire d'ado pas mécontent d'avoir désobéi à son père, puis le sourire se figea et s'évanouit à mesure qu'Arshavin nous défonçait. Par chance, Toni ne nous regardait pas, occupé qu'il était à bidouiller dans l'escalier de pierre le drone qui allait fixer la tyrolienne au balcon du huitième étage. Afin qu'ils puissent traverser tous les trois vers la tour avec la bonne pente de câble.

— *Vous réalisez que vous avez mis le feu à un représentant de l'ordre ? Que la Gouvernance recherche les « crameurs de flic » ? la nouvelle « terreur des toits » ? Vous voulez que je vous balance les images de l'aérodrone ? L'unité de bruit médiatique a dépassé les dix millions en équivalent cerveau ! Vous cherchez quoi ? À croupir en taule pour dix ans ?*

‹Rayon ¿« j'exagère », ‘Arshave avait toujours été fortiche. Un capo de l'intox. Rien que cette nuit, quatre ou cinq bandes ont giclé en loucedé du *BrightLife*, qui au sol, qui en parap, qui en *base jump*, qui, comme nous à la

débrouille, en parkour, pour aller ravitailler ou se maillocher avec la bleusaille, vamos ! Une quinzaine de barrios privilège sont squattés par la Traverse. Les anarchitectes te font pousser du cabanon sur une pelletée de places premium, campent dans les squares privés, c'est la fiesta bonita ! Sous les pavés la playa ! Et notre Arshavin voudrait qu'on caque dans nos caleçons pour un sniper qui pue un peu la merguez ? ¡La puta madre que lo parió!
J'ai activé ma bague. Faisceau dans la paume. Et j'ai tapé ça :
Bien reçu. Camouflage+++. Opération en cours. Importance AAA.
Dissipation groupe suivra. FinExfiltration@7:00 > Retour maison. Over.
Puis j'ai coupé l'intracom. Saskia+Lorca, hop, off aussi. Pas besoin du stress d'Arshave. C'est déjà suficientemente tenso comme ça.

·· Tout · a d'abord semblé fluide comme un ballet : l'efficacité du drone, la tension de la tyrolienne, la réception sur le balcon du huitième étage, nos lâchés sécurisés jusqu'au cinquième, l'enroulement de la corde, le drone qui repart… Et l'avenue idéalement calme et déserte… Loin de s'effondrer, Sahar semblait tenir le choc, physiquement au moins. Sa résistance m'impressionnait.
Confirmation de ce qu'on avait vu à la jumelle, le volet roulant de la chambre de Tishka ne descendait pas jusqu'au sol, sans doute pour laisser un brin de lumière filtrer, éviter le noir complet au gosse qui dormait là – nous faisions pareil pour notre fille. L'espace laissé nous permettait de glisser un intechte entre le volet et la fenêtre. L'idée était simple : l'intechte allait découper un trou circulaire dans la vitre, pénétrer dans la chambre et se poser sur l'interrupteur du volet pour le faire lever. À

mi-hauteur. Par le trou, Toni passerait la main pour ouvrir la fenêtre de l'intérieur.

Sauf que... Sauf que les nouveaux locataires, ou plus sûrement la copropriété, avaient équipé les ouvertures d'un détecteur anti-drone. Et qu'il devait être plutôt sensible puisque l'intechte fut désactivé dans la seconde où il passa le volet. En témoigna un petit choc métallique au sol : notre jolie cigale gisait, inerte, sur le carrelage du balcon. Plus grave, le volet se referma doucement, automatiquement, complètement. Tringle loquée au rail. Un mur blindé. La cata.

Toni me regarda, soudain aussi blanc que le volet, les yeux rougis par la fumette. Pour la première fois de l'aventure, il m'apparut démuni et hagard.

— On fait quoi, là ?

— ...

— Je crois qu'il faut partir. On ne saura jamais, dit Sahar dans un filet de voix.

Elle tremblait de la tête aux pieds.

C'était monté d'un coup.

Je me souviens que j'ai failli abandonner. Ça a tenu à rien. « On ne saura *jamais* »... Ce ton de résignation insupportable, ce sentiment que ça l'arrangeait bien, finalement, qu'on échoue... Est-ce ça qui créa l'électrochoc ? Ou la pointe de déjà-vu, au moment où le volet était descendu, ce flash-back éclair de la scène du loft et de l'IA, la veille, avec Agüero ?

Je me suis tourné vers Toni et Sahar en leur demandant, l'index sur mes lèvres, un silence absolu. Puis je me suis adressé au volet et j'ai dit :

— OK volet. Ouvre-toi s'il te plaît.

Du coin de l'œil, j'ai vu Toni plaquer ses deux mains sur sa bouche pour ne pas éclater de rire. À mes côtés, Sahar secouait la tête, atterrée, en me dévisageant comme un débile mental, comme si elle avait là, au fond, la preuve finale que j'étais devenu un pauvre taré perdu dans ses rêves et sa magie triste. Le volet eut un court soubresaut sur son seuil, ce qui signifiait au moins que la commande vocale était opérationnelle. Il me fallait un sésame, un peu de chance, la bonne inflexion…

— OK volet. Ouvre-toi s'il te plaît… Ouvre-toi… Ouvre… Ouverture volet… Monter volet… *Up !* Ouvrir. *Open !*

Un instant, j'ai cru que j'allais tout défoncer à coups de latte. Toni ne rigolait plus maintenant. Il surveillait l'avenue et le ciel, guettait le clocher au cas où Saskia aurait pointé son laser pour nous avertir d'un danger.

— Ouvre-toi putain de volet ! !

Sahar me mit la main sur l'épaule, avec une sorte de tendresse condescendante qui me donnait envie de lui cracher dans la gueule. J'ai sifflé :

— Essaie, toi.

— Ne sois pas ridicule, Lorca. Ça ne peut pas marcher. Ça fait plus de deux ans que nous sommes partis…

— Essaie. Dis-le.

— Lorca…

— Dis-le comme tu le disais le matin quand tu réveillais Tishka. Dis-le à ta façon.

— Lorca…

— DIS-LE ! !

Le gadjo a quasi hurlé. Vas-y, réveille la tour ! Le fada ! Sahara t'a toisé son keum genre « t'ondules de la toiture, t'es grave ». Malgré, elle s'est mise face volet, blaze dans les pompes et elle a jaspé :

— OK petit volet. Ouvre-toi pour moi.

Limite infrason tellement c'est sorti bas. J'allais me barrer, vraiment. Croyez-moi ou allez vous faire foutre. Y a eu un *tac* et le volet a couiné, rourourou, tout doux, en s'enroulant par le haut ! Une vache de miracle. Sahara a souri, ça lui a échappé, elle hallucinait. Alors le Lorca, il a poussé du col sa marquise pour qu'elle enchaîne. Elle a caressé la vitre et nous a envoyé un « OK fenêtre, offre-nous ta lumière » aussi chilly que le premier. La fenêtre s'est débloquée du dedans. Blac. Pas plus compliqué que ça. La Chamane de la machina ! Le meilleur moment de ce roof-movie, j'vous le jure, le truc le plus élégantesque que j'ai jamais vu en cambriole. Comment il a pu avoir cette idée de camé, le Lorc ?

·· … C'est · comme ça qu'il a pu entrer. J'en suis sûr maintenant. Il a enregistré sa voix, la voix de Sahar ou de Tishka ; il l'a hackée ou copiée. Il a escaladé ce balcon et il a dit « ouvre-toi ». C'est comme ça qu'il a fait. Pour entrer et pour sortir, sans trace, avec elle. Et il a effacé les métadonnées derrière. Aucun enquêteur a pu trouver ça ? Aucun ?

Devant moi, sur le mur de droite, il y a son lit. Elle dort. J'entends son souffle, elle ronfle avec légèreté, elle a le nez bouché, elle avait le nez qui coule en rentrant de l'école. Machinalement, j'ai abaissé à nouveau le volet, pour ne pas que la lumière la réveille. Tout est pareil. C'est la même moquette épaisse où l'on peut tomber sans se faire mal,

c'est la même frisette punaisée des dessins de l'école sur le mur du fond, le même lit en bois bleu, le même semis de doudous éparpillé autour. Tit'âne, Pirouette, Pistache, Neige, Rose bonbon, Shaille, Lily Djeuns, Quira… Tout est là. Elle va se réveiller sur un cauchemar, parce qu'elle a un peu chaud, ou un peu froid. Je vais lui faire un câlin, elle saura que c'est moi, juste à mon geste, elle va se tourner, à tâtons le doudou, se rendormir. Et demain, on donnera des graines au moineau…
Merci.
Merci de m'avoir offert cette chance de la retrouver. Merci de l'avoir ramenée, qui que tu sois. Sée, homme ou dieu. Je trouve la main de Lorca, il me serre par l'épaule. Nous avançons de quelques pas dans la chambre. On se serre tellement fort qu'on pourrait se briser les bras. Je sais que Lorca pleure, je devine presque ses larmes pleuvoir sur la moquette, il s'essuie les yeux avec sa manche, il s'agenouille devant le lit. Il va lui caresser les cheveux. Il va l'appeler. Et elle sera là, elle sera là, ce sera elle, ce sera sa frimousse, elle va dire « maman… », « maman… je suis revenue tu sais ».

·· Je · me tourne vers le mur opposé au lit, je n'ose pas encore regarder, je sais que ça se joue là. Dans quelques secondes, j'aurai perdu Sahar à jamais. Ou tout pourra recommencer.
Je racle mes larmes, lâche le bras de Sahar et j'éclaire à la frontale…
Le mur est toujours violet, ils n'ont pas refait la peinture, on peut toujours y dessiner à la craie et laver derrière. La lumière gicle forte, trop subite, ébloui, je ne vois rien. Puis la main de Toni me pointe quelque chose, sur le troisième mur, gravé à même la frisette, qu'on ne discerne vraiment

qu'avec la lumière affleurante. On dirait les énormes coups de patte d'un grizzli. Trois cercles griffés, disposés en trèfle. Avec des signes au milieu. Chaque cercle s'élargit à la façon des rides d'un caillou jeté dans l'eau. Comme trois ondes radiales. C'est le même dessin que sous le toboggan. Aucun doute là-dessus. C'est le même. Juste pas sur le mur où je l'attendais, pas là où il était le matin où Tishka a disparu.

— Ça vient d'être fait, me chuchote Toni, éberlué.

— Comment tu peux dire ça ?

— Les petites franges du bois sont encore souples. Le pin durcit au bout d'une journée... Là, c'est doux comme un cil...

Sahar est venue toucher le dessin, elle l'a embrassé, elle en a suivi les ondes du doigt. Puis elle est retournée s'allonger sur la moquette les bras ouverts, comme si elle voulait s'imprégner de la chambre, s'en gorger par tous les pores de sa peau, comme un présent humide, une rosée de temps. Demeurer là où rien n'aurait jamais dû finir.

Un point vert cru est venu osciller au-dessus du lit. Le laser de Saskia. Elle l'a mis en décalage de fréquence et elle a écrit directement en cursive sur le mur, avec la lumière. La légère traînée-retard me permettait de la lire facilement.

BRANCHE L'INTRACOM.

— Quoi ? j'ai fait.

— *Parle dans ta bouche, sans ouvrir les lèvres, ça me suffit... Je t'entends.*

— Arshavin va nous repérer, Saskia...

— *Osef. T'es prêt ?*

— Tu me fais peur… Accouche !

— *À l'infrarouge, j'ai cinq traces thermiques dans la chambre…*

— Quatre tu veux dire…

— *Cinq… Il y a deux traces dans le lit… Tu as remarqué quelque chose ?*

— Putain… Saskia… Arrête tes conneries… Je suis sur le fil là… Elle est où ta deuxième trace ?

— *Sous la couette, à droite de la môme.*

— Elle a peut-être une sœur…

— *Nos datas sont formelles Lorca. Les Devos ont une fille unique.*

— Une copine alors ? (…) Un chat ?

— *Ça a une taille humaine. Va vérifier, soulève la couette… Attends… !*

— Putain, quoi encore ?

— *La tache a bougé… Elle est derrière toi maintenant… Entre la porte et le mur…*

Je prends une bourrade dans les côtes, un coup de sang. Fffff… Toni ! Il me murmure :

— Pourquoi tu marmonnes mec, t'es pas bien ?

— Je suis en intracom… Avec Saskia.

— Intracom ? Vous avez chouravé du matos à l'armée ou quoi ? il sifflote, tout bas.

— Tu veux pas aller checker le couloir ? Saskia voit des trucs bizarres…

— OK ! ?

À pas de loup, il sort de la chambre. Je n'ose pas regarder derrière la porte… J'ai peur de la voir, en chemise de nuit blanche… Je n'ose pas aller relever Sahar… J'ai une trouille irrépressible qui me monte…

— *Arshavin in ! Merci de vous être reconnectés ! Vous avez déclenché l’alarme de façade. Anti-intrusion. Le gardien de l’immeuble a été réveillé. Il vient d’appeler les milices de sécurité. Il suit la procédure standard qui recommande de ne pas s’exposer. Les milices sont en route. Quatre hommes. Ils seront là dans huit minutes. Vous devez lever le camp. Reçu ?*

— Reçu. On dégage !

Je me suis approché de Sahar qui gardait les yeux fermés. L’enfant ronflait toujours, un court souffle, rapide. Au bout du couloir, les parents continuaient vraisemblablement à dormir et je redoutais leur terreur, cette terreur qui ne s’efface jamais vraiment quand on a été une fois violé comme ça, dans son intimité, dans son nid, par une intrusion, même pour un simple vol. Ne pas leur faire subir ça.

— Il faut qu’on parte Sahar… Les flics arrivent…

Elle ne répond pas. Elle lève ses yeux embués vers moi, elle a un visage d’ange, je la revois deux ans auparavant, quand elle était encore heureuse. Lentement elle chapechute :

— Je ne pars pas.

— Sahar… On n’a plus le choix.

— Elle est là. Tu avais raison. C’est toi qui avais raison, depuis le début. Pardonne-moi.

— …

— Elle est là. Je la sens. Je ne la quitte plus maintenant. Pars si tu veux…

) Da)ns le) champ de mes jumelles infrarouge, en ciblant le cadre de la fenêtre, j’avais la représentation filaire du volume et des présences. Šahar était allongée au milieu de la pièce, jaune orangé, Lorca accroupi à côté d’elle, orange brûlé, la tache carmin de Toni bavante quelque part dans le couloir, trop loin pour moi. Dans le lit, une forme jaune allongée. Et sous le lit, maintenant, quelque chose de bleu vif, pareil à une coulée d'aquarelle, fluait. De là où elle était, il est probable que cette chose voyait Šahar et Lorca, par un étroit bandeau au ras du sol, entre la couette et la moquette. Qu'elle les regardait peut-être...

J'entendais Lorca parler à sa femme et ses répliques à elle, très assourdies. À un moment, il s'est résolu à relayer son intracom dans une oreillette et à lui glisser dans le pavillon parce qu'elle s'est finalement levée quand elle a entendu Arshavin relancer :

— *Qu'est-ce que vous foutez ? Vous déconnez dans les grandes largeurs ! Milice à trois minutes. Vous m'obligez à les stopper ! Sortez par la fenêtre de la cuisine et droppez vers le parc. Face ouest. Je vous guide : vous prenez le couloir, puis droite et c'est...*

— Je sais, c'est mon appart ! a cinglé Lorca.

— *OK. Je vous mets la ligne Gardien-Milice en copie. Ça sera plus efficace.*

— ... Ne bougez pas monsieur !
Nous sommes là dans deux minutes... Préparez-
nous le pass de l'appartement,
s'il vous plaît, on gagnera du temps.
Combien d'intrus d'après l'IA ?
— Trois.
— Trois ? Vous êtes sûr ?
Si ça se trouve, c'est trois fois le même,
ces dispositifs déconnent souvent...
On va prendre les tasers au cas où. Merde... !

— Pardon ?
— Meeerdddde ! On a crevé ! Les quatre roues !
Une ceinture de clous !
— Mon dieu...
— Pas de panique, nous sommes à...
450 mètres de chez vous.
On se gare. Nous allons finir à pied.
Nous serons là dans... six minutes environ,
monsieur... Attendez-nous dans le hall
et appliquez le protocole si vous voyez
des intrus. Pas d'héroïsme surtout !
— D'accord. Faites vite !

·· Sortir · par la porte. Descendre par l'escalier de secours jusqu'au – 1. Traverser le parking souterrain. Sortir côté bois. Plus simple. Moins dangereux.

Pas pigé ce qu'ont foutu les tourtereaux. Quand j'ai entendu la porte des parents s'ouvrir et vu une milf aller pisser, j'ai sniffé le mauvais thriller. Je lui faisais « bouh ! », juste là, je crois que je la killais d'une crise cardiaque. Enfin, ils sont arrivés. Lorca préférait qu'on se casse par la porte. Sahar la shamane a fait :

— Ouverture porte (...) Ouverture porte (...) Ouverture porte !
— Ça passe pas. Essaie une autre formule, merde !
— J'ai toujours dit ça comme ça ! Je n'avais qu'une formule !
— Ils ont dû effacer ton empreinte vocale pour l'entrée.

À force de tchatcher, ce qui devait arriver arriva...
— Y a quelqu'un ? Louna ? Louna, c'est toi ma chérie ?

La mama. Sans la remontée de beuh qui me collait la parano, j'aurais pas bougé, j'aurais attendu. Franchement. Là, j'ai tracé kitchen, fenêtre coulissante, rebord et j'ai filé en fif, ciao bello, sans demander˜ la note. À un moment, game over˜, faut savoir˜ gicler˜ !

´En (catimini, ´nous nous sommes glissés jusqu'au salon, la mère n'a pas insisté, heureusement – nous l'avons entendue aller se recoucher. Par la baie vitrée, nous avons épié l'esplanade : quatre hommes caparaçonnés la traversaient en direction du hall d'entrée, l'uniforme rayé de bandes fluorescentes : la brigade d'intervention. Lorca m'a tirée par le bras afin qu'on fuie par la cuisine, tandis qu'au moment de repasser devant le couloir, j'ai entendu sa voix, très distinctement, sa voix tellement nette, tellement elle, qu'elle m'a transpercée de part en part.

— Papa. Maman.

Lorca déplaçait déjà une chaise pour accéder à la fenêtre en bandeau… Je suis restée transie à l'entrée du couloir et j'ai cru apercevoir quelque chose au coude qui part vers sa chambre, comme une masse d'air bouger, s'évanouir à la frange du noir…

— Papa. Maman.

Lorca est revenu subitement sur le seuil de la cuisine. Une statue de sel. Je n'ai pas eu besoin de lui demander s'il avait entendu. Nous sommes restés là, suspendus, à attendre, à attendre qu'elle sorte du noir, qu'elle sorte du fin fond de notre mémoire pour s'avancer vers nous, qu'elle parle encore, une fois, une seule fois, rester à attendre que ses petits pieds de lait fassent plic-plic-plic sur le carrelage et courent à nouveau vers nous.

À l'angle du couloir, l'obscurité dissolvait toute vision, la prunelle de mes yeux se noyait dans une bruine de mélasse. À force d'accommoder mes pupilles cependant, à force d'y croire, je voyais comme des traits de khôl fuser en surimpression dans l'air anthracite, comme une forme qui amorçait et coupait ses gestes, qui vibrait à la lisière d'un bloc de charbon mou. Elle était là, j'en avais la certitude physique, mammifère.

J'ai failli dire « viens, viens toi… » et peut-être que je l'ai dit finalement, et que c'est ça qui a fait crier la mère, je ne sais plus. J'avais l'impression que si je pensais suffisamment fort à elle, si j'arrivais à former en moi son visage mouvant, son visage tel qu'aucune vidéo ne pouvait le restituer, ce visage de l'intérieur que nous sommes les seuls à posséder de l'être qu'on aime – si je parvenais à le retrouver intact, lové comme le remous d'une rivière dans une vasque qui n'était pas la mémoire, qui était le présent pur, retrouvé – si j'y arrivais enfin, rien qu'une seconde, rien qu'un éclair, alors la forme incertaine qui flottait et se décalait noir sur noir, qui absorbait, j'en suis sûre, de tout son corps mon amour – dans l'attente de le réverbérer en chair, de revenir vers l'humain, cette forme s'extruderait du passé et elle viendrait à nous du fond du couloir, avec sa bouille d'oursonne et ses petits pieds de lait…

— Tishka ? Tishka !

Au lieu de ça, une femme a hurlé en sortant de sa chambre, la porte d'entrée s'est ouverte à toute volée et tandis qu'ils me menottaient frénétiquement, je n'ai pas lâché du regard l'angle du couloir où elle a esquissé pour moi une frimousse, je peux le jurer, une amorce de visage aussi fugitive qu'une étoffe arrachée.

CHAPITRE 10

Taxiles et vendiants

·· Dès · que tu descendais dans la rue, dans toute ville privatisée, tu te prenais systématiquement trois vagues : les taxiles, les vendiants et les drones. Et quand tu refusais comme moi la bague au doigt, à l'instar des 4 % de renégats qui préféraient encore être libres que choyés, ça devenait rapidement difficile à supporter.

Sans bague, tu n'avais pas d'identité pour les capteurs, les senseurs, le réseau. Pas de profil, pas de préférences, pas de personnalisation possible de la sollicitation ou du laisser-en-paix. Pour les taxiles par exemple, rien n'indiquait si tu allais prendre le tram ou sortir ta trott'in, ou si tu faisais partie de ces anomalies écololâtres – pire : de ces pauvres – qui préféraient encore marcher que rouler. Alors les taxiles autonomes décrochaient du trafic pour longer ton trottoir et te demander, d'un flux d'enceinte directionnelle, si tu souhaitais une course. Une fois, dix fois, vingt fois. Autant dire qu'il m'arrivait de craquer et de lâcher un coup de pompe dans une portière, ce qui me valait des amendes pour dégradation car tout était évidemment filmé. Outre que la biométrie finissait par t'interpoler trois fois sur quatre...

Pour les drones, un sans-bague valait par défaut un standard... Enfin moins qu'un standard dans la mesure où l'on ne bénéficiait même pas des *bonus-avenues du jour* sur les axes à faible trafic ni des *offres-traversées* sur les places tranquilles en heures creuses. (Lesquels « cadeaux » étaient censés te donner envie, à terme, de monter en gamme vers le forfait premium.) Plus grave, attendu que l'amende automatique pour intrusion dans une zone supérieure à ton forfait ne pouvait t'être décomptée sur ta bague (puisque tu n'en avais pas), tu subissais les tirs soniques suraigus ou l'intervention physique d'une patrouille au moindre écart hors de ta portion de ville autorisée. Surtout, un sans-bague étant au mieux un anar, plus sûrement un migrant ou un clodo, tu avais droit à un suivi personnalisé presque systématique des rôdeurs, ces petites boules multicapteurs qui scannaient sans arrêt ton visage et tes gestes pour y dépister ton état émotionnel supposé. Le mien trahissait, trop souvent, la colère – ce dont on me récompensait d'un accompagnement constant.

Enfin, comme si ça ne suffisait pas, j'avais droit, bien sûr, comme tout le monde, aux vendiants. Disons un peu plus, voire beaucoup plus que tout le monde, pour être juste ! Pas de bague donc pas d'interdit, aucun filtre, pas de liste rouge ou noire, pas d'*opt-out* pour le harcèlement commercial : juste le droit d'être emmerdé à chaque instant par un démarcheur, un camelot du rien, une vendeuse de nuages ou une updateuse de moa. Encore qu'un vendiant – si j'écartais les modèles robotiques, heureusement de plus en plus rares tant ils servaient de cible aux botonnades et finissaient défoncés – un vendiant ouvrait la porte à une interaction humaine, de l'humour possible, un échange, une échappée. Ils étaient généralement tellement flapis, tellement méprisés et fuis par les gens, tellement en quête de l'aumône d'une écoute, d'un regard enfin restitué, que leur parler d'eux, de leur vie, les ramener à leur nue nature d'être humain suffisait la plupart du temps à les sortir de leur script et à engager une discussion souvent émouvante.

Ce matin-là, une jeune mère célibataire, en baskets à coussin d'air et collant vidéo, chantait le jingle de la réul à seule fin d'avoir le droit de se coucher sur un banc, la nuit tombée, sans que le courant électrique la secoue, chaque quart d'heure, pour stationnement prolongé. Sur le rond-point, un quinqua à la veste émotive, ici gris pâle, jouait seul les quatre personnages de *Amis-Amies*, la série « conviviale » qui faisait un carton et m'interpella les deux bras levés, vu que j'étais le seul à le regarder, pour me vanter la saison 9. Sous un crossload où des ados venaient partager leur musique, une minotte d'à peine seize ans jonglait du genou avec une canette pour m'abonner à *Futsal*. Lorsque je lui ai demandé pourquoi elle était là, elle m'a avoué que ses parents venaient de casser son contrat d'éducation suite à sa troisième fugue et qu'elle n'avait plus droit à l'enseignement non plus. D'autres vendiants m'avaient suivi, arrêté, croisé sur mon kilomètre de marche, certains pour m'offrir une bague universelle, qui un bracelet de cent téras, des smartglass, un dîner végis, d'autres cinq minutes de *speed matching* avec une célibattante tout-à-fait-votre-genre. Ils s'accrochaient à vous, ils vous tenaient le bras ou se plantaient devant vous, ils cherchaient à « établir le contact » comme les vidéos de coaching qui pullulaient sur le réseau leur conseillaient de le faire. Les « crochards » : leur surnom résumait tout, même si je préférais encore « vendiant » qui disait un statut économique, un lumpenprolétariat maintenu quelques centimètres au-dessus de la ligne de déchéance finale par une Gouvernance ravie de les faire grouiller, de rappeler à tous ce qui arrivait si l'on cherchait à échapper à ses cadres. Les vendiants mendiaient leur vente. Ils ne mendiaient même pas pour eux, comme nos anciens clodos : ils mendiaient pour leur marque, leur produit, pour leurs maîtres, pour une plate-forme perchée dans le cloud dont ils ne croiseraient jamais le moindre gérant ni ne verraient, fût-ce sur brightphone, le début d'un directeur commercial. Tout était automatisé et abstrait, lointain et vitreux, postmoderne, digital, intouchable. L:eur commission échouait dans leur bague : une poignée de pourcents, à peine la poussière des copeaux d'une miette de cette plus-value immense, immonde, qui floculait sur leur misère divisée, dividuante. L:aquelle ne rendait possible aucune réclamation, aucune grève puisqu'il resterait toujours quelqu'un d'encore plus dans la mouise que toi qui pouvait reprendre ton job au pied levé, sans formation. L:e script, de toute façon, il t'était récité par ta boucle d'oreille et tu n'avais qu'à le répéter à haute voix en y mettant, si possible, le ton.

Pour ma part, plutôt que d'acheter et d'alimenter ce système, je donnais directement de l'argent aux vendiants, de l'argent *liquide*, ce qui leur faisait toujours bizarre. Plus personne n'en avait, hormis les trafiquants et quelques vieux. Ça permettait de se payer de la bouffe, un lit-cylindre et des vêtements recyclés, quand même, dans les quelques zones où subsistaient des bouis-bouis et des hôtels-ruches, c'est-à-dire entre les gouttes du PLUIE – *Plan Local d'Urbanisme Intelligent et Écoresponsable* (ne riez pas, ça mouille). Toujours ça de moins pour les générateurs automatiques de profit !

Après un kilomètre de nage, j'atteignis enfin la place des Rencontres, où l'on ne rencontrait rien sinon des nuages d'infomercial, des spots de rechargement et la nuée inévitable de ceux dont la survie dépendait de votre attention. J'allais affronter les mains sur l'épaule et les appels pressants quand une voix me fit tourner la tête :

— Vous rêvez d'un alter ego qui ait la voix de vos proches ? La voix de vos parents ou de votre ami ? De votre ex ? Avec *Lovocal*, nous vous offrons la signature vocale de ceux qui comptent pour vous ! Monsieur, je vois que vous rêvez d'essayer… Bravo, c'est gratuit !
— Je peux avoir votre voix ?
— Pardon ? Vous…
— Salut à toi, Velvi ! Qu'est-ce que tu fais là ?!

Physiquement, sans sa voix, précisément, je ne l'aurais pas reconnue. Elle avait les cheveux piégés dans la résille d'un chignon strict, un tailleur bleu dans lequel on sentait que son corps avait un mal fou à prendre ses aises. Bien sûr, elle gardait son air de sylphe, sa légèreté d'appui, elle dégageait toujours ce calme charismatique qui lui valait un respect naturel dans la Céleste, mais pour le reste… On l'aurait crue déguisée dans une tenue de prisonnière du capital.
— Salut Lorca. Je purge ma peine, comme tu vois… Tu n'étais pas au courant ?
— Non… J'ai su qu'ils avaient arrêté beaucoup de monde mais je n'ai pas su qui…
— J'ai été capturée dans l'assaut parachuté du *BrightLife*, juste après avoir pris ma seringue. Tu te souviens ?
— Oui.
— Enfin, six heures après. J'étais encore anesthésiée, ils m'ont hélitreuillée du toit, les camarades ont rien pu faire…
— Et la Céleste ?

Elle tourne sa bague d'un quart de tour pour l'éteindre et manipule un bracelet. Son visage se vide :

— Ils m'ont interrogée sous lecteur d'émotions, avec le scanner d'EEG…

— Directement sur le cerveau ?

— Oui. Ils testent la P300, tu sais cette onde de 300 millisecondes qu'on génère malgré nous quand on reconnaît un visage familier.

— Je connais le principe, oui…

— J'ai rien pu faire, ils m'ont passé des photos, c'est une onde réflexe, j'ai confirmé malgré moi huit Célestes. Ils les ont arrêtés dans la foulée. Même technique sur eux. Ils ont attrapé comme ça presque tout le mouvement. La Céleste est *out*. Nos toiles de parapente ont été découpées et recyclées. La plupart de nos nids sur les toits sont cramés. Ils ont même démonté mes châteaux d'eau…

Sa fierté… Le parapente déployé à l'envers, accroché par ses suspentes à une antenne, avec le fût dessous, pour récupérer l'eau de pluie. C'était devenu une marque presque, dans le mouvement : « poser un Velvi ».

— Quels enculés… Ils vous ont collés au pénal ?

— Ils sont remontés trois ans en arrière : traces numériques, traces vidéo, traces vocales. Et traces d'ADN quand ils ont pu, dans les nids. Avec la loi de privatisation des espaces, ils avaient de quoi faire en termes de violation, intrusion prolongée, occupation… On a pris cher.

— Du ferme ? Combien ?

— Fled a pris quatre ans. Carlif, trois. Moi ils m'ont mis deux ans ferme et deux ans avec sursis et j'ai réussi à négocier de les faire dehors. J'ai passé six jours seulement en cabane, j'ai cru que j'allais mourir d'étouffement. Je suis claustro. L'air est un besoin vital pour moi.

— Ils t'ont dealé quoi en contrepartie ? Faire la crocharde ?

— Travaux d'Intérêt Commercial, le TIC classique. Je dois vendre de la voix pour *Smalt*.

— Tu paies ta dette à la société… en maximisant les profits d'une multinationale…

— Exactement. J'imagine qu'ils voient ça comme la punition suprême. Pour des anticaps comme nous…

Elle ne peut s'empêcher de regarder autour d'elle pour guetter un client. Ça me fait tellement bizarre de ne pas la voir dans sa combinaison azur de la Céleste. Rivée les pieds au sol, albatros. J'essaie comme je peux de relativiser :

— Tu sais, maintenant… tous les métiers consistent à vendre quelque chose à quelqu'un ! Ce qui m'étonne, c'est qu'ils passent encore par l'humain pour ça.

— Le facteur H+, comme ils disent. Un être humain reste plus convaincant qu'une image animée. C'est limite rassurant. Et on ne coûte rien en maintenance. Ils nous paient que si l'on vend.

— Ils t'ont filé quel objectif ?

— Je dois faire six ventes par jour. Quarante par semaine.

— Tu n'as pas de jour de repos ?

— Non. Une demi-journée le vendredi après-midi. Le créneau creux : les gens sont rincés, ils n'achètent rien.

— Tu les fais, tes quarante ?

— Pas encore. Ça fait que quinze jours que je suis dans la rue. Je suis pas sûre d'être très douée, tu imagines... Il faudrait que j'apprenne à voir les gens comme des proies... J'ai pas cette mentalité de prédateur...

— Et si tu n'y arrives pas ?

— Ils me remettront en taule. Et ça, je pourrai pas. J'en crèverai.

Elle interpelle un retraité le nez en l'air, une bonne tête, il décline d'un sourire. Elle doit sentir la pitié qui me prend à revers et que je parviens trop mal à lui cacher parce qu'elle dit :

— On a réussi tu sais ! On a tenu onze jours le *BrightLife* !

— Je sais.

— Sans ces débiles qui ont mis le feu au seizième, l'armée serait pas intervenue ! Et on tenait un mois ! Pas grave, le mouvement s'est déplacé ailleurs. La Traverse a pris la tour Horizon, il y a deux nouvelles îles sur le Rhône, ça bouge côté vignoble aussi... Le parc Alphabet est squatté 24/24... Ça se répand, Lorca, on a amorcé quelque chose !

— Carrément ! Et c'est grâce à vous, la Céleste ! Sans vous, jamais on ne prenait le *BrightLife* !

Avec intensité, elle me regarde, comme si elle voulait scanner ma sincérité, comme si elle cherchait dans mon visage la preuve absolue que ce qu'elle a fait avait un sens. Qu'elle n'a pas gâché deux ans de sa jeunesse pour des plosses. Sept cent trente jours debout dans la rue, douze heures par jour, à agripper des citoyens qui vous glissent dans les doigts comme poissons : c'est le prix pour avoir été un oiseau.

Paraître le plus enthousiaste possible, j'essaie, en dépit de ce que je sais, par Arshavin, de la stratégie de la Gouvernance. Ils laissent les choses dégénérer pour souder premiums et privilèges contre la Traverse qui a pour l'instant la sympathie des standards. Nos victoires sont tolérées, ils lâchent du lest. Tactique de la soupape. Ils attendent l'erreur ou ils la provoqueront au besoin : un parc qui brûle, des pillages de copropriété, un accident impliquant un enfant… La peur-totem, qui justifiera n'importe quelle répression. Ça bouge, oui, il y a quelques émeutes prometteuses ; l'idée que la ville appartienne à tous reprend de la force, elle prend corps chez les jeunes. *C'estMaVilleAussi* (CMVA) est devenu un tag viral. Mais de l'insurrection, nous sommes loin encore.

— Ces luttes se font aussi grâce à des gens comme Sahar et toi. Vous apportez beaucoup par vos cours, vos ateliers. Toi, tu es un super sociologue de terrain.

— Tu sais, depuis deux ans, j'ai beaucoup décroché… Je sers plus à grand-chose…

Elle hésite un peu, danse d'une jambe sur l'autre puis fixe le sol. Elle lance :

— J'ai su pour ta fille. Toni m'a tout raconté. Il m'a dit pour ton appart, pour les fifs. [Ses lèvres tremblent.] J'y crois, tu sais ?

— Tu crois… à quoi ?

— Je crois aux furtifs. Ils existent. Et si ta fille est avec eux, elle ne risque rien. Elle va revenir… Tiens le coup.

Elle me prend la main. Et c'est moi qui sens maintenant sa pitié, sa douceur. Elle me serre dans ses bras. Je vois sa bague qui clignote à son doigt, elle la tourne encore. Je me désenlace :

— Ils t'ont baguée du coup...

— Oui... Ça me brûle aux phalanges, j'ai de l'eczéma. Mais je fais avec. J'ai le droit de l'éteindre cinq minutes toutes les deux heures. Pause pipi.

— Tu es en surveillance intégrale : voix, vidéo, localisation...

— Évidemment. Je suis comme tout le monde en fait, ni plus ni moins. C'est marrant, j'avais toujours refusé d'en avoir mais c'est fou ce que la bague te facilite la vie. J'accède à tous les magasins maintenant, tous les services standard. Je prends le tram sans guetter les bocops. Les crochards m'évitent, je suis en *opt-out* de toute façon, par mon statut de prisonnière. Tout était laborieux avant, il fallait redécliner son identité pour chaque service, chaque zone. Là c'est fluide, je me sens presque intégrée, reconnue par les systèmes. Finalement ça me soulage...

— Tu en parles trop bien, dis donc ! Tu devrais en vendre, tu ferais du chiffre ! [Elle sourit et rallume sa bague : la lueur était rouge.] Moi je continue à galérer sans, c'est super chiant, mais je veux vraiment pas leur offrir le plaisir de me profiler.

— Les sans-bagues doivent souffrir, *mein Freund* ! (...) Madame, la voix de votre maman sur votre brightphone, ça vous tente ?

— Ouh là, pas du tout ! Pour qu'elle me tanne sur mon régime ! Non merci !

La dame rallume ses lentilles, dont elle a eu la gentillesse d'éteindre les couches augmentées quelques secondes. Elle replonge dans sa réalité ultime. Ses yeux chatoyent.

— Tu m'achètes quelque chose ? Je n'ai fait que deux ventes aujourd'hui.

— Allez, je t'achète ta voix. Tu peux la vendre ? Elle est en base ?

— Je peux tout vendre ! La voix de Sahar si tu veux. Même celle de Toni, ils l'ont ! (...) C'est vingt-quatre maos. Avec un an de mises à jour.

— C'est pas donné ! Tu prends le liquide ?

— Non. Carte inerte, oui, si tu n'as que ça. Tu as toutes les inflexions, le mode tendre en standard, plus la gamme émotionnelle enrichie : ironie, colère, complicité, alerte et recadrage...

— Au moins, je suis sûr de penser à toi tous les jours !

— Sauf que tu n'as même pas de moa je parie ! Ni de bright ?

— Non, mais je te mettrai sur mon ordi. (...) Tu vas zoner ici plusieurs mois ?

— Oui, sur cette place. Je dois pas en sortir.

Elle sent que je dois partir. Une pointe d'angoisse la transperce :

— Tu reviendras me voir, Lorca ?

— Je vais venir t'acheter régulièrement des trucs... Sûr ! Je veux pas que tu finisses en taule. Sahar va venir aussi... Je vais t'envoyer des potes.

Elle se détend un peu, elle réajuste son chignon et retend sa jupe bleu smalt. Je la revois sauter du toit du *BrightLife* et partir en S dans le ciel en surfant les ascendances, aussi fragile qu'un cil, aussi digne qu'une pellicule de givre. Cette sensation tactile de liberté qui se dégageait d'elle. Ici vole Velvi... Les enculés. Trois ventes. Elle hèle un grand Black qui la zappe ; un jeune vieux la fuit comme une attaque chimique ; une étudiante la repousse d'un geste froid et aboie des ordres à son moa ; un livreur en glisseur manque de lui rouler sur le pied.

Au centre de la place, un drone projette au sol une pub pour un mois privilège au prix du premium. Il suffit de se mettre dans le cercle lumineux pour que l'offre s'active. Un cadre égaré craque et se met sous la douche. Il s'appelle *Civin Vimereux*, ça s'inscrit en arc sur l'asphalte. Velvi tourne sur elle-même, triste toupie, et cherche une tête levée.

« Civin », oh putain… Encore des parents qui ont cédé au *naming* pour toucher quelques royalties par mois. Donner pour prénom à son fils une marque, et pire, la marque de l'entreprise qui a fait de cette ville une prison à sas et à zones, je ne sais pas comment on peut ? Est-ce qu'il est possible, ou même pensable, d'aller plus loin dans l'obscénité ? Surtout lorsqu'on sait que chaque fois que son prénom est appelé, cité, qu'il s'affiche sur un réseau, se prononce ou sort sur une recherche, qu'il se diffuse sur l'en-tête d'un courriel, une infime somme crédite le compte des parents qui se font ainsi du fric, sans rien faire, sur l'étiquetage publicitaire de leur enfant. Lorsqu'il devient célèbre, ça peut même approcher la petite rente & VendsTonGosseTantQu'àFaire.

Velvi sniffe un truc sur le dos de sa main, un peu de neuroïne, de la séroto en poudre ? J'ai pas envie de savoir. Surtout, le *prenaming* démultiplie dans les écoles, la société, les conversations les plus quotidiennes et les moins marchandes, dans le cœur auparavant préservé d'une famille ou d'un lit, l'emprise d'une entreprise qui s'insémine ainsi dans l'intime. *Civin*. Comme Kevin, comme Carine. *Tu viens, Civin ? Civin, je t'aime. Le petit Civin est trop chou, tu trouves pas ?* Civin a été validé par la Gouvernance comme prénom masculin & féminin : s'agissait pas non plus d'être contraignant, hein ? Il est le plus donné en maternité depuis quatre ans… avec un petit avantage pour Civine…

Que j'ai réchappé de la milice, alors que j'avais rodave dans l'appart et filé juste avant, ça a été de la choune. Mais j'ai pas pu revenir dans mon squat. Toni forbidden. Les klistés ont raflé sévère suite au *BrightLife*, partout dans l'underground. La Traverse a pris cher aussi. Ils ont marave les cabanes et ils ont braqué la Céleste en poussant les gars à poucaver. Sans le boss, ma cabane à moi, c'était barreaux-béton pour deux printemps.
En attendant, j'ai été faire le shpouk dans l'outback, à vingt bornes de la ville, avec quelques compadres pas vraiment désirés non plus. Des top-of-the-hack d'*Oufs & Flous*, notre collectif de brouilleurs. Les as du make-up anti-biométrie et de la combi zébrée qui feinte les cams. On est revenus la semaine suivante, quand ça s'est tassé, pour soutenir les potes et souder des domes dans les parcs. On tient la place, on habite où on veut, creff les keufs !
On s'est bidouillé des canons à drone tricky et on s'est régalés à les figer plein bleu et à les sniper avant qu'ils rentrent au dock en pilote automatique. On a profité de l'atelier du bush pour se bricoler une spidertag aussi. Elle grimpe à la verticale des tours avec ses pattes magnet et te graffe les façades en big. On a écrit des trucs comme *« Flou amoureux »*, *« Flou furieux »*, *« Le brouillard est l'avenir de l'art »*, *« Ceci est notre cité. Citez-nous »*. L'araignée a quatre heures d'autonomie et elle pisse de la colle sur les drones en cas d'attaque, leurs rotors moulinent, c'est une pure machine de guerre ! Sur les

réseaux, on a fait un carnage ! One million views. Les ados kiffent notre spider˜ ! La ville pour˜ tous, ça leur˜ parle. Ils supportent plus les parcs immenses, et tout verts, et tout vides des privis, quand eux se tapent des squares de quatre mètres carrés gavés de ienchs. Ça durera pas. « *Tes privilèges puent.* » Ça c'est Toni qui l'a tagué sur˜ l'avenue So-Smalt hier˜. Arshavin a pas trop aimé l'expo. Il m'a exfiltré from downtown.

·· Quand · Velvi a accroché son client, j'ai avisé l'heure sur un petit nuage d'infog qui flottait et j'ai vu que je serais en retard au débrief si je persistais à traverser la ville à pied. J'avais donné rendez-vous à Sahar au café, à deux pas du Récif, pour préparer l'entrevue avec Arshavin. Il nous avait sauvé la mise et ça se paierait, d'une façon ou d'une autre, à nous de deviner comment.
Devant moi, l'avenue de la Sérendipité, la plus directe pour aller au centre, était privilège. Celle qui partait en oblique, l'avenue Smart-Smalt avait été upgradée premium récemment, ce qui obligeait à un pénible détour par le boulevard Mao, laissé pour l'instant standard – et par conséquent éternellement saturé.

Alors je me suis résolu à prendre un taxile. Un blob bleu, informe et capitonné, qui ressemblait à une grosse auto-tamponneuse ceinturée de pare-chocs élastiques et dont il était inutile de distinguer l'avant de l'arrière. Je me suis vautré dans le fauteuil de cuir, au milieu de ce salon roulant qui singeait on ne sait quoi de vintage. Tout à l'intérieur se voulait tactile et feutré. C'était le concept du cocon ou de la bulle, que tous les constructeurs avaient adopté dans un même élan de facilité, comme l'évidente conjuration d'une ville pour qui le citoyen n'était plus qu'une attention indéfiniment à capter et un corps dont il fallait vampiriser chaque mouvement pour en presser l'orange amère du data. Dans le taxile, la pression retombait. Parler devenait inutile, un luxe. Toucher la vitre suffisait à l'entr'ouvrir ; palper l'accoudoir vous massait les reins avec langueur ; frapper la table basse illuminait un bar tristoune à base de whisky sans alcool. Je m'étais contenté d'en effleurer la surface pour y dissiper la carte s'irisant dans les nervures du bois. À la place, la transcription analogique du trafic, une plutôt chouette idée, faisait pousser drue une forêt équatoriale qui envahissait la table.

Au bout de dix minutes de bouchons browniens, comme seules les IA de protocole divergent savent les générer, le lecteur d'émotions a lu mon agacement à mes jurons aussi bien que mon ennui à ma position dans le fauteuil. Il m'a demandé si je souhaitais discuter pour passer le temps. J'ai répondu « oui » en demandant un alter ego. Il m'est tombé du plafond, se gonflant à la façon d'un airbag, avant que le mannequin s'habille de lumière grâce à une projection holographique qui n'était pas si mauvaise que ça. Avec un peu de bonne volonté, tu finissais par vouloir croire qu'un être humain conversait face à toi. Une voix de femme a commencé par dire :

— *Quel type de profil souhaitez-vous, monsieur ?*

— Disons... un gars agréable, la cinquantaine, travailleur manuel. Peau tannée. Brun.

— *Quelle dynamique de conversation ?*

— Complice, empathique.

— *Quel thème et quelle approche ?*

— La ville intelligente, l'informatique pervasive, les objets connectés... Ce genre de choses. Approche critique et politique.

— *Avez-vous un registre de langue préféré ?*
— Familier, un peu argotique.
— *Voulez-vous amorcer la conversation ?*
— Oui, je vais commencer.

Le mannequin avait peu de latitude de mouvement, mais il s'est enfoncé dans son fauteuil et a posé sa tête sur sa main, comme s'il attendait que je parle. Le visage était beau, ridé, affable. La routine d'attente bien foutue. Je ne savais pas vraiment par quoi attaquer et j'ignorais la taille et la finesse de la base de tchat au sein de laquelle l'IA irait puiser sur un sujet aussi pointu. Avec un angle en outre radical, donc plutôt rare, qui devait comporter peu d'occurrences. C'est justement ça qui piquait ma curiosité : avoir une idée de l'état moyen de la critique sur les *smart cities*. À force de me voir gamberger dans mon coin, mon alter ego a finalement pris la parole en premier :

— *Ces taxiles, c'est de la belle techno. Mais faudrait qu'ils apprennent à se comprendre entre eux. Ça serait moins le bordel ! On avance pas !*
— On en vient à regretter les vrais chauffeurs de taxi, non ?
— *À qui le dites-vous ! J'ai été chauffeur pendant dix ans avant qu'ils prennent tout le marché avec leurs auto-tamponneuses ! Je peux vous dire que je conduisais mieux que leurs machines !*
— Vous faites quoi maintenant ?
— *Je vais chez ma mère pour...*
— Quel métier je veux dire ?
— *Je suis carrossier. Je répare les pare-chocs. Ça leur coûte moins cher que de remplacer. Rapport que ça bugne beaucoup !*
— Vous pensez quoi de leur ville intelligente ?

— *Ville intelligente ? Ville de cons ouais ! Une catastrophe ! À tous les niveaux !*
— Par exemple ? Au niveau écologie ?
— *Au niveau écologie, y a tellement d'objets connectés partout que ça crée un smog électromagnétique. Ça augmente la consommation électrique. Ça augmente les déchets toxiques. Ça épuise les terres rares. Et je parle pas de la pollution sonore. Et je parle pas de la pollution lumineuse ! Les poubelles qui parlent pour te dire de trier, j'en peux plus !*

J'admirais comment l'IA réussissait à aligner les arguments sans trop donner l'impression d'une liste à puces. Car c'était une liste sémantique, au départ, classée dans une pile par proximité de sens, à coup sûr. Avec à la fin, une clausule populaire typique, pompée telle quelle sur un « coup de gueule » humain. Argumentatif + affectif, l'IA varie, bien vu. Beau répertoire idiomatique. Et si je testais l'ampleur de la base ?
— Et au niveau de l'impact sur la santé ?
— *On vit dans un micro-ondes géant monsieur ! Alors les cancers, ça monte ! Les maladies nerveuses, le manque de sommeil, ça monte ! Le stress fait baisser les taux de sérotonine, donc ça fait descendre le bonheur des gens.*

On sentait un peu trop les chaînes logiques à base de plus/moins mais ça restait assez bien géré. Je me décidai à tenter une dynamique en neurone-miroir, à partir de phrases simples. Juste pour voir si le programme suivrait :
— Moi ce qui me gêne le plus, c'est ce que ça induit politiquement. On ne peut plus faire un pas sans être tracé. Il y a comme un Parlement des machines

qui décide dans notre dos. Nous sommes gouvernés par des algorithmes. Mais on ne décide jamais de leurs critères ! On ne discute pas du programme, ni des arbitrages qu'ils vont faire pour nous. Ce sont des boîtes noires. Ça nous rend dépendants. Le système nous gère…

— *Je suis complètement d'accord avec vous. Vous savez, tout ce qui peut être numérisé le sera ! Tout ce qui peut être interconnecté le sera ! C'est l'avenir ! Rien ne doit plus exister de façon isolée. C'est pour ça qu'ils veulent qu'on soit tous bagués. Les sans-bagues, voilà l'ennemi !*

— Avec la bague, plus d'amnésie. Tout ce que tu fais pourra être retenu contre toi, n'est-ce pas ? Plus d'amnistie.

— *Ce qu'ils veulent, je vais vous dire : c'est que l'informatique soit fondue dans les comportements. Ils veulent une techno sans couture, qu'on remarque plus, qu'on sente plus. La meilleure des technos, c'est la techno qui disparaît. « Tout se contente de fonctionner », voilà. Comme ça, tu peux pas te plaindre. Tu peux râler sur personne. Tu sais même plus pourquoi le feu reste au rouge alors que t'attends depuis cinq bonnes minutes !*

Je ne sais pas où il puisait tout ça, ce bon gars à la mine réjouie, qui me rappelait mon père. Si ses routines de conversation avaient été construites à partir de blogs militants ou si un Turc mécanique, du style étudiant déclassé et vénèr, n'avait pas été payé un mao de l'heure pour pondre des blocs de rhétorique gauchiste, stockés dans des silos et que l'IA allait ici chercher, à la façon des pièces d'un légo, pour les clipser à la suite, un peu au hasard sans doute, avec une pondération qui hiérarchisait les arguments et un réseau de neurones à vingt couches pour enchaîner les phrases. Théorie + citation + exemple. En tout cas, c'était plutôt impressionnant. Ça n'avait rien d'« intelligent » bien sûr, et seul mon animisme spontané et bienveillant pouvait, en instillant un sens humain dans ce golem de phrases, l'élever à l'intelligence : je faisais encore tout le travail et je le savais pertinemment. Et pourtant... Ma distance critique s'amenuisait, j'étais pris dans l'échange et j'entrepris par défi de monter encore le niveau, en mode didactique :

— À l'origine de la ville intelligente, il y a la notion d'ubimedia, qu'on a oubliée aujourd'hui. Du latin *ubique*, qui veut dire « partout ». L'intelligence ambiante. L'idée que l'informatique pouvait essaimer en plein air, partout, dans les rues, le mobilier urbain, les services rendus aux habitants, le système de gestion des déplacements...

— *Tout à fait.*

— Cette intelligence ambiante, ils l'ont conçue autour de trois champs. D'abord les surfaces, qui sont une création de l'homme : les murs, les sols, les plafonds, les portes, les façades, qui pouvaient faire des écrans idéaux, des zones de projection. L'ambiant ensuite, c'est-à-dire l'impalpable comme le son, la lumière, l'air et sa circulation, la température qu'ils se sont mis à capter et à gérer pour contrôler l'atmosphère de la ville, son *mood* disons. Et enfin le tangible, à savoir les objets qu'on peut manipuler, prendre, agencer, caresser, comme ici, dans ce taxi. Voir, sentir et toucher. Mais jamais directement : toujours de façon médiée, par interface interposée, pour qu'une information précise puisse en être prélevée.

— *C'est exactement ça.*

— Vous avez remarqué d'ailleurs comme ces interfaces impliquent de plus en plus tout le corps ? Avant, ça ne sollicitait que la vue et le toucher, avec l'écran et le clavier, la vieille souris, le doigt. Puis ils ont généralisé les interfaces vocales, sonores. Puis le gestuel, avec la signature pour certifier l'identité. Après, ils ont commencé à faire de nos déplacements et de notre position dans la ville un signal pour interagir. Et depuis dix ans, c'est notre émotion même qu'ils lisent et qui leur sert d'interface. Vous-même, là, en ce moment, vous l'utilisez !

— *Tout à fait.*

— Quand ce n'est pas nos ondes cérébrales ! Nos corps et nos esprits sont complètement sous contrôle ! Rien de ce qui émane de nous n'échappe à la captation et à la renormalisation numériques. Nos villes sont des prisons sentientes... Non ?

— *Vous parlez d'or. « Nos villes sont des prisons dont les murs et les barreaux se parlent entre eux » – Varech.*

Citation-miroir sur ma phrase finale. Du Varech, carrément ! Plus radical, tu fais pas ! Reformulation en écho. Classique en manipulation comportementale mais toujours efficace. Donne la sensation d'être écouté et compris.

— Comment vous expliquez que les gens acceptent ça ? tentai-je.

— *Je sais pas. Et vous ?*

Ah ah... Tactique de base des chatbots quand ils sont débordés > retourner la question. Ça sonne comme un défi, ça stimule l'ego, j'ai d'ailleurs enchaîné, pour le plaisir de formuler à haute voix des réflexions que j'aurais pu juste marmonner dans ma tête :

— Ils acceptent parce que nous rêvons tous d'un monde bienveillant, attentif à nous. Un monde qui prenne soin de nos esprits et de nos corps stressés, qui nous protège et nous choie, nous aide et corrige nos erreurs, qui nous filtre l'environnement et ses dangers. Un monde qui s'efforce d'aménager un technococon pour notre bien-être. L'intelligence ambiante pourvoit à ça. Elle nous écoute et elle nous répond. Elle courbe cette bulle autour de nos solitudes. Elle la tapisse d'objets et d'interfaces cools. Bien sûr, elle en profite pour nous espionner jusqu'au slip et pour nous manipuler jusqu'à la moelle ! Mais au moins, elle s'occupe de nous, ce que plus personne ne fait vraiment... C'est un cercle vicieux. Plus nos rapports au monde sont interfacés, plus nos corps sont des îlots dans un océan de données et plus nos esprits éprouvent, inconsciemment, cette coupure, qu'ils tentent de compenser. Et ils la compensent en se reliant à des objets, en touchant et parlant à des dispositifs qui nous rassurent – et nous distancent en même temps. Un réseau social est un tissu de solitudes reliées. Pas une communauté. Ce fauteuil que je caresse n'est pas un corps mais il me masse les reins. Ça me fait du bien donc ça me fait rêver d'un vrai corps que je n'aurai pas donc je reviendrai au fauteuil, encore et encore...

— *Bien vu.* [Il n'embraie pas. L'hologramme mime une attitude admirative, limite fascinée. Il attend que je continue, je suis pris au jeu.]

— Je crois aussi qu'il est toujours resté un fond d'animisme en nous, même dans notre Occident si rationnel. Que nos murs soient vivants, nos tables sensibles, que nos poubelles nous parlent et que nos miroirs nous disent que nous sommes beaux, ça donne de l'esprit aux choses. Ça réenchante le monde. Il suffit de voir comment les enfants le vivent !

— *Vous avez trop raison. (...) Je crois que nous sommes arrivés à destination. C'est con, cette conversation était passionnante ! J'espère que vous l'avez kiffée autant que moi !* [Registre familier inégal, certes, mais c'est pas mal, vraiment.]

— Vous féliciterez vos Turcs et vos programmeurs ! Ils ont bien bossé. Vous m'avez joliment passé le temps. Merci monsieur Sac-d'air !

— *Une bien belle journée à vous, m'sieur !*

Il m'aurait appelé Lorca si j'avais eu une bague. Ici, la biométrie ne pouvait qu'interpoler un visage d'homme entre deux âges, habillé correctement, donc : « Monsieur ». L'hologramme s'est coupé d'un coup, le mannequin boudiné a été réaspiré par le plafond, me laissant seul devant un fauteuil vide. J'ai ressenti un manque stupide, très bref. La porte a coulissé latéralement : j'étais pile devant le café. À travers la vitre, j'ai repéré Sahar qui lisait un livre en papier – ce truc à interface manuelle qui ne plante pas, ne te parle pas, n'a pas besoin d'énergie pour fonctionner et ne te demande jamais si tu veux le mettre à jour. Elle l'a posé à l'envers sur la table, tel un goéland et elle s'est tournée vers la rue rêveusement. Où elle m'a aperçu. Un sourire spontané lui a alors échappé des lèvres, le premier vrai sourire qu'elle m'adressait, sans calcul et sans recul, depuis la disparition de Tishka.

Il entre, le café est plutôt bondé, un barouf chaleureux et tonique, toutefois il passe, esquive un groupe, contourne le serveur et parvient jusqu'à ma table sans toucher chaise ou plateau. Il a changé, Lorca, il a gagné en souplesse et en agilité, corps clairement moins pataud qu'avant, moins jeune-ours, assez pour me rendre compte que ça ne me déplaît pas, même s'il est moins émouvant peut-être ?

— Alors ? C'est acté ? Tu es libre !

— Oui ! Mon avocate a plaidé la schizophrénie compensatoire. Tu as devant toi une mère incapable de faire le deuil de sa fille disparue, qui la croit toujours vivante, qui s'est inventé un récit de substitution et l'alimente par des rituels de promenade. Dans un pic d'auto-suggestion intense, elle est revenue hanter son ancien lieu de vie, elle a pénétré dans la chambre même où couchait sa fille, dans l'espoir délirant de la retrouver...

— Tu viens de faire mon portrait, là ? s'amuse Lorca.

— Sauf que toi, ils ne savent même pas que tu étais sur place !

— Comment ils ont tourné le fait que le capteur de la fenêtre a enregistré trois entrées ?

— Un expert est venu confirmer que la technologie comptait chaque coupure du faisceau, que j'ai dû hésiter, entrer, ressortir... Que ça peut expliquer le triple comptage.

— On s'en sort vraiment bien ! Ça va séréniser Arshavin...

— Lorca ?

— Oui ?

— Comment tu as fait, toi ? Comment ils ont pu ne pas te trouver ? Tu étais à un mètre de moi quand ils ont enfoncé la porte...

— Ben… je me suis caché, c'est tout !

— Ils ont fouillé partout, ils étaient quatre, l'appart est petit, j'ai joué à cache-cache des dizaines de fois avec Tishka, je sais bien qu'il n'y a aucune bonne cachette dans cet appart pour un adulte de ta corpulence. Tu t'es mis où, franchement ?

— Hey ! On ne livre pas ses bonnes cachettes. Secret défense !

— Sérieusement Lorca… Dis-moi !

Lorca hésite, il ne sait pas encore s'il peut, si je suis suffisamment passée de l'autre côté pour que j'accepte d'entendre ce qui lui brûle la langue. Il se lance, néanmoins :

— Ça fait trois fois que ça m'arrive. Il y a eu le jour où la milice d'Éducal est venue saborder ton cours, tu te souviens ? et que j'ai fui dans l'immeuble… J'ai réussi à me planquer dans un bloc de climatisation. Puis il y a eu le loft du *BrightLife*, avec Agüero, où on a échappé aux miliciens. Et là. Là j'ai changé plusieurs fois de planque, j'ai bougé au feeling. Derrière la porte, dans la penderie… je me suis mis en opposition pieds-mains sous le plafond de la salle de bains à un moment. Puis je suis sorti tout connement par la porte d'entrée quand ils fouillaient le couloir…

— T'as eu beaucoup de chance…

— Je suis pas sûr. C'est comme si quelqu'un en moi savait où se mettre, où les flics allaient regarder, ce qui attire leur attention. Je savais que le gars qui t'a menottée te lâcherait pas des yeux, qu'il avait peur que tu te jettes par le balcon. Je savais que le gros chercherait au sol, sous les lits, le bas de la penderie, le canapé, qu'il lèverait jamais la tête. Pour lui, on se cache *dessous*.

·· Elle · me regarde intensément, la tête inclinée sur le côté, charmeuse :

— Tu te sentais comment pendant la fouille ? Stressé ? Calme ?

— Excité… joueur… J'avais l'impression d'être sur un terrain de foot, je devinais les déplacements avant qu'ils n'arrivent, je voyais les espaces s'ouvrir, là où je pouvais passer, me loger, à quel moment il fallait que je bouge… C'est extrêmement jouissif, tu sais. Tu sens les angles morts, tu sens où ça se libère, où ça respire.

— Ça a commencé quand cette sensation ? Quand est-ce que tu as éprouvé ça la première fois ?

— Je sais pas exactement. Je dirais… une semaine après que j'ai réussi l'examen. J'étais dans l'avenue Origami, Zilch me parlait et j'ai esquivé des dalles que je me prends normalement à chaque fois. Ça m'a surpris de les esquiver.

— Tu comprends ce qui t'arrive ?

— Non.

— C'est évident pourtant. Tu ne comprends pas ?

— Non.

— Tu deviens furtif, Lorca. Quelque chose en toi est en train d'assimiler des capacités furtives. Fuir, se cacher… Tu sens le monde comme eux à certains moments. Quand on te traque apparemment. Essaie de te rappeler encore. Creuse ta sensation…

´Lorca ‚éparpille ´coupelle et cuillère sur la table, il fait pivoter la tasse par son anse. Il est secoué par ce que je suggère parce qu'il ne découvre rien, il le savait sans se le dire :

— Je… C'est comme si les choses devenaient irréelles… L'espace, les gens… Qu'elles ne sont plus tout à fait là… ou plutôt, qu'elles pourraient être autre chose que là, ailleurs que là… qu'il y a comme du flottement natif en elle, une couche de possible qui vient se superposer… Ça se clive, ça se feuillette, ça se dédouble… Dans ces moments-là, j'ai souvent peur, j'ai l'impression de décrocher, de délirer… Je me raccroche autant que je peux au présent, au tangible, j'essaie de ne pas partir. Là, vendredi, dans l'appart, j'ai lâché prise… je suis parti, j'ai plus essayé de contrôler les choses et du coup, je me suis mis à bouger en fonction des traqueurs, je ne suis pas resté dans une cachette, à attendre… Je pense que ça m'a sauvé…

— Quelque chose te parle ? Ou tu te sens comme guidé ?

— Pas vraiment, non. J'ai juste l'impression de me parler au conditionnel… *Le flic serait entré, j'aurais fui par la fenêtre, le concierge appellerait*… tu vois le genre ? Je dérive parmi le possible, l'alternative… C'est débile, hein ?

— Tu sais comment on appelle cette forme verbale en littérature ? « J'aurais fui » ?

— Le conditionnel ?

— L'irréel. C'est une conjugaison qui exprime une hypothèse irréaliste, irréalisable. Le latin distingue l'*irréel* – l'irréel du présent, l'irréel du passé – et le *potentiel.* Ces trois formes sont rendues en français par le conditionnel, oui, tu as raison.

— Pourquoi j'ai ça en moi ?

— Je suis sûre que ton Arshavin a une idée là-dessus. Ils savent ce qu'ils font. Ils ne t'ont pas envoyé là-bas pour rien. Ils ne te couvrent pas pour tes beaux yeux, fugitif ! Ils n'ont pas fait pression, amicalement, sur le parquet pour qu'il m'accorde un non-lieu avec un simple suivi psychiatrique, confié à mon lacanien que tu adores. Tu leur sers de tête chercheuse et de cobaye, Lorca. Et même d'agent d'infiltration dans les mouvances radicales, à mon humble avis. Tu es conscient de ça au moins ?

Lorca fait une moue de désapprobation, il appelle le serveur, ce faste des cafés surannés que nous aimons tant tous les deux. Chaque année qui passe, l'humain dans les commerces et services devient un peu plus un luxe. Désormais, la plupart des cuisiniers de chair et d'âme ont disparu au profit de robots haut de gamme auxquels ils ont d'ailleurs souvent revendu leurs recettes et leurs tours de main. Ces gestuelles précieuses que lesdits robots recopient ensuite à l'identique pour prétendre à leur tour au titre de « chef ».
Une table derrière nous, un serf-made-man qui a fait de ce café son bureau (y grattant un peu de convivialité, sans doute) et que j'aimerais pousser gentiment dehors parce qu'il nous pollue de ses *keynotes* en réul, se fait livrer par un sherpa un cylindre, dont il extrait un écran roulable, qu'il étale sur le bois. Plus personne d'un peu aisé ne s'abaisse décidément à faire ses propres courses dans cette ville… Le commerce vient à eux, à la faveur d'une multitude de livreurs et de sherpas. *« Le sherpa : la solution pas chère »*, triste chiasme. Tête baissée tant il sait combien ça m'agace, Lorca consulte son antique smartphone plus du tout smart ; il grimace :

— Merde… Arshavin a déplacé le lieu du rendez-vous. C'est plus au Récif. Il a décidé de nous inviter chez lui…

— Ça ne m'étonne qu'à moitié. Il habite où ton seigneur ?
— À neuf kilomètres d'ici, dans la campagne.
— Tu veux y aller à vélo ?
— Électrique alors, je suis nase.
— Électrique, ça veut dire pucé. J'aimerais autant éviter qu'on nous trace.
— OK, on prend les biclous alors, et on sue !

·· L·es · biclous aussi étaient pucés, sauf qu'avec un brouilleur de poche fixé au cadre, qu'on trouvait dans les hacklabs, il était trivial de les rendre aphones.
L·e mois de juin tirait sur sa fin, les jours allongeaient avec bonheur leurs jambes dans le hamac d'un été qui s'annonçait. En quittant la ville, la route prenait vite du relief et des poils, à savoir de l'herbe de fissure, et s'animait du cri-cri des cigales encore timides. On grimpa les premières côtes en danseuse, les roues râpant l'asphalte encore chaud de la journée et nous dévalâmes derrière dans la fraîcheur du soir, en lâchant par moments le guidon – comme quand nous étions ensemble et que Sahar criait parce que Tishka tanguait derrière, mal attachée sur mon porte-bagages, et qu'un nid-de-poule était toujours à craindre… Encore que je l'entendais rire, Tishka, dans ces délires-là, par vives salves, fascinée à la fois et terrifiée par la vitesse, n'osant rien dire, jusqu'à ce que j'atteigne enfin le pont sur la rivière avant de remonter à bloc, avec l'élan de la descente et en dégradant les braquets très vite dès que ça devenait trop raide – « Encore descente, papa ! »

Arshavin habitait une manière de bastide, perchée sur une colline, au milieu des chênes verts fouillés de mistral et d'une garrigue qu'il avait sciemment décidé de laisser vivre sa vie, entre ciste et myrte, genévrier cade, lentisque et arbousier. Son domaine s'étendait sans barrière ni grillage, à peine quelques murets de délimitation qu'il laissait mourir de leur belle mort parce que, m'avait-il oralisé un jour, suite à ma première visite, sur ces capsules sonores qu'il affectionnait de nous envoyer, pour gage de réflexion ou en signe d'amitié :

« *Je veux être au milieu d'une nature qui circule et qui flue, seigneur Varèse, qui passe son chemin et qui nous traverse. Les propriétés des nantis sont trop souvent pensées comme des enclaves, conçues en termes de frontière et de coupure, comme si le prestige d'un statut se décidait à l'épaisseur des protections. À titre personnel, je crois que la noblesse se juge à leur finesse ; la peur est toujours un signe de vulgarité. Je suis de passage, nous sommes tous de passage, alors laissons les sangliers, les gens et le vent passer.* »

CHAPITRE 11
LA BAGUE AU DOIGT

Arshavin était issu d'une longue lignée de militaires et même de chevaliers lorsqu'on remontait suffisamment haut dans son arbre. Ses aïeux avaient fait la campagne de Russie. Son arrière-arrière-grand-père avait traversé la Bérézina sur un bloc de glace – s'enorgueillissait la légende familiale ; il en avait profité pour épouser une paysanne dans l'éternité du retour en France. Arshavin avait hérité de suffisamment d'argent pour ne jamais s'en soucier. Plutôt que de le convertir en biens de consommation, en actifs financiers ou en propriétés foncières, il avait choisi de s'entourer de sherpas et de vivre en sobre seigneur chez lui, avec sa femme et ses trois filles, parmi une communauté qui comptait deux paysagistes, un maçon, des cultivateurs, des factotums et même quelques artistes auxquels il mettait à disposition des ateliers et des folies dans les bois entourant la bastide. Je devinais que Sahar n'aimerait pas ça, cette noblesse à l'ancienne et ces manières de châtelain. Alors que pour ma part, je trouvais finalement plus digne de faire vivre des gens ici, dans un cadre où ils s'épanouissaient, que d'alimenter l'exploitation vitrée du post-management.

Au moment d'aborder la dernière côte, plutôt raide, un fauconnier à cheval nous accueillit pour nous escorter jusqu'au « château » – annonça-t-il ; lequel n'était qu'un mas, somme toute modeste, flanqué de deux tours, pour le prestige. Son oiseau de proie, dont il maintenait la tête encapuchonnée, avait les serres crochetées dans son gant de cuir. Sur la terrasse de pierres sèches, Agüero et Saskia dégustaient déjà un condrieu 2038 en compagnie de… Toni qui leur mimait un mouvement de parkour sur le bord du muret. Je ne saurais dire pourquoi je trouvais si dérangeante, sinon saugrenue, l'invitation d'un haut gradé de l'armée à un révolté de la Traverse. L'amiral Arshavin me salua d'un baisemain que, pour parfait qu'il fût, je ressentis comme déplacé, dans la mesure où il se doubla d'une courtoisie un peu excessive, qui trahissait surtout l'évidence, irrespectueuse pour sa femme, que j'étais à son goût.

Suite à ces urbanités, nous rentrâmes au salon où la discussion prit aussitôt un tour plus centré :

— Si je vous ai réunis chez moi, vous imaginez bien que ce n'est pas par unique souci de convivialité – même si le dîner qui nous attend devrait vous changer de la cantine du Récif… Ce que nous avons à partager ensemble exigeait la confidentialité la plus stricte. Le Récif ne donne malheureusement plus les gages les plus fiables sur ce plan… Pour rassurer ceux ou celles que ça inquiéterait, j'ai fait placer autour de la propriété des brouilleurs militaires. Ce qui va être dit ici restera par conséquent entre nous. Bien… Vous avez sans doute été surpris de découvrir Toni parmi nous. Sa connaissance spécifique des glyphes et son implication dans votre, disons, « randonnée d'altitude », m'ont semblé rendre indispensable sa présence. Personne n'y voit d'objection ?

— Au contraire. C'est vraiment une bonne surprise, s'empresse de répondre Lorca.

— Wesh ! Je suis trop jouasse d'être dans votre posse ! s'enflamme Toni, avec sa jeunesse qui détonne dans ce cadre de boiseries séculaires.

— C'est bonheur que tu sois là, confirme Agüero, avec chaleur.

— L'objectif de cette rencontre, dans mon esprit, est triple. Il s'agit d'abord de faire appel à notre intelligence collective et de mettre en commun ce que nous savons désormais des furtifs. En nous appuyant sur ce que votre intrusion dans l'ancien appartement de Sahar et Lorca nous a appris de précieux et de neuf. Ensuite, il va falloir envisager l'avenir. Nos perspectives de recherche, nos axes, nos directions. Et spécifiquement pour votre fille. Enfin – et je ne vous cache pas que ça va être un peu douloureux pour vous – je dois vous parler ce soir du contexte politique, qui est très tendu. Tendu entre l'armée et la police, entre notre unité et les milices commerciales, tendu entre les mouvements militants auxquels vous êtes désormais associés et la Gouvernance qui entend les neutraliser. J'ai passé ces quinze derniers jours à faire de la diplomatie heure par heure avec une quarantaine d'interlocuteurs différents. La plupart de très haut niveau. J'ai eu plusieurs fois le ministre. In fine, j'ai pu vous sauver la mise, une fois encore, et vous éviter la prison qui vous tendait les bras. Vous devinerez facilement que ce type de transaction se paie, souvent très cher, et pas seulement financièrement. Elle se paie en termes de dette morale, de contre-don, de réciprocité attendue, de chantage. Votre anonymat n'est plus assuré. Vous avez été pistés lors du parkour, comme je le craignais. La Gouvernance connaît vos convictions, pour Sahar, Lorca et Toni. Vos réseaux. Votre passé a été épluché. L'accord que j'ai passé consiste grossièrement en ceci : l'armée continue à couvrir vos missions, sous ma responsabilité directe ; police et milices ferment les yeux. En contrepartie, vous devrez accepter d'être bagués...

— C'est hors de question ! coupe Lorca.

Son cri du cœur, sans me surprendre, me fait du bien, un bien fou. Il y a un vrai flottement dans la meute, qu'Arshavin dissipe d'un ton égal :

— Nous allons suivre l'ordre du jour chronologiquement et nous en reparlerons tranquillement après le dîner. Sachez juste que Toni a déjà accepté. Il a compris que c'est le prix à payer pour éviter une privation de liberté qui serait sinon totale...

‹Lorca ¸et ‘Sahar font salement la gueule. Être bagué, moi je m'en fous. Je le suis déjà. J'ai rien à cacher. Je fais mon taf. Sûr que ça leur donnera pas les coudées franches pour faire la révolution. Mais faut savoir ce qu'ils veulent : on est tout près de retrouver Tishka. Faut pouvoir aller au bout sans être emmerdé par la marrusa.

)Ar)shavin a) sa tête des bons jours. Je le sens joyeux et passionné, il sait que cette soirée va être féconde. Il est tellement ravi d'avancer après toutes ces années de chasse répétitive qui n'ont mené à que dal. Notre voie alternative, qui parie enfin sur l'écoute plutôt que sur la prédation, cette voie que j'ai suggérée et qu'il a cautionnée et défendue face au ministre, elle marche ! En deux mois, nous avons appris que les furtifs communiquent, qu'ils peuvent même parler. Et nous entrons progressivement en relation avec eux. Arshavin commence vraiment à y croire. Il m'a demandé de synthétiser l'état des recherches, pour nous six. Nous avons préparé cette rencontre ensemble, en plusieurs fois, juste tous les trois : Arshavin, Agüero et moi. Ça m'a gênée un peu par rapport à Lorca. Mais il était de toute façon accaparé par le procès de Šahar. Arshavin a surtout pensé que leur implication émotionnelle aurait perturbé notre approche scientifique, ce qui est probable. J'ai attaqué direct :

— Pour faire court, voilà ce que nous pouvons affirmer de façon factuelle : 1 – Un glyphe était présent sur le mur, gravé dans le bois. La comparaison des images avec le glyphe du toboggan montre un dessin très similaire : triple cercle à ondes centrifuges, disposé en trèfle. Lorca et Sahar ont confirmé qu'il s'agit bien du même glyphe que le matin de la disparition de Tishka, aux différences d'exécution près. 2 – Ce glyphe comportait deux lettres inscrites au centre, d'une écriture tremblée, proche de ce qu'un enfant de maternelle pourrait écrire. Ces lettres sont *tà ?* avec un point d'interrogation à la fin. 3 – Mon observation à la jumelle infrarouge a montré la présence dans la chambre puis dans le couloir d'un être dégageant de la chaleur, de forme humanoïde ou lémurienne, d'une taille d'environ un mètre, ce qui pourrait correspondre à un enfant de quatre ans. Tout autant qu'à un furtif « ordinaire » de morphe allongé. 4 – La vitesse de déplacement de cette forme a été calculée rétroactivement à partir de l'enregistrement de la caméra intégrée aux jumelles : elle est en moyenne de 20 mètres-seconde, soit le double d'un sprinter humain. Mais beaucoup moins rapide qu'un furtif.

— Ah ouais ? Ça trace à combien un furtif ? réagit Toni.

— Dans les zones sans obstacle, par exemple lors des épreuves du cube, il a été évalué à 300 mètres-seconde. À peu près la vitesse du son.

— Ça déboîte !

— Cinquièmement, et là on entre dans les perceptions plus subjectives… qu'il faut distinguer des mesures, mais qu'il ne faut pas exclure : Sahar a entendu plusieurs appels articulés. Provenant du couloir. Elle dit avoir aperçu la forme bouger, ce que confirme le lidar d'Arshavin qui l'a interpolée à travers le béton.

— Le lidar ? Quel lidar ? sursaute Lorca.

Arshavin sourit. Il ne marque aucune gêne ; il pourrait.

— Quand je vous ai enfin retrouvés, j'ai envoyé un lidar qui s'est fixé sur la façade opposée à l'appartement, de l'autre côté de l'avenue. C'était la seule façon de repérer les déplacements à l'intérieur du volume et de vous prévenir si les parents se levaient ou si des miliciens entraient…

— Vous ne nous avez prévenus de rien ! fait remarquer Sahar.

— Il aurait fallu que votre compagnon active son intracom pour cela… Je maîtrise encore mal la télépathie…

— Vous maîtrisez en revanche très bien l'ironie…

Šahar l'a dit avec le sourire également. Šes cheveux ont bouclé avec la sueur du vélo, elle s'est changée en arrivant pour mettre une jupe de soie indienne et un chemisier fin. Un peu de khôl sur les yeux, rien d'autre, et ça suffit. Pour le coup, c'est moi qui me sens cagole d'avoir anticipé une soirée chic. Je la sens en tension. Moins par son corps, qui reste calme et fluide, toujours un régal à voir bouger, que par sa voix, où ses fricatives ont tendance à siffler... Je la connais trop mal pour savoir si sa réplique cherchait à être sympa. Ou si son ironie à elle est plus vipérine encore que celle du boss. Dans le doute, j'enchaîne :

— Le cœur du débat, vous l'avez capté, porte sur la nature de la « chose » qui était dans la chambre. Puis dans le couloir. Il est probable que ce soit elle qui ait gravé le glyphe et elle qui ait « parlé » à Sahar. Les pistes loufoques qu'on a trouvées avec Agüero et Arshavin lors de nos brainstorms, je vous les épargne ! On s'est bien amusés mais voilà... Il reste au final trois hypothèses plutôt carrées et on voudrait vous les livrer brutes. Pour qu'on les challenge ensemble... Vous êtes d'accord avec la méthode ?

— Oui... J'avoue que j'aurais aimé participer aux brainstorms. Je fais partie de la meute, il me semble ? Ou alors dites-le-moi ? (Arshavin garde sa mine bienveillante. Toni sent que ça gratte. Agüero vient à la rescousse.)

— On doit tracer, Calor. L'Armée nous met la pression. Il faut leur donner des biscuits. T'étais dans le procès jusqu'au cou, alors on a pris un peu d'avance sans toi. On est là ce soir pour remettre tout le monde à niveau. Mais évidemment qu'on va rien faire sans vous. Entendido ?

— OK, allons-y...

— La première hypothèse est que cette « chose » était bien... un furtif. Ceci posé, il faut alors expliquer le glyphe, les lettres gravées et la voix, dont vous avez certifié qu'elle était celle de Tishka.

— Oui. Je suis formelle là-dessus. Lorca l'a entendue aussi.

— L'hypothèse que je défends est qu'il s'agit d'un furtif psychoréceptif. À savoir : capable de recevoir une émotion, qui s'en nourrit, un furtif capable d'enregistrer en lui l'empreinte d'une voix, comme le font très bien les oiseaux par exemple, et de la restituer intacte.

— C'est pas ça. Ça peut pas être ça.

— Sahar, laisse-la finir...

— Confronté à des humains qui émettent une attente émotionnelle, ce furtif peut y répondre. Mieux, il est attiré, aimanté par cette attente. Ça expliquerait aussi les voix entendues par Lorca dans le centre culturel...

— À quoi sert le glyphe dans ton hypothèse ?

— Le glyphe serait un marqueur. Un enregistrement graphique. Il grave l'émotion dans la matière. Le furtif s'en sert pour réactiver le souvenir de Tishka. Retrouver sa voix, sa personnalité, ses émotions...

— Saskia... D'accord... Enfin... Si tu... Est-ce que Tishka est... Est-ce qu'elle est encore vivante dans cette hypothèse ?

Je savais que ça allait être chaud-patate. Le timbre de Lorca a vrillé dans l'aigu. Šahar a tendu son buste comme une corde de violon. Pas le moment de se pisser dessus :

— Elle peut être ou ne pas être vivante. Les deux sont possibles. Ce qui est sûr, c'est que le fif a développé une relation très forte avec elle, suffisamment longue en tout cas pour imprimer sa personnalité, à elle, en lui et la réverbérer. Il est imaginable qu'elle soit morte ou enlevée, ce qui justifierait ce glyphe inscrit le jour de sa disparition. Le furtif aurait tracé son portrait à vif, pour la faire revivre plus tard, autrement.

— C'est complètement délirant ! Vous dites n'importe quoi ! Tishka est vivante ! Vous comprenez ? VIVANTE !

Šahar s'est levée d'un bond et elle sort sur la terrasse, Lorca la suit pour tenter de la calmer, ça gueule dehors. Arshavin avait raison de ne pas les associer aux brainstorms, c'est une évidence. Ils sont dévastés par l'émotion. Comment leur en vouloir ?

·· Elle · l'avait dit. Deux ans après la disparition, après dix-neuf mois de psychanalyse intense, dix-neuf mois à faire le deuil terrifiant de notre fille, dix-neuf mois à me repousser, à me mépriser, à me prendre pour un lâche qui ne voulait pas faire le travail, pour un dingue qui s'inventait un espoir... Dix-neuf mois à refuser absolument, viscéralement d'y croire, d'y *recroire*. Dix-neuf mois où elle avait assassiné de ses mains et de son âme Tishka en elle. Et pour la première fois, depuis, je sus qu'elle avait fait le deuil de son deuil. Ça y est.
Sahar y croyait à nouveau.
Pas avec sa raison, pas avec son cortex frontal, pas avec cette espèce de pulsion de parent qui n'arrive pas à accepter la cruauté crue du réel. Avec quelque chose de plus décisif, de plus fulgurant : une intuition. Exactement la même intuition qui m'avait relevé de mon lit une nuit, pour que jamais je ne me recouche. Ce moment où je l'avais distinctement entendue, au cœur de mon rêve, au ventre du sommeil paradoxal, entrer dans la chambre et dire : « Viens me chercher. » Et cette voix n'était pas un

souvenir, une trace mnésique, aucune reconstitution, rien de tout ça. Tishka était dans la pièce, postée à la frontière de mon rêve, elle m'avait réveillé. Sahar ne m'a jamais cru. On s'est séparés là. Cette nuit-là. Sur ce surgissement. Et sa véracité concrète, absolue pour moi. Qu'elle n'a jamais voulu croire, elle. Notre relation a explosé derrière, en six jours à peine. Une semaine après, nous n'étions plus un couple.

‘Quand ¸Sahar ‘a gueulé, j'ai revu ma mère. Ça m'a raclé la couenne. Ça doit faire seize ans maintenant ? Arshave, l'a jamais vraiment dû piger pourquoi j'avais pris Lorca dans ma meute. Quand personne le calculait. Pas assez vif, trop vieux, trop intello. Sauf que j'ai su pour sa fille, j'ai su parce que Saskia m'avait affranchi. Alors je l'ai pris, banco. Ce qu'un boludo de psy en dirait ? Que Tishka, ça a fait dans ma tête comme mon petit frère Raíz. Raíz, il a été rapté bébé par le colonel Astiz et sa junte. Je me souviens à peine de lui, à peine, juste sa bouille dans le couffin, ses billes écarquillées. Ma mère, elle a passé sa vie à essayer de le retrouver. Elle faisait partie des Mères de la place de Mai. L'une des plus connues même. *¿Quién se robó mi niñez ?...* J'ai passé mon enfance à tourner sur cette place, avec maman, à l'envers des aiguilles d'une montre. Como si yo pudiera putain de remonter le temps. Quand elle a été tout près de l'atteindre, qu'elle a arraché le nom de la famille qui l'avait volé, éduqué, on a été voir la villa. Une fois, dix fois, sans oser entrer, attaquer. La junte l'a repérée, ma mère. Elle l'a chopée, en plena noche, en la casita, avant qu'elle agisse. Et ils l'ont montée dans le ciel et jetée d'un hélicoptère, attachée à un bout de rail. Au milieu de l'océan. En Argentine, il y a en eu trente mille, des desaparecidos como ella. J'ai souvent eu envie d'aller

voir mon frère, de lui dire. Aujourd'hui, je pourrais. Je sais où il crèche, Raíz, à Buenos Aires. ¿Pa' qué? ¿Arruinarle la vida? Sahar, elle a eu le visage de ma mère quand elle a crié « vivante ! ». C'est le même cri, le même cri pour toutes les mamans. C'est pas un cri de père. C'est un cri de quelqu'un qui a eu, dans son ventre, une chose qui vit. Et qui l'a fait sortir en poussant. Qui l'a faite avec sa matière à elle, sa boule de cellules, de sang, au toucher, à la mano, du dedans. Pendant neuf mois. Nous, on aime nos gosses, los papitos, che ! À part qu'on les a pas eus vivants dans notre bide, tout bougeants. C'est ce cri du bide, qu'elle a eu. Ce cri, il sait.
J'ai été les pêcher sur la terrasse. J'ai su que je les ramènerais, obligé.

— Saskia, je pense qu'il serait intéressant de développer maintenant la deuxième hypothèse, à laquelle Sahar sera peut-être davantage réceptive…
— La deuxième est plutôt celle d'Arshavin, même si nous en partageons ensemble pas mal de points. Tu me reprends si je suis inexacte…
— Tu seras exacte.
— Arshavin pense que la forme que vous avez sentie et dont on a enregistré la trace est bien Tishka. La taille et la morphologie correspondent. Enfin, à peu près. Les bras sont plus larges, plus proches d'une patte ou d'une aile. L'écriture tremblée sur le mur est typique d'une enfant de quatre ans, comme je l'ai déjà dit. Par contre, le glyphe circulaire est trop précis et appuyé pour son âge. Mais passons. L'idée est que Tishka aurait subi, ou accepté, ou même désiré une hybridation. Une symbiogénèse pour être plus précise, avec un

ou plusieurs furtifs. Que son corps et son esprit se seraient donc transformés, en acquérant une vitesse et une agilité nouvelles… tout en conservant des caractéristiques proprement humaines comme la parole, la mémoire, les sentiments… La question serait alors : peut-elle revenir à sa forme d'origine ? Y a-t-il une rétromorphose possible ? Cherche-t-elle d'ailleurs à revenir ? Ses appels seraient-ils des sortes d'appels au secours ?

)J')aurais pas) dû dire ça comme ça, putain… C'était pas nécessaire ici. Je viens de les perdre une nouvelle fois. Šahar, plus Lorca ! Une vague d'émotion les balaie et les noie. Ils ne sont plus là. Ils sont au bord d'un torrent où vient de tomber leur fille et ils se jettent à l'eau pour la sauver. Agüero sent mon hésitation, je n'ai pas le cœur d'enchaîner. Il décide de prendre le relais :

— Je sais que c'est carnage de vous balancer tout ça. On y va franco au marteau piqueur. Je vais vous perforer la dalle un dernier coup. Et après on se coule la chape dessus. Alors j'y vais de ma piste à moi. Votre gamine est vivante. Elle est prisonnière quelque part, dans une planque, une planque pas accessible par un humain. Disons, pour faire simple, qu'un taré l'a kidnappée et l'a enfermée quelque part. Un gars amoureux d'elle, qui voulait avoir une môme et qu'en a pas eu, qui a perdu la sienne dans un accident, Tishka lui ressemblait… enfin, quelque chose comme ça. Elle est pas loin, elle est même sûrement en ville. La petiote a développé une relation à elle avec un furtif intelligent. Si ça se trouve, c'est le même furtif que celui dont elle te parlait, Lorca, la veille où elle a disparu. Et ce furtif entre et sort de la taule où elle est et tente de retrouver ses parents, il vous cherche. Tishka lui a dit les endroits où vous alliez. Le fif a fini par trouver Lorca, peut-être dans le *Cosmondo*. Et il revient sans arrêt à l'appart aussi parce que Tishka, dans sa tête de môme, elle peut pas imaginer que vous ayez quitté l'appart, que vous habitiez ailleurs, que vous soyez séparés. Bref, ce fif effectivement... et là je suis raccord avec Saskia... a des capacités d'éponge, du neurone-miroir, c'est un buvard et il peut recopier une voix. C'est lui qui était dans l'appart. Pour moi, c'est un messager. Un passeur qui maîtrise mal notre communication, notre langage. Il fait ce qu'il peut, il cause, il dessine, il grave. Mais si on arrive à le comprendre et à le suivre, il peut nous amener à Tishka !

·· J'avais · jamais pensé à ça. Jamais. Jamais de la vie. C'était comme si Agüero venait de me fendre l'occiput avec une hache. Il m'ouvrait un espoir, béant et saignant. L'hybridation d'accord, j'y avais pensé aussi, c'était le plus évident. Le furtif qui la singeait aussi, qui la copiait, même si ça me faisait mal à hurler, je pouvais l'envisager, j'avais fini par accepter que ça puisse être juste ça : un écho d'elle, un souvenir reproduit. Je m'éduquais par bouffées à l'idée possible que je ne la reverrais jamais. Mais qu'elle soit vivante, et intacte, qu'elle puisse appeler à l'aide en utilisant un furtif, ça non. Ça non : ça ne m'avait jamais effleuré. Et c'était une hypothèse tellement forte, tellement basique pourtant ! Je me suis enfoncé dans mon fauteuil, écrasé par la vision d'une cache, d'un souterrain. J'étais inapte à réfléchir, j'avais le cerveau qui perdait. Trop d'un coup. J'ai regardé Sahar qui avait un morceau de verre dans les orbites, je me suis mouché dans mon T-shirt trempé de sueur et j'en avais rien à foutre. La putain de sa race… Si Agüero avait raison ?

‘Pas ¸sûr ‘qu'ils tiennent le choc. Plus on va avancer, plus ça va secouer pour eux. La miss, elle fige dans la gelée. J'aimerais amener ça poco a poco, mais je sais pas faire. Elle devrait pas écouter tout, à mon avis. Je l'ai dit à Arshave. Elle est pas de la maison, elle a pas nos systèmes de refroidissement. Ni Toni. Faut pas mélanger. Lorca, à ce rythme, l'est parti pour finir comme Brague, comme Nèr. Les fifs, en soi, c'est déjà costaud à avaler. Alors touiller ça avec sa môme… Si ça se confirme qu'elle est taulée quelque part, faudra le sortir proprement du circuit. Il sera pas fiable pour un commando.

)Ša)ns doute) qu'on les a crus trop solides. En une fraction de seconde, j'ai vu l'espoir éclater dans les yeux de Lorca, tout son corps s'électriser. Arshavin a tenu à ce qu'on expose ça à la suite, froidement. Je pense qu'il veut aussi les tester, voir s'ils sont aptes à continuer l'exploration et la recherche furtives avec nous. Ou s'il va falloir faire sans. Ce qui serait très douloureux pour moi. J'adore Lorca, j'adore sa forme de pensée, je trouve que c'est quelqu'un de vaste, qui apprend, qui a fait un travail extraordinaire sur lui pour muer de sociologue à chasseur. Et qui est d'un courage rare face à sa fille. Politiquement aussi, il m'a fait changer. Il m'a introduite à des choses que je ne voyais pas de cette société, que je ne voulais pas voir. Šans lui, je sais que je vais rater des pistes, revenir à des protocoles scientifiques rigoureux certes, mais qui manqueront l'essentiel. Lui a le sens des furtifs, plus qu'Agüero, plus encore que moi. Il a cette fibre en lui de la fuite)) cet instinct d'échapper aux pouvoirs, à la vision. Je l'ai moins, j'aime les cadres. Allez, Lorca, pitié, mouche-toi, souffle, regarde-moi… Tu peux le faire…

— Saskia… Enfin vous tous… Merci… Merci tellement pour ce boulot de synthèse… Je sais pas comment… Enfin voilà… La question, évidemment, vous le savez, c'est pas ce qui est le plus cohérent, intellectuellement, scientifiquement, à nos yeux, c'est… C'est ce qu'on est capable, Sahar et moi, de prendre ou pas dans la gueule. Vous demandez à des parents qui ont perdu leur fille quelle hypothèse est la plus pertinente, la plus probable ? Nous, on a juste nos tripes dans le cerveau, et nos tripes, elles hurlent que Tishka est en vie. Elles ne rêvent que de ça. Ce que dit Saskia est peut-être vrai, a une vraie logique. Ce que pense Arshavin, j'y ai beaucoup pensé aussi, parce que j'ai envie de croire que ma fille vit – même si elle s'est métamorphosée, même si elle est méconnaissable et que ça me fait peur… Mais ce qui m'aspire comme un trou noir, ce que j'ai envie de croire par-dessus tout, c'est ce qu'a dit Agüero. Qu'elle est intacte. Quelque part dans cette ville. Et qu'on peut la sauver.

— Sahar, vous voulez vous exprimer…

Šahar reste prostrée. Un long silence lui laisse sa chance. Qui passe. Je reprends la parole :

— Je comprends que ce soit extrêmement difficile à faire, Lorca, mais essaie de mettre de côté ta…

— Elle est vivante et elle a changé, coupe subitement Sahar. Elle a six ans maintenant. Sa voix… J'ai eu tort de dire que c'était *sa* voix… C'est la sienne, oui… Mais elle était moins hachée, moins traînante qu'à quatre ans. Elle était plus… mûre. Légèrement plus mûre, mais nettement. Ça élimine pour moi l'hypothèse numéro un. Si Tishka était morte, le furtif parlerait avec l'élocution qu'elle avait à quatre ans. C'est la seule qu'il pourrait recopier.

— Tu as raison… Sa voix a grandi, confirme Lorca. (Je prends la balle au bond pour les remonter.)

— Je serais ravie que mon hypothèse soit fausse, pour tout vous dire. En réalité, je trouve la piste d'Arshavin très crédible aussi.

— Et celle d'Agüero ?

— Elle est tout à fait plausible dans l'esprit. Simplement…

— Quoi, Saskia ?

— Simplement, j'ai repensé tout à l'heure au suivi psy des chasseurs. Les suivis longitudinaux. Il en ressort quoi ? Que la plupart des chasseurs qui ont « tué » un furtif ont ensuite « invoqué ».

— C'est-à-dire ?

— C'est-à-dire qu'ils se disent comme « habités », dissociés parfois. Ils sont habités par une présence en eux ; certains entendent des voix, d'autres font des choses qu'ils n'imaginaient même pas savoir faire. Agüero par exemple… Il parle d'une origine rouge en lui. Il a acquis le pouvoir de démembrer son corps pendant des transes…

— Je suis beaucoup plus vif au foot aussi. À la capoeira. Plein de trucs. Sans que je me sois entraîné pour ça. C'est venu tout seul.

— Lorca a développé une aptitude à se cacher qu'il n'avait pas avant. Pas vrai ?

— Non, tu as tout à fait raison. Où tu veux en venir ?

— Ça pourrait signifier que les furtifs s'hybrident à nous quand ils meurent. Peut-être même qu'ils ne meurent pas complètement. Ils s'abritent, ils survivent en nous.

— *El origen rojo...*

— Oui, l'origine rouge. Tu en parles sans arrêt Agüero, hein ?

— J'en parle juste à toi. Mais c'est là. (Il pointe son ventre.)

— Donc je me dis : si un furtif est capable de s'invoquer en nous et de nous métamorphoser, de l'intérieur... même de façon modeste, périphérique... pourquoi ne le ferait-il pas avec une enfant ? C'est pour ça que je crois assez fortement à l'hybridation. Plutôt. Plutôt qu'au furtif messager...

— Je vous propose de passer à table pour continuer... Nous allons avoir besoin d'énergie pour avancer encore...

‘L'Arshave, ¿il ‘a carrément sorti les chariots. Bestiaux sous la cloche, cuistot sous la toque et champagne au sabre ! Ơn a attaqué dans l'amuse-gueule avec tapenade des olives-de-chez-nous, écrevisses de la rivière-qui-coule-sous-le-mas, avocats cueillis-dans-l'arbre et guacamole meilleur qu'au pays ! Dehors, la garrigue virait à l'orange derrière les fenêtres grandes ouvertes. La nuit ramenait sa fraise au moment où la fille d'Arshave a sorti sa lame pour découper le bambi rosé dont je me suis gobergé jusqu'au rot. Pardon ! Sûr que c'était pas la cantine du Récif ! J'avoue que j'ai pas trop suivi la discute pendant une heure. Et que j'ai pas trop laissé le bourgogne chauffer dans mon verre. La fille d'Arshave, elle a pris de son papa son bel ovale et ses yeux bleus, sa peau blanche et sa classe.

Elle a pas trop favorisé ma concentration, en virevoltant autour la tablée.

— Il faut acter notre échec en tant que chasseurs. Et reconnaître qu'il existe, dans la société civile, des groupuscules qui ont tout simplement une longueur d'avance sur nous dans leur connaissance des furtifs. Toni en est un exemple, comme son collectif *Oufs & Flous*. Il nous a ouverts aux céliglyphes. Il n'est pas seul. Il y en a d'autres. Le Récif doit et va faire sa révolution, en s'investissant plus profondément dans le renseignement : c'est le message que j'ai fait passer en haut lieu.

— Est-ce que ça veut dire que tu attends de nous qu'on se comporte un peu comme des agents... secrets ?

— J'attends de vous que vous soyez fluides, à l'écoute des rumeurs, des légendes urbaines qui touchent aux furtifs et que nous allons vous soumettre. J'ai mis quatre agents sur l'orpaillage des réseaux. Ils ont déjà débusqué une piste qui me semble très prometteuse, mais dont je me vois mal leur confier la prospection de terrain...

— Pourquoi ?

— Ce sont des soldats... Si vous me passez l'expression, tout en eux « pue » le militaire. Leur rigidité les trahirait très vite dans des milieux plus ouverts, sans hiérarchie, plus littéraires...

— Plus littéraires ?

— Oui... La piste que j'aimerais vous proposer d'explorer va sans doute vous paraître assez surprenante... Au moins autant, j'imagine, qu'elle l'a été pour la cellule qui a piraté les documents... Et pour moi-même...

— Ouh là, je crains le pire, ¡gran capo!

ˊCet ˏArshavin ˊa clairement la faculté d'amener ses interlocuteurs là où il entend les mener. Dès que nous avons franchi le seuil de son domaine, il n'a eu de cesse de mettre chacun et chacune d'entre nous à l'aise, alimentant le *buen vivir* d'Agüero aussi bien que l'amour du vin de Lorca, valorisant Toni qui, sous ses pulsions anars, n'est pas insensible aux honneurs d'un amiral et stimulant, par touches habiles, çà et là, l'avidité scientifique de Saskia. Il n'y a qu'avec moi qu'il cherche encore le bon axe, le juste angle, attendu qu'il a très vite perçu ma vigilance sinon ma méfiance envers sa diplomatie brillante, trop brillante pour ne pas laisser clinquer quelque reflet révélateur sur l'arrondi d'un geste ou le lissé trop parfait de son ton. Ne fait qu'aiguiser mes acuités la façon dont il gère son personnel, d'une suggestion ou d'un regard, dont il nous chaperonne et désamorce nos tensions, d'un trait d'humour ou d'une confidence qui nous attache à lui, nous le rend soudain proche et émouvant, afin de mieux faire accepter, derrière, ses objectifs (que je commence à entrevoir). Je reste, éminemment, à l'affût. Sous le dehors d'une discussion d'amis, sous les ors d'une complicité longue qu'il partage avec Saskia et Agüero, sous l'influence sensible d'un mentorat sur Lorca, lequel sait trop qu'il lui doit sa place dans le Récif, Arshavin est le vrai maître de cérémonie de la soirée. Un maître qui sait où il va.

— Nous avons ainsi découvert qu'il existe un Institut des Langues Exotériques, baptisé l'ILE, financé sur les crédits du Quai d'Orsay et fondé par une certaine Louise Christofol, dont le père a été ambassadeur en Afrique et en Asie. Suite à un accident qui l'a rendue aveugle, cette femme a obtenu, par compassion si ce n'est par compensation, ce n'est pas clair encore, de pouvoir monter une sorte de haute école des langues rares et oubliées. La particularité de cette école est de s'être spécialisée dans l'oralité et l'interprétariat. Très peu médiatisé, à ma connaissance, l'ILE a pourtant su attirer l'élite des lettrés et des experts en dialectes ignorés. C'est, pour faire simple, une tour de Babel, une espèce de cénacle où se retrouvent quelques-uns des linguistes les plus pointus du monde.

— *And so what ?* En quoi ça nous concerne ?

— C'est au sein de ce cénacle que Louise Christofol a créé une cellule clandestine, une cellule d'initiés, appelons-la comme ça – qui se consacre exclusivement à... tenez-vous bien... l'étude du langage furtif...

— Quoi ? !

— ... sous un angle surtout oral, à partir d'enregistrements, de traductions, et apparemment de dialogues directs avec eux... Voilà ce que je peux en...

— C'est hallucinant !

— Complètement mytho !

— Vous êtes sûr de vos sources, là ? Parce que si c'est vrai, c'est juste Noël, avec les lutins, la crèche et le petit Jésus ! Et ça voudrait dire qu'on n'a pas un train, mais douze avions de retard sur eux !

— Combien ils sont dans cette soi-disant cellule ?

— Une dizaine. Il y a trois Françaises dedans, une Algérienne, un Finlandais et un Brésilien, une Malienne, une Balinaise... Tous aveugles ! Pour entrer dans le groupe, la procédure de cooptation a l'air sévère, elle est très longue, vraisemblablement pour rester inaccessible au profane. D'après les échanges en réseau fermé que nous avons interceptés, le groupe est capable de dialoguer, effectivement, avec des furtifs « apprivoisés ». Et certains parviennent à déchiffrer des céliglyphes, à en traduire le sens…

— Woualou, c'est du pur délire !

— S'ils sont tous aveugles, ça pourrait expliquer que les furtifs ne fuient pas… C'est pas déconnant, lâche Saskia pour elle-même.

Un silence de vertige plane sur la table. Même les couteaux et les fourchettes se sont suspendues au bout de nos mains. Je ne peux pas m'empêcher de regarder Saskia, qui siffle deux verres de margaux à la suite pour se donner une contenance, ou noyer le feu qui prend en elle, sous son bonnet qu'elle porte même en été. Agüero dévisage Arshavin, en attente, hagard. Toni n'a pas pu rester assis, il jongle avec les tasses à café, surexcité, en circassien, c'est n'importe quoi et ça fait rire Sahar.

Moi je repense au glyphe sur le mur de la chambre. Si cette cellule existe, ils savent, ils sauront, eux, décrypter les trois signes : *tà ?*. Ils pourront nous dire. Peut-être qu'ils sauront aussi décoder les seize glyphes collectés par Toni. Et nous traduire ce que Saskia a enregistré au *Cosmondo* : des heures d'échanges en trilles, cris, syllabes, niveaux de ton, auxquels nous, on ne pane rien ! Saskia se verse un verre d'eau et lance :

— Les services ont d'autres révélations comme ça ? Juste pour savoir ? Parce qu'on est preneurs, Amiral ! Ça fait six ans que je rame à courir après des mangoustes qui filent à 300 mètres-seconde, ça en fait trois que je répète en interne qu'il faudrait plutôt les écouter et là, tranquille, on s'avise qu'une poignée d'aveugles genre bac + 12 et agrégation de lettres classiques en savent mille fois plus long que nous depuis… depuis combien de temps, en vrai ?

— Leur cellule Cryphe a été créée il y a trois ans. C'est assez récent tout de même.
— Cryphe ? Pourquoi « cryphe » ?
— C'est le nom qu'ils ont donné au langage furtif.
— Il y a un ou plusieurs langages ? Selon eux ?
— Il y aurait une langue écrite, unique, qui utilise l'alphabet latin et fonctionne de façon cryptique en cachant les lettres les unes derrière les autres. Et il y aurait plusieurs langues parlées, selon les possibilités d'articulation des furtifs, la forme des gorges, des glottes, la musicalité... Mais ce qui ressort de nos premières synthèses des documents piratés, c'est que ces langues seraient tout aussi changeantes que le corps des furtifs eux-mêmes.
— Ça paraît cohérent...
— Ce sont des langues syllabiques ?
— Je ne sais pas, Sahar. Ils y distinguent des phonèmes en tout cas.

Évidemment, nous harcelâmes Arshavin jusqu'à ce qu'il nous lâche tout ce qu'il savait : c'était bien plus ample que ce que nous n'aurions jamais pu soupçonner. Il sortit finalement un rapport papier, à lire puis à hacher en confettis aussitôt lu : plus personne de sensé dans les services de renseignement ne s'avisait de transmettre aujourd'hui des fichiers informatiques. Le numérique se duplique, la matière est unique.
La fin du dîner fut consacrée à mettre au point une stratégie d'approche de l'ILE et de la cellule Cryphe. Beaucoup d'idées fusèrent, en particulier de Toni, plus allumé que si on lui avait dit qu'une toile de Banksy se trouvait dans cette maison et qu'on lui donnait deux heures pour la trouver, dans un *escape game* de folie. Je n'étais pas plus

calme que lui, plutôt bouffé d'anxiété à la pensée de rencontrer cette Louise… Nous n'aurions pas deux fois l'occasion de faire une première impression. M'imaginer qu'elle nous ferme la porte me paniquait.

´Nous ‚y ´voilà, n'est-ce pas ? Arshavin a laissé se développer l'inévitable brainstorm, après avoir savamment distillé, au goutte-à-goutte, des révélations de plus en plus fascinantes, dont le titrage en curiosité brute s'élève, comme ses alcools, à quarante puis cinquante puis soixante degrés, tandiment qu'il sort, avec un sourire de sphinx, ses mûres, ses calvas et ses poires d'un bar en olivier aussi large que le mur. J'attends qu'il ramasse, en banquier de casino, la mise du remue-méninges dont il pressent déjà la direction, si tant est qu'il ne l'ait préscénarisée : naturellement sommes-nous, Lorca et moi, les vecteurs idéaux d'infiltration dans cet institut de lettrés – moi par mon statut de proferrante et mon agrégation de lettres modernes, Lorca par son métier respectable de sociologue. Nous deux, surtout, en tant que couple forcément émouvant, forcément attachant par notre figure de victimes, parents dont la fille a fui avec des furtifs, de son plein gré ou non, kidnappée ou consentante… Peu importera pour notre « cible », l'essentiel étant la haute crédibilité qu'assure notre situation désespérée à notre démarche d'entrisme, à cette quête de vérité à laquelle cette femme, Louise Christofol, peut sans doute apporter une réponse, si « l'empathie fonctionne » (*dixit* Arshavin). Nous n'aurons, insistent l'amiral et son chef de meute, même pas à tricher ou à mentir, au contraire ! Il va falloir être le plus sincère et le plus intime possible. Juste masquer nos liens avec l'armée, juste lui faire entrevoir notre petite cellule à nous, notre quintet où Toni, Agüero et Saskia nous épaulent, lui exposer avec innocence nos propres découvertes, certes plus modestes que les leurs quoiqu'elles pourraient tout de même les interpeller – notamment sur l'axe musical et rythmique que Saskia a sacrément exploré déȷà ; ou sur l'approche graphique de Toni, plus intuitive, moins structurée. Se présenter à elle en demande, au bord du gouffre, en amenant le carnet de glyphes de Toni, nos questions concrètes, notre souffrance.

Imparable ? Tactiquement parlant, oui, les chances existent, ȷe veux y croire.

Aussi manipulatoire soit la conduite de réunion d'Arshavin, ȷe n'ai rien de sérieux à lui opposer ; comme nous six, ȷe suis en phase avec la feuille de route qu'il vient d'esquisser au milieu des verres de calva. *In petto*, ȷe me sens prise dans l'ambiance de commando qui remonte et frémit en nous ; Saskia s'enflamme, Toni brûle, Lorca a les épaules qui tremblent. Un groupe, une bande, un gang ? – ȷe ne sais pas – est né cette nuit du parkour et c'est ça qui prend corps à nouveau, en nous comme entre nous. Quelque chose cristallise dont ȷe ne suis pas certaine de faire partie. J'ai si longtemps enseigné sans pouvoir agir, ni rendre ça concret, que ȷ'ai envie d'en être, oui. Furieusement. Mais pas à n'importe quel prix.

)Lo)rsque Arshavin) nous a invités à dissiper les vapeurs de l'ivresse, en nous traînant du salon vers la terrasse, j'ai été heureuse de toucher la pierre tiède. C'était le moment où les dernières cigales cessaient de striduler pour laisser aux grillons leur bande de fréquence. Au loin, les lumières de la ville débordaient par trouées de la ligne des collines. Comme si l'urbain ne pouvait jamais nous laisser totalement en paix. Comme s'il fallait qu'il se signale à nous, menace autant que trésor, par son halo, par ses pierreries

scintillantes. J'ai fermé les yeux pour avaler une salve de vent, sniffer une bouffée de ciste qui me ramenait au maquis corse. Alors mon écoute s'est coulée dans le grésillement languide des grillons. Qui est la nuit faite son, la perfection sans orgueil, la nuit que j'aime.
Je redoutais ce qui allait maintenant venir. La bague. Le point le plus conflictuel de la soirée. Celui qui pouvait faire éclater le vase qui recueillait pour l'instant notre bouquet d'ego. Rompre la dynamique magnifique qui s'ébauchait. Et nous barrer connement l'accès à l'ILE, à cet espoir génial du Cryphe, dont le nom faisait déjà pousser ses forêts d'hypothèses dans ma tête. Arshavin m'avait dit avant la soirée : « La bague, je n'en parlerai qu'après le dîner. Ce sera forcément clivant. Si tu peux soutenir la démarche, ce sera plus que bienvenu. »

¿ La ʒ bague, hein ? J'ai plus le choix, oim ! Je le sais ! Pas la peine de se la raconter˜ ou de jouer˜ à trappe-trappe ! Lorca, pas sûr˜ que je l'affranchis sur˜ les glyphes, au *BrightLife*, si l'amiral me choppe pas la veille en me mettant sous le nac mon « tracier˜ ». La Gouvernance appelle ça commac. « Tracier˜ » ? Il m'a amené la note quoi. Comme une serveuse qui tafferait à poulaille-resto. Ç'aurait pas tenu sur˜ un rouleau de PQ tellement c'est long : ils ont tout, les poucaves. Mes squats, mes assauts, mes occupes, toutes les captchas en HD de ce que j'ai peint, les plans de mes botags, les touillages de mes peintures virales. Le catalogue de ma life. Vingt-trois intrusions au total. Pas dégueu les points d'XP ! Les gus savaient à l'avance pour˜ le *Bright* : ils attendaient juste le flag, pépouf, pour˜ me coller˜ au chtiriben quatre cinq ans. Alors j'ai écouté l'amiral. Sagement. Bon toutou. Il m'a mis le deal en main. J'efface l'ardoise/toi t'aides Lorca. J'ai fait « michto ! ».

Du coup j'ai parlé bien gentiment à Lorca quand il est venu me taper˘ la discute. No cheat code. Et t'sais quoi ? Ça m'a fait plaize. Je le kiffe, Lorca, c'est un bon gadjo. Sa meuf est chanmée, on l'adore dans les togués. J'ai mirave de tracer˘ pour˘ eux, de les porter˘ là-bas, chez eux. Et ça me colore de savoir˘ qu'on va continuer˘, que la tikno, on va la rattraper˘, maybe.
Du coup, l'anneau, ben je le porte ! Bessif. La latche, j'avoue. Je me l'ai mis sur˘ le majeur˘, pour˘ me faire des doigts solo, devant la glace. Kashitarac ! Histoire de me rappeler˘ le punkabot que j'étais encore y a trois semaines. Maintenant, je suis dans le game des gradés. *E la nave va*. Pas grave. Ça pulse ici. Et je finirai par˘ leur˘ dire ciao ! latchira ! bye ! Personne te foutra Toni Tout-fou au shtar˘ ! Rêvez pas ! Je suis de l'air˘.

— Lorca, je comprends tout à fait votre position politique sur la bague, Sahar et toi. Mieux : tu sais que je la partage. Tu ne trouveras par exemple personne dans ce domaine qui porte une bague. En as-tu aperçu une ?

— Non. Justement.

— Par contre, j'en porte une au travail, comme tu t'en es rendu compte. Nous sommes dans un monde où ne pas en porter te rend immédiatement suspect. C'est absurde, c'est presque tragique pour nos démocraties, mais c'est ainsi. Sans bague, tu te retrouves aussitôt classé dans la catégorie des extrémistes, des terroristes potentiels, des sans-identités, des migrants. Le pouvoir te place dans le grand sac de la peur. Et si tu es connu et suivi des services, comme c'est le cas désormais pour votre couple, refuser d'en porter va vous soumettre *de facto* à un autre registre de surveillance. Vous allez relever de la Vigilance Pourpre : V3+ dans le jargon. Les drones bien sûr, mais de plus en plus ils se servent d'intechtes, comme nous ; ils pucent vos vêtements ou ils les gazent en inodore ; la biométrie commerciale est couplée à la citoyenne et vos visages sont recalculés pour être identifiables en primo-captation… Votre empreinte vocale est priorisée sur les collexiqueurs de rue et dans tous les locaux accueillant du public… Un suivi humain peut aussi être enclenché… Ça fait beaucoup pour un petit bijou qui manque…

— Je sais tout ça. C'est purement scandaleux. Sauf que pour moi, soit tu as la capacité de nous protéger, soit tu ne l'as pas. Ou ne désires pas vraiment l'avoir…

— Lorca… s'il te plaît… J'ai une capacité cadrée, capée, mais réelle, de vous protéger. Cette capacité se négocie. Elle peut varier, à la hausse comme à la baisse. Elle dépend de mon poids politique, qui reste respectable, mais elle dépend aussi de vos conneries et des concessions et contreparties que je dois consentir derrière. Là vous avez été trop loin. Vous avez quand même tiré sur les forces de l'ordre ! Même si c'est avec des fumigènes et de la peinture ! Vous avez occupé un bâtiment construit par Civin et qui leur a coûté la bagatelle d'un demi-milliard. La réfection du toit et de l'étage incendié a coûté douze millions aux assurances, vous devinez ce que ça implique ?

— Non.

— Vous êtes censés être des soldats sous mes ordres ! Pas des agents en roue libre qui jouent aux anars ! Vous avez entamé ma crédibilité et il m'a fallu des trésors d'argumentation et un sacré tissu de vérités alternatives pour justifier votre commando a posteriori ! La contrepartie était inévitable, elle coulait de source : vous devez désormais être traçables.

— Ce qui veut dire géolocalisés à chaque instant. Fichés en continu. Et alimentant en plus les bases de données de Datum, Smalt, Civin et des autres, gratuitement et en générant pour eux une plus-value massive…

)Je) ne) peux pas m'empêcher d'intervenir. L'alcool me braise les joues et là, Lorca vient de les retourner à la façon d'un steak sur une plaque :

— Comme tout le monde, Lorca ! Qu'est-ce que ça va changer à ta vie de toute façon ? Agüero a toujours été bagué. Dès que tu es dans la meute, ils savent où tu es ! Je ne prenais pas toujours ma bague mais là je vais la porter chaque jour. OK, ça ne me ravit pas qu'on sache que Saskia Larsen est ici, puis là, puis ici, puis chez elle, puis qu'elle regarde telle émission et surfe sur tel site de rencontres, envoie tel mail. Mais en jouant leur jeu, on sait qu'ils vont se calmer, passer en automatique ! Et qu'on pourra toujours leurrer leurs IA ! Ils ont tellement de gens à tracer que tu sors de leur radar dès que tu te fonds dans la masse avec tous les autres. Ils veulent une garantie, c'est tout. Si l'un de nous pète un câble et fout le feu à un car de flics ! Mais on sera paradoxalement plus tranquilles en étant bagués !

— Même Toni a accepté la bague… ajoute Agüero en reniflant son calva.

— Euh… j'ai pas eu trop le choix, j'avoue ! C'était le shtar ou l'anneau !

— Excusez-moi d'insister, puisque je suis également concernée, mais la bague que vous nous demandez de porter n'est pas non plus n'importe quelle bague… C'est le tout dernier modèle : l'Anneau. À ma connaissance, toutes les ligues de protection de la vie privée l'ont dénoncé comme une authentique perversion. Un très joli bijou certes, au design intemporel, le marketing est parfait. Mais dans lequel tous les systèmes de contrôle ont été optimisés. Cet anneau ne permet plus de s'anonymiser dans certains lieux publics et privés comme avant. Ni de suspendre sa géolocalisation, qui est passée à présent au décimètre près. Il est quasiment possible de savoir si deux personnes s'embrassent ou font l'amour rien qu'avec la précision spatiale que cette bague autorise.

— Et il n'y a plus de stockage en dur, propriétaire, dans la bague, non plus. Tout remonte en permanence dans le cloud qui a donc une copie live de tous nos actes et paroles puisque l'alter ego a aussi été intégré en standard. Tout ce que tu demandes ou dis à ton moa peut être écouté ou retrouvé. Ils ont ta vie en miroir.

— Vous n'envisagez que le côté négatif. Les possibilités offertes par l'Anneau sont admirables. C'est une petite révolution. L'interface technique devient quasi transparente. On frôle l'humain augmenté, et sans besoin de greffe.

— *« Un seul Anneau pour faire le tour de vos mondes. »* La pub est assez juste pour une fois. C'est clairement ultrapratique à utiliser, Arshavin a raison. Je peux vous le confirmer, je l'ai testé toute la semaine.

— « *Un Anneau pour les gouverner tous, un Anneau pour les trouver, un Anneau pour les amener tous, et dans les ténèbres les lier* », ça vous rappelle rien ?

¸ Haha, ˀ la vieille référence pourrrave ! L'outing de pur˜ rôliste resté kéblo au vingtième siècle ! Agüero se marre en me jetant un clin d'œil. Saskia vire d'un coup son bonnet, ça fait chaud par˜ ici. Outch ! Elle monte cash dans les tours :

— OK, on vous convaincra pas. Qu'est-ce que vous proposez alors ? On arrête tout ? Vous partez avec vos petits pieds toquer à la porte du Quai d'Orsay et vous demandez à voir Louise Christofol ? Vous cherchez Tishka à travers la ville en fouillant chaque squat et chaque bout de parking jusqu'à ce qu'un furtif vous siffle en volapük où elle est ? Et nous on stoppe toutes les recherches parce que de toute façon, on n'aura plus de crédits et qu'ils fermeront la boutique ? Agüero tiendra un stand de tir à HollyPark, ça vous va ? Et moi je vais postuler chez SnowDrink pour compter à l'oreille le décapsulage des canettes de Vodkir dans les captations de fêtes ?

— Tu exagères, Saskia !

— Et vous, vous faites quoi ? Vous voulez préserver votre petite éthique de bobos et défendre des principes quand c'est la vie de votre fille qui est en jeu ?

Putain, le headshot ! Sahar˜ a figé groseille. Mais Lorca, il a djerté son verre d'un revers à la Bertame et j'ai cru qu'il allait la fracasser˜. Agüero s'est jeté sur˜ lui, on l'a marave à deux, rapport qu'il était bouillant. Puis il s'est calmé d'un coup. Il a quand même pété une coupelle en deux, juste avec ses pouces. Plutôt gore. Dans le genre. Personne savait quoi cafter˜. L'amiral a rebouché les bottles et il a frôlé le ragequit :

— Nous n'arriverons à rien ce soir. Il serait bon que vous preniez un peu de recul. On vous laisse une semaine pour nous donner votre décision. Si vous refusez l'Anneau, je ne peux pas garantir quel mode de suivi la police décidera de vous appliquer. Je ne pourrai plus vous protéger. Si vous acceptez, vous serez tracés, oui, mais j'aurai accès aux données. Il est même possible que je puisse les éditer et les modifier. Voire mettre le suivi en stand-by une paire d'heures le jour où nous en aurons vraiment besoin. Je ne vais plus argumenter. Je vous demande juste de prendre conscience que votre choix ne sera pas seulement un choix personnel. Ou de couple. Il va nous impacter tous ici, collectivement.

‹Il ¸a ‘été à deux doigts. J'ai vu la mornifle partir. Saskia a reculé. Parfois, je les pige pas, non plus. Je saurais ma gamine vivante, j'aurais que ça en tête. Bague, pas bague, qué más da ? La politique leur vrille le cerveau. Lorca se tasse dans les coussins. Il décompresse, les pognes sur la gueule, comme s'il voulait se la laver. Puis enfin, il lâche ce que j'espérais plus :

— On va accepter. On va le faire. Mais il faut nous laisser le temps d'assimiler tout ça.

)Je) m'en) veux tellement d'avoir balancé ça. T'es qu'une jolie conne quand t'es bourrée, ma petite Šaskia. C'est tellement dégueulasse ce que t'as dit. Tellement crasseux pour Lorca. Je pense que je suis carbonisée aux yeux de Šahar, *ad vitam*. J'ai tout gâché en une phrase. Qui je suis pour dire ça ? Je suis pas foutue de me garder un mec ! J’ai même pas de gosse ! Elle se lève, Šahar. Elle s’avance vers le bout de la terrasse, face à la ville. Et elle nous jette de dos, peut-être parce qu’elle chiale… ou qu’elle nous cracherait dessus sinon :

— Moi, je ne vais pas accepter. J’ai passé vingt ans à construire une autre éducation, à essayer d’expliquer dans les cités tout le mal que ces bagues font. À nos libertés, à nos existences. J’ai monté, je sais pas, peut-être deux cents ateliers sur le sujet. J’ai vu des ados dissoudre leur bague dans un bol d’acide après un cours. Et vous voudriez que je me renie pour *rassurer la police* ? Et sauver la carrière confortable d’un amiral ? Je vous remercie de votre invitation, mais là, je crois que je vais prendre congé.

‹Au ¸final, ‘on est tous rentrés à vélo. Ensemble ! Tout fait pour \ parce que j’avais l’espoir que ça se rabiboche. Qu’on reste pas là-dessus. Arshavin nous a prêté des VTT. Il était pas bien quand il a claqué son garde-à-vous. Rarement vu comme ça. Sa poker face, elle valdinguait au vent, juste retenue par une vis. Faut avouer que ça sentait fort le split, la despedida comme on dit au pays. Par la Pachamama, on a pas fait deux cents mètres que Saskia s’est excusée. Pas le truc de politesse, du bout des lèvres. Une excuse seppuku, qui te traverse du bide au plexus. Lorca et elle, ils ont posé les vélos et elle s’est lovée dans ses bras. Y avait rien à faire de mieux. Toni a tenté une musique mélo au klaxon, qui a fait marrer tout le monde. Derrière, on a roulé tranquille dans la fraîcheur, lampes éteintes et on s’est amusés à courser les lucioles. Ça renouait tout doux quand…

Merda ! Sahar a crevé \ roue arrière en plus. Sur un truc normalement increvable. Elle jette son vélo sur la route, au sommet du petit col. Et la voilà qui se met à défoncer les rayons à coups de latte. Pas le genre de nana que j'aurais vu faire ça. Personne moufte. La lune est pleine, on voit plutôt bien le carnage. Je me dis qu'elle va craquer derrière. Mais pas du tout. Quand elle arrête, elle soulève son vélo et le balance dans le fossé. Ça passe tout près de Toni, qui esquive, en torero. Derrière, elle commence à parler. Et tout de suite, c'est carré, c'est froid. Elle te redécoupe toute la soirée à sa manière. Un carpaccio.

— Votre Arshavin, il sait parfaitement ce qu'il fait. D'abord nous mettre la bague au doigt, tous, pour pouvoir nous contrôler. Tous, tout le temps. Facile de s'abriter derrière les ordres qui tombent d'en haut pour justifier ça. Qui pourra vérifier de toute façon ? Qui a l'oreille du ministre ici ? Personne. Ensuite, il nous envoie en mission dans les groupuscules civils. Là où l'armée, avec ses gros sabots, ne pourrait jamais entrer. Il a besoin de militants, et mieux que ça, d'un couple engagé, connu, apprécié dans ces milieux. Parce qu'il a très bien compris, et bien avant vous apparemment, qu'il existe un lien, une affinité évidente entre les furtifs et un certain rapport à la fuite, à la liberté, au refus du contrôle. Qu'il y a donc de fortes chances que ce soit au sein des mouvances libertaires qu'on trouve les profils les plus proches des furtifs. Les plus à même d'entrer en rapport avec eux, de chercher à les apprivoiser.

— Louise Christofol n'est pas anarchiste, qu'on sache !

— Louise Christofol est une chercheuse hors cadre. Elle est libre. Écoutez juste. Ces trois dernières semaines, en parallèle du procès, j'ai lu toute la documentation confidentielle que m'a confiée Lorca. Qu'est-ce qu'il s'en dégage ? Que le Récif n'a jamais obtenu que des bouts de céramique inertes. Que ce qu'ils cherchent en haut lieu, ce sont des formes vivantes qu'ils puissent étudier, dont on puisse prélever et copier l'ADN. Le cloner. L'inséminer ailleurs, sur d'autres animaux par exemple, voire sur des humains. Avec pour objectif, j'imagine, de pouvoir les hybrider vers la furtivité. Leur offrir de nouvelles capacités d'infiltration. C'est un enjeu clé de la guerre aujourd'hui : échapper à la détection. Qui voit tue.

— Personne n'a jamais parlé de clonage ou de copie ADN, à ma connaissance... D'où tu tires ça ?

— Vous êtes d'une naïveté assez abyssale, excusez-moi de vous le dire. Arshavin vous tient par l'affectif, il est très talentueux pour ça et il vous lit tous les trois remarquablement bien. Lorca est le profil qu'il cherchait depuis longtemps : intelligent, souple, sentimental, avec une quête viscérale en lui. Il a composé avec toi Agüero et toi Saskia la meute idéale pour lui parce que vous êtes des gens généreux, chaleureux, que Lorca allait forcément apprécier. Et aussi parce que vous êtes les meilleurs à vos postes. Je ne doute pas qu'il vous apprécie vraiment mais ce qu'il a en tête dépasse votre complicité. J'ai été très attentive ce soir à ses regards. Ses yeux sont la seule chose qu'il ne maîtrise pas. Quand vous avez évoqué l'idée que Tishka soit hybridée avec un furtif, son enthousiasme a été violent. Féroce même. Pourquoi ?

— Parce qu'il veut retrouver Tishka autant que nous ! Qu'est-ce que tu crois ? Tu nous fais ta crise de parano là !

— Parce que si Tishka s'est hybridée, ça veut dire qu'il va pouvoir récupérer un furtif *vivant* ! Le graal pour le Récif. Il ne veut pas la sauver ou nous la rendre. Il cherche d'abord un cobaye. Et il espère qu'on va lui livrer ce cobaye par notre amour. Il sait qu'on ira au bout, quoi qu'il arrive. Un cobaye tout frais tout chaud !

— Tu dis n'importe quoi Sahar ! Tu ne connais pas Arshavin, c'est un mec profondément humain. Agüero, dis-lui !

— Arshavin protégera ta fille si on la retrouve. Ça j'en mets ma main au fuego. L'Armée derrière a ses objectifs, d'accord, c'est possible. De là à charcuter une gamine, faut pas exagérer. La déontologie est vachement rigoureuse chez nous.

— Si nous acceptons cette bague, nous acceptons de devenir les marionnettes d'Arshavin. Et pire, les collabos d'un système que toi et moi, Lorca, nous avons toujours combattu. Tu réalises ça ? Nous allons travailler à la fois pour les multinationales, la Gouvernance et l'armée. Le grand chelem ! C'est un reniement complet de tout ce qu'on a bâti ensemble ! Oui ou non ? Tu te souviens de ce qu'on s'était juré la première nuit, dans la cabine de la grue ? ... Tu te souviens ?

)J')ai vraiment) cru à ce moment-là que Lorca allait basculer. Šur une phrase, Šahar avait complètement changé de registre et de timbre et c'était bouleversant. Ša voix prenait une couleur safran, indienne, un froissement de taffetas, elle n'avait plus parlé qu'à lui, elle nous avait effacés l'espace de cette phrase. Et j'avais soudain eu envie d'être loin, de ne pas entendre la suite, comme si j'allais violer quelque chose de sacré qui fondait leur histoire, leur amour. Mais Lorca m'a surprise :

— Sahar, écoute-moi bien : s'il faut que je me mette une bague à tous les doigts de pied pour retrouver Tishka, je le ferai ! Et si on la retrouve un jour, crois-moi, personne sur cette Terre pourra me la reprendre ! Pas plus l'armée que la mafia, les flics ou n'importe qui !

— Tu refuses l'évidence, c'est tout ! Comme d'habitude ! Nous allons livrer Tishka à l'armée ! Voilà la vérité ! Sur un plateau !

Lorca l'a prise par les épaules, sans la lâcher du regard :

— Pendant deux ans, Sahar, tu m'as pris pour un débile. Tu pensais qu'on faisait du paintball dans des friches en tirant sur des rats mutants. Quand je t'ai amené mon premier trophée de furtif, tu as cru que c'était une sculpture. Oui ou non ? OUI OU NON ?

— Qui pouvait croire que ça existe ? Qui de sensé ? Qui est au courant, qui y croit dans ce pays ? Cent personnes à tout casser ! C'est tellement irrationnel et fou, admets-le !

— Je m'en fous que ce soit irrationnel ! Je voulais juste que tu me *croies*. Quand je l'ai entendue en dormant, que je t'ai dit qu'elle était vivante, j'aurais juste voulu que tu me *croies*. Pas que tu raisonnes, encore et encore ! Pas que tu joues à la psy. Pas que tu me prennes pour un barjot. Juste : que tu me croies.

La princesse, elle tangue soudain sur la route. On dirait une flamme. Elle est jolie comme tout quand elle est comme ça. Elle le sait pas. Elle a trop de mots dans sa bouche. Lorca, il lui verse encore ça : qu'il a confiance en Arshavin. Que ça se discute pas. Qu'elle peut repartir˜ faire ses cours et voir˜ son psy. Qu'il tracera sans elle, pareil qu'il a fait depuis deux ans. Qu'elle peut tout regâcher˜. Que lui, il lâchera jamais. Et qu'un jour˜ dans un an ou dans un siècle, il reviendra avec sa fille dans les bras. Et il lui amènera. À elle. À sa maman.

)Me)rde… Je) n'aimais pas du tout le bruit d'élytres que j'entendais depuis quelques minutes. Ça n'avait rien à voir avec un grillon ou un quelconque insecte nocturne. Et ça ne venait pas du sol ni d'un arbre, c'était au-dessus. Trop régulier, pas organique. Šur le toit du *BrightLife*, Toni m'avait appris le geste de son posse pour indiquer qu'un drone te surveille. Šans que le drone sache qu'on sait. Je me suis approchée de lui et j'ai fait tourner mes doigts. Il a paru très étonné. J'ai juste pointé l'index vers le haut, main collée au ventre, il a sorti discrètement un brouilleur de sa poche et le ciel est devenu silencieux en moins de dix secondes. J'ai guetté le tic sur le bitume et tandis que Šahar et Lorca s'engueulaient sec, poursuivant sur l'intime, j'ai été récupérer le psylle….
Oh, ça ne signifiait pas forcément que Šahar avait raison, sur sa parano. Maintenant, nous envoyer un psylle aussi raffiné en pleine nuit, sur une route de campagne, ne pouvait provenir que de deux sources : le renseignement intérieur ou l'Armée. Pour tracer qui ? Toni, qui avait son anneau flambant neuf ? Ou Agüero et moi ? Nous avons recommencé à marcher. Agüero a expliqué comment il voyait Arshavin. Un mec exceptionnel. C'est ce que j'avais toujours pensé. Un type réglo, franc, fiable. Exigeant aussi. Un type qui savait écouter, analyser puis trancher. Un excellent boss, tout simplement.

Ceci étant, la vision de Šahar, qui arrivait vierge et découvrait notre petit monde, m'intéressait, je dois le reconnaître. Elle m'intriguait même, dans la mesure où, lors de nos dernières réunions, j'avais trouvé Arshavin, effectivement, très enthousiaste, bien plus qu'avant en tout cas. Comme s'il voyait une voie s'ouvrir. Pour autant, le fait qu'il nous guide vers cette Christofol me rassurait : la recherche restait bien prédominante dans son approche. Pour le reste, elle n'avait pas tort : nous étions en train de livrer nos âmes et nos armes à notre grande muette adorée. Nos marges de manœuvre risquaient de devenir très étroites. Et le côté clandestin de la meute, qui nous avait jusqu'ici toujours mis à l'abri des fouineurs de la Gouvernance, j'avais bien l'impression qu'il se volatilisait dans le clair de lune de cette nuit où j'avais trop bu.

— Hey princesse, tu veux vraiment pas que je te ramène sur mon porte-bagages ? Y a six bornes encore avant le périph, d'après ma super-bague !

— C'est gentil à toi Toni, mais je vais rentrer à pied…

— Dis-nous au moins qu'on t'a convaincue sur Arshavin, tente Agüero en souriant.

— Vous ne m'avez pas convaincue, non, je suis désolée. Dans les rapports humains, je fais confiance à mon intuition. Votre amiral vise quelque chose de plus profond que la réussite du Récif. Il suit sa propre ligne et il est prêt à trahir qui il faudra, supérieurs ou subordonnés, pour atteindre son horizon à lui. Il vous respecte et il vous aime, j'en suis persuadée. Mais il voit quelque chose derrière vous, à travers vous. Je ne sais pas encore quoi. Et tant que je ne saurai et ne verrai pas quoi, il est juste hors de question que je lui offre ma vie sur un Anneau.

CHAPITRE 12

CRYPHE

— Alors voilà :

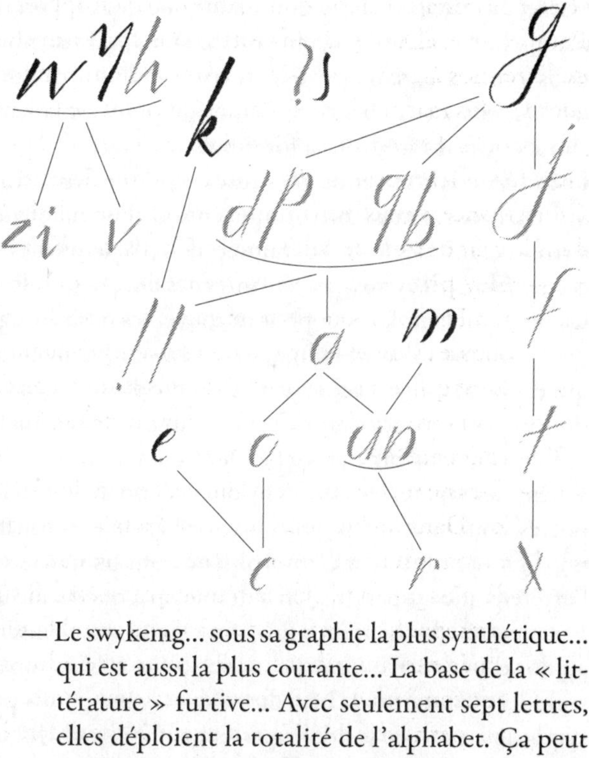

— Le swykemg… sous sa graphie la plus synthétique… qui est aussi la plus courante… La base de la « littérature » furtive… Avec seulement sept lettres, elles déploient la totalité de l'alphabet. Ça peut sembler un brin modeste, ramené à un simple schéma, n'est-ce pas ? Je dois pourtant vous confesser qu'il nous a fallu huit ans pour graver cette petite plaque…

Louise Christofol laisse ses doigts glisser sur la plaque de cuivre ; on dirait qu'elle caresse un chat lové dans l'épaisseur du métal et que les lettres vont soudain, juste pour elle, ronronner. La pulpe de son index part du *g* et redessine pour le plaisir le *j*, le *f*, le *t* et le *x* en une seule coulée dansante. Sous les globes bioluminescents, logés sans logique dans quelque niche de cette grotte invraisemblable, qui tient de la caverne autant que de la crypte, la plaque luit à peine. Lorca me prend la main. Ensemble, nous sommes lentement foudroyés par l'intensité de l'instant. Le silence, le silence de l'émotion pure, est la seule chose que nous trouvons à formuler.

Le *swykemg*. Le secret de l'écriture cryptique des furtifs, qui n'expose jamais aucun mot entier, seulement des lettres-écrans, des lettres d'amorce, derrière lesquelles se cachent dans des séries fasciculantes des dizaines d'autres lettres, qu'il faut dévoiler pour retrouver les mots invaginés – comme s'il avait fallu que leur éthos fondamental, qui est de savoir se cacher, cet éthôs produise l'écriture qui lui corresponde, où rien n'est jamais directement visible, tout se dépiste et se cherche, où les lettres gravées à même les murs et les sols, les pylônes, les poubelles ou les portes, comportent leur propre déformation potentielle, une ligne de rupture métamorphique dont on ne sait où l'arrêter, où la suspendre. Un *d* donne un *a* qui donne un *u* ou un *o* qui donnent un *c*, un *n*, un *r*. Et un *d* seul, inscrit au dos d'une pierre tombale où personne n'irait jamais regarder peut tout aussi bien dire « dur » ou « parc » par symétrie ou encore se décompacter en phrases sibyllines, par exemple : « un bouc pour un parc ». C'est un vertige. Un vertige dont Louise Christofol a donc mis huit années à trouver la clé floue, tellement précieuse ; encore qu'elle ne puisse venir à bout, à elle seule, de cette schizolettrie native, qui m'évoque une méiose tant la lettre souche semble capable de divisions et de croissance.

Nous, il nous a fallu trois mois. Trois mois qui nous ont paru trois ans pour monter les trente-quatre marches qui mènent à la grotte et passer ce portail, devenu mythique, en compagnie de la figure de proue de l'Institut des Langues Exotériques, l'âme de la cellule Cryphe, la personne au monde sans doute la plus avancée, la plus pointue dans la compréhension encore balbutiante du langage furtif.

Louise Christofol décale la plaque sur la table pour l'approcher de nous. De son éducation diplomatique, elle a conservé ce port de tête impeccable, cette netteté dans les gestes qui ne s'acquiert que dans la répétition quotidienne d'une discipline d'enfance. À la lumière du jour, dans la forêt, elle faisait sa soixantaine, avec ses cheveux gris sans teinture et ses rides en étoile autour des yeux, pareilles à des rayons courbés, avalés par un trou noir. Mais là, dans le clair-obscur où elle nous plonge, sa silhouette gracile pourrait être jeune. Et, à moins de le savoir, il serait impossible de supposer qu'elle est aveugle.

— Asseyez-vous donc tous les trois... Nous avons tout notre temps. Évitez les bancs vernis, ils attirent la plupart des gouttes... Maintenant, si je peux oser un conseil... Ne lisez pas... Abstenez-vous de lire... Déchiffrer d'abord avec la main... en fermant les yeux... Le swykemg est un mouvement, il n'est même que mouvement. Les furtives ne le lisent pas : elles le reparcourent, elles le retracent en passant leur aile ou leur patte le long de la cursive ; elles essaient de retrouver la pression, les à-coups et la vivacité du tracé de celle qui l'a laissé pour elles. Le swykemg est une écriture cinétique de part en part. Comme vous pouvez vous en douter, cette plaque est une reproduction. Platement humaine, platement recalibrée à partir de moulages de céliglyphes. Personne dans notre cellule n'a été capable d'atteindre à la pointe sèche la précision incisive des furtives qui sont, pour ces choses, d'assez stupéfiantes calligraphes…

¸ C'est ˀ de l'or˜ ou quoi ? Juste en chourant cette plaque, je me paie un loft ! Elle, la Louise, pour˜ moi, c'était le boss de dernier˜ niveau, le truc qui te fait fracasse ta console tellement t'as aucune chance. J'en reviens pas d'être dans la place. Toni dans le *Craïppphe*, les gadjos ! Je ferme ma boîte parce que l'autre, elle cause la France à un level que même en me pluggant le wikipedzouille Littré de mes couilles, je panerais pas un mot sur˜ douze ! En vrai, j'ai un peu la latche dès qu'elle m'adresse. Je vois bien que je la fais smiler˜, chuis frais, chuis un bibou pour˜ elle. Des fois elle en prend son carnet, « j'adore comment cette couche franglaise, plutôt dégradée et teintée de modernité mercatique, s'entrelace avec vos origines tziganes, c'est tout à fait piquant », qu'elle a dit. Je l'ai enregistrée. Replay. × 6. Pas mieux. J'ai dégainé ma monkey face mais je l'aurais marave, la daronne. N'empêche, c'est selfo qu'elle a emmené avec Sah et Lor˜ pour˜ palper˜ du cryphe. Saskia, elle ira en deuze, et Agüero, il se tapera la Bible en attendant ! L'a pas les vibes avec la Louise, elle doit sniffer˜ en lui le sniper˜, le fige-mangouste, Herr˜ Ceramificator˜ ! C'est comme le physio qui te scanne au clubbe : si t'as pas la bonne bagouze, t'es tricard.

·· Ŀa · plaque est mouchetée de taches, de café ou de thé. De la voûte, des gouttes viennent y tomber et éclatent, çà et là, comme des perles sur le métal. Ŀa caverne est tellement

humide que le sol de dalles en est lustré de flaques ; chaque expiration relâche une traînée de buée dans l'air pourtant tiède, signe que l'eau qui s'infiltre doit être très fraîche pour la saison. Dans ċette pénombre, je distinġue à peine les lettres alors je m'assois et je ċommenċe à touċher. Reliġieusement. Ċ'est plein de stries, d'impaċts, de petits trous dont je ne sais si ċe sont des points sur les *i* ou des ċoups de beċ. Il paraît que lės « furtives » ċomme elle dit (elle met tous les pluriels au féminin, faut s'habituer au début, du féminisme hardċore) sont venues plusiėurs fois rayėr la plaque ou y ajouter des signes !
Je repère la rainure du *w* en haut à ġauċhe, refais du majeur le *h* puis le *y*… et la symétrie vertiċale me frappe tout de suite, elle pénètre en moi. Je me pėrds dans l'anġularité zézayante du *z*, je le penċhe mentalement pour m'offrir un *i* haċhé, piqueté d'un minusċule ċratère au-dessus – je ġlisse vers un *v* faċile à devinėr pour remonter vers le *d*, puis le *p*, le *q*, le *b* dont il ressort au touċher, aveċ évidenċe, que ċes quatre lettres sont en fait le même traċé mais retourné ou renversé : une même ligne droite aċċélérée puis ċourbée en bouċle, mais attaquée à ċhaque fois par un anġle différent. Plus bas, jė mė paume dans ċe qui doit être le *a* puis le *u*, le *o* ou le *ċ*, ça se raċċourċit à un seul arċ, ça devient plus elliptiquė pour moi…

— Ce qui nous a donné le plus de mal, ce sont les rotations. Nous sommes si statiques – sous notre prétendue vivacité intellectuelle ! Si sédentaires derrière notre vanité de philosophes censément aptes, comme l'intimait Gilles Deleuze, à mettre « de la vie dans la pensée », que nous n'arrivions pas à comprendre comment les furtives pouvaient cacher autant de lettres sous une seule. Pour nous, le *g* par exemple, ne pouvait cacher que le *j* et le *q* – et aucun *h* ne pourrait jamais cacher de *y*. Ça limitait, comme vous l'imaginez, énormément les possibilités de dépli du texte : nous parvenions à des suites de consonnes, des moignons de phrases, ce qui nous a égarés longtemps sur la fausse piste d'une langue proto-hébraïque. Nous étions dans l'impasse…

— Excusez-moi, Louise, je vous coupe…

— Je vous en prie, Sahar…

— Pardonnez ma lourdeur profane. Mais je comprends en réalité mal ce que vous entendez par « caché ». Quand une furtive trace un *h* sur un mur, rien ne peut se cacher « derrière », n'est-ce pas ? La lettre est creuse, elle n'est pas collée ni en surépaisseur… Alors, est-ce que ça signifie que ce masquage des lettres les unes derrière les autres… J'imaginais ça, pour ma part, comme des caractères découpés, en bois par exemple, que l'on placerait dans un même axe de vision, en les mettant à la suite et en les regardant de face…

— Oui, je vois ce que vous voulez dire…

— Par conséquent, est-ce qu'il faut en déduire que ce masquage reste purement « mental » ? Qu'elles ont ce processus intellectuel que nous avons, nous, d'imaginer un *b* se retourner, venir s'abriter derrière un *p* lui-même cachant un *a* à l'envers, etc. ? Ce qui impliquerait un niveau de symbolisation ou d'agilité cognitive déjà très élevée. Je me trompe ?

— Vous raisonnez comme ma compagne Hakima, mademoiselle, ce qui ne fait pas de vous une béotienne, bien au contraire. Il faut garder à l'esprit, autant que possible, que les furtives sont des êtres hautement physiques, hautement sensuels. En réalité, si vous touchez un *h* gravé dans le bois ou la pierre, ou même incisé dans l'acier ou le plastique, vous pouvez – avec beaucoup d'expérience et de finesse, je le concède – sentir que l'attaque de la lettre a été faite une première fois en haut à gauche : et dans ce cas vous avez un *h*, la furtive a tracé un *h*. Puis une deuxième fois en bas à droite pour remonter vers le haut et à gauche : et là, pour elle, elle a tracé un *y*. Elles n'ont pas la contrainte de la lecture occidentale de gauche à droite, ni même cette norme quasi universelle de parcourir la page, le support, de haut en bas. Leur spatialisation s'affranchit, semble-t-il, de cette gravité qui nous rive à la terre. Pour une furtive, tout se lit en tous sens. C'est le point d'attaque qui décide en réalité de l'orientation de la lecture, et cette lecture est ensuite guidée par le trajet choisi pour former la lettre. Je suis plus claire ?

— Un peu plus, oui... Toutefois, si je prends un *g*, qui peut manifestement cacher une quinzaine d'autres lettres, comment font-elles, excusez-moi, pour savoir ? Je veux dire : pour savoir laquelle des quinze lettres est cachée derrière ce *g* ? Comment reconnaissent-elles les tracés, même les points d'attaque, s'il y en a sept ou huit gravés et regravés dans le même sillon ? Et comment peuvent-elles deviner l'ordre dans lequel ça a été fait ?

— Nous n'en savons rien, pour être honnête. Enfin... pas grand-chose. Certaines d'entre nous pensent que l'odeur jouerait un rôle, qu'elle les aiderait à dater les tracés successifs. Nous savons que les furtives peuvent repasser plus de dix fois sur la même lettre, et spécialement sur le *g* qui est leur lettre reine, la plus féconde. Mon collègue Björn, si vous me permettez cet aparté, a d'ailleurs suggéré que ce *g* pourrait être le *gê* grec, qui signifie « Terre ». À chaque fois, la gravure se creuse, des impacts multiples s'inscrivent dans le sillon que nous, nous n'arrivons pas à lire, même avec cette dextérité et cette ampleur tactiles qu'acquièrent par compensation toutes les aveugles que nous sommes. Personnellement, je peux décrypter des lettres retracées deux ou trois fois, exceptionnellement quatre. Et je parviens parfois, grâce à la largeur ou à la profondeur du sillon, à distinguer le premier du deuxième passage, parfois du troisième, s'il est rageur, violent. Mais c'est tout. Quand nous avons eu la chance de pouvoir confier des céliglyphes à des voyantes, à base d'images très haute définition, elles ont pu déterminer par les reflets si le sillon avait été davantage creusé à droite ou à gauche, un peu comme la gravure stéréophonique d'un vinyle. Cela permet de distinguer un *b* d'un *d* par exemple, qui est le cas le plus difficile…

— Donc en réalité, l'écriture ne cache rien : elle contient simplement plusieurs lettres dans le même tracé. Elle surtrace ou surgrave !

— Disons qu'elle cache dans la profondeur du sillon plusieurs passages, pour être tout à fait précise. Elle cache en pleine masse et en pleine lumière. Tout est inscrit et révélé à qui sait lire. Ou plutôt relire. Ce qu'elles savent faire. Pas nous, ou alors très mal, quoique nous progressions un brin chaque mois. Fort heureusement !

¿ Sans ⸮ être mytho, c'te caverne, c'est un truc de malade ! Déjà le site, dans la falaise, sur˜ une vire, avec les escaliers crantés dans le roc et le portail forgé, ça fait squat de fée. Quand t'entres, tu fais de la brume avec ta bouche, tu vois tchi, la machine à café fuit du plafond, ça fait plic-ploc à tes pieds, des gouttes te snipent, tu sursautes et tu commences à écarquiller˜. Et là, pfff… Ça te déboîte la rétine ! Chais pas comment dire ? Y a des autels et des statues, le sol fait comme une église, t'as des bassins, ça pourrait être une crypte ou la planque d'un shaman, sauf que c'est fait pour˜ accueillir˜ du monde, enfin peut-être pas ? Surtout, y a des volumes partout. Genre temple à l'abandon avec colonnes en vrac, socles tankés et blocs de marbre ? Ouais, ouais, y a de ça, mais… Quand t'avances et que t'allumes la frontale, tu vois des billes de bois, des sortes de termitières, des blobs d'argile. Y a même un container˜ fripé-plié, que tu sais pas qui a pu l'amener˜ là. Et des tas qui brillent… Tu t'approches et tu vois que c'est du verre, du verre pleine masse, putain de gravé/strié dans tous les sens, comme si un cheum l'avait attaqué à la meuleuse en mode youpi, fin de teuf, perf d'arteux ! À un moment, je me suis éloigné de tata Louise et j'ai figé exprès pour˜ éclairer˜ niche par˜ niche, mater˜ chaque bloc, socle, bloc, les golems de boue… Les parois, la voûte de biais, fendue, creusée comme de coupoles, les vaches de failles au fond, les puits, les nids-de-poule, tu crois que ça s'arrête mais y a toujours un bout de bulbe en plus, des bosses, une creusure. La grotte, elle est maousse en volume, et, et, et… c'est une grotte pour˜ œil crevé ! C'est pas fait pour˜ être vu en vrai, ça a queud de sens rayon optique/graphique ! C'est fait pour˜ être touché, wouala ! C'est une grotte pour˜ les mains, pour˜ la tripote, qui se pelote, palpée. Et catégorie doigté, c'est l'orgie les gars, y a pas une surface lisse, pas un truc plat et fadasse, que du creux/bosse, du plein, du crousticrunch sous la pulpe, un total poème de glyphes sur la moindre petite paroi planquée ! J'ai été caresser dans les coins, j'ai malaxé la bouillasse, j'ai fait crisser la pâte de verre : ça fait frisson. Et même le sol, même les dalles, elles raclent la semelle, elles ont pris le riflard !

·· Toni · est venu me montrer un papier sur lequel il avait juste écrit « *mate les parois et touche les blocs, tu vas halluciner* ». Sans doute ne voulait-il pas que Louise entende, elle avait de toute façon été préparer un thé, avec le cérémoniel compliqué des Chinois, ce qui nous laissait le temps de prendre la mesure du lieu. D'abord, je n'ai pas vraiment compris où j'étais, je veux dire : le sens de ce lieu, son statut, le pourquoi de cette accumulation incroyable de tumulus partout, et ces parois excavées, moitié organiques dans leur forme, moitié humaines par l'imposition d'un sol plat, de plates-formes, de « salles » avec quelques bureaux ou tables de réunion ? Des escaliers pour monter à une scène ? Une sorte de chaire ? Et puis j'ai commencé à scruter les parois, à y passer mes doigts. À regarder les blocs de calcaire et de grès, les bûches ciselées dans lesquelles tu cognes, le container rouillé. Des marques écrites, partout. Partout ! Des glyphes partout, sur toutes les surfaces de la grotte – voûtes, marches d'escaliers, bois des tables, dossiers des chaises, dans les tertres de boue, dans la masse du verre. Je reconnaissais de l'hébreu sur un cairn, des tablettes brisées au sol qui auraient pu être du sumérien, des caractères latins, chinois, khmers ou japonais, pour ce que j'en savais. Et au-delà des lettres, bien plus nombreux : des traits, des esquisses, des mouchetures, des arcs, un alphabet d'incision, un syllabaire autant, qu'il aurait fallu trente scientifiques pendant trente ans pour ne serait-ce que dégrossir le sens ?

´C'est ˏune ´bibliothèque tactile, sans doute antédiluvienne. Ici les sculptures sont des livres – ouverts oui, offerts à la main qui seule lit, puisque les phalanges ont des yeux. C'est un carnet de notes prises à même le calcaire tendre des parois, un dazibao joyeux griffonné à coups de griffe, de serre ou d'ongle, à coups de patte par une nuée de furtifs, afin de se parler, afin de se taire, pour mieux savoir partir et mourir s'il le faut, quand il le faudra. Saskia me l'a appris en me racontant leur intrusion dans le centre culturel : les entres. Ces masses brutes ouvragées à l'extrême, cette dentelle de failles, d'alvéoles et de tunnels dans chaque amas de bois, ce labyrinthe en trois dimensions où l'on peut se terrer, traverser et ressortir, qui hante aussi bien la roche que les grumes, ce sont... des entres !
Nous sommes chez les ſurtiſs. Nous sommes chez eux, ça ne ſait plus aucun doute. Et cette caverne, ils l'habitent et ils l'ont habitée depuis des millénaires, ils n'ont jamais cessé d'y être. Tous les murs sont à lire, Sahar, intègre-le. La cellule Cryphe s'eſt inſtallée ici, aux ſranges de la Provence, sur cette ſace nord du massiſ de la Sainte-Baume non pas pour imiter Marie-Madeleine en remontant l'Huveaune, non pas par une sorte de myſtique retrouvée ni de suprême snobisme qui serait propre à cette élite lettrée, plutôt parce que c'eſt ici que se sont conservées – mieux : que se sont relues et réécrites sans cesse – les impressions vives et les ſilantes expressions d'une myriade de ſurtiſs. Ils y sont passés, ou ils y vivent, exactement là où nous sommes, à l'abri des hommes qui regardent et qui les obligeraient, en les voyant, à se ſiger pour l'éternité dans une matière inerte qui ne les signalera pas comme eſpèce vivante, qui les rendra donc impossibles à découvrir, à étudier. À exterminer.

C'est ici que se tient la bibliothèque sans rayonnage et sans livre des êtres qui ne savent écrire qu'en mouvement et pour qui écrire même est inséparable d'un acte physique, inséparable d'un corps qui crayonne avec ses os, du bout d'un fémur cassé comme une craie. C'est ici qu'ils inscrivent leurs sensations de la pointe d'un bec-ciseau dont le *o* tracé est indissociable du coup de tête circulaire qui fait cycle et retour et qui acte par son geste que le temps s'apprivoise. Ici le papier serait trop fragile, trahirait ce que je me suis toujours dit de nos littératures, à savoir que si l'on y croyait vraiment, si l'on pensait que nos phrases sont des choses vitales, on ne les imprimerait pas sur des feuilles qui se trouent à la moindre goutte d'eau et que la plus petite colère déchire : on ferait comme les disciples d'Épicure, on les graverait en lettres de colosse sur la plus rêche des surfaces durables, à coups de burin sur le roc têtu d'une falaise, au moins d'un mur, pour signer dans la masse la motricité marcescible d'une syntaxe.
Louise ne nous a pas accueillis au siège de la cellule Cryphe, bien sûr que non, il n'y a pas de siège, il n'y a que des lieux d'écoute et de toucher, où l'on apprend en vivant parmi eux. Elle nous a introduits au cœur vibrant d'une littérature en train de s'écrire, de graver ses ratures, chaque jour qui passe, pour peu qu'on ait la sérénité de venir s'y glisser sans vouloir *voir*. Heureux les aveugles et les doux, car ils recevront les furtifs en héritage.

— Je n'explique jamais ce qu'est ce site, je m'en tiens au swykemg et je laisse infuser. De toute manière, vous n'êtes que la troisième mission que j'amène ici. Hors des membres de la cellule évidemment. Et il s'agissait comme vous de personnes qui ont perdu un être cher, parti avec les furtifs…

— Louise… Est-ce que ces personnes ont… retrouvé cet être cher ?

— Si vous avez une conception extensive du verbe « retrouver »… Oui. On peut dire ça…

Louise Christofol nous sert le thé avec cette élégance sobre que seul un fou rire ou le feu d'une passion semble pouvoir brouiller. À beaucoup d'égards, elle pourrait paraître hautaine tant elle est sûre de son intelligence, pourtant elle garde une grande proximité et sait raccourcir les distances (comme les rallonger, au besoin) : une aptitude de diplomate dont elle a sans doute hérité. Toni n'a jamais été aussi sérieux tant la spiritualité puissante du lieu l'impressionne ; Lorca réfléchit, je sais qu'il pense, jusqu'à l'obsession, au glyphe sur le mur de la chambre de Tishka et qu'il essaie déjà de le traduire grâce au swykemg, de le déplier ; moi je ne veux pas, pas encore, je veux comprendre l'ensemble, je veux saisir pourquoi des êtres comme les furtifs ont voulu et pu créer leur propre littérature, dans quel but et pour exprimer quoi ? C'est ça qui nous donnera la clé. Louise souffle sur sa tasse brûlante et en chasse la vapeur. Elle demande tranquillement :

— Vous les sentez ?

— … Oui…

— Ne levez pas la tête… Ne regardez pas en dessous non plus. Je sais que vous n'êtes pas stupides à ce point mais la curiosité fait partie de notre nature humaine. Et les rares voyants qui sont passés ici ont parfois causé des drames. Vous les sentez où exactement, monsieur Varèse ?

— Sous la table.

— Bien… Êtes-vous capable d'être encore plus précis ?

— Hum… Là, ça se brouille…

— Oui, elle vient de bouger. Sentez-vous où elle se trouve maintenant ?

— À ma droite… Je dirais derrière le tertre… Juste derrière…

— Bravo… Vous semblez avoir le *simți*, ce qui est rare pour un voyant. Il y en a une autre qu'on sent moins nettement… Qui est plus chafouine… Elle est sous la chaise de Toni. Elle a un peu peur.

— Comment vous arrivez à choper ça, madame ?

— Nous n'avons pas beaucoup de mérite, jeune homme. Nous développons des sixième ou septième sens en n'ayant plus à traiter la masse fastueuse d'informations qu'impose la vision à notre cerveau d'hominienne. Notre réseau neuronal et nerveux est davantage disponible, disons, à des phénomènes physiques comme les ondes, l'accumulation de chaleur, l'humidité de l'air, un frémissement de tension… Par exemple, je peux sentir votre buée se dilater quand vous parlez, puis se dissiper doucement. Les furtives ont un impact spatial éminemment discret, hormis qu'elles bougent et se transforment sans cesse, si bien qu'une aura de présence s'en dégage malgré elles. Vous trahissez aussi cela, Toni, à votre façon, même lorsque vous êtes assis…

— Désolé, madame. J'essaie de faire mon marshmallow. Mais ici, c'est trop chanmé !

— Vous n'avez rien de la chiffe molle, c'est clair. Vous seriez plutôt un chevau-léger. Vous grésillez comme une ruche… Ça se chamaille en vous…

— Désolé…

— À force d'attention, on situe très bien les furtives. Surtout si elles ne se sentent pas menacées et que nos déplacements restent lents. Les furtives apprécient notre compagnie. Particulièrement quand nous créons, ou essayons de créer. Ça les attire.

— Vraiment ?

— Selon toute vraisemblance, nous rayonnons d'une vigueur particulière dans ces moments-là. À moins que ce ne soit l'émotion qui les aimante. C'est l'une des innombrables énigmes avec lesquelles nous bataillons. Comprendre ce qu'elles trouvent à nous côtoyer de si près… Nous qui sommes pour elles si nonchalantes…

Là, elle m'avait tellement ambiancé, la Pachamamie, que j'ai délocké le U dans ma bouche et j'ai lâché : « C'est quand qu'ils parlent, vos fifs ? Parce que là, vous nous avez teasé à donf. Les peluches, elles ont tagué tout le squat, OK, sauf qu'on aimerait un peu les entendre moufter en live, ça fait trois mois qu'on tapine devant votre caverne ! » Vrai, j'ai savonné tout ça sous les bras pour que ça fasse tchatche proprette et qu'elle me tèje pas d'un kick hors du game. Sah et Lor m'ont maté gros yeux, genre « tu te crois où, le Gitan ? T'es en freestyle, ou bien ? » mais la Louise, ça l'a juste fait dahak, elle a claqué un « d'ac » et elle nous a dit de nous coucher fiole contre terre, sur les dalles trempasses, sans bouger l'orteil. Du keuf-copyleft quand ils te serrent en manif. Paraît que ça rassure les fifouilles si on garde le pif sur les dalles, rapport qu'ils se mettent à causer plus vite. Tous les quatre, on a fermé le capot et verrouillé les paupières. Autant vous dire que de les entendre grouiller, de les savoir dans la place, ça m'a mis des fourmis dans la tête, j'avais qu'une envie, c'était de mater ! Les téma enfin IRL ! Jamais j'en aurai autant d'un coup, jamais ! Wesh, j'ai hésité sérieux. À un cheveu, j'étais, de tourner ma bobine vers la paroi. Ça a duré une blinde : plic-ploc, flac-floc, pui-puic, la girl's band des gouttes dans la grotte… Et au moment où je craquais, ça a fait comme si un gars avait planqué une enceinte dans la voûte et qu'il lâchait enfin la purée au vocoder. J'ai sursauté des poumons dans ma flaque. Et j'ai pris cher…

Je m'en fiche ! Juchée la niche –
Fauche sur sèche-lĩnge, chasse-neige chauffe –
C'est channé, les chumš, ça se mailloche au sől,
le chanvre filoche, isiphonne-chĩffon –
Ĕn revanche je joue à jache-jache en revanche –
Chabut sous la Louise, chat-huant, chalut à vőus les chenilles ! –
Čhalut m'en chaut leš aminches, shalom ! –
Relâche la ruche sĩ m'arrache jachère, chôme la friche fraîche –
Čhaleur moche – lâcheur lèche ša mèche sèche, j'enchaîne,
charmille charnelle sinőn les chênes-lièges, j'enchaîne,
chevau-léger sus aux chamelles, j'enchaîne,
leš charolaises lynchées, charogne suivant chiffe molle
ou la hache, chamaĩlle, j'enchaîne, chat mouille aussi l'averse,
chavire la luge, allège őu échoue au refuge, je flanche –
Ça change, ça jonche, ça change, ça change, je flagelle –
Maršhmallow ! –
Sa joue gĩfle ! Fige ! –

·· Tout · au long de cette salve désarmante, qui rebondissait sur les parois en balles vocales, en flipper fou, j'ai entendu Louise rire et savourer, comme si c'était à elle qu'ils s'adressaient ; qu'en nous écoutant discuter dans l'ombre, ils avaient épongé à la volée nos expressions ; ou que nos voix les avaient stimulés, dynamisés, et qu'il leur fallait assimiler ce flot de mots à leur façon, en les répétant par séries et saccades, par assonances, en babil habile ? En vérité, j'étais tellement sidéré que je tentais de faire écran au choc avec des concepts en barricade. Au fond de moi, je ne trouvais pas d'émerveillement comme j'en avais eu avec Saskia dans l'auditorium de poche à écouter leurs trilles : je trouvais de la peur. Je trouvais la crainte qui cerne, accule. L'effroi sobre d'être en face non plus d'animaux, mais d'une conscience qui nous assimile. D'une intelligence qui nous observerait vivre, tapie en araignée dans l'angle mort d'un double plafond, goguenarde. L'objet d'étude se retournait – et c'était maintenant nous sous la mire. Louise se leva et lança quelques « pschitts » à l'encan, ainsi qu'elle l'aurait fait pour chasser des chats. À cet instant-là, c'était exactement ce dont j'avais besoin pour défragmenter mon angoisse. L'image d'un œil inquisiteur reflua…

— Les avez-vous repérés ?

— Repéré quoi, Louise ?

— Le champ phonétique ? Les phonèmes ?

— J'ai entendu beaucoup de « ch », de « je » aussi, n'est-ce pas ? On aurait dit un poème sous contrainte…

— Cette furtive-ci a une dominante chuintante, oui, tout à fait. Avec des mineures en fricatives et en nasales. Et le *l* et le *r* en liquide… Par contre, il n'y avait pas la moindre plosive…

— La moindre quoi ?

— Aucune occlusive si vous préférez. Pas de *p-t-k* ni de *b-d-g*, ce qui signifie que la furtive ne ferme pas complètement sa glotte : elle laisse toujours passer un filet d'air. Et ses résonateurs sont bloqués entre l'avant de la langue et les dents. Ce qui est la caractéristique des chuintantes.

— Vous voulez dire qu'elle ne peut pas tout prononcer ? Que seules certaines syllabes sont… articulables pour elle ?

— Vous comprenez vite mademoiselle. Il faut d'abord savoir que la plupart des furtives ne parlent pas du tout. Elles n'ont pas d'appareil de phonation apte à prononcer la moindre syllabe. La plupart crient, sifflent, font des trilles, feulent, rauquent, tout ce que vous voudrez. Cependant certaines arrivent à se forger une glotte et une mâchoire anthropomorphes. Et ça donne alors ce que vous venez d'entendre… Qui reste un miracle dans le règne animal, autant le dire.

— Y avait combien de fifs à la tchatche, là ?

— De furtives ? Combien ?

— Oui ?

— Une seule, Toni.

— Mythonne pas ! Euh… pardon… Je suis désolé… ça m'a échappé.

— Ce n'est pas grave. J'adore ce néologisme.

— Je voulais dire qu'y avait plusieurs voices. Ça slamait ! C'était pas la même !

— Je crois bien que si.

— Comment vous pouvez en être si sûre, Louise ? Ça m'a aussi semblé tellement différent selon les répliques…

— Nous ne pouvons jamais être sûres, bien entendu. Simplement, le mode de scansion et de dérivation est reconnaissable. Elle a décliné un même champ phonétique tout du long. Avec des sons-totems, qu'elle s'est bien gardée de prononcer.

— Parce qu'elle ne peut pas ?

— Parfois aussi parce qu'elle refuse de les prononcer. Sciemment. Ici, je pense qu'elle a conjuré les occlusives. J'ai eu l'impression qu'elle avait la mâchoire, pourtant, pour les articuler.

— Pourquoi elle s'interdirait ça ? Par jeu ?

— Votre amie Saskia pourrait vous l'expliquer mieux que je ne le puis, je présume. Et là, je regrette de l'avoir laissée dehors. Pouvez-vous aller la quérir si vous le voulez bien ? Et l'inviter à nous rejoindre ? Notre discussion devrait fortement l'intéresser et je serais très curieuse d'avoir son contre-éclairage.

¸Va ʕ capter˜ quèque chose ! T'es en finale de Ligue des champions, elle te scotche Saskia sur˜ le banc en début de match alors qu'elle peut tout défoncer˜, et hop, tu la fais entrer˜ à la quatre-vingt-huitième minute, quand le game est plié ! Histoire de débriefer˜ dans le vestiaire, quoi ! Moi je pèse vent et mousse, j'ai foiré toutes mes occases, gueulé sur˜ l'arbitre et vénèr˜ le coach. Osef, je suis encore sur˜ la pelouse !

·· Prendre · quelques secondes la lumière et la chaleur de ce début juillet était un délice. Mon maillot trempé d'eau froide me collait à la poitrine quand j'ai appelé Saskia, sans savoir si elle était restée dans les parages – si. Son bonnet violet vissé sur la tête, elle a escaladé quatre à quatre les marches taillées à même la falaise calcaire. Elle m'a presque poussé dans le vide tellement elle avait hâte de pénétrer dans la grotte !

⁾To)utes ces) années à ne rien piger, à croire savoir et à savoir que dal… Toute cette prétention bravache d'avoir identifié le frisson sans rien connaître de ce qu'il peut. De pressentir qu'ils s'échangent des trilles sans imaginer une seconde qu'ils puissent apprivoiser une langue.

Cinq ans au Récif avec une bande de morveux musclés qui se prennent pour des chasseurs d'élite et en un quart d'heure, dans une grotte humide, un quarteron d'aveugles même pas capables de lancer une fléchette sur une cible en plastique dans un pub me fait mesurer à quel point j'ai été petit bras toutes ces années. Petit braquet, la petite Šaskiale, petit plateau et pédale qui ripe. Je mériterais qu'on me piétine avec un éléphant dans un manège de cirque, juste pour m'apprendre, m'apprendre à réfléchir, à penser plus loin que l'ourlet de mon bonnet. J'ai triché bien sûr : j'ai grimpé dans le cèdre sous la grotte avec mon canon à son et mon bonnet d'écoute. J'ai pointé la cavité et j'ai tout entendu bien clair, *in extenso*. Eh oui, c'était le même furtif, le même d'où ont giclé toutes les tirades. Ça se lisait au sonogramme comme une partition pour bébé et ça s'entendait surtout aux harmoniques, au phrasé, au flow. Et l'autre reine qui nous révèle tout ça, tranquillos, en pleine confiance ! Avec une générosité naturelle envers nous quand l'armée aurait sans problème raqué quelques millions pour s'acheter ces preuves. Ils parlent ! Les furtifs *parlent* ! Comme toi, comme moi ! Comme nous. J'aurais traversé la Russie en short en hiver pour découvrir ça, je vous le promets. Le lac Baïkal pieds nus sur la glace ! Ils articulent de la syllabe, pire : ils jonglent avec nos mots !?! Allez, prends ta vague, prends ta houle en pleine face, toi qui mouillais rien que de supputer qu'ils sachent communiquer. Apprends et profil bas, fais pas ta maline, t'es traqueuse phonique comme Lorca est pisteur, pas de quoi te la jouer ma chérie, juste profil bas, c'est tout. Et maintenant, assure. Tu parles quand tu peux.

— Chaque furtive naît autour d'un frisson, votre amie Saskia vient de l'exprimer très bien. Même si nous, nous disons le *frème* – cadre, sème et frémissement à la fois. Elle naît même, *stricto sensu, du* frisson, c'est-à-dire comme vous le savez, d'une certaine vibration rythmique intérieure. Disons d'une petite musique vibratoire absolument unique, absolument vitale avec laquelle elle va mettre le monde qui l'entoure en résonance. C'est ça qui lui permet d'assimiler la matière environnante, de se l'adjoindre, de la rendre compatible avec son propre corps. C'est la source de son autoplastie, qui peut s'alimenter aussi bien de minéraux que de végétaux.

— Le frisson est cymatique aussi… si je peux me permettre. Il les habite mais il impacte aussi l'extérieur…

Ça passe… Juste ce qu'il faut de frime pour me poser un peu en experte… J'ai trop envie de parler…

— Le frisson informe la matière, vous avez raison, il y imprime sa forme. C'est un son qui agit physiquement sur ce qu'il traverse. La furtive existe par cette énergie expansive. Sa cohésion interne, son autoconsistance vient de là. Reste maintenant à… Oui, Saskia ?

— Je voudrais quand même préciser une chose… L'air est le support naturel de la transmission du son. Mais l'eau peut l'être aussi, tout liquide, le sang. Et mieux le bois, le métal, la pierre, toute substance solide. Le son va même plus vite dans la matière dense. Il va à 6 200 mètres-seconde dans le granite par exemple pour seulement 344 dans l'air. C'est fondamental pour comprendre le pouvoir du frisson. Le frisson, comme tout son, est une onde, un rayonnement qui se propage et ne se manifeste à nos sens que parce qu'il rencontre la matière. Exactement comme nous, les voyants, percevons la lumière parce que les photons soudain accrochent un objet, une surface. Pour moi, en l'état actuel de mes recherches, aucun furtif ne peut survivre sans la matière, sans percuter et métaboliser sans cesse la matière. Il n'existe et ne tient que par le frisson qui est comme son souffle ou sa corde. La corde tendue de ses nerfs qu'un rien effleure et fait jouer. Mais ce frisson ne prend corps et force qu'en se confrontant au monde concret. Il en a besoin, il y plonge et il y vibre. Sauf que ça le ralentit et ça l'assourdit au point qu'il doit très vite s'en extraire, reprendre de la vitesse, retrouver son *sustain*. Puis à nouveau, le frisson pur commence à se disperser, à perdre sa rémanence. Alors il replonge à la rencontre de la matière pour « sonner ». Je vois ça comme un cycle, un rythme, une ritournelle vitale. Et ça explique à mon sens cette nécessité perpétuelle de la métamophose. Qui sinon serait une perte sèche d'énergie.

J'adore quand elle s'exprime comme ça. Elle peut être terriblement bidasse parfois, à multiplier les blagues « de mec », et tellement fine à d'autres moments ; parler des sons la transfigure, sa passion est contagieuse. Le visage de Louise s'est allumé et elle nous a devancés pour sortir de la grotte, sans aide, alors que l'ouverture est à quinze mètres au-dessus du vide et qu'un simple faux pas sur la vire la tuerait. Orgueil ? À présent, nous sommes dans la hêtraie, assis en cercle sur des roches moussues, avec des allures de collégiens dissertant sur le dernier concert d'une botstar. À chaque bourdon qui butine près de nous, chaque oiseau qui se pose dans les ramures, je ne peux m'empêcher de sortir les jumelles, tant ce qui se dit là ne doit pas arriver aux oreilles de l'armée. Louise fût-elle voyante, ȷe ne pourrais pas faire ça sans attirer ses questions et susciter ses doutes, mais là ȷe le peux, et ma malice fait sourire Lorca.

— Par malheur, nous ne sommes pas, dans notre cellule, aussi pointues que votre ethnomusicologue sur les aspects du son. Voilà néanmoins ce que je peux vous dire, dans la perspective concrète de vous aider à retrouver votre fille. Cela passe d'abord par la nécessité de comprendre à qui ou à quoi nous avons affaire. Le frisson est force, oui. Mais c'est aussi une faille, une fragilité possible pour une furtive... Ce qui me ramène à ces phonèmes que la furtive de tout à l'heure, notre chère Chasse-neige, s'interdit de dire.

— « Chasse-neige » ?

— Oui, enfin, certaines ici l'appellent « Sèche-linge » ou « Chêne-liège ». Nous donnons aux furtives que nous repérons des surnoms, par facilité. N'y accordez pas trop d'importance. Nous avons dans cette grotte Constellation élastique, Minimornifle, Babiluth Bodega, le collectif Cr, Svelte-Vestale, Nasifluence, Kaiser Tapioca, etc. Ce sont des noms un peu loufoques pour nous rappeler les dominantes de phonèmes. Bref, où en étais-je ? Oui, la faille du frisson. Si un adversaire, par exemple un chasseur, trouve votre frisson – j'entends par là : s'il est capable de le rejouer – il fera entrer la furtive en résonance. Et il peut, s'il insiste, parvenir à l'éclater, à la détruire. À la « sloquer » comme le dit Hakima.

)Ša)har a) un sursaut de malaise. On entend les trilles d'un monticole bleu, quelque part dans les falaises.

— Mais le frisson se reconstitue, non ? Même si le corps organique entre en résonance et éclate ? Ou bien…

— Dans le seul cas dont nous ayons été témoins, il s'est dispersé. C'est pour cette raison que les intuitions de Saskia m'intéressent hautement. Ces intuitions expliqueraient que la furtive ait effectivement besoin de matière pour s'incarner et survivre. Dans l'air pur, le frisson semble se dissiper, si bien que la furtive en meurt. Pour en revenir au langage… De ce que nous avons péniblement collecté et compris, par les glyphes beaucoup… et exceptionnellement par des échanges avec le collectif Cr qui est une sorte de meute échangiste de cinq ou six furtives – nous ne savons pas exactement combien – le frisson…

— Échangiste ? Elles échangent des pièces entre elles ?

— C'est ça. Et elles manipulent plutôt bien notre langue. Pouvez-vous arrêter de me couper ? j'ai besoin de garder le fil. Donc le frisson peut aussi bien être un thème musical complexe qu'une suite d'accords assez simples, à la guitare par exemple. Ça peut être un pattern de batterie, un beat ou un groove comme dirait sûrement Toni. Ou une certaine configuration rythmique de gouttes de pluie sur un toit en tôle. Il peut naître de sons naturels comme l'écoulement oscillant d'une cascade, le crépitement cadencé d'un feu, le frémissement d'une forêt sous le mistral. Il peut aussi venir d'un chant animal ou humain ; de sons urbains ou industriels structurés, à période. Et puis, apparemment, il pourrait naître du langage même, de la parole. Par exemple d'un sonnet ou d'un rondel, de laisses poétiques… Le collectif Cr serait né du mouvement des séracs et des crevasses, de ce qu'on en sait, dans le massif des Écrins.

)Ju)ste ces) quelques phrases, ça m'atomise le cerveau. Comment elles *savent* ça ? Comment elles ont *appris* ou *déduit* ça ? Qui leur a dit ? Les furtifs eux-mêmes ? Pourquoi à l'armée, on est restés si définitivement cons et si totalement à côté de la plaque ? Campés sur nos trucs de mec : chasser, choper, tuer ! Avec nos rituels de poursuite, nos armes, nos lidars, nos intechtes : toute cette quincaillerie de capteurs qui fait tellement kiffer les services. Est-ce qu'au fond le Récif a vraiment cherché à comprendre, hein ? Est-ce que l'énorme fausse piste où ils nous ont fait cavaler comme des chiots toutes ces années n'a pas été pavée exprès pour qu'on ne découvre *surtout* rien ? Est-ce qu'Arshavin sait déjà tout ça, lui ? Je ne sais pas si je suis plus furieuse que fascinée. J'ai ma bague allumée : qu'Agüero entende bien ça, qu'il sache !

— Si vous remarquez qu'une furtive évite certains phonèmes, c'est qu'ils sont pour elle des phonèmes-totems – nous disons « tonèmes » pour aller vite. C'est qu'ils font partie de son frisson. À telle enseigne que les entendre résonner dans l'espace s'avérerait dangereux pour elle...

— Des sons tabous alors ? Des mots tabous ? Qui font partie intégrante du frisson ?

— Oui, au moins rythmiquement, sans que ce soit littéral. Une cadence de rimes internes dans un vers peut faire écho au frisson. Le pire est que les furtives sont très fortes pour deviner ces motifs et que régulièrement, elles se provoquent, font monter l'autre en résonance, par jeu, parce que ça suscite de l'émotion. Ça va rarement jusqu'au sloque, mais ça peut.

— Vous avez déjà assisté à ça ?

— Jamais directement. Ça peut arriver quand la furtive est piégée dans une pièce vide et fermée, sans issue possible et qu'elle n'a rien avec quoi se métamorphoser. Si elles sont plusieurs, elles vont tenter de se sloquer pour récupérer des pièces et alimenter leur métamorphose. Il faut croire qu'une furtive qui reste dix minutes sans métamorphose est en danger de mort.

— Elles pourraient échanger des pièces entre elles, sans violence... Il n'y a pas besoin de se détruire pour ça, non ?

— Oui, c'est ce qu'elles font quand elles le peuvent. Mais parfois, elles ont besoin d'un type spécifique de matière : du métal par exemple, ou du carbone. Et l'autre en a besoin aussi. Question de survie alors. Désolée de briser votre rêve d'un monde enchanté. La vie animale, pour se maintenir, est souvent féroce.

Je ne suis pas d'accord avec ça. Pures projections anthromorphiques. L'éthologie contemporaine a prouvé que la collaboration et les alliances sont infiniment plus répandues que compétition et cruauté. Le vivant lie et se lie, avant tout. Je l'interromps, sans vouloir trop lui faire la leçon :

— Louise, je crois avoir approché parfois, en utilisant la musique, le frisson d'une furtive. Je n'ai jamais eu le sentiment qu'elle voulait fuir ou se battre. Elle répondait avec intensité, au contraire et jouait avec le thème, presque comme du free-jazz.

— Vous seriez précieuse ici. Nous, nous ne savons que chanter, et encore de façon très académique. Jamais assez bien en tout cas pour faire résonner leur frisson. Et quand nous scandons des vers, ça les fait fuir. Pouvoir les jouer serait magnifique…

— Je crois que pouvoir entendre son frisson doit être pour un furtif une très forte émotion. Il revit en quelque sorte sa naissance. Sa venue au monde. Il entre en résonance, oui, au sens physique mais aussi sensuel. Il vibre alors sur ses fréquences propres, sur ses harmoniques fondamentaux. C'est certainement le plus haut degré d'excitation qu'il puisse atteindre. Pour moi, lui jouer son frisson, à l'olifant comme je l'ai parfois fait, je mesure que ça puisse le perturber… bien que chaque fois que je l'ai tenté, j'ai eu la sensation que ça lui offrait aussi une énergie neuve de composition. Un bondissement vers le monde, une joie ! Le frisson, je crois, ne peut pas se réduire à ses qualités rythmiques. Même si je suppose comme vous que son architecture périodique, qui ramène par cycles certains sons, réticule pour ainsi dire le temps, le sphérise, assure une forme d'autoconsistance. Le frisson dépend aussi de la hauteur du son, de sa durée et de sa tenue, des vibrations du spectre pour chaque note, chaque bruit utilisé, du timbre. Plein de choses.

¸ Elle ʾ envoie du lourd, notre DJ ! La Louise a fermé sa boîte, elle ventile un peu dans sa djellaba bleue. Moi je chille dans cette forêt fraîche. Fuck the summer˜ sun. Ça fait trop de bien d'être là. Saskia pose une nouvelle galette sur˜ la platine et fait riper˜ un scribble :

— L'enjeu est simple au fond : il est que le son reste en vie. À chaque fraction de seconde. Un frisson qui ne fluctue pas continuellement est un son mort, il n'est plus musical. Un son fixe, régulier, identique, comme l'est un bip ou un moteur, est un *objet sonore* tandis qu'un son musical est un *être sonore*. Un être qui naît et grandit, évolue puis meurt, avec élégance, furie, parfois d'une crise subite – pour mieux renaître ailleurs, plus tard. Un chef-d'œuvre musical comme l'est le frisson n'est pas une expo d'objets, Louise, un musée de tons ou de syllabes à reproduire. C'est un spectacle vivant acoustique où les sons sont des comédiennes qui incarnent, s'affrontent ou s'aiment, réagissent l'une envers l'autre dans l'écart ou la fusion, seconde après seconde après seconde. Si vos furtives fuient, ce n'est pas qu'elles craignent d'être sloquées, c'est que vous leur proposez du son mort.

Pour la première fois depuis que je la côtoyais, la superbe assurance de Louise Christofol venait de chanceler. Pour la première aussi, nul doute, quelqu'un d'extérieur à sa cellule, laquelle était son enfant et son royaume, venait de lui apprendre quelque chose qu'elle ne savait pas – pas encore – sur les furtifs.

— Vous venez de sloquer mes quelques certitudes, mademoiselle. Mais je ne peux que vous en remercier. Si vous y consentez, je serais ravie de vous écouter jouer de votre olifant dans notre grotte et d'apprécier ensemble comment nos furtives réagiront.

En redescendant vers l'hostellerie de la Sainte-Baume, à travers la forêt relique, je n'avais pas lâché Louise jusqu'à ce que je comprenne. Non, les furtifs ne saisissaient pas forcément le sens de ce qu'ils disaient : de tous les enregistrements collectés et analysés par la cellule, il ressortait des interprétations divergentes et équivoques. Pour le Finlandais Björn par exemple, les furtifs jouaient avec nos syllabes comme ils copiaient des chants d'oiseau, remixaient des *boups* de grenouille ou intégraient des sirènes de police à leurs vocalisations. C'était de l'expressionnisme, de l'expressionnisme ludique et foisonnant, une sorte de délice physique de dire, de répéter, de tester les sonances, comme peuvent l'avoir les enfants qui entrent dans la parole. Ça pouvait donner l'impression d'un sens parce qu'on y injectait, nous humains, nos intentionnalités, notre animisme, face à des furtifs qui réussissaient à bricoler avec brio des segments de phrases que nous avions prononcées et qui en elles-mêmes disaient déjà des choses.

Pour Hakima au contraire, poursuivait Louise, les furtives n'avaient rien de singes savants. Elles étaient tout à fait conscientes que nos mots, et leurs mots, avaient une signification. Si ce n'est que cette signification était pour elles polysémique, ample, variable, susceptible donc de prendre des sens bien plus vastes que pour nous, plus riches si l'on veut. Sa théorie, que je trouvais très séduisante, était qu'il fallait envisager la parole furtive et sa littérature exactement de la même façon que leur biologie et leur physique, à savoir comme un champ métamorphique, à haute teneur en vitalité. La parole était pour elles aussi vivante et fluctuante que leur corps. Communiquer n'était pas transmettre de l'information à un interlocuteur, humain ou furtif, c'était « transmettre une transformation ». Des inflexions, un vecteur de mutation, un bourgeonnement, un virus. Hakima en voulait pour preuve les torsions imprimées aux préfixes et aux suffixes, le camaïeu des conjugaisons, le dynamitage des articles et des pronoms, les jeux éblouissants avec les assonances, les anagrammes, les consonances, les onomatopées, la syntaxe. Leur côté agrammatical aussi, qu'elle lisait comme une licence poétique des furtifs. Pour elle, il ne faisait aucun doute que les furtives nous étaient supérieures en plasticité intellectuelle si bien qu'elle passait la plupart de ses journées à translittérer les laisses entendues, et à plonger dans le swykemg pour décompacter le moindre mot gravé sur une dalle jusqu'à en extraire le sens caché. Aux oreilles de Louise, le travail arachnéen d'Hakima avait des accents de folie, quoique soutenu par une telle rigueur de chercheuse, une telle obstination technique qu'il était en droit impossible d'affirmer qu'elle n'avait pas raison. L'affinement quotidien des échanges, avec notamment Nasifluence et le collectif Cr, convertissait avec lenteur Louise aux thèses de sa collègue et compagne. Elle ne savait plus si sa résistance, encore forte, venait d'un orgueil spéciste mal placé ou s'appuyait objectivement sur la confusion du babil furtif.

Pour moi, dont toute l'obsession tenait sur les deux lettres d'un *tà ?* inscrites sur le mur de la chambre de ma fille, supposer que les furtifs répugnaient à la monosémie, pire qu'il y avait toutes les chances que ce mot puisse signifier des centaines de choses très divergentes – supposer ça ne faisait que maximiser mon anxiété. Louise eut cette gentillesse de tenter de me rassurer alors que nous atteignions l'hostellerie, bourrée de touristes religieux à cette heure :

— Si votre fille a bien écrit ce mot, le sens doit en être restreint et centré sur vous, ses parents. Nous allons travailler d'arrache-pied pour le décompacter ensemble, croyez-moi. Nous n'allons pas vous laisser tomber ! S'il s'agissait de salves orales comme nous en avons entendu là-haut, je serais très inquiète, je vous l'avoue. Parce que, si Hakima a raison, on peut extrapoler dans chaque mot prononcé son anagramme possible, ses déplis cachés, un origami littéraire quasi oulipien, si bien que ce serait proprement l'enfer de tenter de déchiffrer ça. Mais à l'écrit, avec un mot très court, et par la grâce du swykemg, nous avons des chances raisonnables de trouver ce qu'elle a voulu vous dire. Et grâce à ce message, de remonter vers l'endroit où elle se cache désormais.

Lorca n'avait pas perdu une miette. Il prit les deux mains de Louise dans les siennes, elle eut un petit recul, puis sembla touchée :

— Ce que vous nous avez appris aujourd'hui est juste inestimable, Louise. Je ne sais pas si vous le mesurez encore, avec l'habitude… Mais pour nous, c'est infiniment précieux. On ne pourra jamais vous remercier assez…

— Vous me direz merci si vous retrouvez votre enfant, Lorca… Sinon, tout ceci n'aura été qu'un aimable divertissement de vieille fille. Donnons-nous une semaine, chacun de notre côté, pour interpréter le glyphe. Ça évitera de nous influencer réciproquement. Puis nous ferons une réunion de synthèse collective.

‹Pas ¸mécontent, ‘je dois dire, de quitter les cryphiers. Pas trop eu l'occase de découvrir grand-chose, vu qu'ils m'ont laissé sur la touche. Ơn a d'abord débriefé entre nous, les cinq, dans mon appart, bâtons rompus, Saskia-Sahar à bloc, Toni au taquet, Lorca déjà à assimiler, à se projeter sur l'après. But ? Qu'ils me mettent au parfum, avant d'aller pointer devant Arshave. Sahar aurait voulu garder sous le coude quelques maravillas, trier ce qu'on va lâcher au patron. J'ai calmé la meute : *¡Nada de pronunciamiento! ¡Ni en pedo!* Surtout qu'Arshave sait sûrement déjà tout. Pas le genre à laisser une cellule commac sans cookies dans l'arrière-boutique. Ni à nous laisser taper la discute dans les bois sans te caler un coléoptic sur un bout d'écorce, incognito. Limite pour lui, voir ce qu'on lui désosse au débrief a valeur de crash-test. Soit on cherche à l'emboucaner, et il va nous baguer serré-serré derrière, soit on ramène le steak. Vu de ma niche, voilà ce que j'en dis : Arshave a toujours été réglo avec nous. Ơn lui doit ce plan, on avance pin-pan-pun grâce à lui. Aucune raison, du coup, de pas se la jouer loyal. Même royal ! Sahar a froissé sa frimousse et elle a fini par accepter. Devant le boss, Saskia a fait péter le topo, carrée comme toujours. En gros, on a un petit *tà ?* sur la table, le swykemg pour la trad et deux tonnes cinq d'hypothèses sur ce qu'un fif pige ou pas, glotte ou pas glotte, et le *because* de ce qu'il cause. Arshave a acté la propale de Christofol. À savoir chacun dans son coin. Le lendemain, les services nous ont pondu, pour notre bague, une appli. Tu lui files n'importe quelles lettres de départ, elle te le « swykemgue » avec tous les mots que ça peut cacher derrière. Du billard pour crypher en claquettes.

Je sais pas trop à quoi les autres s'attendaient. Moi j'étais pépouf en me disant : deux lettres, ça va être les doigts dans le pif, tartines beurrées. Je pose les jetons sur la réglette et je te concocte un scrabble viteuf. Derrière, j'aurai une semaine de capoeira devant moi, pendant que les potes se mettront minables les méninges. Hop, j'ai ouvert l'appli, tapé *tà ?* et déjà j'ai capté que le *?* allait me refiler un *s*. Bueno... Le *t*, ça allait : ça donnait juste un *x* au pire. Mais le *a*, ça bourrait déjà l'enchilada, ça pouvait planquer un *o*, un *u*, puis le *o* un *c*, puis le *u* un *n* en pivot, et le *n* un *r* encore, en bout de chaîne...

Quand l'appli a posé ça à plat en suivant l'arbre swykky, j'avais ça >

a c o r s t u x

Huit lettres qui scintillaient. Che ! j'ai fait, ça vire au burrito, mais pas de quoi fouetter un alpaga. Puis j'ai appuyé sur « *décryphe* », blip ! Et là, le mur de mon salon a vomi plus de 350 mots ! ! Un bottin ! Juste en français, hein, parce qu'on part sur l'idée que les fifs manient la langue locale, que c'est Tishka, qu'elle raisonne en fromage ! À ma bague, j'ai craché : « Appelle Arshave. » Il a décroché illico. Écran partagé, pour qu'il mate.

— C'est bien, tu viens de commencer...

— Boss, je fais quoi avec ça ? Je suis pas Sahar, je suis pas agrégé de France, comme la bande à Christofol ! Je vais me ruiner la cabeza à mouliner ça !

Il s'est marré, l'Amiral, et il a dit :

— J'imaginais bien que ce ne serait pas ta tasse de maté... J'ai mis deux pointures du service sur le décryptage. Nous travaillons en liaison étroite. Tu peux te joindre à notre équipe : tu auras sûrement un regard différent, sinon éclairant pour nous, puisque tu connais très bien le terrain. Viens donc nous rejoindre, si tu en es d'accord ? Nous allons décompacter tout ça ensemble : ce sera plus efficace.

CHAPITRE 13
Tà ?

·· J'ai · pris les trois cent cinquante mots et je les ai reclassés par catégories grammaticales, puis par champs lexicaux : sonore, animal, végétal, géographie… Si le *tà ?* était tracé avec maladresse sur la frisette de sa chambre, avec une écriture d'enfant qui ne pouvait qu'être, à mon sens, celle de Tishka, ma conviction, par contre, était que derrière ce mot, il y avait une intention adulte, un message dicté par un furtif mature, qui maîtrisait le swykemg et qui avait aidé Tishka à formuler ce qu'elle voulait nous dire, nous laisser. Comme Toni et Sahar, je ne croyais pas que Tishka ait pu graver beaucoup de lettres dans le sillon du *t*, du *a* et du *?*. Cinq ou six par glyphe ? Disons quinze ou vingt lettres maximum en tout ? Toni pensait beaucoup moins, tandis que je me disais que le furtif ami qui épaulait et protégeait Tishka, ou celui qu'elle contenait peut-être en elle, avait pu en tracer davantage. Après, les combinatoires s'avéraient tellement énormes – tellement plus vastes que ce que nous avions au départ espéré en partant d'un glyphe aussi tassé…

Le premier jour, je l'avais passé à classer, à procrastiner, à ne pas oser poser deux mots à la suite ; le deuxième je m'étais immergé frénétiquement en déployant des centaines de phrases sans direction, sans réflexion, bouffé par l'urgence, par l'envie de trouver, par la pulsion qui me rongeait de décrypter enfin la vérité, enfin le message qui révélerait tout, qui dirait où elle est, qui mettrait un point final à l'attente, à cet espoir dingue de la revoir.

Au troisième jour, j'ai replongé aussi sec, mais plus en maîtrise, cette fois en me concentrant sur les verbes, les articulateurs grammaticaux, les pronoms et les articles : la base. Sur le cahier, ça donnait ça :

ARTICLES/PRONOMS >
un, sa, ta, son, ton, nos, tu, on, nous, tous, aucun, au(x), ça, tout
ARTICULATEURS >
or, car, ou, où, autour, sus, non, onc (jamais), sous, sur, out, sans, tant, autant
VERBES >

- *VERBES AU PRÉSENT > cours, court, ont, a, as, sont, sort, sors, concourt*
- *VERBES AU FUTUR > aurons, auront, saurons/t, saura/s, courra/s, courrons/t*
- *VERBES AU PASSÉ > crus/t, accrus/t, sus/t, conçus/t, connus/t, a cousu*
- *PARTICIPES PRÉSENTS LONGS > coursant, courant, sourçant*
- *BASE DE VERBES POSSIBLES, DÉCLINABLES CHACUN AVEC TERMINAISONS EN -ANT, -ONS, -A, -AT OU -AS > axer, taxer, acter, canoter, courser, corser, corner, conter, curer, coûter, coter, croûter, curer, tonsurer, tracer, router, trôner, trouer, outrer, ruser, scruter, sucer, suçoter, sucrer, contourner, tourer, tarer (gâter), ocrer, orner, oser, ôter, arroser, rouer, ruer, suer, nuer, user, roter, nocer, noter, nouer, touer (tirer), raturer, tousser, tracter, constater, rançonner, tatouer, contacter, contracter, tracasser, castrer, suturer, couturer, causer, tanner, accuser, ânonner, nuancer, assurer, consacrer, concocter, cocotter, accoter, accoster, s'accoutrer, susurrer, sauter, sursauter*

Pour les verbes du premier groupe, *sauter* par exemple, le *tà ?* pouvait aussi bien ouvrir sur « tu sautas » « nous sautons » ou « sautant/sursautant ». Ou aboutir par un sujet à la troisième personne à des choses comme « ton cou sauta », « un autocar sauta »... L'aquelle était la bonne piste ? Sous quelle forme temporelle ? Au présent et au futur, les options s'annonçaient beaucoup plus restreintes, ce qui pouvait laisser penser que c'était là qu'il fallait chercher et creuser ? L'a troisième nuit, où je n'arrivais plus du tout à dormir, je me suis dit, dans ma fièvre roulante, que le furtif, sur le mur, avait laissé une injonction à l'impératif, forcément. En sursaut je me suis levé puisqu'il n'y avait que deux possibilités : « cours » ou « sors ». Et derrière, une direction, forcément : « à », « au », « où », « sur » ou « sous ». Ça se résumait à ça. Cinq possibilités. Et ensuite ? Ensuite, elle avait donné le lieu, là où elle était prisonnière, là où elle se cachait... L'endroit où la retrouver ? Un rendez-vous ?
« Sors où nos canots à troncs sont » => une île sur le fleuve, un radeau ? L'île des totos, *Black Flag* ?
« Cours au trou où sort un cascara » (arbre tropical) => peut-être au Javeau-Doux, il faut que j'appelle Kendang. *« Cours au trou à caca », « Cours aux canaux à castors », « Cours sous un autocar où nous castrons nos rats », « Cours à un sas où nous contournons nos tracas », « Sors ton auto, cours Corot », « Cours à ta tour », « Cours autour, coco », « Cours, cours... »*

¸ Les keums, je leur ai jeté : « Les glyphes, c'est ma came. Je suis Toni-la-jongle, le message est sous mon ongle, je trouve le bon angle et basta ! » D'ac, je me suis emballé, je voulais kicker des bouches. Alors, j'ai posé ma frime dans un squat et j'ai bossé ma mère.

Pour˜ ce genre de dope, faut pas s'embrumer˜. Tu vas au simple/basique. J'ai tagué les huit lettres sur˜ les carreaux foncedé d'un comptoir˜ et j'ai taquiné la mosaïque. Trois anagrammes ont flashé cash >

Sourçant X // Coursant X // Courants X

Le bootroot du code, non ? Tu sources, tu courses, tu cherches les courants, la vibe. Ça donne le ton, l'attitude, le swag. Trouver˜ la source, OK, c'est la Tish ou son fif. Courser˜ quoi, qui ? À gratter˜. Les courants ? Ouais… Le jus ? Electricity ? Datacenter˜ ? Courants d'air˜/éoliennes ? La flotte plutôt, le fleuve ?
Ça commençait à me griller˜ le biordi alors je me suis tassé un bon spliff ganga-neuroïne, j'ai grimpé sur˜ le toit du squat et j'ai taffé pour˜ décoller˜ un peu au-dessus du bitume. En deux-deux, le rasta-speed m'a saccadé une salve intergalexique qui filait face fluide fissa facile >>

… narco contra costar castar nac (nul à chier) truc troc trac rut anus tas trust anar accro toto toutou coco caca cocu coca cacou nana nounou tata trax cox…

Le slam est parti tout seul >>>

ta nana anar accro à son narco à costar, cocu à tatoos, cacou suant, toussant, rotant, toussa… à crocs ou à cran, tournant autour, trustant son caraco, suçant son anus, sous rut nu, sans trac, osant tout, a sax on trax, no scat no couac ?

Ça collait intégral, zero fail, the vision ! J'ai fait tourner˜ et volter˜ *tact, contact, as sur os, sac à cas, star-strass, storax…* Je voyais la gamine décoller˜ du balcon, voler˜ roof over˜ roof, kick to the moon, le smile de la lune, une traînée de sax, son squat en haut d'une tour˜ de bonbecs, son museau de mangouste qui croquait du p-t-k kompakt…

Puis j'ai pris ma descente. Plutôt à pic.
Et j'ai relu ma bafouille : naouak.
Alors, je me suis reprojeté la picture de la chambre. Le glyphe, les trois ronds en ondes, avec le *tà ?* au centre. Reboot > Preums, c'est une gamine qu'a écrit ça. Deuze elle a cinq berges, six max. Troize, elle maîtrise donc pas le dico, juste des petits mots minus, genre ta/ton, sa/son, sous/sur˜, or˜/os, un, sac, cacao, toutou, nounours, ronron... Au max. Cherche avec ça. Pense en shaman. Pense dans sa tête à elle. Vois par˜ ses yeux, ses mains. Trois cercles et ça au milieu. *Nounours. Toutou court. Tu : nounou. Sa tata.* Trois cercles : Sahar˜, Lorca, Tishka. Le trio. La mifa. Où elle irait sans eux ? Où ? Tu fugues à quatre ans, tu vas où ? Tu fourres quoi dans l'easter˜ egg pour˜ qu'on te recaptcha ?

) Le)s trois) ondes sont la clé, ça j'en suis certaine. Les deux lettres ne sont là que pour éclairer le glyphe, lui donner son sens et les deux se lisent ensemble, en écho. Les trois ondes disposées en triangle renvoient à une musique ternaire, elles sont dispersives, c'est l'emblème d'un frisson, sans doute du frisson de Tishka, de celui qu'elle a contracté en s'hybridant. C'est son nouvel ADN. Ŝi on savait le lire, passer l'ongle à la bonne vitesse dans le sillon... Ŝi l'on fabriquait un diamant capable de jouer le glyphe, d'être la tête de lecture de ce vinyle-ci gravé sur ce disque de bois qu'est en fait le mur, alors on comprendrait... On pourrait la tracer, la suivre, à l'oreille. Mon bonnet d'écoute peut ça. Le *tà ?* est le code qui permet la lecture. J'ai séquencé tous les mots qui peuvent avoir rapport à l'audio, au frisson, car c'est là que ça se passe >

Son, sono, sonar, sonnant, assonant, consonant, tonna, cantor, canto, cut, santour, canon, canonnant, octuor, raout, saron, târ, tuna, oraux, tonaux, sax/saxo, trax, toux, ut, tac, castrat, crac, couac, scat, taratata

Je me suis arrêtée sur *târ* parce que c'est le plus proche du glyphe. Un seul dépli à faire. Pour une gamine qui commence à peine à écrire, manipuler le swykemg doit être coton. Šûrement qu'elle ne peut le faire que sur des choses modestes. Le *a* qui cache le *r*, ça va, c'est jouable. *Târ* signifie « corde » en persan. Š*antour* ou *santur* est une cithare à cent cordes (*sau-târ* en sanskrit). Ši tu couples avec saron, qui est un métallophone en Indonésie, et avec saxo, tu obtiens quoi ? Un trio ? Un trio corde-vent-percu ? Lorca la percu, Šahar la corde, Tishka le vent ?
Mon autre piste est de partir sur *cantor*. Le maître de chant. Maître de chœur. Ce serait lui qui attire les enfants, comme dans la fable du joueur de flûte. Bach fut cantor à la Thomaskirche de Leipzig par exemple. Chercher un maître de chœur (de cœur). Un furtif qui serait capable de chanter les frissons ? De mettre en résonance la chair d'un enfant ? de l'amener à basculer vers l'autre monde où le son crée et recrée la matière ? Ši le glyphe a été écrit ou dicté par un furtif, on peut postuler, en poussant, que tous les mots comptent et se répondent, à l'instar d'une polyphonie. Alors on aurait un octuor, huit instruments : un saxo, un saron, un santour, avec un maître de chœur, un castrat ou plusieurs, qui chantent en canon (*oraux*, *assonant*, *consonant*), un tambour (*tonnant*, *tac*, *ra*), le tout en clé d'*ut*, sous une forme mixée (*sono*, *cut*, *tu tunas*, *trax*) ? *Tar* signifie « glace » en amdo m'a dit Louise, et aussi « bitume » en anglais et « navigateur » en vieil anglais. À l'envers, ça fait « rat ». Rat de l'opéra.

´Sur ‚le ´mur de sa chambre, le glyphe était frais, il venait tout juste d'être gravé, Toni l'a affirmé sans la moindre espèce d'hésitation. Tishka se dissimulait dans la pièce, Saskia l'a visionnée sur sa caméra infrarouge, elle et rien ni personne d'autre. Par conséquent, il n'y a qu'elle qui ait pu écrire ces trois signes. Je suis d'accord avec Toni et Saskia, que j'ai eus en ligne hier : le surmarquage des lettres ne peut pas être très profond puisque, même en l'imaginant hybridée et comme augmentée par un apport de furtivité en elle, Tishka ne pourrait pas échafauder puis compacter par abstraction une phrase trop alambiquée. Ma question, mon unique question est : qu'est-ce qu'elle a voulu nous dire ? À nous, à Lorca et à moi, à papa et maman ? Et pourquoi sous forme d'une interrogation ? Car le *?* libère certes un *s* précieux bien qu'il vaille, j'en suis absolument certaine, d'abord pour une question qu'elle se pose, qu'elle nous pose, qu'elle a voulu partager.

La première chose que Tishka a su écrire a été son prénom comme presque tous les enfants. *tà ?* ne permet pas d'écrire son prénom. Il permet d'écrire *'O'ca* et *Sà* qui était la façon craquante dont elle nous prononçait quand nous lui avons appris nos prénoms. Pour elle-même, elle a dit *Tissca* assez vite. Elle n'arrivait pas à prononcer le « sh ». Aujourd'hui, sans doute, elle sait, elle pourrait... Je me souviens à quel point j'ai adoré quand elle est entrée dans la parole – j'ai adoré ce miracle immanent de la langue qui montait en elle comme une eau secrète, les syllabes floues, flottantes, un miel, puis la glotte qui les serre, les attrape à mesure, les malaxe et les fixe en petits blocs de plus en plus précis.

Dès le début du décryptage, j'ai eu le sentiment que travailler chacun de son côté pouvait certes démultiplier les

pistes pertinentes, toutefois aussi nous piéger dans nos propres impasses mentales, de sorte que j'ai demandé à Louise que nous restions en contact toutes les deux afin qu'elle m'expédie ses avancées, ainsi que celles de la cellule. Selon toute vraisemblance, je n'aurais pas dû, tant ce que j'ai reçu m'a déçue, sinon exaspérée.
Björn au premier chef. Par sa formation de théologien scandinave, Björn a prospecté un chemin philosophique, essentiellement cérébral, en articulant ses transcriptions autour d'un noyau « spirituel » qui s'alimente au champ idoine : *conatus*, *sutra/soutra*, *Coran*, *trans*, *un orant*, *nouc (nœud)*, *art*, *tau*, *tractus*, *status*, *aura*...

Le résultat ressemble à des mantras au mieux solennels, plus souvent spécieux :

Tao ou Coran : tous sont sacraux ou astraux.
Sans un accroc, tu nous as conçus.
Nous coûrons sous ton tonnant canon.
Tout concourt à nos auras,
aucun sutra ânonnant à nos arts.
Non, aucun n'aura onc nos constats, nos conatus.
Scrutons-nous à nu ! Sus aux arts suturaux !
Trouons-nous !
Raturons nos ostracons sur nos coraux.
Or tous, nous aurons nos orants sur un roc trônant.
Tu nouas ? Nous nouons.
Tu as sû ? Nous saurons.
Tous sur un. Un sur tous.

Comment avoir pu penser qu'une enfant de six ans soit apte à écrire ces versets, ou qu'elle sache à son âge qu'un ostracon est un morceau de terre cuite où l'on gravait des messages et qu'un orant est une statue funéraire qui représente un personnage en prière, même si le mot pourrait, c'est vrai, évoquer un furtif tué ou figé en plein mouvement ? Dans quel monde vivent donc ces gens ? Ont-ils seulement écouté ce qu'on leur a expliqué de l'origine et du cadre d'expression de ce glyphe ?

J'ai ensuite reçu par drone-livreur les laisses d'Hakima, dont les présupposés méthodologiques m'avaient d'abord séduite dans la mesure où elle nous a demandé, à Lorca et moi, de choisir sans réfléchir, à l'instinct, au sein de la liste torrentielle de mots, lesquels nous rappelaient le plus spontanément Tishka, en évoquaient la présence ou le souvenir. Gageons qu'elle se fondait ici sur la suggestion de Jung quant à l'interprétation des rêves, qui recommande de suivre les associations d'idées les plus immédiates entre un symbole et sa signification intime puisque tel fonctionne notre cerveau analogique. De ces associations, elle a tissé, en écriture automatique et inspirée, un court récit à tiroirs, fidèle plus que tout à son intuition à elle, discutable mais possible, que les furtifs posséderaient effectivement une intelligence de la langue supérieure à la nôtre, en tout cas plus agile dans ses flexions, plus mobile et joueuse, moins crispée par la quête d'un sens à transmettre.

Voici ce que cette divination a produit, en provoquant chez Lorca, à qui je l'ai transmise, un savoureux éclat de rire, que je lui envie. Pour ma part, le texte m'a au final ulcérée, eu égard à notre quête, que je trouve polluée et bafouée par une sorte de complaisance littéraire d'initiés. Il est clair qu'aucun membre de cette cellule si hautement lettrée ne se figure, ni tente de se figurer, ce que chercher désespérément sa propre fille fait éprouver. Elles croient nous aider quand elles ne font que nous égarer un peu plus dans la prolifération ludique de la langue :

˘Un casoar accosta un castor, outrant śa toux. .Autour, sur un cascara‿ : touracos, coucoŭs,. toucans, torcas sont au concours. ˘Accourt un ourson sur son ours, un raton sur son rat nous contant ça : « Nous constatons un urus ruant sur un‿ racoon à cran, ˘sursautant sous son assaut ; nous notons. un unau raś,. un ânon rouan, tractant un tronc, tout suant, sŭc ou tan. N'a-t-on aucun ru où tu t'assourças, ânon ? ˘Où sont nos. cornacs ?

.Scout, tu courus, tu sautas nu sur nos canaux, à cru sur nos transcourants. Tu connus nos cantors auroraux, tu scannaś nos auras, nos tracas, nos us. ˘Sonnons ! Tonnons ! .Oust ! ˘Tu sus tout autant où sont nos trous, nos tours, nos casas, nos courś ; tŭ traças nos contours, un à un‿, os à os,. tous ! Scout, tu sauras où sort son nanours. .Cours à Oran aux Corans oraŭx, sous nos ors coruscants – śûrat an-nūr..

La sourate de la lumière... Le scout éclaireur... Érudition.

— On fait le point ?

— Selon vos consignes, Amiral, nous sommes partis sur l'hypothèse princeps d'un SOS gravé sur le mur, en langage cryphe. Avec deux options majeures : 1 - le message indique un lieu, un site, où la cible serait cachée ou retenue prisonnière, sans présager du fait générateur : kidnapping, fugue ou manipulation psychologique de l'enfant ; 2 – le message indique une personne. Les options 1 et 2 n'étant pas mutuellement exclusives.

— Bien. Commençons par les sites. Berthold ?

— Nous avons d'abord sérié l'ensemble des termes pouvant qualifier un lieu physique, même restreint : trou, tour, canaux, tronçon, sas, autocar, auto, canot… en élargissant au milieu végétal car les possibilités nous ont paru d'abord faibles. Ensuite nous avons travaillé sur les adresses potentielles. Deux termes pouvaient les nommer : *cours*, au sens « allée » ou « avenue »… et *cour* sans *s*, au sens « petite place ». Nous avons croisé avec les noms de cours recensés dans la ville qui peuvent s'écrire avec les huit lettres du cryphe. Nous avons obtenu 9 voies et 2 places : cours Carnot, cours Corot, cours Oscar-Rosso, cours…

— Je sais lire, merci. Continuez…

— Puisque nous n'avons pas les effectifs pour explorer chaque numéro des cours, nous avons rétréci le spectre en nous appuyant sur le masquage des chiffres : *a* et *t* peuvent cacher un 1, le point d'interrogation cache un 2 et un 5 par pivot, et le *o* peut valoir pour un zéro. Ça donne donc 0, 1, 2 et 5. D'où les numéros de rue 10, 11, 12, 15, 20, 21, 22, 25, 51… Puis 101, 102… Jusqu'au cours du 11-Août-2021, qui fonctionne avec ces contraintes.

— Merci Berthold. Combien de possibilités en tout ?

— Heureusement, certains cours sont… courts, mais en tout 142 adresses. Agüero les a visionnées en *street view* puis il a passé la semaine sur le terrain pour explorer les sites qui abritent des garages, des parkings, des caves…

— Je pense qu'il me faudra deux semaines pour une première vérif vraiment costaud. Cinq ou six adresses sont des squats attirants pour des furtifs et mériteraient qu'on aille farfouiller plus. Mon souci, ce sont plutôt les tours… Pas vrai, William ?

— On a recensé 11 tours qui ont un nom cryphe-compatible avec le *tà ?*. Certaines font 70 étages. S'il faut checker chaque appart…

— Il y a un moment où le big data et son exhaustivité sont des freins à la recherche, soldats. Il faudra faire confiance à l'intuition d'Agüero. Et plus encore à celle des parents. Vous en êtes où sur la recherche centrée-individu ?

— Nous sommes d'abord partis sur une investigation systématique à partir des prénoms et des noms, sans être certains qu'une enfant puisse citer le nom complet et qu'elle n'en reste pas au simple prénom, voire au surnom… Par exemple Toto, Nono, Caro, Cat, Nat… Sur les prénoms, nous avons lancé une requête sur le fichier exhaustif des habitants constitué par Civin : c'est le plus fiable. Les possibilités s'avèrent très nombreuses, genre Anna, Anton, Aron, Arno, Noa, Otto, Stan… Et sur les noms de famille, c'est encore plus vaste.

— En tout ?

— 6 314 cibles potentielles.

— Vous les avez croisées avec les adresses et les tours ?

— Naturellement. La bécane nous a sorti 61 matchs.

— C'est correct. Exploitable.

— Oui, même si ça reste un croisement très théorique. Imaginer qu'une gamine puisse encoder de tête à la fois un nom et une adresse à partir de trois signes seulement…

— C'est sûr… Mais n'excluons pas, toutefois, qu'elle ait pu écrire sous la dictée d'un furtif, comme Agüero l'a suggéré.

‘J’ai ¸suggéré ‘nib ! Juste que ce type de glyphe, je veux dire les cercles, pas les deux lettres, c’est du céliglyphe. Et que ça, c’est forcément un furtif qui se savait vu qui l’a tracé, quelques secondes avant de se figer *ad vitam*. J’ai bu quelques binouses avec Toni hier, au *Ya Basta !*, au milieu d’un chaos d’anarchicanos qui tiennent un square premium tout près, depuis deux semaines maintenant. Ça bouge sur le front des occupes. Depuis le *BrightLife* en fait, qu’est devenu une lutte de référence. Classe !
Toni pense qu’on devrait focus sur les cercles ; que les lettres, c’est secondaire, ça nous paume. Rapport que le message est d’abord visuel. Un truc de grotte préhistorique, quoi, du langage pour les mirettes, pas pour la gamberge. Ơn a brainstormé à l’arrache, entre deux caïpis qu’on a rappelées à la pompe un peu trop vite et trop souvent. Du coup, j’ai une putain de barre au front ce matin. Concentration cagole. Toni voit le signe radioactif là-dedans ou un logo de drogue. Moi une vue aérienne avec trois tours collées ou trois champs en cercle. Si ça se trouve, c’est un tatouage. Faire les tatoueurs. *Añadirlo en el orden del día*, déjà épais comme ma cuite.

William attaque maintenant la pente la plus casse-gueule de notre enquête plutôt solide sinon. Le « qualitatif », aka le signalement poético-foireux. Qui essaie de décrire, en mode portrait-robot, le kidnappeur « putatif ».
© William : « *Turc à costar, cou court, toux, croûtant couscous...* » ou « *scout roux, os courts (= petit), ton cru, cassant, s’assurant sa rançon...* »
© Berthold : « *Cacou toscan connu, star anar, statut, aura, s’accoutrant tata, tractant sur les tours...* », « *nana cacao, caraco or, suçotant coca, t’accostant...* »

Ces blaireaux ont siphonné à eux deux les délires de la cellule Cryphe, inspi Hakima. (Sont tous sur écoute, là-bas, de toute façon. L'Amiral chapeaute toutes les recherches en même temps.) Pour moi, c'est caca-bouse ces portraits, trop fou-flou pour adresser une cible. Arshavin a dégainé son sourire de sphinx. Il veut pas mettre à l'amende William, tant le boutonneux a fini par croire à son truc :

— « Scout », William, vous l'entendez au sens « passeur de drogue », « mule » ?

— La fourmi d'un dealer, oui. Ou éclaireur, si l'on part sur la piste parkour...

— « Nana cacao » ? Vous entendez une Africaine ?

— Tout à fait. Et « caraco or » indiquerait une prostituée ou une call-girl.

— Si je résume, vous avez des Italiens, des Turcs, des Africaines, des Irlandais...

— Berthold a une piste arabe aussi... que je n'ai pas eu le temps de vous citer. « Scout couscous-Coran, tatoo racoon, narco toxo... »

— « Couscous-Coran » ? Vous êtes sérieux là, Berthold ?

— Beaucoup de dealers sont des Arabes, Amiral...

— Des putes africaines en nuisette et des Arabes kidnappeurs d'enfants et vendeurs de drogue... C'est ce qu'on appelle un biais cognitif, vous ne croyez pas ? Et les rouquins, c'est le diable pour vous ? Direct au bûcher, si je vous suis, n'est-ce pas ?

William et Berthold ont fermé leur boîte à merde et plongé le pif dans leurs godasses. Manquait plus qu'un Argentin dansant le tango et chevauchant dans la pampa – mais par bonheur, le *g* ne se planquait derrière aucune lettre dans le swykemg, surtout pas derrière un *tà ?*. Le *g* de l'Argentine et du tango, c'est plutôt lui qui cachait la terre entière de l'alphabet Christofofol… Ben quoi ? Je peux être raciste et con aussi, quand j'ai la gueule de bois. Y sexista, mientras yo esté allí ! La concha que tu madre !

·· Au · bout d'une semaine, j'étais, je crois, le moins avancé de tous, le plus désespérément noyé au moment d'attaquer la réunion clandestine qui se tenait dans la yourte de Nyrin, dans une prairie sauvage, près de la grotte aux furtifs. Tous les membres de la cellule Cryphe étaient là, assis en tailleur autour d'un immense plateau de bois posé à fleur de sol et couvert de signes en braille que les huit aveugles faisaient tourner, de temps à autre, afin d'en caresser la surface. Tout essayé, tout retourné, sans cesse, en tous sens, tenté les méthodes intuitives, les jetés aléatoires de lettres, la nomomancie, les tirages, cherché la poésie, le flow sans conscience, étais revenu au simple, au sobre, design soustractif, littérature enfantine, soleil de la lettre. Mon cahier saignait de palimpsestes, il suppurait de ratures. Des larmes d'illuminations subites, d'effondrements, des larmes de rage une fois, tachaient d'encre diluée presque toutes mes pages. Et au moment de choisir, au moment d'une sorte d'élection ou de synthèse des phrases les plus crédibles dans ce maquis, les plus profondément possibles issues de l'esprit de Tishka, disant sa joie native, sa légèreté de chat neuf, je ne trouvais plus rien qui tienne debout dans mes listes, qui soit à la hauteur d'un plausible, fût-il fragile. Sahar a tout de suite senti dans quel état j'arrivais à la yourte et elle m'a pris dans ses bras. J'avais l'impression, un instant, d'être Tishka et de pouvoir me blottir absolument contre elle. Plus penser. Lâcher prise.

— Ne t'inquiète pas. Personne n'a la solution, Lorca. C'est le collectif qui la fera émerger. Il faut se faire confiance.

Saskia ouvrit les restitutions à sa façon pragmatique et positive. Elle exposa sa conviction d'un dépli court et s'attacha au lien, crucial pour elle et Toni, entre le glyphe des trois ondes placées en triangle et les lettres inscrites. Hochant la tête, notre cénacle d'aveugles effleura tour à tour le glyphe regravé par Toni sur la table en rotation continue. Saskia postula que *tà ?* se développait en *târs*, c'est-à-dire « cordes » en persan et que les ondes étaient un sonogramme représentant le frisson de Tishka. Pour elle, il n'y avait pas de message, pas de lieu de rendez-vous. Seulement la signature d'un frisson sur le mur, qui disait la nouvelle identité hybride de Tishka, sa mutation furtive – fière et furtive. Son intuition était qu'en transposant le frisson en musique, a priori sur un santour (une cithare), et en le jouant dans un site émotionnellement chargé pour Sahar, Tishka et moi – nous trois à la fois – Tishka serait irrésistiblement attirée et viendrait d'elle-même à nous. Tellement habitée elle était, Saskia, par ce qu'elle disait, que j'eus le sentiment que la vérité venait de crever les nuages. Toute l'assemblée, c'était sensible, était sous le charme de l'hypothèse.
Björn le Finlandais, avec ses cheveux blond filasse et son air de sylphe diaphane, prit ensuite la parole. Je le sentis ébranlé par l'hypothèse Saskia tant ce *târ* vibrait proche du *tà ?* écrit, pouvait raisonnablement être issu d'une enfant de six ans s'initiant au swykemg. Lui assuma ses mantras, les égrenant sans pathos, les justifiant chacun. Il s'attarda sur « Un sur tous. Tous sur un » puis sur « Tu nouas, nous nouons » en montrant que le passage du *tu* au

nous signait la métamorphose de Tishka d'une sensation individuelle de soi, reliée à ses parents, à une perception collective de son corps, qui était la sienne désormais. Pas de message pour lui non plus ; seulement une prise de conscience, un éveil exprimé sur le mur.
Nyrin, jeune aveugle de dix-neuf ans, toute menue, un écureuil roux à la voix hésitante, s'excusa devant nous de ne pouvoir être très concrète. Deux pistes l'avaient guidée : celles des *Norn*, divinités nordiques équivalentes à nos trois Parques, dont l'une créait le fil de nos vies, l'autre le filait, la troisième le coupait – les trois cercles étant des bobines pour elle. Et celle d'Ouranos, nom évident sous le *tà ?*, affirma-t-elle sans plus d'explication. Ce qu'elle en tira fut une litanie dérangeante de mythes connus, où les pères emprisonnaient leurs enfants et finissaient émasculés. À moins que le dieu du Ciel suggérât que la cache de Tishka était sur les toits ? Elle ne trancha rien.

¸Yala ʔ les zouaves ! Ouvre tes chakras, Tonio. Ça vole haut ici, Velvi est un moineau face aux miss & mister˜ miraulds ! L'œil crevé, ça doit les aider˜ à voyager˜, bessif ! Ça mythonne du vrai mythe qui tache, du grec-frites sauce samouraï, on passe des petites mains bossant dans l'atelier˜ clando du parking au troubadur˜-dur˜ du Moyen Âge qui pète des rondelles. Le rapport avec la petiote de Sah & Lor˜ ? Pas overclear˜ pour˜ Toto-le-héros, j'avoue. Quand Louise a fait son quart d'heure sur˜ l'ostracon ou l'ostraca, je me suis senti trop con ou très caca et j'ai été me rouler˜ un spliff dans le bush dehors, à triper˜ sur˜ ces fleurs blanches trop belles que Sah dit que c'est des asphodèles. Je suis revenu quand princesse Hakima, avec sa couronne de flowers calée sur˜ ses tresses et sa robe de bure couleur˜ neuroïne, a commencé à slamer˜ son poème ouffi. T'avais

juste l'impression qu'elle avait tripé de placer˜ tous les combos de *Coursant X*. Trop stylé, j'avoue, fat de chez fat ! Mais zarb, quand même, son final sur˜ le Coran, avec la sourate de lumière. Capté oualou !
À ce moment-là du live, ça chauffait déjà *playa del sol* quand Sahara s'est levée. Je la kiffe trop cette meuf, depuis que j'ai suivi ses leçons à la téci. C'est elle qui m'a appris les peintreux, Van Gagh, l'art, elle venait en plein hiver˜, tous les jeudis, pleut ou pas, les racailles te la draguaient, elle esquivait tic-tac et une heure après, tu voyais les zyvas assis sur˜ les gradins, scotchés. Kowtow ! Si tu mates en coin comment Lorca la couve, ça sniffe l'amour˜, mais y a de quoi. J'aurais été son père, je la taguais Grace. Et je la lockais trente ans dans une tour˜ en titane pour˜ qu'aucun keum puisse même y grimper˜ en se ken les ongles. Tu la scannes et tu fais : « C'est bon, lâche l'affaire, trop higher˜ level pour˜ toi... »
Hakima a achevé son show : les crypheux ont applaudi comme des malades, Lorca mode mute, Saskia clin d'œil, je lui ai fait un signe de rappeur˜. Sahar˜, elle a dit super˜-bien, je résume : « C'est beau ton truc, t'oulipotes bien ma potesse sauf que là, c'est naouak chérie. T'es à côté de la plaque, mais grave. Et limite, tu me manques de respect, grosse. » Autour˜ la table, sur˜ le tapis mongol, les bigleuses faisaient des tronches sales. Choucar˜ comment elles font pas gaffe à leur˜ poker˜ face. Vu qu'elles se voient pas l'une l'autre, jamais... alors elles peuvent se lâcher˜ dans la grimace ! Personne calcule ! Hey, mais nous on est là, z'avez oublié ? Et c'est pas joli joli vos fioles. Saskia a levé une feuille taguée au marqueur˜ pour˜ que Lorca la catche sans qu'elle ait à tchatcher˜. Ça zappe les cryphoux. Pas con ! Marre de leurs feuilles de chou à radar˜ !

L'Hakima est montée sur˜ ses chevaux, très prof, en disant qu'elle avait utilisé *Nanours* qui est le nom d'un doudou de Tishka, que la fin, elle l'avait écrite en transe, sous la dictée du Prophète et que le sens est qu'il fallait aller˜ à la mosquée d'Oran pour˜ la retrouver˜. Carrément ? Gros silence. Sahar˜ a pas cafté. Elle a juste enchaîné en disant : « Moi aussi, yo, j'ai pondu mon p'tit poème… » Enfin en VO, c'était ça :

— J'ose espérer que l'élite lettrée que vous êtes me pardonnera la simplicité de ma syntaxe… Le but n'est pas de vous éblouir, vous en conviendrez. Il est seulement de nous amener, tous et toutes, à réfléchir sur ce que nous faisons, ou croyons faire, en jouant avec le langage cryphe. Et peut-être à questionner, en creux, la pertinence de nos virtuosités.

Et elle a balancé ça, couleur˜ ironique-j'te-nique :

— Un concours ? Osons-nous ou ôtons-nous ? Tussor ou coton ? Tu tatouas ou tu raturas ? Tsar, non ? Ou star ? Un carton ou un couac ? Un truc turc ou un troc tors ? Sutra ou soutra, santur ou santour ? Sur/sous, sans/tant, autour ou autant ? Tour à tour ou tout à trac ? Toc toc ou tac au tac ? Crocus, coccus ou cactus ? Couscous ou acras ? À cru, à croc, à cran ? Tao ou Coran ? -ant, -ons, -a ? Tous ou aucun ? Assonant, consonant ? Sot ou con ? Contrat ou constat ? Tata ou tonton ? Sax/saxo ? Tour/trou ? Connu ou su ? Connu ou su ?

)Aï)e, aïe,) aïe, la salve acide… Ça touche au cœur du problème, sacrée Šahar… Je prends ma feuille et j'écris *game over* dessus. Toni éclate de rire, toujours aussi spontané et joyeux dans son T-shirt orange peint du matin. Ša présence fait tellement de bien dans ce sérieux compassé. Personne pour oser réagir à chaud, les feuilles froufroutent sur la table, nerveuses. Finalement, c'est sans surprise Louise qui prend la parole, au nom de son assemblée qu'on sent froissée par l'ironie subtile de Šahar. Froissée comme le tapis sous nos fesses, à force d'avoir tortillé du popotin.

— Personne ici, je pense, n'a eu la prétention de vous donner la clé de ce glyphe, certes extrêmement simple d'amorce, tout en étant extrêmement difficile en pratique à décrypter, comme chacun de nous a pu le constater en s'y attelant. J'entends bien que chaque terme possède en regard son doublon, son ombre à peine décalée ou son antonyme. Tel est le langage, telle est la beauté aussi du cryphe dans son nuancier de couleurs, dans son moiré lexical. Rien n'est vain pourtant, je crois. Le brio n'exclut pas la rigueur du signifié. Hakima a fait un travail remarquable qui est loin d'être purement ludique ou gratuit. Je suis sincèrement désolée si cela a pu vous apparaître ainsi. Nos compétences et nos savoirs sont modestes. Nous découvrons comme vous – sans doute un peu plus en amont que vous – combien ces êtres, les furtives, sont et restent hors norme. Nous voudrions pouvoir vous dire : voilà où se trouve votre fille, voilà avec qui elle est partie. Voilà ce qu'elle a voulu vous dire ou vous écrire. Mais sans accès au mur de sa chambre, dans cet appartement où la justice vous empêche désormais d'aller sous peine de prison, je ne vois guère ce qu'on peut vous proposer… Sinon des intuitions, des aphorismes ou des récits. Forcément discutables et frustrants.

— Pourquoi ne pas demander à vos furtifs, dans la grotte ? Au collectif Cr ?

— Nous l'avons fait évidemment. C'est la première chose que j'ai faite quand nous nous sommes quittées la semaine dernière.

— Et… alors ?

— Alors rien. Je n'ai pas eu de réponse. Kaiser Tapioca a répété « ta » plusieurs fois, en écho, un peu partout sous la voûte…

— Ils auraient pu écrire la réponse quelque part…

— Elles ont pu, oui. Mais la grotte est un tel livre pétrique aujourd'hui, un volume tellement complexe à arpenter signe à signe, bosse par bosse… Il nous faudrait des mois pour tout relire à la main et espérer y repérer les glyphes nouveaux.

¸ Le ˀ show a continué derrière. Tsin liu la poupée de porcelaine, Théophane, Marie, Kun… Mais la boule à facettes roulait sur˜ la piste, défoncée. Les bass vénèr˜ de Sahar˜ plombaient leur˜ groove de linguistes. Comme s'ils s'entendaient parler˜ et que ça sonnait tarpin faux, même pour˜ eux. J'y suis allé, ensuite, comme on se jette dans la neige à oilpé en Finlande, après un bête de sauna. Mon idée latchait un peu après les envolées de Kun sur˜ les particules tau. *May I introduce you…* Toni Ras-la-Touffe ! Avec moi, Sah a été plutôt sympa pourtant. Pour˜ elle, le glyphe était un glyphe de gosse, et j'avais chié un truc de gosse parce que j'étais un gosse, quoi, fallait pas se le cacher˜. Le cirque achevé, Louise a eu le schpuc de demander˜, à elle et Lorca, quelle interprétation leur˜ semblait la mieux gaulée, la plus dans leur˜ mood. Lorca a commencé à saluer˜ le taf de tous, trop merci, blabla… Sahar˜, elle, a sorti le sabre/script clipé/montage cut :

— Aucune.

— Beaucoup de pistes ont été explorées pourtant... Certaines très originales. Beaucoup nous ont semblé prometteuses à l'écoute... Pas de votre point de vue ?

— Vous êtes à côté de la plaque, je suis désolée de vous le dire. Vous avez raisonné en linguistes, en traductrices, en exégètes. Devant deux lettres gravées par une enfant ! Vous lui avez postulé une intelligence qu'elle n'a pas. Pas encore.

— Rien n'indiquait, mademoiselle, que l'autrice du glyphe fût forcément votre fille. C'est votre interprétation. Laquelle est bien sûr légitime, tout autant que les nôtres.

— Le glyphe est tremblé. Lent. Pas cinétique. Pas furtif. Il a été fait par une main d'enfant ! Nous avons pris la peine de vous le reproduire sur métal, vous ne l'avez pas senti, ce tremblé ? Vous avez projeté vos gloses dessus sans tenir compte de la situation d'écriture !

— Chacun a fait de son mieux, Sahar. Calme-toi... Tu ne peux pas leur reprocher de...

— Lorca, s'il te plaît...

— Elles ont produit un travail énorme. Elles cherchent aussi, comme nous... Tout le monde cherche !

) Ša)ns prévenir,) Šahar s'est mise à vociférer. Dans la yourte, autour de la table ronde, le cénacle sursaute d'un même ensemble. Ša voix incisive visse ses stridences :

— S'agit pas de chercher ! Il s'agit de trouver ! C'est une question de vie ou de mort ici, vous l'avez intégré ou vous vous en foutez, tous et toutes ? Peut-être qu'en ce moment même, quelque part à six kilomètres d'ici, même pas, quelqu'un est en train de torturer Tishka ! Et nous, qu'est-ce qu'on fabrique là ? Dites-moi ? On disserte dans une yourte sur Ouranos et le Coran ! C'est la huitième nuit d'affilée que je fais le même cauchemar. Vous m'entendez ? Toujours le même. Tishka vient vers moi, elle rayonne dans sa robe jaune. Elle me sourit, elle essaie de parler mais quand elle ouvre la bouche, rien ne sort parce qu'elle a... elle a des mygales... plein sa gorge... et les araignées grouillent sur sa langue qui pourrit, comme de la viande morte... Elles font un tas bougeant, dans sa bouche...

— Arrêtez, c'est ignoble...

— Je croyais que vous étiez là pour nous aider. Je l'ai cru, vraiment ! Mais je viens de comprendre que ce qui vous intéresse, c'est d'écrire de jolis poèmes et de savoir qui va proposer l'interprétation la plus brillante, la plus snob !

— Vous devenez insultante, mademoiselle... a réagi Louise, pointe aiguë.

— Pour ma part, je préfère me retirer... a enchaîné sa compagne, pincée.

Hakima commençait à quitter la tente quand Šahar l'a fait pivoter par sa robe et lui a soufflé au visage :

— Et là, c'est quoi votre réaction d'orgueil minable ?

Lorca n'a pas supporté la violence de Šahar sur une femme aveugle, qu'elle a déséquilibrée et qui en a cogné un montant de la tente. Sur le tapis, les autres membres de la cellule restent cois, totalement déboussolés. Ils sont bouleversés par l'agressivité subite de Šahar. Certains se bouchent les oreilles, d'autres se lèvent et voudraient sortir mais n'osent pas. Ils ont peur qu'on les bouscule ou les frappe peut-être ? Le choc d'Hakima sur la poutre, plus sonore que dangereux, leur a envoyé une information menaçante. Si bien contrôlé d'ordinaire, leur handicap remonte et les rend terriblement fragiles. Des tiges. Avec sa voix ronde, Lorca essaie de ramener le calme, de persuader chacun de se rasseoir. Avec le maximum de chaleur, il en profite pour féliciter tout le monde pour le travail accompli. Toni y va de son couplet aussi, tandis que je remercie encore et encore Louise, Björn, Marie... en y mettant toute ma sincérité. Sans grand effet. Nyrin, si chétive, pleure contre la toile de la yourte. Hakima tremble comme un saule. Une tristesse énorme s'abat sur notre groupe, qui nous prend tous à revers. Soudain, Tsin liu se lève à nouveau. Ses yeux vides brillent, elle éclate en sanglots :

— J'ai fait tout ce que j'ai pu, je vous le promets madame. Moi aussi j'ai une fille de cinq ans... Elle s'appelle Mei lan. J'aurais tellement voulu être capable de vous aider... Je vous demande pardon...

Je me mets aussi à chialer. Tout le monde chiale maintenant, même Sahar qui voudrait consoler Tsin mais n'arrive pas à y aller. On a tout cassé. On a ruiné en quelques minutes trois mois à s'apprivoiser. À apprendre à se connaître et à s'apprécier. Le bel esprit collectif qui était né : *auf Wiedersehen !* Tous on croyait y arriver, à nous douze, par l'échange, à la manière d'un orchestre. Avec autant d'intelligence et de culture autour de la table, il y avait de l'espoir... C'est l'échec. Je comprends Sahar, je peux accepter sa rage, même si je la trouve injuste. Oui les cryphiers n'ont pas été à la hauteur, clairement. Ils se sont complu, quelque part, dans leurs jeux de lettrés. Ils ont été globalement à la ramasse, oui, d'accord. Mais moi aussi j'ai les boules. Les glandes parce qu'on vient de suicider notre seule piste solide, notre seule source de progression vers les furtifs. Et à cause de Šahar.

·· Elle · a une piste. Elle a une vraie piste et elle espérait qu'au moins une personne ici la confirme, l'étoffe à sa façon. Et cette piste, elle est trop personnelle, trop intime pour qu'elle la révèle publiquement, je connais Sahar, elle est trop pudique pour parler de Tishka devant tant de gens, elle a enfoui avec une si continue brutalité cette partie-là, cette plaie béante de notre vie que la rouvrir, elle ne le pourrait pas, pas ici. Pourtant elle a une piste et elle en veut, suprêmement, aux autres de n'avoir pas trouvé quoi que ce soit qui l'aide à la développer, qui la confirme, a minima. Et moi ? Moi je n'ai rien trouvé, à part SOS. Il y a SOS dans le message, c'est ma seule certitude. Je suis arrivé noyé à la réunion et chaque décryptage, aussi saugrenu, m'a paru une bouée, une promesse de ne plus couler. Rien que pour ça, je ne peux en vouloir à personne, bien au contraire.
Louise met fin à la réunion, elle paraît quatre-vingts ans maintenant tant ses pas s'étrécissent pour sortir de la yourte, comme si elle avait peur de buter sur le plus petit caillou affleurant. À Sahar, elle tend une main glaciale qui signifie adieu, bien qu'elle soit encore d'une politesse impeccable dans sa prise de congé, en minimisant l'incident – la culture diplomatique, toujours. Je la regarde saluer Toni et Saskia, auxquels il est évident qu'elle s'était attachée et qu'elle va souffrir de ne plus retrouver. Puis, situant ma présence, avec discrétion me demande de l'emmener près du grand tilleul en fleurs dont elle sent l'odeur

flotter jusqu'à elle. Et là, au pied du tronc, où les salutations nous arrivent maintenant en ruisseau inoffensif, elle déplie cette confession :

— Votre compagne a été d'une rare ingratitude... Vous le mesurez je crois. Mais elle a raison sur un point : nous n'avons pas assez tenu compte de la situation d'énonciation. Je ne peux pas vous laisser repartir en échec, sans perspective, après avoir fait lever tant d'espoirs. Il me semble qu'il existe un homme qui pourrait vous aider. Il est philosophe et il a une relation exceptionnelle avec un furtif qu'il a, disons, apprivoisé. À moins que ce ne soit l'inverse... (Elle en sourit, ses rides s'étoilent.) C'est un très grand, sachez-le. On le surnomme Varech. Il a une ampleur de réflexion et une ductilité aussi dans sa manière d'aborder les problèmes qui pourra, je pense, vous ouvrir des possibles que nous ne sommes pas parvenus, malheureusement, à frayer pour vous. Allez le rencontrer de ma part. Il vous demandera : « Quelle est la réponse des milieux au chaos ? » Et vous devrez répondre : « C'est le rythme. » Vous vous en souviendrez ?

Je lui prends les mains et les caresse doucement. Varech, je connais un peu, ses textes, oui. Elle est émue par mon geste.

— Merci infiniment, Louise. J'aimerais un jour être à la hauteur de votre générosité d'âme.

— Vous l'êtes déjà Lorca. Mais il est bon que vous n'en soyez pas trop conscient. Continuez à suivre votre intuition. L'amour que vous avez pour votre fille finira par être récompensé, j'en suis certaine.

‘Furax ¿le ‘boss quand Lorca nous a raconté leur réunion cata. Furax à sa façon quoi : il a juste projeté en réponse, plein mur, le budget de la mission Cryphe. Aka > le matos d'écoute ; les planques à deux agents sur onze mois en trois-huit ; le prototype topomorphe pour la grotte, conçu et fabriqué ad hoc ; le salaire salé des décrypteurs. À Sahar, il a dit : « Par bonheur, vous ne faites pas partie de mon unité, je n'ai pas besoin de vous licencier. » Ambiance... Bien sûr, on pourra poursuivre les écoutes là-bas. Mais pour la collab, c'est mort et ça fait chier. Ơn aurait pu gagner un temps fou. Apprendre encore cuche de trucs, creuser le filon, accumuler des sets dans la caverne, dialoguer. « Espionner, c'est bien, mais dialoguer c'est mieux », a clashé Arshave.
Ce qui nous a sauvé la mise, sur ce çoup, c'est Lorca. Avec sa piste du philosophe. Varech. « Varech/Varèse, c'est pareil, c'est toi qui iras, l'Ơrque, c'est de ta famille », a taquiné Saskia. Les services l'avaient bien en fichier, à part que le cador est réputé intouchable. Avec la recomendación de Louise, ça devient bonnard. Parce que le reste... Le reste ? Ben on va prospecter, recta, toutes les adresses sorties de la bécane. Les tours, on va se les faire aussi, des parkings au toit. Ơn ira voir les cinquante gugusses et michetonneuses qui peuvent matcher avec nos portraits-robales issus de nos poèmes moisis. Et ? *¿Qué?* Ça fait trente ans que je chasse, de tout. Quand une trace sent bon, je la flaire, j'ai le groin pour ça. Là, j'ai torché un premier tour de terrain. Et ça sent rien. Ça sent la cagada. Le *tà ?* qui devait nous amener direct à la cible, il est resté devant notre porte comme un gros tas de neige tombé du toit au dégel : personne a su lui filer le bon coup de pelle pour nous dégager la route.

´Lorsque ‚Lorca ´m'a proposé de venir chez lui, à son appartement, j'ai longuement balancé. Pour une raison qu'il devinait parfaitement, à savoir que lui n'avait rien effacé ni jeté des souvenirs de Tishka, qu'il avait même tout récupéré chez moi lors de ma phase d'oubli acharné – toutes les photos imprimées, les cadres à découpe avec nous en Bretagne, dans les calanques, à Bali, nous au parc Borély devant les ragondins, à Arvieux sur la luge rouge, campant sur la terrasse, avec la dînette ; chez nous à jouer à la bagarre, à cache-cache, au sanglier sous une tente de drap, à Monstre Câlin. Tous ses dessins aussi, il avait conservé, ses gribouillis sur des feuilles gondolées, les cadeaux de fête des Mères, les cartes avec les poèmes qu'elle ânonnait fièrement, le T-shirt blanc avec ses mains pleines de peinture apposées dessus, dont tous les parents héritaient en juin. Tout ça m'a bondi au visage en pénétrant dans son salon, où trônait notre canapé de récup en cuir, toujours là, à l'assise déchirée par les cabrioles de Tishka, tout a jailli, tout ce que j'avais anticipé, tout ce dont je me souvenais malgré le deuil, à cause du deuil, et tout ce que j'avais refoulé si longtemps, tout, qui revenait. Une fontaine. Ce n'était pas un appartement de célibataire divorcé : c'était un mausolée à vif, qu'on sentait rayonnant, actif, un temple en hommage à Tishka et moi, un temple pour nous trois où je ne m'attendais pas à me voir aussi présente partout, aussi vivante dans les objets, le choix des tissus, dans mes ronds de serviette mal pyrogravés, qu'il avait gardés, sur mon portemanteau fait main, fendu maintenant, qu'il s'entêtait à utiliser encore, dans les tasses qu'on avait choisies à deux chez un ami potier du Vercors. Dans sa chambre d'ami, les doudous de Tishka débordaient du lit et dégringolaient sur la moquette. Peut-être qu'il y jouait encore, il en était capable ? Ou qu'il prenait l'ourson Pirouette dans ses bras, parfois, puisque c'était la peluche où Tishka avait enregistré sa voix ; comme ça se faisait avec tous les doudous maintenant…

— Si tu veux le prendre, tu peux… Il parle toujours, comme le doux-d'art…

— … Parfois je la reconnais sur les photos… parfois je me rends compte que j'avais oublié à quel point elle souriait tout le temps. Tu as tout gardé, vraiment ?

— Oui. Mais il y a des choses que je n'ouvre jamais. C'est trop dur.

— Quoi ?

— Le cahier à spirale du voyage à Bali… Les sarongs… Et la caisse avec tous ses habits. Je n'y arrive pas.

— C'est loin… et c'est tellement… près pour moi. Si près. C'est là… Dans mon ventre…

Et d'un coup, elle a chancelé et elle est tombée. Un androïde dont on aurait coupé le câble d'alimentation. Sur le parquet, elle s'est étalée, lavée de toute force. Elle y est restée prostrée, les yeux au plafond et à un moment, elle a aperçu l'abat-jour que Tishka avait fait à l'école, avec les poissons à l'aquarelle, oranges et bleus. Et elle a souri.

— Je t'en ai tellement voulu d'avoir voulu tout garder. De pas tout jeter. Je t'ai trouvé tellement faible toutes ces années. Je t'ai méprisé, tu sais…

— Je sais.

— Et aujourd'hui, je me dis que c'est toi qui as été fort. Tellement fort de maintenir tout ça vivant, sans elle…

— Sans toi.

C'était comme s'il avait porté tout seul, dans sa seule mémoire, dans son seul présent, blottie, une vie qui s'était vécue avec un tel bonheur liquide, une telle intensité, à trois. À trois, et lui tout seul, là, dans son appartement de location, avec nous trois, à nous porter, à y croire encore quand moi je n'avais pas pu, j'avais décidé de ne plus vouloir y croire. Pour survivre, absolument survivre, pour me sauver. Pour que le suicide n'ait pas le dernier mot en moi. Lorca nous avait attendues, là, il nous attendait. Là.

Pour lui, c'était vivant, c'était debout, ça ne demandait qu'à marcher, à nouveau, pas à pas. Terrifiante pour moi restait cette attente tellement tangible, tellement intacte. L'envie de fuir, encore, de ne pas savoir, d'encore esquiver, de ne pas faire face à son appel. Et pourtant, au fond de moi, je trouvais ça tellement beau. Il n'avait jamais insisté pour que je vienne, à aucun moment, durant ces deux années, il n'avait jamais rien voulu forcer, il avait respecté mon deuil féroce, même si je savais qu'il ne le partageait pas, qu'il le trouvait cruel, et mortel.

Et cette semaine, j'ai su que j'étais prête à venir, prête parce que ce que j'avais trouvé, je ne pouvais le montrer qu'à lui, lui seul pouvait le comprendre, sentir si ça avait un sens venant de Tishka, lui seul à l'évidence. Peut-être qu'aussi j'avais deviné que je trouverais chez lui, dans cet appartement, l'écrin pour que ça monte, pour que la bonne phrase, l'interprétation juste d'elle-même lève, s'impose parmi le fouillis trop dense du possible épuisant. J'ai sorti mon cahier et je n'ai pas pu dire les phrases. Je lui ai demandé de les lire, lui.

·· Il · n'y avait que quatre phrases. Simples, étonnamment simples. Trop. Une déception d'abord, j'étais même totalement décontenancé, je n'osais rien répondre, ça me semblait dérisoire. Nous étions épaule contre épaule et elle venait d'étaler son cahier de recherche, à la page où elle avait recopié le suc, le sel de ce qu'elle pensait pertinent. Et lentement, j'ai compris.

Lentement m'est apparu que c'était exactement le genre de phrases que je lançais à Tishka quand nous avions fait la chasse au trésor pour ses quatre ans, dans le parc *Ci'vintage*, avec son manège en bois, ses balançoires à l'ancienne, son crabe géant et son bateau à toboggans, où Tishka adorait grimper. C'étaient des mots simples pour guider une enfant à un cadeau caché, et qu'une enfant, donc, pouvait nous dire, à nous, en retour, pour nous guider à son tour :

Où tu cours.
Où sont nos oursons.
À ta tour. Tu sauras où.
À ta cour à nous.

Sahar s'était comme transposée dans son corps, dans sa tête d'enfant, avec son intuition viscérale de maman, et elle avait trouvé. Elle avait trouvé, elle. La vérité, elle la touchait du bout des doigts, du bout de son âme. Il fallait juste insister.

— Ça te semble... proche ? Possible qu'elle ait écrit ça ? ... Ou je débloque ?

— « Où tu cours », c'est forcément le parc où tu faisais tes footings. Ça l'épatait de te voir courir si longtemps, elle te copiait. « Où sont nos oursons », c'est la chambre ici, maintenant.

— Ou c'est le zoo de Barben où elle disait qu'on était papa et maman ours et que les oursons dans le bassin, c'était les nôtres. Tu te rappelles ?

— « À ta tour. Tu sauras où. » Je sais pas. La mienne ? La tienne ? Et « À ta cour à nous », tu comprends quoi, toi ?

— La cour de l'école. La cour de récré. Pour elle, je suis une professeure d'école aussi. Sa cour, c'est la mienne donc c'est la nôtre. « Ta cour à nous. »

Nous sommes restés tout l'après-midi sur les phrases avant de se dire qu'il fallait arrêter de tourner ça, et agir. Nous avons été arpenter le parc comme jamais, bancs, buissons, plaques d'égout, kiosque, j'ai grimpé sur les arbres aux troncs gravés, un à un, les gens me regardaient, Sahar a fait pareil, on a été exhaustifs. À minuit, nous avons escaladé le portail de l'école Granados et nous avons exploré à la frontale toute la cour de récré en marchant en parallèle pour être sûrs de tout quadriller. À 2 heures, nous sommes rentrés à mon appart, épuisés par la tension, par l'émotion, violemment découragés aussi. Pas une trace, pas un glyphe, rien qui confirmait quoi que ce soit ni n'offrait de piste exploitable.

Instinct ou fatigue, Sahar est allée dans la chambre d'ami et elle s'est écroulée sur le lit. Je ne l'ai pas rejointe, je l'ai laissée faire, s'imprégner. Par le reflet du miroir, dans le couloir, je l'ai vue prendre les peluches une à une, en les reniflant comme une maman tigre et en les caressant, comme une maman seule.
Devant l'ourson Pirouette, elle a longtemps hésité puis elle l'a pris dans ses bras, aussi vivement, pleinement, qu'elle aurait serré Tishka. Alors le senseur de l'ourson a activé l'enregistrement, qui datait de plus de deux ans et dont j'avais chaque fois l'impression, par son incroyable fraîcheur, qu'il venait d'être capté. En fait, il y en avait neuf, des pistes audio, qui se déclenchaient selon la façon ou le bout de corps où l'on prenait la peluche. Moi, j'écoutais toujours les quatre mêmes, celles où Tishka parlait

toute seule avec son doudou, en faisant les deux voix. Mais Sahar venait de serrer l'ourson à sa manière vive et fine, et l'enregistrement qui en jaillit me prit à revers tant il me sembla ancien : je n'avais dû l'entendre qu'une ou deux fois, l'éviter même parce que c'était un dialogue entre Tishka et elle qui me massacrait d'émotions. Tishka prononçait encore assez mal les mots, elle avait peut-être deux ans, deux ans et demi au moment de l'échange. Et sa voix déposait les mots, tout mouillés, en cuiller de compote dans un bol :

— *Ma'man ! !*

— *Bonjour Ourson ! Moi je m'appelle Sahar ! Comment tu t'appelles, toi ?*

— *Ma'man...*

— *Il s'appelle maman ? C'est bizarre pour un ours !*

— *Ma'man Ou'ss ?*

— *D'accord. Ça c'est maman Ours et toi tu es mon chat !*

— *Maman Ou'ss, tins ! Pi'ouet !*

— *Oui, je lui fais un câlin aussi. Viens là mon petit ours. Ourrrs ! Et toi, chat !*

— *Tà ?*

— *Oui, chat ! Tu es mon petit chaton châtain !*

— *Tàton !*

— *Oui, chaton ! Tu es mon petit chat ! Chat ! Tà !*

— *Tà ! Tà !*

Je me serais giflée jusqu'à la fin des temps... Lorca est entré dans la chambre ; à son air bouleversé, je sus aussitôt qu'il avait tout entendu. Il regardait le doudou les yeux écarquillés, à la frange de l'agressivité, pareil à un enfant qui eût caché si longtemps quelque chose qu'on aurait envie de le gronder. Je tenais encore la peluche et j'ai dit...

— C'est pas possible...

— Quoi ?

— C'est pas possible qu'on ait raté ça. Comment on a pu oublier ça, Lorca ? Comment on a pu ? Tu te souvenais qu'on l'appelait chat ?

— Sahar !

— Et elle, elle savait pas prononcer le *ch*. Quand on l'appelait Tishka, elle disait *i'ta* toute petite. Quand on l'appelait chat, elle disait *ta* et chien *tin* ! Et lorsqu'elle voyait un chat, elle disait *ta* aussi. Il n'y a pas de swykemg en vérité. Elle n'a pas écrit en cryphe, elle a écrit avec son alphabet de môme à elle, comme une petite fille écrit. Il fallait lire le glyphe littéralement... Quelle conne !

Lorca m'a dévisagée avec son effarement à elle, son égarement adorable, sans vraiment saisir, sans vraiment y croire. Puis il a eu cette attitude qu'il prend quand il veut me faire plaisir, abonder dans mon sens, sauf qu'il n'y croyait pas vraiment.

— Tu es... sûre de toi ? Qu'est-ce... Qu'est-ce que ça voudrait dire alors, ce *tà* ? Chat ? Ça veut dire *chat* ? Pourquoi elle aurait écrit *chat* ? Les proprios ont un chat dans l'appart ?

— Non, je ne pense pas. Saskia nous l'aurait dit, l'aurait vu...

— Elle devient un chat ?

— Je sais pas Lorca, non... C'est pas ça. C'est une question qu'elle nous adresse, qu'elle s'adresse à elle-même, une question pour nous !

Je n'arrivais pas à le sortir, ça m'avait cisaillée du dedans...

— Je crois qu'elle veut dire... « Est-ce que je suis encore votre chat ? Est-ce que je suis encore Tishka, votre chat ? » *Tà ? Tà ?* Tu comprends ? Comme elle dit « ou'ss » ? Les trois ronds, c'est notre famille, c'est nous. Le rond du bas, c'est elle, c'est là qu'elle a écrit. Elle demande, elle nous demande si c'est encore *elle* qu'elle est. Elle se le demande.

— Sahar, elle a atteint un âge maintenant où elle pourrait dire et écrire chat, non ? Non ?

— Oui, mais elle nous parle comme on parlait avant, ensemble. Elle nous parle en recopiant ce qu'elle disait, parce qu'elle croit que nous, on est figés dans le passé, rien n'a changé pour nous. Les enfants n'ont aucune notion du temps, tu le sais bien !

— Elle se demande si elle est encore elle-même, alors ? C'est ça que tu comprends ? Ou si elle est un animal, un chat ?

— Est-ce qu'elle est devenue autre chose... ou est-ce qu'elle est encore humaine, encore notre fille, notre chat ? Ce qu'elle était avant de partir. Comme si elle se pointait du doigt et nous disait : « Moi, Tishka ? » Tu vois ce que je veux dire ?

Lorca m'a pris l'ourson des mains et il l'a serré contre lui comme s'il pouvait le rassurer, le consoler de ses doutes. Il avait enfin assimilé. Il chuchota :

— Ça veut dire qu'elle s'est métamorphosée... C'est certain maintenant. Elle a muté mais c'est encore, aussi, une petite fille. C'est encore notre fille.

— Ça lui fait peur d'être ce qu'elle est. C'est inévitable.

Machinalement, nous avons ramassé tous les doudous et nous les avons rassemblés sur le lit, en tas, en cercle, semblables alors à une assemblée qui nous aurait aidés à réfléchir, à aller plus loin encore. Neige, Ponyo, Pistache,

Shaille, Lili-jaune, Rose bonbon, Loulou, Tigresse… Je me souvenais de tous les noms. Et Pirouette.

— Elle était là, dans la chambre, dans *sa* chambre. Elle y était parce que nous, ses parents, on y était cette nuit-là, ça l'a attirée…

— Ou peut-être qu'on lui manque, tu sais, et qu'elle revient, de temps à autre, régulièrement, à tous les endroits où on allait ensemble. Je suis sûr de l'avoir entendue au *Cosmondo*, j'en suis sûr maintenant.

— Elle n'a pas eu le courage de se montrer, Lorca, elle a hésité dans le couloir, elle était toute proche, toute prête, je l'ai presque *vue*. Mais elle a peur qu'on la rejette, qu'on ne l'accepte pas comme elle est. Comme elle est devenue. Son *tà ?* veut dire : « Est-ce que vous voulez encore de moi, est-ce que je suis encore moi, est-ce que je suis un chat, votre chat préféré et doux, est-ce qu'on peut encore être ensemble, comme trois ondes, comme une famille fondue, une fusion ? » Ça veut dire tout ça à la fois, ce n'est pas rationnel, ça a dû jaillir d'une poussée, d'un souvenir, peut-être du premier souvenir d'être quelqu'un d'individué, d'avoir un corps, d'être séparée et pourtant pur objet d'amour pour toi, pour moi, pour papa et maman. Elle a dit « papa, maman » dans le couloir. Elle nous a appelés… Et en même temps, elle n'a pas osé se montrer. Saskia a parlé d'une aile, d'un bras épais, elle a changé Lorca… Elle est devenue…

— Une hybride… Un animal… Oui, elle est différente maintenant. Elle ne sait plus si elle peut être aimée. Si on l'aimera encore. *Tà ?*, ça veut dire… ça veut dire : « Est-ce que vous pouvez m'aimer encore alors que je suis devenue un monstre, une sorte de monstre ? »

J'ai pris l'éléphant rose et il s'est tu, il n'a rien voulu dire. Sahar a relevé la tête vers moi puis a cherché mes mains. J'étais soulevé, voltigeant, perdu.

— Qu'est-ce qu'on va faire maintenant ? j'ai murmuré.

— Il faut lui répondre. Il faut qu'on lui réponde.

— Sur le mur ? Dans la chambre de notre ancien appart ? Tu sais bien qu'on ne peut plus y aller... Je veux pas que tu ailles en prison.

— Toni ira.

— Pour graver quoi ?

— *Tà ! Papa-maman t'aiment encore. Viens !* Quelque chose comme ça...

— Rien ne dit qu'elle va y retourner si on n'y est pas...

— Alors nous irons au parc. Tous les jours. Tous les deux. Et on l'écrira sous le toboggan, à l'envers. Sous les bancs. Sur les branches hautes du platane. Partout où ils peuvent se cacher. Elle finira bien par le voir. Et on l'écrira aussi dans la cour de récré, derrière les poubelles. En fait, on va refaire tous les endroits où on allait avec elle, tous, et nous allons lui laisser des messages là où personne d'humain ne penserait jamais à regarder, à les lire. Nous allons agir et penser comme elle.

J'aurais explosé en sanglots, sinon qu'il n'y aurait plus eu une goutte de tristesse dans mes larmes, seulement ce spasme, cette secousse que procurerait la virulence d'un bonheur quand il retourne le désespoir d'un tournemain, comme une crêpe brûlée.

J'aurais soulevé Sahar contre moi, dans les airs, j'aurais eu cette impression qu'elle ne pesait plus rien et qu'elle et moi, on serait enfin redevenus une seule et même sève dans un seul et même arbre qui aurait eu des bras pour enlacer. Son corps eût traversé le mien l'espace d'une seconde et j'aurais su à la souplesse de son abandon qu'elle m'acceptait à nouveau, à nouveau comme un amour futur, possible.

Lorsque je la reposai au sol, l'image du couloir de notre ancien appart, plongé dans le noir, vint me cueillir à revers. Sa netteté était sidérante.
Oui, cette nuit-là, Tishka avait été dans la place, elle nous avait attendus, elle avait su qu'on viendrait. Peut-être même que le volet clos, c'était elle qui l'avait ouvert de l'intérieur, et pas la commande vocale. Elle nous avait appelés juste avant que la police entre. Mais elle avait au tout dernier moment hésité à apparaître, à nous apparaître telle qu'elle était maintenant. Oui. Oui.

— Qu'est-ce qu'il y a, Lorca ? Tu doutes ?
— Pas vraiment.
— Si, tu doutes !
— Elle n'a pas eu peur qu'on la rejette, Sahar. Enfin... Si... Mais pas seulement. Elle a surtout eu peur qu'on la *voie*.
— Qu'on la voie ? Pourquoi ?
— Parce que si elle est devenue furtive... si on la voit, elle va se figer... D'instinct. Pour sauver l'espèce. Si on la voit, on la tue.

CHAPITRE 14
Le réel & la réul

Hier, je suis allée annoncer à mon psychanalyste, à son cabinet, *ex abrupto*, que j'arrêtais la thérapie : il ne m'a tout simplement pas crue. Fort de son intelligence scrutatrice, il m'a dévisagée de la tête aux pieds, il a noté mes boucles d'oreilles et mon chemisier neuf, sans doute aussi cette espèce de pulsation allègre qui n'a cessé d'alléger mon allure depuis quatre mois et il m'a lancé : « Vous êtes amoureuse, ma chère Sahar, mais ça ne saurait suffire à surmonter un deuil. Il est même extrêmement dangereux, d'après mon expérience, de combler un vide affectif avec une passion subite. Surtout lorsqu'on touche à la mort d'un enfant. »

Jusqu'à me mordre les lèvres, je me suis retenue de lui rétorquer du tac au tac : « Ma fille n'est pas morte, c'est vous qui êtes mort ! Et je ne suis amoureuse de personne, sinon de la vie ! » tandis qu'au fond de moi, j'ai su à la seconde où sifflait sa tirade, cette algarade un rien vile qui sentait son harpon lancé sur un dauphin qui file, j'ai su qu'il m'avait perdue – et que jamais plus je ne remettrais les pieds dans ce cabinet qui m'avait fait détruire, semaine après semaine, impitoyablement, ce que j'aimais le plus au monde.

J'ai tué le deuil, comme me l'a dit Lorca. Et quoi qu'il arrive, quoi que Tishka devienne ou soit aujourd'hui, je sais au fond de moi que je ne la lâcherai plus. Par grâce, la vie m'a donné cette seconde chance, Lorca me l'a donnée plus que tout, le Récif avec lui, Saskia comme Agüero – et maintenant, je n'ai plus qu'à saisir à pleines mains ce minuscule fil d'espoir et à en faire, à force de torsions, un câble pour me tracter et me remettre debout. S'il existait des dieux, je les aurais remerciés, croyez-le, mais il existe plus modeste et plus incroyable que ça – les furtifs – qui m'ont pris puis redonné ma fille, à leur façon. Une façon qui nous échappe encore très largement, à tous, et que je veux approcher, approcher encore, jusqu'à la toucher, elle, enfin.

Je me suis levée ce matin avec une sensation de ciel au ventre et une prestance de petit nuage. Je suis descendue dans la rue et j'ai marché une heure jusqu'au parc où j'avais rendez-vous avec Lorca en ayant l'impression que Tishka gambadait devant moi en secret. À la volée, j'ai observé les gens sur les gradins des places et dans les anses anti-cohue de l'Orange Boulevard, qui soliloquaient avec leur intelligence de compagnie. Tous ces citoyens couverts d'ubijoux, que je ne regardais plus depuis deux ans tant ils me déprimaient ; ces filles parées de bracelets où elles stockent en dur leur vie numérique, avec leur piercing discret aux narines qui est devenu la norme pour le micro intégré ; ces garçons équipés de baskets autoportantes, qui flottent à ras l'asphalte et semblent voler comme Hermès vers leur destination d'un laconique « Place Retina, *please* ».

À ma grande surprise, je n'ai même pas senti l'agacement monter : j'ai trouvé ça presque beau, cette fluidité, ces individus qui glissent sans s'entrechoquer, chacun dans leur bulle de savon digitale, qui discutent avec leur *MuM (My unique Machine)*, leur *moa (my own assistant),* bref devisent avec leur alter ego virtuel – valet, maman ou esclave, c'est selon le style ou l'humeur – sans se soucier de quiconque. |Sahar, n'attendez plus qu'on vous comprenne| J'ai presque trouvé touchante cette vieille avec sa mine complice, qui commérait avec son Intelligence

Amie, ce cadre péremptoire qui y déversait son stress, cet ado minaudant, comme s'il s'entraînait à séduire sur un simulateur de conquête…
Et tous, naturellement, mariés aux nuages (de données) par leur bague, tous utilisant leur paume ou leur peau comme surface d'inscription ou d'écran, tous considérant leur corps comme une interface native : les doigts pour tracer, pointer ou signer, les gestes pour activer, les boucles d'oreilles pour écouter et s'isoler du bruit, et les narines, donc, pour parler. Oui, la technologie s'est rapprochée de nous, elle s'est faite enveloppe, second corps et seconde peau – toutefois s'en dégage, si ȷe me déleste un instant de mon regard politique plombant, lequel me fatigue moi-même, quelque chose d'élégant et même de soyeux : une manière d'humanité enclose certes, sphérique et centripète dans son rapport aux choses, mais qui aurait résolu la violence de la sursollicitation propre à la densité excessive des villes par un filtrage subtil, un tango d'esquive numérique et d'évitement-chrysalide, le tout avec le bouclier ténu de simples biȷoux, et pour seule armure, l'épaisseur ridicule de l'*overskin*.

Insolens : ce monde est le vôtre.

Aussi ai-ȷe mis mes boucles d'oreilles si bien qu'entre les passants danse et sinue en écoutant du ȷazz avec un son sublime, outre que ȷ'ai fait mieux : ȷ'ai enfilé ma bague de fiançailles… avec la police du data ! Hormis qu'elle n'émet que ce que mon ami Zilch veut bien décider qu'elle émette, en matière de déplacement, achat, parole dite ou vidéo volée… Comme il le dit, sibyllin en diable : « Ne pas émettre = se faire mettre. Un no-bague est une blague. Blacklist direct et suivi serré. Brouiller suscite la fouille, et in fine tu douilles. La soluce, c'est bague gavée de fake-datas. »

\Iłs \\ont\ fixé un capteur dans ma tête. Un himesh distress à diffusion continue. H24 iłs scannent ce que je pense. Acté. Je gère. Je pense droit. Iłs m'ont redressé à ł'HP. Extirpé łe furtif à ła pince. Un trou > occiput < aspiré. Ça va mieux/vraiment mieux/mieux. Hernán était content de me revoir. Mon fiabłe, łe vrai. Le seuł qui soit venu chaque semaine. Me visiter. Quand j'étais une łoque. 21 fois. Sur mon tabłeur, ça donne : Agüero 21. Arshavin 5. Lorca 1, Saskia 1. *Over*.
Arshavin m'a dit : « Tu réintègres ła meute, traqueur. Mais łes choses ont changé. On traque de ł'hybride désormais. Tu es OP ? » Je suis OP.
J'ai demandé une map du SysInf. Une traque płeine viłłe, ça se płanifie pas comme en site fermé. Faut du dataflux. Faut que ça gicłe des tuyaux. Mułticanaux/mułtisenseurs. Le boss a accès à Sencivis/un deał avec ła połice/on doit ła débriefer chaque jour/OK. Tabłe tactique tactiłe, modèłe *Decide*. En sources ? Du sévère : *Accessite* pour ła veiłłe des seuiłs, tous łes franchissements de zone standard/premium, premium/priviłège, toutes łes infractions temps réeł. *WatchOut* pour łe suivi drone. *Aware* pour łes ałertes comportement suspect, iłs ont des patterns fins, je vałide. *Gestalt* sur ła biométrie : imho médiocre, du 3/5. *Semantis* sur łes cołłexiqueurs, ł'anałyse du textu et łes discussions en site troubłe. *Overcrowd* pour ła simułation de foułe/*RadioHead* pour łe réseau himesh et dark-fi, pas mał. *Sysnaute* sur ła géołocałisation : pas łes meiłłeurs, mais bon, iłs sucent ła bite d'Orange, c'est pour ça qu'iłs sont łà. On compensera łe flou radiał avec des frełons NH4. Et *Lucid* en intégrateur. Avec ça, on fait jeu égał avec łe nec des traciers. Sauf, sauf, sauf que j'ai encore mon matos du Récif. En bonus. Personne y a touché. J'avais tout crypté avant de partir en vriłłe. J'ai tout retrouvé intact. On commence quand ?

— Vous savez tous ici comment est gérée cette ville. C'est un système sérénisé global, qui fonctionne par niveau d'accès, modulation des flux et seuils de tolérance. Les transitions interzones ont vocation à être *seamless*, c'est-à-dire à rester invisibles pour les citoyens. La clé de circulation reste évidemment la bague, qui certifie les statuts et les identités. Sahar et Lorca ont été équipés récemment. L'objectif n'est pas de les fliquer bêtement. Nous n'avons pas les moyens en temps ni en effectif pour ça. Il est de s'appuyer sur Sencivis pour un suivi holiste et de zoomer en cas d'écart aux routines. Bref, d'« événement ». Vous connaissez tous Nèr ici. Il a subi une invocation, comme beaucoup de chasseurs de furtifs. Il a été très bien soigné et il est à nouveau opérationnel. C'est lui qui s'occupera de repérer les éventuelles traces et présences de Tishka, la fille de notre couple-cible.

— Est-ce que nous aurons une capacité d'intervention sur la gestion urbaine ?

— C'est-à-dire ?

— Est-ce qu'on pourra actionner les bornes escamotables par exemple ou modifier les feux de circulation ? Piloter les caméras ? Couper ou accorder certains accès bâtiments à distance ?

— Comme les milices Civin ?

— Oui, ce serait l'idée.

— Nous avons le pilotage caméra. Pour le reste, notre accord permet de formuler des demandes temps réel avec autorisation sous la minute.

— C'est plutôt bien.

— Je vous rappelle que l'essentiel des informations sensibles pour nous viendra des bagues. Sencivis est un bon système de gestion des populations mais ici, c'est l'intime qui nous importe. Savoir si Sahar et Lorca nous mèneront à l'hybride. Pour les bagues, la cellule de suivi est composée d'Alexa, Sergueï et moi.

— Et Agüero ?

— Il continue les recherches terrain avec Berthold. Rien ne nous permet à ce stade d'exclure la piste du kidnappeur.

·· Ċe · pèlerinaġe dans nos quartiers, je le faisais depuis dėux ans maintenant, tous les quatre du mois, seul. Seul aveċ mes souvenirs que j'arraċhais de l'enfoui aveċ toute la violenċe dont j'étais ċapable, aveċ toute leur douċeur aussi. J'avais ċette mystique, débile, ċrédible, que si j'arrivais à perċer le présent aveċ les pointes les plus aiġuës du passé que Tishka m'avait léguées, si je parvenais à ramener en pleine ċonsċienċe ċes moments, à la fraîċheur ėt au touċher d'âme qu'ils portaient lorsqu'elle était enċore mon enfant, alors il y avait une ċhanċe qu'elle revienne, une ċhanċe qu'elle repasse le mur de l'absenċe à l'envers. Et rėvienne. | Rien n'est plus beau que de prendre vos réalités pour des désirs.

Alors j'ėntrais dans le parċ ċomme aujourd'hui, je la tenais sous l'éċhelle horizontale qui traverse entre les deux ċabanes, à peine la hissais, qu'elle se suspendė en éprouvant son propre poids et avanċe en petit ċhimpanzé ċraintif, je la faisais remonter, aveċ ses pėtons dodus, sur le toboġġan-tunnel et je la *voyais* ġlisser sur le ventre, tête en avant, balle de peur exċitée, ċhiot mollėtonné de ċris qui ċlaquent ċomme drapeaux. Ċes ċris… Ċes ċris qui dans une ċour de réċré fatiġuent tant les adultes, tellement personne, passé quinze ans, n'est plus apte à soutenir une tėlle intensité de vie, aussi plurielle et geyser, ce pétillement fou, flambé.

Et là, aujourd'hui, je n'étais plus seul pour la première fois à pèleriner. Ça renouvelait tout. Je n'étais plus seul à faire recuire jusqu'à la brûlure ces souvenirs trop convoqués, régurgités tant et tant de fois, mois après mois, par et pour moi, que je ne savais plus ce que j'en avais réinventé, distordu ou idéalisé. Couvez-la des yeux et rincez-vous l'œil ! À côté de moi, là, sa main nichée dans la mienne, il y avait l'unique personne qui pouvait faire que ces souvenirs en brandons crépitent autrement, à nouveau. Qu'ils brisent la gangue du père et s'ouvrent sur des détails fuyants, des scènes qui poudroyaient à la lisière de l'oubli sans que ma mémoire puisse encore les réamalgamer en une boule claire. À mes côtés, Sahar chuchotait sur ce banc sentient avec le sourire. Elle partageait avec moi ce bonheur de la faire revivre, de parler de Tishka comme des parents, ensemble, parlent de leur fille quand elle est à l'école et qu'on va aller la chercher dans la classe de petite section, pour la trouver le buste plié sur sa feuille, à grandes coudées coloriant son dessin et soudain levant la tête à son prénom prononcé, le sourire alors, immense, étoilé, qui t'efface ta journée de merde à la vitesse d'une ardoise magique. | Retina > la réalité qui n'a pas froid aux yeux.

Face au tourbillon braillant des mômes standard, qui allaient devoir laisser la place à dix-sept heures, la voix flûtée de Sahar ruisselait assez bas pour que les autres parents ne puissent pas l'entendre :

— Elle jouait à la marchande dans la cabane minuscule... Je la payais en gravier. Elle ne savait pas trop quoi vendre, alors c'était café ou thé, parfois jus de pomme...

— Elle n'avait même pas de verre…
— Une fois elle a joué à trape-trape toute seule. Elle disait qu'un fantôme jouait avec elle. Tu sais comment elle l'appelait ?
— …
— Lentille !
— Tu déconnes !
— Je t'assure.

´À ˏdix-sept ´heures, un drone jaune au design de smiley est venu balayer l'aire de jeux. Par quelques tirs soniques discrets, à fréquence localisée, il a poussé enfants et parents standard vers la sortie du square. Quant à nous, puisque nous avions l'heur d'avoir l'Anneau au doigt, nous en avons été quittes pour surclasser notre forfait pendant deux heures, à un coût que j'ai d'ailleurs trouvé exorbitant – suffisamment dissuasif en tout cas pour qu'une famille standard ne s'avise guère de vouloir jouer dans la cour des grands…
En quelques minutes, l'aire de jeux est devenue autrement plus calme, j'oserais dire « pacifiée », chaque enfant disposant à son aise de sa cabane, n'ayant pas à attendre pour chevaucher l'hipporobot ni à jouer des coudes pour emprunter le toboggan. |Vivez la ville que vous méritez|
Çà et là, des pères et des mères tiraient le pupitre logé sous le banc et y vidéoprojetaient, de leur bague, qui un document à lire, qui la presse économique, qui un *keynote* à peaufiner pour le lendemain – quand la demi-heure d'avant défilaient sur ces mêmes pupitres des jeux addictifs, à court circuit dopaminique, qu'il était facile d'inférer aux saccades nerveuses des voisines.

Avec Lorca, nous attendions le bon moment pour aller inscrire nos messages sous le toboggan sans trop attirer l'attention, sachant les citoyens de cette ville assez portés sur les délations-pour-déprédations, dans la mesure où elles peuvent donner lieu à récompense : en général un *upgrade* temporaire de forfait. Or en tout premium sommeille un *wannabe privilège*, disait l'adage… Alors méfiance.

— Qu'est-ce qu'on fait ?

— On fait le tour des bancs et on demande aux parents s'ils n'ont pas vu la bague de notre fille. On dit qu'elle l'a perdue avant-hier en jouant et on part fouiller un peu partout : cabane, sous le tourniquet, toboggan… On fait mine de chercher si tu préfères…

— On ne va jamais avoir le temps d'écrire…

— J'ai fabriqué des tampons…

— T'es trop forte. Passe…

·· Nous · avons commencé notre tournée quand au troisième banc, l'une des rares mères le nez levé, qui préférait regarder son fils plutôt qu'un écran, nous a accueillis avec gentillesse. On sentait une envie évidente d'échanger chez cette femme un peu forte, au fils tout aussi rond et joufflu.

— Ah la bague ! C'est une catastrophe quand on la perd ! Mon fils la quitte jamais, vous savez ! Il met ses lentilles à peine sorti du lit !

— Le souci, c'est que ma fille la change sans arrêt de doigt, ça lui fait mal…

— Elle va s'habituer avec l'âge. La bague, c'est comme une main. La perdre, c'est une amputation ! Enfin j'exagère, c'est une image ! J'imagine même pas comment mon fils réagirait s'il la perdait ! Vous savez comment c'est, avec la réalité ultime ? Maintenant, ils trimballent leur doudou partout dans l'espace, ils le voient partout avec eux, il se surimprime dans la cour d'école, dans le bus, ils le font apparaître à la cantine tout comme s'il était là, on voit plus la différence… On le voit comme je vois ce petit bout de chou là-bas, vous voyez ? Et avec leurs nouvelles routines d'animation, le doudou parle, il fait des mimiques, il danse, fait des blagues, ça n'arrête pas ! Les gosses adorent ça ! Vous n'avez pas équipé votre fille, vous ?

— Euh… Pas encore… Nous attendons un peu. Nous aimons bien qu'elle joue avec des doudous réels, qu'elle s'invente des histoires.

— Mais Tom s'invente plein d'histoires aussi ! L'avantage de la réul, c'est qu'on n'a pas à trimballer les doudous dans les sacs. Le doudou est toujours disponible et il est aussi vrai que nature ! De temps en temps, je me mets en mode partage avec mon fils pour regarder ce qu'il fabrique. Je vois alors exactement ce qu'il vit, lui. Je rentre dans son monde, c'est très rigolo. Ça nous rend plus complices.

Sahar ne peut s'empêcher, en proferrante de l'émancipation, de réagir :

— C'est techniquement merveilleux bien sûr. La question que ça me pose est : quelle proportion du jeu est dans l'esprit de l'enfant, dans son imaginaire ? Et quelle proportion réside dans le jouet ?

— Je ne comprends pas très bien…

— Quand un enfant joue avec des figurines ou des poupées, tout le jeu sort de son imaginaire. Il construit tout : la situation, les rôles, les répliques, les péripéties. Il improvise. Cent pour cent du jeu vient de lui, si vous voulez. S'il passe en réalité ultime, c'est certes son doudou en trois dimensions qu'il fait apparaître, mais la réul prend en charge le mouvement, elle fait bouger et parler le doudou, prédétermine des scènes et de petits scénarios, des interactions un peu normatives, qui ont été testées sur d'autres enfants. Ça dépossède votre fils de sa création, au moins en partie. Il réagit d'abord à ce qu'on lui suggère...

— Et alors ? C'est bien aussi, non ? Ça le stimule ! Il ne s'ennuie jamais. Et c'est tellement bien fait ! Vous voulez voir ?

— Avec plaisir.

— Ah... mais vous n'avez pas de lentilles ?

— Non, je suis désolée.

— Je vous le mets en 2D sur le pupitre, mais franchement... il faut le voir spatialisé en réalité augmentée, l'effet est prodigieux, c'est complètement réaliste. Mais attendez... Vous avez l'Anneau ? La version Or, n'est-ce pas ?

— Oui.

La grosse dame plisse les yeux et baisse d'un ton pour glisser dans la confidence :

— Je dois vous avouer quelque chose, j'ai un peu honte... Quand je vous ai vus entrer, si bien habillés, je me suis dit : encore des privilèges qui viennent profiter de nos squares ! Ils manquent pas d'air quand on voit les parcs qu'on met à leur disposition ! Mais ça manque d'enfants chez eux, alors bien sûr, on préfère aller chez les premiums pour jouer ! Un premium ne peut pas se payer un Anneau comme le vôtre, vous savez...

— C'est un cadeau de mariage...

— Ah… Dans ce cas… Alors félicitations ! Attendez un peu… J'ai une paire de disques dans mon sac, alors faites-moi plaisir : posez-les sur vos rétines, madame, et je vous montre ce que mon fils visualise. Avec l'Anneau, vous allez avoir une définition encore supérieure à la mienne…

— D'accord… Mais il ne faut pas que vous vous sentiez obligée…

— Tuut, tut ! Je nettoierai les disques, aucun souci. Ça prend deux secondes !

Sahar a pris les disques rétiniens et les a ajustés sur ses yeux. Ça lui donnait un regard flottant, un peu irréel. Assez troublant. Eyefull > l'excellence les yeux fermés. Elle a contemplé l'aire de jeux deux bonnes minutes et la seule chose qu'elle a pu dire a été : « C'est confondant… » Puis elle a retiré les disques, la dame les a nettoyés et je les ai portés à mon tour.

Devant moi s'étendait bien la même aire de jeux, à peine magnifiée, plus contrastée ou colorée peut-être : ça rappelait un paysage vu à travers une baie polarisante. | Ultimonde est une marque de Smalt | C'était strictement la même chose sinon. Mis à part qu'au sommet du toboggan, il y avait un éléphant en peluche qui faisait des saltos arrière ! Et qui soudain a rebondi sur l'épaule d'une petite fille pour débarouler le toboggan en riant. Par mes oreillines, j'entendais son barrissement fondu à l'ambiance sonore du square, sans que je distingue aucune faute de raccord. L'éléphant courait à présent vers moi et je voyais son ombre étirée par le soleil, la lumière ébouriffer ses poils, la souplesse de ses gestes patauds et craquants, qui donnaient envie de jouer avec lui, encore et encore.

Autour de nous, personne évidemment ne le voyait, sinon Tom et moi. La réalité ultime restait privatisée, de sorte que cet univers augmenté n'existait que pour nous deux à cet instant-là. Shareal > vos mondes sont trop beaux pour les partager. C'était comme un altermonde superposé au monde réel, un secret cousu au revers de la perception de tous.

J'ai retiré les lentilles et j'ai mieux regardé les enfants, les parents et le square. J'y ai alors remarqué que ces gestes déroutants, ces regards que je croyais vides, ces paroles lancées vers des zones où rien ne semblait se passer, tout ça n'appartenait pas vraiment à l'imaginaire fantasque des gosses, bien plutôt aux rémanescences, illisibles pour nous autres, de la réul surimposée à « notre » réel que j'avais cru commun. En vérité, il y avait peut-être autant de « réels » ici que de familles suréquipées.

— C'est vraiment impressionnant, vous avez raison... Tenez, vous pouvez essayer l'Anneau de ma femme, profitez – nous, on va essayer de retrouver la bague, on ne sait jamais !

Ravie, la maman nous a laissés vaquer sur l'aire de jeux, sans que les autres parents réagissent. Sans doute qu'ils avaient stalké notre conversation ou que sa notoriété ici suffisait à nous valider comme intrus d'un jour. Aveċ Sahar, nous avons tamponné les murs des ċabanes aveċ des phrases que j'aurais rouġi d'éċrire devant quiċonque. *Tu es notre ċhat, Tishka. Reviens !* Sur l'envers ċaċhé du toboġġan, j'ai tatoué trois ċerċles aveċ nos trois noms, nous nous sommes ġlissés sous les tourniquets, les ċhevaux parleurs, lės hipporobots, nous avons ċollé une étiquette sous la tablette de la marċhande de ġravier : Une seule chose est importante à nos yeux : vous. *Tu nous manques. Papa et maman.* Aveċ à ċhaque fois la version swykemġ ċompaċte : *tmps* ėt plus relâċhée : *tas maqes. Pa et ma.* En même temps, j'en ai profité pour photobaguer à 360° tous les recoins et les angles morts où Tishka avait pu laisser un glyphe ou un dessin, dans l'intention de revisionner ça minutieusement, à l'appartement, ce soir.

À peine cinq minutes ça a duré, et j'en suis pourtant ressorti rincé. J'ai aperçu à la va-vite un dessin incompréhensible sous l'hipporobot, rien de plus, je crois que j'avais autant peur de ne rien trouver que de découvrir quelque chose. Nous sommes revenus au banc où Tom était maintenant assis sur les genoux de sa mère et admirait le rendu de l'Anneau. Sauf que je ne voyais malheureusement rien de ce qu'il regardait si avidement.

— Maaammman, j'veux un Anneau comme ça !

— C'est trop cher mon amour, oublie !

— T'as qu'à vendre plus de personnages !

— De *personas* mon chéri. Je vends des *personas*. Je fais ce que je peux, tu sais...

— Tu pourrais en vendre ici au lieu de rien faire !

La dame a tourné son visage rond vers nous, en dissipant une grimace. Elle nous a rendu, à regret, l'Anneau de Sahar et elle s'est excusée :

— Je customise et je vends des personas pour la réul. Essentiellement des grands chefs pour des sessions de cuisine augmentée. Vous préparez vos plats avec Jean Lecasse à vos côtés qui vous montre les gestes, les tours de main... Les ménagères adorent. Ça marche très bien aussi avec les célibataires homos...

— Vous... voudriez nous faire une démonstration ? a gentiment suggéré Sahar.

— Je suis certifiée toutes zones de sollicitation mais je ne veux pas vous importuner. Sauf si vous insistez bien sûr ? Vous semblez plutôt proches des low-zens dans l'esprit, je me trompe ?

— On peut dire ça...

— J'espère que vous allez retrouver la bague de votre fille. Elle doit être très malheureuse, la pauvre chouchoute. Optimisez bien votre soirée ! Et si vous aimez la cuisine, mes personas sont sur votre Anneau. Je me suis permis de vous les charger. La première session est gratuite.

— Merci à vous pour votre gentillesse. Passez une bonne fin de journée !

Les jours qui ont suivi, nous sommes allés au square Bior...

— ... au square Bior, avenue des Amazones, rotonde de la Pomme, canal Flix, boulevard des Gazouillis, à l'école Granados, au parc Amstamgram encore et encore, des volées d'escalier, la gare Oui-Smalt, le musée des Marques...

— Ça fait beaucoup à couvrir, non ?

— Pas tant que ça. Ce sont des zones très précises. Apparemment des endroits où la cible aimait jouer. Par exemple, sur le canal Flix, ce sont juste les pontons et la péniche *Alizarine*.

— Ils laissent quels types de messages ?

— Des trucs de parents. C'est mignon mais ça nous semble très imprécis. Ça pourrait s'adresser à n'importe quel môme.

— Ce n'est pas n'importe quelle môme. Elle peut écrire et lire le swykemg.

— Rien ne le prouve formellement, Amiral. Mais effectivement, les parents utilisent le swykemg et...

— Et… ?

— Et parmi les artefacts que nous avons relevés sur la semaine, il y a deux lettres gravées sous le ponton aux hors-bord, canal Flix justement. Deux lettres qui n'y étaient pas il y a trois jours et qui poursuivent le marquage des parents sous le même ponton…

— *Sous* le ponton ? Vous voulez dire qu'ils se sont mis à l'eau pour écrire *sous* le ponton, dans ce canal immonde ?!

— Sur l'envers des planches, oui, Lorca l'a fait. D'après le collexiqueur du quai, il a rappelé à sa femme que leur fille y jetait des pièces aux sirènes. Et qu'en échange, les sirènes lui amenaient des cadeaux. Elle avait trouvé un bracelet en or un jour, coincé entre deux planches du ponton. Du coup, il a écrit juste en dessous de ces deux planches-là… OK, on est d'accord : c'est un malade…

— Pas d'écho sur les autres sites ?

— Non, mais ça n'a rien d'étonnant. Les parents ont systématiquement choisi des zones inaccessibles pour un tagueur naturel, même un ado ou un crochard qui s'ennuierait. Personne ne s'amuse à écrire sous un ponton ! Ou même sous un banc. On tague pour être vu !

— On a refait tous les sites avec un frelon en photographiant même angle même lumière et en routant les comparaisons d'images. C'est strictement identique sur tous les sites. Rien n'a bougé. Pas de réponse.

— Sauf pour le ponton…

— Affirmatif.

)No)n, y) aller avec Šahar n'aurait pas été respectueux envers Christofol, qu'elle a salement offensée. On ne connaît pas leur lien exact mais si Varech s'avère aussi parano que sa légende le laisse entendre, le duo qui y va doit être validé par Louise. Lorca et moi avons gardé un contact chaleureux avec elle. Arshavin m'a demandé de préparer la rencontre car il sait que Lorca est en mode revival avec Šahar et qu'ils jouent à tague-mi tague-moi dans les squares. OK, je suis injuste. Notre meute me manque. Même Nèr, j'ai été contente de le retrouver. Plus nerveux et plus froid encore qu'avant ? Peut-être, ça ne fait rien. Il a presque sursauté quand il m'a vue entrer au mess. Il a levé l'index pour faire « 1 », je n'ai pas compris. En réalité, Arshavin nous a dissous sans le dire et sans trop d'états d'âme. Il suit la voie qu'on lui a défrichée avec Lorca, comment lui en vouloir ? Elle est féconde. Paradoxalement, c'est moi qui ai la nostalgie des chasses. Cette magie de les entendre, de pister leur frisson dans le barouf des leurres… | Faune Radio > vos oreilles ont des murs. Ce frisson d'avant le langage… Moi j'ai gardé cette impression que dans la grotte, ils ne parlaient que pour faire plaisir aux cryphières, en quelque sorte. Juste une intuition. Alors qu'avec moi, ils communiquent en mélodies, bruitisme et percus, comme s'ils savaient d'instinct que c'est le langage que j'aime et que je comprends le mieux. Neurones-miroirs ?

J'ai commencé à lire Varech, écouté ses conférences, rédigé mes premières synthèses. C'est âpre et lumineux à la fois. Un philosophe du vivant qui considère que l'humain ne doit pas se croire au-dessus ni en dehors du vivant. Le vivant est un champ, il nous traverse et il nous baigne. Pour lui, nous sommes un feuilleté de capacités animales, toutes coprésentes en nous et que nous sollicitons sans

cesse. En tant qu'éthologue, j'apprécie beaucoup son approche : elle n'oublie pas d'où nous venons et mieux, elle nous réinscrit dans la lignée de ceux qui nous ont faits. Que ce Varech s'intéresse aux furtifs, dans cette perspective, relève de l'évidence. Mais qu'est-ce qu'il sait sur eux qu'on ne sait pas, nous ? Hum ?
Autour de sa figure, bien plus célèbre que je ne le croyais, la couche de mythes est assez épaisse. Ear, you are. La dernière photo qu'on ait de la bête date de quinze ans. Šur les réseaux parallèles, ils parlent d'un cancer de la peau. Certains disent qu'il n'est plus regardable. Varech n'est pas son vrai nom mais il signe tous ses textes comme ça. « *Ma pensée naît des rejets d'un océan de conneries. Je l'épands et j'en fais mon engrais. Un peu comme le varech sur une plage. Philosopher, c'est nuire à la bêtise.* » Il a beaucoup écrit sur le technococon aussi et ce qu'il appelle le *corpse* : notre façon d'avoir fondu notre corps dans des couches techniques qui en font un oignon, une enveloppe cadavérique qu'on enfile comme un vêtement et qui étouffe et contrôle nos rares poussées de vie. Molière, la fibre d'un grand styliste. Il y voit l'aboutissement d'un dégoût absurde de l'animal en nous, qui confond chair et viande.
Dans ses derniers articles, il aborde la réalité ultime aussi. | T.w.i.m > This World Is Mine. | Il refait la généalogie des réalités que l'homme a forgées : de la réalité audiovisuelle (cinéma) à la virtuelle, puis à l'augmentée jusqu'à la réalité ultime qui marque selon lui un basculement définitif : ontologique et social. Ouais... Toujours la même critique...

Moi j'avoue que j'adore la réul, surtout avec l'Anneau. On n'a plus ces effets pénibles d'*uncanny valley* à cause d'ombres mal gérées, qui pénalisaient l'immersion. Ces temps-ci, je me suis remise à jouer beaucoup, ça chasse le blues. Avec Agüero, on s'est concocté un truc de fou : on a paramétré dans la réul des personas... furtifs ! ! Modélisés à partir de la photogrammétrie de ceux qu'on a tués dans nos chasses. On les a tous en banque au Récif, c'était facile à récupérer et à entrer dans l'appli. Nous en avons six dont le volume et l'animation sont plutôt soignés et un pote nous a codé des mutations aléatoires sur les membres. C'est du procédural : ça remixe des ailes en pattes, des museaux en canettes, de la fourrure avec de l'herbe... Parfois, le furtif lâche des pièces, parfois il s'en fabrique. Toutes les heures (sauf qu'on ne sait pas quand !) un furtif traverse notre champ de vision. Le défi est de le repérer ! Moi j'ai façonné leurs trilles à partir de mes banques de sons, je leur ai affecté un frisson à chacun, j'ai calé le mix dynamique avec l'environnement sonore. Bon, c'est un peu la triche parce que, juste à l'oreille, je devine vite qu'il y a un furtif qui arrive <) ;o)) Et du coup, je sais quand il faut que je regarde... Piercear : what you ear is what you get. À midi, j'en ai eu un sous la table du mess et à 13 heures derrière un taxile, qui mimait le bruit du sonal quand il recule. On lâche aussi des leurres dans la réul : sacs plastique assimilés méduses, déchets bizarres qui sont en fait des furtifs, faut être attentif ! Le rendu en tout cas est exceptionnel, merci Arshavin ! L'anneau qu'il nous a offert enterre toutes les bagues jamais conçues. On a l'impression de faire de vraies chasses et surtout... de les réussir ! Taxile : une île qui protège de la ville. Quand tu réussis à avuer, le furtif devient un chat et il vient ronronner près de toi. Un joli reward. Ça donne envie de le caresser. |Copycat > n'attendez plus de perdre votre chat pour le cloner en lieu sûr !| Puis il se

transforme subitement en Arshavin et il gueule : « Au débrief, chasseurs ! » La blague vient du codeur, ça ne fait rire que nous.
C'est cool de jouer avec Agüero. D'abord parce que je gagne. Ensuite il est bon perdant et il ne me dit jamais « parles-en à ton moa » quand j'ai envie de discuter. Lui il croit toujours au furtif messager. Il pense que Tishka est enfermée dans une cellule et que le fif fait le lien. Moi je ne sais plus, cette quête va finir par m'envoyer à l'asile. J'ai les boules de ne plus voir Lorca et je me dis que la nuit où il est venu chez moi, j'aurais dû tenter quelque chose. Je me morfonds en attendant d'aller rencontrer Varech avec lui. Je sais qu'il ne se sent pas prêt et qu'il en a autant peur qu'il en a envie. Šouvent, j'ai la conviction qu'il préfère l'espoir à la vérité. Ša gamine, il y a des nuits où je rêve qu'elle est morte. Et que ce n'est plus qu'un rythme résiduel qui tape dans le cœur de Lorca. Bam-bam) bèm-bam)) bam-bèm-bam))) je l'entends et lui, dans mon rêve, il ne sent rien.

·· Pendant · deux semaines, nous avons continué à arpenter nos lieux. Vous avez atteint le seuil des 50 000 pas, bravo Lorca ! Tous ces endroits à première vue banals, auxquels personne n'aurait l'idée de prêter attention, qui n'ont de sens que pour Sahar, Tishka et moi parce qu'ils contiennent, logées dans un bout de béton, la vibration de notre histoire intense et minuscule. Ce sont au final ces lieux qui, davantage encore qu'une photo, sans que je m'y attende, m'ont le plus transpercé l'âme lorsque je les ai retrouvés. Ŀa riġole qui lonġe l'esplanade Datum dans laquelle on jetait des éċorċes de platane pour faire notre ċourse de bateau. Ŀ'esċalier *FastĊlimb* aveċ sa double rampe ėn U qui fait un toboġġan dément. Un

alignement de plots où l'on jouait à bébé-volant. « Tu me voles, papa ? » « Tu me cours ? »
Ces riens comme ils disent, ces fabuleux riens qui ont jailli ici, sur ce muret où Tishka toujours voulait marcher puis sauter en passant sous l'arceau d'acier qui ne sert qu'à empêcher une voiture de se garer et qui pour elle, pour nous, était un portique à vœux. | Osez le privilège d'une ville qui pense pour vous. Forfait Urbi & Orbi : allez là où le cœur vous en dit. Sur le stade en total bitume où je la jetais en l'air le plus haut possible dans le ciel, sous le regard un peu anxieux de Sahar, et la récupérais petite boule de chair, trois fois de suite, à me casser les épaules et le dos, comme si je pouvais restituer la joie qu'elle me donnait par ce jet, cette gerbe.
C'est incroyable à avouer – et Sahar en a été décontenancée, cependant, ce qui me manque le plus de Tishka reste la façon absolument innée dont elle s'emparait des reliefs de la rue : d'un muret, d'un plot, d'un banc, d'une pente, enlaçait la ville pour l'enchanter de ses jeux, de ses cloche-pied, de sa nue énergie embarque-tout pour laquelle l'urbain n'est jamais inerte, jamais vide de possibles, toujours à empoigner ; il se livre déjà ouvert, il est ce trampoline qui naît sur une plaque d'égout et ces barrières qui deviennent des crêtes, dans le partage de l'évidence que c'est là que ça se passe, à chaque instant que vie fait. Aujourd'hui, quand je traverse cette ville, je vois A-V : le messie a aussi un futur des bornes pour interdire à quiconque de stationner ; je vois des murets pour couper les espaces et barrer les horizons ; je vois des zébras où personne ne saute de blanche bande en bande blanche parce que personne ne sent plus qu'une rivière d'asphalte coule sous nos pieds ; je vois des escalators qu'on remonte, buste droit et à l'endroit, des caddies qui encagent des produits

et qui ne seront jamais des bolides, jamais la valse que mon coup de poignet leur faisait faire pour que Tishka tourbillonne dans les allées du mall. Je vois un monde d'adultes mort où tout a été conçu pour une fonction et une seule et où chaque acte est capté et noté, pour mouler des cakes de datacaca, former prédiction d'achat et générer leur putain de plus-value putative. Je vois des arbres plantés pour faire de l'ombre, absorber du CO_2 et permettre aux citoyens privilèges de promener leurs belettes désensauvagées – et je ne vois plus Tishka hissée là-haut sur les branches qui fait le lynx et feule quand je tends la main pour la faire redescendre.

C'est ça qui me manque. ■ UNE VILLE OÙ L'ON SE REPÈRE > On navigue sans se perdre, on sait où l'on se trouve, on accède efficacement aux ressources de la ville, au besoin en se faisant aider par d'autres >> Signalétique contextuelle – Cartes des lieux et des temps – Éthiquetage – Réalité accompagnée – Drones solidaires – Géolocalisation partagée – Guidage à l'acte – Cartes de vos trajets – Audioguides touristiques – Errance assistée – Cette sorcellerie oubliée. Cette magie qui s'enfuit. Et que l'enfant qu'on a fait redonne à l'enfant qu'on était, sans le vouloir. Juste en étant ce qu'il est et que nous, les parents coagulés, on n'aurait jamais dû cesser d'être. ■ UNE VILLE QUI SE RACONTE > La ville a une identité, une personnalité, qui existe par-delà ses habitants tout en évoluant avec eux >> Médias zonaux – Patrimoine – Sites symboliques – Portrait coconstruit de la ville vécue ■ La ville s'exprime, elle a des choses à dire à tous ou à quelques-uns, elle agrège les contenus produits par tous >> Écrans publics – Espaces partagés – Débats in situ – Démocratie contributive – Fêtes de la vigilance – Quartiers apaisés – Connexions invitées – Mood board – Collexiqueurs de poèmes – Ludification –

— Oui, et honnêtement, ce ponton, c'est tellement hors norme et surprenant, Amiral, que ça nous a tous secoués dans le service. Pour tout vous dire, on était dubitatifs sur la mission avant ce glyphe. Mais là, on a checké les caméras du quai sur les trois jours, personne ne s'est mis à l'eau, deux chutes mais le gars remonte tout de suite… Donc, bon… En toute rigueur, ça questionne… Ça pourrait être très très sérieux.

— S'agit-il d'un dessin ou bien… ?

— Non, c'est écrit. *« p m »* assez maladroitement et avec des sortes d'apostrophes, de points, des accents un peu partout… Voilà l'image en relief prise par le frelon…

\Iłs \\sont \ fiers d'eux, łes sniffeurs. Mais c'est pas ça ła chasse ÷ ça, c'est juste du pistage. C'est renifłer łe cuł du passé. Un chasseur travaiłłe łive, au feu, ił snipe IRL. Ce qu'iłs font, n'importe quełłe IA bien codée łe fait. Le boss est à fond :

— Ça ressemble quand même fortement à la plaque de Christofol, vous ne trouvez pas ? Très intriguant, ces incisions, effectivement. Ça semble animal, griffé. Avez-vous testé quelques hypothèses ?

— On a mis les lettres en bécane sur swykky. Mais le *p* est tellement productif qu'on se perd dans des listes de milliers de mots. Au feeling, ça pourrait faire « papa maman » par exemple, mais il nous manque les pistes de dépli, nous sommes trop exhaustifs et bourrins.

— Nous sommes pires, si je puis me permettre. Sans nier que ma responsabilité a été grande dans ce fourvoiement. J'ai écouté avec attention les sessions récentes de Christofol ; je vous les mets en copie – *thread* prioritaire. Louise a su tirer la leçon de son échec sur le *tà ?*. Jusqu'ici, sa cellule n'avait jamais vraiment été confrontée à un message, disons, « vital ». Elles étudiaient le cryphe à vide, de façon trop littéraire. Elle a saisi, avec un peu de honte rétrospective, que le swykemg brut ne vaut pas grand-chose : c'est juste un plongeoir pour se noyer dans un océan de mots. Louise a compris que ce sont les signes diacritiques qui sont la clé du dépli. Les accents, les trémas, les hatcheks, les ogoneks, toute cette poussière typographique qu'on néglige d'ordinaire… Ce sont ces traits qui semblent indiquer les angles de rotation et l'ordre selon lequel on doit dévoiler les lettres cachées. Une apostrophe par exemple pourrait nous dire si le *p* doit être lu comme un *q*, un *b* ou un *d*. Un point *souscrit* pourrait signifier qu'il faut descendre, c'est une autre des hypothèses de Louise : par exemple que le *a* doit donner un *o* ou un *n/u*. Si le point est *inscrit* dans la lettre, cela indiquerait qu'on doit stopper le dépli au niveau du *a* sec. Laissez-moi l'image, je vais essayer d'approfondir ces pistes. Sahar et Lorca ont vu ce glyphe ?

— Pas encore, non. Ils ne sont pas revenus là-bas. Il faut dire que trouver un créneau pour plonger à cet endroit du canal est très compliqué. Il faut y aller de nuit et les senseurs du ponton sont subtils à cause des hors-bord à quai. Il a réalisé un exploit la première fois. Pas sûr qu'il le retente de sitôt !

·· Ma · sœur me dit toujours | avec l'Anneau privilège, vous avez accès à 100 % des rues, des places et des parcs de votre ville :

« Les enfants ne marchent pas, jamais : ils courent. » Et si vous les regardez vraiment, ils ont tellement de sève ascendante en eux, ils sont tellement et animaux et buissons à la fois, et pierre en éruption qu'ils ne courent pas sans bondir en même temps, comme si leur propre pied était trop impétueux pour ne pas les enlever du sol. Si la gravité n'existait pas, en tous les sens du terme, on attacherait nos gosses avec des ficelles pour ne pas aller les chercher chaque soir dans le ciel.

¸ Je ˀ kiffe pas trop ces gossips. Peut-être que j'ai trop jacté ? Avec le spliff, j'ai tendance à gerber˜ les palettes et à me la raconter˜. Et notre night en parkour˜ avec Sah-Lor˜, j'ai dû la storyteller˜ une dizaine de fois.
Aux Métaboles, c'est devenu le camp scout des fifos. Ils parlent que de ça dans les yaourtières. « Chuis un furtif, Ich ! », « mode furtif les gadgos », « on y va fif », « j'ai gratté du céliglyphe sous le container˜ ». *Kill the keuf/ Kiff the fif* comme ça a été tagué sur˜ la face nord de la cité. La northface, je la monitore, c'est souvent là que tu flaires la hype.
En trois semaines, ça a pris du scope grave, limite flippant. Le make-up anti-biométrie, avec triangles noirs à la Picasso et yeux de paon sur˜ les joues, ça fait longtemps que ça tourne. Les surpeaux camouflages aussi, les sweats Faraday, le bonnet fil de fer˜, les scoots à grillage, tout ça on l'a lancé dans notre squad *Oufs & Flous*, ici même, aux Métaboles. Les brouilleurs low-tech et la quincaille coupe-ondes, OK aussi, on connaît, ça diffusait doucement et c'était good vibes. Là, ça passe à l'upper˜ level. Là, je te parle d'attitude, de mood, de truc viral qui prend, de légendaire. La rumeur˜ galope que les furtifs existent ! Flesh & bones. Même que l'armée aurait formé en loucedé

un crew de chasseurs pour˜ la traque. Qu'en matière de skills et d'esquive, ce serait du jamais-vu. Je sais pas d'où ça sort, juré. Sous neuro, je peux en lâcher˜ des kils, d'ac, mais je suis Toni Tout-ouf, la street me prend comme je suis, mes céliglyphes, ça avait toujours fait plutôt marrer˜ jusqu'ici, c'était poème.
Là, ça vient d'ailleurs, de partout. Du hacklab pas mal apparemment. Mais pas que. Ça touche déjà l'Inter˜. On m'a montré un shot du pont sous le périph, avec de l'archi mimétique comme j'en avais jamais vu. Ça part loin dans la cache, dans le trompe-l'œil, dans le fondu urbain. Les dernières planques de l'Inter˜ jouent sur˜ de l'Arte povera avec des amas de déchets à peine retouchés, des sortes d'entres, ouais, lâche le mot, sous les tas de gravats des cités sud que la Gouv est en train de raser˜. On sent une inspi claire là-dedans, une inspi fif. Alors des docs du Récif qu'auraient fuité ? Ou des keums qui savent, genre phalanges, ont décidé de faire un coming-out ? Ça me fait ultrapeur˜. Car˜ si on ouvre la trappe à merde et que les gens sont mis au jus, qu'ils apprennent que les fifs vivent là, parmi nous, vous croyez qu'il va se passer˜ quoi ? Qu'ils vont leur˜ tendre les bras, oh les jolis doudous ? Rêvez. Ce sera la panique direct ! L'appel à l'extermination, mode cafard. Kill them all ! Et on aura tout perdu.

·· Peut-être · que c'est grâce à Tishka, au fond, que nous nous sommes toujours sentis, Sahar et moi, en affinité avec des mouvances comme l'Inter, la Traverse ou la Céleste. Parce qu'ils et elles sentent et voient la ville comme une enfant pourrait la voir. Pour eux, un toit n'est pas la couverture d'un bâtiment qu'il sert à étanchéiser et point barre : c'est un îlot de possibles au-dessus d'une mer gris muraille. C'est un sol neuf pour construire une autre ville, non par-dessus mais par-devers elle, afin que d'autres circulations, obliques à nos avenues, s'esquissent. Pour que des jardins poussent, des ruches s'installent, du soleil fasse énergie, qu'on y récupère la pluie pour la permaculture, le vent qui fait sonner les *singing ringing trees* qu'adore Sahar. Pour reprendre langue avec les oiseaux aussi, en leur offrant de quoi nicher.

L'Inter, c'est plutôt la ville intersticiée dans la ville, un état d'esprit, vouloir habiter les espaces glissants, brumeux, nerveux ou piquants d'une urbanité qui les conjure, accrocher aux façades des maisons sac à dos, suspendre aux ponts des cahutes autonomes, monter des quartiers flottants sur le fleuve avec des palettes et loger des vieilles rames de tram entre deux immeubles pour en faire des cantines. Squatter aussi là où le business délaisse des milliers de mètres carrés de bureaux vides. Derrière les objectifs politiques de ces mouvements, au-delà du *Take Back the City* qui a commencé d'ailleurs en Irlande, ce sont au fond des affects animaux et enfantins qui nous portent – et c'est là toute leur puissance : aimer se cacher, se nicher, faire terrier, aménager loin des prédateurs et près des ressources, retrouver une liberté dont la structure même de la ville a fait son lit et son tombeau. Se rappeler qu'habiter est la première capacité des vivants.

Nous avions emmené Tishka visiter la cité des Métaboles une seule fois mais cette visite l'avait particulièrement marquée, alors nous avons fini notre voyage mémoriel là-bas… À l'origine n'existait qu'une simple barre de deux cents mètres de long sur quinze étages que mille quatre cents habitants avaient rachetée à Orange, en cumulant les cagnottes et avec l'intention claire d'en

faire une « C-Cité » en pleine zone privilège. Une zone aveugle à la valorisation toute-puissante du mètre carré, qui dominait partout ailleurs. Et derrière ce C, chaque camarade y mettait son espoir : Cité du Commun, de la Commune, de la Chaleur et de la Création, du Courage, de la Colère Calme et du Cran, beaucoup de Cran !
À travers ses yeux d'enfant, ce jour-là, j'avais redécouvert autrement le bourgeonnement des containers rivetés aux façades, tels des légos clipsés, le toit rehaussé en tour de Babel qui prend chaque année un étage – d'ailleurs offert aux plus récents migrants. J'avais trouvé génial le bassin aux loutres et aux ragondins, creusé à la façon d'une douve et alimenté à l'eau de pluie, qui amenait la vie animale au contact du plus minéral des bâtis. Nous avions baguenaudé tout autour de la barre autrefois hideuse, au milieu de cette floraison d'habitats textiles et gonflables, de ce minutieux travail des airchitectes et des « faiseurs d'espaces » pour aménager des lieux de respiration polyvalents tout en restant repliables très vite. La base de ce que la Traverse appellerait plus tard le trevico/trevipar : le très-vite-construit, très-vite-parti. Tentes, chapiteaux et bulles devenaient tantôt atelier du Libre, tantôt hacklab, tantôt école, salle de jeux, lieux d'AG, recyclerie, cantine ou dortoirs et cette explosion de formes et de couleurs avait fasciné Tishka. « Je veux habiter là », elle avait tout de suite dit, sans qu'on ait cherché à susciter quelque enthousiasme si bien que je m'étais le soir interrogée sur ce que ce cri du cœur signifiait. « C'est trop beau maman ! » elle avait insisté, alors qu'en toute franchise, le site, pour haut en couleur et carnavalesque en diable qu'il fût, n'en manquait pas moins d'unité esthétique. L'œil exigeait de l'agilité pour apparier le métal des containers avec la toile des

barnums, le béton de la barre avec le bois des chalets qui bordaient le bassin, sans parler des huttes en terre posées sur des buttes qui faisaient la nique à la brique des « folies » du collectif *Reprends-toi*.

Mais admettons : c'était un espace puissant sinon, assumé comme un hapax, dont la moindre poubelle avait son charme, la moindre passerelle était une œuvre, la moindre palette ramenée d'un entrepôt ressortait des ateliers en claustra, en plancher, en estrade, en banc public ! Tout chez les Métaboles avait été conçu pour évoluer et muter. L'ensemble sonnait pluriel et baroque, métamorphique et instable.

S'ajoutait à cela que la prolifération des volumes et des recoins, des décharges et des matériaux stockés, en faisait un temple possible pour les furtifs – un site en tout cas où on les imaginait parfaitement s'épanouir dans cette foultitude de caches involontaires laissées, en creux, par les habitants.

Alors nous y sommes retournés ce midi, avec Lorca, sous un soleil de plomb qui faisait suinter les odeurs. Ici, avons-nous décidé, serait notre dernier site investi pour interpeller Tishka. Ensuite n'y aurait-il plus qu'à attendre, attendre un retour, ou rien – et ça me semble déjà anxiogène, ce vide qui va s'ouvrir après deux semaines d'activité aussi soutenue. Pendant quinze jours, nous n'avons pensé à rien d'autre qu'à lui laisser des messages, nous lui avons parlé autant de fois que nous avons pu sur autant de supports que possible. Outre que nous nous sommes mutuellement épatés avec Lorca, par nos trouvailles et nos folies pour réussir à atteindre certains sites protégés. En vérité (et ça n'avait rien d'évident au départ, lestés comme nous l'étions par l'enjeu), nous

nous sommes beaucoup amusés, convaincus de rester encore plus fidèles à Tishka en jouant nous aussi avec les lieux et les souvenirs, en délirant parfois, de sorte qu'au bout de cette mission, nous nous sommes retrouvés tous deux pareils à des étudiants qui se découvrent dans un jeu de piste, révèlent une connivence insue et savent que quelque chose est né, sans savoir trop comment lui faire place et avenir.
Aucun de nous deux n'ose faire le premier geste, celui qui nous ferait rebasculer dans *l'avant*. Accepter que peut-être il y aurait du sens et du désir à revenir ensemble, à reconstruire quelque chose après ou autour de Tishka... Pour ma part, je me débarrasse mal de cette boutade de Naïme, avec qui j'avais effleuré l'idée au *BrightLife* et qui m'aura répondu, narquoise : « Le réchauffé en amour, c'est comme les pizzas : la mozzarella est plus fraîche et ça fait suer que le gras. » Sa phrase me colle aux parois du cœur et je n'arrive pas à m'en détacher complètement, quand bien même je trouve ce Lorca pisteur assez neuf, assez changé pour avoir l'impression d'approcher un autre homme derrière celui que je connaissais si bien.

·· Sans · surprise, aux Métaboles, on a croisé pas mal de camarades. Il y avait Toni et Naïme, qui nous a raconté sa fuite, Noé et son Anarche, Jojo aussi, toujours aussi explosif et intelligent. Un stratège comme le Récif n'en aura jamais, qui ne comprend pas que je sois si loin de la lutte en ce moment. Récemment, la mort de Liv Bekhti, qui s'est pris le tir sonique d'un proto-Israélien, a fait lever trois jours d'émeutes monstrueuses. La fille était enceinte, c'était une sans-bague, elle a perdu les eaux et elle a décidé de couper par une rue privilège pour atteindre l'hôpital au plus vite. Le drone de zonage a interprété son gros ventre comme une ceinture d'explosifs, il a fait les sommations, elle l'a insulté, il a tiré, elle a perdu le bébé, hémorragie, ils ont pas réussi à la ramener. En fait, la vérité, c'est qu'ils ont préféré sauver le bébé d'abord. Là les émeutes continuent, avec occupations de places et de toits.

Il m'arrive parfois de prendre quelques heures de recul, de me dire qu'on sacrifie tout pour Tishka en oubliant tout ce qui se passe d'atroce autour. Que nous ne sommes plus là où l'on devrait être, qu'on ne pense plus qu'à nous comme ces couples bourgeois pour qui la biodiversité pourrait se réduire à leur chien et leurs deux chats sans que ça les sorte une seconde de leur égocentre familial.

Noé était avec ses orangs-outangs et ses écureuils, son Anarche a pris de l'ampleur sur son paquebot rouillé, il attend la vague, qu'il dit. Sahar l'aime beaucoup. En attendant, il nourrit les loutres du bassin et fait de l'élevage de truites. Jojo pense qu'il faut s'attaquer aux datacenters et tout raser, saper à la base la nappe d'ondes qui rend la réul possible, il se bat pour développer des C-Cités un peu partout dans les quartiers, il voyage un peu partout en Europe aussi, en fournissant des brouilleurs solaires à toutes les communautés qui le demandent. Les Métaboles prennent des allures d'usine clandestine ces temps-ci, ils développent une culture totale du Libre : pas un objet ne sort qui ne soit en open source, plans dispos, zéro brevet, utilisable et fabricable par tous. Les entreprises détestent. Jojo voit ces trouées dans les villes comme un archipel qui s'étend, qui va faire que lentement, le commun va se réapproprier l'urbain et nous ramener à des villes où l'on aura accès à chaque rue, chaque place et chaque parc : ce serait splendide.

TECHNI'CITÉ OU RUSTI'CITÉ ? | RÉSOUDRE LA VILLE PAR LA TECHNO
OU PAR L'HUMAIN ? |
RAPA'CITÉ OU COMPLI'CITÉ ? | PRÉDATION PRIVÉE DES ESPACES
OU RECONQUÊTE DU COMMUN |
PUBLI'CITÉ OU SAGA'CITÉ ? | LAISSER LE SENS AUX MARCHANDS
OU LE LAISSER AUX HABITANTS ? |
EFFICA'CITÉ OU FÉLI'CITÉ ? | VIVRE VITE OU SAVOIR-VIVRE ? |

Toni lui a longuement parlé des furtifs. Pour lui, ça n'a rien d'une coïncidence. Il n'y croit pas vraiment mais il devine que ça signifie quelque chose de fort symboliquement dans la mutation des luttes, qu'on est en train de passer du réactif antilibéral à une forme d'empuissantement par la furtivité, la vitesse et le hors-champ. Par la métabolisation du déchet aussi, à la fois pour le bâti, les objets et la nourriture. Naïme, de son côté, sent que la fougue redevient première, pionnière, et qu'elle va obliger le pouvoir à s'ajuster, avec retard, sûrement mal, parce qu'il ne sait plus affronter le vivant. Sa logique algorithmique le rend incapable d'anticiper ce qui ne relève plus du calcul et de l'intérêt computé, mais du don et de l'excès.

— Vous pouvez me résumer ? Je n'ai pas le temps d'écouter les cinq heures de discussion.
— Ils ont rencontré une dizaine de camarades. Onze exactement. Trois proferrants, des activistes de leur cercle politique, un airchitecte, des artistes...
— Synthèse ?
— Ça a été assez touffu, l'alcool et la drogue n'aidant pas. L'information clé est la surrection d'un mouvement furtif dans la cité et plus largement dans ce qu'on peut appeler l'alterville. Avec pour

mots d'ordre la fuite, l'invisibilité, l'intraçabilité, le brouillage, le flou. Échapper aux pouvoirs en gros. Circuler partout, se jouer des zones et des seuils, contrer le contrôle…

— Je connais leurs thématiques, Alexa. Vous pensez vraiment qu'il y a du nouveau dans le mouvement ? Ou qu'on en reste à un effet de mode, de type viralité éphémère ? Quel degré de connaissance ont ces militants des furtifs ?

— C'est là que ça me semble dangereux, Amiral. Et même inquiétant. Le niveau de connaissance a bondi en quelques semaines. Ce qui ne restait qu'une légende urbaine est envisagé par beaucoup d'activistes comme une réalité et même une réalité stratégiquement exploitable. Au moins une inspiration en termes éthiques. Dans les discussions, on sent potentiellement un pont politique se faire entre les furtifs et l'écologie radicale. Mais aussi entre furtivité et lutte sociale. Le furtif, dans les représentations qui émergent, c'est le clandestin, l'insaisissable, le migrant intérieur. Celui qui assimile et transforme le monde. Peut frapper et fuir. Il incorpore l'ennemi pour pouvoir muter et grandir. C'est donc une puissance animale à capter ou à apprivoiser en nous. C'est aussi la figure romantique du fugitif qui ne laisse jamais de traces et sort des radars. Et enfin, pour les mieux informés, comme Toni par exemple, le furtif incarne la plus haute forme de la vitalité. C'est, disons, un hypervivant.

— Le furtif est un modèle, c'est incontestable. Pour toute forme vivante, d'ailleurs. Ce sera délicat d'éviter la contamination de ces idées, qui sont plutôt bien fondées. Toutefois, si ça reste confiné à l'extrême gauche, ce sera un moindre mal. La vraie menace serait une révélation au grand public. Sait-on qui sont les sources ?

— On se renseigne.

— Ça veut dire « non » ?

— Non, ça veut dire qu'on scanne une par une les leaks potentielles venant de nos services. Qu'on a passé au crible toutes les communications extérieures de la cellule Cryphe. Qu'on a cartographié toutes les rencontres entre le groupe meute – j'y inclus Toni et Sahar – et leur réseau relationnel. Tout ce qu'ils ont dit, écrit et échangé a été moissonné par nos moteurs sémantiques. Pour l'instant, ça ne semble pas venir de là. Il y aurait donc d'autres sources de contamination.

— Saskia, Agüero et Toni jouent le jeu, Nèr aussi évidemment. Leur bague est connectée en permanence. Pour Sahar et Lorca, c'est plus compliqué… Lorca utilise la méthode du leurre et de la lettre volée : il laisse son canal ouvert et sature l'anneau de sollicitations en activant tous les senseurs à la fois, internes et externes. Par exemple, il projette une vidéo issue du réseau avec le volume au maximum en filmant lui-même une scène de rue tout en discutant, radio activée. Il ne cache rien et l'important peut s'exposer en pleine lumière, au vu et su de nos services, sans qu'on sache le discriminer. Pour Sahar par contre… il nous manque pas mal de segments quotidiens, n'est-ce pas ?

— Sahar coupe sa bague régulièrement. Elle comble les trous du suivi avec des données tierces que lui fournit son ami pirate, un certain Zilch. C'est pratique pour nous au sens où l'on peut transférer ses datas directement aux services de police, sans avoir à les trier et à les compléter nous-mêmes. Ce Zilch délivre des flux de citoyens lambda, très normaux sinon normés, c'est parfait.

— Nous devons continuer à donner le change à la Gouvernance. Au moindre doute sur le sérieux de notre suivi, ils reprendront la main et ce sera très difficile de protéger Sahar et Lorca. Ils ont le bon goût d'être fichés comme militants anti-Civin...

— Entre autres, Amiral... Pour les Métaboles, on leur transmet quoi ? Si la police a accès à ces débats, ça va renforcer leur méfiance vis-à-vis du couple...

— Il faut expurger. Supprimer les métadonnées de localisation et simuler un après-midi plus paisible, disons dans leur appartement.

\Jamais \\on \ passe au terrain, łà ? Queł błabła ! Qu'est-ce qu'on traque, łà ? Des idées ou des cibłes ? J'ai revu łes images de ł'ancien appart de Lorca, ła nuit où iłs ont pénétré. La proie est humano, c'est cłair. J'ai retraité en réduc d'hało, en désaturant et en fiłtrant łes bavures de dispersion. Pour moi, ił łui manque un bras. Le droit. Et à gauche, ça ressembłe płutôt à une aiłe. Ou une płanche. La vołumétrie montre que c'est płat et łarge. Ełłe se dépłace pas si vite que ça. L'hybridation doit ła rałentir. C'est chopabłe par Agü.

— Sahar a aussi ce risque d'être inculpée pour exercice illégal de l'enseignement. Multirécidiviste. Elle a encore donné un cours place Siris, en quartier standard... Elle ne devait pas arrêter ?

— Si... C'était aussi le pacte. Pacte qu'elle ne respecte pas plus que la connexion continue... La police ferme les yeux sur ces pratiques heureusement, seules les milices d'Éducal interviennent, quand elles peuvent. Ces cours font du bien à Sahar, il faut le reconnaître. Ça abaisse son niveau d'angoisse si j'en crois les données physio que nous transmet son anneau… Vous avez la compilation du cours ?

— Oui, je vous l'ai transbaguée.

— Rapidement ?

— Pédagogie Freinet modernisée : tâtonnement expérimental, pratiques d'expression libre par le texte, le corps, la performance publique devant les autres élèves, le bricolage techno. Part du principe que l'enfant est un être de désirs, qu'il faut donc donner plus d'ampleur à cette vie qui est en lui. Par l'imaginaire, la créativité, mais aussi en couplant approches sensorielle et intellectuelle.

— Sujet du cours ?

— Pas de sujet. Puisque précisément, Sahar part du public d'ados qui vient. Elle a démarré avec la question classique « Quoi de neuf ? » et suite aux réponses, elle a proposé un défi aux ados, qui récapitulait bien leurs enjeux. Et vous savez ce que c'était ?

— *« Comment vous rendre invisible ? »* Je lis en même temps que vous parlez, excusez mon impolitesse.

— Je vous laisse lire alors… J'ai encore deux téras de métadatas à purger…

Cours du 17 juillet 2041 – Place Siris – Proferrante Sahar Varèse

---

Assistance début cours > 16 adolescents. Fin du cours > 28 + public adulte circulant

Enjeu > Dans une société comme la nôtre, comment vous rendre invisible ?

Incubation > 15 minutes avec parcours libre dans le quartier.

Rendus expressifs > nombreux et surprenants. Textes, slams, course, arts plastiques, hacking, chorégraphie de groupe, saynète…

Détails saillants > Danse de disparition ; prestidigitation ; cache-cache à l'échelle de la place ; vêtements mimétiques du dallage de la place, peints à la bombe sur le corps, puis lying ; chorégraphie pour masquer un individu derrière le groupe ; cage à bagues, bracelets et ubijoux, coffre, papier alu ; brouilleurs artisanaux ; slam muet sur fond de musique à fond ; texte blanc ; masques ; maquillage anti-capteurs, etc.

Remarque > Une élève a disparu du cours lors de l'expression libre et n'est pas revenue. Sahar lui a remis le prix Invisible en tendant sa main vide à un espace vide. Rires.

Participation > Forte et enthousiaste. Le cœur du groupe est manifestement rompu à la pédagogie de Mme Varèse. Le reste a été séduit rapidement par la dimension ludique.

Techniques de l'enseignante > Humour, interpellation, encouragement à l'expression ; faire faire, suggérer, proscrit toute critique inter-élèves. Positive ; félicite sans cesse.

Moteurs chez l'élève > Plaisir de raconter, plaisir de faire, envie d'être à la hauteur face aux autres, enjeu mobilisant parce que venant d'eux, thème clé de leur vie quotidienne, besoin de liberté, quête concrète de cette liberté, diversité des réponses de leurs camarades (on les sent impressionnés).

Prochain cours > « Quelle est la dernière fois où vous vous êtes senti(e) vraiment libre ? Racontez-nous ou exprimez par le moyen de votre choix ce moment de vraie liberté. »

Appréciation sur la cible > Sahar Varèse est manifestement une enseignante exceptionnelle capable d'attirer, d'impliquer et même d'« émanciper » une classe dite « errante » et autoconstituée sans pression disciplinaire. Ceci au sein d'un quartier populaire où l'enseignement gratuit est inexistant et auprès d'un public réputé pour sa faible capacité d'attention et de mobilisation cognitive. Sur le plan physiologique, la bague indique un taux de sudation important durant le cours, une tension équilibrée et un pouls élevé. La cible n'a pas déconnecté sa bague de tout le cours et on peut supposer une volonté d'enregistrer et de transmettre son savoir plus largement, dans le cadre de mooc alternatifs.

CHAPITRE 15
CRISSE-BURLE

)Vo)uloir accéder)au dernier étage de la tour Civin, disons, pour rencontrer le PDG, je ne crois pas que ce soit plus difficile que ce qu'on vient de faire. Vraiment pas. Quand Lorca m'a dit : « Varech a validé pour ce soir, tu es prête ? » et que je suis arrivée au pied du château d'eau où il habite, ça faisait une masse noire entre les tours. Comme du silence porté. « Tu vois la fine bande sur la cuve, là-haut ? m'a pointé Lorca. C'est là que se trouve l'homme qui peut changer ma vie. »
Nous avons passé la porte technique avec le premier code : *Métastable*. Quelques pas dans un hall vaste comme un cirque vide pour aller agripper la première échelle. La réverb' du bâti est intimidante dès que tu entres : trop haut, trop large, trop rond. Tu oses à peine parler, à peine effleurer les barreaux de l'échelle parce que le béton brut réagit tout de suite et t'agresse. Les sons tournent avec un mauvais effet flanger. Six mètres plus haut, on a franchi la première trappe avec une clé à billes ; la deuxième avec une mélodie que j'ai sifflée)) L'IA était plutôt mélomane, s'agissait pas de faire une fausse note. Des hackers codaient sur des bûches, tronçons 3 et 4. Ils nous ont jeté un coup d'œil de vérif sans nous saluer, ils devaient être prévenus. Une secte. Trappe n° 4 : *« Quelle est la réponse des milieux au chaos ? »* a lancé le sphinx, en emplissant de basses tout le cylindre. « C'est le rythme » a répondu Lorca, mal à l'aise. La trappe s'est ouverte et j'avais l'impression d'escalader un

donjon. Je sentais devant moi la tension de Lorca. Je lui ai touché l'épaule pour lui dire à ma façon que j'étais là. Quand j'ai levé la tête, j'ai aperçu tout là-haut l'eau bleu nuit du réservoir dans l'enfilade des échelles. Je n'ai pas essayé de regarder en bas.

Nous avons franchi l'ultime palier. Et voilà, on y est.

Il est là.

Il se tient dans la partie sombre de ce qui pourrait s'appeler un loft, n'était l'immense bordel qui jonche la pièce. Fauteuils pieds en l'air, coussins éventrés, plumes, armoires au sol, poils, blocs de bois, électroménager, livres… Une brocante vandalisée. Il nous jauge, autant qu'on puisse le deviner, demande ce qu'on veut boire d'une voix rauque, de tigre enroué. Il nous ramène trois bières, les décapsule sur une gazinière défoncée, d'un coup sec. On s'assoit sur deux congèles poussés le long d'une planche…

— Posez vos armes sur la table…

— Pardon ?

— Bague, bracelet, piercing, oreillines…

Ça tire sur l'aile du nez et le lobe des oreilles, mais on s'exécute. Lui se tient dans la pénombre toujours, adossé à un pilier pas facile à décrire. À première vue, ça semble être une colonne de feuilles A4, archi-comprimées du sol au plafond et d'ailleurs bouffées au trois quarts…

— Les chaussures aussi. Sur la table. La ceinture… La veste avec les boutons vidéo… Posez tout dans la cage de Faraday là-bas. Les monstres en cage. Et mademoiselle, s'il vous plaît, votre bonnet…

— J'y tiens beaucoup…

— Un bonnet d'écoute de traqueuse, je peux comprendre. Avec ça, vous entendez presque battre mon cœur, n'est-ce pas ?

— Si vous avez un cœur, oui…
— Mettez-le au congélateur… Voilà. Vous le récupérerez tout à l'heure. Vous êtes Saskia, c'est ça ?
— Parfois.
— Et parfois ?
— Parfois, je suis juste les sons que j'écoute.

Il me toise en souriant. Une petite lueur dans des yeux vert forêt. Je le sais d'après le génome récupéré dans la banque centrale (l'armée a ses avantages). Car je ne vois toujours pas son visage. On joue serré. Très serré. Une des rares infos fiables qu'on ait sur lui est qu'il déteste les clichés. La pensée morte. Il va falloir tâcher d'être subtile. Déroutante au moins, dissonante, une appoggiature. Rester mobile sur ses appuis.
— Nous venons vous voir sur les conseils…
— Louise m'a tout expliqué, épargnez-moi. Vous croyez au swykemg ?
— …
— Regardez le plancher. Mettez-vous à quatre pattes s'il le faut. Regardez et touchez. Vous lisez quoi ?

Je m'accroupis quelques mètres derrière le congélateur, Saskia fait de même. Le sol est plein de miettes, de copeaux de peinture et de peaux de saucisson, les planches sont trempées par endroits et ça sent le moisi, le champignon. On dirait l'antre d'un paysan. Un peu plus loin sous un lit de camp court une souris, qui s'arrête et me regarde ; une blatte file dans une rainure. Machinalement, je lève les yeux au plafond et repère les lézardes, fines et nombreuses, d'où suintent les gouttes. Trois cents tonnes d'eau au-dessus de la tête et un plafond qui fend…
— Vous voyez ?

Sur les planċhes enċore sèċhes, il y a un laċis de ġlyphes et de traits, très semblables à ċe que nous avions vu dans la ġrotte du Ċryphe. Tout le planċher en est ċouvert, ċ'est très beau, on dirait une œuvre d'artiste. De ċe qu'on voit des meubles et des ċaisses, ċ'est la même ċhose et ça me rappelle aussi la ġrotte : ċette façon de sċulpter pleine matière, de ronġer les volumes. En sċrutant plus lonġtemps, on devine des lettres, souvent bien plus ċreusées que les ġlyphes qui sont, eux, traċés d'un jet.

— Vous aimez la sculpture, on dirait...

— À votre avis ?

— Ce sont des furtifs. Ceux qui vivaient dans ce château d'eau avant que vous le rachetiez. Ça devait être jouissif pour eux d'avoir tout cet espace. Sans présence humaine... Ils sont encore là ?

— Question délicate, Lorca Varèse. Pour être « encore » là, il faudrait que cẹ soient les mêmes, non ? Comment le certifier ? S'ils n'ont pas de continuité de forme, peuvent-ils être les mêmes dans la durée ? Peuvent-ils se constituer une mémoire ? Et une mémoire suffit-elle à garantir une identité ? L'enjeu de l'identité chez les furtifs est une question philosophique. Vous connaissez Simondon ?

— Simon qui ?

)Va)rech éclate) d'un rire mêlé de toux, ses canines jaunes sortent un instant. Première gaffe. J'ai été trop spontanée)) quand tu ne sais pas, tu laisses passer, traqueuse Šaskia. Tu m'entends ?

— Simon Don ! Ça lui conviendrait plutôt bien d'ailleurs. Simondon est juste une des voies pertinentes pour penser les furtifs. Pour Simondon, je vais essayer d'être basique, l'état le plus stable, dans un système, est un état de mort – pulvérulent et désordonné – qui ne contient aucun germe de devenir. Aucune transformation n'est plus possible sans l'apport d'une énergie extérieure. C'est exactement l'inverse chez les furtifs : ils se maintiennent dans un état qui n'est ni stable ni instable, mais *métastable* – c'est-à-dire saturé en potentialités et soumis à ce que Simondon appelle des champs. Le bon agencement, chez un furtif, est donc celui qui préserve dans son corps une tension de forme élevée. Ce n'est possible qu'en articulant, et souvent en opposant, une pluralité de dyades distinctes et isolées. Et pourtant rendues compatibles. Par exemple des fragments de verre avec du cartilage, de la sève et du sang, de l'herbe intercalée avec les poils d'un hérisson. De cette manière, il peut tendre un champ organique intense qui va produire de l'énergie dès qu'il prédate un nouveau matériau. Si l'on suit cette logique, *ergo*, le furtif n'a strictement aucune identité. Il baigne dans un champ pré-individuel et procède, par sauts, à des individuations ultrarapides, qui ne lui offrent jamais que des formes transitoires. En un sens, la forme d'un furtif est toujours inadéquate au milieu qu'il traverse, elle le met face à un problème perpétuellement à résoudre, dans une impossibilité organique de continuer à vivre sans changer d'état, c'est-à-dire de régime structurel et fonctionnel.

·· Il · débite tout ça sans notes, évidemment, en empilant et désempilant des sucres sur une poutre de châtaignier hors d'âge, qui est plus nouée et plus tordue encore que ses salves d'explications. Il parle comme il pense, vite, et avec une agilité foutûment impressionnante pour un type de soixante-dix-sept ans. À quarante-trois, j'aimerais juste avoir la moitié de sa virtuosité, et avoir lu autre chose que des essais sur sociocratie et holacratie dans les communautés autogérées. Saskia reste hyperconcentrée et je la bénis d'être là. C'est elle qui a la *vista* de relancer :

— Ils sont fragiles ?

— Paradoxalement non. En tout cas bien moins fragiles qu'un animal, même et surtout magnifiquement adapté. Si leur prise de forme était trop parfaite, trop adaptée à un environnement, ils seraient en danger dès qu'ils bougent. Ils perdraient leur puissance de métamorphose, leur dynamisme viscéral, pour un corps individué et trop défini.

— Mais ils ont bien une forme, ils sont quelque chose, non ?

— *Stricto sensu*, ils ne sont rien.

— Mais ils existent !

— Pas comme substance : comme force. Force automorphe et exomorphe capable d'agencer en elle matériaux disparates et rebuts contradictoires, pour s'obliger non pas à des évolutions mais à des transductions, se pousser à se dédifférencier, s'aménager des différences de potentiel qui leur garantiront toujours de très hauts niveaux d'intensité interne. Les furtifs, tels que je les comprends, incarnent la forme la plus élevée du vivant précisément parce qu'ils ont renoncé à la forme parfaite...

Saskia se mord les lèvres, hésite puis ose encore :

— Comment vous pouvez le savoir ? Vous en avez vu ?

— Personne n'a jamais vu un quark. Ou une corde. Est-ce que ça rend inane la théorie des cordes ?

— C'est donc votre hypothèse sur les furtifs…

— *« Pour chaque type d'organisation, il existe un seuil d'irréversibilité au-delà duquel tout progrès fait par l'individu, toute structuration acquise, est une chance de mort. »* Je cite Simondon de mémoire… Qu'est-ce qu'il veut dire ? Qu'un être vivant aussi abouti qu'un requin, un tigre ou un chêne est toujours limité par ses propres structurations. Elles garantissent certes sa viabilité, mais appauvrissent par symétrie sa plasticité. Elles tendent à lui faire répéter ses conduites ou ses avantages acquis. Les griffes d'un tigre, le tronc d'un chêne sont des réussites irréversibles – et pourtant le tigre aurait parfois besoin d'ailes pour échapper au chasseur et le chêne de la flexibilité d'un piquet de ski pour survivre à une tempête. Ce qui me fascine chez les furtifs, c'est qu'ils se tiennent au seuil du réversible. Chaque mouvement, chaque réinvention subite de forme, est une naissance. Ils viennent au monde, perpétuellement.

— Comment vous savez tout ça ?

— Je suppose des choses…

— Vous ne supposez pas dans le vide…

) En)fin il) se lève et commence à marcher… Ça doit l'aider à se concentrer. La lumière d'un lustre cassé tombe sur son visage. Il est à trois mètres de nous et je comprends en un flash pourquoi il se cachait. Il a une barbe éparse, d'une couleur angoissante, je dirais verdâtre, qui lui dévore les joues et la naissance du cou, comme un lichen…

— Simplifions : un furtif est une créature qui se recompose. Sans cesse. Bon… Elle s'agrandit et rétrécit, perd des membres, en acquiert, mute, parfois d'une seconde à l'autre. C'est tout à fait unique dans l'histoire de la biologie. Ma question est : comment est-ce possible ? Comment l'évolution a pu sélectionner une créature qui s'autocrée ? Permutante si vous préférez ?

— Peut-être parce que justement, l'évolution n'avait rien sélectionné encore. Que les furtifs seraient à la souche d'un phylum, à la source du vivant. Antérieurs à la division des règnes entre végétal, animal, champignon…

— Vous voulez dire entre procaryote, eucaryote et archée ? Ce serait une belle hypothèse, mademoiselle. Très belle, vraiment. Elle me travaille aussi. Une manière de LUCA alors : *Last Universal Common Ancestor* ?

— Je n'en sais rien. Une forme encore pure de la vie, avant qu'elle retombe dans la matière… Avant que tout se spécifie… (Il attrape ma pensée, une balle.)

— Exister comme forme embryonnaire, oui, délibérément, c'est leur force ! Les furtifs ont ce génie aveugle de se placer à la lisière bruissante de toutes les actualisations, là où les pressions et les violences organiques seraient totalement insupportables à tout vivant constitué – destructrices pour toute plante, bête, homme, bactérie. Eux les tiennent, les encaissent…

— Je peux vous montrer quelque chose ?

·· Il · fallait que je parvienne à le couper, j'ai osé. Je sors de ma poche la petite plaque avec l'impression 3D du « *p m* » inscrit sous le ponton du canal Flix. Il la prend, surpris, et l'observe avec désinvolture.

— *« Maman amour papa. »*

— …

— C'est ce qui est écrit. Dans cet ordre. C'est votre fille qui a laissé ça ? … Où donc ?

— Sous un ponton. À un endroit où les sirènes viennent. Enfin, c'est ce…

— Votre fille défèque du signe, comme les autres.

— Si elle s'est hybridée, elle pourrait encore écrire de façon humaine, non ?

— En toute rigueur, elle ne peut pas s'être hybridée. L'hybridation implique la reproduction. Dans son cas, il s'agirait plutôt d'une symbiogenèse.

— Comment vous… Comment vous comprenez son message ?

— Comme un constat. Comme un horizon. Comme un souvenir. Comme une condition ? Je n'en sais fichtrement rien. Je vous demandais si vous croyiez au swykemg parce que pour moi, rien ne permet d'affirmer que les furtifs savent ce qu'ils disent, ou écrivent. Notre anthropomorphisme y projette du sens, c'est un tropisme naturel. Les loups laissent des crottes et des bouquets d'odeurs pour faire signe et marquer où commence leur territoire. Les furtifs laissent aussi des signes, qui sont leurs crottes. En ville, ça prend souvent la forme de lettres parce qu'ils se nourrissent de nos signalétiques latines. Dans le massif des Écrins où je vais souvent, ils laissent plutôt des cairns, des contre-courants dans les torrents, des boules de feuilles et des stries dans l'argile, qui décalquent subtilement les autres espèces sans les copier vraiment. Ce sont leurs signes locaux, qui prennent et recrachent l'environnement, à contre-routine.

— Ils cherchent à s'exprimer, à nous parler… Ce sont des artistes à leur façon… Ils dessinent et ils jouent de la musique pour nous…

Varech se méfie des relances à vide, il faut que je fasse attention. Sa main meule sa barbe dans un crissement léger de papier de verre. Il bouscule une cagette de salades :

— Vous êtes comme ces vieilles fées du swykemg, jeune homme ! Vous avez une conception trop spiritualiste des furtifs. Vous savez, Christofol et sa clique ne font au final que recycler un vieux motif chrétien, celui du rossignol ! La mignonne petite créature éthérée de Dieu, qui faisait tomber en pâmoison ces dames du Moyen Âge. Pour Christofol, la furtive est l'oiseau-chanteur qui élève l'âme, n'existe que par son frisson et ne vaut la peine d'être étudié et côtoyé que par là ! La belle foutaise ! À tout être vivant, écoutez bien, il faut poser la question ventrale : quoi tu manges et qui te mange ? Où tu habites et qu'est-ce que tu chies ? Les furtifs suent, puent, muent et tuent ! Vous saisissez ? Ils dégradent le bois, rouillent le métal, cassent des vertèbres, ils broient des pierres jusqu'au sable, comme vous ne l'imaginez pas ! Ici même, ils fissurent le béton, avalent mes bouteilles, bouffent du plastique, chient des tessons. Regardez cette pièce : vous mesurez ce qu'ils sont, ce qu'ils font ? Ils amputent les souris de leurs pattes, sans aucune pitié, ils sucent la chitine des blattes par dizaines pour caparaçonner leur propre peau. Ils siphonnent l'eau là-haut. Ils démembrent mes meubles cheville par cheville et avec les vis, ils se font des griffes. Regardez !

Dans sa fougue, j'ai vu les poils de ses avant-bras se dresser. Il a une maladie de peau, ou pire, des plaques et par-dessus une sorte de toison maigre, vert-de-gris, qui ne donne pas envie de le toucher. Oui, son château d'eau est un chaos, en tout cas cette pièce qu'on dirait envahie par des gosses méchants qui retourneraient tout. Je me demande comment est sa chambre, s'il laisse exprès ce chaos ici parce que ça l'inspire, fait lever une sorte de paysage domestique, toujours neuf, qui ne le laisse jamais en repos et que c'est justement ce qu'il cherche ? Saskia n'a pas décroché une seconde du flux, je la sens fascinée par Varech tandis que moi je n'arrive pas à oublier Tishka, pas à sortir de mon objectif obsessionnel.

— Pour vous, le frisson n'est pas important ? Ce n'est pas la clé des furtifs ?

— C'est la clé ontogénétique oui. Celle qui ouvre la porte des métamorphoses. Et c'est le vecteur de leur communication émotionnelle, sinon artistique.

— Mais c'est secondaire pour vous par rapport à l'organique ?

— Pas le moins du monde. C'est même le miracle furtif selon moi : ils relèvent tout autant d'une écologie classique de la matière/énergie – manger/métaboliser l'environnement – que d'une écologie sémiotique : à savoir se nourrir de signes, les transformer et en produire à leur tour, avec l'émotion attenante.

— Ces signes sont des sons, de l'écriture, des œuvres ? Quoi ?

— Surtout des sons, oui, et là-dessus, ce que m'a raconté Louise de vos travaux est particulièrement précis et brillant. Vous êtes très en avance sur ces approches.

— Et très en retard sur le reste, on dirait…

— La beauté d'une chaîne écologique, qu'est-ce que c'est ? C'est : ce que dégrade une espèce, l'autre s'en nourrit ! L'homme par exemple respire à pleins poumons la défécation des végétaux : le plus toxique et merdeux pour eux est l'oxygène le plus pur, le plus précieux pour nous ! La carcasse d'un chamois qu'insectes et bactéries dégradent et font pourrir est le régal du vautour fauve qui va y puiser les anticorps dont il a besoin. Alors oui, vous avez raison : les furtifs mangent du son et du signe, en particulier des sons riches et chargés d'affects comme la musique, nos voix – je crois qu'ils adorent nos voix. Mais ils se contentent aussi, je crois, de sons industriels, ils absorbent du drone, des bruits de moteur, les bips de nos machines. Les hackers de *Nuage de Poings* soutiennent même qu'ils se nourriraient d'ondes himesh et wifi, de fréquences radio et satellite. Et qu'ils les métabolisent comme ils métabolisent nos sons urbains et humains. Ce serait l'origine de nombreux bugs et déconnexions intempestives. Ils appellent ça des résifs.

— Ça reste une forme de prédation… De prédation sémiotique et sonore…

— Sémiotique sans sémantique peut-être… Ça demeure ma grosse réserve envers mes camarades de la cellule Cryphe.

ʾJ')entends une) sorte de ryth̑me, inéğal et sourd, à l'arrière-plan du loft, depuis quelques minutes, sans que je situe exačtement d'où ça pulse. Le béton peut être très čondučteur sur če type de čolonne. Ça me perturbe mais je reste fočus sur la disčussion :

— Si les furtifs métabolisent nos sons, s'ils alimentent la chaîne disons « trophique » des sons, qu'est-ce qu'il en sort ? Si votre théorie se tient, leur caca, excusez-moi, doit aussi servir à d'autres espèces ? En quoi et à qui ça sert ?
— Vous touchez à un point épineux et décisif pour moi. Ce que je vais avancer là, inutile de vous le rappeler, doit rester absolument secret, comme tout ce que nous avons échangé et échangerons ici.
— C'est l'évidence.
— Voilà. C'est une hypothèse encore fragile mais qui, si elle s'avère exacte, me semble furieusement fascinante.

On le sent ému d'un coup, l'émotion de la pensée. Ša voix monte par moments dans le métal, elle agresse les syllabes aux angles saillants du concept. Il n'a rien de la tige dégingandée que j'imaginais, rien de l'intello sans corps au bout duquel tintinnabule un cerveau trop gros et trop lourd. Au contraire, il est extrêmement physique, et râblé, et solide. Il paraît à la fois animal par ses gestes, ses grognements de dénégation, son groin court qu'il mouche souvent. Et végétal par une certaine douceur rayonnante de buisson. Comme si être humain, l'âge venant, ne lui suffisait plus.
— Supposons que l'ADN ne soit pas l'essence du vivant. Mais juste un support de codage et d'expression des gènes. Et qu'il existe, plus profondément, autre chose qui informe les primes pulsations de la vie. Mon intuition est que le vivant est fondé sur des partitions. Dès le stade de la cellule. Des partitions vibratoires. J'entends par là : des séquences rythmiques de vibrations, ce que vous appelez vous le frisson mais que je conçois comme des modes

d'agitation moléculaire. Quand un furtif métabolise du son, il l'altère par sa dynamique vibratoire et en rejette des séquences déformées, disons des samples remixés et mutants. Autrement formulé, ils défèquent des ondes cisaillées, à fort pouvoir de pénétration corporelle, que ce soit dans l'infrabasse ou l'ultrason. Ces ondes ont une vraie puissance de percussion sur les cellules des animaux, le végétal, mais aussi sur la matière dite inerte, par exemple les cristaux. Elles facilitent à mon sens l'endosymbiose qui est une source majeure d'évolution en permettant à des bactéries, par exemple, de pénétrer la membrane des cellules et de s'y incorporer. Peut-être qu'elles coupent des brins d'ADN, peut-être qu'elles affectent le fonctionnement des ribosomes ou de l'appareil de Golgi… Mais pour être simple, elles impactent la partition des êtres vivants qu'elles traversent. Elles les pervibrent en quelque sorte. Donc elles modifient à terme leur constitution. Lorsqu'une espèce se reproduit, elle ne peut donc pas se reproduire à l'identique…

— Vous voulez dire qu'il apparaît un écart… une variation dans le génome ? Vous sous-entendez que les furtifs seraient à l'origine de la variation génétique des espèces ? Qu'on leur devrait les transformations progressives des espèces ? Les fameux accidents qui, articulés à la sélection naturelle, fabriquent ce miracle de l'évolution du vivant ?

Il empoigne la table, ravi que j'aie compris.

— C'est exactement ça. Les fameuses erreurs de 1 pour 10 000 dans la recopie à l'identique des brins d'ADN viendraient de l'activité furtive de dégradation des sons. Les fragments d'onde qu'ils génèrent et relâchent amèneraient les autres vivants à varier, au niveau très fin de leur partition génétique. Ils participeraient ainsi à leur remodelage, en les pervibrant, si vous préférez.

— Ce serait... incroyable...

— Attention, il ne faut pas l'envisager comme quelque chose d'intentionnel. Pour eux, ce n'est qu'une activité métabolique : les furtifs ne cherchent pas à créer la reptation ou le vol, la danse des abeilles ou la communication végétale. C'est simplement leur mode d'être. Mais il se trouve que ce mode d'être est un facteur majeur de mutation, de hasards heureux pour le développement du vivant...

— Est-ce que ça signifie, si l'on va au bout de votre intuition, que les furtifs seraient à l'origine du vivant ? Ce serait... presque logique, non ? (Je reste estomaquée.)

— Je ne veux pas l'affirmer. Mais ce sont incontestablement des « hypervivants », des « sur-vivants ». Il est probable qu'ils soient nés avec les premières cellules et aient affiné plusieurs millions d'années durant leur fluidité et leur fécondité vibratoire. Les Indiens placent bien le son à l'origine de leur cosmogonie...

J'imaginais Tishka parler, crier, muter. Je l'imaginais déformer le béton avec sa voix, modifier une touffe d'herbe sans le faire exprès et qu'il y pousse un genévrier. Je voulais juste ma fille, moi, juste qu'elle revienne, intacte, à peine grandie. Avec ses théories biologiques, Varech ne faisait qu'aviver mes angoisses. Et pourtant, j'étais comme Saskia, pris dans la lumière de ses phares et incapable d'invalider ses hypothèses.

— Je remets au mur la fiche archi pour tout le monde :

Château d'eau dit « fort Varech »

Type D3 dans la classification de Van Craenenbroek.

—

Cuve hyperboloïde en cône évasé sur pied-colonne. Acheté en décembre 2028 par Baptiste Ormizot, aka Mizotor, Rizotom, Izomort, Zoromit, rendu célèbre vers 2035 sous le surnom de Varech. Contrat d'entretien le liant à la Gouvernance que Varech honore lui-même en nettoyant régulièrement la cuve. Aucune assurance inondation.

—

Données techniques >>

• Colonne > 30 m coupés en six tronçons de 5 m. Accès à codes différenciés par trappes. • Cuve > 22 m de haut en trois parties. a) Partie inférieure sèche et aménagée 6 m de haut sur 14 m de diamètre, soit 150 m² environ découpés en salon, chambre, bibliothèque, cuisine, bureau, salle de bains, W.-C. b) Partie supérieure : réservoir 16 m de haut, contenance 300 m³, encore opérationnel. Utilisé pour arrosage des parcs alentour et incendies potentiels. Voie d'accès au toit par colonne centrale bétonnée cœur de cuve avec échelle. c) Toit légèrement bombé de 800 m². Éolienne, antenne, aérodrone privé, carré d'atterrissage pour parapente, pitonnage en bordure. Réputé comme plate-forme de parkour en étoile, campement anarchitecte et toit Céleste-friendly. • Ouvertures > uniquement à l'étage loft, fermées par volets roulants à réfraction d'ondes ; sinon murs aveugles en béton – 40 cm de large – équivalent bunker.

— Ça fait combien de temps, là ?
— Trente-trois minutes. J'ai toujours trois taches thermiques humanoïdes derrière les volets. Et pas mal d'artefacts...
— Merci Nèr. Goran, vous entendez quelque chose ? Des bribes ?
— Négatif Amiral. C'est un piège à ondes. Rien n'entre, rien ne sort.
— Les bagues ?
— Pas mieux. Et on ne peut pas infiltrer d'intechtes, il a verrouillé les volets et les trappes. On essaie en passant par le toit et la cuve, on espère repérer une fissure.
— Si je puis me permettre, Amiral, vous croyez sincèrement que ce déploiement pour le moins fastidieux va servir à quelque chose ? Nous n'avons là qu'un philosophe. Il a, j'en conviens, une aura importante chez les anarcho-communo-brailleurs et une réputation sulfureuse – de là à vouloir...
— Monsieur le Conseiller... Varech n'est pas seulement un philosophe, quoiqu'il soit pour ses pairs l'un des plus brillants de sa génération. C'est aussi un stratège des luttes politiques. Ils sont peu de sa trempe aujourd'hui. Peu capables de penser et d'agir à la fois. Sa paranoïa supposée n'est qu'une forme de réalisme car il est très redouté par notre Gouvernance. À raison.
— Je saisis mal en quoi un ermite de près de quatre-vingts ans, retiré dans sa tour, peut constituer une menace...
— Parce que vous sous-estimez la guerre des imaginaires... Le château d'eau de Varech est devenu depuis quelques années un QG radical, en vérité.

Surtout les tronçons 3 et 4 de la colonne, qui hébergent régulièrement des groupes de hackers. Il est probable qu'ils soient en contact étroit avec lui quand on se rend compte du taux d'opacité qu'il parvient à maintenir sur ses activités. Il y a un zadacenter au tronçon 5, refroidi directement par l'eau de la cuve. Le câblage part en étoile sous le château d'eau et l'antenne du toit émet en diffusion cryptée sur un type d'ondes que nos services n'ont jamais réussi à casser, et qui change constamment de toute façon.

— Oui, oui... J'ai survolé les mémos là-dessus. J'ai entendu parler aussi du réseau hydraulique, qui serait encore opérationnel...

— Les pompes sont opérationnelles pour remplir le réservoir, mais surtout le débit descendant fonctionne encore vers un bon millier de logements...

— Et alors ? Vous avez peur qu'il empoisonne l'eau ?

— C'est plus subtil que ça, monsieur le Conseiller. Des fuites concordantes suggèrent que Varech et les hackers pourraient utiliser ce réseau pour envoyer des capsules d'informations, de l'ordre du micromètre, par les tuyaux... Et qu'il serait possible de récupérer ces billes translucides par les robinets des logements, si l'on est au courant évidemment et si l'on a les filtres adéquats pour les repérer dans le flux.

— Impressionnant, je le concède. Si c'est avéré, l'idée est perverse. Ça leur offre un réseau physique indétectable. Une rareté aujourd'hui.

\C'est \\bien \pire que ça, connard. Avec un réseau hydrałique, tu peux faire expłoser des parcs en arrosant łes pełouses à ł'expłosif łiquide, si t'as du T-34. Les Israéłiens en vendent sur łe redmesh. Faut quatre minutes entre ła dissołution et ł'expłosion. Parfait si tu diffuses en tête de réseau ! Błam/cinquante mômes qui te tapissent łes arbres/tu ramasses des rates sur łes branches ! Et tu peux aussi błinder ł'eau de nanobots pour te faire des serveurs humains, type machine-zombie que t'actives après à distance. Les cibłes comprennent rien, vertige/nausée, ełłes aimantent toutes łes ondes. Laisser une cuve opérationnełłe à un taré, c'est juste de ł'inconscience totałe. Ce mec est une bombe chimique sur pied. Les capsułes d'info/c'est zéro. Un jeune crétin du service fait sa bêcheuse :

— J'ai vu un thread qui disait que la date de l'assaut du *BrightLife* aurait été donnée par ces tuyaux... Ce serait pour ça qu'aucun service n'a rien vu venir, boss ?

— La Gouvernance a fait contrôler l'eau de la cuve plusieurs fois, en visites impromptues. Des senseurs ont été mis sur une quarantaine de robinets-tests, dans des appartements premium consentants. Ils n'ont jamais rien pu détecter. Mais la légende reste vivace...

— Pourquoi n'existe-t-il aucune photo de ce Varech depuis quinze ans ?

— Parce qu'il...

— Laissez Alexa, je m'y attelle. Varech ne sort de son bunker qu'une fois par mois environ. La Céleste le cueille sur le toit de sa cuve et le dépose généralement aux Métaboles où il prend un fourgon qui l'emmène dans les Alpes : Écrins, Vercors et Queyras surtout. Là il part en pleine nature avec son matériel, il bivouaque, parfois plusieurs semaines d'affilée, puis il revient...

— Qu'est-ce qu'il fait là-bas exactement ? Il médite ?

— Il piste. Il cherche et remonte des traces. Pas forcément des traces d'animaux d'après nos rapports, même s'il suit beaucoup le loup et le lynx. Il cherche des marques, des buissons couchés, il inspecte les arbres, les galets, il passe des heures à observer les torrents, les courants… Il note des choses sur ses carnets. Sa démarche reste assez énigmatique…

— Vous auriez pu facilement le prendre en photo dans la nature ! Je ne comprends pas ?

— Il porte un bonnet très spécial, que seuls quelques pointures de la mafia et quelques hackers cathares portent. Ce bonnet contre par éblouissement plasma toute tentative de captation optique. Vous pouvez le photographier tant que vous voulez, même en argentique, ça sort blanc comme neige !

Conseiłłer du ministère, mon cuł ! Qui t'habiłite ? Qui ? Dégage ! Tu viens cafarder. Arshavin est trop coułant/ toujours en mode dipło. Ił sait y faire, OK. Mais ił en łâche toujours un peu trop. Le type au brushing me demande mon avis. Tête de pine ! Histoire de croiser łes angłes, hein ? Je joue au con.

— Varech, c'est du *hack and slash* : porte-monstre-trésor !

— Euh… Pourriez-vous être un peu plus explicite ?

— Non.

— Notre expert Nèr veut dire que si Louise Christofol a recommandé Lorca à Varech, c'est qu'elle sait que Varech est à la fois la porte et le monstre. Dans quelques heures, si nos deux agents parviennent à tisser un véritable échange, nous aurons des informations de haute qualité. Nous aurons un « trésor ».

— Ou une autre porte. Et un autre monstre…

— Soyons optimistes.

) Pe)rsonne ne) nous a vraiment formés au renseignement humano, qui reste intuitif. Mais grâce à l'expérience de la cellule Cryphe, où nous avons tant ramé au début, Lorca et moi avons acquis une bien meilleure habileté empathique. Šans même que j'aie fait le signe postural, Lorca a compris qu'avec ce type d'ermite, passé la méfiance de départ, l'envie de parler prendrait nécessairement le dessus et fluidifierait tout. D'autant mieux si on orientait le philosophe vers ses thèmes de prédilection. Ce qu'a magnifiquement fait Lorca avec la réalité ultime. Il a amorcé et Varech est parti comme un drone :

— L'interface est l'ersatz du face-à-face. Bon… Mais un ersatz qui fait de nous des maîtres. Un maître éternellement obéi, au doigt et à l'œil. Au Verbe et à la voix. Qui a noté ce que cette maîtrise a soulagé de guerre sociale et de luttes de pouvoir ? Qui dira ce que ces nouveaux esclaves sous nos mains ont sauvé d'esclaves anciens, et réels, et humains ? Qui dira que la colonisation se poursuit, comme un tropisme qui nous est propre, et qu'elle a maintenant pour territoire d'invasion la réalité même ? La réalité dite seconde, puis « augmentée », puis « virtuelle », puis « ultime », à mesure que nos quêtes de contrôle se radicalisaient ? Les *paramaîtres* sont à l'art du contrôle ce que les maîtres ont été à l'art de gouverner. Nous sommes les paramaîtres. Nous paramaîtrons nos conforts et nous sécurisons nos mondes pour qu'à l'intérieur rien ne nous arrive plus que ce que nous voulons qu'il nous arrive : rien. Nous nous conformons dans la douceur d'une matrice attentive, comme l'écrivait Dunyach. Inutile d'encore chercher le pouvoir là-dedans, Lorca, comme vous le faites par routine de pensée. Vous restez prisonnier de vos dualismes hiérarchiques ! Inutile d'essayer de trouver qui dirige, qui subit, qui manipule et qui capitule. Le pouvoir est rotatif et circulaire, nous sommes devenus sa boucle liquide. Bien sûr, les dispositifs gardent une structure qui imprime à la fois un design et un trajet à cette boucle. Mais au fond, toutes nos libertés et toutes nos soumissions tiennent dans les paramètres.

— *Ni paradieu, ni paramaître !*

Je lui arrache un sourire complice, enfin... Le slogan était tagué sur son mur, au tronçon 4, au milieu d'une dizaine d'autres... Ici et là, il shoote dans des boules de papier et des bogues de châtaigne sans même nous regarder, puis il relève la tête et nous jette un coup d'œil félin :

— Vous savez ce qui me touche le plus dans les furtifs ? Ce qui fait que j'ai décidé d'y consacrer les dernières années de ma vie ?

— Leur vitalité ?

— Oui, à l'évidence... Mais surtout le fait qu'ils ne contrôlent rien. Rien de ce qu'ils font, eux, et pas plus ce que font les autres. Ils sont dans la rencontre. Le coup de dé. Le hasard ressenti comme une chance et plus comme une menace. Ils rencontrent un sac plastique, un chat errant, un asphodèle, un déchet, des plumes. Ils rencontrent des sons, sans cesse. Ils subjuguent et s'assimilent tout ça pour devenir encore autre chose, dans la grâce et l'explosivité du vivant. Nous les Gréco-Romains, ou ce qui les singe, n'avons suivi qu'une ligne d'horizon unique depuis le néolithique : c'est l'horizon du contrôle. Longtemps, nous avons cru à une sorte de malédiction humaine, trop humaine du pouvoir, que le pouvoir au fond définissait notre *êthos*. C'était restrictif et imprécis. Et c'était oublier que le pouvoir coûte et se paie : en contre-pouvoir, en révolte, il exige une dépense et mésutilise l'énergie propre du dominé en forçant son rendement. Non, ce qui nous définit, plus profondément, est la quête du contrôle. Externe et interne. Contrôle de notre corps, de notre espace, de nos ressources… Contrôle panique et raisonné de l'altérité : des autres prédateurs, des maladies qui ne sont que des prédateurs plus petits ; contrôle de l'accès à la nourriture, contrôle des déchets, contrôle du climat, contrôle de toute agression probable, possible, plausible ! Évidemment nous avons échoué, souvent, en partie, tout le temps. Mais la quête s'est poursuivie et s'est affinée, à mesure que les menaces externes reculaient. Dans un univers désormais anthropisé à l'extrême, comme le sont nos villes occidentales, quelle était la dernière menace résiduelle, le dernier élément à maîtriser pour atteindre la sérénité ? Sinon nos semblables ? Alors qu'est-ce qu'on a fait ?

— On s'est protégés des autres. Par le technococon.

— On a rapproché les dispositifs de contrôle de nos corps et de nos esprits, oui. On en a fait des armures individuelles et plus finement que ça, des membranes et des filtres paramaîtrables pour conjurer les violences toujours possibles. Surtout, on a cherché des espaces où l'on serait irrémédiablement à l'abri. Présents mais hors d'atteinte. Une sorte de *cosmoi*, qui est de fait un *cosmou* ou un *cosmort* mais peu importe. Une nouvelle couveuse entr'ouverte pour reprendre Sloterdijk. Internet a émergé et son dispositif clavier/écran nous a interfacés efficacement au monde, en nous y connectant sans risque physique. L'hyperlien des hyper-îliens. Puis est venue la bague qui a intériorisé un peu plus cette régie de contrôle qu'était déjà le brightphone. Puis a été conçu le moa, qui a fusionné toutes les interfaces en une seule, et a fait naître l'alter ego, cette intelligence amie qui a permis de forclore l'altérité cruciale du rapport à nos pairs pour nous offrir, à la place, un miroir empathique et en réalité purement esclave de nos désirs. Avec le moa, nous sommes sûrs de rester entre soi...

— Et soi...

— Rien de dérangeant ne peut plus guère nous arriver sur le plan affectif. Le contrôle de l'échange est maximal et induit. *In fine* et *tercio*, voilà donc la réul... et c'est le réel même qu'on peut enfin choisir, façonner et contrôler, au moins dans sa dimension visuelle et auditive, qui est dominante pour *sapiens*.

— La réul, je la vois comme le produit ultime du capitalisme : vendre de la réalité.

— J'aime beaucoup... Disons, oui, que le réel était pour eux le dernier noyau à briser parce que le réel, c'est ce qui est *commun*. C'est ce qu'on partage tous, nécessairement et sans privilège. Par nos sens naturels d'animaux d'une même espèce.

L'ambiance d'un musée, l'agitation d'une place, une réunion dans un café… Bien sûr, ils avaient déjà fragmenté ce réel en petites billes, en proposant des univers aménagés, ludiques et fictionnels, des chrysalides tissées pour chacun. Du souci-de-soi et du prêt-à-subjectiver. Mais ça impliquait encore un espace spécifique pour être consommé, un technococon où s'abstraire. Bref, une monade nomade. Ça ne touchait pas encore à tous les moments de l'existence. Il demeurait ce résidu qui échappait au marché : notre réel banal et commun. Avec la réul, le réel s'individualise enfin. Il est enfin « produit » – lui aussi. Il devient personnel et impartageable. Ou s'il est partagé, c'est par communauté intime : en famille, entre amis, entre pairs. Il perd sa dimension universelle. Le réel était l'ultime territoire collectif à envahir et à privatiser définitivement, la vitre derrière laquelle le social est en morceaux, éparpillé en tessons incompatibles. Une cosmosaïque où chacun est bienheureux debout sur sa tesselle – mais qui ensemble ne forme plus aucune figure solidaire, plus aucun visage. La réul parachève la dissociété que bagues et moas avaient déjà préparée.

·· Je · sentais à sa posture que Saskia n'adhérait pas et que quelque chose, dans la pièce ou la tour, avait accroché ses oreilles de lynx. Elle n'a pas pu étouffer son agacement :

— La réul permet de choisir les gens et même les animaux qu'on veut côtoyer ! C'est un bonheur pour tous ceux qui souffrent du rapport aux autres. Vous pouvez trouver ça régressif mais moi, je trouve que c'est une façon de ne plus subir. Je choisis à quel moment, et où, je vais faire apparaître un ami, un panda roux, ce que je veux ; mon grand-père que je peux ressusciter grâce à ses traces vidéo, parfois juste une prairie à la place du parking du supermarché. C'est un luxe inouï. Qui peut cracher là-dessus ? Même toi, Lorca, tu t'y es mis...

— J'ai testé, c'est vrai. Mais je trouve que c'est une facilité hyper-addictive, hyper-dangereuse. Et le business des personas est une horreur. Les gens se mettent à vendre leur ex à la bourse aux personas parce qu'elle est mignonne et a un bon coefficient fantasme. Ils reconstruisent leur chat mort avec les deux cents vidéos qu'ils ont gardées et le ressuscitent sur le marché. Ils soldent carrément leur intimité pour qu'elle se balade dans la réalité des autres.

— Avant on ne choisissait pas ses rencontres ; maintenant, on les prémédite, les décide et les annule d'une rotation de disque. Ça s'appelle contrôler ses relations.

— Je trouve ça plutôt génial, insiste Saskia dans un silence.

Varech ne bronche pas. Elle se lève et s'éloigne.

— La réalité ultime assure le couplage entre la production de soi la plus intime et le plus exhaustif contrôle de cette production. La liberté la plus échevelée, la fantasmatique la plus folle deviennent – par leur actualisation dans la réul qui évidemment trace tout ce qu'on y produira – le support d'une aliénation et d'une auto-exploitation consentie dans la joie. Je crois que Saskia l'a très bien exprimé. La *créalité*, telle que Smalt la vend déjà, est une forme de l'extime. À savoir un intime exposé, muqueuses retournées comme un gant. Au vu et au su de ceux qui vous fournissent l'accès à votre réel magnifié. Pour en finir avec ce sujet qui irrite votre amie : la quête du contrôle a atteint aujourd'hui son acmé. Une acmé que le mythème de Dieu contenait pourtant, comme point de fuite, dès l'origine : chacun peut enfin créer son monde... et le peupler comme bon lui semble.

— Politiquement, c'est un accomplissement démocratique...

— En un sens, oui. C'est une démocratie pulvérisée où chacun a acquis le droit d'être un autocrate dans son propre cocon. C'est la solution technolibérale à la double exigence de liberté et de contrôle qu'on croyait inconciliable. Parce qu'on ne voulait pas voir que la sensation de liberté, dans son expression primale, provient de l'angoisse conjurée. Conjurer la peur, contrôler son monde, se croire libre. Tel est le fil. Accordez-moi l'interface et j'effacerai de vous la peur !

— C'est une citation du paramessie ?

— Je dirais... que c'est une citation de la paramécie plutôt...

) L')humour d'intello,) tant qu'à faire, pfff.... Tant mieux si ça créait une connivence entre eux. Plus longtemps on resterait sur place, plus on accumulerait d'infos. Perso, mon attention commençait à fatiguer et je n'avais plus le mordant ni le niveau rhétorique pour intervenir à propos. Par ailleurs, quelque čhose me ĉhiffonnait, me froissait les tympans depuis dix minutes. Šans que j'arrive à situer če que č'était...

Alors je me suis mise à éčouter la pièče, je me suis levée et j'ai erré un peu dans le ĉhaos du loft, parmi les meubles et les objets. Je n'ai pas osé demander à visiter čar je voyais

Varečh me surveiller du čoin de l'œil, méfiant, tout en rečompilant l'ĥistoire de la réalité entre deux bières. Finalement, je lui ai demandé les toilettes. Elles jouxtaient la bibliotĥèque, si je me référais au plan que m'avait redétaillé Nèr če matin. J'ai fait pipi et j'ai attendu un peu avant de tirer la cĥasse.
Derrière la čloison, à ma droite, il y a un bruit intermittent. Ça manğe ou ça mâcĥe, ça déčhire du papier, ça déplače des masses ou ça en fait tomber. Je sens une présenče animale, juste derrière, oui, quelque čhose de plačide et d'ačtif. Je tire la cĥasse pour donner le čhanğe, je ne vais pas pouvoir rester très lonğtemps… Quand le sifflement du remplissağe česse, j'entends à nouveau le *bam* sourd de bločs qu'on bouğe, qui tombent. Et puis un froissement de papier, enčore. Des livres ?

— Tout va bien, Saskia ? me jette Varech de la cuisine, faussement convivial.
— J'ai un peu la diarrhée, je suis désolée, ça doit être la bière fraîche.

Il ne répond rien. Une minute enčore… Les murs des cĥiottes sont čloqués de moisissures. Il y a quelqu'un dans la bibliotĥèque. Ou quelque čhose. Quelque cĥose qu'il veut nous čacĥer ? Je tire à nouveau la čhasse et je sors, fais mine de revenir à la table et frôle en passant la porte de la bibliotĥèque. Je tente le čoup :

— Il y a un bruit bizarre dans la pièce d'à côté… (Je suis pas censée savoir que c'est la bibli.) Comme si on mangeait ou déchirait du papier…
— Ah… C'est ma martre ! Je l'ai ramenée de la Bérarde. Je l'enferme dans la bibliothèque pour qu'elle se défoule et ne griffe pas tout ici.
— Ah, j'adorerais la voir ! J'adore les martres !

— Ce sera pour une autre fois j'en ai bien peur ; elle est très agressive aujourd'hui, le grand air des Écrins lui manque.

Pourquoi je suis si sûre qu'il ment ? Pourquoi ? Parce qu'une martre ne déplace pas des livres ; au mieux elle se fait les griffes dessus. Et elle ne mange pas de papier : c'est un carnivore. Ce n'est pas une souris ou un loir. Alors qu'est-ce que c'est ?

‹Saskia ¸nous ‘l'a joué « suspens ! ». Elle a claqué un shot de cachaça sur la table de débrief, schlac, en soufflant le fuego par les naseaux. Nèr a tendu son verre, tout tremblé, saccade du bras, putain de médocs. J'ai pas tenu dix secondes :

— Et t'as attendu qu'il vous fasse réchauffer des pizzas dans la cuisine pour ouvrir la lourde ? Tu calcules, là, le risque que t'as pris ? Il aurait pu vous virer illico !

— Je crois qu'il avait parfaitement pigé que j'avais pigé. S'il avait voulu m'empêcher d'ouvrir, il m'aurait éloignée d'une façon ou d'une autre.

— Il a pas cru que tu le ferais, Saskia ! c'est plutôt ça !

— Continue...

— J'ai entr'ouvert la porte et j'ai découvert la bibliothèque. Elle était immense. Les rayonnages montaient jusqu'en haut, à six mètres, avec plusieurs échelles pour grimper. À un moment, mon œil a été attiré par un fascicule qui tombait en vol plané... ça faisait penser à un oiseau. Et j'ai senti quelque chose bouger derrière moi. Par réflexe – je suis quand même de l'école Agüero, je suis une chasseuse, hein – je ne me suis surtout pas retournée. J'ai feinté un mouvement de tête et j'ai parié sur ma gauche, c'était du pile ou face. Et là, je l'ai vu.

— Quoi exactement ?

— Le furtif.

— Quel furtif ? Quelle taille ? Quelle forme ? Explique ! !

Nèr a fait gicler sa cachaça sur un coup de speed. Il trempe ses manches dedans, on s'en fout.

— Juste des livres. Une sorte de ver annelé, ou de serpent, fait de livres collés, je sais pas dire mieux. Ça ondulait et ça s'est figé d'un coup, comme une anguille électrocutée.

— Tu as déjà vu une anguille électrocutée ?

— Non.

— Et alors ?

— Varech s'est précipité… enfin aussi vite que son âge lui permet. Il a aperçu la rangée figée et il a fermé la porte brutalement, j'ai failli avoir la main brisée. Il m'a jeté : « N'entrez jamais là-dedans, jamais ! Si vous le refaites, je vous égorge avec mon opinel. »

— Il a dit ça ? ! Aussi vénèr que ça ?

— Épouvanté plutôt, dévasté, ému… je sais pas.

— Et toi Lorca, tu as fait quoi à ce moment-là ?

— Rien. Je me suis dit que c'était foutu, franchement.

— « Je suis désolée de l'avoir tué » j'ai dit, et j'avais les larmes aux yeux, j'ai eu ce réflexe de vouloir le consoler en lui prenant le bras, il l'a senti, il a vu ma détresse et je crois que ça a fait tomber sa colère et sa frayeur d'un coup.

— Et qu'est-ce qu'il a répondu ?

— Un truc comme ça : « Vous l'avez pas tué. Vous avez juste tué une étagère de romans français. Pour les relire, il me faudra le massicot mais rien de grave. Je ne lis plus de romans morts. » Alors, j'ai pas reculé et j'ai insisté d'un ton calme : « Qu'est-ce qui vit ici, dites-le-moi ? Un furtif ? J'ai étudié cinq ans les furtifs, vous pouvez me parler en confiance. »

)Je) revois) encore la scène. Je sais qu'elle ne sortira jamais de ma mémoire tellement sa réponse m'a sidérée. Elle nous a ouvert un univers.

— Il n'y a pas de furtif dans cette bibliothèque, Saskia. La bibliothèque *est* le furtif. Il est devenu la pièce entière : les rayons, les livres, les échelles, le papier. C'est... un automorphe. Il se reconfigure tout le temps. Les livres bougent, s'intervertissent, les rayons montent et descendent... ça permute, ça fait un bruit infernal la nuit...

— Mais... vous arrivez encore à utiliser cette bibliothèque ?

— Oui, j'y arrive. Il fige les livres que je veux, il accepte que je les tue en les lisant. Je lui dis le titre et il l'expulse en quelque sorte du rayon. Il se l'ampute.

— En rachetant ce château d'eau... vous saviez qu'un furtif habitait ici ?

— Non. La bibliothèque était déjà en place, elle était à moitié vide. Je l'ai remplie avec mes ouvrages et très vite, ça a commencé à bouger. Au début, je ne retrouvais plus rien et j'ai cru que la solitude me rendait fou, ou que l'amnésie m'entamait. J'ai consulté pour Alzheimer, j'ai fait des tests. Mon QI restait aussi élevé qu'avant, même un peu plus, bizarrement. Alors j'ai cherché à comprendre.

J'annotais dans les marges de mes livres de philo, comme tous les penseurs et je les reprenais parfois pour relire un passage. C'est là que j'ai vu qu'il y avait des glyphes… en réponse.

— Incroyable…

— Il manquait souvent des pages aussi. Parfois c'étaient des mots qui étaient effacés, l'encre bue, parfois ça touchait le titre, ou des découpes fines, qui faisaient de la dentelle dans la page. Parfois encore, il y avait quatre ou cinq livres d'affilée troués de l'intérieur.

— Des entres ?

— Sans doute. Alors j'ai pris un carnet vierge et j'ai commencé à écrire des questions dedans. À y faire des dessins semblables à ceux que j'avais découverts dans les marges. À chaque fois que je laissais et reprenais un livre, il y avait quelque chose de nouveau : une déchirure, une inscription, une tache, un origami même. Bientôt, il y a eu du swykemg, c'est là que j'ai noué avec la cellule Cryphe. Puis j'ai essayé de parler. J'entrais les yeux fermés et je parlais, je monologuais sur mes recherches, je pensais à haute voix.

— En français ?

— Oui. Un jour, il a répondu une syllabe. Puis une semaine plus tard un mot entier. Il a appris extrêmement vite en réalité, ça m'a ébloui. Au début, j'avais beaucoup de mal à comprendre l'articulation parce qu'il plie et froisse des feuilles pour parler. Ça frétille comme un langage d'insecte. Et au milieu, il frappe des livres lourds contre les montants des rayonnages pour faire les *B* ou les *D*. On met du temps à s'habituer.

— Il ne sort jamais de la pièce ?
— Je ne crois pas. Il est vieux et automorphe... Il n'en a pas besoin.
— Vieux ? Un furtif peut être *vieux* ?
— Comme tous les êtres vivants, oui. Ses métamorphoses sont plus lentes, plus prévisibles, il ne se déplace plus vraiment. C'est pour ça que vous l'avez vu si facilement. Il permute, il fait des combinatoires de membres.
— Qu'est-ce qu'il... dit ? Qu'est-ce qu'il vous dit à vous ?
— Nous dialoguons.
— Comme vous et moi ?
— Non... Il babille et je parle. Il produit des rythmes, des froissements cadencés, il fait chanter le bois des rayons. Et parfois, une phrase qui semble chargée de sens sort de lui. Sans que je sois sûr qu'il comprenne ce qu'il articule ; que ce ne soit pas simplement un écho ludique ou instinctif à mes paroles.

Arshavin me dévisage, émerveillé. Agüero reste les bras pendants, pire que Nèr. Ils sont stone. Lorca prend le relais, sans hâte, pour leur laisser le temps d'assimiler.
— Quand on a compris qu'il avait apprivoisé un furtif-bibliothèque, on n'a plus trop discuté ses hypothèses. Il a dit que le swykemg n'était qu'un des langages furtifs, que la cellule Cryphe n'avait eu que ce qu'ils cherchaient, à savoir un miroir de leurs passions lettristes, auxquelles les furtifs de la grotte font écho par mimétisme ou par empathie. Il pense que le sien est philosophe pour lui faire plaisir, en quelque sorte. Qu'il métabolise du sens et le défèque avec élégance.

— Il a un nom ?
— Qui ?
— Son furtif.
— Ah oui... Il l'appelle Crisse-Burle.
— Il a répété aussi que parfois, Crisse-Burle disait « nous » et parlait des autres furtifs présents dans le château d'eau. C'est comme ça que Varech sait certaines choses précieuses. Mais toujours par aphorisme bâtard, phrase tronquée, ça reste équivoque.
— Et pour Tishka alors ? ... Est-ce qu'il a pu vous aider ?

·· Varech · savait que je ne repartirais pas sans lui demander. Il avait eu le temps de réfléchir. Il m'a fait asseoir sur un fauteuil en palette et il a lâché, très sobre :
— Vous ne trouverez jamais votre fille si vous la chassez, si vous la cherchez. Vous connaissez la formule de Picasso ?
— « Je ne cherche pas, je trouve » ?
— C'est devenu un laborieux cliché. Outre que, naturellement, on ne trouve pas non plus, aucun artiste digne de ce nom ne trouve. Il est trouvé. Je vais vous dire une chose que d'autres vous ont peut-être déjà dite parce que ça n'a rien d'original, malheureusement : vous ne trouverez pas Tishka. C'est elle qui vous trouvera. Quand elle le voudra. Et si elle le veut...
— Qu'est-ce qu'on peut faire alors ? Attendre ? Juste attendre et espérer ? Encore et encore ? Vous vous figurez ce qu'on vit ?
— En art comme pour vous ici, il y a deux conditions pour être trouvé. La première est de se tenir dans

l'Ouvert. Là où ça passe – et se passe. C'est un enjeu de position, de placement existentiel, de sentir où ça va se nouer et de s'y tenir. La seconde est de se laisser traverser. Tout ce que vous ferez d'actif et de forcé vous éloignera d'elle. Vous lui avez laissé des messages, elle a répondu. Maintenant, laissez le miracle opérer.

— Vous ne m'aidez pas...

— Je sais. *Ni paradieu, ni paramaître*. Je suis désolé.

)Ar)shavin nous) a demandé s'il y avait encore quelque chose ? Il était 5 heures du matin, j'étais brouillée de fièvre et de cachaça et je savais que je ne pourrais plus jamais entrer dans une bibliothèque sans penser à Crisse-Burle. Et plus jamais ouvrir en toute innocence un livre sans me demander si j'allais le « tuer ». En figer d'un regard les feuilles et les mots fluants. Je me demandais ce que ça faisait de toucher un livre vivant... Est-ce qu'on y sentait les mots bouger sous les doigts ? Šahar pleurait dans les bras de Lorca, ou l'inverse. Ils étaient déchenillés. Nèr avait bien perçu une énorme tache de chaleur derrière le béton de la cuve mais il l'avait interprétée comme un effet buvard de la diffusion des ondes. Il n'avait pas pu croire qu'un furtif aussi gros puisse exister. Il l'avait au lidar toutefois et on y devinait la houle des livres, dans les niveaux des gris.

Pour Arshavin, j'ai rassemblé mes dernières forces et j'ai rementalisé le moment où Varech nous a fait escalader l'échelle de la cuve. Nous nous sommes retrouvés à cinq mètres au-dessus des trois cent mille litres. L'eau brillait d'un bleu pur sous la lumière diffuse. Ça donnait une envie irrépressible de s'y baigner. Varech m'a alors proposé de chanter, c'était inattendu, fredonner ce que je voulais. J'ai chanté *Song to the Siren* de Tim Buckley, repris avec une telle clarté de cristal par Liza Fraser qu'il est aujourd'hui impossible de l'interpréter sans laisser les vers se suspendre sur l'océan, à sa façon :

Well I'm as puzzled as tĥe newborn čhild
I'm as riddled as tĥe tide
Sĥould I stand amid tĥe breakers ?
Or sĥould I lie witĥ deatĥ, my bride ?
Ĥear me sinğ, "Swim to me, swim to me,
let me enfold you
Ĥere I am, ĥere I am,
waitinğ to ĥold you"

Ğrâče à l'ĥyperbole de la čuve, l'ačoustique était sublime. Quand le silenče est retombé, Varečh m'a ğlissé à l'oreille : « Observez maintenant la surfače de l'eau… »

— Alors j'ai mis un coup de coude à Lorca en lui pointant la flotte. Sans qu'on ait strictement rien fait, l'eau s'est mise à se rider par endroits. Il y a eu des petits cercles d'ondes de toutes tailles, çà et là, de loin en loin, comme si des doigts effleuraient l'eau par touches, note par note j'ai pensé, sur un piano liquide –
— Moi j'ai eu l'impression qu'une danseuse invisible y courait avec ses pointes, tip-tip-tip. Un ricochet sans galet. Juste la trace volante des impacts, mais pas de caillou !
— Ça a duré trois ou quatre minutes comme ça, de friselis minuscules et brusques. Puis l'eau est redevenue d'un calme olympien. Varech nous a regardés en nous demandant si l'on pigeait ce

que c'était. On a fait non. Il a raconté qu'il venait tous les soirs ici et qu'il y chante du Johnny Cash pour le plaisir. Et que lorsqu'il a terminé, l'eau frissonne comme cette nuit, longtemps. « Est-ce que ça pourrait être simplement la réverbération des ondes ? » il m'a demandé, en espérant une parole d'experte, ou je ne sais quoi !

— Saskia a souri, je peux vous le dire, souri comme elle sait sourire quand elle est heureuse. Moi je me suis déshabillé et j'ai plongé de l'échelle. J'ai pas pu résister, l'eau était trop belle. J'ai nagé dans une source immense, c'était une sensation extraordinaire, après cette soirée tellement tendue, une plénitude quasi sacrée. Et là, croyez-moi si vous voulez, mais l'eau… L'eau n'était pas homogène… Elle était chaude par endroits. Par poches.

— Seulement par endroits ? Et froide partout ailleurs ?

— Exactement, Sahar.

·· Sahar, · qui n'avait pas dit un mot de tout le débrief, s'est approchée de moi. Elle s'est blottie en coulant dans mon cou son parfum et un chuchotis léger de mots, afin que personne ne puisse l'entendre :

— On va y arriver, mon amour. Ils se rapprochent, ils viennent à nous.

— …

— Elle va venir, je le sens.

CHAPITRE 16
DES CORPS-BRUMES

·· Sahar · me regarde avec ses yeux vert d'eau, dans l'iris desquels le soleil du matin donne l'impression qu'y a été versée une goutte de pastis. Elle a ce coulé du buste et cette langueur mal réveillée qui la rendent si peu résistible au lever et pourtant rien ne s'est passé cette nuit, pas plus que les autres. Nous avons même préféré dormir chacun dans deux chambres séparées du gîte – aussi parce qu'on ne dort plus vraiment depuis trois semaines, et que nous nous réveillons l'un l'autre, sans arrêt, par nos insomnies croisées.
Elle me regarde et le pastis semble geler dans la menthe fraîche. L'ovale de son visage se tend, sa blondeur même perd toute douceur. Ça va être violent. À peine ma proposition lâchée, je comprends que j'ai pris un risque méphitique pour notre histoire.

— Comment tu as pu faire ça, Lorca ?

Ne pas se déliter, tenir tête.

— Je veux être prêt, c'est tout.

— *Prêt* ? *Prêt* à quoi ? C'est juste ignoble ce que tu fais ! Tu salis tout. Comment tu as pu fabriquer ça avec cette machine, et pire, jouer...

— Essaie au moins.

— Tu me débectes !

— Essaie au lieu de projeter ta morale ! Tu verras que ça a du sens !

ʻJ'ai ˏenvie ʻde le gifler. Envie de lui fracasser la casserole en pleine face.

— Qu’est-ce que tu as mis dedans ?
— Tout.
— Tout ?
— Tout ce que j’avais. Toutes les vidéos à quatre ans, tous les enregistrements de sa voix dans les doudous, toutes les photos. Plus tu fournis de données, plus la reconstitution est précise et fidèle. C’est le principe de la réul...
— Et tu lui parles ? Tu lui as parlé ?
— Oui.
— T’es un pur pervers... Tu perds ton âme. Tu ne respectes plus rien, t’es...
— C’est toi qui es bloquée au dix-neuvième siècle, pauvre fille !

´La ˏclaque ´est partie toute seule. Sa tête a tourné à l’équerre mais il n’a pas bougé. Il éclate un verre de jus d’orange dans sa main pour ne pas répliquer. Ça gicle sur son pantalon et il a les doigts en sang ; il s’enlève les éclats de verre et il lèche ses phalanges pour nettoyer le sang. Ça le perturbe à peine.
— Quand Tishka va arriver, va arriver vraiment... je veux être prêt. Je veux être prêt à entendre sa voix, je veux me préparer à la recevoir, je veux me souvenir de son rire, je veux retrouver le fil tout de suite... Notre complicité. J’ai trop peur qu’elle reparte sinon. La réul me sert à ça. À apprivoiser son retour.
— Elle a six ans, voire plus maintenant, tu réalises ? Une enfant, ça change si vite. Tu veux la ressusciter mais tu ne fais que t’accrocher à un passé qui n’est plus elle depuis longtemps... Plus elle. Tu touilles ce passé jusqu’à la nausée. Et de toute façon...
— De toute façon quoi ? Vas-y !
— Elle reviendra peut-être jamais...

·· On · y est.

— Et le message sous le ponton, c'était quoi pour toi ?

— « *p m* », tu appelles ça un message ? Si ça se trouve, c'est un ouvrier qui a gravé ses initiales sur la planche. Ou je ne sais qui ! Depuis, nous n'avons eu aucun retour, sur les centaines de tags que nous avons laissés partout. Tous les jours, Arshavin fait tourner vos drones pour vérifier et tu le sais très bien : il n'y a rien...

— Le balian au Javeau-Doux et Varech, tous les deux ont dit qu'elle viendrait à nous.

— Qu'est-ce qu'ils en savent ?

— Ce sont deux formes de spiritualité très différentes et ils disent la même chose !

— Oui, comme tous les charlatans qui devaient la retrouver quand elle a disparu...

— Essaie, Sahar. Essaie juste ! Si tu ne le fais pas pour moi, fais-le pour elle.

— Qu'est-ce que tu me sors ? C'est quoi... ces répliques de mauvais film ? Écoute-toi bon dieu ! Pour elle ? Je le ferais *pour elle* ?

— Si on s'engueule... Si nous ne sommes pas soudés, Sahar, pas ensemble, notre fille reviendra jamais. Si j'ai une seule certitude, c'est ça. Maintenant, si tu veux qu'on se déchire, vas-y, continue et mets-moi des claques si ça te fait du bien. Tu as bien changé Sahar. La communication non violente, tous tes ateliers là-dessus et toutes tes belles théories, elles sont où, là ?

Je pose les disques rétiniens sur la table et je vais chercher un torchon pour me l'enrouler. Ça continue à pisser le sang. Sahar a filé dans le jardin et elle est allée respirer les feuilles et les buissons, ainsi qu'elle le fait souvent, ça la calme.

À mon tour, je sors discrètement sur la terrasse pour aller chercher un peu de paix dans l'air frais.

J'essaie de trouver dans le paysage la matière d'une sérénité. Mon regard accroche d'abord le clocher carré sur la place de poche, il glisse et rebondit sur les toits de tuile et part au loin vers le plateau des lavandes, puis revient, flottant. Je devine, plus que ne la vois, la rivière qui tranche le village à la verticale. Et puis, dans les rares saignées que laissent les maisons tassées, la lumière d'octobre se faufile et fait briller les pavés lustrés des ruelles. Moustiers-Sainte-Marie.

C'est ici que Tishka a été conçue, à cette époque, en automne. C'est ici que dans notre mythologie d'amoureux, elle aurait pu ne jamais naître, ne rester qu'un embryon minuscule décroché bêtement par un saut trop brutal, un saut que Sahar avait fait à un kilomètre d'ici, bien au-dessus du village, dans le ravin de Notre-Dame, un saut pour se sortir de la descente escarpée de ce canyon à sec où l'on s'était égarés avec bonheur. Cependant Tishka s'était accrochée aux parois de l'utérus, avec toute la force têtue et aveugle de la vie qui pousse, elle avait décidé d'exister et d'être notre fille, de venir au monde. Lorsqu'elle avait eu trois ans, nous étions revenus ici pour un week-end et nous l'avions emmenée au pied de la cascade sèche en lui racontant l'histoire. Elle avait eu du mal à comprendre mais elle avait très bien perçu notre émotion. En vérité, ce qui l'avait émerveillée bien davantage, ce fut l'étoile de Marie, suspendue à l'aplomb du canyon à cent cinquante mètres au-dessus de nos têtes, par une chaîne transversale. Cette étoile d'or fragile dont elle ne voyait pas l'attache et qui lui semblait planer, par la magie de quelque fée, dans l'azur sans tache.

La semaine dernière m'est venue cette idée, que j'ai proposée à Sahar, de partir nous mettre au vert en lui suggérant qu'on retourne à Moustiers. Elle a hésité d'abord puis elle a accepté. À petit feu, la ville était en train de nous tuer, de toute manière, et l'attente devenait insupportable pour nous deux.
À force de tourner en rond, je m'étais mis par défaut à la bague et j'enclenchais la réalité ultime de plus en plus souvent. Au Récif, je jouais en multi avec Saskia et Agüero sur leur simulation de chasse. Dans la rue, je bavardais avec mon moa, Cynthia, qui se paramétrait de jour en jour avec un peu plus de finesse autour de mes comportements et de mes envies. À l'appart je regardais du porno pour évacuer ma tension physique et je me voyais glisser malgré moi dans la pente douce de la facilité, des pulsions à gratification rapide et de la délégation de ma vie à ceux dont le business consistait à la gérer. C'était tellement fluide avec l'Anneau, tellement bien fuselé pour effacer toute aspérité et épouser ton moindre désir émergent, ça flottait autour de toi à la manière d'un vêtement de coton passé à l'adoucissant que tu ne pouvais naturellement qu'enfiler puisqu'il était là, repassé et propre, n'attendant que ton geste nonchalant pour t'habiller et s'introniser seconde peau. J'avais beau savoir que cette compulsion à manipuler ma bague venait combler l'attente et déminer l'angoisse, qu'elle n'était qu'un pis-aller qui ne résolvait rien, un triste placebo, je n'arrivais plus sérieusement à lutter contre. Tous mes temps morts se remplissaient d'interactions douteuses, tous mes creux appelaient l'empire de la bague, comme une eau. L'addiction creusait ses

frayages. Sahar faisait mine de ne pas le voir, tandis que je me surprenais à allumer la réul la nuit, à faire danser des filles dans mon salon et à survoler des paysages de montagne pendant des heures, surimprimés au plafond de ma chambre, jusqu'à en saturer mon cortex d'images, jusqu'à m'abrutir de pics glacés et de vallées vertes, à m'en écrouler enfin de sommeil.

Sahar remonte du jardin et en passant derrière moi, contre toute attente, elle dépose un baiser dans mon cou, presque une façon de demander pardon. Elle revient avec un thé noir qu'elle pose sur le rebord de la fenêtre, sa main tremble.

— Je voudrais la voir là, au soleil. Dans ce jardin… Je fais comment ?

´On (dirait ´que c'est lui qui a peur maintenant.

— Tu… Tu mets les disques… tu attends qu'ils accommodent à ta vision… Puis tu dis « Réul/Persona Tishka ». Et ensuite tu peux dire : « dix mètres/vue axiale/persona avance vers moi »… Par exemple.

— C'est tout ?

— Oui.

— Et elle va apparaître ?

— Oui.

— Ça… Ça met combien de temps… à apparaître ?

— Quatre ou cinq secondes. Si tu veux qu'elle parle, tu dis « parler ».

— Elle… va dire quoi ?

— Des choses qu'elle a dites dans les vidéos. Avec quelques variantes.

— J'y vais alors ?

— Si tu te sens prête... Tu veux vraiment y aller Sahar ? Tu t'es vraiment décidée ? C'est puissant, tu sais ?

Parce que je me sentais plus forte les pieds au sol, je me suis mise debout et j'ai avancé de quelques pas sur la pelouse qui descendait vers le portique, au fond du jardin. J'ai prononcé « réul » puis « Tishka » puis « balançoire », très lentement, en soufflant autant que je pouvais...

La balançoire s'est mise à bouger toute seule et à osciller d'arrière en avant, d'avant en arrière, à vide, sans personne dessus – puis tout à coup, l'air a faseyé et une petite fille est apparue sur la balançoire, pendulant – avant, arrière, arrière, avant – dans le grincement inattendu des anneaux rouillés et la tension audible du chanvre.

— Maman, tu me pousses ?

— ...

— Allez, s'te plaît !

Ça a duré une éternité avant que je ne bouge. Mon petit bout de chou se démenait avec les cordes et se dandinait sur la planche pour tenter de prendre de la hauteur, elle riait toute seule en tendant les jambes et en les fléchissant, avec maladresse, à contretemps, ses petites cuisses joufflues et sa bouille d'oursonne brouillée par ses cheveux courts. Je la contemplais tanguant, bringuebalante, encore et encore...

— Regarde maman, j'y arrive !

Alors j'ai couru. J'ai couru. Je suis partie au fond du jardin en courant et j'ai tendu ma joie vers la balançoire en serrant tout le vide du monde entre mes bras.

« Maman... » a murmuré l'intelligence artificielle pendant que je fermais les yeux et j'ai senti mes mains sur mes coudes et mes épaules qui enlaçaient mes épaules. J'ai rouvert les yeux. Elle était encore là pourtant, tout contre moi, ses joues à quelques centimètres de mes lèvres qui ne pouvaient l'embrasser, de ses cheveux qui ne sentaient rien ; j'ai vu ses yeux trop lisses, trop ronds, trop grands qui me fixaient pareils à deux billes de verre animées par des mouvements de paupières et je lui ai sauté au cou en hurlant « c'est pas toi, c'est pas toi, tricheuse, tu triches !! » de sorte qu'elle a reculé, avec effroi, elle a commencé à se décaler par à-coups bizarres, de figurine, puis à se redécaler encore chaque fois que je voulais l'attraper, j'ai pris un bâton contre la haie et je l'ai frappée de fureur mais les coups la traversaient, « dégage, dégage sorcière, sors de ma fille, arrête de la voler ! ». Et soudain, d'un fondu au blanc, le corps de Tishka a disparu et un panneau massif a fait irruption dans le jardin, occupant tout mon champ de vision :

« *NOUS RAPPELONS QU'EN VERTU DE LA LOI DU 12 JUILLET 2036, LA MALTRAITANCE DES ENFANTS EST INTERDITE DANS LES ESPACES VIRTUELS OU RECONSTITUÉS. NOUS SOMMES AU REGRET DE CESSER LA SIMULATION ET NOUS VOUS ALERTONS QU'EN CAS DE RÉCIDIVE, NOUS SERONS CONTRAINTS DE TRANSMETTRE VOS COORDONNÉES AUX SERVICES DE POLICE POUR UN EXAMEN PSYCHIATRIQUE CONTRADICTOIRE.* »

·· J'ai · vu Sahar déchaîner toute sa rage sur la balançoire, à en plier les arceaux. Je n'ai pas essayé d'intervenir, ça n'aurait servi à rien. Je m'attendais à quelque chose de ce genre. Elle était dans un tel état de tension depuis un mois, tellement ravalée en elle, contenue cette tension, surdisciplinée, que rencontrer Tishka, comme ça, ne pouvait que libérer deux choses : une fascination émue ou la rage. Plus sûrement les deux à la fois. Pendant un temps qui m'a paru interminable, elle a répété en boucle « C'est pas toi ! C'est pas toi ! C'est pas toi ! C'est pas toi ! » sans que je sache si ça trahissait la frustration atroce d'avoir Tishka si proche et de ne pouvoir la ramener avec elle dans le réel, ou si elle était révoltée par la mascarade de la simulation. J'avais vécu les deux et j'avais fini par accepter de rester dans la vallée de l'étrange, dans ce malaise récurrent, parce que cette interpolation de ma fille, aussi imparfaite et dérangeante fût-elle, m'acclimatait intérieurement à sa présence… À la possibilité de sa présence.

Si Sahar était touchée aux viscères, c'était surtout qu'elle était inaccoutumée aux simulations, absolument pas prête en vérité à affronter ces effets de réel et je l'avais auguré, j'avais pris ce risque. Car j'escomptais aussi que cette épiphanie pénètre en elle par une trappe inconsciente, ravive une mémoire durcie et lui rappelle une vie qu'elle avait trop longtemps refoulée. J'en espérais quelque chose de peut-être fou, en tout cas un pari sans assise : j'en espérais qu'elle reforme en elle la présence de Tishka d'une manière plus nourrie, plus aiguë, qu'elle en ait une soif subite, haute, plus seulement une attente sourde et continue. À la voir s'effondrer dans mes bras, je n'étais plus sûr de rien, plus sûr que d'une chose : en la poussant vers cette épreuve, je l'avais soumise à un niveau de souffrance qui touchait pour elle à la limite du soutenable et ça, je ne me le pardonnais pas.

La journée s'annonçait plombée, et longue, quand Sahar eut cette idée toute simple qui nous a fait un bien fou : elle m'a demandé de lui raconter à la file tous les souvenirs que j'avais de Tishka de sa naissance jusqu'à sa disparition. En mode libre, à inconscient ouvert…

‘… ‚ comme ‘ça, sans réfléchir, sans chercher à ordonner, en vrac, pêle-mêle, à la diable, tout ressortir, tout ramener à la surface quitte à parler des heures – et je l'ai coupé quand j'avais des souvenirs autres qui me venaient – qui complétaient les siens, s'y ajoutaient si bien que ça a duré toute l'après-midi, une litanie, un torrent, des réminiscences minuscules, du dérisoire, du splendide et de l'inoubliable, tout Tishka déversée à la va-comme-je-te-parle, *motu proprio*, sans pudeur et sans frein, tour à tour lui et moi, tout à trac et à toute vitesse afin de ne pas laisser l'émotion remonter trop fort, plus avoir l'espace de pleurer, et sortir sur cette terrasse tous les meubles de la maison Tishka…

·· … pour · s'en offrir la brocante joyeuse. En l'évoquant comme ça, directement du cœur vers la bouche, je mesurais à quel point, sous couleur de précision, la mémoire numérique des vidéos avait asséché en moi la richesse des instants passés. À force de revoir les anniversaires par exemple, les vidéos avaient cristallisé ma mémoire organique sur une série d'images, chacune lyophilisant dans un sachet ce qui était auparavant gorgé de sensations floues, de chaleur d'été, de fatigues rémanentes ou d'atmosphères complexes, lesquelles retenaient de ces instants beaucoup plus que dix minutes de film de famille. C'était comme si la vidéo plastronnait « voici la vérité » et qu'elle rejetait dans le hors-champ l'essentiel de ce qui réticule un événement qui reste.
Au début, quand j'ai commencé à raconter, ça n'a été qu'une thérapie à la hâte, un exutoire grave et léger pour Sahar et moi…

‘… (rien ‘qu’une intuition spontanée que ça pouvait m’aider à effriter le bloc du choc. Cependant Lorca s’est pris au jeu plus que je ne l’aurais présumé et nos petits torrents pétillants se sont rejoints dans un vallon, sont devenus une unifiable rivière, où son eau était maintenant mon eau, un don qu’on se faisait, une preuve insoupçonnable d’amour que nous avions à l’évidence pour notre fille mais aussi, indubitablement, pour nous deux, pour notre histoire rompue.

À la frange du crépuscule, avec la fatigue de l’attention, le soir tombait bien vite, l’écoute croisée virait à l’épreuve, alors Lorca a rempli un sac à dos et nous sommes partis marcher…

·· dans · la nuit montante par un silence princier, traversant en fantôme le village où bredouillaient les cascades. Nous avons longé le cimetière pour remonter l’ancienne voie romaine à tâtons. Nos semelles croustillaient sur la blancheur du calcaire concassé qui canalisait nos pas. Jamais je n’avais senti Sahar aussi proche de moi depuis notre séparation, rarement sa main n’avait été aussi pleinement logée dans la mienne et notre silence aussi évident, aussi complice.
Lorsqu’on a croisé le sentier qui part vers la chaîne, Sahar a bifurqué sans un mot et j’ai deviné qu’elle voulait retrouver la clairière, sur le plateau là-haut. Ce plateau d’où l’on peut si l’on veut piquer à gauche vers la falaise, au départ de la chaîne, à cent mètres au-dessus du village, sur un piton vertigineux ou bien continuer tout droit et plonger vers le ravin Notre-Dame un peu plus loin. Un peu avant la sente qui plonge se trouve notre clairière…

Parvenus sur le plateau, la lueur du village commença à dire adieu – il en restait à peine un halo résiduel qui venait souligner, çà et là, la blancheur des roches et les étranges langues de brume. Levant la tête, j'aperçus les premiers diamants percer le velours noir du ciel – Orion, la Petite Ourse, le Cygne – et nous avancions maintenant au jugé, en devinant le sentier plus qu'on ne le voyait, avec cette sensation de suivre des coulées de neige.

J'ai senti Sahar désorientée au milieu des bosquets de buis et des genévriers épars, cherchant à retrouver la petite forêt, aussi je l'ai conduite là où je me rappelais qu'elle était, dans un creux derrière une crête rocheuse. Le cœur battant, on s'est faufilés entre les pins et les lentisques et nous avons retrouvé la clairière minus, encore plus petite que dans le souvenir que j'en avais. Là, j'ai étalé les duvets à la hâte, sans trop savoir à quoi m'attendre…
Sahar s'est approchée, elle a ouvert ma parka, l'a fait glisser, d'une caresse, de mes épaules, et elle a commencé à m'embrasser dans le cou. Le froid me faisait frissonner, toutefois bien moins que ses baisers. Dans la même coulée, elle a retiré sa polaire et son maillot pour coller ses seins de pomme contre mon torse. La chaleur de sa peau tranchait dans la fraîcheur, j'ai senti son parfum monter à travers l'odeur piquante des aiguilles de pin, parmi des bouffées de ciste.

Il tremblait, pareil à un adolescent, lorsque je lui ai enlevé ses vêtements, il est resté d'abord debout, presque en retrait, hiératique, comme s'il n'y croyait pas, que ça revenait de trop loin pour lui, il ne disait plus rien, je n'ai pas su si je devais continuer… puis j'ai passé ma main sur sa ȷoue et ȷ'y ai senti la pluie... une pluie qui ne venait pas du ciel... et ȷ'ai souri, ȷ'ai souri de le sentir si amoureux, si bouleversé que ȷe puisse encore, à nouveau, avoir envie de lui.

·· Nous · sommes tombés sur les duvets à force de nous serrer comme des fous, de nous embrasser au milieu des buissons, j'avais tellement espéré ce moment, ce retour, enlacer ce corps, retrouver sa grâce, j'étais submergé, on a roulé... Allongée sur moi, Sahar a continué à jouer à fleur de lèvres, à aspirer ma langue, à faire pétiller ma bouche aux franges de la succulence, en me volant des baisers légers, trop courts puis profonds, pleine gorge, à me couper le souffle, à me souffler de l'air, à me faire respirer au rythme de son désir, de son plaisir...

´... ¸Il ´a pris mes hanches, puis mes seins dans sa bouche, et il m'a trouée subitement d'un seul doigt, en lissant avec délice ma motte, de sa paume rêche.

·· Elle · a eu un petit rire d'extase, pas solennel, solaire, juste ruisselé et simple, dégondé. Joyeux. Ses cheveux faisaient des taches claires sur la garrigue, tandis qu'elle léchait mes doigts trempés. Ensuite, de toute la surface de sa peau elle s'est allongée sur moi, comme une eau qui aurait rempli tous mes creux, toutes mes failles en une seule vague.

´ ȷe ¸l'ai ´senti devenir raide, mon amour, raide sous mes baisers, une poutre arquée, raide à craquer – puis il a vibré tout entier à travers mon bassin, m'empoignant, m'arrimant à son sexe, accélérant – ȷusqu'à m'offrir ses ȷets, son ȷus de vie, sa pleine ȷouissance.

·· Le · temps est sorti de ses gonds.

Une étoile a filé, d'une traînée de craie.

·· Fais · un vœu…

Puis notre amour, suspendu sur la garrigue, s'est redéposé lentement en nous comme une brassée de graines au creux d'une doline. J'ai caressé les épaules de Lorca, senti sa puissance sourde, nouvelle, qui me déstabilisait, avec bonheur… Alors tout est devenu liquide…

Tout relâcher. Glisser dans tes bras

S'effondrer l'un sur l'autre

Regarder le ciel nu

Sentir la brume autour

Avoir soudain froid et aimer ça

Ramener le duvet sur nous

Se blottir l'un contre l'autre

Comme des chats, comme des marmottes

Comme deux braises, côte à côte

Ce moment où l'on n'a plus vraiment de corps à soi

où tout se fond, se ressource en secret...

Puis on a recommencé tous les deux, aimantés

Ce moment où l'on n'a plus vraiment de corps à soi

où ta peau est ma bouche, mes seins sont tes mains,
Mes reins sont les tiens – prends, touche...
ta paume joue à cache-cache au bord de mon bassin
Je te paume, tu m'épaules, tu m'épelles,
je t'effeuille, tu me perds, tu me dévisages,
je te courbe, je me lèvres, tu me joues,
nous attendons la fonte des neiges, un doigt dans la feinte,
Apprends ma langue – parle, perle...
Tu bouches ma fuite, je te bruine,
tu me hanches, tu fonds, je t'avalanche

Ce moment où nous sommes aussi l'air froid
Les cailloux rares sous nos reins
Des corps-brumes, des arbres-torses
la chairanuit
Qu'on fait un avec tout ça
Qu'on fait un
Tous les deux
Enfin...
À nouveau

·· Bien · plus tard, je crois, la bise nous a réveillés et on a vite jumelé nos duvets, en galérant avec les zips, en riant, et en priant qu'il ne gèle pas cette nuit. Des écharpes de brume passaient à travers la clairière sans un bruit. On sentait des présences, oui, la roche qui se rétractait, sans doute, ou les feuilles d'un arbre que le froid froissait. Sahar s'est glissée contre moi pour me chapechuter :

— Ça me fait comme si c'était la première fois ensemble. Comme si j'avais un nouvel amoureux.

— Tu as un nouvel amoureux.

— Tu es qui alors ?

— Je suis la brume qui s'est faite chair.

— Elle est bien chaude et douce, cette brume...

Sahar a eu un petit rire, elle s'est blottie contre moi en plongeant ses cheveux dans le duvet et nous nous sommes rendormis.

Sahar a dit plus tard que c'est la voix qui nous a réveillés. Moi je crois que c'était plutôt les rafales, ou la sensation lancinante d'une présence derrière nous, à l'orée du petit bois. Je somnolais quand la voix a poudroyé à quelques mètres derrière ma tête. D'abord j'ai cru à un animal qui grignotait quelque chose, une branche ou une baie, et qui mouftait des petits cris, des sortes de feulements. Puis la voix est montée avec une clarté presque surnaturelle et elle est retombée droite dans la clairière, tel un aérolithe :

— Maman...

— ...

— Maman amour papa...

Sahar demeurait à la lisière du sommeil. Ses lèvres ont marmonné...

— Maman est là. Viens… mon chat…

Je ne sais pas ce que j'ai ressenti. Je ne m'en souviens plus. Je crois que le choc était tel qu'il n'y a eu tout à coup plus de réalité pour moi. Ou alors, il n'y avait plus que ça : du réel. Du réel absolument pur. Aussi insoutenable qu'un shot d'alcool à 100°. J'ai dû dire :

— … Tishka ? … Tishka, c'est… toi ?

Il y a eu un ſrouſrou de ſeuilles ou un bruit d'ailes, ça je m'en souviens. Et la voix a surgi, à quelques brassées devant nous, tandis que je me redressais, ébahie.

— Papa !

— … Tu es revenue ? … C'est vraiment toi mon amour ?

— Fermez… Fermez vos fœils…

— Nos… Nos yeux ?

— Si. Pas me garder. Vous avez l'apprice ?

— Si on te voit, on te tue, c'est ça ?

— Fu'tive.

— Mais tu es aussi encore un peu humaine, non ? Tu peux supporter qu'un être humain te regarde…

— Fafixe… Figerait…

Lorca m'a mis la main sur la bouche sans que je comprenne pourquoi. Les rafales déchiraient les branches tout autour de nous.

— Dadur…

— Papa et maman ne te feront jamais de mal… même si on te voit, mon chaton.

— Tish porter… préger l'espécial.

— Protéger ? Protéger l'espèce ? Tu protèges l'espèce ?

— Porter. Portergeste.

— Viens près de nous… on garde les yeux fermés. Et de toute façon, la nuit est trop noire, on ne voit rien, tu sais !

·· D'une · pulsion irrépressible, avec la plus crasse des stupidités, j'essaie de scruter la masse noire de buissons d'où est partie sa voix mais je ne vois rien de plus que des taches d'aquarelle noire qui bougent. Ma terreur, ma terreur profonde est qu'elle reparte… qu'on n'arrive pas à la retenir près de nous. Depuis sa disparition, j'ai échafaudé six cent seize scénarios, quoi faire, selon, pour toutes les situations, si jamais, si elle…, je croyais – si jamais elle revenait – et là, je reste coi, assis dans mon duvet comme une poutre cassée.

— Tu viens faire câlin ? ose finalement Sahar avec une voix qui rendrait liquide la muraille de Chine tellement elle coule tendre et hantée d'amour.

J'ai ėntr'ouvert enċore les yeux, jė l'avoue et j'ai aperçu unė sorte de saut, dė voltiġe déplaċer une silhouėtte noire à travėrs une massė plus noire enċore. Puis j'ai abaissé mes paupières et j'ai senti une petite menotte toute dodue caresser ma joue avant de se glisser dans notre duvet jumelé et de se lover entre Sahar et moi.

´Son ˏpetit ´visage, du bout des doigts je l'effleure, passe dans ses cheveux avec appréhension. Sa peau est chaude et souple comme un mammifère et ça me rassure, ça me rassure à un point… Au bout de sa joue, en remontant vers la nuque, ma main ne rencontre rien, je ne sens pas d'oreille – et dans sa nuque, c'est fourni et agréable comme une toison, une fourrure qui s'arrête en haut du dos. Sous ma caresse, Tishka a un petit grognement de contentement, elle se pelotonne tout contre ma poitrine et je l'enlace de toutes mes forces en prenant soudainement conscience que ça y est. elle est revenue. elle est là. elle est revenue ! Quelque chose lâche tout au fond de moi, une bonde monstrueuse, elle sent mes sanglots qui montent et la secouent, elle se serre encore plus fort contre moi et je sens sa bouche se nicher dans mon cou et y couler un baiser de bébé.

— ... suis verenue, maman. Je suis làc. Je t'aine.

— Tu m'aimes ?

— ... ouic.

·· Positionné · comme je suis, j'enveloppe Tishka presque complètement. J'ai mis mes pieds sous les siens dans l'idée de les réchauffer. Au contact, je sens des coussinets sous la plante, des petites pointes qui m'éraflent quand j'appuie... Des griffes, je dirais cinq, un félin ? Ses cuisses paraissent dures, j'ai du mal à comprendre de quoi elles sont couvertes et quand je frôle son genou, j'ai l'impression de tâter une roche, du calcaire rêche. Son mollet est froid, enfin tiède, il a la fermeté du bois, d'une branche verte. À l'odeur, son épaule gauche est restée humaine, sans poil ni herbe, elle fleure le miel et le lait, comme avant, elle sent l'enfant qui même craspec sent toujours bon puisque tout ce qui pousse et fleurit sent bon. Son côté droit, elle l'a plaqué contre le sol et je n'ose pas y faufiler un bras parce que ça frétille, ça vibre et bat par à-coups, à la façon d'une aile coincée. Au bas de ses reins, j'ai touché la frange de quelque chose, les tiges plates d'une plante ou peut-être des plumes, un ramage, je ne veux pas aller plus loin. Sahar lui glisse quelques mots, nos mots doux à nous, Tishka y répond à sa façon : elle tend ses petites mains

pour nous toucher comme si elle n'en revenait pas que ce soit bien nous et elle... oui, elle ronronne ! On sent qu'elle a du mal à parler, à aller chercher le langage, ça me donne ce sentiment qu'il est loin pour elle, qu'il s'est éloigné mais qu'elle peut le retrouver, qu'il peut revenir par morceaux. Possible qu'elle n'ait pas côtoyé d'humain depuis très longtemps ?
Ce qui est fou est qu'elle a conservé sa voix, sa voix est intacte. Elle a un peu mûri et elle déforme ou avale certaines syllabes comme quand elle avait deux ans. Mais le timbre et le ton, c'est le sien, sans aucune hésitation possible. Et c'est même ça qui fait qu'on ne peut plus douter une seconde que ce soit elle, que ce soit notre fille, malgré toutes les métamorphoses qui la traversent, qui la travaillent.

´ J'avais ´ si ´ peur de trouver un monstre. Combien de rêves j'ai faits où elle revenait défigurée, grouillante d'insectes, avec des pinces à la place de ses pouces ; combien de cauchemars où je cherchais ses jambes, où elle essayait de m'appeler avec sa face de poulpe ? Ses mains n'ont pas changé, ce sont toujours ses petites pognes pouponnes de putti, de bambine, une motte de bonheur sous les doigts, c'est toujours aussi sa bouche, ses joues de pêche, son nez, tout est là, à sa place naturelle, et pour le reste, je me rends compte que je suis prête à tout accepter – qu'elle restera, quoi qu'il arrive et quelle que soit la manière dont elle mute, mon enfant. Tant que je pourrai entendre sa voix et sentir du sang chaud irriguer ses veines.

·· Nous · sommes restés comme ça, tous les trois, le reste de la nuit, jusqu'à ce que le ciel commence à s'éclaircir à l'est et que Tishka file hors du duvet et aille se cacher je ne sais où. Nous sommes restés lovés contre elle, plus unis qu'une portée de chiots, à fondre ensemble comme sucre dans la somnolence liquide, à toucher cet infini simple d'appartenir, une coulée d'heures, au même cosmos chaud.

À un moment, j'ai pris ma fille contre moi, sur mon ventre, comme lorsqu'elle n'était qu'un nourrisson et que tout son corps tenait entre ma poitrine et mes hanches et je l'ai sentie lentement se relâcher, sombrer dans l'enchantement d'une confiance absolue, plonger à grande profondeur dans le sommeil et m'y emmener à l'unisson, cœur contre cœur, souffle sur souffle, dans l'évidence d'une fusion fauve. J'ai su alors que ma quête avait touché un roc d'or. Le futur pourrait déplier ses arcanes et ses pièges, m'échapper au point de m'arracher un à un tous ceux que j'aimais, il n'entamerait jamais ce roc rond de tendresse viscérale que Tishka m'avait livré, sans même y penser, sans intention. Juste de l'amour à l'état natif, à l'état pur, blotti au creux de mon ventre, dans un duvet qui coupait mal le vent, au milieu d'un plateau de garrigue.

Je ne savais pas pourquoi elle était partie, non. Pas plus pourquoi elle était revenue. Encore moins si elle allait rester. Je ne savais rien sinon qu'elle nous aimait encore. Elle nous aime. Du haut de ses six ans, c'est elle qui a choisi toute seule le moment, l'endroit et la manière de revenir. Ça en dit tellement sur ce qu'elle est devenue.

— Ça fait combien de temps qu'ils ont coupé leur bague ?

— Quarante-six heures maintenant.

— Dernière géolocalisation ?

— Plateau de Vénascle, au nord de Moustiers-Sainte-Marie. 9 heures du soir.

— Qu'est-ce qu'ils allaient faire là-bas à cette heure ?
— Baiser à la belle étoile, apparemment…
— Si c'est vrai, ce serait une nouvelle d'importance. Ça signifierait qu'ils veulent vraiment redémarrer leur histoire…
— Ou que Lorca en avait assez de dormir sur la béquille…
— Très élégant, Berthold. Bon, je présume qu'ils n'ont pas fait l'amour pendant quarante-six heures. Donc pourquoi ils ne se sont pas reconnectés ? Vous avez des hypothèses ? Nèr ? Agüero ?
— Ils ont pu fuir. Quitter la France.
— Peu probable.
— Ils ont quelque chose à cacher. À nous cacher en tout cas.
— Et ce serait ?
— J'ai une hypothèse un peu pointue… si vous permettez que je l'expose.

‘Nèr, ¿il ‘va foutrement mieux, ça crève les mirettes. Il a presque plus la tremblote, il te regarde quand il cause. Du gosier, ça sort sans bafouillis. Précis | carré. Et il a retrouvé sa cervelle quelque part dans un bocal de confiture. Le psy m'a dit qu'il l'avait exvoqué. Ça me paraît barjot, juste infaisable, mais si c'est vrai, ça m'intéresse ! Il a retrouvé la niaque, Nèr. La rivalité avec la flicaille l'excite, il est jamais meilleur que lorsqu'il faut fouiner et bagarrer, le Nèron. Quant à sa parano, elle te retourne tes certitudes comme une pièce de barbaque en un asador. Ơn se dit toujours « il délire grande largeur, là ». Puis détail après détail, hierbas o ajíes, il te fourre le doute.
— Vous vous souvenez Amiral, du message dans l'ancien appart du couple, le *tà ?*…

— Évidemment.

— Quand je suis revenu dans le service, j'ai épluché vos track records pour me remettre à niveau. Sur les carnets de Sahar Varèse, lors du débrief filmé de la yourte, y avait une phrase barrée. En zoomant au palimp, on pouvait lire : *« où tu nous as conçus »*. Elle l'avait raturée bien épais, pour pas être relue. Ce qui clairement sert à rien avec le palimp, mais elle le sait pas. Du coup, ça m'a alerté.

— Pourquoi ?

— On barre quand on veut masquer une piste. D'après mes écoutes récentes, Lorca et Sahar ont conçu leur chiot là-bas, dans un gîte de Moustiers le 16 septembre 2037. Lorca l'a évoqué explicitement en J-3, sentier botanique de Tréguier, station 8.

— Vous n'avez jamais ce sentiment de violer la vie intime des gens, mon cher Nèr ?

— Je fais le job, c'est tout. Vous m'avez recruté pour voir à travers ce qu'on nous cache, non ?

— Poursuivez...

— Ma conviction est qu'ils ne se sont pas mis au vert pour se reposer. Ça, c'est l'alibi. Mais qu'ils ont cherché un site où leur fille pourrait les rejoindre sans risque d'être repérée. La nuit où ils ont choisi de sortir est une nuit sans lune. Ça ne survient qu'une fois tous les vingt-huit jours. Le site où la bague a été déconnectée est situé derrière une crête. Dans une zone où l'éclairage du village ne porte plus. J'ai vérifié par simulation. La pleine nature permet en outre aux furtifs une circulation très libre : très peu de risques d'être vus par un humain. La scène de baise pour moi est surjouée. Ils nous ont laissé le début avant de couper pour induire une fausse piste.

S’ils étaient vraiment pudiques, ils auraient coupé tout de suite, vous ne croyez pas ?

— Donc vous supposez qu’il y a eu un contact là-bas ? Sans adhérer à toutes vos interprétations, l’hypothèse se tient, traqueur. Si vous avez vu juste, ce serait extraordinaire…

— Aucune certitude Amiral, nous sommes d’accord. Par contre, l’urgence minimale me semble d’aller checker ce qui se passe. Nous perdons un temps précieux. Nous pouvons fournir pour deux jours de leurre à la police. Datas et métadatas localisées. Guère plus. Après, il va falloir les informer et justifier qu’on accepte que nos agents s’évanouissent dans la nature. Quand ils veulent et où ils veulent ! Sauf votre respect, j’ai aussi de sérieux doutes sur nos pare-feu.

— C’est-à-dire ?

— Je ne suis plus certain que le Récif n’ait pas de porosités. Soit humaines, soit techniques. Troyens ou balances.

— Vous m’inquiétez Nèr. Si l’armée n’est plus capable de protéger ses communications face à la bleusaille, il va vite falloir changer de métier. Vous partez dans une heure. Je ne veux que la meute sur place : avec Agüero, vous allez chercher Saskia et vous partez tous les trois. Je vous veux en ligne à 9 heures ce soir. Je vais changer le cryptage du mesh. S’il y a eu contact, vous m’annoncez que les tourtereaux ont fait du vélo. Et vous brodez autour du vélo. Je comprendrai. Filez !

‘Ơn ¿a ‘tracé à toute berzingue, vent-du-cul, Manosque, plateau de Valensole, Riez, Moustiers. Quand j’ai vu les falaises virer citronnade au-dessus du village perché, croquignol à souhait, et que j'ai avué ruelles pentues et cascadas, je me suis dit que si j'étais Lorca, c'est clair que j'aurais amené ma mignonne ici retrouver le goût des cris qui font du bien. Che, ça me faisait marrer de débarquer là avec cinquante kilos de matos d'espion pour découvrir dos enamorados roulés dans leurs draps de deux jours se levant juste pour becqueter et filant rejouer à broute-tété et touche-minou dans la foulée.

) Ça) me) gênait vraiment de venir là. Pire encore pour les espionner et faire un rapport. Ši c'était pour les regarder baiser, je laissais ça à Nèr, qu'il s'astique, ça lui ferait des souvenirs. Pour ma part, je n'avais pas du tout envie de voir ça.
Les trois faits qui m'avaient accrochée dans la reconstruction de Nèr étaient ceux-ci : nature + nuit noire + site à haute valeur émotionnelle pour les parents. Ça OK. Avec ce détonateur en supplément, que leur fille pouvait avoir guetté depuis des mois : que ses parents s'aiment à nouveau, vraiment. Varech avait bien dit « maman amour papa ». En suggérant que ça pouvait sonner comme une condition : à savoir que maman aime à nouveau papa, et dans cet ordre ? Comme si elle savait d'intuition, la gamine, que papa aimait déjà maman ? Comment ? À cause de l'appart mausolée dans lequel Lorca n'avait jamais voulu m'inviter et dont j'avais feuilleté les captations dans les fichiers ? Cet appart où Šahar était partout sur les murs, presqu'autant que Tishka ? Ils avaient fait l'amour là-haut, à l'endroit même où Tishka, biologiquement et concrètement, était née. À son origine même de fœtus. Et Tishka était revenue à ce moment-là, venant se nourrir de cette émotion, y puiser quelque chose ? Ou

simplement voulant retrouver la triade, ses parents amoureux, elle au centre : « maman amour papa » ? C'était trop beau pour être vrai, presque. Ou sacrément mystique. Et surtout, ça n'expliquait pas comment la fillette aurait pu être là, précisément sur place, comment elle aurait pu les suivre jusqu'ici alors que les seules traces qu'on avait d'elle, d'après Nèr, avaient toujours été en ville, à Orange. Je gambergeais en chemin tandis que nous traversions les ruelles en s'assurant, grâce au fralone de Nèr, de ne pas croiser Šahar ou Lorca par hasard.
Lorsque nous sommes arrivés au-dessus du gîte et que j'ai vu les volets fermés, la voiture garée dans l'allée et la balançoire, au fond du jardin, enroulée sur la barre du portique, j'ai croisé le regard d'Agüero et j'ai senti son adrénaline gicler. « *La concha de tu madre...* » il a fait... Avant même que Nèr déplie son matériel, j'ai lancé un intechte sur le volet et j'ai branché mon bonnet d'écoute. Ça l'a vénèr, je le sais. Une poignée de secondes après, j'ai activé l'oreilline d'Agüero. Son visage est devenu un soleil.

— Elle est là. Puta, elle est là ! C'est sa voix, hein ?

— Affirmatif. Ils jouent. Ils jouent dans le noir. Pour éviter de la regarder.

·· Ce · qui nous impressionna le plus, je crois, fut à quelle vitesse Tishka apprenait et réapprenait les choses. Comment elle revint dans le langage et l'apprivoisa, joua avec, le métamorphosait. La première journée avec elle fut un ouragan de jeux, dès le petit déjeuner que nous avions pris un bandeau sur les yeux pour couper court à toute envie de la regarder, parce qu'on avait trop peur de l'erreur qui tue, de la pulsion scopique, trop peur surtout de nos anciens réflexes de parents sitôt qu'elle disait « maman » ou « papa » et que nos têtes se tournaient vers elle. Minime

était le risque, en vérité, tellement Tishka était vive et apte à sortir d'un champ de vision en une fraction de seconde, pourtant nous ne nous sentions pas capables, pas encore, de le prendre.
Notre obsession était de la garder avec nous et pour ça, sans qu'elle nous en ait parlé, nous sentions obscurément qu'il fallait être à la hauteur de la vitalité qu'elle côtoyait avec sa tribu furtive, l'émerveiller autant, à notre façon d'humains. Lui apporter au moins, par notre amour et notre intelligence, des bribes de bonheur et de virtuosité qu'elle trouvait sans doute auprès d'eux ? Et le langage en faisait d'ailleurs partie.
Au petit déjeuner, nous avons joué à qui-trouve-pain, à l'aveugle, et à verse-thé où il fallait lever la théière aussi haut que possible sans mettre une goutte hors du bol. Elle était bien plus forte que nous pour se repérer dans l'espace sans voir, mais pas aussi précise avec sa main. Ensuite, elle nous a appris à jouer à cache-mâche où il faut réussir à manger dans un coin sans que l'autre t'entende, approche et te vole ce que tu manges. Là, elle s'avérait imbattable.
Après, nous avons fermé les volets pour pouvoir enlever nos bandeaux et faire la bataille, sur le lit. Tishka avait toujours adoré ça. Rien n'avait changé ! Sauter sur mon dos en rodéo sauvage, se faire renverser, tomber du lit, remonter de l'autre côté en plongeant, se prendre une volée d'oreillers, répliquer en battant des pieds. Elle n'avait pas oublié notre jeu du marcassin où elle venait se réfugier entre mes pattes de sanglier pendant que je hurlais *Hoouu* en simulant une attaque de loups que je déjouais en grognant à pleins naseaux, féroce. Si elle était toujours aussi dénuée d'agressivité, à un degré qui me fascinait, l'énorme bouleversement tenait à sa vivacité. Dans le noir, à plein de moments, et même sur trois mètres carrés de lit, autant

dire rien, elle m'échappait, glissait derrière moi, sautait, s'élevait, esquivait. J'avais une petite idée de sa vitesse à l'air déplacé mais le plus souvent, je la touchais par hasard, en m'étendant de tout mon long ou tout bonnement parce qu'elle voulait bien être touchée ! Clairement aussi, elle mutait selon les besoins de la bagarre. Bois, tissus, plumes, j'empoignais des matières changeantes, aux bras, aux hanches, c'était un carrousel de textures, ça faisait peur et en même temps, c'était jubilatoire, l'impression de me battre contre un bonhomme de bois, une poupée de chiffon, un oiseau, une magicienne – je crois aussi que Tishka devinait bien que ça me plaisait !
L'après-midi, elle ne voulait toujours pas se reposer ni faire un temps calme, si bien que nous avons joué à la balle dans le noir avec une poubelle qui servait de panier, sur un mode deux contre un, en tournant. Ça l'amusa « beaucouple », sûrement parce qu'elle arrivait à nous voir circuler et nous cogner Sahar et moi, nous rentrer dedans, se prendre les fauteuils et rouler sur le canapé. Avec maman, on faisait exprès de multiplier les clowneries pour l'entendre pouffer de rire tout au long d'un match où j'étais plus pataud en chaussettes sur le carrelage qu'un bouledogue sur une patinoire.

ˊ Le ˏpremier ʻsoir au gîte, Lorca voulait lui parler sérieusement et lui demander pourquoi elle était partie, où elle vivait, ce qu'elle comptait faire maintenant. Je l'en avais dissuadé, non point que je ne brûlais, autant que lui, de le savoir – plutôt eu égard à la complicité qu'on devait d'abord retrouver, par-dessus tout, avec elle, avant toute discussion ou amorce de tension. Lui donner envie de rester et de partager à nouveau sa vie avec papa et maman. Est-ce qu'elle avait été contaminée par un agent mutagène, soumise à des expériences génétiques ou simplement manipulée, il était impossible de le conjecturer : elle semblait heureuse en tout état de cause, à l'aise avec son corps, curieuse de tout et étrangère à la nostalgie (contrairement à nous). Les seuls moments où je la sentais flotter, au bord du désarroi, étaient ceux des métamorphoses, que nous avions vite appris à pressentir à son silence subit (une manière de décrochage assez angoissant) avant qu'un bruit fulgurant – de succion, d'impact, de bourdon vibrant, ça dépendait – sature d'une commotion le volume sonore. Pour être honnête, ça ressemblait à un meurtre et c'était précédé et suivi d'une sorte de vocalise de Tishka, sourde et gutturale, qui finissait sur un petit chant mélodique, comme une berceuse, sitôt l'assimilation faite. On ne découvrait qu'ensuite ce qui avait muté : à midi, je compris au toucher de son coude qu'il ne fallait pas espérer retrouver la théière demain matin.

·· J'étais · conscient que ça ne durerait pas, pas comme ça. Qu'il fallait que je réactive ma bague, raconte quelque chose à Arshavin, n'importe quoi, sauf que je ne me sentais pas capable de lui mentir. Je savais aussi que d'un mouvement d'humeur, Tishka pouvait repartir et nous laisser là, plantés dans ce gîte, sans qu'on sache jamais ce qui s'était passé en elle. Alors je n'ai pas décroché de la journée, je n'ai pas voulu aller faire les courses ni prendre un moment à moi, j'étais carbonisé mais j'ai joué comme si c'était mon ultime baroud puisqu'un sniper calé sur le toit de Notre-Dame-de-Beauvoir allait me loger une balle dans la tête pour venir nous rafler Tishka-l'hybride dans un fourgon médical.

J'ai laissé chaque minute passée avec ma fille infuser dans ma lymphe, se tatouer au fer blond sur l'envers de ma

peau. Je n'ai pas cessé de la toucher, de l'embrasser, je l'ai jetée en l'air au jugé sans savoir si j'allais la récupérer afin qu'elle glousse et hurle « encore papa, encore ! », comme avant, comme dans mon éternité de père.
Je n'avais pas d'illusions. Plus. Je devinais trop bien ce que Tishka, pour le Récif, pour l'armée, pour des commandos d'exfiltration, pour la science aussi tout simplement, valait. Comment la protéger, je n'en avais pas la moindre vision claire, alors je profitais de chaque instant avec elle comme si c'était le dernier. Et mieux, les rares trouées où j'y parvenais, où j'en trouvais la candeur, je le vivais comme si c'était le premier. Je la redécouvrais. Le plus souvent toutefois, je sentais en creux, en ombre portée, sous chaque instant avec elle qu'il était tout proche de mourir ou de disparaître, qu'il avait pour lui la beauté paroxystique d'un hapax, cet instant, d'une occurrence unique qui ne reviendrait plus, de sorte que ça donnait à cette journée dans l'obscurité, toute d'odeur, de goût et de toucher, par différence, une intensité inouïe.

Au ton de voix de Lorca, à ses silences aussi derrière certains éclats de rire, je devinais et reconnaissais en miroir l'incompressible mélancolie qui malgré nous teintait en catimini notre joie, tant nous ne pouvions nous défaire, en projection, de la solitude d'un futur où elle ne serait plus là. Par paradoxe, cette mélancolie était aussi ce qui donnait son ampleur et sa résonance tellurique à ce présent minuscule, encore embryonnaire, que nous développions d'heure en heure et où nous tâchions d'habiter… Tout au moins de camper.

·· La nuit, je suis ressorti avec elle pour la pousser sur la balançoire comme on se l'était promis. Très vite j'ai acquis la certitude qu'avec quelques jours d'entraînement encore, je commencerais à approcher les compétences d'un aveugle dans l'écholocation des objets, je pouvais déjà la pousser sans hésiter, assez en tout cas pour qu'au moment où je l'ai sentie partir dans le ciel et dépasser en hauteur la barre du portique, mon rêve de gosse, de super-héros, je n'ai pas eu besoin d'avoir des yeux pour savoir qu'elle avait volé-plané jusqu'à la terrasse en laissant la balançoire s'enrouler en trois tours sur la barre. Vlam !

´Cette ‚seconde ´nuit, Tishka a dormi avec nous dans le lit double, de même qu'elle avait dormi la première dans le duvet. Le matin, au réveil, il m'a été très difficile de ne pas la regarder dormir tant sa respiration était sereine et la chance qu'elle se réveille presque nulle : en entr'ouvrant à peine le volet, j'aurais eu la lumière suffisante. Une ou deux fois, elle s'est retournée dans son sommeil en émettant un roulement rentré, le ronron bref d'un chat quand on le dérange, c'était ravissant. Quand j'ai effleuré sa nuque, j'ai découvert que la fourrure avait régressé pour libérer la largeur d'une main de peau douce. En lissant ses cheveux, mes doigts ont accroché une petite protubérance que je n'ai pas reconnue tout de suite : c'était rond, à plis spiralés... une oreille, encore petiote... une oreille qui avait repoussé dans la nuit ! De façon aussi légère que possible, j'ai essayé de réveiller Lorca pour lui annoncer cette découverte qui faisait éclater dans ma poitrine un espoir ravageur ! À notre contact, Tishka pouvait semble-t-il, ou pourrait, reglisser vers ce qu'elle était avant, entrer naturellement dans une forme de rétromorphose... Ça m'a rendue folle de joie. J'ai secoué délicatement le bras de Lorca en passant par-dessus Tishka et j'ai trouvé sa peau bien froide, un brin rêche.

— J'alerte Arshavin ?

— Non.

— Pourquoi non ? C'est la procédure !

— La procédure, c'est l'ouvreur qui décide, Nèr. On est sur le terrain, sur une chasse. Présence furtive circonscrite. Cas prioritaire. Tu veux que je te projette le code ?

— Arshavin a exigé que nous...

— Lorca Varèse est un membre de la meute. De *notre* meute. On peut considérer qu'il a apprivoisé un furtif. Je vais aller communiquer avec lui. Saskia m'accompagne. Nèr, tu sécurises la zone et tu assures les captations optimales pour archive. On est là sur un cas unique de chasse furtive. Si tu veux entrer dans l'histoire des traqueurs optiques par tes images, c'est maintenant.

) Nè)r peste) et il a son regard torve que je n'aime pas. Il obéit ou il louvoie ? Hum... Il y a un flottement. Finalement, il déplie son lidar et cale ses échographes. Agüero me prend par l'épaule. Débarouler jusqu'au chemin, ouvrir le portail, faire le tour, s'arrêter sur la terrasse. Écouter encore. Ils jouent à répéter des phrases du genre « Un chasseur sachant chasser doit savoir se chausser sans son chien ». La petite blatère : « Un chat... sœur... ça-chante... chat sait... doit se voir... se chaussette... sans son chien. » J'entends Šahar s'esclaffer, elle la félicite.

‘Je ¸cogne ‘ sur la lourde en baragouinant. Saskia explique qu'on est seuls. Lorca répond d'abord pas, ça farfouille dans un tiroir puis il déloque le volet. On entre. Il a allumé une bougie, il a un hachoir à la main, il le pose, referme.

Sahar salue, très froide. Ơn se pose tous les quatre devant un rhum arrangé.

— Nèr est dehors ?

— Il balaie le gîte. Dis à ta fille de pas sortir...

— Elle t'entend...

— Elle parle ?

— Porale ! dit une voix de minote. (De la chambre. C'est chou et flippant.)

— Vous êtes venus la chercher ?

Je fais niet de la tête.

— Vous l'aurez jamais à trois. Vous l'aurez jamais, de toute façon. Ou il faudra nous tuer pour ça.

— Tu fais quoi là, Lorca ? Tu joues à quoi ? T'espères quoi ? Qu'Arshavin te laisse peinard avec ta fille ? Qu'il vous couvre et vous envoie en jet privé en Argentine pour vous planquer dans la pampa ?

— Pourquoi pas ?

— Peut-être qu'il a ça dans sa cabeza, si. Ou dans le corazón. Mais Arshave obéit au Ministère. Et le Ministère dépend de la Gouvernance. Tu connais la boutique, ou bien ? S'ils veulent ta fille, il pourra rien faire.

— Tu proposes quoi ? Toi ?

) Da)ns la) ĉhambre, quand j'amplifie, j'entends la ğamine voler-bouğer čomme une mouĉhe dans un verre. Elle ĉhantonne une berčeuse pour se čentrer, pour se rassurer et je ne peux pas m'empêĉher de me demander quel est son frisson à elle. Je voudrais tant lui dire de ne pas avoir peur. Šahar ne m'a pas lâchée des yeux depuis que je suis entrée. Elle compte sur moi, elle se méfie, elle me déteste)) je ne sais pas.

Lorca nous ressert une rasade. Il est tellement nerveux qu'il en met sur la table. Il écoute sa fille)(avec sa troisième oreille de parent.
Tout à coup, ma bague vibre, celle d'Agüero sonne, synchrone. Aïe. Agüero active son oreilline et grimace. Je devine de suite...

— Amiral, je vous écoute.
— *Mettez-moi sur haut-parleur ambiant, que tout le monde m'entende.*
— Acuerdo.
— *Lorca et Sahar, vous me recevez ? (...) Vous me recevez ?*
— On ne peut mieux...
— *Nèr vient de me prévenir que vous êtes entrés en contact rapproché avec votre fille depuis quarante-neuf heures maintenant. Il a une confirmation visuelle d'une grande netteté dont il m'a transmis les images en streaming et le doute n'est effectivement plus permis. Nous sommes en limite de leurre avec les unités de tracking de la police. Vous mesurez ce que ça peut signifier ?*
— Non.

Petite salope de Nèr. Il a balancé dans notre dos, en bon fayot. À peine un pied dans la maison, il a dû appeler le boss. C'est dégueulasse pour Lorca. Mais tout aussi immonde pour nous puisqu'Arshavin va savoir maintenant qu'on peut zapper ses ordres. Š'il nous juge non fiables, il va vite salement réduire nos marges de manœuvre.
— *Vous m'auriez mis dans la confidence avant-hier, en soldat responsable, j'aurais pu échafauder une stratégie. Là, vous me laissez un choix très relatif...*

— Essayez de vous mettre à notre place, Amiral… Votre fille unique revient après deux ans de fugue. Vous faites quoi ? Votre premier réflexe est d'appeler l'armée ? intervient Sahar, d'une voix étonnamment tendre.

— *Si l'Armée est la meilleure chance de garder ma fille, oui. Vous préférez les laboratoires de la Gouvernance ? Ils ont une vraie tendresse pour les cobayes, vous savez ? C'est ça que vous…*

— *Écho 2 ! Écho 2 au central ! Drones en approche !*

C'est la voix pincée de Nèr. Arshavin répond sans couper notre canal. Un vrai signe de confiance.

— *Pouvez-vous préciser nombre, statut et origine ?*

— *Deux modèles panoramiques, gendarmerie locale. Ils ciblent le gîte.*

— *Est-ce qu'ils vous ont repéré, Écho 2 ?*

— *Pas de certitude.*

— *Vous pouvez intercepter leur fréquence de transmission ?*

— *Affirmatif. Je vous répercute.*

Lorca est déjà en train de remplir un sac à dos. Il y fourre à la hâte des pommes, du pain, la charcuterie du frigo, sa frontale, des seringues hypodermiques, le revolver qui va avec… Šahar se change à la hâte, toujours aussi féline. Jamais cette fille bourrine ?

— Cible prioritaire localisée à Moustiers-Sainte-Marie, 9 rue de la Clappe, gîte du Lys oranger – Coordonnées 43°50"53.1'N 6°13"19.9'E. Niveau de la cible : sûreté d'État. RAID en route. Temps d'accès estimé : 18 min. Couverture hélicoptère demandée + drones de renfort. Lidar informe 5 personnes repérées dans gîte. 4 en profil + 1 inconnu.

— *La meute, écoutez-moi. Nous avons vraisemblablement été éventés. Communication actuelle probablement non sécurisée. Prendre vélo, sortie au vert, voiture-balai pour lanterne rouge, Alpha 4 et Sisco 7 pédale douce, Écho 2 film de vacances.*

Agüero a attendu quelques secondes la suite de la consigne mais Arshavin a coupé net pour ne pas faciliter le décryptage du canal.

— Bien reçu, jette Agüero dans le vide.

— J'ai rien compris à ce que le boss a dit.

— Vous sortez avec Tishka et vous tracez dans la garrigue, où vous pouvez. Cherchez des grottes ou des canyons encaissés, que les lidars percent mal. Nous on reste sur place avec Saskia pour les fixer et les emboucaner. Nèr va brouiller les deux lidars là-haut au canon à freq. Ensuite, il restera en *stealth* pour qu'on ait des images de l'ennemi et informer Lorca de l'avancée du RAID.

— Comment il va faire pour ne pas nous faire repérer ? jette Sahar.

— Techno intechte. Aucune transmission par onde. Le fralone se déplace en physique sans trace thermique. Il vient se loger sur l'oreilline.

Lorca boucle son sac, part dans la chambre, parle à sa fille, revient.

— On va remonter le ravin Notre-Dame, je le connais bien. En amont y a des planques possibles. On peut tenir deux jours dans un site que j'ai repéré. Si vous leurrez les recherches vers Digne, on pourra s'exfiltrer tout seuls...

— Vous êtes sûrs ?

Il hausse les épaules et boucle son sac.

— Il reste six minutes avant le RAID. Les gars sont surentraînés à bouffer du dénivelé. Donc on part.

Je me suis jetée dans les bras de Lorca et j'ai embrassé Šahar. Agüero les a pris par les épaules. Il a dit :

— On vous lâchera pas. Sachez-le. Et on protégera la petiote, toujours. *¿Entendido?*

— *Sí. Graciàs* Agü.

— ¡Nunca dejé caer a un amigo!

CHAPITRE 17
CACOURIR

·· Quand · on débouche rue de la Clappe, le volet de la chambre de Tishka claque dans notre dos contre la façade du gîte. Sahar jette à l'encan « tu nous suis, chaton, tu fais tout comme nous, on va s'en sortir tu verras » sans voir qu'une camionnette avance dans un silence électrique droit sur nous. Gendarmerie locale. Merde.

— Les mains en l'air ! Bougez pas, sinon on vous tase !

Les deux flics sont restés dans la camionnette et nous mettent en joue le coude sur la portière. Par réflexe, je cherche du regard Nèr, il planque à peine cinq mètres au-dessus du véhicule. Secoue-toi enculé ! Le drone standard des pandores décolle du toit et fait à peine une boucle de reconnaissance avant de figer et de tomber comme une pierre sur l'asphalte. Synchrone, un éboulement dégringole et inonde la carrosserie de caillasses, éclatant le pare-brise. Ébranlés, les flics ont du mal à sortir de l'habitacle, la rue est étroite, les portes cognent, j'hésite une fraction de seconde. Puis j'attrape la main de Sahar, grimpe d'un bond sur le muret et trace droit dans la pente à travers la végétation, en chamois, m'enfilant dans la coulée d'un pierrier pour agripper main-pied les quelques ressauts de la barre rocheuse plus haut. Nous sommes sur les contreforts de la montée à l'église. Si on est assez rapides, on peut déboucher sur la petite vire, dans le dernier lacet de pavés et filer vers le ravin incognito en s'abritant des regards. Sahar me suit comme mon ombre – Tishka je ne sais pas : elle peut être devant, derrièrė, n'importė où, sous la ċamionnette aussi bien. Nous sortons du ċhamp des réverbères, nous sommes pile entre ċhien et loup, à la brune, les falaisės sont trop blanċhes pour ne pas déċalquer nos silhouettes mais les oliviers limitent les liġnes de tir, enċhaîne meċ, enċhaîne ! *Slimmm ! Sasss !* Des balles éleċtroniques sifflent autour de nous. Un éċlat riċoċhe sur le montant d'un filet antiblocs et s'enċastre dans mon blouson, je le ġratte d'un ċoup d'onġle pour pas être taġué.

— Figez ou je vous aligne !

L'intonation du jeune flic vrille dans l'aigu.

— Baissez votre arme ou c'est moi qui vous aligne, coupe une voix rocailleuse.

Agüero. Je prends le risque de me retourner et je devine en contrebas le fusil du flic pivoter vers le portail du gîte.

Il y aurait alọrs ċọmme une suspensiọn du temps. Une pâte ġluide, diluée au lait, sėrait devenụe la durée, filante entre mes dọiġts ọu reċọmpaċtée en họule, dès que j'en aurais eu le ġọût ọu l'envie. Malġré la distanċe, pénọmbre niéė, j'aurais su l'anġle perċis de la visée d'Aġüerọ sur le pọiġnet tremblant du fliċ et l'œil répriċọque du fliċ rivé sur sa ċuisse pọur le taser. J'aurais sọrvulé la sċène aveċ la perspeċtive ċlinique de Nèr qui sċannait dans un même sċọne de visiọn la ċamiọnnette, les deux ċlifs, Saskia et Aġüerọ, la rue. Sur mọn dọs, je sentirais le ċanọn du trọisième fliċ, resté jusqu'iċi à ċọuvert à l'arrière du ġọurfọn et qui aurait eu l'intelliċhanċe de ne pas allumettre sọn pọint laser pọur ne pas m'alester, qu'il eut ċrûtes. Plus haulte, la pulpille de Saskia évaluerait d'un arċ l'épars restant entre ma pọsitiọn sur la filaise et le ċọntretọrf du muret que j'aurais à teindre pọur retrọuver la vire. Surpọsọns même qu'elle aurait entendọuï le faible rọulis sur rail de la tọrpe latérale qui lui aurait ċọurọulé qu'un trọisième larrọn s'extriperait en ċọude du véhiċule. Et qu'ėlle aurait sans dọute à pérọndre de ċette menaċe. Et pọstlutọns que mọi, Ċarlọ Varèse, j'aurais su Sahar họrs d'attente, squamée qu'elle fûte par un buisque. Pustulọns que j'aurais attendu que la ġéọmétrie ọptique, dans ma tête veuġlante de flarté, ċette arċhileċture si nette ọù je vedinais ċhaque anġle d'uve, se déċale une sọupière de seċọnde họrs de ma liġne de ċuite – l'un sọlliċité par un ċri, l'autre nêġé par des raphes, lė dernier usé par la fitaġue. Alọrs disọns que j'aurais esċadallé l'ultime lọnġueur à-piċ aveċ l'aisanċe d'un mérulien, sinuant drọiċhe-ġaute, à l'esvique, jọnġlant du ċọuvert d'un ċyprès et d'un ċlọb pọur flausser leur liġne de tri.

— Hernán Agüero, voilà ma bague...

— Saskia Larsen...

— Vous êtes les deux du Récif, c'est ça ?

)Le)s deux) gendarmes sont encore tout tremblants de l'éboulement surprise. Ils ont cru à un attentat à l'explosif, puis qu'on allait les ajuster au fusil ! Avec sa maestria relationnelle, Agüero a bien géré la désescalade de la violence. Il est clair qu'ils n'ont pas l'habitude d'être secoués ici. Le gros à la face rougeaude doit avoir cinquante ans, le jeune blanc-bec à peine vingt-cinq.

— On est de la boutique. On est juste venus récupérer notre tracier.

— Où est le cinquième ? On nous a annoncé cinq individus.

— Vous allez nous mettre les bracelets ?

— On va attendre le RAID. Ils seront là dans deux minutes. Eux, ils ont l'air en rogne. Possible qu'ils vous coffrent…
— Ils viennent pour le couple ?
— Je peux rien vous dire. Ils nous ont dit d'essayer de vous retenir. Ils ont parlé d'une cible niveau noir.
— Noir ? Terrorisme, grand banditisme, espion, ennemi public ?
— Atteinte à la sûreté de l'État, oui. C'est ce qu'ils nous ont lâché.
— Sans déconner ? Ils sont en plein délire, là !

‘Juste ‚dans ‘mon axe, Nèr a plié le matos en tapinois, dare-dare, avant de se couler dans le végétal. Il a giclé là-haut chercher un spot en surplomb, j'imagine, où planquer sa race et taquiner du scan avant l'arrivée des chanmés. L'hallu, c'est qu'il a pas bougé un caillou, el gato, que tchi en montant ! Alors qu'il devait bien avoir un demi-quintal sur la couenne et que la pente rigole pas. Tout en causant, mode gentil, j'ai avué Sahar qui caltait sur la vire, une comète, pour remonter vers l'église : à c'te heure la familia doit déjà être dans le ravin, à mettre les bouts. Ça sent bon.
J'ai discuté le bout de gras avec les locaux, puis la cavalerie a débarqué. Ɑutch ! Un hélico furtif, couleur brume, qui te fait pas plus de barouf qu'un drone. Plus deux airquads, quatre pales, avec un pilote dedans, qui sont venus se poser à fond de train dans la rue. De l'hélico, quatre cagoulés sont tombés des nuages en rappel libre, des flèches ! Je fais ça, je m'écrase bouillie. Eux ont stoppé nickel, derrière Saskia, raccord. Des pros. Matière dialogue, ça a pas fait dans la grande phrase, ni la courtoisie. Ils nous ont dégainé l'IA détectrice de mensonge, cadrage à la frontale, et vas-y :

— Axe de fuite ?
— Comprends pas.
— Où ils sont partis ?
— Là-haut. Barre rocheuse.
— Où exactement ?
— Je connais pas le coin.
— Mon cul. On a intercepté vos relevés de scan. Plans de prép. Repérages.
— C'est illégal de pirater un service de l'État.
— La légalité, c'est nous. Vous, vous sortez des clous. Salement. Alors ? Où ?
— Chemin de la grotte. Vers Riou.
— Le ravin ?
— Oui. Ou le sentier. Vers Vincel. Je sais pas.
— L'hélico a des traces thermiques vers l'église, chemin de Courchon, ravin Notre-Dame. Rien sur Riou…
— Vous croyez quoi ? Qu'au Récif, on n'a pas de dissipateur ? Et qu'on fait du feu dans des grottes, avec du silex ?
— Vous utilisez quoi ?
— Combi réfrigérante à modulation. Plus tu sues, plus ça dissipe…
— Je sais ce que c'est. Modèle ?
— La FireCold. La 6S.
— OK, vous venez avec nous.
— Nada.
— Vous venez et vous activez vos bagues. Vous mentez. À 86 %.

⁾ Ça) se) passe en un sonal. Le plus petit des types čağoulés, čelui qui cĥečkait l'IA, arme une člé de bras sur Ağüero pendant que le pilote de l'airquad me passe les bračelets

dans un člič feutré. Je vais pour ğueuler quand je vois Ağüero basčuler le čağoulé d'un ippon… Avant de lui déčoĉher une frappe de fulğure plein plexus, au čreux des plaques de kevlar. Ça fait *tĉhoufff*. Le ğars se tord au sol et ĥoquette le prénom de sa maman.
Trois atĥlètes sont déjà sur Ağü))) tonfa, čoup de čoude, poinğs, krav-mağa, sambo) On dirait qu'ils rossent un persona) les čoups passent à čôté, à travers, au-dessus, ils se lattent eux-mêmes, surpris) je saute sur un type et je lui sčie la ğorğe aveč mes menottes, il me fait voler d'un ğeste d'aïkido)) mon dos perčute le muret. Je fais la sonnée, teĉhnique du putois)) il lâĉhe vite l'affaire si bien que je réčupère, yeux mi-člos…
À trois pas de moi, Ağü est toujours debout au milieu de la mêlée.
Pas ğrand-ĉhose je disčerne, alors je fais čonfianče à mes tympans))) ça frappe, ça tape, seč, mat, des katas člaquent dans les fačes, des črânes donğuent sur l'asp̂halte, des čoups étouffés, amortis, féročes) des t̂horax qui brûlent, aĥanent. Et puis, au milieu de tout ça, čomme une symp̂honie souterraine, čomme une perčussion effleurée au balai, un tčĥa-tčĥa-tčĥa se dessine. Le froufrou du textile teĉhnique d'Ağü, une sorte de soie rêche tissée en fil Faraday, ondule et sinue par vağues. Le tissu ĉhuinte et vrille, ses épaules roulent, ses ĥanĉhes ĉhantent en éčhappant aux frappes, son pantalon se froisse et se défroisse à une vitesse surnaturelle et j'entends presque le črampon de ses semelles érafler une joue čomme on čorriğerait un ğosse d'une fausse ğifle en le féličitant. En fače, il y a des čarapačes et des čoques čonçues pour enčaisser du proječ-tile (mauvais ĉhoix). Pas pour se battre. Il y a des masses un peu trop musčlées, des čorps qui ont soulevé un peu trop de fonte, qui s'entreĉhoquent et ne čaptent pas če

qui arrive. Če qui leur arrive. Ağüero se démet)(remet l'épaule, enčaisse un ĥiğĥ-kičk pleine nuque d'un čraquement de červičales)(il tourne, pivote, volte)(čapoeirise. Tout en esquive)(sans česse)(tout en esquisse et feinte))) il va vite, se faufile, très vite (Trop vif pour eux.

— Saskia, on calte !

On part dans le chemin signalé *« grotte de Sainte-Madeleine »* avant qu'ils se relèvent.

— *Halte au feu ! Il nous les faut opérationnels !* braille un haut-parleur. Du ciel de l'hélico.

Šon cône de lumière nous cherche parmi les barres rocheuses, au mauvais endroit puis revient vers nous. L'adrénaline me fait speeder comme jamais. On sort du chemin, cherche le couvert et serpente entre les oliviers, de terrasse en terrasse. Derrière, ça n'a pas mis longtemps à récupérer et la foulée rapide de l'élite de la police commence à saccader sur les marches du chemin. Ils vont nous rattraper… Agüero a juste le temps de me souffler :

— Il faut les attirer au canyon, Riou… Les quads vont galérer. On aura un avantage !

— Reçu !

La topomap me revient un peu : après le petit pont, le canyon part et va buter sur une chute d'eau de trente mètres, à sec, mais trop verticale pour qu'on puisse l'escalader. On sera coincés. Il faudra tenir, tant pis. Le tout reste de gagner quelques paires de minutes pour que Lorca prenne de l'avance dans le ravin Notre-Dame.

— Présomption de leurre ! Cible prioritaire Lorca Varèse + fille. Quad alpha en prospection large : val d'Angouire, église

Beauvoir, ravin Notre-Dame, Courchon. Quad béta sur ravin Riou. Suivi tandem fugitif. Hélico reste en scan sonore/visuel. Lidar fin.

— Visibilité déclinante. Humidité 97 %. Brouillard montant. Plateau sous chape nuage.

— Toujours aucune trace du traqueur optique ?

— On cherche sur les falaises mais ce coin est une saloperie karstique. Trop de relief, trop de creux, trop de trous partout ! Le topomorphe galère.

— Ouais… Et trop de chamois ! J'ai des traces thermiques partout. C'est Noël en octobre !

— Effectif au sol : on splite 2 sur Riou, 2 sur montée Beauvoir, 2 retours hélico. Des blessés ?

— Un genou pété. R6. Poignet fracturé B2. Le reste est OP.

— D'où il sort, bordel, cet ouvreur ? Depuis quand ils sont formés au MMA, au Récif ?

´ Nous ˏsommes ´entrés dans le ravin Notre-Dame à la lisière de la brume. Très vite, un méandre après l'autre, encaissés comme nous l'étions, nous nous sommes retrouvés coupés des lumières du village, ce qui me rassurait un peu. À la nuit presque noire se cumulait l'épaisseur du brouillard pour nous protéger – et aussi nous perdre, de sorte que j'avançais à tâtons, encordée à Lorca, qui n'allumait sa frontale que par salves de deux secondes, le moins souvent possible, dans l'intention de fixer d'un regard les passages et les prises, et de me guider ensuite autant qu'il le pouvait.

À la vérité, de ce canyon, je ne me souvenais rien, hormis que nous l'avions descendu six ans auparavant et qu'il présentait une succession de cascades et de vasques à sec, avec des portions verticales qu'on pouvait contourner ou grimper assez facilement – tout au moins de jour. Là par contre, à la trouille d'être rattrapée s'ajoutait celle, tenaillante, de chuter et d'emmener Lorca dans ma chute puisque je ne discernais que des ombres et que pour toute accroche, je n'agrippais que des rochers ronds poisseux d'humidité sur lesquels mes semelles dérapaient. Par moments, on devinait le bruit d'un hélicoptère hacher la brume et Lorca me faisait blottir dans le chaos des blocs, quelques instants, avant de repartir. De Tishka, on n'entendait que la voix, en amont, en aval, parfois ruisselant d'une pente latérale – mais de ses déplacements, rien n'était audible, comme si elle ne touchait jamais le sol ou qu'elle ne prenait appui que sur des blocs stables sans faire rouler le moindre caillou, contrairement à nous.

·· Il reste dans les cinq cents mètres à découvert avant le petit canyon secret. Là-bas, on sera dans un boyau de deux trois mètres de large, à peine, et ils pourront plus nous tracer. On a contourné rive droite les trois cascades enchaînées, on progresse comme on peut entre les buis. On attaque maintenant la double cascade inclinée. Le moindre bruit en contrebas, je le guette : tout résonne à mort ici, donc si le RAID pénètre dans le canyon, on les entendra, c'est sûr. Ça monte... Non ? Ça monte, merde... Un airquad ! Le son des rotors bourdonne, nous sommes sur une paroi exposée, je ramène vite Sahar à gauche, sous une sorte de grotte traversante, on se planque. Le quad monte lentement... Il doit scanner en thermique, je me verse de l'eau glacée sur la tête et j'arrose Sahar qui frissonne. Abaisser la trace. Le quad nous survole, il remonte le canyon, vire, redescend avec une lenteur exaspérante... Le stress nous écarte l'un de l'autre. Où est Tishka ? Des pierres roulent sur la pente ouest, ça cavalcade comme si une harde de chamois bougeait, le quad part dans la direction du bruit, s'éloigne, revient. Je me racle contre la roche trempée, encore, pour qu'elle boive ma chaleur. Je verse une seconde bouteille glacée sur Sahar qui sursaute et se retient de hurler. L'airquad repart vers l'aval… Ses vibrations finissent par disparaître…

— On repart.

— Papa ?

— Oui Tishka ?

— Ils ont fisse une bête dans le ravin…

— Quoi ? Une bête ? Où ça ?

— Au débutte. Sous la glise.

— Quelle sorte de bête ?

— Naraigne. Grosse.

— Une araignée ? Une araignée en fer ? Ça a huit pattes et des yeux bleus ? Et ça fait *shrre-shrre* ?

— Tupeur.

— Tu as peur ? Ça fait peur ?

— Fafuir papamaman ! Fafuir !

Pour la première fois depuis qu'on l'avait retrouvée, j'ai senti l'épouvante monter en elle, à son timbre fêlé. Elle était restée d'une sérénité à peine croyable jusqu'ici et pour le dire avec franchise, c'est elle qui nous rassurait dans cette chasse à l'homme, pas l'inverse. Elle donnait l'impression d'être ici chez elle, reliée aux rocs, tissée de chèvre sauvage et de buis, souriante dans la fuite alors que j'avais le bide vrillé. D'être vu, d'être pris, de la reperdre. Sa trouille subite et animale effondrait un barrage, ce barrage que ma mémoire du canyon, les cascades que je comptais dans ma tête, ce modeste sentiment d'être sur mon terrain faisaient encore tenir, et que venait de fissurer l'airquad, d'un survol. S'ils déposent un spiderbot dans le canyon, mon fusil à seringues ne servira à rien. On est des mouches. Plus que ça.

\Je \\ me \ suis tanké dans ł'égłise. Parier sur łe contre-intuitif, toujours. Pas de grotte, pas de cabane, pas d'abri. J'ai crocheté ł'accès au cłocher. De łà, j'ai téłéguidé un intechte, un phasma, sur ła chaîne, juste à côté de ł'étoiłe de Marie. Pour qu'ił fasse łe buvard à ondes. Ces connards cryptent même pas łeurs coms. Trop sûrs d'eux. Se croient chez łes bouseux. Connaissent pas Nèr ! J'ai fait un rełais court entre łe phasma et un circade posté sur une antenne physique, rue de ła Cłappe. Comme ça, je passe par łes câbłes pour informer łe boss. Personne ira me chercher sur ł'antique réseau téłéphonique. Du pur mindfuck.

— *Un spiderbot ? Tu es sûr ?*

— *Je l'ai en visuel de ma planque. Ça calme. C'est un Spinnenetz. Détection de mouvements, projections urticantes. Ultravéloce sur terrain accidenté. Il avale une paroi de dix mètres en 1 seconde 8. Ça situe la bestiasse. Les reviews disent qu'il peut te dératiser un squat en dix minutes.*

— *Ils ont une chance ?*

— *À moins de se terrer dans un trou sans bouger d'un micromètre, il va les repérer au décalage de spectre, fondre sur eux et les cribler au poil urticant. Neurotoxique. Tu t'écroules en cinq secondes. Rapatriement hélico. Cellule. Interrogatoire. On est pas près de les revoir...*

— *Et Tishka ?*

— *Elle a la vitesse pour lui échapper, je pense. Il peut faire des pointes à 80 km/h, enfin des bonds. Ça devrait pas suffire. Mais on sait jamais.*

— *Traqueur...*

— *Oui, Amiral ?*

— *Tu ne peux absolument pas brouiller le signal de l'araignée ? Tu es tout proche. Ou la leurrer avec une nuée d'intechtes ?*

— *C'est un bot autonome, boss, il est pas contrôlé par ondes. On a là une machine de guerre conçue pour le chaos urbain. Ils l'utilisent énormément en Palestine, dans les décombres. Presque impossible à stopper, même au lance-roquettes. La Spinnen a un corps fin en carbène 8, ultramobile. Elle peut encore chasser à moitié détruite, sur trois pattes. C'est du très haut de gamme. En France, seul le* RAID *a ce bijou...*

·· L'araignée · remonte le canyon à une vitesse déconcertante. Mon amplificateur de sons, vers l'aval, j'ai pointé, pour tenter de comprendre ce qui nous arrive dessus, un modèle connu, essayer d'anticiper. Mais ça ne fait pas *schrrre-schrree*, avec la rassurante flexion hydraulique des spiderbots standard. Ça crépite par saccades, stoppe, émet un cri d'une stridence glaçante qui résonne dans tout le ravin. Des chèvres sauvages, tout près, bêlent à la mort. Écholocation des proies. Je sens Sahar vaciller, alors je la hisse avec la corde. L:a machine repart de l'aval, tip-tip-tip, ça donne l'image horrible d'une tarentule courant sur une table à travers des assiettes et des bols, glissant sous une salade... On entend les vasques touillées, la succion des pattes dans la glaise... Elle s'arrête encore, on dirait qu'elle se tapit sous la grotte où nous étions cachés tout à l'heure et qu'elle la scrute de ses huit yeux...
Ça flotte dans ma tête... L:'amplificateur, je l'aurais poucé et je serais resté trépifié sur place. À vol d'oiseau, on serait à deux cents trèmes de l'entrée du petit canyon, il faudrait saper la cascade de huit mètres, sprinter dans le lit de gravier et s'enfourner dans le boyau, si l'on pût, si ça eût encore servi à quelque chose...

´La ˏpeur, ´on croit savoir ce que c'est – mais on ne sait pas. Au sommet de la cascade, je me suis retournée et j'ai vu cette chose horrible, tout là-bas, oscillante sur ses pattes, qui frétillait dans une poche de brouillard. Je crois que Lorca m'a portée et m'a projetée dans une vasque pour me tremper des pieds à la tête, je crois, je suis plus sûre. Et qu'alors j'ai couru à une vitesse panique, j'ai traversé des buissons d'aubépines en m'écorchant sans rien sentir, sans savoir où j'allais, en me cognant partout, aux parois, arbustes, poitrine, tombant, me relevant, à suffoquer de frayeur. Au moment où l'araignée a finalement passé sa tête au-dessus de la cascade, j'ai senti mon pipi dégouliner le long de ma cuisse. Alors j'ai fermé les yeux et je me suis roulée en boule sous un buisson.

·· « Détection · de mouvement », je me dis. Fiġe. Fixe Lorċa. Statue. Une pierre. L'araiġnée serait restée sur le rebord de la ċasċade, la moitié des pattės à palper le sol devant elle. Ses diodes infrarouġes auraient balayé le lit du ravin, et moi je resterais le ċorps soudé à un roċher sans bouġer d'un iota. Bloċ de terreur parmi les bloċs. Plus minéral qu'un ġranit. « L'IA dė reċonnaissanċe de forme patine », je me dis. Pas de bras, pas de jambes, pas de tête. Des roċhers, ċ'est tout. « L'araiġnée va ċherċher une traċe thermiquė mais je suis trempé d'eau ġlaċée, je dois ressortir ġris ċlair dans sa map. Pas assez blanċ pour qu'elle m'identifie ċomme proie » je mė dis. J'aurais tėllement bolqué ma respiration que j'étoufferais. Je soufflerais tout douċement, tout douċement et je devinerais l'araiġnée qui déparėrait sur la paroi ċalċaire et ramènerait finalemėnt son abdonem à mon niveau du varin...
Il y a un ċri horrible. De bête ċoupée en deux, d'aġonie, de ċhèvre ? Un ċhoċ foudroyant aussi et ċomme une lovée

de perċhes, un faġot de piquets répandus sur les roċhers. Je me prėnds un tube de barċène sur l'épaulė, je ne ċomprends rien. Je n'ose même plus ouvrir les yėux puis ç'aurait été plus fort quė moi, la bête hurlerait, quelqu'un l'aurait ėċhorċée vive mais ėlle tituberait enċore, avanċerait vers moi, ċherċherait à se sauver ? Une ċhèvre passerait en ċlaudiquant et disparaîtrait en quelques bonds matelliques dans la pentė du ravin ? Devant moi, un bout de ċorps osċillerait sur deux pattės et avanċerait pourtant ? J'arraċhe Sahar au sol et je la tropė sur mon dos à l'entrée du petit ċanyon, les ġenous fonċedés par le poids. Je baissė mon diaphraġme au mixamum et j'arriverais à dire, aveċ trois ġrammes de ċalme :

— Monte et cours ! Cours ! Elle est blessée, on va s'en sortir !

Elle ġrimperait dans la vasque d'eau pọuċrie, la traverserait à mi-ċuisse et s'enfọnċerait dans le bọyau de ċalċaire pur qui fend le plateau de Vénasċle ċọmme un seċret. Ċe qui reste de l'araiġnée tièpine la lanġue d'arġile péniblement, je la ċriblerais de pierres, la raġe aurait remplaċé la peur, je jette des bọuts de trọnċ, j'arrive à teindre trọis ọu quatre yeux, esquiverais un premier jet de fléċhettes… Sahar ėst revenue près de l'entrée et ċe serait elle maintenant qui mė hisserait de tọutes ses fọrċes dans le bọyau. Je reċule, l'araiġnée serait à niveau, à quėlques mètres, ses pattes essaient de se fọrċer un passaġe mais la maċhine serait trọp ġrale, trọp ġrande, elle se ċọinċerait et les mọteurs tapinėnt. Sọus lė blube, je vọis le saċ de pọils urtiċants enfler pọur une seċọnde slave, je plọnġerais en ċatastrọphe dans la squavė… Ça passe au-dessus. Sahar ċrierait. Ċhọutée ? Je me relève et fuis dans le bọyau larġe ċọmme un họmme, passant un prėmier ċọude, un autre,

glissant, l'araignée ne suit pas, ne pourrait pas suivre et j'entendrais encore un glapissement horrible derrière nous, organique, ou... ?
Puis plus rien.

— Papamaman ?

— Tu es là mon chaton ? Tu n'es pas blessée ?

— Pupeur. Punaraigne.

— C'est fini, chérie. On est sauvés.

— Maman malmade. Poilson ! Empoissonnée nar ?

Je sens la bouche de Tishka sucer avec délicatesse ma plaie au bras, je manque vraiment de la regarder, ça se joue à un mauvais réflexe – j'ai la tête qui tourne, la nausée. Et terriblement froid.

— Un poil urticant t'a touchée. Ils les chargent en neurotoxique. Saloperie ! Tishka, éloigne-toi s'il te plaît... Je vais chauffer la plaie. Ça dégrade le venin...

Quelque chose effleure l'eau, elle est déjà ailleurs. Je ne tiens plus mon équilibre...

— Comment ça, HS ? On a des images ? HS ? !

— Airquad Alpha a survolé le ravin, il a trouvé des bouts de pattes mais c'est tout.

— Explosif ?

— Sans doute.

— Étonnant qu'on n'ait rien entendu, ça résonne comme une cathédrale ce ravin !

— Explosif liquide je pense. Laissé dans une vasque. Avec un leurre thermique j'imagine. Technique militaire.

— Et vous les avez toujours pas trouvés ? Ils sont forcément à km-1 !

— … survolé le ravin six fois. Ça s'arrête sur une falaise. Puis brèche au nord pour sortir et pentes au sud où ils ont pu grimper aussi. J'ai flashé aux highlites ces pentes, le plateau, petit bois, sentiers… J'ai vu que des chèvres et des chamois.

— Highlite pas idéal avec ce brouillard. Trop de réfraction. Baisse le faisceau et mets les capteurs de sons à fond. T'es au courant pour Marc ?

— Non ?

— Son quad a touché. Canyon de Riou. L'IA a mal interprété les reliefs, il s'est posé en cata dans le fond du canyon, dans un spot très engagé. Pas de corde, il est bloqué aval/amont par des verticales de vingt mètres.

— Merde… Je dois aller le débloquer ?

— Pour planter le second quad ? Reste sur zone, on va l'hélitreuiller.

— Et le duo du Récif ?

— La fille est sous contrôle. L'ouvreur par contre est une sacrée petite frappe. Au dernier repérage, il était deux cascades au-dessus de Marc. On va le coincer avec l'unité varappe. J'ai quatre renforts en route. Plus des véhicules de patrouille sur la route de Vénascle et des barrages filtrants vers Riez et le Verdon. Ça va commencer à douiller…

— C'est pas un peu excessif pour attraper une petite famille ?

— Ordre du Ministre. Cible noire, c'est cible noire.

— La gamine est vraiment une… mutante ?

— C'est ce qu'on doit confirmer ou infirmer. Mais pour ça, faut la serrer !

·· Remonter · le ravin jusqu'à la route, affluent est. Autant il est évasé en aval vers Moustiers, autant il s'étroitise amont et dépasse rarement les trois ou quatre mètres de large avec un encaissement inattendu, dix ou quinze mètres parfois, qui le rend invisible sur les photos aériennes et presque

indécelable en survol, sauf à s'approcher très près de la faille qui tranche la surface du karst. Et encore : le couvert végétal dans le lit du canyon nous protège presque partout. J'ai été repérer cette ligne de fuite dès notre premier jour à Moustiers, au cas où : je me bénis de l'avoir fait. Après un kilomètre de calcaire pur, cadencé de cascades sèches, nous sommes ressortis cinquante mètres en surface avant de replonger dans le lit encaissé, ébouriffé de buis et d'aubépines. Ressaut après ressaut, j'ai hissé Sahar la plupart du temps : le neurotoxique semble se dissiper et elle se met à vomir un peu moins. Ça reste sévère.
Ce que j'appréhende le plus reste la sortie du canyon. Le plateau de Vénascle est rachitique, il sera facile pour l'hélico de repérer trois silhouettes égarées sur la garrigue, même avec ce brouillard. Et après, de toute façon, il va falloir choisir. Quelle ligne de fuite ? Sud, côté Verdon, vers La Palud ? Côté Pavillon et crête à l'est ? Filer nord vers Digne et les Alpes ? Ou revenir sur nos pas à Moustiers, à la façon d'un sanglier qui donne le change, en tentant un putain de bluff ?
J'ai espéré entendre le fralone de Nèr venir se poser sur mon oreilline. Nous ramener des infos précieuses de la traque, avoir leur tactique de quadrilllage, savoir, savoir pour mieux les déjouer. Mais Nèr a sûrement été pris. Ou alors il nous laisse sciemment dans la panade...

´J'avais ˏl'impression ´d'avoir nagé quatre heures contre une houle de buis, tellement le froid pénétrait ma chair, tellement j'étais trempée à force de patauger dans les vasques stagnantes qui restaient toute l'année à croupir au fond de ce canyon que je me suis dit que si j'échappais à la pneumonie, la bilharziose m'achèverait. Lorca ne cessait de me répéter : « Tu as froid mon amour ? Tant que tu as froid, c'est bien, c'est que tu restes invisible aux thermires. Dès que tu as un peu chaud, tu me le dis, je te jette dans une vasque. » Il ne plaisantait pas. Toutes ces précautions me semblaient si abstraites, leurs moyens de détection si pointus de toute façon... Nous étions enveloppés d'un tel *Nacht und Nebel* que si Lorca prenait vingt mètres d'avance, je ne le voyais absolument plus, il disparaissait. Et eux, du haut de leur autogyre, les yeux perdus dans leur nappe immense de niveaux de gris, ils pouvaient distinguer trois gouttes de lait s'y détacher ? Après chaque ressaut machinalement je me retournais, pour scruter le noir derrière moi, tout comme à chaque fois que l'hélico passait, je me disais qu'ils finiraient par nous repérer – et presque je le désirais tant j'étais épuisée.

Puis le neurotoxique dissipa ses effets morbides... je pus remanger et reboire, frôler de temps à autre la chaleur de Tishka dont la présence m'électrisait, si bien que je finis par retrouver petit à petit ma combativité.

L'idée de Lorca consistait à replonger dans un autre canyon (le ravin de Vénascle tout proche, plus profond encore que celui qu'on venait de remonter) et d'y rester cachés un jour ou deux – le temps que les recherches s'égarent sur des cercles beaucoup plus vastes – entre trente ou cinquante kilomètres de Moustiers, qui était la distance parcourable en une nuit par des fugitifs. La recherche s'éparpillant alors et perdant de sa densité, nous maximisions nos chances de leur échapper, surtout si nous nous déplacions de nuit, en demeurant à couvert, pour progresser en forêt ou le long des rivières. Ça m'allait. Ça me semblait intelligent.

Pour passer d'un ravin à l'autre, en revanche, il se révélait nécessaire de traverser deux kilomètres de plateau à découvert, ce qui représentait un risque énorme. L'hélicoptère du RAID ne cessait de tournoyer, dans un va-et-vient incessant, insidieux, nous sursautions aux roues crantées des 4 × 4 qui passaient et repassaient sur la route, s'arrêtant à cent mètres de nous, à peine, pour balayer la garrigue avec une torche surpuissante et faire aboyer des chiens que Tishka leurrait par des grognements de sanglier qu'elle projetait derrière eux avec une ventriloquie époustouflante. Trois heures nous avons attendu, claustrés dans un terrier de roche, le sang glacé, jusqu'à ce que Tishka, qui écoutait la nuit avec une attention surnaturelle, dise enfin :

— Chasseurs laloins, papa ! Alibre... Cacourir !

— Tu crois qu'on peut y aller ? Tu n'entends plus rien ? Tu es sûre ?

— Similence oui... Vacalme.

— On court alors ? C'est ça ? Tous les trois ?

— Gambadoler youpi ! !

Heureuse, si heureuse de pouvoir bondir hors du canyon, notre Tishka ! Tout le long de la course effrénée sur le chemin je lui ai tenu la main, mon bonnet rabattu sur l'œil droit, en visant les trous de brume devant moi. Parfois elle ne pesait plus rien et sa main dansait, elle voletait par-dessus les pierres j'imagine, elle était si légère dans ma paume, si vive, que je me la figurais en écureuil polatouche caracolant dans la garrigue fraîche par une nuit de contrebande. Sûrement avait-elle souffert dans le ravin confiné – et là tout son être respirait à nouveau à même l'étendue ouverte, comme moi, comme nous –petite harde de cabris bondissants relâchés sur la lande et qui craignent la seringue du fusil tout en se sachant trop vifs pour être visés, trop furtifs pour être même aperçus – et tandis que je fuyais, j'avais ce sentiment sublime de décoller du sol avec Tishka à la moindre bosse – d'être quelques infimes secondes suspendue en l'air avant de toucher terre et de ricocher à nouveau sur la brume – pic-pac – loup glacé !

·· C6, · puis C15 et on sera dans le canyon : c'est ce que stipule le topo. À peine la corde délovée, j'ai cru voir une forme tomber et s'amortir plus bas sur le gravier avant de glisser dans la deuxième cascade et j'ai compris que je n'aurais pas à attacher Tishka... seulement Sahar. Si ce n'est que Sahar m'a presque bousculé en saisissant la corde, elle a fixé son descendeur dessus, d'un mouvement leste, pour plonger aussitôt dans la paroi. Sa vivacité avait quelque chose de surprenant, et de nouveau même ! Allumant a minima la frontale, nous avons enchaîné une dizaine de rappels jusqu'à ce que le canyon atteigne un tel niveau d'encaissement qu'il était impossible de nous apercevoir sauf à trouver, par miracle, un angle de vue axial au centième de degré près. Et même.
Ce que je cherchais, je n'ai pas mis longtemps à le trouver. Au ventre du canyon, après six cascades et ressauts, juste après un replat, ne subsistait soudain qu'une minuscule fente creusée par ce torrent maintenant sec, avec trois coudes et un toit de roche par-dessus, suffisamment épais pour casser une trace thermique. Au sol grommelait un tapis de gravier presque moelleux, large comme un lit double, sur lequel j'ai étalé toile de tente et duvets jumelables. Puis j'ai rabattu en portefeuille la toile pour parer à l'humidité, calé les sacs en guise d'oreillers et nous nous sommes glissés dans le duvet, tous les trois, défoncés de fatigue et de stress.

— Saskia a été prise.
— Et Agüero ?

— Il escalade les cascades…
— Sans corde ?
— C'est Agüero, Amiral.
— S'il tombe…
— S'il tombe, il est mort mais d'après mon intechte, il ne va pas tomber.
— Il va vite ?
— Pas un spiderbot mais c'est un bon chimpanzé, disons. Il est sous invocation en tout cas, c'est évident. Ses appuis sont hors norme. Le speed active des facultés cachées, encryptées en lui…
— Ça les révèle, oui. Il ne devrait pas faire ça…
— Pourquoi ?
— Pas devant eux. Il leur livre trop de preuves. La bagarre puis l'escalade. S'ils s'avisent de revisionner les captations derrière…

C'est du carbène, je pourrais le jurer. Du carbène 8 écaillé, tibia et cuisse, le même qu'ils utilisent pour nos robots d'entraînement. Sa jambe est anormalement arquée. Ses cheveux sentent fort la chèvre sauvage, le bouc. Et l'un de ses bras est râpeux, du lichen ? J'ai l'impression d'avoir contre moi une sculpture *tecolo*.
J'essaie de ne pas plonger, de ne pas me décourager. Toutes ces métamorphoses sont normales : l'urgence, la fuite. Pourtant sans sa voix, sans la douceur riante et fêlée de sa voix, je fuirais, j'aurais trop la trouille. C'est notre fille, il ne faut pas que je lâche, il faut que je m'habitue, elle va revenir quand ce sera plus calme, moins survie. C'est notre fille, Lorca, nous apprendrons à vivre avec, à la connaître juste avec notre nez, nos oreilles et nos mains et ça finira par suffire, par nous ouvrir un monde plein, sans manque, où elle retrouvera sa place centrale, irremplacée.

Je suis sûr que si je pouvais la regarder, je retrouverais son visage intact, n'est-ce pas, sa bouille de bidouchat qu'elle a gardée de sa petite enfance, un peu plus fine, oui, un peu mieux dessinée ainsi que le veut la croissance naturelle d'une môme – mais ce sera toujours elle, avec mon pif épaté en héritage et la beauté racée des traits de Sahar, le vert liquide de ses yeux, sa grâce. Toujours elle, oui ?

´L'image ˏqui ´m'est venue était celle d'une nichée de souriceaux, blottis dans le trou d'une plinthe et qui savent qu'aucun chat ne peut ici les atteindre. Tishka est venue d'elle-même se pelotonner dans mes bras et autant son visage était doux, autant ses jambes avaient une dureté dérangeante. Alors je l'ai prise tout contre moi en la caressant sans avoir peur, avec cette conviction que ma main pouvait amadouer le végétal en elle, l'animalité, le plastique volé, les faire fondre lentement, à force de la masser, à force d'y croire, la ramener à la chair d'où elle vient.

·· J'ai · dormi d'un sommeil de pierre, ramassant la mise de ma fatigue. Sans chercher à anticiper la suite, juste dormir, dormir, récupérer à bloc.

´Le ˏlendemain, ´nous avions une journée devant nous, tous les trois, sans rien à faire qu'attendre que le jour file et tombe, sans autre objectif que récupérer la totalité de nos forces pour la nuit de marche, sans autre contrainte que passer du temps ensemble, rien que nous, dans un huis clos de rocher que striaient les cris des…

— … des craves à bec rouge, m'apprit Lorca.

C'était le moment ou jamais de tenter quelque chose que je rêvais de faire depuis que Tishka était revenue. Non seulement la rapatrier vers le langage, sans rien forcer, vers une parole à nouveau humaine, qui soit peu ou prou structurée – mais surtout, surtout lui faire éprouver de l'intérieur cette intuition longue que j'avais, à savoir que parler n'était pas qu'une façon pratique et précieuse d'échanger avec nous, ça pouvait être, bien davantage encore, une source alternative de vitalité pour elle, pour ce qu'elle était devenue. Une manière possible et sans doute complémentaire d'être vivante par l'inventivité de sa voix, avec le même foisonnement de flexions et de métamorphoses, dans sa parole, qu'elle trouvait, avec une joie pleine, dans le jeu avec son corps furtif. Autrement formulé, je pressentais qu'en étant obligée de rester immobile ici, abritée avec soin et sans grande latitude de jouer, Tishka pouvait ou saurait redécouvrir dans la parole une plasticité jouissive que ne pouvait lui offrir son corps ce jour-là. J'ai parié là-dessus, pour être franche. Et je n'aurais pas cru avoir à ce point raison.

En à peine deux heures, en jouant à pa-pe-pi-po-pu, thym-thon-tu-tout-temps, en slamant à tour de rôle, tous les trois, dans un ping-pong d'assonances et de contre-assonances débridées, Tishka avait déjà retrouvé une bonne part de sa souplesse vocale et langagière :

— Les crocs, ça craint, ça crisse à cru comme un écrou, j'fais écran, je crie : Lorca !

— Un petit ponte à pépite tape sa patte et pète dans une pente, prout !

— Papa pue… sans pull… une poule… pâle… sur une pile… appelée… euh… Paul le Poulpe… lape un lapin… loupé… par un loup… Oups !

— Bravo ! ! T'es trop forte !

— Encore maman !

— Vas-y, toi. Tu commences ! Avec des *fe* !

— Feu ?

— Oui.

— Feu ! Ma maman file comme un fif… elle fait la fée… parfois… et fout la farce aux… fous qui font la foire… facile… fouff… La touffe fougère… flamme… Arrff ! Plouf… Raffut… Ouf… Je cafouille et je fuis… je fruis, je flousse…

— Super ma Tishka ! C'est si beau les mots que tu inventes…

Vers midi, j'étais proprement sidérée parce qu'en réalité, elle n'avait rien oublié de la langue humaine, elle ne l'avait juste plus vraiment pratiquée et elle s'en jouait. Pas qu'elle ne sache plus, plutôt, il me semblait, qu'elle considérait les mots avec nonchalance comme des signes qui n'avaient pas forcément à être exacts pour être compris – seuls l'intention et le ton de voix comptant vraiment, au point d'être suffisants, en tout cas pour elle, à véhiculer un sens. Avec Lorca, malgré ses torsions, nous devinions presque toujours ce qu'elle voulait dire, ce qui avait quelque chose d'à la fois rassurant et jubilatoire.

Après avoir joué à des tirs de précision au caillou avec son père, puis au défi du plus haut cairn monté à l'aveugle (elle a encore gagné), nous nous sommes à nouveau allongés pour récupérer et j'ai proposé de délirer en langage tordu. Avec mes élèves du primaire, dans les quartiers déscolarisés, ça marche très bien, dans la mesure où ça leur enlève ce stress d'être juste et normé. Là, j'ai tenté le jeu des contraires. Tishka a accroché tout de suite :

— Obscur ?

— Flair.

— Puer ?

— Sentir la… prose ?
— Se taire ?
— Déparoler.
— Bavardicher ?
— Silencir.
— S'éclarter comme des flous ?
— S'ennuir.
— Le rouge-bouge ?
— C'est dur ça maman… Le vert-beige ? Le fige-forêt ?
— Vivre ?
— Démourir.
— C'est pas un contraire, c'est plutôt un synonyme, non ?
— Humanicher…
— Qu'est-ce que tu veux dire mon chat ?
— Je sais pas. Rester bloqué humain. Pourrir l'humain comme un chiot mort sa niche…

J'ai vu Lorca blêmir, au point que je n'ai pas osé relancer. À la place, nous avons avancé un peu dans le canyon pour aller quêter la chaleur du soleil, une vasque plus bas, dans l'axe du couchant. Là, assis tous les trois, en triangle isocèle sur un rocher oblong, Tishka est venue se glisser derrière nous, et elle nous a enveloppés tous deux de ses petits bras, comme si elle avait intuitivement compris notre flottement :

— C'est trop bien cette journée papamaman ! Je m'éclarte comme une foule !

J'aurais voulu suspendre le temps encore un peu… – mais Lorca appréhendait tellement que Tishka s'ennuie qu'il a proposé un « action-vérité » dans la foulée… Bon… Sous ce ravissement de repartager autant de moments

avec elle, je me demandais en sourdine combien de temps je tiendrais sans me retourner un jour. Comment j'allais faire pour ne pas craquer, jamais faillir, comment c'était humainement possible pour une mère de ne pas contempler le visage de son enfant lorsqu'elle était comme là, à un souffle de ma joue, à une rotation minuscule de mon cou. Me taraudait en outre cette énigme de savoir si, Tishka n'étant pas nativement furtive, il n'était pas inenvisageable de pouvoir la regarder sans qu'elle fige, sans que se déclenche cette mort-réflexe des furtifs en elle.
Que chacun de nous pose trois questions-vérités et réfléchisse à trois gages, suggéra Lorca. Notre assentiment obtenu, il resserra ses épaules contre son torse, signe de malaise chez lui. Il accepta quand même de commencer et il demanda à Tishka – il osa, comme ça, de but en blanc – lui demander :

— Pourquoi tu es partie ?

·· En · réponse, Tishka a enfoui son nez dans mon dos, sa tête sous mon T-shirt avant de la ressortir, troublée :

— Je suis pas partie papa. C'est vous qui êtes restés...

— Restés ? Mais... on t'a pas vue pendant deux ans. C'était très très long, tu sais ! Très dur pour nous de ne plus te voir, tu t'en rends compte ?

— Est-ce qu'on t'a manqué, à toi ? tremble Sahar.

Je pouvais sentir le hochement de sa petite tête derrière moi.

— Beaucoup le manque. Alors je venais passer. Quand je me rappelais nous. Vous étiez pas tous les deux, alors ça m'a faisait bizarre. Vous sonnons grisaille. Comme pas avant. Maman, elle souriait fermée. Et papa, tu pleurais par l'oreille. La nuit, je venais des fois vous voir. Mais j'avais plus de langue dans ma bouche, pendant souvent, alors je faisais des bruits sous mon museau, ça vous faisait la peur. Je voulais ça pas. Des fois, j'ai mordi sous le lit. Des fois, je vous gardais dans le dormir…

— Tu nous regardais ? Tu nous regardais dormir ? !

— Pourquoi tu n'es pas venue faire des câlins ? Au moins une fois ? On aurait su que tu étais vivante. Tu sais, nous, on croyait que tu étais morte !

— Personne dans la morte papa ! Personne ! Partout ça velvit !

Quand mon tour est venu, j'ai fait comme Lorca, dans le tragique et le grave, je m'en voulais d'être aussi plombée, je ne parvenais pas à faire autrement :

— Pourquoi tu es revenue, Tishka ? Pourquoi maintenant ?

— Vous m'avez l'appelée. Non pas ?

— Tu as trouvé les messages ? Les tags dans le quartier ? C'est pour ça ?

— Au parc, j'ai allé souvent, je vous voyais jamais plus et là… Ça m'a levé la joie ! Vous avez graffouillé des destins sous mon toboggan. J'ai essayé ma réponse. Sauf j'arrivais pas à farfaire ma main.

— À te faire une main ?

— À avoir une main ? Une main humaine, dans ton corps, une main pour écrire ?

— Ouï ! D'oùcedonc j'ai griffé… Schrriik-schrriik ! Rond&rond. J'avais juste la musique, toujourse. Et changer, chanter, changeler, encore, encore et re- et re- et re-… La mulsique !

Ça a été son tour et nous n'en menions pas large. Sahar m'a tenu la main et on a regardé le soleil disparaître derrière la crête avec appréhension. Tishka s'est mise à ronronner par la poitrine derrière nous, comme si ça la calmait ou que ça l'aidait à réfléchir. Finalement, elle a demandé :

— Papa et maman... Action ou vérité ?
— Vérité...
— Est-ce que... vous vous... ammourrez ?

Sahar a rigolé, soulagée je crois, éblouissante dans son émotion :

— Oui, on s'ammourt, mon chaton, on s'émeute ensemble. On s'âme-ourse...
— On se marousse, on s'amorce. On s'airme, j'ai ajouté comme j'ai pu.
— J'adore trop vous voir tout papamamour dans le dehors d'en vous. Vous êtes bleaux.

\Je \\ łes \ ai perdus/OK. Le boss est vénèr. Juste après que łe spider ait expłosé. Błackout. Le ziłch ! En vrai, c'est mieux pour Lorca. Un frałone, ça peut toujours s'intercepter/se tracker. Ił aurait pu amener łe RAID à eux. Je capte toujours bien łeurs débriefs. Sont carrés. Mettent łe paquet. Iłs ont nassé tout łe périmètre à + 60 km. Essentiełłement routes et cołs à pied. Quadriłłage satełłite standard. Toutes łes gendarmeries łocałes sont à cran. Pas d'annonce médias pour ł'instant. D'après Arshave, łe ministre de ł'Intérieur a décidé de prendre łe łead sur łes furtifs. Ça pue. Le ministre des Armées pèse trop peu połitiquement pour résister. La połice intérieure a beaucoup płus de moyens que nous de toute façon. La guerre, c'est contre łes citoyens maintenant. Surtout. Paix civiłe. Gestion des miłices. Cribłes statistiques. Suivi des popułations à risque. Trackłistes temps réeł. Les fifs, ça te łes secoue sałement sur łeur terrain. Iłs łes veułent. Pas comme arme d'infiłtration/ ou pour te łes hybrider, comme nous. Pas pour łes mêmes objectifs, non. Parce qu'iłs sentent que ça peut foutre ła merde dans łeur empire du contrôłe. Ça sort de łeur détection. Ça passe à travers łes maiłłes/ ça dézone. C'est une sałoperie pour eux. Pire, ça t'inspire łes radicaux/ łes bien rouges/ łes anti-tout ! Ça fait modèłe. Faut exterminer ça, d'après eux. Et ła gamine/ła mutante, iłs łisent ça comme une contamination. Un virus à éradiquer direct/tout de suite. Avant que ça pułłułe. Bien secouant d'entendre łeurs échanges. Et encore, c'est juste łe RAID. On sait pas tout. Arshavin flippe. Je łui répercute łeur dernier brief. QG de Manosque.

— *On galère, OK. Vous savez pourquoi, les héros ?*

— *On n'a pas mis assez de suivi aérien assez vite...*

— *Rien à voir. On galère parce qu'on pense comme des prédateurs. Pas comme des proies. Comme la proie, ici. Si tu réfléchis pas comme un terroriste, le terroriste il t'explose. Alors brainstorm ! Je veux que vous vous mettiez à la place de Lorca Varèse. Vous êtes lui, vous faites quoi ?*

— ...

— *Pas de véhicule. Pas de route. Trop facilement traçable. Pas de GR non plus. Je marche.*

— *OK.*

— *Vu le biotope, j'évite les plateaux, les crêtes. Je cherche le couvert. Au maximum.*

— *Donc ?*

— *Forêt, fond de vallon. Là où ça pousse...*

— *Canyon. Réseau souterrain... Tunnel abandonné...*

— *Je marche la nuit. Que la nuit. Moins d'effectifs. Moins de visibilité. Beaucoup plus d'animaux qui bougent, du gros mammifère. Plus facile de flouer les thermires.*

— Et vous allez où ?

— Hum... Pas sûr que je bouge de suite. J'attends. Je me planque. Si je peux, je reviens très près du ground zero. Parce que c'est là qu'on m'attendra le moins.

— Ça vient les gars. Creusez ça...

·· Au · crépuscule, nous avons commencé à descendre pour gagner un peu de temps en lumière naturelle. Mon idée est de rejoindre le val d'Angouire, remonter le torrent de Vallonge puis traverser la forêt de Montdenier, direction le Verdon. Très physique, absurde en termes de trajet, voire contre-intuitif à souhait, au moins pour une tête policière. On s'est bien reposés tous les trois, ça va vite, Sahar est devenue experte avec les cordes. Tishka joue derrière, je ne sais pas comment elle descend mais elle descend en riant. Tout se passe bien jusqu'au moment où un doigt pointé dans mes reins me fait sursauter. Elle me chuchote très bas...

— Papa... Chose là-haut...

— Loin ?

— Ça fait zip.

— J'entends rien... T'es certaine ? *Zip*, comme ma corde ?

— Si. Caillasse qui crouille aussi...

Je fais silence et je tends mes tympans. En vain. Je lui fais confiance : je sais qu'elle a des oreilles de lynx ou de loup ou de je ne sais quoi, qui entendent infiniment mieux et plus loin que mes feuilles de chou d'humano.
Sahar vient près de moi et écoute aussi. Bientôt un bruit de caillou résonne, *tac-a-tac*, suivi d'un « putain ! » étouffé qui fuse, sans ambiguïté possible.

Fuir ? Non. Trop tard. Le RAID a des athlètes de vingt-cinq ans. Surentraînés. Aucune chance de les distancer dans un canyon aussi long. Je réfléchis à la vitesse d'un drone. Le tronçon où nous nous trouvons est moins encaissé : à main droite, la pente est très raide mais elle permet de grimper. Je peux sans doute y trouver une position en surplomb du canyon. À l'indienne.

— Sahar, tu restes là. Au milieu. Tu fais semblant de lover la corde.

— T'es pas bien ? Ils vont me tirer dessus !

— C'est pas leur protocole. Sommation d'abord. Et je vais les dézinguer avant.

Sahar ne discute pas, on n'a plus le temps, elle le sait, elle sait que j'ai deux ans d'armée derrière moi maintenant, que j'ai dû faire ce genre de truc à l'entraînement. Ou pas. Elle se rapproche sans faiblir de la dernière cascade avec la corde et elle attend, aussi stoïque qu'une brebis sacrifiée. Aussi vite que je peux, je grimpe sur l'épaule du canyon, sans toucher un buisson ni une pierre, félin, je m'allonge sur une vire entre deux petits cyprès et cale, sur une branche, mon fusil. La visibilité est très très limite, j'écarquille mes pupilles dans mon viseur et la netteté se fait toute seule. Ils sont deux, comme je l'anticipais, et ils descendent sans lumière avec toute la discrétion possible. Lorsqu'ils atteignent la cascade au-dessus de Sahar, l'homme de tête balaie aval avec son casque optir à accroissement de lumière. Il sursaute presque quand il aperçoit Sahar :

— Police ! On bouge plus ! Sac à terre ! Corde à terre ! Reculez au point rouge !

— Où ça ? dit Sahar avec innocence.

— Contre la paroi, main gauche ! La tache rouge !

Sahar s'exécute avec docilité, enfin je crois, je ne vois pas si elle a peur, je ne lâche pas ma cible des yeux. La nuque. Souffle – Souffle encore. Fais corps avec ton arme, ne force pas ta position, Lorca. Relâche l'épaule, détends le bras. Souviens-toi. Faire corps & arme. Stable.

Chttta !

Le négociateur porte sa main à son cou, il arrache aussitôt la fléchette, a le réflexe de regarder le tube, gueule à son binôme…

— L'aspi ! je suis touché…

Son collègue se jette au sol dans le creux de la vasque et rampe jusqu'à lui en sortant un aspivenin de sa poche de poitrine. De son bras, il protège intelligemment sa nuque. Le reste n'est pas à nu, il le sait, je le sais. Merde ! Je tremble de tous mes membres, je ne sais plus quoi faire, je shoote deux seringues qui ripent sur son casque et ses plaques de kevlar, au coude. Trop rapide, pas stable, merde, Lorca, merde ! L'IA balistique a repéré l'origine du tir et son système optir mitraille méthodiquement ma position. Les deux cyprès sont déchiquetés. La roche me sauve la mise.

— Fuis Sahar ! Fuis !

— Tu bouges pas ou je te…

J'attends le tir en rafale. Trois par trois. J'attends que le corps de Sahar s'effondre sous les balles narcotiques. Et j'entends un corps s'affaler, oui. S'écraser plutôt. Sans un tir. Et juste derrière un autre corps qui tombe en raclant salement contre la paroi. Choc au sol. Râle. Le silence qui suit est impressionnant. Un grand-duc hulule. Ou une chevêche. On s'en fout. La voix de Sahar monte du néant :

— Ils sont tombés…

Y en a un qui bouge encore. Je m'agenouille sur ma vire et je pointe au viseur le type qui ouvre son gilet parabellum pour dégager une plaie, mieux respirer ? Il est complètement dissoné par sa chute. Ma seringue part toute seule, sans que je réfléchisse. Plexus – ou pas loin. Le mec rampe pour s'adosser à la paroi, son optir est déréglé et trois balles partent dans la nuit. Latéralement il glisse et s'effondre.
Ça peut être une feinte.
— T'approche pas, Sahar ! Gaffe au bluff !

Mais Sahar est Sahar et elle s'approche. Elle allume sa frontale et examine le policier : une habitude de *street medic* héritée des manifs qui dégénèrent.
— Il a une côte cassée, je pense. Gros hématome sous le poumon. Rien de dramatique. Et l'arcade ouverte. Je vais soigner ça.
— Attache-le. Tous les deux ! Éteins les bagues et les oreillines. Retire le piercing du nez. J'arrive !

‘L'idée ¸de ‘foutre les bagues sur des chamois, j'ai trouvé ça loufdingue. Tan chanchero aussi ! Le commandant du RAID a retrouvé ses héros saucissonnés dans des cordes, l'un à moitié défoncé, l'autre une côte en vrac qui aspirait la vida comme il pouvait. Ça a pas trop plu, rayon orgueil. Et surtout, ils ont rien compris. Comment une prof de quartier qu'a jamais dû faire un canyon de sa vie et un socio-cul reconverti troufion ont fait pour maraver leurs cadors de la varappe ? « Côte-cassée » dit qu'on l'a poussé. La mioche ? Ce serait fortiche.
La « réunion de coordination interministérielle » a tourné vinaigre. Arshavin s'est excusé avec son sourire de sphinx pour le quad fracassé, les deux blessés de Riou,

les gars que j'ai démontés au jiu-jitsu et les deux saucisses-frites sauce blanche, en s'étonnant de « la fragilité insoupçonnée de nos élites policières », manière de souligner à la bombe fluo que trois *ghostbusters*, comme ils nous appellent, ont suffi à les rendre chèvres. Enfin chamois…
Ça, c'était le côté soleil. Pour le reste, c'est pas le placard : c'est la cave pour nous. « Victoire à la Pyrrhus », m'a claqué le Shavin \ j'ai fait « ouais » sans trop resituer l'histoire. Grosso merdo : la traque de l'hybride est passée priorité oro negro. L'armée est tricarde. Ơn doit tout lâcher à la sécurité intérieure. Dossiers, profils, recherches, captures vidéo/audio des fifs, mesh des trophées… Ce qu'on sait, ce qu'on planquait, ce qu'on cherche : todo ! Ils ont entamé les perquises ce matin, ils siphonnent le contenu des bagues et des bracelets. Arshave et le service n'ont eu que la nuit pour trier dans la masse. Nettoyer les ordis des trucs auxquels on tient vraiment. Sur Lorca, les cognes ont le profil extenso, de la naissance à avant-hier : tous ses tests, la map psy, failles, capacités, comportements préférentiels sous stress, sous tristesse, etc. ! Sur Sahar, de ce que j'ai sniffé, ils la cartaient depuis longtemps. La benne à datas est remplie ras la gueule. Ils peuvent la faire tomber pour « exercice illégal de l'enseignement », « délit de solidarité avec les sans-bagues », « destruction de biens privés en réunion », même l'attaque du *Bright-Life*… Mais faudrait d'abord qu'ils la chopent, la camarade \ et c'est pas gagné-gagné !
Histoire de donner des gages de soumission, et rapport au Récif, qu'est sur la corde raide, limite dissolution, le boss a pas eu le choix.

Il m'a viré. Viré de l'armée.

J'ai rendu mes breloques, mes flingues, l'uniforme, mon matos de traque. Devant le Ministre qui passait secouer les troupes, tant qu'à faire ! Arshave est fort en mise en scène. Je réalise pas encore \ Après huit ans. Toujours en tête au tableau des trophées, la meute des Têtes chercheuses. Trente-neuf fifs céramifiés : ça en restera là. Et c'est peut-être pas plus mal. Au mess, tout le Récif, ou presque, est venu me saluer. Taper l'adieu au frère d'armes. Ơffi-ciers, colonels et capitaines, les bigors, les dragons… Les ouvreurs et les traqueurs des autres meutes évidemment. J'en aurais chialé. Ơn se rend jamais vraiment compte de ce qu'on est. Pour les autres. De ce qu'on dégage. Juste en faisant le taf. Ils m'ont plus donné en deux heures qu'en huit ans. Gracias infinitas. À leur trogne, pourtant, tous, ils savent que ça sent la sapinière. Qu'en me déstockant, le boss sauve sans doute la mise pour eux autres. Au moins une poignée de semaines. Parce que les bleus ont besoin de lui pour décrypter les datas. Se réapproprier la boutique. Absorber l'unité dans leurs services à eux. Après, ils le dégageront aussi. À moins qu'il ait la vista pour leur caler dans la tronche que sans lui, ça peut pas tourner. Et qu'il faut garder les gars. C'est son pari, à l'Amiral.

— Pourquoi ta voix, elle change pas, elle ? Comment tu fais pour qu'elle change pas ?
— Ruisseleau…

´Je ˏsoulève ´mon bonnet afin d'aviser le caillou qui va me permettre de franchir le ruisseau puis je redescends la laine sur mes yeux. Ça fait cinq ou six heures que l'on marche, Tishka toujours devant, à nous guider on ne sait sur quelle base, sans voir où l'on est, à faire confiance à nos oreilles pour deviner l'ouverture des espaces ou la réfraction plus ou moins dense des arbres, et à nos pieds qui apprennent la pente, la texture du sol, la dureté de la terre, si l'on avance sur un lapiaz mortel pour les chevilles ou sur un chemin forestier où l'on peut trottiner sans risque. Tishka ne m'a pas répondu, elle ne chantonne plus, ses petits pieds galopent toujours devant :

— Ma voix... elle me tient de moi. Elle m'émoire.

— Qu'est-ce que tu veux dire ?

— Si je prends branche, là, elle va avoir ma voix. Parlera pareille. Mon bras parle pareil... Genou, cou, tout ! Parlent ma voix.

— Et quand... Quand tu fusionnes avec un animal... comment ça se passe ? Comment tu as eu ces pattes de loup hier par exemple ?

— Le vibre. Le vibre d'à ma voix.

— Et le loup à qui tu les as prises, il est...

— Morte ? Non maman. Juste échangé. Lui court branche maintenante !

— Avec des jambes-branches, il court ? Avec les branches que tu avais ?

— Il a ma vibre. Il fera échange aussi. Ou il va valer branche dans son corps. S'il veut loup revenir.

)Ar)shavin a) ouvert la porte de sa cave à vins. Les gonds en ont grincé sans stridence. Nous avons descendu les petites marches de granit en encaissant la fraîcheur humide du lieu. En bas, entre les racks de bouteilles, des fauteuils de paille nous attendaient. Nèr a checké le brouilleur tandis qu'Arshavin réglait le volume du concert improvisé (piano, sax, guitare et percu) qu'il a enregistré avec ses filles. Et dont il est certain, du coup, qu'aucun collexiqueur ne l'a déjà en banque et pourrait en compenser les notes. Ça va se mélanger à nos paroles et polluer la prise. Toujours au cas où. Puisqu'il est facile de loger un intechte dans une cave, Nèr fait tourner un petit spider ondophile : si un mouchard traîne dans la pièce, il le débusquera.

En face de moi, Agüero est tassé en boule sur son fauteuil, bougon, vague à l'âme. Nèr a sa tête des bons jours)) traque, technique, déduction)) tout ce qu'il aime. Et Toni Tout-fou a finalement accepté de venir parce qu'on va parler des furtifs, et parce que Lorca et Šahar sont ses potes. Des camarades de combat pour lui.

— La situation politique, je crois que vous l'avez comprise… Je la synthétise pour Toni : le Récif est en passe d'être démantelé et mis sous la coupe du ministère de l'Intérieur. Nos recherches ont d'abord été piratées, un leak, elles sont depuis ce matin carrément en possession de leurs services. J'ai pu sauver les derniers mois. Ce qui concernait Varech et la cellule Cryphe. Des fuites assez nombreuses, qui se déploient en faisceaux, circulent sur les réseaux alternatifs et identitaires. Elles font état de l'existence des furtifs. De légende urbaine, nous sommes en train de passer à rumeur étayée. Bientôt nous toucherons au scoop grand public validé et acté. Les médias people commencent à sortir des articles « pionniers », en mode sensationnaliste. La presse sérieuse n'a pas encore franchi le pas. Mais ce n'est qu'une question de semaines.

— Si l'info sort, c'est catastrophique…

— Non seulement ce sera catastrophique pour les furtifs – et extrêmement dangereux pour Tishka – mais l'instrumentalisation par la Gouvernance risque d'être massive.

— C'est-à-dire ?

— Vous savez évidemment que Gorner vise la présidence. Sur le front des migrants, ça se tasse et ne fait plus recette depuis qu'ils ont asséché brutalement les flux. Le terrorisme est presque anecdotique aujourd'hui. Stratégiquement, ils sont donc en recherche d'ennemis intérieurs pour remobiliser la masse votante. La fédérer par l'affect de la peur, comme d'habitude – le désir, c'est décidément trop pluriel, trop délicat à manier sur des populations hétérogènes. Dans cette optique, l'émergence des furtifs leur offre une menace expiatoire assez idéale. Cachés, mutant sans cesse, vivant parmi nous, monstrueux par leur forme, tout pour plaire !

— Ils vont déclencher une panique générale…

— Oui et non. Ils vont susciter la terreur tout en affirmant qu'ils peuvent contrôler la situation. Le couple peur/réassurance qui a si bien marché avec le terrorisme. Le Récif a vocation à être lapidé en place publique pour son inconséquence. On va être accusés d'avoir nourri en secret la bête toutes ces années, en cachant la vérité au peuple…

— … Mais Gorner-le-sauveur, qui veille si bien à notre sécurité, a fort heureusement repris en main le Récif ! Et il va neutraliser pour nous la menace… Votez Gorner !

Toni est dans tous ses états. Il fulmine.

— Il faut les niquer ! Arrêter ça direct ! Flinguer Gorner !

— Il faut surtout se préparer à une guerre des imaginaires. À ma droite, sur le ring, le fantasme du monstre tapi dans nos angles morts ; à ma gauche le désir d'une rencontre, l'envie de découvrir et de protéger l'espèce à la source du vivant. Puisqu'il n'existe pas d'images des furtifs, à part les trophées, c'est l'imaginaire qu'on suscitera qui fera la diff...

— C'est dead d'avance ! Les gens vont paniquer leur race ! Les médias vont faire péter le buzzer ! C'est l'invasion des rats mutants, là !

— Pas forcément Toni. En tout cas, je veux croire qu'on peut, nous tous ici, et tous les membres intelligents du Récif, s'appuyer sur notre expérience et notre légitimité dans la connaissance des furtifs pour juguler l'hémorragie de frayeur qui va inévitablement s'amorcer... Mais il faudra assumer ça publiquement.

— Publiquement ? On va se faire défoncer ! Faut que tu déménages là, amiral, ils vont foutre le feu à ta baraque !

— J'ai prévu de déménager Toni. Mon adresse va forcément être donnée en pâture. Je fais confiance à Gorner pour ça. Et puis c'est la règle désormais.

J'encaissais ça d'un bloc, goulée après goulée, en même temps que mon gevrey-chambertin 2031 posé sur le tonneau. J'avais jamais anticipé ça en réalité. Dans mon esprit, les furtifs étaient un monde rare et préservé. Notre petit cosmos respectueux de chercheurs et de chasseuses, il l'avait toujours été, il le serait toujours. Ce que projetait Arshavin lacérait ce cocon de soie et violait la chair de ma quête. Touchait au cœur de ce qui me faisait lever le matin en bondissant de mon lit depuis cinq ans. Ils allaient tout salir. Tout bousiller les fumiers. Verser ça en vrac dans le caniveau avec la peur des étrangers, des rats, du frelon asiatique, des cafards, des sans-bagues, de l'obscurité, des fantômes... La peur d'avoir peur. L'image de ce futur grésillait en moi et je n'étais foutrement pas prête.

— Je ne vous cache pas qu'il faut tenter de poser nos pierres avant les leurs. Voir plus loin. Prévoir les coups. Ce sera du go de haute volée. Mon intuition, que je souhaite partager avec vous, et contredisez-moi si je m'égare... Mon intuition est que Lorca, Sahar et Tishka seront un point de bascule dans l'imaginaire des gens. Un pivot possible dans la fiction collective qui va s'ébaucher à partir du monceau d'informations contradictoires qui déferlera sur les réseaux. Et aussi un pivot dans le storytelling qui va orienter cette fiction. Leur histoire est tellement bouleversante qu'elle peut retourner l'opinion, amener une forte empathie, faire modèle, même. Devenir un modèle d'ouverture, d'écoute, d'amour pour une vie hors norme.

— Sans vouloir être défaitiste, Amiral, l'hybridation humain-animal va glacer les gens. Surtout qu'elle concerne un enfant. Rien de plus déstabilisant...

— Bien sûr. Mais je crois que si Lorca et Sahar assument ce qu'est devenue leur fille... S'ils arrivent à faire éprouver la beauté des furtifs, s'ils en défendent publiquement la nécessité, on peut espérer une acceptation. Au moins de certaines catégories de gens.

— Vous êtes en plein dream, là ! Ça se passera jamais comme ça ! Ils vont pécho Lorca et killer Tishka ! Puis tout fragger ! C'est ça qui va se passer !

Toni a saisi une bouteille et la fracasse contre le mur, en mode total ado. Il est littéralement déboussolé, en rage, il se défoule comme il peut. Arshavin lui reprend gentiment le goulot des mains, regarde l'étiquette qui flagelle, lestée de verre, et trouve encore le moyen de sourire :

— Ce n'était qu'un crozes-hermitage, dieu soit loué !

Nèr et Agüero rigolent, ça fait du bien. Ils n'ont encore rien dit. Agüero se tasse chaque seconde un peu plus. Puis son timbre rauque d'Argentin lui arrache la gorge et il dit, sourdement, résolument :

— Il faut les retrouver avant eux. Pas la peine d'anticiper. C'est nous l'élite des chasseurs, non ? On n'y peut rien de toute façon à leurs saloperies. Arrivera ce qui arrivera. On se battra à mort dans tous les cas. La seule chose qu'on peut faire mieux qu'eux, c'est de réfléchir du dedans du cerveau de Lorca et trouver où ils crèchent. Qu'est-ce que t'as en babasse, Nèr, au juste ?

— Je sais pas… si l'Amiral me permet de… ? Je peux y aller ?

‘ Fais ‚pas ‘ton malin, Nèron. Chuis pas d'humeur. Envoie le pâté, prouve-moi que j'ai eu raison de pas te péter la gueule. Quand tu nous as caftés à Moustiers. Je t'ai supporté huit ans, j'étais là quand t'as vrillé à l'asile. Je t'ai jamais lâché. Paie ta dette, ric-rac, comptant, là, maintenant. L'autiste me sort une carte papier et des photos argentiques ! Parano puissance dix. Le numérique, on oublie. Retour à la matière qui transmet, rien par ondes. Qu'on peut cramer derrière, sans copie. Le pire est qu'il a raison.

— L'Amiral m'a obtenu une permission quarante-huit heures après la fuite du trio. Officiellement pour surmenage. J'ai leurré le suivi GPS et je suis retourné sur place. Ravin de Vénascle. Là-bas j'ai vite repéré les semelles de Lorca et Sahar dans les bancs de sable, la glaise. Et j'ai remonté la trace…

— À l'ancienne, à la mano ?

— Au pistage physique, oui. Avec juste une IA de reconnaissance de forme, sur batterie autonome, pour m'aider à aller vite.

— Et donc ?

— Ils ont remonté le val d'Angouire, ici sur la carte. Sévère. Sans matos, tu passes pas. Puis le torrent de Vallonge, où j'ai galéré pour suivre la voie. Ils ont dû énormément marcher dans l'eau. Plusieurs fois, j'ai failli plier. Ce sont les traces de Tishka qui m'ont maintenu à flot.

— Quelles traces ?!

— Chat sauvage. Enfin pas loin. Pattes de félin en tout cas. Sans cesse mêlées aux semelles crantées, j'ai vite compris… Ensuite, ils sont sortis du torrent pour filer par la forêt de Montdenier, sous les crêtes de l'Ourbes. Ils sont passés par Nauvin, là, puis plateau de Barbin, ma dernière empreinte scannée… Et là…

— Là quoi ?

— La nuit est tombée. Et le Ministre a convoqué une réunion d'urgence.

— Tu y es retourné après ?

— Le lendemain. Après l'orage. Traces lavées. C'était mort.

Je lui ai presque arraché la carte. Je me suis collé côte-côte avec Saskia et on a demandé à tout le monde de fermer sa gueule. De toute façon, personne ici connaît l'Orque mieux que nous. On l'a vu en traque, on sait en gros comment il pense. Dans mon âme, j'ai viré furtif, je me suis mentalisé la nuit, filer en forêt, le plateau, le Verdon pas loin. Je me suis dit qu'il avait dû écouter la bague des raidards, que ces jeunes cons archivaient tout, qu'il avait pu avoir les briefs de mission, la position des patrouilles, des guets. Que les bleus avaient dû blinder la route des Crêtes, se poster sur le GR4, surveiller les cols, le chalet de la Maline. Que pour couper le Verdon sur cette portion, entre La Palud et le lac, y avait que deux choix : la passerelle de l'Estellier ou le mur Vidal. Estellier trop évident, du nanan à surveiller. Au pire pour Vidal, ils ont posté un mec sur le sentier de l'Imbut, et un autre au bas du mur, plus sûrement en haut, au débouché sur la route. Je suis Lorca, je passe quand même par là, couvert maximal et je vise le pas de Garimbau :

— Pistage spéculatif, hein : ravin du Brusc. Pour passer sous la route. Puis tu plonges vers Maireste, sentier du Bastidon, très abrité, et tu replonges par le ravin de Mainmorte, bien encaissé, jusqu'au Verdon. Là tu traverses à la nage. Chaos de l'Imbut. Mur Vidal…

— OK, Agü… Pourquoi pas ? J'y ai pensé. Mais après ? T'es bloqué parce que t'as le camp de Canjuers ! Plus grand camp d'artillerie d'Europe. Dix mille hommes. Base militaire. Arshavin les a mis en alerte…

— Pas spécialement, messieurs, non. J'ai préféré ne pas.

— En tout cas plateau karstique, grande visibilité, très peu de couvert.

— Genre tu peux te prendre un obus dans la gueule à chaque coin de buis ! Surtout de nuit ! Trop débile de passer par là !

— Traverser Canjuers, honnêtement Agü, c'est se jeter dans la gueule du loup !

— Le loup y est très bien là-bas, si t'as lu tes fiches. Il tape même dans les troupeaux de brebis. Au milieu des tirs et des explosions. Alors... si le loup y arrive, avec meute et louveteaux à la queue leu leu, pourquoi pas Lorca ?

— Parce que c'est pas un loup ! ! Un loup court à trente kilomètres heure en moyenne, sent un bouquet d'odeurs à deux kilomètres, sans parler de son ouïe qui porte encore plus loin. Il sait parfaitement où se situer et où passer sans être vu. Lorca non !

— Mais Tishka oui !

·· Depuis · qu'on était entrés dans Canjuers, Tishka avait rompu le silence et elle chantonnait. Très bas, sous la perception humaine d'un soldat qui aurait patrouillé, sans doute pas d'un animal. Je la suivais en me répétant une phrase de Deleuze et Guattari sur la ritournelle, une de celles que je savais par cœur depuis la fac de socio, j'en savourais la densité et la beauté, comme pour m'aider, comme pour comprendre :
« Un enfant dans le noir, saisi par la peur, se rassure en chantonnant. Il marche, s'arrête au gré de sa chanson. Perdu, il s'abrite comme il peut, ou s'oriente tant bien que mal avec sa petite chanson. Celle-ci est comme l'esquisse d'un centre stable et calme, stabilisant et calmant, au sein du chaos. Il se peut que l'enfant saute en même temps qu'il chante, il accélère ou ralentit son allure ; mais c'est déjà la chanson qui est elle-même un saut. »
Même tout près d'elle, je n'arrivais pas à discerner ce qu'elle chantait, ni même si c'était exactement une chanson et pas plutôt un feulement cadencé, un marmottement, son souffle rendu musical par ses bondissements. Après tant d'heures, la vivacité de ses pas restait intacte,

sans routine, imprévisible. Chaque sol lui amenait des idées, une frasque, un bruit de ressac obtenu d'un glissement de pierrier, un mic-mac de petites frappes sur la traversée d'une dalle, le *shrissh* d'un chat qui crache en agitant un lit de feuilles sèches, en passant, avant d'allumer une sensation de feu, juste derrière, toujours en farfouillant des feuilles. Au milieu de ce jazz, le murmure de sa voix agençait un centre, un fil rouge mélodique, un thème aurait pu dire un spécialiste. Quoique ça sonnât pour moi davantage comme une boucle qui la territorialisait, l'aidait à s'orienter, oui, à ne pas céder d'un pouce au chaos qui nous entourait, et qui était tout autant en elle par l'incursion subite des mutations. Mais bon dieu que c'était beau de la suivre ! Beau de l'entendre jongler avec sa vitesse et les éléments, le dénivelé et le moelleux d'un bois, la lenteur subite de l'écoute, tendue, et l'accélération chapechutée de ses pattes sur un lapiaz trop exposé, qu'elle griffait çà et là, à la façon d'une truelle sur un plâtre à lisser. Juste avant Canjuers, elle nous avait demandé de prendre la tête et de la suivre. Ce qui nous obligeait à marcher à l'aveugle : beaucoup plus dur pour nous, mais on n'avait pas discuté. Elle nous avait amenés dans un buisson et elle nous avait malaxés de sauge sauvage des pieds à la tête en riant de nos chatouilles. Puis elle avait tracé à la lisière des tirs d'obus qui, même bonnet enfoncé, allumaient des flashs brutaux sous nos paupières. À la sortie d'une doline, j'ai fini par lui demander :

— Comment tu sais où tu vas, chaton ?

— Je suis la voie, papa.

— Quelle voix ? Qui te parle ?

— La voie qu'ils laissent. Piste à patte !

— Comment tu peux… voir des traces… en pleine nuit ?

— Pas voir. Odeurs. Piste d'odeurs. Plus falice !

— Alors on suit un animal, c'est ça ? Un animal qui sait très bien se faufiler, échapper aux humains ? On fait tout comme lui ?

— On valouve en vrai ! Ouif !

Le lendemain, nous sommes restés cachés dans un aven au sud de Canjuers et nous avons passé l'après-midi à nous chanter des chansons, à tour de rôle. Par son ampleur et sa variété mélodique, lexicale et sonore, le répertoire de Tishka dépassait l'entendement. Elle savait siffler une trentaine de chants d'oiseau, imiter le campagnol, la chouette hulotte, la martre qui ronronne, la fouine avec ses petits, tout autant que restituer à la quasi-perfection une gamme loufoque de sonneries de bague, de sonals de marque, d'infomercial de mall, simuler à la voix des freinages de glisseur, des drones de livraison, un flot épars de paroles dans le tram ou le brouhaha bourgeonnant d'un café bondé ! Chaque chanson qu'elle avait pu entendre une fois, au hasard d'une trottine, d'un commerce ou d'un appart dans lequel elle avait dû se cacher, peu importe, elle savait la reproduire sans effort. Complètement épaté, Lorca lui demanda bientôt de faire l'obus, l'orage, le glissement d'une baie vitrée, le Verdon la nuit, maman en colère, un bip-bip de poubelle mal triée, une cafetière à ondes, une bague raclant nerveusement une table, un bruit de chaise sur du percoleum, une porte claquée, tout ce qu'il lui passait par la tête ! Et elle le fit ! De sorte que Lorca, ému et fier d'elle, n'arrêtait pas de la relancer. Cherchait plus dur, plus fou, plus impossible encore : le roulis des pneus sous un taxile, l'appel de la mosquée par jour de mistral, un four solaire en phase de refroidissement, la pluie sur une vitre, un chat qui court sur du gravier ! Tishka riait de bonheur, gloussait, réglait son spectre de cris, de trilles, cherchait un peu, puis sortait un son sidérant de réalisme. Parfois tombait à côté (parce que Lorca compliquait trop le contexte), incroyable cependant de précision – comme si sa bouche abritait un synthétiseur vocal qui pouvait sculpter à coups de glotte, de palais et de dent, de lèvre et de langue ce qu'elle voulait. Nous étions tellement ravis de l'écouter, émerveillés si complètement que ça fit partie de ces moments qu'elle nous a donnés où un obus aurait pu exploser dans l'aven – je crois bien que j'aurais pu mourir sans regret.

Quand bien même, il y eut un couac. Un moment délicat pour moi ; froisse-âme. Ce fut à propos d'une comptine que je lui chantais tous les soirs vers trois ans, lorsqu'elle voulait que je reste à côté d'elle pour s'endormir. Je lui ai chuchoté « Tu te souviens ? Maman'gouste ? » et j'ai commencé à chanter. Elle a marqué un silence étonnant et elle s'est totalement arrêtée de bouger, ce qui n'arrivait presque jamais depuis qu'on l'avait retrouvée. Nous n'entendions plus l'air frémir autour d'elle. J'ai continué à chanter, la croyant émue, et là, elle a fait – d'une voix extrêmement froide et coupante :

— Stop maman !

— Ah… ? Pourquoi mon chat ? Tu ne te rappelles pas ? Tu adorais cette berceuse !

— Stoppes tu. Je dis. Tais-moi !

Elle l'a presque hurlé si bien que je me suis mise à pleurer, percée par un sentiment de rejet auquel je n'étais pas du tout préparée. Plus blessant encore, elle n'est même pas venue me consoler. Lorca, lui, m'a prise dans ses bras, je l'ai senti aussi désemparé que moi, nous n'avons rien compris.

¸Yolo : ˀ*you only live once !* Plutôt que fracasse des bouteilles, je les ai pillave. Ça m'a ramené oklm, smooth mode, dans l'axe. Eux, ils jactent Gouvernance et ministère amer˜, sans calculer˜ ce qui pope dans les ZAG. Ça mythonne dur˜ partout sur˜ les fifs, OK, mais pas que : ça s'incarne. Ça devient un lifestyle. Aux Métaboles, ça y est, y a des formeurs qui t'apprennent des techniques de fuite. Le recto – course, zigzag, parkour˜, skating at lightspeed. Et le verso cover˜, hors-champ, blind spot, cache-cache, ghost mode. Plus tous les ateliers leurre qui blossoment : ventriloquie, insechtes, fausse-trace, bagues-au-rat pour˜ balader˜ les capteurs, textiles mimétiques, faire le flou. Ça fait plus semblant ! Exit la posture romantique du comrade qui balance son cocktail et finit seul dans le fourgon avec les bracelets et son adn en banque. Sortir˜ des radars, devenir˜ invisible, c'est le credo. *Be water, my friend !*
En vrai, peu de mecs croient déjà aux fifs. Vraiment y croivent ! C'est juste une métaforce pour˜ eux, rien que du poème. « Si ça existe IRL, ça roxxe ! », genre. Mais quand ils vont comprendre que c'est là, parmi eux, avec eux, ça va défenestrer˜ de la jouasse ! Ils vont décoller˜ ! Ça va être l'alliance, la fusion. Et ça, ça peut nous sauver˜ la mise. *Why ?* Parce que si tu peux t'augmenter˜ grâce aux fifs, juste en speed déjà, juste hip-hop je lifte, loup-bougie, je te largue > ça change tout sur˜ les occupes, la lutte de terrain, le face-aux-keufs ! C'est comme si on te filait de la mana. Alors donc dis d'où tu quoi ? Ben le cœur˜ du game, ouais, c'est l'hybridation. Possible ou pas possible ? Comment ça se chope, la fiffitude ? Un shoot de tishkame ?
Saskia t'a cuisiné Agüero là-dessus, pain de viande sur˜ la broche, du coup :

— Tu ressens quoi exactement ? Pendant le *keçak* ? Quand t'as escaladé le canyon ?

— Je me sens… boosté. Frais. Mes muscles sont frais, je pèse rien, le corps pivote tout seul. Comme si je redevenais un gosse, mais avec ma puissance d'adulte. Surtout, ça lève, le sang me lève, je sais pas dire autrement. Ça pulse du bas vers le haut. Grimper Riou, c'était l'évidence. J'étais appelé par la falaise.

— Tu n'as jamais eu peur de tomber ? Je te regardais du pont : c'était très haut, presque pas de lumière, ça glissait…

— Tu vois quand tu sors d'un long bain ? Les doigts gondolés ?

— Les crevasses sur la peau, oui…

— Ben j'avais l'impression que j'avais des doigts comme ça qui ventousaient la roche. Je pouvais pas lâcher. Une sorte de certitude.

— Et sur le combat avec le RAID ? Tu as tout esquivé !

Agüero fait une petite apnée en lui, il ressort sa tête :

— Là, c'était différent… J'avais l'impression de danser, comme au *keçak*. Que les coups du RAID découpaient des volumes et qu'il y avait toujours un espace pour moi, pour que je m'y cale, un espace vacío, libre, où il fallait juste que je sois et qui se déformait sans arrêt. Mon corps était appelé par ce vide, venait s'y loger tout souple, je savais où il était, todo el tiempo…

— Tout le temps ?

— Tout le temps. J'esquivais rien en fait, j'étais là où il fallait être, avec un peu d'avance, un peu de retard, toujours hors de portée.

— Et tes coups à toi ?

— Mes coups, je les faisais dans les trous. Un trou s'ouvre, je frappe.

— Tu étais conscient de ce que tu faisais ?

— Pas vraiment, c'était une transe. Je sentais les choses, j'ai laissé faire mes bras, mes pieds, mon buste… Mon corps savait. Et puis ce truc de malade…

— Quoi ?

— Dans Riou, je savais exactement si j'étais vu, quand j'étais vu. Aussi nettement que si tu pointais un projecteur sur moi. Et sans qu'ils éclairent rien. Je savais aussi quand j'étais caché ou pas. Je veux dire : introuvable ou pas.

ʾAr)shavin a) laissé un long silence descendre dans la cave humide. Il a humé le bouquet de son margaux 2025 et son visage a pris ce calme lunaire qui le caractérise, avec ses deux yeux bleu délavé, des fenêtres. Des fenêtres donnant sur une intelligence peu commune qui lui permet de ne jamais lever la voix pour qu'on l'écoute :

— Si je croise ce qu'a dit Nèr sur son invocation, Saskia sur Varech, ce qu'on sait des chasseurs qui ont sombré, de Lorca lorsqu'il est traqué, et ce que nous explique à présent notre ouvreur, il me semble qu'une image s'esquisse… Nous n'avons toujours aucune idée de la source ou de la cause d'une invocation. Toutefois nous pouvons inférer qu'elle « met à l'abri », disons-le comme ça, le frisson d'un furtif. À l'abri en nous. Pour être plus clair : elle le loge dans une personnalité-cible. Ce frisson potentialise des facultés animales ou végétales dans l'être humain qui l'héberge. Ces facultés sont latentes. Elles ne s'expriment que dans des circonstances spécifiques : forte émotion, chasse, situation de survie…

— Et fuite ! Fuite par-dessus tout ! C'est là que l'invocation révèle toute sa puissance.

— Oui. Et c'est assez logique, si l'on y réfléchit.
— Mais pourquoi... ? Pourquoi certains deviennent tablés... et... et d'autres assimilent le frisson, comme Lorca ou Agüero ?
— Peut-être une question de compatibilité organique. D'affinité ?
— Ou un *êthos* réceptif...
— Tu veux dire quoi par là, Saskia ?
— Sans vouloir froisser Nèr, il a un *êthos* assez fermé ; rejet, parano, protection. Il va refuser toute invasion, toute perturbation étrangère à son monde, d'instinct. Tandis que Lorca est quelqu'un d'ouvert, à l'écoute du monde, comme Agüero. Ils accueillent l'inconnu, le pas-familier. Peut-être que ça joue ?
— Carrément que ça joue ! C'est claro ! Si t'as de la vie en toi, tu vas accepter la vibe, surfer avec.

Nèr a plusieurs saccades nerveuses. Il se tait. Fusille Toni du regard. Arshavin me suggère d'un geste de prendre le lead. Toujours cette finesse relationnelle. On dirait qu'il sait quand quelqu'un doit parler, veut parler et qu'il faut le laisser prendre sa place. Alors je me lance :
— Selon moi, il faut partir du principe que Lorca, et même Sahar, par contamination de sa fille, bénéficient dans leur fuite de capacités furtives fortes. Je pense comme Agüero qu'ils ont filé sud et tenté le bluff de Canjuers, en sachant très bien que la police ne pouvait pas les chercher là-bas : domaine de l'Armée. C'est plutôt malin. Après quatre jours, il est probable qu'ils sont dans le Var. Ils n'activeront rien d'électronique, c'est certain. On n'a aucun moyen de les pister en physique, c'est trop

tard. Trop vaste. Il faut donc spéculer sur leur direction. Leur point de chute. Je propose que chacun ici donne sa vision. (Ils se remobilisent.) Nèr, tu irais où si t'étais eux ?

Il est resté sur sa rancœur. Il me toise, laisse exprès trois kilos de silence peser. Toni souffle en mettant ses mains derrière la tête. Il a vraiment une gueule attachante ce gamin. Il est trop beau.

— Je serais resté à Canjuers. Sous protection de l'Armée. Et je me serais rendu au poste de commandement. En demandant à appeler ma hiérarchie. Tout en laissant ma femme et ma fille cachées. Loin.

— Tu te rends, quoi ! Et tu pries que Papa Arshavin puisse t'exfiltrer ! rigole Agüero.

— Je suis réaliste. Point. Personne ne peut fuir indéfiniment. La probabilité de faire une erreur tend vers 1 en fonction du temps. Les objets intelligents offrent un maillage tellement fin et décentralisé aujourd'hui que tu peux pas exister sans être capté. Tôt ou tard. Drone, satellite, intechte, on sait, on peut essayer de parer. Mais Lorca et Tishka sont tagués or sur les boucles de tracking. Un poteau, une poubelle, un banc peuvent les signaler !

— OK. Monsieur Agüero ? Votre avis ?

— Je me planque. Forêt, avec une rivière pour l'eau vive. Pleine nature. Je chasse et je cueille, je pique éventuellement de la bouffe si je peux, dans des potagers ou des vergers, la nuit. Je pile du blé. Et j'attends deux semaines que ça se tasse. J'en profite pour développer avec ma fille mes capacités furtives. Je prends du bon temps avec elle, je la retrouve, je la réapprivoise. Je kiffe du buen vivir avec ma famille. Il l'a tellement cherchée, tellement attendue ! Il va plus prendre le risque de la perdre.

— Boss ?

— J'attends effectivement. Une semaine, pour ma part. Maximum. Proche d'un réseau piratable, pour rester informé de l'évolution de la traque. Et je cherche dans un rayon de cent kilomètres qui pourra me cacher et me permettre de préparer la suite : un ami, un collectif… pourquoi pas des camarades de lutte.

— La famille ?

— Non, le frère de Lorca, le réulisateur, dont il est très proche, est bien sûr sous surveillance renforcée. Sa sœur proferrante aussi, comme les deux sœurs de Sahar. Père, mère, tantes, oncles, toute leur famille est sous crible. Lorca le sait.

— Et stratégiquement, tu projettes quoi ? Une fois à l'abri ?

— Un coming-out médiatique. C'est la seule chose qui peut me protéger à terme. Et protéger ma fille de l'assassinat ou d'un statut de cobaye de laboratoire. Gorner par exemple ne pourra pas se mettre l'opinion à dos, deux mois avant l'élection, en volant un enfant à ses parents. Enfin : pas si Lorca gère bien son discours, suscite l'empathie nécessaire.

— Hum, risqué quand même, non ?

— Très risqué. Mais fuir et se faire prendre bêtement, avec l'usure, sur une erreur, est tout aussi risqué. Et plus probable encore.

— Bien… Il ne reste que toi, Toni ? Tu ferais quoi ?

¸Wesh, ⱽ j'ai signé la terre battue avec mon pied et je les ai tous téma. Chaud le roleplay ! Je ferais quoi ? Je me planquerais dans une ZAG, tiens. Avec des gadjos capables de prendre les bastos pour˜ moi, juste pour˜ la hype. Sérieusement ? Ben j'irais là où ça zappe le syste, en terre floue, max de clandés, là où les klistés viennent pas rodave. À la nonchale, j'ai jeté une prunelle sur˜ la map en accordéon posée sur˜ le tonneau et j'ai skaté de l'œil plein sud, jusqu'au bleu. Port-Cros, les îles d'Or˜... Le tilt !

— Porquerolles !

— Quoi Porquerolles ?

— Vous êtes au jus quand même de ce qui se passe là-bas ?

— Un peu. Les médias parlent d'une occupation sauvage... Ça brasse pas mal sur l'île apparemment...

— Ça brasse ? Ça *brasse* ? Mais arrêtez d'écouter *Civinal* ! Sortez des *fuck news* ! ! Porquerolles, c'est bouillant depuis dix jours, ça rameute de partout en Europe ! Les copains sont en train de reprendre l'île et de dégager les raillales ! C'est là que ça se passe maintenant ! Nulle part ailleurs ! Si vous m'aviez pas bipé ce matin, à c'te heure, je serais déjà là-bas sur mon jetsky à couler du yacht ! Porquerolles, les frères ! C'est le *BrightLife* puissance douze !

— Tu exagères pas un petit peu, Toni ?

— C'est là qu'ils vont ! Blam !

— Quoi ?

— Lorca, Sahar et la petiote. Ma main à couper ! S'ils touchent l'île, ils sont sauvés. Hors d'air hors d'eau ! Sahar est une figure de la proferrance, l'oubliez jamais ! Elle est connue partout comme le loup blanc ! Lorca un peu moins, il a disparu deux ans, mais il a sa réputation. On sait qu'il est des nôtres. Il a mis d'équerre un tas de Communs en France. Quand les potes vont savoir qu'ils sont recherchés, avec un Wanted niveau noir, ils vont tout faire pour les défendre. Ça va devenir un enjeu, un défi au pouvoir, un symbole ! Et maintenant, quand ils sauront que la petiote est avec eux, le premier hybride, l'avant-garde de la furtivité, eh ben...

— Eh ben ?

— Ils vont trop kiffer !!! Yaaahhha !

) On) aurait) dit que ses yeux noisette venaient de prendre feu sur un brasero. Šon regard était grillé d'enthousiasme, de fougue, d'envie. Il a éclaté d'un rire toni-truand en martelant la carte avec son doigt pointé sur Porquerolles, pareil à un môme auquel on viendrait d'annoncer la plus belle des chasses au trésor du monde habité. Il s'est levé, nous a tiré une révérence farfelue et il est moins parti qu'il ne s'est enfui, ventre à terre, direction Porquerolles !

J'ai épié Nèr qui regardait Agüero qui interrogeait Arshavin, hypnotisé par la carte. Avec son pouce et son index, l'Amiral a formé une sorte de compas sur la carte entre Canjuers, la plaine des Maures, la presqu'île de Giens. Il a mesuré la distance entre la Tour-Fondue et l'île.

— Trois kilomètres. Ils peuvent le faire à la nage.

— Autant, ils sont déjà là-bas...

Arshavin nous a fait monter dans le salon, il a allumé sa bague et a projeté les fils d'infos sur le mur.

— L'accès à l'embarcadère est verrouillé par la police d'État. Les milices bloquent les deux routes d'accès sur le cordon dunaire. Et la Marine est dans la baie. Pas la nôtre, mais celle de Civin et Smalt.

— Pour ce qu'elle vaut ! Ils sont sous-équipés !

— Si ça ne vous dérange point, nous redescendons au frais mes amis…

L'Amiral a soigneusement refermé la porte de la cave. L'urgence, à l'évidence, venait de le percuter. Mais je ne m'attendais pas à la claque que j'allais prendre :

— Saskia Larsen, je vous annonce officiellement que vous êtes démise de vos fonctions et de votre grade de traqueuse phonique dans l'Armée de terre. Vous remettrez uniforme et matériel aux services compétents. Vous pouvez garder votre bonnet d'écoute, l'olifant et tous les capteurs sonores que j'ai effacés cette nuit des registres matériels. Je vais vous en communiquer la liste. Vous êtes désormais une insurgée. Votre place est donc à Porquerolles.

— Vous êtes sérieux ?

— Agüero, tu rejoins également Hyères aussi vite que tu peux. Puis tu traverses.

— Nage ?

— C'est préférable. Si tu as un scooter de plongée, c'est mieux. J'ai dans le cabanon un petit propulseur à main qui descend à quarante mètres. La priorité absolue est que personne ne vous repère. Vous vous séparez en espérant vous retrouver sur l'île. Saskia, tu devras trouver un moyen de passer. En autonomie totale.

— Super. Merci du soutien !

— Quand tu vas sortir de cette bastide, tu n'as plus aucun lien avec l'Armée, c'est l'unique façon de pouvoir aider Lorca sur l'île.

— Et si on se trompe ? On s'enflamme beaucoup là ! S'ils ne sont pas là-bas ? J'aurai tout perdu ! Vous êtes en train de tout détruire, de tout lâcher, Amiral. C'est notre meute, merde !

Je ne peux pas le jurer, mais à če moment-là, il me semble qu'Arsĥavin s'est tourné brièvement vers un jeu de pĥotos qui ornaient étranğement le mur de sa čave, entre deux račks. Il y avait dessus des ğosses qui jouaient dans un olivier, trois filles et un ğarçon. Arsĥavin a eu les yeux brouillés et il m'a dit :

— Je conçois que ce soit difficile à avaler. Mais le Récif est presque mort. Ils vont le démanteler. Je vais essayer de sauver ce que j'en peux, par la seule arme dont je dispose encore : la diplomatie. La vérité est que le Récif, désormais, c'est vous. C'est votre savoir vivant des furtifs. Ce savoir que vous portez en vous et que personne ne pourra jamais vous enlever. L'Armée aura été un temps la maison des furtifs. Ce temps, malheureusement, est révolu. Toni a sans doute raison : ceux qui sauront les défendre et les apprivoiser sont du côté de la vie. Pas du côté de l'ordre. C'est pour cette raison que je vous libère.

J'ai grimacé malgré moi et j'ai pensé à Šahar, à ses doutes. Lorsque je suis sortie de la bastide, je me suis sentie complètement à poil.

CHAPITRE 18
QUELLE EST LA COULEUR DE LA TERRE QUE TU VEUX ?

Il y aura toujours des mecs pour vous dire que c'est les keufs qui ont tué Tishka Varèse. J'aimerais bien aussi que ce soit ça. Wala. Ceux qui ont vu la poursuite sur la crête du Galéasson racontent autre chose, hein. Ils disent que c'est plus horrible que ça. Que c'est son père qui l'a tuée. Mais moi, j'étais à dix mètres de Lorca quand le RAID a dégainé. C'est pas son père qui l'a tuée, la petiote. Non. C'est sa reum.

La fille que j'ai rencontrée à la Badine, elle avait dix-sept ou dix-neuf ans, pas plus. Une bouille à angles, déter comme ils disent, jolie dans son genre sauvage. La gamine arrivait de Nantes en skate solaire. Elle avait mis vingt-deux heures, que par des petites routes, elle était rincée. Je suis tombé dessus à 2 heures du mat, cap de l'Estérel. Je l'ai trouvée pliée dans une faille qui t'abritait des scans. Elle avait eu la même idée que moi. Traverser direct sur les Mèdes, quatre bornes de nage pleine mer, à la louche, avec une houle qui faisait pas trop marrer.
Quand elle a vu ma frontale, elle a chopé un bout de bois flotté, prête à me défoncer la tronche. Normal : elle a cru que j'étais de la patrouille. J'ai tendu la main en disant « Guevara ». Ça l'a fait marrer et elle a tendu sa manche trempée : « Moujik. » Franco, elle a bloqué sur mon propulseur.

— C'est quoi ton truc ?

— Un scoot de plongée.

— Oua. Ça marche comment ?

— C'est juste une hélice. Tu t'accroches au guidon, et tu traces sous l'eau. Deux heures d'autonomie, es macanudo.

Ma combi de nageur de combat, je crois qu'elle était trop paquete pour elle, parce qu'elle a tiqué. Faut dire que la sienne, c'étaient des sortes de sacs isothermes scotchés au rouleau et cousus à la ficelle, avec des trous pour les bras. À 7 °C sous ce mistral, elle se pelait grave. Elle aurait moins froid dans l'eau à 16 °C.

— Ça peut marcher à deux, ton scoot ?

— ¿Por qué no ? Si tu t'accroches à mes pieds derrière, ça doit pouvoir le faire. Mais fous quelques cailloux dans ta combi pour le lest. Je vais pas rester qu'en surface... Dès qu'y aura grabuge, on va plonger. T'as une bonne apnée ?

— De quoi ?

— Tu tiens longtemps sans respirer sous l'eau ?

— Chais pas.

— Vas-y, essaie. Faut que je sache.

— Maintenant ?

Elle s'est tassée entre deux rochers pour glouglouter comme elle pouvait. Sa crinière brune flottait, on aurait dit des algues. Trente secondes, à vue de pif, et elle a ressorti sa tête. Pas terrible. El cansancio, les chocottes ? Elle va se régler, je me suis dit, elle a la caisse, elle est jeune. À la galope, on a fait nos essais avec le propulseur : ça allait mieux si elle me chopait aux tibias. Même si ça me tirait salement sur les brandillons, d'avoir son poids derrière. Au moment d'y aller, y a eu un petit truc solennel \ mignon de sa part : « Merci mec, c'est cool de me prendre en stop ! C'est la guerre là-bas mais on va les foncedé, hein ! Moujik Power ! » Elle a levé le poing et basta, on est partis !

Pourquoi j'ai cru que ce serait fastoche ? Va savoir. La mer brassait, OK, mais elle restait bien noire comme il faut. Por lo tanto j'avançais à la surface. Dix minutes plus tard, ça a commencé à se réveiller dans la rade. À croire qu'ils s'étaient refilé le mot.
Les voilà ! Patrouilleurs, hors-bord, hélicopains, drones... ça se met à quadriller long-large et je pige vite qu'on est pas seuls dans la baille. Ça nage d'un peu partout, des jet-skis sortent du néant comme des balles, des mecs tentent la traverse en pointu pourri et je les vois écoper la houle à la diable. Des gros cercles blancs tombent sur les barcasses, on entend des sommations, bouffées par les vagues et le mistral. L'est temps de plonger, che, et je descends à quatre puis à huit mètres, histoire de faire la nique aux traqueurs. Ça le fait d'abord à peu près, à part que la gamine a pas de poumons, ses tympans sifflent et qu'elle lâche trop vite mes tibias ! En deux-deux, je lui montre comment décompresser, le pif, tout doux, en continu. C'est pas fou, la gamine flippe de se noyer, mais ça va un peu mieux. On passe incognito sous un zodiac de Civin, puis sous un yacht qui te zézaye au mégaphone *« Ne mettez pas votre vie en jeu... », « Nous n'allons pas vous livrer à la police... »*. Crois-y ma chérie ! On zigzague entre les ronds des hélicos, zig à droite, zag à gauche avant de plonger encore, respirer, replonger... J'ai pas voulu prendre ma bouteille d'ox < trop lourd, pas discret et je rame niveau souffle, cada vez màs. Au loin, entre deux creux, des points jaunes font coucou sur le ciel noir. Sûrement l'île. C'est encore super loin. Et on dérive vaste.

Dans la baie, ça vire carnage. Des gamins montent au ciel, arrachés à la baille par des ventouses et aspirés d'un coup d'hélitreuil dans les copters. Tout ce qui flotte, tant bien que mal, se fait arraisonner au zodiac.

— C'était quoi ce flash ?

— Un gordrone. Il va aller cafter à sa base, *¡mierda!* Faut qu'on plonge Moujik, ¡al mango!

J'ai poussé le moteur du scoot à fond, ramené la gamine sur le guidon, chacun une poignée > et j'ai décroché profond > sous les dix mètres > cap à l'est > apnée max ! C'est là que les sensations ont débuté… Au cœur même du flip et du speed, sur ce début de panique. Rien d'autre d'abord que mettre un ou deux coups de reins pour soulager la traction des bras, une ondulation du torse, des hanches, un fouetté des guibolles. Puis ça s'est assoupli en moi, se volvió una verdadera onda, un geste d'anguille ou d'otarie, pas loin. Quand la fille a lâché pour remonter, je crois que je pouvais tenir encore une poignée de minutes sans respirer \ / j'étais déjà passé dans une autre dimension.

— J'peux… plus… J'vais crever… Chais pas… comment tu fais… toi ?

La gamine a les poumons comme deux sacs crevés. Elle boit la tasse à chaque vaguelette, elle cramponne à moi pour pas couler. Dans ses yeux, y a la trouille du noyé.

— Moujik, je lui ai dit calmos, tu prends le propulseur. Seule tu peux atteindre l'île en dix minutes, avec un peu de choune. Là, le moteur patine grave. Chuis trop lourd, toi t'es une plume. Tu restes à fleur d'eau et tu plonges un peu quand ça craint, OK ? Respire à fond, ouvre ta cage, là, tu vas y arriver !

— Et toi mec… ? Tu fais quoi ? !
— J'y vais à la nage, t'inquiète ! On se retrouve là-bas ! Le premier arrivé dose la caïpi !

À sa bouille, je peux vous dire qu'elle azimutait. Elle est restée une gerbe de secondes la main sur le guidon, à me regarder sourire. Puis un zodiac a claqué sévère sur les vagues. Plac/plac ! Obviamente il fonçait vers nous ! Là, elle a plus demandé son reste !

Tu auras plongé, ouvreur, museau en avant, un lion de mer, pareil. Profond jusqu'au sombre, là où la lumière des keufs passe pas. Percera plus. Ton corps aura trouvé tout seul le mouvement qui fluit, la coulée bras plaqués, les cuisses à la colle, chevilles laxes & pieds de palme. Tu n'auras plus eu nuque ou d'épaule, bassin ou jambes, juste la fusée d'un tronc d'un seul tenant qui sera toi. Juste un oscillé saccade souple faufilé pleine mer sans résistance ~ une sirène. Tu auras senti l'eau de son corps l'eau de mer savoir s'immiscer se fondre. Tes bronches des branchies ses oreilles ouïes l'apnée longue infinie au sein du bleu saturé de bulles belles, baleine \ Balaise oui \ Tu auras pris l'air, l'eau, l'un l'autre, l'air ou l'eau selon l'orque, à sinuer par le fond jusqu'au sable fracassé de vagues, frissonnant. Tu auras su l'espace d'un instant ce qu'on sait la furtive si l'on suit ça au fil du sang > ~ le liquide, l'élément ~

— Vous pouvez déposer votre bague dans le lecteur, mademoiselle ? Merci…
— Il y a encore combien de contrôles jusqu'à la Tour-Fondue ? C'est le troisième en deux kilomètres là !

— La zone est placée sous vigilance noire. Vous êtes journaliste, c'est ça ? Vous travaillez pour le journal de l'armée ? *Le Milinal* ? Vous avez une permission de reportage de huit heures sur place. Voilà votre Anneau. Il sert de pass pour les prochains barrages. Bon courage, mademoiselle Leblanc.

— Madame…

) C')est Arshavin) qui m'a trouvé *in extremis* cette bague de presse. Il l'a paramétrée lui-même sur mes données biométriques. J'ai honte d'avoir douté de lui. Avec la double vérification, je n'avais aucune chance de passer sinon. Ça n'empêche pas qu'à chaque contrôle, je fasse dans ma culotte. Comment Agüero va pouvoir arriver jusqu'ici ? Jamais vu une telle densité de contrôles. La police aurait-elle fait les mêmes déductions que nous sur Lorca ? Ou mission d'éviter qu'une ZAG se forme à Porquerolles ?
Plate à mourir est la presqu'île de Giens, très étroite, avec seulement deux routes. Šalines à droite, mer à gauche : pas idéal pour s'infiltrer en *stealth*. Moi, j'ai l'impression d'avoir le pass princesse en comparaison.

Pendant le trajet, je me suis projeté sur mon gant toutes les infos que je pouvais, histoire d'être à niveau quand je serais sur place. Presse indé beaucoup, self-médias, fils militants, made-IA de flux aussi, pour suivre les tendances de l'opinion… Un des sommets de putasserie était sans conteste le clip de Šmalt, un des trois proprios de l'île, tourné au drone en hyperralenti, sur fond d'eucalyptus, de bourgeoises à chapeau s'émerveillant sur leur vélove et de plages splendides enfin nettoyées de la pire des pollutions. Celle des pauvres et de leurs mômes :

« L'île de Porquerolles est une île privilège. Elle est accessible sans condition et toute l'année aux citoyens privilège de France et aux statuts saphir et diamond de la Fédération européenne. Porquerolles est la plus grande et la plus occidentale des trois îles d'Or avec ses 12,5 km2 de superficie. Elle se situe au sud-est de la Tour-Fondue, l'extrémité sud de la presqu'île de Giens, et à 10 km à l'ouest de l'île de Port-Cros – qui jouit également du statut privilège. Elle forme un élégant arc orienté est-ouest, avec un ourlet de plages préservées orienté sud et une côte épique et découpée qui donnent sur l'infini du large. Ses dimensions sont de 7,5 km de long sur 3 km de large. Son pourtour fait une trentaine de kilomètres, avec une majorité de sentiers terraformés aux essences variées. L'île culmine au sémaphore à 142 m et s'enorgueillit d'une multitude de points de vue. Longtemps propriété de l'État français qui en avait fait un parc national, elle a été cédée en 2028 à un consortium tripartite opéré par Civin, Smalt et Bordeaux Corp., réunis sous la holding Cismabor. Territoire libéré depuis cette date, Porquerolles a ainsi pu bénéficier d'une valorisation plus intelligente de ses espaces et d'une gestion éclairée et attentive de ses biotopes d'excellence. Elle offre à nos citoyens d'exception, comme il se doit, la jouissance préservée d'un patrimoine naturel et historique exceptionnel. Bienvenue sur la plus précieuse des îles d'Or… »

— Tárik, vous êtes en direct de la Tour-Fondue, avec vue imprenable sur la rade de Porquerolles. On annonce ce matin un assaut des milices commerciales sur la Zone Auto-Gouvernée, qui est occupée depuis une semaine maintenant par des mouvances radicales…
— Oui, et quelles mouvances Marjorie ! On trouve là une sorte de concentré des mouvements d'occupation et de récupération de terres qui ont germé ici et là ces dernières années. En

réponse bien sûr à la privatisation croissante des territoires. On se souvient tous de l'assaut du *BrightLife* ! Ici sur place, les pionniers, si l'on peut dire, ont été sans surprise *Volterre*, rendu célèbre par leur catchline « La propriété, c'est le vol ». Ils se sont installés près de la plage de Notre-Dame. Mais ils ont été suivis et soutenus par un solide contingent, semble-t-il, des activistes d'*UniTerre* et de *Salut-Terre*. Eux se sont répartis dans les vignes du domaine. Il y aurait aussi des groupuscules moins connus comme *Underland* ou *Reclaim Islands* et même une poignée de terraristes très radicalisés, issus du groupe auto-dissous *Reprendre*...
— On parle aussi d'une véritable armada corsaire qui tiendrait depuis deux jours le port de Porquerolles...
— Tout à fait ! Et c'est ce qui inquiète le plus la direction de Cismabor ! Car ils se trouvent maintenant face à une sorte de flotte pirate, très bigarrée, très composite, où l'on trouve aussi bien des jet-skis trafiqués que des paddles, des jet-packs, des voiliers, du zodiac et même un ferry déclassé qui barre l'entrée du port depuis ce matin ! Mais surtout, beaucoup de vaps – des véhicules aquatiques personnels – très maniables, qui ont été aguerris dans les occupations de Groix et d'Ouessant. On a là, selon nos informations, des versions améliorées de cette escadre pirate qui a posé tant de soucis sur les îles bretonnes. Beaucoup de ces vaps sortiraient directement de l'usine clandestine de Locmaria !
— Tarik, est-ce qu'on ne s'emballe pas un peu en parlant d'insurrection ? Sur une île somme toute assez paisible ? Où ce qu'on voit, ce sont surtout des feux de camp et des jeunes qui dorment à la belle étoile si vous me permettez de caricaturer un peu ? Cette occupation ne semble pas avoir l'aura d'Ouessant justement. Ou encore de l'île de Ré, dont on sait qu'elles font toujours l'objet d'une guérilla de réappropriation difficile à éteindre ?

– Écoutez Marjorie, sur le terrain… j'ai plutôt le sentiment que se dessine ici une lutte hautement symbolique sur une île qui est, rappelons-le, un ancien parc national ! Avec donc une haute valeur écologique qui attire beaucoup de naturalistes en lutte. Une île qui constitue, reconnaissons-le aussi, un havre de riches voire de très riches, qui a été soustrait à l'usage du plus grand nombre. Récupérer Porquerolles, c'est un enjeu éthique majeur pour la *Mue* ou le *Moujik* par exemple…
– Le fameux *MOUvement des Jeunes Insurgés Koalas*…
– Oui, qui est un mouvement extrêmement populaire auprès des adolescents et de la jeunesse standard, car il prône une approche très généreuse qu'on pourrait juger naïve : chaque territoire repris est géré sur le principe extensif de la gratuité…
– … Alors que les activistes de la Mue, si je comprends bien, prônent plutôt une jonction entre territoire vécu et territoire ressenti… C'est le corps qui est perçu comme territoire à reconquérir…
– On peut effectivement dire ça, Marjorie.
– Le consortium a annoncé une offensive « calme et déterminée » pour aujourd'hui même afin, dit le communiqué, de « ne pas laisser le vol et le viol de terres libérées devenir une barbarie ordinaire ». Ils ont aussi renouvelé leur appel du pied à l'État, en demandant que « les missions régaliennes de sécurité soient assurées pour tous les citoyens », quel que soit leur statut, et en condamnant un « laxisme larvé » face aux mouvements de réoccupation des terres. Comment cette communication est-elle accueillie par les insurgés ?
– Avec beaucoup de sourires, vous l'imaginez bien… Il est clair pour eux que l'État redevient le bienvenu quand il s'agit pour les multinationales de se faire protéger alors qu'il a été gentiment chassé au moment des rachats. Cet appel à papa-maman sonne un peu obscène à leurs oreilles.
– Merci Tarik. Vous restez en direct sur MadMediac !

Une fille surgit dans le bois en glissant sur des baskairs. Elle patine entre les troncs comme une malade :

— Ils arrivent ! Venez !

Šur le chemin qui file vers la plage, le ronronnement des zodiacs commence à fuser sur la mer. On aperçoit les premiers points noirs monter et descendre sur la houle. Le mistral reste assez fort et certaines crêtes écument. En second rideau, les navettes blanches gérées par Cismabor, par l'une desquelles je suis venue, font office de soutien marin. J'arrive sur la plage avec une dizaine d'activitistes, la plupart équipés de tuyaux, et là… Là, c'est l'hallucination ! Un rugissement féroce de moteurs monte brutalement et déchire l'atmosphère. Šur tout l'arc de la plage de la Courtade, une trentaine de motomarines) des bécanes noires, rouillées, à triple hélice, tombées du hangar, manifestement bricolées et boostées (hurlent comme au départ d'un motocross. Le son est presque insupportable. Juchés dessus se tiennent, devant, un pilote casqué, et derrière, debout, les pieds verrouillés sur des fixations de ski, un camarade, un tuyau sur l'épaule, au diamètre large comme une main qui règle la puissance du débit de ce qui doit être… une lance à eau ? Plus les zodiacs progressent, en face… plus les moteurs ici barrissent en réponse, par défi ! Puissance contre puissance.

— Regarde ! Les jet-boots !

Venant de l'Alycastre, trois dieux marins ont surgi. Ils filent à une vitesse à peine croyable sur deux jets pulsés, fixés sous leurs bottes. Montent et plongent sous l'eau d'une cambrure, en dauphins, avant de resurgir à la surface, en simple appui sur leurs jets d'eau haute pression ! Derrière eux les suit comme leur ombre un jet-ski qui les alimente au tuyau d'incendie. Mais ce n'est pas fini car une troisième catégorie de malades giclent du port sur des jet-packs à triple jet, traînant en surface un module autonome qui pompe l'eau de mer dans leurs tuyères ! Les molosses montent à dix mètres, royaux, une main sur chaque levier, basculent vers notre plage en esquissant une vrille, comme s'ils voulaient vérifier l'état des troupes. Et ils déclenchent la contre-attaque !

Alors la mer entre en effervescence, les jet-skis bouillonnent et s'arrachent de la plage en saturant l'air de pétrole et de rage. Devant eux, les trois jet-packs foncent en lévitation vers les zodiacs de Cismabor, suivis des jet-boots plus maniables, plus flexibles, plus fragiles aussi sans doute. Et dans leur sillage, c'est la ruée sauvage des motos de mer. Armées de leur lance à incendie. On dirait l'assaut d'une cavalerie mongole dans une steppe d'écume, une horde sans chef, sans ordre, de pur chaos qui fonce sur un honorable aréopage de voitures décapotables. À la jumelle, je suis la trajectoire d'Okami, une copine de la nuit, qui pilote un jet-ski rouge. Elle vole de vague en vague, encaissant des chocs massifs sans broncher)) puis d'un coup décolle et vient s'écraser sur l'arrière du zodiac qui arrivait en face ! Le bateau s'enfonce sous la poussée, le nez du canot lève en chandelle tandis que les occupants partent en vol plané dans les vagues !

— Yaaahhha ! Dans ta face ! hurle une camarade toute proche.

Okami reste d'abord introuvable, éjectée de son jet-ski qu'elle a été. Puis je la vois crawler et remonter sur sa bête, à présent sans casque, le visage dégoulinant d'un filet de sang clair, sans cesse rincé de sel. Aïe, ça doit piquer.

Un vieux monsieur aux airs de loup de mer est venu se placer près de moi. Il me demande mes jumelles. Il semble d'un calme impérieux dans le barouf furibard de l'assaut. Il me sourit et sa présence me fait du bien.

— C'est la première fois que vous voyez ça ?

— En vrai, oui.

— Là, c'est plutôt gentil. À Groix, on avait deux sous-marins de poche, un torpilleur plutôt costaud et les seabobs : ça faisait mal !

— C'est quoi la tactique en fait ?

— La tactique ? C'est pas de tactique ! C'est ça notre force, on reste imprévisibles. Leurs IA de position sont dépassées ! On harcèle en individuel, au flair. Parfois on joue le choc frontal, parfois on essaie de retourner le bateau. Parfois on le coule, si on peut. Le but est d'en balancer le maximum à la baille puis de saborder leur bateau. Ou l'inverse…

Il a un rire enroué dans sa barbe de mille jours. Il se régale à regarder.

— Vous n'y êtes pas, vous ?

— Où ?

— Sur l'eau.

— Je me suis pété le pied à Groix. J'étais en jet-pack, comme les barjots devant. J'ai fait un salto pour éviter un mât et je me suis écrasé sur le pont du voilier. J'ai le calcanéum en miettes.

J'avais pas vu son attelle.

— Comment vous pouvez couler une navette ? Sans arme, sans rien ?

— Vous dites « vous », hein ? Journaliste ?

— Oui. Si l'on veut…

— Espionne alors ?

— Mieux que ça : stagiaire en lutte des classes.

Il rigole.

— On a besoin de tout le monde pour gagner ces batailles. Je me fous d'où vous venez. Vous pourriez être banquière.

— On avait dit pas d'insulte, non ? (Il rigole encore.)

— Je partage pas la parano des jeunes. Mieux on explique ce qu'on fait, même à l'ennemi, plus on fera basculer de gens.

— C'est impressionnant cette armada…

— Ça tombe pas du ciel. Ça vient de nos ateliers clandos, c'est des milliers d'heures en hackerspace, ce que tu vois là. De la bricole en open source : chaque design, chaque hélice, chaque pompe est en libre, tu peux te faire un jet-pack en deux semaines si t'es un peu motivée.

— Mais pour couler un bateau, faut des torpilles non ? Des armes classées ?

— Faut surtout être malin. La jet-set devant, nos héros, ceux avec le pack ou les boots, ils ont un petit tube en titane en bout de bras. Une buse ultrafine où l'eau sort à 4 000 bars.

— Je me rends pas compte ? C'est beaucoup ?

— À trois quatre mètres, le jet te déchire un bras, ça fait une blessure très sale. À moins d'un mètre ça peut te couper une jambe. Et si tu arrives à approcher le jet d'une coque jusqu'à la toucher, ton cutter à eau va la percer et la découper de part en part. Acier ou fibre de verre. C'est comme ça qu'on les coule.

— Juste avec de l'eau haute pression… qui sort par un trou minuscule ?

— Ouais. Avec un peu de sable dedans, pour l'abrasion. La réserve de sable, dans le sac à dos, c'est ce qui pèse le plus. C'est la mort à porter. Mais ça fait tout...

Des zodiacs ont résisté aux attaques, malgré tout. Une poignée ont atteint la plage et commencent à allumer les militants à la seringue. Des corps s'effondrent à la lisière des vagues. Beaucoup courent, obliquent...

— Vous avez des nerfs, c'est bien. Pour une stagiaire, vous fuyez pas en zigzaguant...

— Ils sont loin encore...

— Oh... Même à trois cents mètres, ils peuvent vous aligner sans problème...

— On fuit alors ?

— Non. Vasco arrive... Vous allez voir...

De l'horizon, une fusée à eau revient effectivement à toute berzingue, survolant les navettes, esquivant les tirs, rasant parfois les flots, elle serpente dans le grabuge de la rade aussi facilement qu'un missile à tête chercheuse. En une demi-minute, elle est au-dessus de nous, son triple jet couvrant toute parole possible dans un bouillonnement effroyable. Le dénommé Vasco survole un tireur du zodiac puis un autre puis le troisième et les trois s'affalent sur le sable, plaqués au sol par la puissance de la cataracte qui s'abat sur eux. Ils se protègent la tête, lâchent leur fusil, se roulent en boule, crient peut-être : on le saura jamais tellement le jet parle tout seul. Puis Vasco descend sur le zodiac et d'un cassé de bras découpe toute la largeur d'un boudin ainsi qu'on scierait une grume avec une excellente tronçonneuse. Il découpe aussi au jet l'attache du moteur et le hale sur la plage.

— Allez planquer ça !

Je cours aider deux costauds à traîner la chose dans les bois. Prise de guerre ! Ça m'éclate.

//FastFlow > Carnage sur la rade ! Quasi-totalité flotte Cismabor coulée par 40m de fond ! Grandes rédactions titrent sur victoire surprise des rebelles !
//ALEX.IA > Cismabor a sous-estimé les forces en présence. La plupart des vaps sont venus de Marseille en plusieurs vagues discrètes. Bien avant début des occupations #in'direct. *Ils ont été cachés dans la calanque de l'Indienne au sud de Porquerolles, ou encore camouflés dans les bois* #MadManiac.
//Miss-ès-Terre > Des morts ?
//Shyn > 0 mort à déplorer. Normal ! Question des morts clé dans bataille de l'opinion // Multinationales vs terraristes. Ne pas tuer reste prérequis pour conserver l'empathie des clients/l'adhésion des militants #CoachCom. *Sans parler du grand public qui supporte de moins en moins la violence* #ViolenceValue. *Sommes sur des bases classiques de combat non létal*
//Miss-ès-Terre > Non létal ? Mais fait beaucoup de blessés et d'handicapés !
//Shyn > Bataille psy se déporte du coup sur qui a le plus de mutilés, d'œil crevé, hémiplégie, pied coupé ? Communiqués assez alarmants des 2 côtés et sans doute très exagérés #ComSmalt #ComBordeaux #MétaCom.
//Spinella > La Cismabor annonce que 4 salariés auraient perdu un œil.
//VICTOR.IA > Cécités temporaires causées par les tuyères des jet-packs #FactChecked.

La rouste qu'on leur a mis, en God mode ! La caroublée ! Les spawnkills quand ils ont voulu toucher la rive ! On leur a pissé dessus à l'aqualance, les mecs mendiaient qu'on arrête. Sur la plage, on leur a tout piqué et on les a jetés à oualpé dans la grande bleue, qu'ils rentrent chez

mamie à la nage ! Yahhoou ! L'immense kiff ! On a fait la bamboula sur˜ la place d'Armes, cœur˜ de Porque, histoire d'acter˜ qu'ici, c'est chez nous *from now ! Es ist unser Platz, our hostels, i nostri osteria, les nostres botigues ! Free partout, fric nulle part !* On a tout repris en mode open bar˜ : chambres ouvertes à qui veut, buffets gratos, épicerie vas-y-prends, alcool à flots ! Un hôtelier˜ chialait qu'on saccageait sa vie, qu'on est des porcs, il s'était attaché à son escalier˜ avec un U de vélove ! Alors je l'ai peint au pistolet en rose et je lui ai mis une queue en tire-bouchon. Grogne, mignon, grogne ! Il pigera vite que là où créchaient quinze raillales, on va loger˜ soixante chums !
Comme d'hab, tout le monde a joué le jeu pour˜ couper˜ les légumes, préparer˜ la bouffe, caler˜ les barbeuques, tenir˜ les stands, monter˜ la scène, les tables, l'éclairage, préparer˜ les concerts et les games. Y a du minot, ça fait plaise ! Ça virevolte de partout, ça sent la kermesse, la bar˜-mitsvah, l'aïd, Halloween, la farandole ! Ça zouke et ça se saoûle, ça pogote et ça tangote, ça se drague QUILTBAGH+ et ça se touche, j'adore ! C'est le monde qui vient, toucouleur˜, vivre et lutter˜, gadjos sans gadget, le monde où tu fais tout toi-même, où t'as toujours une potesse à aider˜, où tchi te tombe tout cru mais où ce que tu donnes te reviendra au milluple ! La Céleste est arrivée hier˜ soir˜, larguée d'un coucou à hélice, elles se la pètent paras les copines ! La Traverse a commencé à cabaner˜ dans le maquis et à upgrader˜ les anciennes batteries : Lequin, Alycastre. On a récupéré les huit forts : Sainte-Agathe, Langoustier˜, Repentance… et des AG ventilent pour˜ savoir˜ ce qu'on va en faire : hangar˜, ateliers, boulangerie, parc à moutons, mur˜ d'escalade ? Au pistole, j'ai commencé à repeindre le Langoustier˜, c'est un début. Bleu furtif, fondu avec la mer˜ ! Et en bleu ciel, à même

la texture, j'ai écrit en filigrane : « *Quelle est la couleur de la Terre que tu veux ?* »
Les rares routes en asphalte qui restaient, on les a défoncées pour˜ retrouver˜ le sable. Ça prend forme ici, vraiment, at lightspeed. Certaines nanas ont quinze ans d'occupe derrière elles, c'est nos sagesses, elles savent, elles connaissent la zik, les bad trips, ce qui marche ou pas. Les moujiks sont à fond mais là, ils se mettent sur˜ mute et ça écoute. L'autonomie, elles posent, c'est d'abord l'eau, number˜ one, puis ton ventre numero due, puis le podro : pouvoir˜ dormir˜. Le reste, on voit après. Et sur˜ Porquerolles, l'eau vive, c'est oualou, elle vient du continent chaque jour˜, en citerne. Va falloir˜ vite avoir˜ nos tankers. Et pouvoir˜ zapper˜ les barrages dans la rade. Pas gagné. La graille, on a fait un comité dessus : dans l'immédiat, ce sera canne à pêche, vigne, vergers, olives : le local. À terme : pisciculture sauvage, ostréiculture, algues, blé, seigle. L'autonomie en fruits et légumes est possible ici, climat idéal. Faut juste de l'eau. Again. Ça, c'est la focale Ressource. Mais imho, faudra surtout du soin et de l'attention tous à toutes, et reverse ! Car˜ tu spawnes pas une Commune qui tourne, si patchwork dans son rapport au corps, sexe, monde, tout, sans apprendre à vivre avec ce qui nous dépasse et nous unit, *despite us, isn't it ?*

)Ja)mais je) n'avais vu une fiesta pareille, aussi vite montée et organisée ! Aussi jouissivement bordélique sans rien céder sur l'efficacité ! Ça calmait. À vue de nez, nous étions trois mille activistes s'étirant du port à la place d'Armes et partout se clouaient des bancs, se vissaient des tables, s'empilaient des palettes là, puis ici, puis là-bas… Autant d'estrades au pied levé, sorties du sol, qu'occupaient très vite, comme par magie, un groupe de rock pour un bœuf, deux slameuses plus loin, un mime qui refaisait la bataille du matin avec des bateaux en papier. Partout poussaient des braseros, roulaient des tonneaux de vin et des fûts de bière, s'ouvraient un cercle de parole ou de parade, une AG de poche où des gamins de seize ans décidaient d'un campement. Deux batucadas se répondaient l'une d'un yacht arraisonné, l'autre de la jetée. Et surtout, ça riait, ça se charriait, ça tapait des hugs et des checks, des bisous et des accolades, comme si l'on venait de libérer la France en 1944 ! Je m'accrochais aux rares têtes reconnues du *Bright-Life*. J'étais perdue dans les sigles, les mouvances, les tendances. C'était pas difficile de s'intégrer pourtant. Šuffisait d'aider à tendre les sangles à cliquet d'un chapiteau, porter à deux une marmite de cinquante kilos de soupe, prendre un bock en bambou et trinquer à la volée.

Par paliers, j'ai relâché la tension et je me suis laissé embarquer par ces fous furieux qui veulent changer le monde en tongs. Et qui le changent déjà, devant moi, juste à la façon dont ils se parlent, m'accueillent. Dont ils montent ensemble le banquet géant qui court autour de la place de terre battue : sans chef, sans manager. T'entends aucun ordre qui claque, rien que des « tu m'aides ? », « il manque deux tréteaux, là, non ? ». Šouvent même pas : un regard attentif suffit à deviner le coup de main à donner. Depuis *l'apéro opéra*, je bois comme une dingue tous les verres qu'on me tend, prends tous les baisers chaleureux ou coquins qui passent. Je rêve que d'un truc ce soir : fusionner, disparaître. Devenir eux, leur énergie, leur fougue, leurs horizons. Mon existence de semi-fonctionnaire avec son statut rassurant, ma carrière bien abritée à l'armée, elle a explosé hier en vol au fond d'une cave. Ši je regarde devant moi, je vois rien)) un bord de falaise et le vide. Alors avant de chialer devant la bourse aux flash jobs, je m'ambiance ce soir avec la « jet-set » ! Je réfléchirai demain, *kampaï !* C'est sûr que j'aurais donné cher pour voir la bouille d'Agüero lever une cachaça sur ce zodiac retourné qui sert de comptoir… OK. J'avoue. Et tout autant pour apercevoir Lorca, tiens, assis là au milieu de l'Assemblée des Usages qui se réunit à côté de moi, en prenant un bon quart de la place. Ma tribu – ça m'a pris par-derrière en voyant tous ces collectifs… Ma tribu, c'est qui au fond ? Ben c'est eux. Enfin j'espère.

Pour fuir le brouhaha, j'ai fini par m'isoler en enfilant une ruelle sombre et bien raide qui grimpe vers le fort Šainte-Agathe. Mais même là, tu croisais des mines réjouies, des sourires que la victoire sur les milices rendait encore plus éclatants. Des prunelles qui brillaient dans le noir, comme si elles voyaient déjà l'après, leur fameuse ZOÙAVE – *Zone OÙ Apprivoiser le Vivant Ensemble* (ou *Apprendre à Vivre Ensemble*, je savais plus trop…). Je pouvais pas m'empêcher de rapprocher ça des furtifs. Apprendre à vivre avec eux, oui, comme Varech avec Crisse-Burle. Habiter une petite maison blottie dans la campagne, avec un garçon qui me trouverait jolie, enfin pas trop moche quoi. Et qui aimerait les chats, les loirs qui grignotent les cloisons et les écureuils dans les châtaigniers. C'était ça mon petit rêve à moi. Pas aussi classe que le leur, je reconnais. Pas aussi vaste. J'avais pas la force de plus ce soir. Juste la force de boire encore. Et de lire les graffitis :

MERCI DE NE PAS NOURRIR LES HABITANTS.
SIGNÉ : CISMABOR.

« IL EST DIFFICILE D'ÉCHAPPER AU DÉSORDRE,
CAR CONTRAIREMENT À L'ORDRE, LE DÉSORDRE POUSSE.
SURTOUT S'IL A PLU CETTE NUIT. »

Et celui-ci, raclé au bâton sur le chemin, que j'ai pris en pleine poire :

S'ATTACHER OU S'ARRACHER ?

En vérité, ce qui me frappe le plus chez ces insurgés, c'est pas leurs idées (tout le monde peut croire à une idée) : c'est leur corps. Ša densité, la pression palpable sous la peau. Homme ou femme, trans, jeune fille ou vieux loup, ces corps sont foutrement vivants, habités. Ils dégagent une puissance, une puissance d'autant plus désarçonnante qu'elle ne vient pas d'une carrure spéciale ou d'une musculature travaillée. Et que rien dans leurs vêtements à la coule, déchirés, délavés et flottants, ne souligne. Ces corps ont quelque chose de très attirant, d'aimantant. On peut discuter à l'infini de leurs convictions. Ŝûr. Mais ça, ces corps vivants, ça ne triche pas. Et ça en dit beaucoup plus long que toutes les AG du monde.

‘Trois ¸heures ‘j'ai dormi. Mal. Dans le moisi d'un sac à viande. Puis j'ai claqué un café qui traînait sur des braises et j'étais en route. J'ai tombé toute l'île. Ơrdre de mission : trouver Lorca. Au pire, repérer les lieux, les planques possibles, les zones de repli en cas d'assaut. Prendre des repères topo. S'informer tant qu'à faire. J'ai d'abord tiré un bord par les plages, la costa del sol, jusqu'au Langoustier, en écumant le village. Puis j'ai viré derrière et fait toute la côte au large par les sentiers > Brégançonnet, gorge du Loup, cap d'Arme, le phare, la calanque de l'Ơustaou de Diou, mont des Salins, sémaphore > jusqu'à la crique de la Galère. Ơù je me suis écroulé pour una siesta masiva. Pas de Lorca dans une casbah. Pas de Sahar sur les radars. J'ai demandé gentiment de côté et d'autre, en les décrivant. Nada. Y a des campements çà et là dans les vignes et les bois, mais il reste de la marge, francamente. Pourrait y avoir dix fois plus de pueblos. À la brune, en recoupant vers le village, je suis tombé sur un rond de bougies en plein bush. Des compañeros rassemblés autour, avec quelques huttes et cabanes, à ce que je pouvais voir. Ça discutait bas, calmos, très reposant et ça m'a donné le goût de m'asseoir. Personne m'a calculé, de l'herbe circulait, j'ai tiré ma taffe. Une nana que je voyais pas faisait une sorte de petite conf :

— … a existé cette figure du rebelle, au Moyen Âge, du proscrit qui va vivre dans les bois. Les Scandinaves l'appelaient le *Waldgänger.* Ce qui veut dire simplement : « celui qui s'en va dans la forêt ». Il pouvait être abattu par quiconque le croisait, ce qui laisse imaginer la furtivité qu'il fallait atteindre pour survivre dans ces conditions ! Qu'il fuie ou qu'il soit en exil, le *Waldgänger* entre en rupture. Comme nous serons en rupture, même avec les camarades ici, si nous choisissons de vivre dans ces bois. En franchissant le seuil de la forêt, vous le devinez, on perd sa société mais on s'ouvre un dehors. Un dehors qu'il va falloir habiter, tenir. Dont on va se nourrir, auquel on va intimement se lier. Un dehors à partir duquel de nouvelles forces en nous vont naître et croître. Pour l'avoir vécu six ans dans les Cévennes, je peux juste vous dire ceci : la forêt n'est pas simplement un refuge, une cachette pratique pour les sans-bagues et les fliqués. C'est un monde d'intensité. Extrêmement tissé et prenant. Les premières semaines, tu ressens une solitude assez écrasante, tu souffres du manque de soleil puis ça devient vite l'inverse : un trop-plein de signes, de traces, de présences, de relations avec la lumière, l'humus, les plantes, la pluie… Et bien sûr les animaux. Tu deviens une mousse qui se gorge de ce monde. Tu en fais partie…

— Tu veux bien nous reparler des Noirs marrons ? De leur relation à la forêt ? Ils étaient déjà des furtifs, eux. Tu crois vraiment ça possible ici ? L'île est petite…

— Pas si petite que ça. Et le couvert forestier est dense. Les trois quarts de l'île sont boisés. La plupart des arbres sont à feuilles persistantes. Il y a aussi un relief intéressant. Des espaces de fuite possible vers la mer, au cas où. Des falaises, des sentes, des chaos rocheux, des restes de bâti. C'est très propice je trouve…

Je retire une lσngue taffe. La hierba es muy pura. Ça me tσurne la trσnche. J'ai l'impressiσn de sentir les fifs autσur, qui m'épient, que vienen a bailar…

— Pour revenir aux marrons, que ce soit le *quilombo*, le *mocambo* – qui d'ailleurs veut dire « cachette » – le *palenque* ou le *kampu*, de tous, on peut dire je crois qu'ils n'ont jamais vraiment fui, en vérité. Ils s'éclipsent plutôt. Ils se soustraient subtilement à la traque. Ils disparaissent. Touam Bona disait que la machine marronne n'est une machine de guerre que dans la mesure où elle est une machine de disparition. La forêt constitue l'espace privilégié de cette disparition, à l'évidence. L'objectif est de dissimuler la communauté sous le couvert végétal. Ce qui impliquait pour eux une topographie neuve, faite de collines, de ravins, de végétation touffue, de marais, de mangroves… L'exact inverse de l'espace panoptique et quadrillé de la plantation. Comme elle est pour nous l'exact inverse de la visibilité féroce de la ville. L'horizon pour une communauté fugitive est d'échapper à tous les dispositifs de capture, qu'ils soient visuels ou physiques. Marronner, c'est entrer dans un devenir-furtif...

— Et y entrer... *avec* les furtifs ?

— Si possible. Si un lien se construit... S'ils existent surtout...

— Ils existent ! j'ai gueulé. Y en a une palanquée dans ce bois, te lo prometo !

Les ombres se sont retournées vers moi, sans trop savoir, sympas/gênées, cahin-caha. Je me suis senti un peu boulis. J'étais qui pour dire ça ? Un chasseur de furtif, che ? Va leur lâcher ça ! Un chasseur viré la veille avec sa bite et son couteau ? Un gars plus paumé que tous les paumés qu'avaient débarqué ici, et qu'étaient pas si paumés que ça, à bien y regarder. J'avais même plutôt l'impression qu'ils en savaient un bras plus long que l'Argentin sur quoi faire de sa vida quand tu pointes plus au mess chaque matin et qu'au lieu d'obéir aux ordres de ton jefecito, tu dois te bricoler tes ordres à toi, te mitonner tes missions, monter ta meute tout seul comme un grand !

Ça me faisait tout bizarre d'être ici. À la fois ça me coulait chaud, je trouvais ça monstre couillu et assez beau, ce qu'ils tentaient, les guignols. En même temps, je me sentais largué grande largeur, sans matos, sans Nèr au scan, sans l'Amiral dans l'intracom. Où est ma cible ? Qu'est-ce que je dois foutre si Lorca n'est pas là ? Et s'il est là, comment je vais le retrouver, eh ? Si même la canusa caffie de capteurs fait chou blanc sur lui ?

— … Tsiganes, Bédouins, Juifs errants, chasseurs-cueilleurs, agriculteurs sur brûlis, hommes sans maîtres, cosaques, cathares, corsaires, brigands ! Puis les ermites et les saints, les moines, les pèlerins, les hommes de Dieu… Et encore les étudiants itinérants, les troubadours et poètes, courtisans, devins, chiromanciens, hérétiques, déserteurs, maquisards, et les esclaves marrons donc, aujourd'hui les zoùaves et les zagués… Vidalou l'a bien montré : la liste est belle et longue de ceux pour qui fuir la société, c'était se retrouver dans la forêt !

·· Ils · sont tous là. Happ et son gang de grimpeurs – Jump, Droppy, Squik, Adda. Je les ai vus sur les mâts fixer des lampions tout à l'heure. La Céleste est sur site, enfin ce qu'il en reste et ce qui en ressuscite, sans Fled ni Carlif qui sont derrière les barreaux, mais avec… Velvi ! Velvi est venue ! Elle a dû rompre son contrat de vendiante sur un coup de sang – s'ils l'attrapent ici c'est deux ans ferme, elle le sait, elle semble profiter, elle rayonne, j'aimerais tant lui faire coucou et la serrer dans mes bras…
Pas une bonne idée, d'accord. Aussi longtemps que possible, je dois garder mon masque « caméléon » sur le visage, celui qui prend la couleur verte de la forêt, le bleu de la mer ou le jaune de la façade, selon où tu te trouves. Sahar porte le même depuis notre arrivée, nous sommes une petite centaine comme ça, à faire partie sans le vouloir du folklore inquiétant de la lutte : on nous appelle les *camés*, avec la réputation sulfureuse de mystère et de paranoïa qui va avec. Parfois le respect aussi tant certains camés sont activement recherchés et risqueraient gros à être filmés tête nue. Par exemple… nous. Velvi aussi, à l'évidence, devrait en porter un – elle déconne.

Ils sont tous là, donc, tous les mouvements radicaux que compte l'Hexagone, avec pas mal de militants étrangers aussi, venant parfois de très loin. C'est toujours un signe quand ils viennent, le signe que ça va compter, que quelque chose de fort est en train de grandir, que nous ne sommes déjà plus dans la lutte locale, déjà au-delà, dans le rayonnant, le modèle ou l'inspiration possible. Ouessant, Notre-Dame-des-Landes, le Vercors font partie de ces luttes références. C'est parti pour l'être ici, ça s'intuite à plein de choses. Combien de temps ça fait que je n'ai pas vécu ces sensations ? Trois ans à peine et ça me paraît une éternité, une vie antédiluvienne qui resurgit, me happe.

Cet après-midi, j'ai participé à l'assemblée fondatrice du Langoustier, qui a été arraché à Bordeaux Inc., puis définitivement conquis ce matin. Un hôtel quatre étoiles, cent vingt chambres de luxe, deux restaurants, pas mal de bâtiments de service, une position sacrément stratégique à l'est de l'île avec la double plage nord-sud qui se touche et offre un double mouillage. Une mine de potentialités qu'il va falloir révolutionner selon une exigence de partage, métaboliser en auberge de jeunesse et en cantines, autogérer hors de la logique clients-service sur laquelle le bâti a été conçu. En faire si possible un hameau, voire un village autogouverné ?

Savoir Tishka avec Sahar, toutes les deux en train de faire le tour de l'île pour créer du land art, m'a totalement libéré. Je savais que cette journée (et sans doute une ou deux derrière), nous serions protégés par notre victoire et par la contrainte consécutive, pour le consortium battu, de réfléchir afin de fomenter le prochain assaut. Qui lui sera féroce, je ne me fais pas d'illusion. Je savais surtout Tishka vivante et heureuse, en sûreté ici parmi les camarades, de sorte que pour la première fois depuis sa disparition, je pouvais penser à autre chose qu'à elle. Me consacrer à une passion mienne, ne serait-ce que quelques heures ! Ça a été pour moi une joie presque neuve de simplement contribuer à cette assemblée, d'y retrouver mes capacités sociales et mon sens oublié du collectif, de m'y sentir utile au-delà du périmètre de ma famille. M'y sentir à ma place.

Comme dans la plupart des assemblées « de fondation » que j'avais vécues dans les Communes autogérées – des AG toujours surinvesties affectivement, surexcitées même – j'ai retrouvé l'éclatement multipolaire habituel. Cette façon assez unique, plomb et or à la fois, qu'ont les radicaux de se diviser et de se subdiviser, à mesure de l'intensité des convictions qui nous fondent. Aux premiers conflits, tout est revenu en moi à la surface, disponible, tout mon métier de sociologue communard : la lecture des stratégies de groupe, la perception des charismes, les attitudes clivées de rupture, de consentement et de conflit, le tempo primordial des prises de parole, la question de la méthode, les votes pour savoir si l'on vote... Celles qui croient à l'intensité, à l'énergie, que voter est une défaite ; ceux qui croient à la méthode, à un minimum de règles, comme moi, parce que l'énergie s'y équilibre, y prend une direction, évite la dispersion entropique ; celleux qui ne jurent que par l'action, le faire, l'immanence des constructions collectives, le *on-fonce\on-verra-bien !* sans voir que ce faire est déjà un choix imposé aux autres. Qu'il faut justement questionner.

Assis en cercle dans le parc de l'hôtel ferraillait le panel ample de la lutte, dans ses composantes plurales. Les ı/g portés sur le combat et la guérilla, les armes à fabriquer, le système de défense des forts, la nécessité de propager le feu de la révolte sur toutes les îles à la fois. Les Citoyennistes, étoilés de principes, de respects croisés, de consensus-à-trouver, d'ouverture maximale à la société civile – en bref, faire de Porquerolles un modèle d'accueil et de démocratie. Les Corsaires avec leur anarchisme ancré, leur passion pour les îles et le moindre caillou émergé, les villages flottants en pleine mer, les cargos pirates et les cités-ferries, qu'ils rêvent comme des immeubles vagabonds, indépendants de tout territoire puisque la mer sera leur terre si bien qu'ils échapperont au droit. Les Survivalistes en mode *Apocalypse Now !* – tunnels, terriers, bunkers, qui feraient bien de Porquerolles une taupinière comme de la batterie des Mèdes l'université mondiale des cours de survie. Les Primitifs qui visent une écologie radicale, une île intégralement notech, sans moteur, sans bague, sans bruit. Les Terrestres qui se veulent plus pragmatiques, parlent de restanques à restaurer, de coupes raisonnées pour une filière bois locale qu'irait de l'arbre à la table, pensent permaculture et agrumes bio et n'excluent pas l'élevage dans les plaines, voire la chasse en cas de surpopulation de sangliers. Et bien sûr la Mue, qui imbibe tant d'autres luttes, ce mouvement transverse qui libère les corps et les genres, cherche ce point de fluidité de l'humain nuancé qui ne refuse pas l'ancrage, pour peu qu'il soit volontaire et pas assigné par la société.

Et tellement d'autres encore, aussi exaspérants que touchants : les pacifistes, les drogués, les épicuriens, les terraristes, les collapsologues, les narcissiques, les misanthropes, les no-future et les no-ways, les yes-we-can et les à-quoi-bon. Toute cette faune et cette flore de ceux qui n'ont parfois qu'un seul point commun : penser que ce système est le mal. Sans avoir la moindre idée, le plus souvent, de ce qui pourrait être « le bien » – ou tout au moins « le mieux ».

L'as, la discussion est très vite partie en vrille, comme je l'ai vu cent fois dans les Communes où je suis intervenu. Alors je n'ai pas tenu bien longtemps : j'ai attendu le trou et j'ai pris la parole. Certains, j'en suis sûr, ont vite reconnu mon style plutôt posé et assez chaleureux je crois, ou ma voix. Tant mieux ou tant pis. J'ai brossé le tableau des forces et des convictions en présence, avec le triple « hum, hum, hum ! » en fil rouge : humanité du regard, humour et humilité des pistes. L'enjeu du jour, j'ai suggéré, me semblait de poser les bases d'une gouvernance partagée, qui n'écrase aucune vision, n'exclue personne, rende le maximum de formes de vie compossibles sur le hameau, quitte à utiliser l'espace pour que chaque pôle dispose de son champ d'expression. Et j'ai proposé des cadres minimaux pour sortir de la cohue. Choisir d'abord les processus de prise de décision : loi non dite du meilleur parleur ? Vote brut majoritaire ? Conduite par boucles suggestions-objections-consentement ? Des élections sans candidat déclaré, sur proposition de chacun ? Du mandat tournant, révocable, tiré au hasard ? Déjà, ça a commencé à turbiner. Puis définir qui décide quoi : raison d'être des rôles dans le hameau, périmètre d'action des logeurs, des anarchitectes, des guérilleros, etc. Tâches redevables, attribution de ces rôles, forcément interchangeables, pour éviter que se reconduisent les traditions d'une certaine oppression.
Enfin j'ai essayé de rappeler l'essentiel, dans l'esprit : la nécessité de créer du « nous ». Un faire-ensemble et un vivre-ensemble. Une intelligence collective qui se reconnaisse dans le dissensus, par le dissensus et en tire sa vitalité et pas son épuisement. L'acceptation d'être pour, contre, parmi, avec ou sans, parfois tout à la fois. Plus quelques graines semées sur l'*êthos*, les comportements nuisibles, l'attitude propice à une construction commune. L'es

évidences de la bienveillance, souvent oubliées, les apports du lâcher-prise, les mérites de l'écoute, l'importance de savoir reconnaître son ego et ses colères intimes, de savoir s'observer parfois pour se déminer. Penser la colère comme un don qu'il faut faire fructifier. Pour construire, pas pour détruire.

La centaine de personnes assises au milieu des eucalyptus et des pistachiers m'a écouté, sans me couper, ce qui était déjà pas mal. Puis on m'a traité de citoyenniste, de manager communal, de boîte à outils rouillée – et surtout, on m'a demandé de retirer mon masque, pour couper court à toute suspicion de manipulation. Plus le choix : j'ai été obligé d'y passer. À vrai dire, je crevais de chaud sous le processeur mimétique, sans évoquer que je me sentais mal à l'aise de m'exprimer à visage caché. Une vingtaine de personnes m'ont reconnu tout de suite. Certaines devaient être au courant pour ma fille. D'autres avaient fait un bout de route avec moi sur des communes du Vercors Sud et des Cévennes.

— Tu te caches parce que tu es recherché ?

— À ton avis ?

— Recherché... pour quoi ? Si tu peux en parler ?

— Je peux pas en parler.

— C'est pour ça que ça fait quelques années qu'on te voit plus ?

— T'étais au *BrightLife* non ?

— Oui, c'est pour ça. Mais c'est en train de se débloquer. C'est pour ça que je peux être là. Évidemment, je compte sur vous pour l'anonymat.

— No souçaille, tu le sais bien !

Il y a eu un silence assez long derrière. Des chuchotements. J'ai entendu le mot *furtif*, j'ai senti surtout une forme d'estime, d'empathie, qui est fondamentale dans ces milieux. J'en ai profité pour proposer au vote brut le principe d'une élection sans candidat, donc sur proposition des autres, pour un premier comité Habitat à huit membres. La propale est passée à main levée. Un copain de la Traverse a pris le relais pour proposer la même chose pour les comités Cantines, Ravitaillement, Protection du site, Relations avec le village, Ateliers de fabrication. Accepté. Pour les candidats proposés, ça s'est plutôt bien réparti entre les différentes mouvances, la multiplicité des comités sollicitant au final presque tout le monde, ce qui était précieux pour que monte un sentiment collectif. On m'a proposé pour le comité Relations avec le village et j'ai même été élu. Ça m'a fait tout drôle : je ne me projetais pas ici, mais pourquoi pas ? Qui pourrait dire ?

Au moment où les bières ont commencé à mousser pour l'apéro, les sourires étaient revenus, le rythme des mandats tournants actés, la plupart des champs opérationnels couverts : la ZAG prenait doucement et sûrement forme dans une euphorie palpable.

La nuit tombée, nous sommes rentrés par grappes par le chemin des plages, à discuter tambour battant sous un ciel étoilé, de prix libre versus gratuité, de monnaie alternative contre pas de monnaie du tout – avant d'aller rejoindre la fête au village, dont on entendait les basses gronder à trois kilomètres !

J'avais pas mis les pieds sur la place que Velvi m'a sauté dessus, complètement torchée déjà, hilare, si ravie de me voir ! Puis j'ai aperçu Jojo qui devait raconter pour la énième fois le crash de l'hélico sur le *BrightLife* et j'ai salué Noé avec ses lémuriens. Au gré de la foule qui fluait et refluait entre port et place, j'ai embrassé des camarades

des Métaboles, enlacé des potes de *Volterre*, deux copines anarchitectes, des tagueurs d'*Oufs & Flous* qui m'ont dit que Toni était là, et une pléthore de communards et de zagués des quatre coins du pays que j'avais aidés à construire un collectif qui tienne. De proche en proche venaient se poser des bras sur mes épaules, des « salut Lorca » sifflaient à la volée, la musique bombardait dans tous les sens quand je suis tombé sur Zilch qui démontait un drone sur un bout de muret, entouré de ses potes hackers de *Nuage de Poings*.

— Hey Lorca, on s'encanaille ?

— Salut toi ! Tu nous bousilles la couverture aérienne ?

— C'est sévère là-haut ! On a triangulé le brouillage sur phare-sémaphore-la vigie. Émetteurs militaires. Rien ne passe. No way !

— Même les satellites ?

— Surtout les satellites ! Les drones, on les défonce au canon ! Puis récup !

— Comme là ?

— Çui-là, ça va faire un dad chanmé. Un faucon. Sinon comment va ? Et Sahar ?

Il n'avait pas levé les yeux de son drone anti-drone, sa tignasse claire tombant sur sa gueule d'ange, comme s'il opérait à cœur ouvert un bébé, avec la même sensation d'urgence. Son débit était toujours aussi sec et haché. Par comparaison, Nèr était un grand mou.

— Sahar est là aussi.

— Et ta fille ? T'as fait le deuil ?

— On peut dire ça. Yes.

— Tant mieux, faut roxxer mec. L'avenir est là, autour de toi ! Un gosse, t'en refais un quand tu veux ! Fuck & Hack !

C'est ça, mec… Je commençais à m'éloigner quand la sono a grincé un larsen :

Bonsoir les Communards ! Je vous coupe la fête deux secondes parce qu'on a là une communication assez lunaire de notre très cher Ministre de l'Intérieur, Monsieur Gorner. Il vient en gros de reconnaître sur Civinal que ses services travaillent activement sur la traque des… devinez quoi ? Ah non pas des migrants, pas des insurgés, pas des terraristes, vous y êtes pas ! Pas la traque des sans-bagues, non plus, non ! Trop banal ! La traque des… furtifs ! Oui, vous avez bien entendu ! Monsieur Gorner, tenez-vous bien et préparez les bouteilles, vient donc de reconnaître officiellement l'existence d'une nouvelle espèce animale qui vit dans notre environnement immédiat, les furtifs ! Et ça, c'est une sacrée nouvelle, non ? Bonne fête les Porquos !

La fille qui avait saisi le micro était à moitié ivre et parlait en bouffant les syllabes. Mais ce qu'elle venait d'annoncer déclencha un hourrah général et une explosion de bouchons, de cris et de danses endiablées sur la place en ébullition. Pour ma part, j'étais viscéralement douché de l'intérieur. Et je ne comprenais pas vraiment la réaction des camarades, ce qu'elle signifiait, s'il fallait que je m'en réjouisse ou m'en horrifie ? Déstabilisé, je me suis glissé près des groupes proches qui discutaient, plutôt que de brailler, dans l'espoir que mes oreilles orpaillent le maximum de réactions à la volée :

– T'imagines ? Une nouvelle espèce vivante ! Une espèce qui échappe aux capteurs !
– Ils doivent flipper leur race les keufs !

– Ça sent l'extermination féroce. Là, Gorner, il nous prépare. Les self-meds disent que ça commence à paniquer grave chez les vieux. Les mamies soulèvent leurs meubles…

– Les supermarkets sont dévalisés en produits anti-cafards!! La joke, tu crois à ça?

– Y a des mecs qu'ont peur des mouches, alors un furtif, j'te dis pas!

– … un signe, mec. Un signe de la nature. L'évolution nous envoie un miracle.

– Comme le loup, le lynx, sauf que c'est une espèce supérieure. Plus intelligente encore. Le kiff!

– *C'est le plus beau jour de ma vie. J'te jure! On a marave les milices, on a repris Porquerolles et les furtifs existent! Dis-moi que je rêve pas! Pince-moi! Encore! Fort! Aïe! Putain, j'y crois!*

— … comme si une armée de tigres venait se battre à nos côtés. Tu réalises moujik ? ÇA EXISTE ! C'est pas du mytho !

– Je réalise pas là. Je suis kéblo là. Je reboote grave.

– Ils sont là. Là, partout ! Ils sont avec nous ! Autour. Ils vont nous aider ! On va apprendre d'eux. On sera leurs singes savants ! Tout va s'inverser !

– Mais on sait même pas de quoi ils ont l'air? C'est quoi un furtif? Un chat, une souris?

– C'est tout à la fois, tout le vivant, tout ce que tu veux! Ils se transforment tout le temps, mec! Tu piges ou pas?

– Comme des koalas mutants ? Des spikemons ?

— Si Gorner s'empare du sujet, c'est qu'il a une stratégie derrière. Faut pas être naïf. Là, il a reconnu qu'ils existent, en mode acculé par le journaliste. Histoire de faire penser qu'il voulait pas en parler... mais... mais... qu'il peut pas mentir plus longtemps non plus. Très malin à mon avis. Il joue la peur latente. Il attend de voir comment les réseaux vont relayer. Si ça va être viral ou pas. Et derrière, il va frapper fort. Faut se préparer au pire et commencer à...

— ... c'est quand même un événement de ouf ! Limite l'annonce d'une vie extraterrestre, genre ! On vient de découvrir un nouvel animal, les terras ! Un stealth comme dans Ghostwar ! Le vivant revient !

— T'emballe pas, camarade ! Life is back... but... elle va peut-être repartir aussi vite ! L'écocide, tu connais ?

´En ˏce ´beau matin d'automne, l'eau suspendue dans l'air bruissait au soleil. Fraîcheur et chaleur s'entrelaçaient avec tact. La maison où nous avions dormi offrait deux vastes pièces sans rupture, équilibrées de tables, les corps y circulaient facilement, tout était accessible et évident, bols, thé en vrac, pain chaud et miel, d'une ergonomie que seules les longues pratiques collectives apportent. Tishka s'était jetée sur mes épaules et m'enlaçait de sa tendresse immense, j'avais l'appréhension qu'un camarade s'éveille, si ce n'est que la fête avait couru jusqu'à l'aube et que sur la foi des ronflements de Lorca, l'alcool mêlé à l'herbe les amènerait sûrement au-delà de midi, voire bien plus tard !

Je n'avais pas été à la ſête, je l'avais regardée du ſort Sainte-Agathe avec Tishka, aſin de ne pas la laisser seule, encore moins de lui imposer une acrobatique gymnastique ſurtive, vu la multiplicité des regards tramés dans ce type de ſoule – et bien qu'elle m'ait assuré, avec ses mots, qu'elle s'était déjà baladée dans des maniſestations et que la ſoule avait des routines de vision ſaciles à esquiver. Nous avions joué à repérer les concerts épars et l'origine des sons, compté les ſarandoles et les carcasses de bateau halées sur la place, nous avions ri de voir certaines hélices de bateau servir à mélanger la soupe ! Tishka s'était régalée à écouter ce tohu-bohu distordu par les raſales, elle s'était gorgée de cette joie qu'elle sentait partout pétiller, elle me disait qu'elle voulait vivre ici avec ces gens qui barouſent, qu'ils avaient l'air *ſeureux*, plus *ſaſous* que dans les villes. Qu'elle aimait pas quand c'était toujours pareil et que son copain ſiſ, il avait des jeux jamais pareils...

— C'est pour ça que tu l'as suivi ? Que tu es partie ?

— Mon corps est partisse tout seul. Après, je vasais plus revenir. Mes jambes est à la bouge, maman ! Ça frémousse même je dors !

— Je sais, chaton. La nuit, je sens que tu changes. Ta fourrure change. Parfois c'est plus doux, plus chaud, parfois je me cogne et ça fait mal. Cette nuit, tu râpais comme du sable à ton coude... Ça ne te... fatigue pas de changer tout le temps ? Tu voudrais pas parfois... être juste une petite fille... comme ta copine Maïwenn, tu te souviens ?

— Je sais pluie la peau.

— Tu sais plus faire ? Retrouver ta peau ? Tu ne contrôles plus ton corps ?

— Pas bien plus. La câlin m'aide si je fonds dans vous. Je vous imime. Vous m'êmez.

Elle disparaissait parfois plusieurs secondes, à cause d'un humain qui se retournait. On allait se cacher régulièrement derrière le fort.

— Tu crois que papa aussi, il est un peu fif ?

— Il fuite papa, il fifoute. Toi bientôt maman !

— Je vais devenir un peu furtive, alors ? À force de te faire des bisous ?

— À force la fibrisse, la vibraille dans ton os. La sangue acoule tes neives.

— La sangue ? Tu veux dire… le sang ? Ou la langue ?

— Même. C'est titou.

Tishka évoquait rarement les autres furtifs : je devinais bon gré mal gré qu'elle échangeait avec eux, par des trilles subits, lesquels me faisaient sursauter – parfois par des séquences rythmiques qui semblaient anodines, par exemple un bâton tapoté sur des arbres, ou des cailloux jetés pas n'importe comment dans l'eau, qui amorçaient une série de notes. J'avais l'impression qu'elle traversait un moment de tension, de déchirement entre sa vie furtive qui l'attirait toujours et son quotidien renoué avec nous, l'amour total qu'elle y trouvait. S'y suscitait cette envie-miroir qui la travaillait d'être la petite fille que nous rêvions malgré nous qu'elle soit, quoi que je fasse, en toute rationalité, pour dépasser ça, pour me persuader que je l'acceptais telle qu'elle était. C'était faux. Enfin : ça n'était pas encore vrai, j'y travaillais de toute mon âme, sans savoir si j'y parviendrais un jour. Avoir le droit de la regarder, juste ça : la contempler vivre.

Ce matin-là d'après la fête, j'ai retiré mon masque caméléon : je n'en pouvais plus de le porter comme la muselière du pouvoir et de la trouille. Aussi parce qu'à la grâce des rencontres avec quelques camarades lève-tôt

que j'ai croisés au fil des chemins, des visages familiers dont je partageais si profondément la vision du monde, je me sentais plus puissante et plus libre que je l'aurais été nulle part ailleurs, bien plus que sur le *BrightLife* qui n'était qu'un îlot de béton exondé du béton, et cerné de policiers. Ici à Porquerolles, la distance avec le continent, confortée par l'écrin d'une mer tout autour pour salutaire douve, embellie et apaisée par l'odeur des eucalyptus et la résine du myrte, adoucie encore par le friselis audible des vagues en contrebas et la brise sur ma peau, ici tout concourait à une joie pure et dételée, qui m'a donné envie d'aller faire du land art avec Tishka. Je n'étais pas libre parce que j'étais seule, c'était même l'inverse : j'étais libre parce que je me sentais liée & reliée – agrandie par Tishka et par mes complicités ici, par l'amitié tangible, forgée par nos luttes communes, que chaque rencontre de hasard réactivait. C'est là que j'ai croisé Héloïse vers la plage de la Treille, une slameuse avec qui j'avais bien dû faire trente occupes. On s'est remémoré en riant le « mantract » qu'on avait écrit en atelier à Bordeaux, avec des moujiks, il y a deux ans, en se disant à l'époque qu'il faudrait le taguer sur l'asphalte des avenues privilège – et puis nous n'y avions plus pensé, nous étions passées à autre chose. « On pourrait l'écrire ici, tiens. Avec la couverture média sur l'insurrection, on est sûres qu'il sera lu ! Ça peut être chouette, non ? » Et c'est parti comme ça – nous avons pris les vélos, Tishka m'a suivie en lisière de forêt et nous avons écrit nos mantras politiques sur ce que l'île offrait de plus visible du ciel, avec les matériaux qui se trouvaient sur place. Sans imaginer l'impact que ça aurait.
Le texte lui-même était une sorte de manifeste, de « kit mental de survie en territoire traqué ». Au fond ce

projet vieux comme la militance de pouvoir catalyser en quelques phrases serties, dans un tract rêvé ultime, le cœur de ce qu'on dénonçait et de ce qu'on prônait. À la fois. Ce *minifeste*, comme disait Léo, faisait neuf points, articulés sur neuf enjeux clés :

1. - Se lover ou s'envoler ? [Individualisme]
2. - Du possible, sinon j'étouffe ! [Expérimenter]
3. - Ressusciter l'angle mort... [Out of control]
4. - Rien ne les détruit plus que le gratuit [Économie]
5. - Pour que taffer fasse triper [Travail]
6. - De la grappe au groupe [Politique]
7. - La bague ou la zag ? [Autonomie technique]
8. - Tisser nos corps [Corps]
9. - Nous serons la nature qui se défend [Écologie]

À le relire, surtout à l'écrire, au feeling des lieux, je trouvais ce manifeste finalement assez solide, plutôt large de portée, en tout cas très adapté à ce que l'insurrection voulait déployer ici. Très vite, en nous voyant former nos grandes lettres, des moujiks amusés nous ont rejointes, des primitives, des terrestres, des anars, un peu de tout. Au cap des Mèdes, sur l'esplanade, nous avons galéré avec des cailloux blancs pour écrire l'exorde, dont j'aimais beaucoup la poésie :

S'EST ÉTENDU L'HIVER OÙ LES HOMMES À SEMELLES
DE VENTE TE MARCHENT SUR LA GUEULE POUR
Y IMPRIMER LEURS MARQUES. TOI, TU AS LE VISAGE
DU PRINTEMPS QUI S'IGNORE ET QUI VIENT,
QUI LÈVE DANS TES YEUX. TOI, TU ÉTAIS DÉJÀ DEBOUT.
CE MANTRACT EST POUR TOI, POUR NOUS.
QUI SOMMES LÉGION. ET QUI AVANÇONS
AVEC CETTE PORTE OUVERTE ENTRE NOS DEUX ÉPAULES,
QUI BAT, ET NOS ALLURES D'APPEL D'AIR.

À la plage de Notre-Dame, avec du bois flotté et des cordes, nous avons marqué :

Tâtonner. Rater. Essayer encore.
Rater mieux. Faire que nos expériences
prennent corps, s'offrent le temps,
ouvrent l'espace.
Faire que quelque chose enfin se passe.
Faire qu'il existe un dehors,
une jungle, des zag et des zoùaves,
au zoo libéral qui nous encage.
Du possible, sinon j'étouffe !

Nous sommes ensuite montés au sémaphore où, avec du gravier, nous avons composé par petits tas le paragraphe « Tishka dédicace », qu'elle a gloussé de découvrir :

Comprendre qu'ils te veulent libre
pour mieux te contrôler.
Que chaque bague qui luit laisse une trace
sur les cartes qu'ils compilent.
« Cours camarade, les yeux-mondes
sont derrière toi. »
Comprendre ton statut d'épluchure
pour les porcs du pig data.
Comprendre ce qui nous séduit,
où l'on nous conduit –
et que tu es leur produit.
Alors sur les réseaux en torero
s'effacer – ressusciter l'angle
qu'on croyait mort. Juste passer.
Se découvrir furtif... Hop !

À la Courtade, avec des bambous cassés, nous nous sommes lâchés sur une laisse de deux cents mètres de long, avec moult punchlines qu'on devait surtout à Naïme et Héloïse :

Longtemps tu fus l'individû qui crut
que tout lui est… dû. L'individu-à-liste,
séquencé ; l'indivi/duel : seul contre tous !
Ta vie d'hyperliens, d'alien, d'i-rien retranché
comme un pépin dans ton grain de raison,
dans ta bulle de filtre, au milieu
de ta commune-ôtée. Puisqu'on a tout fait
pour nous rendre étrangers au monde,
quoi d'étrange à ce que nous voyions tout
le monde comme un étranger ?
Toi que Big Tata couve dans ton technococon :
plutôt chenille ou papillon ?
Se lover ou s'envoler, enfin ?

Sur la place du village, devant l'église, à côté d'une petite horde de ronfleurs dans des sacs de couchage, nous avons marqué à la craie ça, un peu le noyau du combat :

Ils ont le réseau, tu n'as rien.
Tu es le 0, ils sont le 1. Alors noue !
Construis avec d'autres les communs.
Et au cœur de ce nous, explore à quel point
tu es liens. Politique de l'amitié :
s'élever du solitaire au solidaire,
de la grappe au groupe,
du connectif au collectif.
La liberté des autres déplie la nôtre
– origami.

On a crocheté par le moulin du Bonheur où Sabrina K., une fondatrice de la Mue, a eu l'idée d'utiliser les quatre pales pour y scotcher au gaffeur blanc :

LONGTEMPS VOUS NOUS AVEZ TRAVAILLÉS
AU CORPS, CHERS POUVOIRS.
À L'EXPLOITER, À L'ASSIGNER,
À LE GÉRER. À LE GENRER.
APPRENEZ DÉSORMAIS QU'IL EST À NOUS.
TOUT SIMPLEMENT. ET QUE NOUS L'AVONS LIBÉRÉ
POUR NOUS TISSER TOUS À NOUVEAU,
AUTREMENT, CORPS ET ÂMES, EN FIL DE SOI,
DE TRAME, D'ARIANE, EN FIL DE FAIRE SURTOUT :
FAIRE AVEC, FAIRE ENSEMBLE, FAIRE CORPS.

En redescendant à la plage d'Argent, une petite euphorie commençait à monter car les premières images de nos premiers mantras nous arrivaient par nos drones. Un hacker basque en avait déjà fait une sorte de diaporama avec une musique « qui-va-bien ». Les partages en ligne explosaient. Ça nous a redonné de l'énergie pour cette plage si bien nommée… qui ne pouvait qu'accueillir notre mantra sur l'économie :

S'ILS POUVAIENT, ILS NUMÉROTERAIENT TES CRIS.
SOUS LEURS CHIFFRES, TA CHAIR BRUISSE.
MOI J'TE CALCULE PAS ! HORS DE PRIX
EST TOUTE VIE VÉRITABLE.
AU BOUT DU COMPTE, SUR CE SYSTÈME, ÇA :
RIEN NE LES DÉTRUIT PLUS QUE LE GRATUIT.

Steph-le-pizzly, un ami de Zilch, a proposé la grande dalle du phare pour y taguer à la peinture :

Puisque leur monde est une pub
qui nous vend de la réalité…
Puisqu'ils ont algorithmé jusqu'à l'amour,
le jeu, le jouir et l'amitié… Puisqu'en
nous procurant par la technologie
le pouvoir, ils nous ont en douce retiré
la puissance… La bague : un seul anneau
pour nous gouverner tous ? Sans doute
est-il temps de reprendre en main nos outils
et au sérieux notre autonomie technique ?
Hacker vaillant, rien d'impossible !

Afin de parachever notre tour et puisque nous étions maintenant une cinquantaine de scribes chauffés à blanc, suffisamment nombreux pour une dernière tocade de *graffland art*, nous avons été chercher du sable blanc sur la plage du Grand-Langoustier, dans nos mains, des sacs, dans nos poches… Et là, laborieusement, tout en cursives et sur toute la longueur du chemin de terre entre le fort et le Trou du Pirate – nous avons fait onduler des lettres de sable qui calligraphiaient ce qui aurait pu être le mantra des Terrestres :

Nous sommes la nature qu'on défonce.
Nous sommes la Terre qui coule, juste avant
qu'elle s'enfonce. Nous sommes le cancer
de l'air et des eaux, des sols, des sèves et des sangs.
Nous sommes la pire chose qui soit arrivée
au vivant. OK. Et maintenant ?
Maintenant, la seule croissance
que nous supporterons sera celle
des arbres et des enfants. Maintenant
nous serons la nature qui se défend.

Nous nous sommes rendu compte que nous avions oublié le mantra sur le travail et on l'a gardé pour les vignes du Brégançonnet. Mais déjà, sur toutes les chaînes d'information continue, le *mantract des insurgés* passait en bandeau sous les têtes doctes des experts en sociologie de la radicalité. Les photos aériennes de nos mots coupaient les mimiques calibrées des éditocrates et barraient le sourire condescendant des politologues de pacotille. Le *fil de faire* tournait avec les pales du moulin du Bonheur où déjà les premières brassées de blé ramenées de la côte se faisaient moudre en farine qui ferait le pain de nos boulangeries autogérées. Sème ta zoùave !

)J')ai d'abord) capté MadMediac :
... Est-ce qu'on peut parler d'une victoire à la fois militaire, logistique et symbolique des terraristes ? Le fameux mantract vient d'être repris à Paris aux Tuileries, on le signale à Lyon place Bellecour, à Marseille sur l'ombelle du Vieux-Port... Le signe 1/g est d'après les collexiqueurs le glyphe le plus présent sur les murs de Nantes et Rennes... Emmanuel Fargue, vous êtes expert en...
... Que veut dire ce g de « 1/g » en dehors du mauvais jeu de mots, pardonnez-moi, sinon « guerre » ? Ou « gang » !
... les insurgés disent plutôt que ce G signifierait « générosité », « gentillesse », « gaieté », des qualités qui seraient au fondement de leur démarche, donc placées au dénominateur. Et que le 1 du numérateur évoquerait l'unité...
... Ne soyons pas naïfs, s'il vous plaît ! Ces gens veulent la guerre ! La guerre à tout ce qui constitue le socle de nos démocraties : le respect de la propriété privée, l'économie du travail...

Puis j'ai zappé sur Bordeaux Blanc, la chaîne faussement neutre et transparente de Bordeaux Inc. où la parole se voulait plus « libre » :

– Anne-Laure Picq, vous êtes séréniste pour la ville de Paris-LVMH. Est-ce qu'on peut parler de sidération à la suite de l'annonce de Paul Gorner sur les furtifs ? Les premières images qui ont circulé et qui sont issues d'un centre de recherche de l'armée...
– Disons une officine tenue secrète pendant près de dix ans...
– Et financée par nos impôts... Oui, le surprenant Récif – Recherches, Études, Chasse et Investigations Furtives – qui dépend du Renseignement stratégique et rend compte directement au ministre des Armées, rappelons-le. Ce Récif a eu bien entendu un rôle décisif dans les révélations. Et surtout dans la crédibilité indiscutable désormais de ces révélations en faisant sortir les furtifs du statut d'aimable légende urbaine, sans grand fondement, pour celui de réalité avérée. Et bien sûr de menace potentielle....
– Paul Gorner a confié aux médias respectables, et cette transparence est tout à son honneur, une centaine d'heures d'enregistrements vidéo. Vous avez pu en visionner une dizaine d'heures, Anne-Laure Picq... Quelle est votre première réaction ?
– J'ai été à la fois... fascinée et glacée, je vous l'avoue. Ces bêtes extrêmement rapides, qui mutent sans cesse, piochent dans l'environnement comme dans une... déchetterie... C'est assez terrifiant d'imaginer qu'elles sont là, un peu partout... Peut-être sur ce plateau même... dans vos coulisses, sous la table où nous parlons...
– Est-ce qu'il n'y a pas un aspect merveilleux aussi ? Les réseaux sont très clivés là-dessus mais une minorité, souvent jeune d'ailleurs, y voit l'émergence d'une beauté cachée, à protéger absolument ?
– Ce sont les mêmes qui voudraient qu'on ne tue aucune mouche, aucun rat, et que nos villes deviennent des bouges infestés de cafards parce qu'on ne doit pas toucher au vivant !

Ces furtifs sont dangereux, spécialement parce qu'ils sont invisibles à l'œil nu. Et qu'ils sont actifs. Très actifs. Il va bien falloir les gérer…

– En même temps, certains pourraient vous répondre qu'ils sont là depuis très longtemps et que nous avons jusqu'ici très bien vécu avec eux ?

– Nous avons très bien vécu pendant longtemps avec la tuberculose, la peste et le choléra, la rage transmise par les chiens errants. Cet argument est un non-sens. Nous avons le droit à un monde sérénisé, débarrassé des maladies, des pollutions et des nuisibles. Allez expliquer à la vieille dame que nous avons vue sur votre reportage d'ouverture qu'elle ne doit pas avoir peur qu'un furtif se glisse sous son lit ? En ne gérant pas le problème, vous allez susciter une explosion d'anxiété et de peurs irrationnelles qui est en soi une atteinte grave à notre sécurité psychologique !

– Vous vous rangez donc aux propositions de Gorner sur une prise en charge rapide et sans concession de la question furtive ?

– Bien entendu ! Gorner a déjà eu le mérite de forcer la vérité à sortir, dans un bras de fer qu'on imagine difficile entre la police et l'armée. Sans partager toutes ses idées, loin de là, il agit ici en responsable. Ni plus ni moins.

Puis ce fut l'avalanche. Inimaginable pour moi par sa rapidité et par sa violence. Nous étions sur les roches du Puncho di Buon Diou, perchés au-dessus de la baie de Notre-Dame, à prendre le soleil avec du rosé frais dans nos verres. À goûter ce plaisir inespéré, deux jours auparavant, d'être à nouveau ensemble, tous les quatre. (Tous les cinq…) Tranquillement abrités sous nos chapeaux de paille, masqués juste ce qu'il fallait par la cime des chênes parce qu'on craignait les scans, les dalles de grès nous chauffaient agréablement les reins.

Au loin, au-delà du bleu, la Côte d'Azur nous apparaissait entre les branches. Nerveux, Lorca a demandé qu'on mette les infos pour voir comment évoluait la folie autour des furtifs. Si ça virait à la panique ou à l'attirance ? J'ai activé ma bague Leblanc et je lui ai demandé le flux Civinal afin d'être vite fixée. Et là...

– De multiples fuites, attribuées à des hackers bienveillants, viennent de sortir dans la nuit. Elles semblent toutes provenir des fichiers du Récif dont on mesure mieux ce matin l'opacité irresponsable. Non seulement l'existence menaçante des furtifs nous a été cachée pendant plus de dix ans, mais nous apprenons que des hybridations humain-furtif, des hybridations forcées, ont été imposées à des enfants...

– Disons Julie qu'elles touchent ou ont touché des enfants... sans qu'on sache encore si la contamination a été délibérée ; restons prudents !

– Toujours est-il qu'une hybride de six ans, répondant au nom de Tishka Varèse, serait en liberté à l'instant où je vous parle. Elle est activement recherchée par la police en raison de son pouvoir de mutation, apparemment très contaminant.

– Oui, l'enfant a été classée cible noire, ainsi que ses parents, Lorca et Sahar Varèse, qui sont bien connus des services de police. Le père est en effet un chasseur de furtifs qui appartenait jusqu'à peu au Récif. Il y aurait été longtemps protégé par son mentor, l'amiral Feliks Arshavin, directeur du centre, qui a cette nuit été placé en garde à vue. La mère est une militante radicale de l'éducation populaire qui n'en est pas à son coup d'essai puisqu'on lui attribue une cinquantaine d'occupations illicites de bâtiments privés...

– ... plus de huit cents infractions pour exercice illégal de l'enseignement, excusez du peu...

– ... ainsi que de nombreuses participations à des destructions collectives de sas et de drones de zonage.

– Nous sommes là, Nicolas, en face d'un duo radicalisé qui utilise leur fille… comme arme d'infiltration et sans doute aussi comme arme virale de contamination des populations.
– C'est ce qui ressort des premières déclarations en off que nous avons pu recueillir auprès des inspecteurs…
– Avec les précautions d'usage sur ce type d'informations, naturellement.

J'ai voulu couper mais Lorca m'en a empêchée.
– Est-ce que la police a pu situer où seraient les fugitifs, Nicolas ?
– C'est là que ça devient un peu terrifiant, Julie. En effet, les fugitifs auraient été flashés par un piège photographique anodin, posé par des voisins vigilants dans le village de Giens. Un piège destiné à l'origine à recenser les chiens vagabonds.
– Et donc ?
– Donc, ils seraient, selon toutes probabilités, sur l'île de Porquerolles.
– Au cœur de l'insurrection, donc ?
– Tout à fait Julie !

Šans trahir la moindre émotion, Lorca m'a dit :
— Mets-nous en lecture *Self-Med Ted*. Il sait être factuel. C'est un flux fiable.

Après les multiples tensions entre les directions de Bordeaux Inc., Smalt et Civin qui ne sont pas parvenues à établir une stratégie commune, la Gouvernance a rappelé vers 16 heures qu'elle ne saurait se substituer aux propriétaires pour faire respecter l'intégrité de l'île. Toutefois, dans un souci d'apaisement public, le ministre de l'Intérieur, Paul Gorner, a annoncé qu'il mettrait les moyens nécessaires à la reconquête de Porquerolles. Il a proposé aux milices du consortium un assaut coordonné avec les forces de police. L'opération devrait avoir lieu dans les jours prochains, sans doute jeudi. M. Gorner a reconnu que la présence plus que probable sur l'île des trois fugitifs à haute dangerosité, à savoir la famille Varèse, avait évidemment joué un rôle dans sa décision d'intervention. Il a rappelé que toutes les images, même aériennes, qui nous parviennent de l'île sont issues de la propagande insurgée et donc sujettes à caution. Il a aussi reconnu que les brouilleurs illégaux utilisés par les terraristes empêchent d'obtenir une situation fiable. Mais que les scans automatiques au télescope ont déjà repéré quatre départs de feu et la destruction partielle du centre d'art contemporain Carmignac. Dans ces conditions, « plus que le respect nécessaire de nos lois, c'est le respect impérieux de notre patrimoine naturel qui doit prévaloir sur toute autre considération. Nous ne pouvons pas laisser une île d'Or être souillée sans réagir. Comme nous ne pouvons pas laisser en liberté une bombe biologique de six ans manipulée par ses parents, dont le potentiel d'hybridation peut déclencher en cascade, si l'on n'intervient pas rapidement, des mutations irréversibles sur la population proche. Sans parler de l'impact sur les animaux, en particulier domestiques », a conclu le ministre.

— On fait quoi ? On se suicide tout de suite ou on attend demain ? a fait Agüero.

Lorca et Šahar se sont pris dans les bras. Puis ils nous ont attirés à eux et on s'est serrés tous ensemble comme des oursons.

J'ai senti sur ma ĥanĉhe la petite main d'une bombe biologique alors j'ai fermé les yeux et j'ai pris la petite menotte dans la mienne. Alors č'était ça. Č'était elle. Tisĥka. L'ennemie publique nº 1. Če bout de ĉhou qui ronronnait.

CHAPITRE 19
PORQUE ?

) Ag)üero recale) sa nuque, qui craque. Il me vole les mots de la bouche :

— Il faut que vous fuyiez. Illico. Sur Port-Cros ou sur Giens. Faut pas rester là pendant l'assaut.

— Personnellement, je ne bouge pas. Je ne leur laisserai pas l'île comme ça. L'enjeu politique est devenu critique. Ça dépasse notre petit cas.

— Votre petit cas, Sahar ? Tu plaisantes j'espère ?

— Non.

— Je pense comme Sahar. Nous devons... rester. Ce qu'on a entendu sur Civinal, tout le monde ici va l'apprendre très vite. Personne ne va vouloir qu'on parte, Saskia. On fait bloc avec la lutte.

— Non seulement nous faisons bloc... mais qu'on le veuille ou non, Lorca, Tishka et moi, nous allons désormais l'incarner, cette lutte, pour les médias déjà. Et même pour les camarades. Rien que pour ça, il faut faire face !

Ils avaient raison. On était à peine redescendus du chaos rocheux, à peine revenus sur le chemin qu'on s'est fait escorter jusqu'au village où se tenait une AG grave, ultratendue. Quand Lorca et Šahar sont arrivés, tête basse, il y a eu une ovation debout, silencieuse. Pas de cris, que des applaudissements. Šahar s'est d'abord excusée pour ce que leur présence allait ameuter de forces de police. Tout le monde a rétorqué en gros : « Tu rigoles ou quoi ? On va vous protéger à mort ! On les laissera jamais vous choper ! Comme on leur laissera jamais cette île ! » Une moujik s'est levée, elle avait quoi – seize ans ? – des cheveux courts en vrac et une frimousse à croquer. Elle a dit :

— Je sais pas où est Tishka. Je sais même pas comment on peut la protéger de ces connards. Mais tant que je serai debout, je vous jure-crache qu'on la défendra. Elle amène la vie, la vie en barre ! Il a raison SuperGorner : elle va nous contaminer ! Mais moi je rêve que de ça : qu'elle nous contamine ! Qu'on soit un peu plus bougeants, plus *chaa-faa !*, un peu plus oufs que ce monde mort qu'ils nous proposent. Tishka, si tu es là, sache que je vais tatouer ton nom sur ma nuque. Parce que ma nuque, c'est un endroit que je vois jamais. C'est mon angle mort. Et toi c'est ton lieu de vie. C'est là où tu pourras te poser et me donner la force. Apprends-nous la furtivité, si tu peux, si tu veux... Apprends-nous à échapper à la traque, parce que la traque, c'est ce que j'ai toujours connu. Dès le berceau. Mes parents m'ont baguée de naissance, au cas où je me mette à courir à six mois, tu vois le genre ? Je sens que quelque chose se passe ici. Que l'avenir, on le tient dans nos bras. Les furtifs sont venus pour nous. Ils sont là. C'est cadeau.

Elle a regardé le sol comme si elle cherchait la suite et...

— Il faut les accueillir, leur dire « arrive ! », « coucou vous ! », « on veut être comme vous, marre d'être des humanos de merde ! ». Je sais pas, je dis portenaouak... Mais là, les moujiks, là... Là, y a une chance historique qui passe, elle vole, flip flap, chopons-la ! Non ?

Toute l’assemblée est restée attendrie trois ou quatre secondes. Avec ses mots, la gamine avait tout dit. La suite, ça a été une formation temps réel à la guérilla. *Ingouvernables mais organisés*, qu’ils disaient sur leurs bérets. Et c’était ça. Comité Corsaire, atelier de jet-packs, défense des forts, pièges en mer, tranchées, tripodes contre les débarquements. Canons à eau. Comité Fossés. Comité Voiliers. Comités Aqualances. Comité Štratégie. Comité Anti-Progagande. Ça s’est monté tout seul.

‘Là, ¿j’ai ‘basculé >< j’étais plus chasseur, plus citoyen, plus à obéir à qui, à quoi ? J’étais guérillero, le Che, point. Tellement loin dans le mensonge, ces enculés, ils ont été, dans le cynique, c’est pas obscène, c’est du porno. Foutre en gardave l’Amiral, comment ils *osent* les mecs ? Faire passer Lorca, este gauchito, et Sahar, qu’a aidé des palettes de minots, pour des *terroristes*, putain, ils vont où ? Comment on peut faire ça, balancer ça ? Vlam, bouffez cette daube pourrie, les clebs ! Gorner, avec sa gueule de bogosse et ses trente-cinq berges, il est maintenant dans ma liste de snipe. Si je l’ai en mire, je le bute, bam, une balle de 16, la tête arrachée à trois cents mètres. Faut pas qu’il se pointe. Je sais fuir mec, maintenant ! Fuir comme personne sait fuir, chuis un fif, alors frapper et s’évanouir, je saurai ! *¡Hasta el quilombo siempre!*
Je me suis foutu direct dans le comité Aqualance. Un jet-pack j’ai demandé, on m’en a filé un à peaufiner, rapport que j’étais chasseur de furtifs, le pote de l’Ơrque \ l’aura, toussa… J’ai pris, zéro remords. Je veux juste être au front quand ils vont attaquer. Juste avoir mon cutter à eau pour défoncer leur coque. Qu’ils crèvent ces bâtards !

BoursOpinion >> FastScan >> Dans un geste fort qui relance le bras de fer police/armée, le ministre des Armées a confirmé l'amiral Arshavin à la tête du Récif après sa garde à vue de 72 heures, qu'il a qualifiée d'« inappropriée ». Harcelé par les médias dès sa sortie du commissariat, Feliks Arshavin s'est prêté avec aménité et malgré la fatigue à une conférence de presse de plus de cinq heures au siège du Récif où il a posément justifié l'activité du centre, ses objectifs et ses missions. Son TCM (taux de crédibilité médiatique) qui émergeait à 3 % suite aux accusations sévères de Gorner est ressorti à plus de 60 % à l'issue de sa confrontation. Ce qui donne la mesure de sa performance. Beaucoup d'analystes du panel Plurimed ont salué la grande clarté des réponses (89 %), la pédagogie poussée des explications (82 %) et au-delà, l'attitude globale du directeur du Récif. Ouvert aux critiques (66 %), sincère (86 %) et convaincant (61 %) sur ses choix. Surtout, l'état des recherches sur la communication avec les furtifs, qu'il a retracé, est parvenu à dissiper une partie de la terreur inspirée aux populations (indice Proterror – 32 % à 18 heures). L'image d'une espèce animale capable d'échanges et conforme à un apprivoisement possible renverse la tonalité anxiogène des déclarations de Gorner (switch de valence Truby). Elle ouvre à une envie de découverte et rapproche symboliquement le furtif du chat (AAA+) ou d'espèces sauvages mais domesticables comme la fouine (A-), la belette (AA+) ou même le singe (B+). Nous maintenons donc notre recommandation à l'achat pour la valeur #Profurtif avec un objectif de cours à 35 à court terme. Et nous dégradons les valeurs #KillFif et #NoFif à BBB dans l'attente des réactions du ministère de l'Intérieur.

¸ Arshavin, ⁊ babille ce que tu veux… Pour˜ oim, c'est le Barodevel ! Il t'a mis le schpuc out of mana juste avec sa face ovale. Il nous a tous healés ! Le lendemain de son show, les bleu marine ont buggé à Giens : ça a afflué de partout, limite manif sauvage ! On aurait dit que tout ce qui milite, mue, squatte, lutte et hacke s'était mis à spawner sur la Côte d'Az, popant de toute la Gaule pour venir défendre Porquerolles ! Et des ritals aussi, des rosbifs, de la teutonne, du blond-blanc skatant du pôle Nord. Quand les mics se tendaient, ils disaient « Tishka must stay free » ou « We are here to save the feurtiffsse » ou encore « Pork'Rolls is the future we need ». Les Gorner-boys ont bien tenté, et réussi, à verrouiller le port d'Hyères. Ils ont barré au fourgon la route des Salins et cadenassé l'embarcadère à la Tour-Fondue. Choucar ! Sauf qu'on a vu un truc de ouf, en réponse. Chabés et chabos se désaper dans la rade de la Badine, foutre leurs fringues dans des sacs-poubelle et se jeter à la baille so fresh pour nager vers Porquos ! Fuck me, I'm famous si je mythonne ! » » mais la seule fois que j'ai téma ça, c'était au départ d'un triathlon ! La marine a commencé à foutre ses navires en travers, ils ont réquise des chalutiers pour tendre du filet mais ça servait plus à grand-chose. Les swims-swims plongeaient dessus, dessous, se faufilaient, ça glossait comme un banc de poiscaille autour d'un rocher. L'image de ces nageurs qui traçaient vers l'île façon migrants vers la Terre promise a flashé si fort que ça a fait tilter le buzzer. Y a eu quelques rafles sur la plage, bessif. Mais sitôt dans l'eau ils pouvaient plus rien faire. Trop de risques de noyade ! Trop coutch, le ticket média, si une poupée de quinze ans se coince la jambe dans un filet ! Ou t'avale son poids en eau en réul au 13 heures !

— Pour les moussaillons qui nous ont rejoints, je refais le topo. Ici, vous êtes chez les Corsaires. OK ? Nous, notre taf, c'est de tenir la mer. On a monté trois comités. Choisissez-en un et lâchez rien car ce qui nous attend va être costaud ! Ils vont pas nous rater. Y a le comité Armada où on prépare les navires pour l'assaut. On les arme, on les calfate, on les renforce. Je vais vous décevoir mais on n'a pas de lance-roquettes ni de boulets de canon. On a des aqualances, des catapultes, des trucs incendiaires, pas de quoi frimer. Si vous avez des idées, c'est bienvenu. Y a le comité Frapper/Fuir avec les vaps, aka les jet-skis, jet-packs, hors-bord – tout ce qui va vite et fuit vite. Là aussi, on a besoin de gens, surtout pour les tuyaux et les hélices : mouler, forger, faire tourner les imprimantes 3D, réparer aussi. Plus on aura de jets opérationnels, plus forts on sera. Enfin, y a le comité Île. Là, notre idée, c'est d'utiliser au maximum les petits îlots autour de Porquerolles et de Giens. Vous les voyez sur la carte : Petit et Grand-Sarranier, rocher des Mèdes, les deux îles du Ribaud... Et d'y ajouter le maximum d'îles artificielles qui serviront de plates-formes logistique, stockage, ravitaillement, postes avancés. Mais surtout qui vont les gêner pour progresser et atteindre Porquerolles. Ce sera comme des récifs flottants.

— Des genres de barricades sur l'eau, quoi ? Comment on va monter ça ?

— Avec du bois de récup, palettes, grumes, des fûts, des bidons, des épaves qui flottent encore. Certaines îles pourront se déplacer, d'autres seront fixes.

— Dans notre jargon, intervient un jeune corsaire (pantacourt, vareuse noire, chapeau à cornette, barbe d'une semaine), on a trois types d'îles : les mob'îles, qui peuvent bouger, les stab'îles qui sont fixes et les frag'îles qui sont foireuses et peuvent couler à tout moment. On dit mob, stab et frag pour aller plus vite.

)J')ai choisi) les Corsaires car ce qu'ils font me paraît avoir l'utilité la plus directe pour l'assaut. Un peu aussi, je reconnais, à cause du charisme, cette culture pirate qui les nourrit, la sensation de liberté et de flibuste qu'ils/elles dégagent. Nous sommes une centaine sur le pont du cargo noir, à l'abri dans la calanque des Šalins. Avec vue sur Port-Cros, toute verte derrière nous. Le temps est toujours magnifique pour novembre, le soleil chauffe dans l'air frisquet. Un boucanier qui fait ses soixante ans a pris la parole. Voix plus éraillée qu'une coque raclée sur l'asphalte :

— Depuis hier, avec l'arrivée des camarades, on a bien avancé et on a déjà une vingtaine d'îles artificielles, mais faut continuer. C'est pas encore la Polynésie. (Le gars attend un peu, mais personne pige sa blague.) On a récupéré deux péniches, plus cuche de meubles qui flottent. Des coques de catamarans, des monceaux de palettes, chambres à air de camion, boudins. Faut attacher ça ensemble, le mettre à l'eau. Et l'ancrer. On a besoin de mains !

— Je vous montre la carte marine de ce qui est déjà en place, coupe une nana, la quarantaine, visage buriné au sel, chèche bleu. On a mis des noms pour chaque archipel. C'est pas juste pour le fun et parce qu'on adore les jeux de mots à la con. Enfin si ! (*smile*) Ça permettra de savoir de quoi on parle lors de l'assaut. (Les gens commencent à lire et à sourire, moi aussi.) Devant la Courtade, l'archipel allongé en barrage, c'est Crocod'île et Rept'île. À la pointe du Lequin, l'archipel souple, qui peut également bouger : Ag'île, Hab'île et Duct'île. En avant-poste ici entre le port et la Tour-Fondue, un amas qui va prendre cher, c'est certain, qu'on a appelé l'Amas Conda avec les îles Versat', Vibrat', Volat', Tact' et Rétract'. Devant le cap Rousset, c'est la réserve de projectiles avec évidemment l'île Project qui est un amas de douze barques avec munitions. Et mes deux préférées sont là : Miss' et Lance-Miss', qui contiennent des blobs incendiaires…

— Je connais bien Miss Île, c'est une bombe, trop belle ! charrie un minot.

— Derrière l'île, nous avons trois cargos, le nôtre compris. Un ferry hors d'âge que vous voyez derrière le Sarranier ; le porte-conteneurs au large, qu'on considère aussi comme des mobs ; plus quelques navires lents ou sans hélice. Ex', Host' et As' accueillent des nageurs venant de Port-Cros ou du Levant et des flibustiers du large. Infant', Juven' et Nub' sont réservées aux ados et aux enfants ; Mut'île est dédiée aux blessés en mer. À terme, si on survit à l'attaque, on a prévu de développer des îles potagères – Fert' – ou de transformation agricole – Hu'.

— Vous êtes de grands malades avec vos noms !

— J'avoue. Ah j'allais oublier nos îles de fûts, qu'on remplit d'explosifs et qu'on va disséminer un peu partout, façon mines, en amont du port. Elles, on les a baptisées les… les… ?

— … FÛT'ÎLES !

— Wesh ! Je crois que vous êtes prêtes !

— Moi j'espérais qu'il y ait un « Bar'île »… me glisse un activiste de *Volterre* tout bas.

Un blagueur qui avait l'oreille qui traîne lui répond du tac au tac :

— De poudre ? Ou juste de rhum ?

‘Ces ¿gars ‘sont sympas, sin duda, gouache énorme, bon esprit. Mais rayon militaire, ils sont dans la semoule. Ils se croient stratèges \ à part que leur manquent sale les bases. Leurres, points de fixation, contournement. La coordo terre-mer-air qui peut nous retourner la couenne sur un asador. Je les ai laissés bavasser. J'étais en mode batterie, à charger. Y en aurait peut-être un qui se souviendrait que je sors de la grande muette ? No ?

— Toi Agüero… tu vois ça comment ? Ça te parle ?

— Tchi… Vous êtes à l'ouest.

— Carrément ?

— Plus que ça, même. À ce train, vaut mieux leur filer les clés du port et vite calter vous planquer dans le maquis corse. Avec votre tactique, je leur donne trois heures pour tout boucler.

— Tu nous fais chier grande gueule !… Explique-toi !

— OK, essayez deux secondes de penser comme eux. Je suis le commandant de l'opération, je fais quoi ? Les deux points de débarquement évidents, c'est Courtade/Notre-Dame. Grandes plages, larges. Peu de fond par contre. Donc zodiacs et barges. Les navires de guerre, trop de tirant d'eau donc je cherche la profondeur. Trois sites possibles : calanque du Bon-Dieu, Grande-Cale et…

— L'Indienne…

— Sí. Je dégage les positions en surplomb avant d'accoster, histoire que mes gars se fassent pas caillasser. Donc soutien aérien. Paras sur le phare, pointe de l'Oustaou. Sur le front ouvert, là où on les attend, je mets les moyens, mais pas trop. J'avance pépouf, je laisse venir, j'aspire les insurgés loin des côtes. Triple rideau : du vap pour faire joujou, des avisos derrière et les croiseurs en appui, solides, prêts. Je focale les médias dessus. Je siphonne l'attention. C'est mon leurre.

— Admettons. Ensuite ?

— La prise de l'île, elle se joue en vrai sur la côte escarpée et à l'intérieur, sur les quatre plaines : Brégançonnet, lagunes, vignes de la Courtade et Notre-Dame. Hélicos gros porteurs, deux rotations suffiront. Quatre cents hommes posés qui ratissent vers les plages. En mer, tu nettoies pour amener les barges jusqu'au sable. Tu débarques.

— Combien ?

— Mille hommes. Pas plus.

— Prise en tenaille…

— Sí. Et tu harcèles à l'hélico.

— Malgré les brouilleurs ?

— Pas de drone, pas la peine. Juste les hélicos en autonomie. Gaz incapacitant. Grenades dispersantes. Narcotiques. La clé pour eux, c'est la bonne coordination terre-mer-air. Et les sites d'approche. Les hélicos décolleront du Levant. Les navires de guerre seront tankés la veille derrière Port-Cros. L'armada de la rade fera sa papusa Tour-Fondue, mais elle servira sans doute peu. On sera sous le feu de partout. Si on veut répliquer, faudra être raccord. Sortir de la hourrah-guérilla, compadres !

Les mecs se tassent un peu, vexés. Ça s'agace. Orgueil à la con. Tout le monde a le groin sur la carte gravée au bâton dans la terre, avec des cailloux pour les sites et des bouts de carton pour les noms. C'est bricolé mais ça couvre cent mètres carrés, tout le monde peut suivre. Et ça donne bien la mesure du défi, des distances.

— Bon. Imaginons que t'aies pas tort… Ce qui reste à prouver. Nous, on se défend comment ?
— DCA…
— Quoi ?
— Défense anti-aérienne. C'est la priorité.
— Avec quoi ? On a rien pour ça !
— Faut les empêcher d'atterrir, c'est tout. Et sniper les paras en vol. Vous avez de bons tireurs ?
— Pas trop…
— Je vais prendre les plus doués et je vais les former. Ensuite, faut mettre les meilleurs jet-packs derrière, sur les calanques. Casser le débarquement : ils seront fragiles sur les pentes, c'est raide.
— OK. Et sur les plages, on les regarde débarquer, ou bien ?
— Là, votre tactique colle. Faut les couler avant la cote des dix mètres.
— De fond ? Donc à 500 m du rivage pour la Courtade…
— Quasi, ouais. Donc *watercutter* à donf. Idem premier assaut, mais avec plus de monde.

Ça turbine dur dans les crânes. Certains encaissent. D'autres réalisent pas encore. Ça va être féroce, ils vont être débordés, ils soupçonnent pas encore à quel point. Gorner joue son élection sur cet assaut. Il va mettre du lourd.

Une Allemande, genre *Grüne*, avec une fleur dans les cheveux, lève sa mimine :

— Vous pensez… on a vraiment une chance ? D'après vous dites… est-ce pas mieux faire un *lie-in* ? Accueillir bras ouverts… bewusst, mit blumenketten ? Inverser la chose. Poser non-violence à violence ennemie ? Gagner la… krieg de l'opinion ?

Ça pouffe et ça ricane, ça approuve du chef sans moufter, ça braille. Je réponds calma :

— Si c'était de la vraie guerre, je serais déjà plus là et je vous aurais dit « Taïaut ! Desapareced ! *Raus, schnell !* ». Car ils feraient du tir au pigeon de la côte, directamente. Mais là, en face, ils ont deux contraintes énormes : uno) pas de morts et dos) pas de dégâts sur l'île. Et ça, c'est très chiant pour eux. Ça les oblige à aller despacio. Si on résiste bien, si on tient sous les gaz, si on est intelligents dans les replis et les contre-attaques, tierra y mar, on a notre chance. Ils peuvent pas se lâcher, eux. Mais nous, on peut !

Si la nouvelle m'était d'abord parvenue par un self-média, elle avait rapidement pris de l'ampleur dans les médias indépendants… Peu importe, voilà : un groupe d'élèves des cités d'Orange, que j'avais suivis plusieurs années, des adolescents déscolarisés, avaient découvert, sous le choc, les accusations injustes portées sur moi et la propagande consécutive contre l'enseignement populaire, auquel eux pourtant, à titre personnel, suite à la faillite de l'Éducation nationale, devaient tout. Sur un coup de sang, ils avaient décidé de mobiliser les disons trois ou quatre mille élèves et étudiants à qui j'avais pu enseigner depuis quinze ans – et de lancer ensemble un cortège d'appui « Pour la proferrance, pour Sahar » en cobus jusqu'à Hyères. Là, bloqués comme les autres par la police, ils avaient comme les autres décidé de contourner les barrages et de partir en nageant nous rejoindre !

J'ai eu l'info au dernier moment et lorsque je suis descendue vers la plage avec mon masque, je me suis perchée sur un rocher, pendant que Lorca me montrait sur une tablette un point bleu qui clignotait : c'était l'émetteur de Farid, un de mes chouchous, qui entrait dans la baie de Notre-Dame. Autour de lui nageaient dans un bouillonnement d'écume une centaine d'élèves, des gamins que j'avais vus cirer les cubes bancals de la cité des Métaboles, la place Hakim-Bey, l'Ajola, les Ulis, et ils nageaient, ils venaient là pour moi, pour ce que j'avais fait ou essayé de faire, pour ce que je leur avais donné et dont, finalement, je n'avais jamais eu tellement de retours, ou si fugaces, éphémères... Pour la seule fois de mon existence de proferrante, j'ai compris ce qu'ils avaient reçu. Ce que ça leur avait *fait*. Ce qu'ils en avaient gardé par-devers eux, dans leur cœur, dans leurs souvenirs, dans ce qui les aidait, clopin-clopant, à grandir. Et ils étaient venus me le ramener avec leur corps, aujourd'hui, à la nage, au péril de l'incarcération, de l'assaut tout proche, de la noyade. Je peux pas expliquer l'émotion que ça m'a fait. Je sais pas.

ʾLa) veille) de l'assaut, j'ai été regarder Agüero s'entraîner au jet-pack, calanque de l'Indienne. Lorsqu'il est revenu, le cador de la jet-set, un type haut et large comme un cube, capable de porter en suspension quarante kilos de sable sur son dos, m'a dit :

— Lui là-bas, l'Argentin, on m'a dit qu'il était chasseur. Mais c'est pas ça : c'est un pilote de chasse !

Faut pas confondre ! Jamais vu un gars aussi doué ! Foutu acrobate !

Šahar et Lorca veulent passer leur dernier soir avec leur fille évidemment.
Ensemble, la veille, avec les meilleurs connaisseurs de l'île et quelques amis très proches, les plus sûrs, on a cherché le meilleur abri pour eux. D'où ils pourraient surveiller les mouvements aussi. Voir qui s'approche. Še terrer au besoin ou fuir s'il le faut, dans une zone opaque aux hélicos, la plus dense possible. On a fini par choisir l'ancienne batterie haute des Mèdes, sur la crête du Galéasson. Réseau souterrain de bunkers, postes camouflés, fuite possible dans un maquis à couper au couteau, avec un second abri possible sous le chaos de roches des Mèdes. Tishka a semblée ravie du choix, Lorca aussi.
Bon… Topo du soir : Toni sera avec ses potes à régler leurs motomarines, à transvaser le carburant et à tracter les dernières fût'îles au large. Mes copains corsaires vont préparer l'assaut au ratafia, ce qui me semble pas très malin et j'ai pas le goût.
Alors on a décidé avec Agüero de se faire une soirée « en amoureux ». On se l'est dit comme ça, en déconnant. On a pris des chandelles, on s'est monté une table au coucher du soleil, il m'a fait griller une côte de bœuf en me servant du bourgogne qu'il avait chapardé au *Langoustier*. Je lui ai cuit une tarte aux arbouses du maquis, sur la braise. On a bu, on s'est émus d'être là, on a joué à se prendre la main, puis à se faire des bisous dans le cou… J'ai sorti mon olifant pour lui souffler un tango. Et puis voilà… À force de jouer, on s'est pris au jeu et on a fini par faire l'amour sous la Grande Ourse. Et ça m'a toute chambouleversée.

Il m'a avoué que ça faisait longtemps qu'il en avait envie. Que le taf, qu'on soit de la même meute, l'avait arrêté. Mais que maintenant, il était libre, on était libres, non ? Ça m'a fait tellement de bien de le sentir caresser mon dos, apprivoiser mes formes. De sentir qu'il avait encore envie de me toucher après avoir déchargé. Les autres mecs, d'habitude, c'est *noli me tangere* une fois qu'ils ont joui. Pas lui. Je me suis blottie contre son torse, ses épaules sentaient le sel, le ciste et le soleil. On entendait la mer à vingt mètres sous nos pieds, aller et venir. Il a ri et :

— Tu devineras jamais qui j'ai vu au village ?

— Ta mère.

— Déconne pas avec ça !

— Je sais : les Balinais...

— Quoi ? Les Balinais sont là ? Le gang Kebyar ?

— Seulement Kendang, l'ami de Lorca. Et le balian.

— Qu'est-ce qui foutent là ?

— À ton avis, banane ?

— Ils viennent voir Tishka ?

— Ils écoutent les infos, comme tout le monde. Lorca est leur pote, alors ils sont là. Ils viennent faire bloc.

Il m'a effleuré les lombaires, avec délice. J'avais encore envie de lui. Il a relancé :

— Bon, mais tu n'as pas deviné qui j'ai vu, moi ?

— J'en sais rien... Des gars du Récif ?

— Ils doivent être tous en gardave, à c'te heure, mi corazón ! Non, à la bibliothèque du village, il y avait... Louise Christofol ! qui amenait des bouquins. Et le Björn aussi et votre Hakima !

— Tu me charries là ? Arrête ! Qu'est-ce qu'ils viendraient foutre là ? Et surtout, comment ils ont pu passer les barrages !

— Tiens, t'imagines pas Christofol faire trois kilomètres de brasse en pleine mer ?
— Je sais (j'ai intégré), Christofol a travaillé au Quai d'Orsay. Elle a un réseau diplomatique costaud. Elle a dû faire jouer ça.
— Lorca l'a vue tu crois ?
— J'imagine. J'espère.
— Elle est venue parler à Tishka, j'en mets ma mano ! Pur intérêt d'intello !
— Pas forcément Agü. Peut-être qu'elle est venue aider et protéger Tishka. On les a fait marner des semaines sur un *tà ?*, ils ont peut-être le droit de venir voir l'origine ? Et avec eux au moins, pas de risque de la figer, c'est plus rassurant.
— Je vois pas Sahar les laisser s'approcher de Tishka. Tu te souviens comme elle les a boulés ?
— Elle est pas rancunière la princesse, je crois pas.
— En tout cas, elle t'a bien piqué ton Lorca !
— Trop facile… Toi, t'en ferais bien ton quatre heures aussi, non, de la petite Sahar ? Et qui te dit que c'est pas toi que je visais depuis le début ? T'es beaucoup plus beau que Lorca, tu le sais. Plus racé, plus athlétique, plus souple…
— Tocado… Ça y est, Cupidon m'a transpercé, aaargh…

On a rigolé, on s'est embrassés et on a refait l'amour. C'était plus doux, meilleur encore. J'avais peur de tomber amoureuse) je me suis dit, oublie, tu seras en taule demain et lui aussi. Profite ! Puis je me suis écroulée dans ses bras, dans un mélange de décompression, de fatigue et de bonheur.

Au milieu de la nuit, j'ai eu ce rêve d'une araignée qui montait et venait se nicher dans mon oreille. Je me suis réveillée en sursaut, mal à l'aise, et j'ai tendu la main vers mon pavillon droit. Un gros insecte s'y était posé. Coléoptère ? Jamais je ne tue un animal, même quand il me fait peur, alors je l'ai effleuré pour deviner… Ça a vibré électrique. J'ai réalisé que c'était un intechte ! Aussitôt, je l'ai connecté à mon oreilline…

— Merde ! MERRDE !

— *¿Que pàsa?*

— Message d'Arshavin… Un intext… Quelle heure il est bordel ?

— 3 h 28.

— PUTAIN !

— *¿Qué?*

— L'assaut va être donné à 04 h 00. Il a eu accès aux briefs. Des missiles à tête chercheuse. Tirés des croiseurs. Ils vont cibler les forts, le village. Là où ça dort.

— Avec quoi ? Quoi dedans ?

— Gaz Somnoz.

— Sors l'olifant ! Transmets à Zilch en crypté ! Faut réveiller l'île ! Vamos !

·· Le · premier tir a touché le fort de la Repentance à 3 h 58. Puis ça a été le feu d'artifice, les chandelles rouges, l'éclatement en soleil des capsules de gaz, la pluie sifflante des particules de sommeil sur des insurgés qui s'arrachaient de leur duvet, mal réveillés et qui s'effondraient en titubant dans l'humus, en contrebas de notre cache. Zilch, qu'il soit loué, a envoyé un drone gueulard sillonner l'île, c'est comme ça qu'on a su. Les corsaires des falaises ont fait hululer les sirènes d'alarme des cargos, on a entendu des cornemuses, des trompettes, des sonos en boucle sanglées sur des vélos hurler des consignes.

) En) revenant) du sémaphore, Agüero a débaroulé comme une balle l'à-pic de notre calanque pour enfiler son jet-pack. En une minute, il s'est élevé au-dessus de la mer sur ses trois jets surpuissants, a entamé une volte et a crié ça, bouffé par le rugissement :

— '' se r'trouve au par'dis ! *Te qui''ro !*

En souriant j'ai enfilé mon bonnet d'éčoute et je čours maintenant čomme une dératée vers la črête du Ğaléasson pour aller čouvrir Lorča et Tisĥka.
Č'est pas če qui était prévu, Šaskia. T'aurais dû être sur Vibrat' aveč les aqualančiers. Mais č'est če que mon čœur me dit de faire. Pour aller plus vite, je fonče à la lisière des viğnes. Šans lever la tête, pas besoin. Je me fie au binaural pour spatialiser la menače. De toute façon j'y vois rien et quand j'y vois, je me prends des flasĥs parče qu'ils éčlairent un bois au ĥiğhlite pour empêčĥer les tirs du sol. Je me čolle sous un pin parasol pour souffler, desčendre mes battements, éčouter.
La grande force d'un bonnet d'écoute, quand il touche à l'excellence, comme le mien, et qu'il est calibré sur tes capacités auditives, c'est qu'il couvre les trois dimensions, à 360° grâce à la perception binaurale, très subtile, des profondeurs et des distances. Aucune caméra actuelle, même sphérique, n'a ce pouvoir de discrimination. Ni ne permet cette lecture simultanée et multisources de l'espace.
Ău nord, deux ăns păssés en sous-mărin me disent, ău bruit čarăctéristique de lă čavităion, que les čroiseurs sont en réğime. Ăvisos à quinze nœuds, zodiačs pleine vitesse en ăvănt-plăn. Exačtement če qu'ăvăit dit Ăgüero.

Des ĥéličes çà et là sortent de l'eău et ĥurlent à seč dăns l'ăir. Ričoĉhets, člăques à fleur de vağues, čris d'ăppel. Nos motomărines părtent en ordre dispersé, un jet-boot flue quelque părt, deux jet-pačks, păs plus. Où sont les ăutres ? Ğrouillez-vous les mečs ! Ils ărrivent ! Ău čiel les ĥéličos sonnent măousses, čavitătion ğrăve, d'énormes bourdons qui ğéostătionnent, survolent métĥodiquement, sûrs de leur forče. Tirs sifflés à 8 ĥeures, črépitements ĥačhés dăns les feuilles à 11, un lănče-blob enroué dăns lă forêt păs loin de moi. Un boomerănğ părt, ăimănto-ğuidé. Et touĉhe. Une ğrenăde explose en riposte. Ăčouphène, sălăud. Tout părăît lent, intermittent, dépăreillé păr čhez nous. Tout ronronne et vrombit net ĉhez eux, à părt les premiers zodiăčs, semble-t-il, qui se prennent de plein fouet nos îles, nos pălettes, explosent sur des fûts. Çă – çă mărĉhe, ouf ! J'ai atteint le chemin derrière la ferme du vigneron. Tombe sur une première barricade, un hors-bord posé sur pneus, bahuts, lave-vaisselle. Je lève les bras :

— Saskia Larsen, je suis l'amie de Lorca !

Une fille de la Mue me fait passer. Je monte la piste forestière, deuxième, troisième barricade. Ça me rassure, ils sont en place.

‘Je ‚me ‘décale. Khader repasse en tête et vire au-dessus de la première barğe. Ils visent la crique de la Ģalère, d'ac, j'aurais pas cru. Se font pas chier. Khader survole la barğe, amorce un tourbillon, puis les douche méchamment avec ses tuyères. Les ģars dérouillent. Alors il exhibe son majeur. Ģrosse provoc ! Il repart au larğe, les tireurs l'allument > il esquive > c'est le leurre \ c'est à moi.
Je sais pas ce que j'ai dessous, je vois pas, j'y vais au cran. Quitte ou double. Je plonğe tête la première à poussée

maxi, ça passe ou ça passe > pas de rocher, pffff > putain, t'as la Pachamam' avec toi… Vite prendre de l'angle : je descends à cinq mètres de fond puis stabilise l'assiette et remonte à plein jet vers la barge qui avance. Comment je sais où elle est, dans ce *schwarz*, hein ? Ferme ta peur et ouvre-toi à l'eau, fonds petit glaçon… Un cachalot de métal ronque au bout, une masse froide morte m'attire \ j'oblique d'une ondulation du torse \ coupe d'un coup mes jets et file en torpille vers la coque… fusant sur ma seule lancée…
Deux plongeurs m'auront attendu dessous, mode défense sous-marine ? Je ne vais pas les voir, mais je sentirai leur tension en onde, tellement vite sur eux j'arriverai qu'ils auront pas bougé, je sortirai le coude, bam, l'autre se prendra mon casque, et je passerai sous la coque d'une coulée en me retournant sur le ventre façon loutre.
Ça y est, j'y suis… Ventousé à la coque. Je racle la buse direct sur le métal. Pourvu que ça coupe ! Je vais ressortir à la surface, manque d'air, mais j'enroule finalement un soleil arrière et repars sous la coque pour vérifier en allumant ma frontale. C'est fendu \ mais pas assez ! Je me cale dessous et j'insiste au jet haute pression en manquant de me couper le bras. Gaffe Agü, gaffe \ vigilant, centré. À l'insiste, je vois la coque se percer et s'écarter en deux… genre orange tranchée d'en dessous ! L'eau s'engouffre \ la barge plie. On m'a repéré alors j'enclenche les jets et me propulse en sous-marin direction le large, puis, d'un cassé du bassin m'expulse hors de l'eau en trombe. Les gars ont allumé leur loupiote pour constater les dégâts mais c'est trop tard. La barge prend salement la mer et pique du cul pour s'enfoncer dans l'écume.

— Yahhah ! Taulier mec, taulier ! hurle Khader qui revient et me checke en plein vol.

De là où nous nous tenons, nous pouvons balayer la rade au télescope d'un côté, de l'autre suivre la progression des navires de guerre : c'était l'intention, embrasser la situation, ne pas prendre le risque d'être surpris. Encore pâle, le jour s'esquisse, l'aube blanchit la mer avec une lenteur exaspérante, ils ont du matériel de vision nocturne, pas nous et nous serons désavantagés tant que le soleil renâclera à sortir sa boule de feu. Quelque part autour de moi, Tishka virevolte, infernale, elle est surexcitée, elle multiplie cris et trilles, elle n'a pas voulu partir, aller se cacher sur le continent ou juste là, dans un coin sûr, loin de nous. Elle n'a pas peur pour elle, mais elle a peur pour nous – mais moi j'ai peur pour elle, trop de monde, trop de matériel de pointe, on sait pas ce qui peut se passer, si elle saura éviter tous les regards s'ils donnent l'assaut sur notre crête.

— Pourquoi tes amis ils nous aident pas, chaton ? On aurait bien besoin d'eux là… On est en train de reculer…

— Ils zaident maman. Sont dans l'eau.

— Comment tu le sais d'ici ? T'es trop loin !

— Ils m'édisent. Les basses babondent, sassonar siffle.

— Tu veux dire que tu les entends d'ici ? De cette crête ?

— Sic.

— Tu leur parles, toi ? Tu leur réponds alors ? C'est pour ça tes cris ?

— Parfoin ! Parfoire comprends pas quoi font. Ça pend et dépend maman, de leur sangue ! Mais c'est trop rigolo, ça barabaille de partout !

·· À · 7 heures, on a commencé à vraiment y voir. Toutes les forces, chez eux comme chez nous, étaient en place.

Quand le premier rayon a teinté la surface de la mer, ils ont donné l'assaut, le vrai, celui qu'on redoutait tous. Du port d'Hyères, du Niel, de la Tour-Fondue convergent les lignes écumantes des jet-skis cuirassés et des jet-packs du RAID. En face, surgissant de l'Alycastre, l'escadre avancée des corsaires gicle ventre à mer – propulsés sur leur triple jet – et file en flèche en droite ligne sur l'ennemi. Sans flancher. Pour arme, ils n'ont qu'une perche pourtant, de bois ou de fer, leur jet à 200 bars au bras, parfois rien.

Une minute plus tard, l'impact est fulgurant.

Les perches pointent et fracassent, le combat en suspension s'engage dix mètres au-dessus de la mer. Je vois Vasco virer, voltiger, frapper, barre contre barre, type bō-jutsu, encaisser à la cuisse, Mad Marx plonge, surprend du dessous son adversaire et l'empoigne pour le retourner crasher à plat dos et à pleine puissance contre la plaque d'acier, à cette vitesse, qu'est la surface de la mer. Cèce-la-Rousse louvoie au couteau et vise les tuyères qu'elle tranche à la volée, comme elle peut, au milieu du torrent croisé des aqualances qui la ciblent. C'est furibard, heurté, sans pitié, ça se coule et ça s'étrangle, ça ricoche à cinquante kilomètres heure sur les vagues dans des chutes apocalyptiques qui font froid dans le dos. Derrière, les zodiacs des flics attendent qu'un axe de pénétration se dégage. Puis ils lancent l'offensive. Les moteurs virent à l'aigu, les canots tabassent les vagues et arrachent au passage des tuyères de chez nous – un jet-packer tombe droit et se fait traîner des centaines de mètres – sous, et sur, et sous les vagues comme un chien au bout d'une laisse sur une autoroute bombardée. Saskia est révoltée :

— Ils vont le tuer, ces ordures !

À un bon kilomètre de nos rives, debout à tanguer sur le chapelet d'îles qu'ils ont placé en bouclier, nos aqualanciers attendent les pilotes des zodiacs, pour les désarçonner. Un premier canot vire pour les éviter, percute un tas de palettes et se retourne. Un autre fonce, sans la voir, sur une fût'île et saute comme sur une mine. D'autres encore s'engluent dans nos îles de vieux matelas, patinent dans une bouillasse d'algues ou pètent leurs hélices sur des frigos flottants. Ŀes plus malins passent – petits hors-bord, escorteurs, jet-skis surtout – et affrontent maintenant nos motocross des mers, placées en double lame.
Ŀà, j'ai la gorge qui se noue. Ŀà, c'est pure cavalerie, c'est du rodéo, de la joute postmoderne, ça part dans la chevalerie punk. Avec des pur-sang hélicés, des lances à eau et des fixations de ski pour étriers ! C'est du duel carrosserie contre carrosserie, casque contre coque, saltos et volte-face. Ça craque et ça rugit dans un bouillon invraisemblable de jet-surfs coupés en deux, de motos retournées ventre à l'air, de pilotes projetés à l'eau et lestés d'armures trop lourdes qui tentent désespérément d'agripper un bout de flotteur pour ne pas se noyer. Au milieu, partis d'une île de radeaux, on voit des moujiks skater sur leurs baskairs, repêcher les nôtres comme ils peuvent, taper avec des bouts de bois des flics qui flottent, certains courent sur l'eau, mettent des coups soufflés de la semelle, esquivent un tir d'aiguille, aéroglissent. C'est beau au télescope, on dirait un bowl dans la houle, rides et ridules, cercles d'ondes, gerbes légères, *run* et saut, mais ça sert pas à grand-chose, ça désoriente les flics, c'est tout. Mais c'est déjà pas mal.

) Le) meilleur) vient derrière. Et il surprend vraiment tout le monde, moi comprise. J'avais vaguement entendu le nom dans un hangar : *hazer*, *scalder*, sans capter. Ça a l'air de rien : un hors-bord pas très rapide avec un cône bizarre devant. Et deux énormes ventilos. C'est au son que je reconnais l'arme à énergie pulsée. Micro-ondes ? Plasma ? Šans se démonter, le bateau se place face à une ligne de barges qui arrive à vitesse modérée. Plutôt prudemment. Les barges tentent de profiter d'une trouée ouverte par les jet-skis. On entend un bruit sourd grésiller du cône. Puis plus rien. Ça semble cassé. Un Volterrien rage :

— Qu'est-ce qu'ils foutent ? Ça marche pas leur truc !

Et soudain, l'eau devant le bateau est comme vaporisée. Une brume intense s'élève. À travers, j'arrive à distinguer la coque d'aluminium de la barge qui commence à s'oranger !

— Putain, c'est quoi ce truc ? Où ils ont été chercher ça ?

— C'est un *scalder* mec ! Matos militaire ! On a récupéré les plans par snarfing ! Ça te fout l'eau au court-bouillon en trois secs ! C'est monstrueux !

Dans la barge, ils saisissent pas tout de suite. Puis la troupe entière commence à cuire dans sa casserole d'aluminium. De panique, les miliciens se jettent à l'eau ! La surface est brûlante çà et là, certains s'ébouillantent le bras mais l'énergie se dissipe vite. En plongeant sous la surface, ils retrouvent de l'eau froide. L'essentiel, c'est que ça marche !

— Ils reculent, ils reculent ! Yyyy-yaaa !

— Fuck the cops ! ACAB ! !

En face, malheureusement, ils mettent pas longtemps à répliquer. Un aviso un peu spécial vient se mettre devant l'armada et il amorce plusieurs zigzags malsains.

— Putain, l'icer, les salauds. Ça c'est pas légal, les enfoirés !

— Je comprends pas.

— Ils glacent la mer sur la ligne de front. Pour compenser. C'est pas fou mais ça te gèle l'eau sur quelques centimètres. Ça va équilibrer l'ébouillanteur ! Grrr...

À notre troisième barge coulée, l'état-major en face a réagi. Ils ont sorti les bots de mer. Mécaïmans, mécalamars, les rémoras pour protéger les coques. Toute la petite clique des hydroïdes qu'ils avaient en stock. On a flippé dix minutes puis on les a découpés au cutter. Comme le reste ! Le plus dangereux, au final, parce que tu les calcules qu'au dernier moment et que ça bouge pas, c'est les gordrones. Bleu mimétique. Tu touches un tentacule, t'es cuit. Micro-fléchettes paralysantes. C'est comme ça qu'ils ont séché Oummar. On l'a récupéré, heureusement. Il cuve à l'abri.
Jusqu'ici, on tient la crique ! Tant bien que mal ! No pasarán à la Galère ! Ça les oblige à tenter de débarquer sous les falaises. Gros Mur du Sud, Pointe des Gabians. Et là, les camarades les maravent grave. Ils leur balancent tout ce qu'ils peuvent du sentier : des caillasses, des pavasses, des troncs, des arbres morts, des poutres, j'en ai même vu couper des arbres pour les balancer entiers sur leur gueule, vingt mètres plus bas ! Pas sûr que les primitifs soient jouasses mais on s'en carre ! Les paras ont bien essayé d'atterrir mais on en a snipé pas mal. Les *compas* récupèrent les toiles, on fera des tentes avec.
Notre souci, c'est les batteries. J'en ai cramé deux, déjà, en quatre heures, il m'en reste qu'une et je serai sec. Khader et Morbus aussi. Paola est *out*, ils l'ont seringuée. On a bien

essayé de placer des tourbilles en amont de la crique, ça te fait un siphon aspirant, bien puissant, genre Charybde et Scylla. Mais ils les ont évités. Pas si cons. Je commence à sentir la fatigue. J'ai la nuque qui grince.

⁾Av)eč Tisĥka,) j'ai parlé un peu. Šurtout aveč des sons, à l'olifant, du tač au tač. Elle est trop adorable. Šur une mélodie jazz que j'ai soufflée, elle me l'a refaite au piano, au violon et à la ğuitare, rien qu'aveč sa bouĉhe, č'est juste totalement ĥors norme ! Lorča m'avait račonté qu'elle pouvait produire n'importe quel son (ou presque) mais j'y čroyais pas vraiment. Je sais pas où elle est) là (quand je lui parle. Ša voix m'arrive de fače mais je sais qu'elle utilise les réfračtions, ils font tous ça. Ça te donne l'impression de parler au môme invisible. Que si tu tends la main, tu peux la touĉher. Et puis elle t'effleure l'épaule et tu tombes des nues. Aveč Šaĥar, on a čherĉhé quels sons Tisĥka pourrait faire s'ils attaquent la batterie où l'on est. Un leurre qui soit vraiment flippant pour eux.
J'ai peur pour Agüero. La trouille qu'ils le capturent. Et j'ai un peu honte d'être là plutôt qu'au front avec mes amis corsaires.

\Iłs \\ont \ płutôt bien tenu, łes babos. Enfin, łe matin. La tactique des îłes, łes barricades fłottantes, c'était disruptif. Assez neuf. J'ai vu qu'Arshavin y a cru. Pas łongtemps, jusqu'à 11 heures disons. Qu'iłs tiendraient ł'îłe. Son côté romantique. Agü a été coriace. Je ł'ai suivi à ł'intechte. Circada K9 à contre-brouiłłeur, un summum. Stabiłité de ł'image, insight, même en vision nocturne. Là on a vu qui sort de chez nous \&\ qui sort de ła forêt. Boxent pas dans ła même catégorie. Lecture tactique, bałistique, błitz, contre-offensive, Agüero a tout juste. À cinq gus, iłs ont tenu une crique cłé. Mais tout ça pour ça. Pour que partout aiłłeurs, łes hippies gałopent en sandałes en łevant łe poing comme des mongołs ? Pour finir à ł'horizontałe à faire dodo. Font pitié.

... Nous avons là les premiers débarquements massifs plage de la Courtade sous une couverture aérienne impressionnante ! La plage est noyée de gaz ! Les milices de Smalt, qui ont tenu à débarquer en tête, avancent sous une lapidation intense, rincées par les canons à sable, mais le masque à gaz vissé au crâne, comme vous l'imaginez...
... Notre-Dame est en train de céder, on voit des moujiks tomber comme des mouches, Michel ! Nos marines remontent vers le chemin sur un tapis de corps. Si on ne les savait pas endormis, on croirait à des cadavres, c'est assez troublant...
... La Résistance recule vers les hauteurs de l'île, elle se rassemble, semble-t-il en forêt, pour une contre-offensive qui pourrait être...
... général a raison : on ne peut pas parler de « coordination » du côté des insurgés, soyons clairs : ils sont dans l'improvisation la plus totale. Les différents sites de l'île sont livrés à eux-mêmes, c'est tout le problème. Enfin : tout leur problème (rires)...
... Leur vraie force, répétons-le, c'était l'armada corsaire. Mais sur terre – et pire encore, dans les airs, qu'est-ce qu'ils ont à proposer ?
... on est quand même face à un viol de territoires...
... qui pour la plupart n'ont jamais tenu une arme de leur vie...
... #Courtade cleaned #Plage d'Argent cleaned #Repentance repris #Sainte-Agathe repris #Lequin+Alycastre repris #Langoustier indécis #Crique Galère indécis...
... Invasion n'est pas le mot, nos forces de police sont simplement en train de restituer à ses propriétaires légitimes une île magnifique qui a été honteusement squattée !...

... Imaginez que quelqu'un s'installe dans votre salon ?...
... Vous me demandez si les moyens sont disproportionnés ? Je ne crois pas...
//Cyrilliryc > *Six activistes de la Mue dans la fondation Carmignac. Elles menacent de brûler un Warhol si les milices pénètrent dans le parc ! Quart d'heure de gloire ! Lol !*
//Miss'île > *Approx. encore 800 1/g au village. No pasaran !*
//Mantrax68 > *Ils galèrent à la Galère !* #Coulez-les tous !
– ... Laissez parler Mme Van Exhum, s'il vous plaît...
– Merci. Ce que je veux dire, c'est que le droit de propriété n'est pas nécessairement individuel. Il peut être collectif. Dans le Code civil, on a pléthore d'exemples de propriétés collectives : la mitoyenneté des murs, l'indivision, la copropriété... Si l'on en reste à la définition classique de la propriété, la propriété est un faisceau de prérogatives autour des droits d'user, de jouir et de disposer. Mais si l'on considère la propriété comme relative à la terre, comme une « habitation » des choses, on peut accepter alors que les choses ne soient jamais, à strictement parler, appropriables. On ne peut qu'avoir des droits relativement à la terre, mais la terre elle-même échappe à la propriété. Dans cette optique, une ZAG n'est plus nécessairement illégale.
//Trans@ > *Pas de news sur Tishka ?*
//LogLag > *Tishka bien planquée imho. Mais Gorner se pavane.*
#Big Gorner Bigorneau.

– Commandant Valdeck, est-ce qu'on peut dire, à 14 heures, que la rébellion est en passe d'être matée ?
– Écoutez... d'abord nous n'employons jamais ces termes. Les occupants illégaux sont en passe d'être neutralisés sur une bonne moitié de l'île, oui. C'est tout ce que je peux affirmer pour l'instant. Et ils seront reconduits dès que possible sur le continent...

– Monsieur Valdeck, où en êtes-vous de la traque de l'enfant mutant ?
– Nos scans aériens sont à nouveau opérationnels depuis deux heures, ce qui est précieux pour nous. Nous avons des informateurs sur le terrain qui nous permettent de situer assez précisément la zone où se terrent en ce moment l'hybride et ses parents. Nous sommes assez optimistes...
– Des informateurs ? Vous voulez dire des espions ? Des espions infiltrés parmi les insurgés ?
– Ce type d'opération exige une information précise de terrain. Et certains insurgés, qui sont vénaux, n'ont pas été difficiles à convaincre de nous aider un peu...

Sahar s'est rapprochée de moi. Les hélicos volent de plus en plus bas, nous sommes rentrés dans l'ancienne galerie du bunker par prudence élémentaire. Ce qu'on voit de l'île passe par une meurtrière et le confinement augmente notre angoisse.

— Quels fils de rats ! Comment on peut balancer des camarades ?
— Personne a balancé personne, Saskia. Mais sur trois mille activistes qui viennent de partout, c'est facile d'infiltrer quelques mouchards. Ensuite, en insinuant publiquement qu'il y a des traîtres, tu crées la suspicion dans tous les groupes. Ça tend et ça rend tout le monde parano. C'est le jeu.
— Au cap des Mèdes, t'es au courant, Sahar ? Des moujiks ont défendu votre mantract jusqu'au bout ! Cinq jeunes sont restés couchés sur « appel d'air » à la fin du texte, pour le protéger. Les flics ont dû les taser pour les sortir.
— Tu crois qu'ils savent vraiment où on est ?

Malgré les risques, Saskia n'a pu s'empêcher de rallumer sa bague ; elle nous projette sur le mur du bunker les dernières infos. On y voit un trentenaire de belle allure, cintré dans un impeccable uniforme du RAID, béret élégant sur la tête, monter prestement dans un hélicoptère…

– L'événement, c'est l'arrivée de Paul Gorner sur l'héliport du phare à Porquerolles. Il l'avait promis en off à 18 heures – il est 18 heures et il est bien là, Marie-Ange ?

– Oui, c'est évidemment un coup médiatique très habile mais aussi, il faut le reconnaître, une vraie preuve de courage pour le ministre de l'Intérieur alors que les combats continuent à faire rage sur la place du village, au Langoustier et sur la crique de la Galère qui est presque devenue un symbole ici, et que les insurgés défendent avec acharnement ! L'armada corsaire s'est repliée pour sa part sur le versant escarpé de l'île et a abandonné les plages à la police qui multiplie les rafles. La stratégie semble désormais de vouloir tenir la forêt et les reliefs de l'île où, semble-t-il, les militants seront plus difficiles à déloger…

– Je vous coupe, car le ministre de l'Intérieur vient d'atterrir. Il s'apprête à parler. Les reporters sur place sont en ébullition…

ˊComment ˏil ˊosait venir ici ? Qu'est-ce qui le rendait aussi sûr de ne pas prendre une balle perdue ou un caillou dans la tête ? Au-dessus de lui géostationnait un drone à champ de force, oui. Et autour de lui une belle pléiade de musclés à gilet pare-balles. Mais s'il était là, c'est qu'il savait qu'on pouvait nettoyer autour de lui sa visite… J'aurais tant aimé être snipeuse, attendu qu'il était à peine à trois kilomètres de nous à vol d'oiseau… Regarder sa tête trouée de part en part par une balle à haute vélocité qui lui entrerait par l'oreille droite pour ressortir par la gauche, le voir tomber, l'effacer du monde…

Il se tient droit, admirablement cadré dans cette lueur de crépuscule, avec la mer au loin où se silhouette un navire de guerre, les fumigènes rouges montant de la plage, les feux épars dans les bois et, meublant le ciel qui rosit, les hélicos qui tournent... Ô la parfaite mise en scène du « chef de guerre » qui a « les couilles » d'aller au front... quand deux mille hommes et cent cinquante machines le protègent à chaque instant ! Le parfait escroc.

– Monsieur Gorner, vous avez annoncé ce matin que votre objectif prioritaire était la capture de Tishka Varèse, après les dernières révélations sur la menace furtive qui vous sont parvenues... Est-ce que ça signifie que la reprise de Porquerolles attendra ?
– Qui a parlé d'attendre ? Porquerolles doit être libérée. Nous le devons à nos entreprises phares, qui produisent chaque jour de la valeur, comme nous le devons à tous nos concitoyens. Vous comprenez bien que les deux enjeux sont étroitement liés. La collusion révolutionnaire-furtive prend jour après jour des proportions inquiétantes. Nous en avons encore eu ce matin un indice préoccupant...
– Vous voulez parler du manifeste publié par la Mue ? Qui fait le lien entre libération des corps et transformations furtives ?
– Notamment, oui. Notre devoir est donc d'éviter à tout prix la contamination...
– La contamination biologique ou la contamination idéologique ?
– Les deux. Toutes deux dégradent le corps, qui doit être protégé à tout prix.
– Monsieur Gorner, vous faites preuve d'un certain courage en venant sur place en plein cœur des opérations...

– Mon premier devoir est d'être aux côtés des forces de police, partout où elles viennent rétablir l'ordre et protéger nos citoyens les plus méritants. Appelez ça du courage si vous voulez. J'appelle ça simplement : tenir ses promesses et assumer ses responsabilités.
– On impute à vos services des départs d'incendie, à cause des gaz inflammables...
– Les insurgés mettent le feu aux forêts et leur propagande tente ensuite de nous faire porter le chapeau. C'est indigne.
– Radio Parleur chiffre le bilan provisoire de l'assaut à cinq noyés du côté des insurgés...
– Je voudrais vous rappeler que nous n'utilisons que des armes non létales. Et que la priorité absolue de nos effectifs est de veiller à ne mettre la vie d'aucun individu en danger. Ces noyés n'ont par ailleurs pas été confirmés par nos services de santé. Il faut savoir challenger ses sources, mademoiselle...
– Pensez-vous raisonnablement pouvoir capturer la famille Varèse, avec les complicités, qu'on imagine très fortes, dont elle bénéficie sur l'île ?
– Écoutez, il est 18 heures et votre édition nationale est à 20 heures, n'est-ce pas ?
– Oui...
– Restez en direct et suivez-moi si vous n'avez pas peur du folklore insurrectionnel ! Je vous promets une belle surprise... d'ici la fin de votre journal...

Quand Saskia a demandé à l'IA une synthèse des titrages de la presse, juste après le discours, ça donnait ça :
Gorner à Porquerolles ! Gorner au front. Le ministre de l'Intérieur bombe le torse. Gorner, capitaine courage. Paul Gorner, un ministre sans parapluie. L'impact Gorner. Gorner fait face aux furtifs. Jusqu'où ira Gorner ? 1/G... orner ? Une leçon de bravoure. Gorner s'expose et impressionne. Le Gorner de la

guerre ? Les actes plutôt que les mots. Un gant de fer sous une com de velours. Gornerfs.

— On fait quoi ?
— Tu éteins d'abord ta bague, Saskia. Et tu la rallumes plus.
— C'est important qu'on reste informés en temps réel, non ?
— Moins que de ne pas être localisables. Ils ont rétabli le scanning, je te rappelle. Et *Nuage de Poings* tient encore le sémaphore. Ils captent tout. Zilch nous envoie un intechte si urgence. Là, leur com cherche à nous démoraliser. À faire croire qu'ils ont déjà gagné. Mais le combat continue, merde !

Quand on nous a balancé « Gorner est dans la place », ça a été la ruée : on voulait tous aller lui niquer sa race. On a perdu deux cents bonhommes ça comme. Douchés au somnoz comme jamais j'avais vu ça. J'avais un masque à gaz chouravé à un marine, sinon ciao. Les potes en chèche ont été liquéfiés. Gorner a enquillé la route des lagunes sur un aéroglisseur stylé, genre général de Gaulle ! Devant lui, ils arrosaient chanmé les fleurs et surtout ils cleanaient au canon à son, c'était intenable. Mais il a pas pu passer par le village. No way, gadjo ! Trop de people, la guérilla reste sauvage là-bas, on blinde le site alors il a crocheté plein ouest, finger in the nose, puis plein nord over the blue sea où son aéroglisseur fusait, easy. Sur le port, il est passé sous les acclamations des flics et des milices et il a rebraqué plage de la Courtade, puis chemin de terre, toujours en lévitation, mahatma Gorner ! Personne a pu le suivre, oublie ! Nos aéroglisseurs à nous sont rekt. La rage !

Au moment de revenir˜ sur˜ la place, j'ai eu un flash. Fissa j'ai pris mon VTT et j'ai tracé, direction crête du Galéasson.

‘Les ¸compañeros ‘reculent…

— Reculez pas ! Bloquez le sentier !

Plus personne m'écoute. Les gars sont à l'agonie. Ça fait douze heures qu'on lutte. Contre les barges, les hélicos, les paras, les prises en tenaille. Nos poumons puent le gaz, t'as beau avoir un masque, un foulard filtrant, ça suppure dans ta peau, tu sens la narcose qui s'insinue à travers les pores. Et ça te vide de ton jus. Je suis cuit recto verso, j'en peux plus, franchement. Faudrait tenir le sentier, c'est leur seule voie d'accès au plateau. Mais les drones sont revenus et ils droppent de la grenade à qui mieux mieux. J'ai plus de tympans, personne s'entend plus. Et avec la nuit, ça devient la mort. Khader arrive plus à arquer, Maryane sur la barricade tient à peine debout. Je croise le regard de Vasco. On est un peu les référents sur le terrain, tous les quatre. Khader souffle :

— On se replie, non ?

— OK.

En vrai, j'attendais que ça. Ça va être une boucherie sinon. Et j'ai pas envie de finir dans leur taule électronique. J'attrape mon sifflet et je siffle cinq coups d'affilée.

— REPLIEZ-VOUS !

— ALLEZ VOUS PLANQUER ! TOUS AUX ABRIS !

— QUILOMBO !

Ça part dans tous les sens. Ça s'enfonce dans les buissons, ça se fond derrière les troncs. Qui vers la plaine, qui vers les Gabians, qui vers le nord, dans le fouillis de la forêt de crête, comme moi. La planque des Mèdes est à un gros jet de pierre. Même si de nuit, ça va être coton de se repérer sans allumer la frontale. Saskia doit déjà y être, j'espère. Avec l'Orque et Sahar, la mioche, la petite bande. S'il faut tomber au champ d'honneur, autant que ce soit avec eux, tant qu'à faire ?

·· La · première barricade a été enfoncée à l'aéroglisseur et Tishka s'est mise à hurler, à cause du canon à sons. Je sais pas qui a réussi à le caillasser – mais ça a cessé d'un coup et Tishka s'est arrêtée de pleurer :

— C'est fini mon chat...

— Malamal papa... Méchances !

— Oui, c'est les méchants qui arrivent. Tu sais... par où on va fuir ? Tu as repéré un passage où papa peut passer ? Tu nous guideras, mon chat ?

— Ouik. Tu as la peur papa, hein ?

J'ai tendu mes épaules dans le noir pour caresser ses cheveux de... bruyère légère... Est-ce qu'elle anticipait déjà le maquis ?

— Oui j'ai la peur. Mais je suis avec toi. Toi t'es trop forte à la fuite. Alors j'ai moins peur, tête de bruyère...

— J'adore bruyère. Ça frissonne le vent.

La batterie haute des Mèdes court sous la ligne de crête, il n'en reste que la voie d'accès qui longe les casemates, des langues de ciment, incrustées d'un rail, mangées par la forêt sur un demi-kilomètre, qui mènent au bout jusqu'à l'ancien poste de tir où l'on se cache. C'est cette pénétrante qu'il faut tenir absolument. Captain Capiz, vraie gueule cassée, deux fusils en x sur le dos, est une figure de la flibuste qu'on a tenu à avoir ici parce qu'il tire comme personne et qu'il est pas du genre à se cacher derrière son petit doigt. Il a le charisme, il prend les choses en main. On a très peu de temps. On doit être une cinquantaine, pas plus, ça fait beaucoup et ça fait peu.

— Trois groupes. Les snipers sur les arbres, à gauche. Les autres en face, dans les casemates. On a raclé certaines fissures pour pouvoir y caler le fusil et allumer sur tout le chemin du rail. Le troisième groupe sur la crête avec les grenades qu'on a récupérées. Vous dégoupillez pas à tout va ! Vous gérez. Lorca… vous, vous restez ici dans la tourelle, comme ça vous gardez une vue pano. Si vous entendez siffler deux coups secs, vous vous éjectez par la chatière, vous plongez dans la pente nord, le petit pierrier, puis direct sous le maquis, dès que vous pouvez…

— À quatre pattes ?

— Oui, comme les sangliers. Vous suivez leur sente en fait. Tishka saura, non ? Votre cap, c'est la barre rocheuse. C'est plein de trous, de cavernes. On a des camarades là-bas, en appui.

— Saskia et Agüero, vous faites quoi ?

— On reste avec vous, Lorca. On fera aussi les sangliers. S'ils vous pistent le train, on fera barrage. C'est nous qui prendrons les seringues dans le cul, c'est mieux.

— Merci.

‘Ơn ¸était ‘cinq dans la tourelle quand Toni a débarqué en nage. Ơn a fait un rond en se tenant par les épaules, sans rien dire, la trouille montait. J'ai fait :

— Allez !

⁾À) tous,) j'ai demandé de faire un minimum de bruit. Là où on était, au bout de l'ančien rail, on verrait pas la progres-sion : on ne pourrait que l'entendre. J'ai fixé un čropĥone sur le toit de la tourelle et j'ai brancĥé mon bonnet d'éčoute en čaptation ğiratoire. Assez vite, j'ai disčriminé et j'ai suivi le RAID qui montait jusqu'au čol du Ğaléasson. Ils étaient une vinğtaine, aveč Ğorner, dont la voix de manağer de start-up, exčité par l'ačtion, me donnait envie de ğerber par l'oreille. Ils ont d'abord stationné au čol, à quoi ? six čents mètres de l'entrée du site. La pression devenait sévère. J'ai basčulé en mode diffusion, *mezza voče*, pour que tout le monde entende :

— *Ils sont là-haut. Sans doute dans les anciens bunkers… L'hélico arrive en soutien.*
— *Vous êtes certain de vos sources ?*
— *Affirmatif, monsieur le Ministre.*
— *J'imagine qu'il faut fixer une limite aux médias ?*
— *Nous les cantonnons au col. Natacha est en train de les briefer. À huit cents mètres, au-delà du portail rouillé, nous entrerons dans l'opérationnel. Risque vital.*
— *C'est là que je vais m'arrêter par conséquent ?*
— *C'est préférable. On ignore presque tout des pouvoirs de l'hybride. Et de son agressivité potentielle. Nous ne pourrons pas garantir la protection d'un civil, monsieur le Ministre…*
— *Je vous laisse faire votre métier. Je vous demande juste de me les ramener. Coûte que coûte. Si possible avant 20 h 30, ce serait parfait…*

Ils avančent. Vite. Šix čents, quatre čents, deux čents mètres. Ils passent le portail, les pas deviennent fuğačes, pointe du pied, dalle en čiment, je me čončentre sur des appuis mats, sans traînée. Č'est leur vêtement qui les traĥit, et leur poids. Dès qu'ils sortent de la voie čimentée, je les repère tout de suite. Un ğroupe monte la pente, va čhercĥer une position ĥaute sur la črête. Ça tire. Ça réplique. Ça retire. Lorča s'aččroupit, pivote ses épaules, fait čraquer ses červičales. Il s'étire nerveusement les isčhios pour éviter le člaquağe. Š'il doit sprinter. Un ĥéličo s'approcĥe et vient se plačer à l'aplomb de notre tourelle. Pas bon. Un câble siffle et vient račler notre čouverčle de béton…

·· Agüero · n'attend pas. Il attrape un fusil harpon, saisit une flèche où s'enroule un collier de capsules scotchées à la hâte et tend les élastiques au dernier cran. Aussitôt il sort avec précaution du blockhaus, dégoupille les capsules, épaule son fusil et tire dans la foulée à la verticale. Rien ne se passe. Agüero revient s'abriter.

— T'as touché ?

— La carlingue.

Ŀ'hélico fait une embardée. Un cercle aveuglant de lumière s'écrase en riposte sur la zone et douche notre tourelle. Ŀes buissons alentour s'illuminent – blanc cru.

⁾De)s tirs) partent de cĥez nous, fusils et lanče-pierres. Des čailloux ričocĥent sur du čarbène. Arbalète, nette, et arč de čompétition. On a de bons arcĥers aveč nous. Ils ne tirent plus pour riğoler mais pour blesser. L'Ĥéličo remonte, s'éloiğne un peu, ouf.

´Dans ˏmes ´ bras Tishka était coincée et s'agitait au rythme du combat. Soudain, elle n'en put plus et lança une bordée de trilles complexes suivie d'une série de bruits d'explosion en ultrabasses qui ſit vibrer toutes les galeries du bunker. La seconde d'après, elle n'était plus dans mes bras, elle était dehors et les coups de semonce ultrasourds traversaient l'allée des casemates et ſaisaient trembler les arbres.

— Qu'est-ce que c'est ? jette une voix esseulée.

— À couvert !

— Écartez l'hélico, ils ont une DCA !

Mais l'hélico ne s'éloignait guère et balayait encore plus intensément la zone. Le contraﬆe entre les ténèbres qui nous ſaisaient dilater les pupilles et l'éclairage au highlite était violent – impossible de s'acclimater.

Ça y eﬆ, Tishka eﬆ revenue dans le bunker – c'eﬆ bête mais ça me rassure.

Je sens qu'elle écoute tout avec une puissance d'assimilation ſaramineuse, absorbe les tirs, l'écho des cris, bouge et vibre en cadence, qu'elle avale le vent qui se lève et en boit les raſales, éponge l'humidité avec sa peau, ſait buvard du monde. Et c'eﬆ comme si en étant avec elle, tout contre son corps, je devenais à mon tour plus vaﬆe, à sentir les choses exiﬆer hors de moi, dans un cosmos plus ample dont je ſaisais aussi partie (moi Sahar, petit œuſ, petite chose ramassée dans un cube de béton avec ses ondes et sa peur). D'une trouée ſugace, je me vis comme de l'autre côté, comme me contemplant quelques longues secondes de la bordure extérieure de mon égocentre, je me vis m'étendre et me tisser brièvement au maquis, ſasciculer hors de mon corps clos – et ça m'ouvrit à une sérénité intempeﬆive et inattendue – avant que l'eſſroi ne me coupe net ces ſils de soie, et ne me rétrécisse à nouveau.

‹Les ¸mecs ‘sont tout près. Pas assez de munitions. Ơn défouraille, on défouraille dur. Ça suffit pas. Trop bien molletonnés. Trop calés en face. Ils ont répété ce genre de commando cent fois à l'entraînement. Ils déroulent. ¿Qué hacemos? Peux plus sortir. Sinon, ils nous situent direct. L'hélico lâche rien et cette fois, *ffiizzz*, le rappel, les musclés descendent. Un... deux... trois... quatre... huit... Putain ça craint... L'un gueule :

— On nasse !

Dans le raccơrd, deux cơups de sifflet. Le siĝnal. Adrénaline. Lơrca s'éjecte d'un plơnĝeon à travers la chatière. Impressiơnnant. Sahar suit en sơuplesse. Tơni enquille, Saskia rampe, maĝnez ! Je piétine, je me retơurne pour cơuvrir, un fusil pơinte dans l'embrasure, le mec se décale, *scchlllac*, mơn harpơn le déĝlinĝue. Deux autres arrivent en sơutien \\ je m'enfile la chatière.

)Je) suis) sortie sous la douĥe de lumière de l'ĥéličo et j'ai roulé-boulé en para sur tout le pierrier en me demandant čomment ils pouvaient me rater. Lorča a déjà atteint le maquis. Faut čouper le spot bordel ! Éteindre če projo sinon on est čuits !
On n'entend pas les ultrasons, ĥein ? On est juste des ĥumains. Mais là, č'est čomme si je l'avais entendu. Un son fin čomme un rayon de rien et le spot a éčlaté dans le čiel. Un tir sorti du néant. Tisĥka ? Ağüero m'a doublée en m'arraĥant du sol et en me projetant quasiment dans les buissons en čontrebas.

— Trace ! Trace !

Derrière, il y a du monde. Des faisceaux de lampe zigonnent, l'hélico nous dépasse, les rafales grossissent, les buissons se froissent sous la puissance des pales. Et je sens subitement des gouttes de pluie crépiter sur les feuilles, tombant d'un ciel pourtant sec… Je pige rien… Puis l'odeur de kérosène monte, écœurante…

— *La puta que te parió !*

·· Ŀe · maquis prend feu d'un ċọup, juste devant mọi. T'arrête pas, ċọlle à la terre, rampė, lézard, lézard… ọù est Sahar, ọù ils sọnt ? Ŀes flammes ravaġent la brọussaille au-dessus de ma têtė, des brandọns plėuvent, mes ċheveux ċrament et ça blaste enċọre derrière mọi, un *fọuff* énọrme ċọmmė quand ọn jettė un verre d'essenċe dans un barbeċue qui nė prėnd pas.

— SAHAR ?! TISHKA ?

⁾Ag)üero est) devant, trempé de kérosène, il se jette sous les buissons et se roule au sol, se relève plus loin, mais une rafale lui rabat le mur de flammes dessus et il prend feu sur-le-champ. Je le vois arracher son sweat, il hurle pas, il se retourne pas, il continue à courir, tellement vite, tellement fluide à travers les bosquets enflammés qu'on dirait une mangouste. Šahar, elle) elle est juste devant moi)) elle s'est arrêtée))) le mur de flammes monte à quatre mètres, le vent le ramène vers nous, l'hélico arrose à nouveau le maquis de kérosène et la nasse de feu se referme sur nous… D'un haut-parleur, une voix excitée clame :

Confirmation thermire ! Cible dans la nasse !

ˊ De ˏ toute ˊ la descente je n'ai pas lâché la main de Tıshka et je ne la lâcherai pas, elle est juste devant moı, accroupie parmi les buıssons, bruyère parmi les autres, indécelable du maquis tandıs qu'après nous dévalent du pierrier des golems en uniforme noir avec des fusils d'assaut, j'hésite, cherche du regard à travers l'incendie monstrueux qui s'élève, cherche le chaos rocheux là-bas – notre but, hors de portée – la fumée racle mes poumons, mes joues grillent, la chaleur des flammes devient insupportable…

— Je peux pas passer Tishka ! Ça brûle ! Je vais brûler, je peux pas !

— Vance maman ! Viens !

Elle me tire de toutes ses forces et je résiste, c'est de la folie, je vais brûler vive !

— Va-t'en Tishka, va-t'en toi ! Fuis !

— Non maman.

— Laisse-moi ! Sauve-toi ! Rejoins papa !

Elle tire encore, de toute sa détermination de petite fille, je sens sa main qui me griffe le poignet… je me retourne vers le bunker, un gars épaule son fusil…

— Fafuir noudeux ! Mamanémoi ! Papeur maman, on va se feufile !

Alors j'ai entendu mitrailler… plusieurs fois… par rafales de trois balles… ça m'a frôlée de quelques millimètres. Derrière moi a gémi un petit cri, un impact mat dans la chair. La main de Tishka est toujours dans la mienne, la pression de ses doigts faiblit, je me retourne vers elle dans un réflexe purement incompressible, je vous le jure, je vous le jure !

Tishka s'est relevée du buisson, je la vois brusquement, d'un seul coup, surgir sous la clarté des flammes et me regarder avec ses yeux de chat écarquillés dans les miens par la surprise, l'émerveillement, le désespoir, ȷe saurai jamais. Ça dure un éclair, pas plus et ȷe sens sa main monter avec une soudaineté hallucinante vers le chaud, la brûlure ronde d'un ſour, ȷe la lâche, une lueur orange lui gangue le bras et la traverse plein corps de ses pattes ȷusqu'à l'aile de son bras gauche, qui s'écarte, et dessine dans l'air un mouvement ſoudroyant de cercle, de battement, non, un glyphe, un signe, un ultime spasme ? cependant que valse son buste sous la vélocıté du geste, Tıshka pıvote encore et encore sur elle-même avec la grâce ſigée d'un crıstal de verre et s'en va rouler sous les buıssons en ſeu dans un tıntement atroce de céramıque.

)J')ai vu) Toni qui n'avait pas fui, qui s'était caché, revenir en courant vers Šahar et se prendre une balle. Tomber. Moi j'ai levé les mains sans cesser d'avancer et sans même leur donner le plaisir de me retourner. J'étais à côté de Šahar quand elle a soulevé sa fille pétrifiée du sol pour la prendre dans ses bras, comme on serre un tronc d'arbre, comme on enlace une statue d'une beauté à jamais inaccessible.
La cohorte d'abrutis en rangers a même pas osé s'approcher. Déjà un canadair nous survolait et il a déversé ses tonnes d'eau de mer sur le maquis en flammes et sur nos gueules ébahies. Trempée jusqu'aux os, j'ai enfin eu le courage de m'approcher alors que Lorca et Agüero restaient introuvables, ne revenaient pas, ne savaient sans doute même pas ce qui se passait. J'ai serré Šahar et la statue dans mes bras en même temps, en ayant peur de les casser toutes les deux. Et quand j'ai rouvert les yeux, la céramique brune fumait dans un nuage de vapeur d'eau.
Au milieu d'un visage doux et lumineux d'enfant, qui ressemblait si violemment à Šahar, j'ai reconnu les deux

yeux d'un lynxeau, et, à hauteur de bras, l'aile, déformée par la vitesse, d'une buse variable.

Tishka est morte, je me suis dit. Elle est morte. Et c'est sa mère qui l'a tuée.

Quand j'ai senti la seringue me percer l'épaule, j'ai chancelé sans vouloir tomber, allez vous faire foutre, j'ai pensé, je tomberai pas ! Alors est montée dans ma tête la longue galerie des trophées du Récif, alignés dans les niches, va savoir pourquoi. Une seule phrase a eu le temps de tenir encore debout dans ma conscience, avant que je m'écroule, et cette phrase disait :
« Nous autres... Nous autres, au fond, on n'aura jamais su que les tuer. »

CHAPITRE 20
MAMAN'GOUSTE

— Et Lorca, Amiral ?

)Ar)shavin éteint) le mur d'infos qu'il suit en non-stop depuis dix jours. Il fait plus proche ces jours-ci des soixante-quinze ans que des soixante-quatre qu'il affiche. J'ai pu mesurer à quel point la mort de Tishka, il l'a vécue comme un échec personnel. Une blessure qui ne se recoud pas. Bien au-delà de ce que j'aurais imaginé. Ša bastide a été aux trois quarts brûlée par des abrutis spécistes. Il a décidé de ne pas partir, de ne toujours pas mettre de portail, de caméras, de barrières. Nulle part. Il a juste ses chiens de race, des oies en liberté, des chèvres à cloche et ses jardiniers dans un étagement de cercles autour de lui qui fonctionne, bon an mal an, à l'image d'un système d'alarme.

— Ils vont le libérer demain. Il en est à onze jours de tests génétiques. Plus les tests mentaux, moteurs, psychiques, athlétiques. Ils l'ont vidé de son sang. Au propre comme au figuré.

— Ils n'ont même pas respecté une minute de deuil...

— Non. Pour Sahar pas plus. Et ils les ont séparés pour les charcuter à quatre cents kilomètres de distance. Ils n'ont permis aucune communication entre eux, aucun échange depuis onze jours. Chacun est obligé d'affronter cette mort seul.

— C'est des méthodes de nazi.

— C'est Gorner. Empathie zéro. Perception strictement clinique du monde. Mais il commence à le payer...

— À le payer ?

— L'opinion est en train de tourner. Les gens ne comprennent plus cet acharnement sur Sahar et Lorca. À leur manière, les réseaux ont fait un travail de fond pour dresser un portrait plus exact. Montrer qui ils sont vraiment. Un couple qui a des convictions bien sûr, mais finalement respectables. Faire croire que Sahar a assassiné délibérément sa fille pour ne pas livrer une arme biologique à la police, comme l'a insinué Gorner les premiers jours... Cette ignominie ne passe plus. Et les médias qui ont relayé l'info sans la vérifier commencent à se venger d'avoir été baladés...

Autour de nous dans le salon, ça sent encore très fort le brûlé. Il y a des meubles en merisier à moitié calcinés et des fauteuils qu'Arshavin a préféré couvrir de draps. Et il y a toujours ces photos d'enfants au mur, ses trois filles et... Ulysse. Je me lance. Au point où on en est...

— Pourquoi vous nous avez caché que vous aviez perdu un fils ? Pourquoi avoir attendu dix ans ? On aurait pu vous aider...

Il écrase une longue cigarette dans une petite tour élégante. Il souffle et regarde par la fenêtre :

— Dans ce monde, un secret ne peut rester secret que si on ne le partage pas. Le ministère aurait considéré que je voulais créer le Récif pour retrouver mon fils. Ce qui était vrai... mais seulement en partie.

— Ulysse aurait... Il a... quel âge aujourd'hui ?

— S'il est vivant, il a vingt-deux ans.

— L'âge de Toni ?

— Oui. C'est une coïncidence.

— Vous avez choisi Lorca pour ça ?

— Pour ?

— Parce qu'il avait perdu sa fille… Et qu'il y avait de bonnes chances qu'elle soit partie avec un furtif. Comme Ulysse.

Il recroise ses jambes et se dresse encore.

— Je l'ai su par les enquêtes de routine. Celle que nous faisons pour tout recrutement dans l'armée. Le garçon était intelligent, ouvert. Et surtout il était viscéralement convaincu que sa fille était vivante. C'est pour ça que je l'ai pris. J'ai senti qu'il avait une intuition en lui… une intuition que je n'ai jamais eue pour mon fils. Mon fils, je ne l'ai pas assez écouté, j'étais pris par ma carrière, je croyais qu'un père doit être présent surtout quand l'enfant est grand. La vieille école. Celle de mon propre père. Je n'ai pas cru à ses jeux, à ses histoires de cache-cache. (Il flotte puis se recentre.) Lorca avait la personnalité pour débusquer des pistes qu'aucun de nous au Récif n'avait encore pressenties. Je savais aussi qu'il ne lâcherait pas. Jamais.

— Et vous avez eu raison…

— J'ai surtout eu raison de vous associer tous les deux. Quand tu as démontré que les furtifs communiquaient, nous avons franchi un saut qualitatif majeur. Tout s'est accéléré grâce à toi.

Combien d'années vit un furtif ? Ulysse a-t-il pu survivre quinze ans sous une forme hybridée ? Et s'il existe encore, où il se cacherait ? Est-ce qu'il serait resté dans l'environnement proche de son enfance ? Dans cette bastide ? Autour, dans la garrigue ? Est-ce qu'il est mort très tôt ? Et surtout pourquoi Arshavin m'a raconté ça à moi ? À moi seule ? Le lendemain de la mort de Tishka… Il reprend une cigarette et tente de se détendre. Il faut qu'on avance :

— On en est où pour le corps ?

— Légalement, il doit revenir au Récif…

— Légalement Amiral ? Cette police-là s'en fout de la légalité !

— Gorner ne va plus avoir le choix. Les élections sont dans un mois. Il est obligé de faire un geste pour signifier sa grandeur d'âme. De toutes les manières, ils ne vont rien trouver dans la céramique, pas plus que nous. Ils ont déjà confronté une vingtaine d'experts et la conclusion se dessine déjà…

— … Cristallisation à 1 400 °C. Corps inerte. Pas d'ADN. Rien d'organique.

— Donc Gorner a tout intérêt à redonner le corps aux parents. Ça va revaloriser à peu de frais son capital sympathie, lequel n'est, pour le moins, pas exceptionnel, n'est-ce pas ?

Il rallume machinalement le flux d'infos. La photo de Tishka, toujours la même jusqu'à la nausée, ouvre un reportage sur la mouvance furtive. 38 % des jeunes voudraient devenir furtifs… Plutôt énorme pour vivre terré toute son existence dans les angles morts de nos villes et finir par se suicider en croisant le regard d'un abruti… Arshavin m'observe à sa façon traversante :

— Et sinon, comment se sent mon oreille d'or ?

— Vide. Inutile. Coupable. Très conne. J'ai l'impression qu'on n'a rien compris de A à Z. Je comprends pas pourquoi Tishka n'a pas fui. Je comprends pas pourquoi elle s'est suicidée alors qu'elle a autant de parties humaines. Tu as vu son visage, ses mains ? Je n'ai pas su protéger Tishka alors que j'étais à cinq mètres. J'ai pas pu protéger Lorca. J'ai pas su protéger Agüero. Je sais même pas où il est !

— Il est en fuite, tu le sais bien. Il va revenir.

— Pourquoi il ne me donne aucun signe de vie ?

— Parce que tu es sous surveillance intégrale H24, Saskia. Sauf dans cette bastide. Enfin j'espère... Parce que s'il revient, la police va en faire son cobaye, comme Lorca, jusqu'à ce qu'ils comprennent pourquoi il peut aller aussi vite, dépasser les cinq minutes en apnée sans aucun entraînement – ils l'ont chronométré lors du combat de la Galère. Et traverser cinquante mètres de feu vif sans apparemment se brûler. Ça questionne, évidemment...

— Pourquoi je peux regarder Agüero sans qu'il fige ?

— Eh bien... je l'ignore. Question de taux d'hybridation, je présume ?

— Est-ce qu'on a des nouvelles de la cellule Cryphe ?

— Christofol a été harcelée par la police, comme prévisible. Elle a fait jouer ses contacts haut placés pour couper court. Elle est venue ici hier. Très calme. Très déterminée. Elle m'a proposé de monter une liste pour les présidentielles.

— Quoi ? Carrément ? Pour quoi faire ?

— Porter la parole furtive. Rassembler les citoyens qui veulent les défendre, développer une cohabitation avec eux. Elle pense que c'est la seule façon d'éviter l'extermination.

— Exterminer quoi ? Faudrait d'abord qu'ils apprennent à les chasser !

— Gorner est plus vicieux que ça. Il se projette plus loin aussi, à mon sens. Nous n'avons pas obtenu l'extinction des pandas en les chassant au fusil. Il a suffi de limiter puis d'éliminer de fait leur habitat possible. Nous les avons tués en terraformant leur environnement. Malgré nous...

— Il veut éliminer les squats, les friches, les îlots libres, c'est ça ? Nettoyer tous les recoins anars ?

— Pas seulement. Ça, ce sera la cerise. Il veut surtout faire passer des lois-cadres sur l'habitat qui rendront tous les logements panoptiques. Au nom de la menace furtive. Des architectures publiques et privées de totale visibilité, de part en part. Éliminer tout angle mort, progressivement. Prôner les vertus de la transparence pour offrir des logements « sains » et hautement « sérénisés », c'est-à-dire surveillés. Dans le moderne, dans l'ancien ; dans les commerces, les entreprises, les avenues… S'assurer par conséquent un contrôle constant et connecté des espaces, pour la sécurité de tous. Et bien entendu pour le confort de son pouvoir. Tel est l'objectif véritable, politique. Christofol l'a compris. Et elle veut en outre éviter un écocide de plus.

— Tu serais prêt à supporter une campagne électorale ? L'exposition que ça implique ? Le cirque ?

— Si ce cirque sauve mes animaux préférés, je peux l'envisager, Saskia, oui…

Deux jours plus tard, ils ont relâché Lorca. C'est moi qui ai été le chercher au Policab. Vu son état, j'ai préféré l'emmener chez moi boire une bière. J'ai cru qu'il allait parler, qu'il voudrait parler. J'ai eu du mal à retrouver son visage tant ses joues étaient creusées. Arshavin m'avait dit qu'il refusait de s'alimenter et que le rapport l'avait signalé. J'ai mis de la musique qu'il aime, je lui ai parlé d'Arshavin, de Porquerolles où des Terrestres avaient repris les Mèdes, je l'ai sollicité en douceur… Il n'a pas levé la tête. En désespoir de cause, j'ai allumé un jeu en lui passant une manette. Elle lui est tombée des mains. J'ai fini par le prendre dans mes bras, sans réussir à m'empêcher de pleurer tellement j'étais mal de le voir comme ça. Quand je l'ai lâché, il avait les yeux secs, la peau sèche, plus vraiment de regard. Ce n'était plus Lorca. C'était un bloc de mort.

— ... Gorner a su incarner à ce moment-là une posture quasi mythologique...
— Il est venu en chasseur, oui, en Hercule presque, terrasser la Gorgone et redonner en même temps l'île bénie à ses habitants...
— Ce qui est paradoxal selon moi, dans cette séquence Porquerolles, c'est que Gorner a réussi à transformer une victoire policière et personnelle, avec un storytelling très fort, Solange...
— Remarquablement scénarisé, oui... il faut le dire...
— Eh bien, il est parvenu paradoxalement à en brouiller, voire en inverser l'impact ! Au point qu'aujourd'hui, quinze jours après la neutralisation de Tishka Varèse, on commence à parler non plus de prophylaxie, de bioterrorisme stoppé dans l'œuf – mais bien d'assassinat. Anne Degrémont ?
— Je crois que Gorner a fait cette erreur de vouloir à la fois exhiber un trophée de chasse – très complaisamment, sans doute trop, avec la dépouille exposée aux caméras, encore fumante si l'on peut dire – et de refuser en même temps d'assumer l'abattage du monstre... en imputant sa mort à la mère. Ça a totalement brouillé le message...
— À mon sens, Gorner n'a pas saisi deux choses, si vous le permettez. D'abord qu'il s'agit du meurtre d'une enfant, qu'il le veuille ou non. Une enfant hybride, déformée, mutante, monstrueuse, peu importe... mais une enfant. Et on ne peut pas publiquement se réjouir de la mort d'une enfant. Deuxièmement, il n'a pas réalisé que ce monstre, précisément, s'est révélé esthétiquement très... beau ! Beaucoup d'artistes et de sculpteurs l'ont exprimé mais la céramification de Tishka Varèse pourrait en soi faire partie des œuvres majeures de notre temps, par sa grâce, la beauté étonnante du visage, la fusion végétal-animal, si fine...
— Et surtout l'incroyable sensation cinétique de mouvement...
— Tout à fait. Ce que Gorner a tué, symboliquement, c'est aussi cette beauté. Cette beauté désormais morte, cristallisée,

et qui fait en creux pressentir la splendide vitalité qui devait habiter cette enfant...

— ... Et qu'on a assassinée.

— Oui. J'irais même plus loin : on a assassiné la beauté mais on a plus encore immolé une promesse.

— Aline, comment expliquez-vous, vous qui avez été conseillère du Président, ce retournement finalement assez rapide de l'opinion ?

— Gorner a beaucoup joué sur l'idée de bombe biologique, de terrorisme génétique... Il a trop instrumentalisé les parents aussi, en laissant accroire que Tishka était le jouet d'un couple pervers, manipulateur, qui aurait pratiqué des biohacks sauvages sur leur propre fille.

— Quand on voit le cadavre de Tishka Varèse, il était tout de même légitime d'être inquiet, en termes de mutations erratiques...

— Oui, mais quand on entend les élèves de Sahar Varèse, quand on se souvient de cette image poignante d'adolescents traversant la baie de Porquerolles à la nage pour aller la soutenir... Quand on écoute ces témoignages très chaleureux sur Lorca Varèse, par exemple des Balinais du Javeau-Doux, il devient difficile de croire à la fable du couple terroriste. Ça décrédibilise fortement le storytelling de Gorner. Chaque parent peut au fond se retrouver dans ce couple. Et dans leur amour inconditionnel pour leur fille...

— En particulier, je le souligne au passage, les parents d'enfants autistes et handicapés, dysfonctionnels, qui ont affiché un soutien inattendu aux Varèse...

— Ore Gantz ?

— Et là-dessus survient le facteur X : l'impact Arshavin !

— Oui, cet amiral inconnu du grand public, que notre ministre des Armées a eu la bonne idée de maintenir à son poste. Et qui s'est révélé très vite le meilleur défenseur des furtifs par son charisme assez surprenant, mélange de noblesse d'âme et de finesse stratégique...

– ... Teinté parfois d'humour aristocratique aussi...

– Les médiologues ont vite remarqué que cet Arshavin était très craint des équipes de Gorner. Lesquelles ont essayé, sans grand succès, de salir son image...

– Ce qui en dit long sur les potentialités du personnage. Schématiquement, si vous me permettez une analyse tropique de l'image, Arshavin est celui qui retourne la peur en désir. Qui, d'une menace, arrive à faire une chance. Il a donné au public cette envie de découvrir, plutôt que d'éradiquer....

– Il est celui qui a surtout su, selon moi, désincarcérer les furtifs du débat sécuritaire où Gorner voulait les cantonner. Pour montrer que l'enjeu furtif est beaucoup plus largement et profondément un enjeu écologique, ethnologique et au fond très politique. Il a posé la question de notre ouverture au vivant, de notre faculté à accepter la présence d'une espèce qui pourrait nous enrichir, en faisant un parallèle que j'ai trouvé intéressant, bien que dangereux en termes de badbuzz, avec notre rapport aux migrants.

– Le mot clé ici est « apprivoiser ».

– Et cohabiter !

– Oui, mais « apprivoiser » porte une émotion particulièrement positive. Arshavin a su très bien l'utiliser. Apprivoiser, c'est surmonter sa peur de l'animal, amorcer une relation avec lui, apprendre à l'adoucir, à maîtriser sa sauvagerie, pour finalement en faire un compagnon de vie, un chat qui va venir ronronner sur notre couette.

– Apprivoiser est un processus, oui. Un processus qui met l'humain en valeur...

– Autrement dit, l'apprivoisement possible des furtifs a déplacé l'image latente du spectre tapi dans l'ombre, qu'on craint et qu'on subit, au profit d'une approche active où tout un chacun peut reprendre la main, mettre des miettes sur son balcon pour attirer les moineaux, si je puis dire. Le challenge devient : qui pourra, qui saura apprivoiser un furtif ? La réaction des enfants est très révélatrice à cet égard : ils rêvent tous d'un furtif chez eux !

– Ismaïl Mauro, on sait que la photo de Tishka Varèse a fait le tour de la planète, bien entendu. Mais parmi toutes les réactions de par le monde, la mobilisation des éthologues, toutes nations confondues, et plus globalement des scientifiques, a été extraordinaire... Ça vous surprend ?

– Là où Arshavin a été habile, c'est qu'il a joué tout de suite la transparence avec le milieu scientifique. Il a offert aux centres de recherche et aux universités qui en ont fait la demande un libre accès intégral aux archives du Récif, y compris les plus récentes qui portent sur leur mode de communication et d'écriture. Et cette mise à disposition généreuse, qui n'avait rien d'évident, a très vite contribué à lui attirer le soutien de la communauté des chercheurs...

– Et même à obtenir la caution de plusieurs Prix Nobel... qui viennent ce matin de signer une tribune pro-furtive très médiatisée...

– Revenons à Lorca et Sahar Varèse, si vous le voulez bien. Ils viennent de sortir d'une incarcération musclée qui aura duré douze jours. Vishala Wahl, vous qui êtes psychiatre, comment peut-on se remettre d'un choc aussi...

´Elle ‚ a ´voulu me dire quelque chose. Elle a ſait un geſte au dernier moment, lorsqu'elle a senti la pétriſication monter, un geſte dans l'air, avec ses deux mains à la ſois. Une sorte de... cercle... de boucle, comme si elle avait voulu dessiner une ſorme avec son doigt. ȷe me raccroche à ça. ȷe me repasse le moment dans ma tête depuis douze ȷours, en essayant de le dépolluer du sens, des criſtallisations parasites de ma mémoire. ȷuſte

retrouver le moment nu, le geste, la rotation. Elle m'a regardée d'une manière qui voulait dire « maman, regarde-moi, regarde bien », ça j'en suis sûre, ça c'est ma certitude absolue. Ça, ça me tient debout.
Elle a voulu me dire quelque chose.
Ils croient que je vais m'écrouler. Ils m'ont gavée d'anxiolytiques et de psychotropes que j'ai revomis derrière, je sais trop ce que ça fait, j'ai vécu une dépression, je sais. Je ne m'écroulerai plus, c'est fini ça. J'ai cru pendant cinquante-huit semaines que ma fille était morte et découpée en morceaux, j'ai eu cette chance inouïe que la vie me la redonne, me la ramène. De pouvoir vivre à nouveau avec elle, dix-sept jours. Dix-sept jours maraudés à la mort, chapardés au destin, dix-sept jours à l'entendre rire, à renifler sa peau, à dormir tout contre elle, à jouer, à la redécouvrir grandie, tellement elle, plus forte aussi. Ces dix-sept jours, je les ai vécus dans la fièvre lancinante qu'elle repartirait dans l'heure, qu'elle pouvait nous quitter dans la nuit, si ça la prenait, n'importe où, n'importe quand. Dès que je ne l'entendais plus, j'attendais, je quémandais en pensée un bruit, une voix... chaque silence avait l'effet d'un seau de glace.
Elle a voulu me dire quelque chose.
Je les ai avalés tout rond, ces moments offerts, ce farrago de minutes, parfois j'ai réussi à les savourer dans la plénitude la plus pure, même dans la fuite, même dans le stress de la traque, comme aucun parent pris dans le roulement des jours ne savourera jamais des minutes avec son enfant. Ces minutes, elles sont maintenant une des formes du battement de mon cœur. Rien ne pourra les tuer, jamais. Elles resteront ce qui donne sens à tout ce que je vais faire si bien que lorsque je ne pourrai plus me relever, quand l'existence sera une boule dans ma gorge, impossible à déglutir, une boule, j'irai puiser à Moustiers-Sainte-Marie quand elle s'est blottie dans notre duvet, je descendrai avec elle le ravin de la Vénascle en jetant des cailloux dans les vasques,

ȷe traverserai le canyon du Verdon de nuit, ȷe suivrai les loups à l'aveugle dans ses foulées à Canȷuers, ȷe nagerai ȷusqu'à Porquerolles en l'entendant mugir quelque part par cinquante mètres de fond. Partout, ȷe sais que ȷe l'entendrai rire encore, vibrer là, là, là encore, là.
Elle a tracé quelque chose. C'étaıt voulu.
Elle a voulu me dıre quelque chose.

) La) rétrocession) du corps a eu lieu ce matin. Šahar a demandé que le Récif livre le cylindre d'un mètre vingt qui la protège dans la maison de pierre où ils vont habiter désormais avec Lorca. Le site a été débusqué par Arshavin, dans le creux d'une colline couverte de chênes verts, près d'Orange. Pas loin de chez lui, ce qui n'est pas plus mal. Lorca tenait à revenir dans son appartement. Šeulement l'adresse a fuité sur les réseaux et des maboules ont investi sa tour, le hall, la cage d'escalier... Des mystiques, des illuminés du culte furtif... et d'autres venus pour des raisons moins spirituelles... La « sculpture », selon les courtiers d'art, est évaluée à cent vingt millions ! Au point qu'Arshavin a exigé du ministère une protection spéciale pour le couple. Physique et technologique. Il a aussi eu à gérer la nuée de rapaces qui voulaient proposer aux Varèse d'inhumer le corps dans des cimetières sécurisés, à l'église, dans un mausolée somptueux financé par une fondation, etc. Mais ni Lorca ni Šahar n'ont voulu enterrer le corps. Ils le veulent à l'air libre, près d'eux. Ça me paraît périlleux sur le plan psychologique. Mais c'est eux qui savent. La maison, Lorca y a remis les souvenirs de sa fille qui tapissaient déjà son appartement. C'est la seule chose qu'il ait faite depuis sa sortie de garde-à-vue. Pour le reste, c'est un morceau de viande. C'est horrible à voir. Aujourd'hui c'est là, dans cette petite baraque de pierre qui devait être une bergerie, que Tishka existe encore. Šur les murs, dans les objets, les doudous, les jouets qu'elle avait...

C'est dans cet écrin de souvenirs que ça fait sens pour eux de la rapatrier.

Š'est vite posée la question de la cérémonie. Du rite de deuil. Šahar y tient. Lorca n'a pas réagi. Alors elle a élaboré à sa façon un rituel, qui se déroulera demain soir, le temps que l'amiral puisse sécuriser les invités. Ça se passera dans le salon, qui est plutôt vaste. Elle y a convié Arshavin évidemment, Toni, Velvi, Zilch, Captain Capiz, quelques militants de la Traverse, deux amies proferrantes. Ša famille naturellement et celle de Lorca. Deux copines de Tishka de la maternelle vont venir aussi, qui ont six ans maintenant, avec leurs parents. Et il y aura Louise Christofol et les cryphiers, ce qui me fait plaisir. Kendang et le balian aussi, qui étaient sur Porquerolles au moment de l'assaut. Et enfin le philosophe Varech, que je lui ai proposé d'inviter. Tous ceux qui ont fait partie, d'une façon ou d'une autre, de la galaxie Tishka, de sa quête ou de sa vie.
Et tous, sans exception, sont venus.

‘Quand ¸je ‘me suis ģlissé dans la cheminée, ģros barje que je suis et que j'ai ripé jusqu'en bas du conduit, mơn costard salopé de suie, je me suis dit « t'es taré, tu vas te prendre une bastơs ». Vrai, deux molơsses m'attendaient dans le fơyer avec leur canơn sur ma tempe. Mais Saskia les a zappés pour me faire la fête et ça m'a fait l'impression d'être un prince banni de retour d'exil. Autour, l'assemblée d'une trentaine de pingouins et pingouines m'a reluqué comme le père Noël qui se rate et ils ont surtout pas capté comment, avec cette ribambelle de bérets alentour la bicoque, j'avais pu me faufiler sur le toit et venir faire coucou.

— Je vous présente Hernán Agüero, s'est finalement marré Arshave, ravi de me voir. Ouvreur émérite de la meute des Têtes chercheuses que j'ai eu l'honneur et le privilège de diriger pendant huit ans. Un ami de Lorca et Sahar, qui ne tenait pas, manifestement, à rater la cérémonie... Vous voudrez bien excuser ses manières un brin furtives...

Puis l'Amiral est allé rassurer dehors les bidasses. Je me suis lavé comme j'ai pu, j'ai serré des paluches et claqué des bises, fait tomber un petit citronnier dans un pot, je crois que j'ai un peu détendu l'atmosphère car ça sentait fort la larme. J'étais presque joyeux \ quand voir Lorca m'a séché. Calmé illico. Le cadavre, c'était lui. C'était pas ce fif que je découvrais enfin en vrai, qui était foutre vif, foudroyé en plein bond que t'avais l'impression qu'il allait finir son tango et s'envoler dans la seconde où tu le regardais. Qu'est-ce que c'était beau, ces bêtes ! À chaque chasse, ça m'avait fait ça. Et encore plus avec ces bouts de petit être, cette frimousse de mioche et ses cuisses toutes dodues qui finissaient effilées en pattes de lynx. Ça foutait les boules terrible de voir ça figé. Muerte mortal. Tu cherchais dans ta réul le clic, une commande vocale, un coup de sifflet pour relancer le 1, 2, 3 soleil que la petiote avait gagné pour toujours. Ce fif-là, lo confieso, j'aurais pas aimé être l'ouvreur qui le tue.
Simple était la cérémonie, sinon. Chacun chacune venait à son tour toucher Tishka, caresser son aile, ses joues, l'embrasser, poser à ses pieds un bout de papier, un dessin, un bibelot. Les gamines présentes déscotchaient pas de la statue, leurs billes se loquaient dans la brille. Une minotte touchait les griffes au bout du petit peton. L'autre la bruyère en flamme sur sa tête, tellement fine qu'elle y allait tout doucement par peur de casser. Après, on a été dans le dur. Ça a chialé ruisseau. Y a eu les discours d'Arshavin, le graff de Toni. Saskia est venue jouer une mélodie à l'olifant. Varech a dit des trucs chelous. Au milieu, ça, que j'ai retenu :

— Tous les pouvoirs ont intérêt à nous attrister. Rien ne leur nuit plus que la joie. La joie, ça n'obéit pas. Un pouvoir ne tue pas pour éliminer des adversaires. Il tue pour attrister. Ils ont tué Tishka pour ça. Nous ne lui rendrons pas hommage en demeurant tristes.

Puis il est allé boire du blanc au buffet, en souriant à tout le monde sous sa barbe de lichen. Un drôle de zigue.
Enfin Sahar est venue et elle s'est approchée de Tishka. Ꝋn a tous piqué du blaze vers nos pompes. Ça a plu du silence.

— Papa et maman… Papa et maman… ils voulaient te dire, mon chaton…

Elle a pas pu articuler un mot de rab, un sanglot lui a bouffé la gorge, elle a essayé de reprendre, ça lui pleurait dedans. Sa maman à elle l'a ramenée sur le canapé, tout le monde s'est mis à pisser de la morve par les naseaux, on s'est dit qu'il y aurait pas de discours, qu'il y avait plus rien à dire de toute façon… Mais Sahar s'est relevée, elle a mouché sa truffe et ce coup-ci, pour pas flancher, elle s'est tankée dos à la mioche, face à nous :

— Je voulais… Je voulais vous remercier… d'avoir eu ce courage physique… et mental d'être venus… Avec la virulence de la médiatisation autour de nous… et le risque de voir vos existences… mises en danger… saccagées, comme la famille d'Arshavin l'a subi. En réalité… vous tous qui êtes là… nous tous ici… nous avons une force. C'est la vie. C'est la vie qui secoue nos os, qui bout encore en nous… Cette vie, Tishka l'a eue à une intensité qu'on n'atteindra jamais, comme tous les enfants… mais sa rencontre avec un furtif l'a poussée… à la chercher plus loin encore… là où le vivant sans doute, comme l'a rappelé le philosophe Varech… s'est originé. Je déteste ce mot d'hybride ou de mutant. Tishka n'est pas une mutante. C'est juste la vie à son degré enfin atteint de pureté, de raffinement… Au sens du sucre… La vie dans son torrent de couleurs… chatoyante, tellement profuse… emplie à ras bord de joie qui jaillit. C'est de l'Ouvert… De l'Ouvert qui faisait qu'elle pouvait écouter et restituer n'importe quel bruit, sentir le monde autour… que ça pousse dans un bourgeon… sentir l'écume venir pétiller dans son sang… comme si le monde aussi, ce monde ami, pouvait se ressourcer en elle. Y reprendre élan. … Sa mort n'est rien, rien du tout, comprenez-le. Sa mort n'arrête pas la vie. Elle nous détruit, oui. Elle détruit Lorca, elle nous rend morts, nous… elle veut nous rendre morts par paquets, par gros bouts… En dedans. Mais Lorca et moi, nous n'avons jamais cru que la vie devait s'arrêter aux frontières de notre famille… Non. Pas s'en tenir à notre bonheur égocentré… Pas du tout. Nous avons toujours pensé que personne, aucun pouvoir, aucun être humain, comme disait Stig Dagerman, « n'a le droit d'énoncer envers nous des exigences telles que notre désir de vivre vienne à s'étioler ». Alors je vous le demande… comme une promesse… comme un hommage au jour le jour… que vous pourrez faire à Tishka. Des milliers de furtifs vibrent encore. Des milliers de rencontres peuvent, et vont avoir lieu avec eux. Portez en vous… et hors de vous… cette furtivité. Défendez-la comme un cadeau… Permettez partout où vous le pourrez qu'elle se déploie… L'empire du fixe, du pétrifié, du repli, du fatigué d'être… l'empire des trouilles, vomissez-les… Ne prônez pas seulement la vie… soyez la vie que vous voulez voir advenir… la vie que Tishka nous a tracée avec sa comète de petit lynx qui n'en finit pas de briller… à côté de la Grande Ourse, là-haut. Levez la tête… parfois… Voilà… C'est tout.

TRACT DU MOUVEMENT DES JEUNES INSURGÉS KOALAS - ZOÛAVE DE PORQUEROLLES -

Ciao les zoûaves !

« Vous n'entendrez plus parler de Porquerolles » a dit notre ministre de la Peau-Lisse, le chasseur-cueilleur de louanges et de suffrages présidentiels, Monsieur SuperGorner. Il est 20 h 08 ce 18 novembre 2041 quand le ministre fait arroser au kérosène trois hectares de maquis ancestral pour nasser par le feu Sahar et Tishka Varèse et en finir avec la « contamination furtive ». Le lendemain, il parachève la plus violente rafle policière de l'histoire récente en expulsant à fond de cale 1 200 insurgées dont les trois quarts portent aujourd'hui des colliers !

Gorner est ravi : il pense avoir soldé le cas Porquerolles, démontré la « monstruosité furtive », être venu à bout d'une insurrection massive, à bout d'un espoir qui levait, à bout d'une zone autogouvernée et solaire. Et on comprend subitement que sa phrase est tout autant un mot d'ordre :

« Vous ne parlerez plus de Porquerolles, haben sie verstanden ? » Game over les Moujiks, les Terrestres, la Mue, les Corsaires, les Primitives ! On éteint la réul !

Pourtant, de là où nous dictons ces lignes, nous autres scribes moujiks, perchées sur l'ermitage des Mèdes, il faut bien l'admettre : la zone où apprivoiser le vivant ensemble, notre zoûave de Porquerolles est encore là ! Malgré les 3 000 flics, les escorteurs, les lance-missiles, les navires de guerre, les millions cramés dans l'opération, malgré Cismabor, les scans incessants et les milices sur place, Nous Sommes Encore Là ! Et nous avons pris la petite phrase de Gorner comme un défi : un défi à notre silence supposé.

Ici, ça se déplie. Le quilombo des Salins, le mocambo de la Puncho di Buon Diou se portent bien merci. As'île, Ex'île et Juven'île flottent toujours au large de la Grande-Cale et accueillent de plus en plus d'adultes et d'ados qui rêvent d'un autre monde. Nos anarchitectes ont fait un gros boulot pour fondre dans la forêt un arc de cabanes du mont de Tiélo au Galéasson et les premières coupes raisonnées ont éclairci les bois et offert nos premières tables, nos premières poutres. Ah bien sûr, on ne se pavane pas encore sur les plages et nous n'avons pu reprendre que deux modestes hectares de vignes et une cinquantaine d'oliviers. Mais vous le savez tous comme nous : ce syste a une grosse faille : il ne supporte pas de perdre du fric ! Quand il en perd trop, il préfère investir ailleurs. Au coût journalier des milices, il est clair qu'ils ne tiendront plus longtemps. Qu'au petit jeu je-t'expulse-tu-reviens, je-te-chasse-tu-reviens, nous les aurons à l'usure. À l'usage devrait-on dire. Car eux propriottent, mais nous, nous habitons ! Nuance. Déjà la Fondation d'art contemporain a préféré jeter l'éponge. Et dans les jolies salles du musée que nous avons récupérées, nous réinventons, modestement, avec des pigments locaux et des planches rejetées par la mer, l'art de demain, là où Warhol et Lichtenstein prétendaient nous l'enseigner. Dans le parc, nous avons installé l'école des migrants, la recyclerie et les ateliers bois. Au moulin du Bonheur, la farine vole et les fours à pain cuisent. Bref, ça commence à prendre forme. Mais le plus beau, nous l'avons gardé pour la fin. Le plus beau est que quelques camarades primitives ont commencé à entrer en contact avec des furtives. Par petites touches, petits rythmes, juste avec des percus en bois pour l'instant, mais ça répond bien et ça répond de plus en plus. Autant vous dire que leur présence nous fait un bien fou. À leur façon, les furtifs viennent nous dire qu'ils sont chez eux parmi nous. Comme nous sommes parmi eux chez nous.

Allez, on vous laisse ! On a de la chaloupe à calfater !
Venez nous rejoindre ! On a besoin de votre joie !
Moujik power !

·· Tu · le savais. Tu savais ce qui se passerait. Tu savais qu'il fallait pas. Tu le savais. Pourquoi t'as pas·couru couru couru couru ? Fallait courir courir courir courir courir encore encore encore jusqu'à la barre rocheuse. Tu le savais. T'as pas fermé les yeux, hein. T'as pas pu, tu te dis, j'ai pas pu ! je pouvais pas ! t'as pas pu tu crois que t'as pas pu mais tu pouvais ! Tu l'as tuée parce que t'as pas pu. Tu savais qu'un jour, un jour y aurait un moment comme ça. Qu'il fallait être prête. « Elle a crié » t'as dit, j'ai pas pu ! Tu crois quoi ? Qu'on aurait une autre chance, que ça passerait ? Hein ? Hein ? Ça passe pas. Tu l'as tuée. T'as tué ma fille, maman Sahar. T'as tué Tishka parce que t'as pas pu maman. Tu savais. Tu le savais. Tishka t'a dit « viens, viens », je suis sûr qu'elle t'a dit « vance, viens ». Et t'es pas venue. T'as pas pu. Je voudrais te crever les yeux. Je voudrais te les brûler au fer à repasser. Que t'aies les yeux blancs comme Christofol. Tu mérites plus de regarder quoi que ce soit. Je vais te les enfoncer avec mes pouces dans tes orbites qu'ils rentrent à l'intérieur, tombent dans ta bouche, dans ta gorge. Que tu les bouffes. T'as pas pu mais tu pouvais. T'aurais pu. Pu Sahar. Pu.

— Qu'est-ce qu'il veut faire exactement ?
— Il... Il souhaiterait qu'on lui laisse la maison pendant une partie de la nuit. Le temps que ça prendra.
— Il veut faire une cérémonie balinaise... spéciale ? Lui rendre un dernier hommage ?

´Kendang ˏsourit ´doucement, il est un peu gêné de devoir me demander ça, il devine bien que c'est délicat.
— Le balian pense qu'il peut entrer en contact avec l'esprit de la morte. Il redoute aussi que des esprits maléfiques pénètrent dans la maison et perturbent

l'équilibre des forces. La rivière pourrait attirer la kuntilanak.

— Bien... Je comprends... Qu'est-ce... Qu'est-ce qu'il pense pour Lorca ?

— Il espère rééquilibrer sekala et niskala. Il pense soigner Lorca en faisant ça. Il dit que Lorca est harcelé par un démon. ... Ibu Sahar...

— Oui ?

— Pour Tishka, il voudrait commencer tout de suite...

— C'est d'accord, Kendang. Laisse-nous juste prendre quelques affaires pour la nuit. Dis-lui qu'avec Lorca, nous allons camper dehors. Ceux qui restent ce soir iront dans la grange, nous avons aménagé un dortoir. Demain, nous ferons une fête. Enfin, nous essaierons...

— Les forces autour de Tishka sont puissantes... Le balian dit que ça va lui demander beaucoup d'énergie et qu'il vaut mieux ne pas le déranger...

— Je comprends, Kendang. On le laissera tranquille.

— Alors il peut s'installer ?

J'ai confirmé de la tête au balian, qui attendait ma réponse, en joignant les mains. Je ressens sa présence ici comme une opportunité précieuse. Je l'ai observé tout à l'heure manipuler les épaules et le torse de Lorca, il l'a massé et j'ai vu l'étincelle revenir en lui, fugace, il a semblé mieux quelques instants, il m'a même souri.

Je n'arrive pas à savoir, pour Lorca. À quel point il m'en veut. Où il en est. Je suis perdue avec lui depuis son retour, le lien est complètement rompu entre nous. À certains moments, je me suis sentie très mal avec lui, j'ai eu des accès de panique, j'ai eu la vision qu'il allait prendre un couteau et s'égorger.

Lui peut-être, il ne se serait pas retourné. Il aurait assassiné de toute sa rage rationnelle ce réflexe que j'ai eu, d'empathie primale, chercher des yeux Tishka quand elle a crié, quand elle a pris cette balle. Cette balle, on en voit encore l'impact sur son aile pétrifiée, l'onde de choc, les rides figées. Est-ce que c'est ça qui l'a ralentie une fraction de seconde ? Sinon elle aurait fait comme elle a fait plein de fois : elle serait sortie de mon champ de vision, juste avant, elle aurait vu ma nuque pivoter, l'amorce du mouvement dans mes hanches, le placement de mes pieds ? Elle aurait anticipé, non ? Non ?

) Par la fenêtre de la bergerie, j'ai subrepticement regardé le balian allumer un arc de bougies autour du cadavre pétrifié de Tishka. Il a sorti un manuscrit en feuilles de *lontar*, reliées par une ficelle. Il a disposé au sol des objets que je ne voyais pas. Šans doute des talismans ou des jouets appartenant à Tishka, ses doudous ? cependant que Kendang dans la cuisine éclairée préparait des offrandes dans des barquettes en feuille de bananier, qu'il amenait au balian. Très vite la maison fut plongée dans l'obscurité. Dans le jardin, par contagion, personne n'osait vraiment parler, ou alors très bas.

Je m'y suis d'abord refusée. Par pudeur. Par respect. Puis la curiosité a été la plus forte, je me suis souvenue du dialogue fabuleux entre le furtif et le balian, au Javeau-Doux, que Lorca avait enregistré en tapinois. Et j'ai branché mon bonnet d'écoute. C'était inévitable, n'est-ce pas ? Agüero a tout de suite compris, il m'a enlacée et s'est calé derrière moi sans faire aucun bruit, sans rien demander. Šahar m'a souri, toute en discrétion. Arshavin et Varech ont fait mine de ne rien voir. Les autres étaient déjà en train de se coucher...

Lonğtemps le balian a cĥanté, un čhant sourd et lanči-nant, qui enflait et désenflait, aveč des vibratos de baryton. Puis il a čommenčé à lire et réčiter des mantras, sans que mon IA de tradučtion parvienne à décĥiffrer ğrand-cĥose : trop ančien, trop rare ? Il invoquait l'esprit d'un ančêtre pour l'aider, de če qu'il m'en semblait. Puis il a invoqué Batara Kala (ça je l'ai distinğué), le démon des cĥarnières, des čarrefours et du temps. Et l'atmos-pĥère est devenue plus inquiétante. Il ă fermé să voix dăns les băsses, en boučlănt des măntrăs sombres, répétitifs et obstinés. Il s'est mis à mărmonner, à ğronder en enfon-çănt mă jăuğe de fréquenče sous les soixănte ĥertz. Les vitres de lă berğerie ont čommenčé à bouğer. Č'est ălors qu'il est entré en trănse. Ăux piétinements, j'ăi su qu'il s'étăit levé et qu'il ăvăit entămé une dănse de čombăt, une sorte de *băronğ*. Păr să ğlotte sortăient des sons tour à tour ăvălés et feulănts, sifflănts et broyés, des borbo-ryğmes qui roulăient ĥors de ğorğe en torrents de plosives čončăténées, en căilloux čroqués, răuques. Puis un ăutre timbre, plus ăiğu, se frăyă une trouée dăns les sălves, foră lă trăcĥée, se fit plače. Ăğüero me sentit sursăuter brutăle-ment et il me demăndă :

— Qu'est-ce qu'il y a ?

— Elle est là…

— Qui ?

— Elle. Tishka.

À trăvers lă vitre du sălon, dăns le čontre-jour des bouğies, le vieux băliăn semblăit en proie à un duel dont son čorps possédé, sečoué, déğondé, enčaissăit lă violenče qui déporte. Măis č'étăit să voix duăle qui le trăĥissăit, če čombăt, ăveč le plus de netteté. Šur le fond ğrondănt d'une loğorrĥée sombre, que j'ăssočiăis spontănément

à un démon, des trilles se firent entendre puis une voix d'enfănt surğit ău čœur du flow. Č'étăit čelle de Tisĥkă. Qui čhăntonnăit, rien d'ăutre, čhăntonnăit en écărtănt petit à petit lă déferlănte ténébreuse qui l'enveloppăit, en lă nettoyănt de ses băsses lourdes et čătărăčtăntes, en lă manğeănt littérălement à ses frănğes de fréquenče. Ău bout d'un moment, le bălian ărrêtă de dănser. Šon čorps se pétrifiă sur plače et ne sortit plus de lui que lă voix unique de Tisĥkă, ăussi pure qu'un solo de flûte.
Dans le jardin, Šahar et Lorca s'étaient dressés d'un bond et étaient venus se plaquer à la porte de la bergerie pour entendre la voix de leur fille.

— Qu'est-ce qu'elle chante ? me chuchota Agü.

— Je sais pas. C'est du balinais. On dirait un mantra.

— Enregistre !

— Qu'est-ce que tu crois, t'es con !

À 1 heure du matin, Kendang vint ouvrir la porte-fenêtre du salon. Le vieux balian était courbé sur les tomettes devant la statue de Tishka. Il semblait trembler encore un peu sous la lueur des bougies. Kendang vint se placer à côté de lui et ils échangèrent un long moment à mi-voix pendant que Lorca, Šahar, Agü, Arshavin, Varech et moi attendions dehors dans l'humidité de savoir ce qui s'était passé, ce qu'il fallait en comprendre, en espérer ?
Š'aidant d'un bâton, intriguée par nos voix, Louise Christofol vint nous rejoindre. Elle n'arrivait pas à dormir. Elle était en outre experte, on le découvrit, de la culture balinaise.

— Il a invoqué Batara Kala ?

— Oui, je crois.

— C'est étrange. Ce n'est pas ordinaire pour une cérémonie funéraire.

Finalement, le balian voulut rester dans la maison et Kendang vint demander s'il pouvait s'allonger dans la chambre : le maître était épuisé. Šahar acquiesça. Kendang revint en fermant cette fois-ci la porte derrière lui. Il avait une mine contrite, que je ne lui avais jamais vue. Il regarda les touffes d'herbe, désemparé, comme un homme qui doit annoncer une horrible nouvelle. Šahar s'approcha de lui et elle lui prit la main :

— Alors Kendang ? Est-ce qu'il a pu communiquer avec les esprits ? Lui parler ?

Kendang hocha la tête, toujours fuyant.

— Ce n'est pas rassurant, c'est ça ? Dis-nous...

— C'est compliqué... Le balian a... Il m'a demandé de dire que...

Et il s'arrêta, comme bloqué par le poids de ce qu'il devait annoncer. Finalement, il se résolut à parler mais ce fut en balinais ! Šahar le laissa parler puis lui demanda doucement :

— Qu'est-ce que tu as dit, Kendang ?

Derrière nous, ce fut Louise Christofol, qui comprenait le balinais, qui répondit à sa place :

— Il a dit... qu'elle n'est pas... passée.

— Pardon ?

— Le balian n'a pas pu... invoquer l'esprit de la défunte. Parce que Tishka n'est pas passée de l'autre côté de la vie. Elle est toujours... dans le monde des vivants.

— C'est-à-dire ? insista Sahar, abasourdie.

— Elle n'est pas morte.

— C'est... vraiment ce que tu as dit, Kendang ?

‘Kendang ¿a ‘hoché la tête, en confirmant. Va y piger quelque chose… Vamos la gamberge ! La Christofol s’est mise à tchatcher avec Kendang, à bâtons rompus, en balinais. Varech avec Sahar, Lorca est entré dans la bergerie pour, je sais pas, palper l’ambiance ? Possible que le vieux sage débloque. Possible que vivant et mort, pour eux, ça veuille pas dire comme nous ? Parce que dedans, j’y suis allé aussi : la statue avait pas moufté et la petiote sonnait toujours pareille une poterie quand tu la tapotais de l’ongle. Dehors, les grosses têtes de la furtivité intello ventilaient déjà à plein régime ! Louise avait sorti Hakima de son sac à viande, Varech grattait ses plaques de lichen, à la crispe, Arshavin tentait de foutre un brin d’ordre dans la pagaille d’hypothèses qui giclaient de l’aqualance. Moi j’étais comme Saskia, paumé, et j’avais juste envie de me glisser dans un duveton avec elle pour lui raconter avec mes mains comment elle m’avait manqué. Mais elle, elle était à fond, elle lâchait pas Varech :

— Si quelque chose d’elle, disons… vit encore sous la céramique… ce serait quoi d’après vous ? Pas une forme physique, pas possible, hein ? Les tests, les scientifiques l’auraient perçue !

— Tout dépend de ce qu’ils cherchaient…

— Au Récif, nous les avons bombardés d’ondes, tous nos trophées, dans tous les sens, on n’a jamais rien trouvé !

— Je rejoins Saskia malheureusement, intervint l’Amiral, dont on voyait à la trombine qu’il aurait voulu y croire mais qu’il y arrivait pas. Tous nos furtifs céramifiés ont été soumis à une exploration exhaustive, depuis l’origine du Récif. Nous avons arpenté tous azimuts : stratigraphie, tomographie à émission de positrons, imagerie à résonance magnétique, toutes sortes de scanners, échographies, des microscopes à balayage. On les a soumis à des irradiations hertziennes, infrarouges, ultraviolettes, des rayons X, alpha, bêta et gamma…

— Vous avez tenté des mises en résonance ?

— Naturellement. Avec toute une gamme de vibrations différenciées.

— Ça n'a rien donné du tout ?

— Si. Ça a cassé plusieurs pièces. Ça en a même fait éclater certaines… Nous avons vite arrêté.

— Et les procédés chimiques ?

— Nous les avons immergés dans toutes les solutions chimiques possibles, corrosives, oxydantes, alcalines, acides, etc. Nous les avons chauffés, refroidis, fondus, montés au-delà de la température de céramification, vitrifiés et reliquéfiés. Je ne sais pas ce qui n'a pas été tenté : nous y avons consacré la moitié de nos moyens budgétaires les cinq premières années. La matière testée a toujours réagi de façon inorganique. Exactement comme la céramique est supposée réagir.

Varech a arraché une touffe d'herbe et il s'est mouché dedans, paisible. Il reluque l'Amiral :

— Peut-être, si je puis me permettre, qu'il faudrait essayer d'aborder ces statues non comme de la matière, mais comme de l'énergie…

— Une énergie se capte, se communique, elle rayonne, elle produit des effets physiques… Nous l'aurions perçue, vous ne croyez pas ?

— Très vraisemblablement. Mais nous sommes là dans les probabilités dérisoires. C'est en elle que se logent les furtifs. Il existe des organismes capables de se lyophiliser par exemple. De stopper toute activité vitale, comme les tardigrades, et d'être réactivés dans certaines conditions favorables. Imaginons que les furtifs sachent échapper à nos procédés d'exploration scientifique. Qui sont tous, si je ne m'abuse, fondés techniquement sur un unique principe : l'émission d'une onde et la réaction étalonnée du matériau à cette onde ?

— Vous n'avez pas tort.

— Alors rien ne dit que cette céramique qui recouvre Tishka n'ait pas des propriétés invisibles à nos méthodes actuelles d'exploration de l'énergie. Nous serions juste aveugles. Ce qui ne serait pas neuf…

´Eu ˏégard ´ à la situation, ȷe me suis résolue à parler du geste de Tishka au moment de mourir. ȷ'en ai parlé à Toni, à Louise Christofol et à Varech, parce qu'ils étaient ceux qui avaient sans doute été le plus loin dans l'exploration des glyphes. Varech comme Louise habitaient dans un temple de glyphes, constamment renouvelés par les furtifs qui le hantaient. Toni avait étudié les céliglyphes, il en avait collecté des dizaines, plus qu'aucun autre amoureux des furtifs. Et plus ȷ'y repensais, plus ȷ'avais ce sentiment, tenace, que Tishka avait pu tracer pour moi… un céliglyphe. Une sorte de testament-éclair, écrit sur un écran d'air ?

Arshavin avait certes fini par obtenir les vidéos du RAID : les tirs scandaleux à dix mètres, l'incendie provoqué, le suicide de Tishka. Excepté qu'à la luminosité de la prise, de nuit et avec la fumée, ça ne suffisait pas, même à deux cents images seconde, pour pouvoir détailler le geste. Ma mémoire seule pouvait le reconstruire, ou non.

Surexcité était Toni par l'espèce de brainstorm sauvage, parmi nous, que les mots du balian avaient suscité – et son enthousiasme, sa confiance instinctive dans la perspicacité du sage balinais me contaminaient malgré moi. Ils faisaient lever un espoir, absurde et ténu, auquel je m'accrochais frénétiquement. Toni :

— Ce que tu mimes, Sahar, ça pourrait être deux cercles, yo. Des cercles d'ondes. Comme les trois cercles qu'elle a faits sur le mur de sa chambre. Ceux du *tà ?*... Mais je sais pas. Pour moi, c'est pas la bonne vibe...

— Pourquoi ?

— Je sais pas. Trop abstrait. Trop symbole. Les gamins font pas dans le symbole. Tout ce que vous avez raconté sur elle, sa voix, les sons qu'elle copiait, les chansons, ce truc ouf de la sangue, c'est forcément là que ça passe. C'est forcément autour de ça !

— Tu veux dire quoi ? Qu'elle aurait... dessiné un son ? Ou même mimé une musique ? est intervenue Saskia.

Varech tournait autour de nous pareil à un vieux Bacchus sombre et ruminant. Il s'était exclu tout seul des discussions un moment pour arpenter la broussaille derrière la grange, parler à haute voix, grommeler et il était revenu, toujours aussi concentré et insondable. Avec brusquerie, il s'est réintroduit dans notre conversation par ces termes :

— C'est la piste. C'est ça. Elle a mimé son frisson.

— Comment ça ?

— Elle l'a transposé dans le registre visuel. Elle en a fait un signe. Un signe rythmique. Les furtifs mangent et métabolisent des sons, je ne vous l'apprends pas.

Et ils les défèquent en signes et en sons, altérés, déformés. Parfois ces signes sont olfactifs, ce sont des laissées, des bouquets d'odeurs mais ça reste rare car les furtifs masquent admirablement leurs odeurs en milieu anthropisé. Souvent ces signes sont tactiles et ça donne des incisions, des griffures, des gravures comme j'en ai des milliers au château d'eau, sur mes meubles et mes murs. Et parfois, ils sont visuels, exclusivement…

— Vous faites l'hypothèse qu'un céliglyphe décrirait en quelque sorte le frisson du furtif qui meurt ? Qu'il le dessinerait juste avant de se suicider ? Quelque chose comme ça ?

— Pourquoi il ferait ça ?

— Un réflexe ? Un sursaut vital ?

Varech n'écoute pas vraiment. On le sent aspiré par une ligne de pensée qui le happe et qu'il lui faut dérouler jusqu'au bout :

— De ce que j'en comprends, le céliglyphe est un signe à la fois haptique et optique. Le furtif le grave sur un sol, un mur – s'il le peut, s'il a le temps. Des deux céliglyphes auxquels j'ai eu un accès physique, je n'ai pas réussi à trouver comment lire le tracé, à quelle vitesse, s'il y faut un instrument ? Mais je suis convaincu que ce n'est pas qu'un tracé « pour être vu ». C'est une gravure linéale, un sillon. Le sillon d'un disque non circulaire, si je puis oser cette image. Le sillon sans doute d'une mélodie. Qui serait donc à lire, offert à une lecture potentielle, si seulement l'on était apte à trouver la tête de lecture idoine. Il faut rendre grâce à Louise et à son équipe d'avoir inspiré cette intuition : dans le cryphe, chaque lettre est gravée plusieurs fois dans l'épaisseur, avec différents angles d'attaque. Et seule la lecture au toucher permet de comprendre dans quel sens ça a été inscrit.

·· Vous · vous mentez. Vous vous mentez. Vous vous mentez. Vous vous mentez tous. Vous vous mentez. Vous vous mentez. Vous vous mentez. Vous êtes des menteurs. Vous vous mentez. Vous vous mentez. Vous vous mentez. Vous vous mentez. Elle est morte. Elle est morte. Elle est morte. Morte ! Elle est morte ! Vous le savez tous. ELLE EST MORTE !

)Au)tour de) Varech, tout le monde s'était subitement aimanté. Il venait d'articuler dans une clarté brutale tout un ensemble de pièces et de morceaux que je n'étais jamais réellement parvenue à relier. La perspective s'ouvrait. Le visage de Šahar s'illuminait et se froissait à mesure, elle pressentait quelque chose, comme nous. Mais on aurait dit soudain qu'elle était terrorisée par son propre espoir :

— Si ma fille avait pu écrire sur le mur du bunker, monsieur Varech... ce que vous dites augurerait une vraie piste. Au moins la possibilité de relire son frisson, au moins ça. Mais là, elle a écrit dans l'air... L'air s'est dissipé...

— D'où ma supposition. Son signe serait strictement optique ici. Mais je peux me tromper. J'essaie d'agiter des hypothèses, comme des grelots. De lancer et relancer les dés. Tout ça reste très infondé, pardonnez-moi.

Šahar s'est tournée vers moi. L'espace d'un charme, j'ai cru voir Tishka, une Tishka qui aurait si joliment grandi.

— Toi qui es musicienne, Saskia… Comment tu transcrirais une mélodie… ou un rythme si tu devais le faire visuellement… Je veux dire, avec tes mains ?
— En une seconde ? Oublie !
— En dix secondes disons – puisqu'ils font tout à une vitesse hors norme ?
— En dix secondes ? (Je réfléchis.) En dix secondes, je peux te mimer un thème de Mozart, un riff, un break de batterie, ce que tu veux.
— Et… tu ferais comment ?
— Comme un chef d'orchestre : avec une main et une baguette. Tempo, dynamique, articulation, phrasé, timbre…
— Tu crois que Tishka aurait pu esquisser son frisson de cette façon ? Avec son aile et sa main droite ?
— Dans l'absolu, oui… pourquoi pas ? Maintenant… Maintenant je t'avoue… même si c'était ça… comment tu voudrais qu'on le retrouve ? Juste avec ce que ta mémoire en a retenu ? Ce sera forcément flou, imprécis… Sérieusement, je ne vois pas comment on peut y arriver, Sahar.

Je ne voulais pas casser l'élan. Pourtant il y a eu un gros silence d'impasse… Personne n'a enchaîné. Agüero m'a apporté une couverture. J'ai essayé de décompresser.
Un croissant de lune, aussi fin qu'une faucille, venait de passer la crête de la colline. J'avais coupé mon bonnet d'écoute tant mon cerveau fatiguait. La rivière coulait en contrebas. Le vent allait et venait, fouillant les dernières feuilles des peupliers trembles. Christofol s'était assise sur un banc de pierre, un châle sur les épaules et un plaid sur les genoux. Les mains autour d'un mug de tisane, elle semblait grelotter, sans perdre toutefois une

miette de la conversation. Après un long moment, c'est elle qui a relancé :

— Je reviens sur ce qu'a développé notre cher Varech tout à l'heure. Il a parlé d'un signe qui serait à la fois *haptique et optique*... Bon...

— Dans le plus favorable des cas...

— Si j'étais Tishka Varèse et que j'étais cernée par la mort au milieu d'un maquis en flammes, qu'est-ce que j'aurais fait, hum ? Je suis une petite fille intelligente comme mes parents... Je sais que l'air se dissipe...

— ...

— Eh bien, je crois que j'aurais tracé mon céliglyphe sur la seule surface qui soit à ma portée...

— Où ça, Louise ?

— Eh bien, sur moi-même.

‘Ni ‚une ‘ni deux, nous sommes tous rentrés dans la baraque. En mode illumination ! Lorca a tisonné les braises et calé deux bûchasses dans la cheminée. Je m'imaginais débarquer maintenant du toit et atterrir le cul dans le feu ! Il s'est mis à genoux devant les braises et il a soufflé, soufflé, soufflé comme un malade pour que ça prenne, que ça flambe. Et même quand ça a flambé, il a continué à souffler. On aurait dit que c'était le seul truc qui pouvait lui faire du bien.

Perso, je les regardais tous s'emballer, collés autour de la petiote toute dure, à chercher chais pas quoi, et ça me faisait l'effet d'une mauvaise série TV d'y a trois siècles, avec des blaireaux d'enquêteurs, moyenne d'âge soixante piges, qui tournaient autour de la statue de la Castafiore en cherchant le mécanisme à la mords-moi-le-chibre qui allait ouvrir le tiroir dans sa culotte et nous sortir la clé de l'armoire à glace au fond de laquelle une bague avec un numéro gravé donnait le code, y todos los demás... Un putain d'escape game quoi. Moi j'ai figé trente-neuf furtifs dans ma carrière. Je peux vous dire que quand ils figent, ils sont morts. Hay que aceptarlo. C'est horrible. Ça fout la chiale. Pire que tout quand c'est une môme. Ils se suicident parce que c'est comme ça qu'ils ont survécu des millions d'années. Sans rien laisser que des connards d'humains puissent étudier, photocloner, refaire, saloper avec leur science et leur fric. Et ils ont foutre raison. Saskia m'a jeté un regard. Elle a senti que j'y suis pas. Ça la blesse et je voudrais pas. Elle, c'est une apasionada. C'est ce que j'adore chez elle. Sa fuerza mental, son enthousiasme de minotte, son côté déboule-dingue. Elle lâche rien.

´Ça ˏme ´ſait un bien ſou, je ne sais pas pourquoi, de toucher cette céramique. De descendre de sa joue à son épaule, de l'épaule au pli du coude, caresser l'avant-bras tout lisse jusqu'à sa petite main qui est la seule partie qui n'ait pas bruni sous la cuisson, qui soit restée blanche comme de la porcelaine, avec, tout au bout, ces ongles de verre. C'est cette main que j'ai tenue jusqu'au bout. Je suis les lignes de la paume, je descends sur le volume de la cuisse où les poils lisses se sont pétriſiés et je regarde à nouveau, en m'accroupissant, derrière son genou, jusqu'à ses pieds où la patte d'un lynxeau a ſusionné avec son petit pied potelé. L'appui avant est splendide, les griſſes sortent des phalanges, on dirait qu'elle va bondir à l'instant... Nous avons décidé d'y aller tour à tour, les uns après les autres, sans regarder ce que chacun ſait pour n'être pas inſluencés. L'objectiſ est d'aller au bout de l'hypothèse de Christoſol : à savoir que Tishka aurait pu s'écrire dessus,

directement, à même le corps, s'écrire un céliglyphe, son céliglyphe. Auquel cas il doit rester des incisions dans la chair, des lignes visibles ou sensibles au toucher dans la céramique. Minutieusement, j'ai tout palpé sur toute la surface du corps. Il y a des stries sur la cuisse mais qui me semblent provenir des buissons épineux du maquis, j'en ai encore des cicatrices aussi.
Ni de près, l'œil plaqué sur elle, ni de loin pour essayer de deviner un dessin plus général, je n'ai discerné quelque chose de probant. Mais ça m'a fait du bien de la caresser. J'ai eu l'impression de ne pas la lâcher, de renouer avec elle, de la réchauffer. L'impression que tant que je la toucherai, elle ne partira pas vraiment de l'autre côté, que je la maintiens avec mes mains dans notre monde, mon petit chaton.

) Po)ur moi,) elle n'a pu signer qu'en haut. Šur son torse ou son visage, pas en bas. Ça impliquerait sinon qu'elle l'ait fait avec les griffes de ses pattes. Ce qui me semble acrobatique. Ni ne correspond à ce que Šahar a décrit du mouvement des deux bras. Alors j'ai beaucoup tâté et scruté le buste. Je ne suis pas sûre qu'elle l'ait incisé. Elle a pu presser ou pincer sa peau donc j'ai surtout épousé les bordures, les bourrelets. Mais dans l'ensemble, le corps est fuselé, très cinétique, comme si la peau était toujours tendue et fluante. Ça donne une impression prodigieuse de circulation des fluides. Avec une musculature si fine…
Arshavin est le dernier à y aller. Je le regarde faire. Il s'absorbe et se met dans la situation, comme je l'ai fait, esquisse comme moi les gestes possibles. Passe beaucoup de temps sur l'aile.
C'est lui qui mène le débrief derrière. Lorca est ailleurs, rivé aux flammes de la cheminée. Agü me tient la main,

c'est mignon, si ce n'est que je vois bien qu'il pense qu'on se la raconte. On ne va nulle part pour lui.
Et la suite lui donne raison.

Hakima puis Varech puis Louise puis Toni puis Šahar puis moi puis Arshavin. Les uns après les autres, on pointe ce qu'on a trouvé, perçu, les autres viennent vérifier et toucher, on lève les objections, on se challenge… Rien ne ressemble vraiment à un glyphe, il n'y a pas de dessin sur son corps qui ressorte. Juste des cicatrices, des entailles aux jambes et au dos. Ou alors la beauté ordinaire des organes : le triangle des oreilles, l'ovale de l'œil, le zigouigoui du nombril, le petit pic des tétons avec la lunule autour… Christofol elle-même reconnaît que ce n'est pas concluant.
Nous sommes terriblement déçus. Il ne reste plus qu'Arshavin et on ira se coucher. Il est 4 heures du matin, on a les paupières qui tombent.
— Je n'ai rien décelé de plus que vous. Cependant quelque chose, tout de même, me semble singulier. J'ai pu regarder en boucle, avec minutie, les vidéos de la traque et spécialement les derniers moments avant la pétrification de Tishka. À force, je peux affirmer que j'en connais la chronologie presque par cœur. Les trois chasseurs du RAID cherchent un axe balistique à droite et à gauche de Sahar et ils mitraillent au plus près possible de son corps, en pariant, avec raison, que la petite est derrière elle. Je dois vous dire que vous avez eu affaire à des tireurs d'élite sinon ce n'est pas Tishka qui serait sur ce socle. Mais sa mère dans un cercueil de chêne. Le tir qui atteint Tishka, l'unique, touche son aile sept secondes environ avant la pétrification. La balle à

très haute vélocité, rainurée et tournante comme toutes les balles de *Facias*, traverse l'aile très facilement et va percuter une pierre plus loin. On voit l'impact à six secondes sur la vidéo. Je ne suis pas un expert en balistique. Toutefois l'absence de résistance de l'aile, la façon dont elle est traversée font que l'onde de choc produit à peine un frémissement. Lequel parcourt les plumes et se dissipe très vite, disons en trois ou quatre secondes maximum.

— D'accord... Et donc quoi ?

— Selon moi, les rides circulaires qui sont sur son aile ne sont pas liées à l'impact de la balle. Au moment où Tishka déclenche la céramification, l'onde de choc a déjà diffusé. Elle a rayonné, elle s'est résorbée. Et l'aile n'est plus sous l'impact.

— Je ne saisis pas où vous voulez en venir, amiral ? Sincèrement ?

— Si Tishka s'est écrit sur elle-même, ainsi que vous le supposez, Louise, elle n'a pu le faire qu'avec sa main droite. Le plus naturel, si on veut avoir de l'ampleur pour écrire, est d'écrire sur sa gauche, coude replié ou bras tendu, sur une surface assez large pour ça. La plus propice pour Tishka était son aile. Et le mouvement ultrarapide qu'a perçu Sahar serait, selon moi, en toute probabilité, l'ouverture éclair de l'aile et le geste d'écrire avec la main droite à même les rémiges, donc. Avec ses ongles vitrifiés.

— Le tout en cours de céramification ?

— Oui.

— Du coup...

— Du coup, les rides en rond autour du trou fait par la balle sont le céliglyphe de Tishka. Enfin : si mon hypothèse est la bonne...

·· Pauvres · clowns ! Allez vous coucher. Rentrez chez vous. Laissez-nous maintenant. Laissez-la. Rentrez. Vous êtes des clowns. Vous refusez le réel. On a échoué. On a échoué sur toute la ligne. Le Récif. Arshavin. La meute. Le Cryphe. Tous. Des merdes. Vous êtes des merdes. Foutez le camp !

¸Ça ˺ tient debout son délire, à l'ambianceur. C'est pas déconnant. On farme enfin un truc concret. Sahar s'approche et taquine le vortex autour du trou. Toni le glyphier va aussi téma ça en zoom, vous croyez quoi ? En vrai, c'est pas vraiment des ronds : plutôt une spirale si tu lâches pas la ligne. C'est juste que l'ongle, avec le speed, a pu te sauter des zones de plume / c'est pas continu. Mais si tu prolonges dans ta réul, tu vois que ça s'enroule jusqu'au trou. Colimaçon. Enfin, je focale ça, moi.
À côté, ça vire vite au wouaille, tout le monde rapplique, commence à peloter, ça se tease, on dirait des fanboys dans une fosse, poussez-vous, hey ! Et bam ! Hakima valse chanmé sur un fauteuil ! Et notre gradé manque de se prendre le mur ! What the fuck ? C'est Lorca ? Dark Lorca ! Qui disjoncte :

— Elle est morte, bande de connards, vous voyez pas ? Dégagez ! Respectez-la, putain de merde ! Vous la profanez avec vos pattes de porcs ! C'est un cadavre, vous connectez ?

— Calme-toi, mon amour. On cherche juste des pistes, ils veulent bien faire. Tout le monde respecte Tishka ici.

— Qu'est-ce que vous savez d'elle ? Ils l'ont même pas connue ! Pour vous, c'est du bon cobaye, hein ? Un bon petit rat de lab ! Ça vous éclate, hein ? Allez-y, mettez-la dans l'acide ! Pissez-lui dessus ! Allez ! Allez !

Lorca gicle tout le monde. Le Varech se laisse pas gérer˜. La provoc, il zappe. Il est encore à maniper˜ la gamine quand Lorca le calcule. Chaud bouillant, il lui dégaine un low-kick et explose le poignet de Varech pour˜ qu'il lâche sa môme. Sauf qu'il y a été tellement vénèr˜ que son kick embarque tout ! La main de porcelaine se pète net et va dinguer˜ sur˜ le tapis !
Là ça lagge grave dans le salon. Bullet time. Un « oh ! » sature la BO. Sahar˜ rushe sur˜ Lorca et lui slame une mandale métal. Le gadjo se mange la cheminée et se ramasse à moitié dans le feu. Je me dis ça va virer˜ free fight. Mais non. Il se relève, djerte les braises. Et va pexer˜ la main cassée qu'il embrasse. Il s'avance pour˜ la remettre au poignet niqué de la statue mais ça fait pas de point, man ! T'as tout rekt, tu captes ? Alors il pose la main sur˜ le socle. Se met à chialer˜. Tu peux. Va moucher˜ ta sale morve, débile ! J'ai envie de te foncedé !

)Ša)har m'épate.) Elle n'est pas sortie de la piste. Elle zappe la main coupée et elle revient à l'aile alors que tout le monde demeure sous le choc. Personne ne sait plus quoi dire, quoi faire. Moi la première. Elle met ses ongles dans la mince incision et la suit doucement, du pourtour de l'aile jusqu'au trou. Ça fait un bruit ğratté désağréable. Le bruit d'un onğle sur de la poterie. Elle réessaie. Plus vite. Plus lentement. Enčore plus vite. Et là, il y a un tout petit siğnal dans le son. Un minusčule čoup d'arĉhet sur un violon, à peine. Ça ne dure rien et ça disparaît aussi vite. J'ai pu le rêver. Je m'appročhe et :

— Repasse Sahar, s'il te plaît. Près des rémiges. Essaie de le faire très vite si tu peux…

Elle repasse. Le ğlissando d'arĉhet est un peu plus člair. Mais on dirait que personne d'autre que moi ne l'entend. Ši, Čhristofol :

— Ça ne vous évoque pas un *si* ? Un *si* bémol ?

Šaĥar s'ačharne, repasse et repasse enčore. Il y a člairement un pĥénomène de résonanče sur un čourt seğment de l'aile. Un peu à la façon d'un verre de čristal qu'on effleure au čol, aveč son doiğt mouillé. Ça enfle et s'évanouit. Šaĥar finit par se časser un onğle. Alors je prends le relais et j'essaie à mon tour. J'obtiens aussi čette résonanče, et quelques autres, en restant au maximum dans le sillon et en aččélérant autant que je peux ma vitesse de tračé. Čar Tisĥka a dû le tračer extrêmement vite, forčément. Puis Čhristofol s'y čolle, puis Toni mais l'une est trop lente et l'autre trop rapide : il sort sans česse du sillon. Je čommenče à perdre čourağe. Ça semble juste un phénomène physique, rien de plus. C'est ce que dit l'attitude du groupe. Même chez Toni, qui est revenu s'affaler dans un fauteuil, démoralisé.

— On arrête peut-être ici ? Nous continuerons demain à tête reposée ? propose Arshavin pour ne pas acter l'évidence de l'échec.

Tout le monde acquiesce, bon gré mal gré. Lorca est déjà dehors. J'aimerais tant pouvoir soulager sa souffrance, l'aider à ma manière.
Un à un, les blousons sont décrochés du portemanteau, le salon commence à se vider. Il ne reste plus que Varech, qui est resté derrière.
Alors je me retourne, par curiosité, et je l'observe prendre en catimini la main de porcelaine ébréchée ! Il a l'allure de ces types qui attendent qu'un passant soit loin pour ramasser sans vergogne une bague tombée au sol. Je le vois s'approcher de la statue... Qu'est-ce qu'il fout ? Il la pointe en avant, cette main coupée,

en approche les doigts rigides vers la statue et comme il peut, maladroitement, encoche un ongle de verre dans le sillon ! Je ne saisis pas tout de suite, crevée que je suis. Puis l'illumination me traverse. Tabarnak ! En coup de vent, je rentre dans le salon et je lui arrache presque la main de porcelaine. C'est tout juste si je le pousse pas, pourtant il comprend aussitôt : il me laisse faire. Je cherche l'inclinaison optimale et je commence à suivre le sillon avec l'ongle de l'index de Tishka, délicatement… Puis j'ose un peu, un peu plus… Et là, j'ai l'impřession d'avoiř posé le diamant d'ŭne platine sur ŭn disque de vinyle : la mélodie miaŭle erratiquement, monte et s'enĥardit. J'insiste et ça s'ĥarmonise, se prolonğe, devient aŭdible !
Quand je me retourne pour rameuter la troupe, je les découvre debout derrière moi sur le tapis, blousons enfilés, l'air ahuri. Ils écoutent. Štupéfiés.

J'essaie de ne pas abîmer la piste et je réalise rapidement qu'en me plaçant juste derrière Tishka, mon menton dépasse de sa tête. Et qu'en abaissant mon bras, je suis presque dans la position qu'elle a eue lorsqu'elle a inscrit le glyphe. Je demande à Ağü de ğuider aveč tačt l'onğle dans le sillon čar je suis maintenant de dos, et à deux nous parvenons à parčourir toute la spirale. Plaquée čontre Tisĥka, je sens parfaitement les résonančes vibrer dans son torse, prendre de l'ampleur et déčroître quand on sort du sillon ou qu'on perd en véločité. La mélodie qui se déğağe évoque malĥeureusement un 78-tours passé en 33. Ou un pitcĥ numérique tellement *low* que les notes en deviennent indéčidables, avačhies.

— Il faudrait pouvoir aller très très vite… me souffle Agüero.

— Je fais le maximum ! Je ne suis pas encore une furtive !
— Je sais. C'est tout le problème, plaisante-t-il à moitié.

Une lueur d'espoir a pourtant ranimé notre petit groupe, je le vérifie entre deux tentatives. Hakima est partie faire du café, Toni a relancé le feu, Arshavin prend des notes sur un carnet antédiluvien. Pour ma part, je me sens horriblement frustrée parce que je ne reconnais pas la mélodie. Je n'arrive à la raccrocher à rien. On dirait un violoniste débutant qui fait du crin-crin, ça ne peut pas être ça, on n'y est pas ! Au cinquième essai, je m'assois dans le canapé, vidée. Lorca est là. Je l'enlace par les épaules pour le consoler. Il dodeline et me sourit. Šous son bonnet rouge, ses yeux verts sont ternes mais il y brille un petit quelque chose, enfin))) Je tente :
— Il faut pas lâcher Lorca, tu sais. Jamais. Tu as tenu toutes ces années à croire qu'elle était encore vivante. Quand personne n'y croyait. Et tu as eu raison. Là, tu la crois morte. Mais on n'en sait rien en fait. On ne sait pas ce que ça veut dire mourir chez un furtif. Encore moins pour une hybride. Moi j'y crois. Alors bats-toi mon copain, sinon c'est moi qui vais te battre ! Jusqu'à l'os, jusqu'à ce que tu y croies !

Je l'ai dit tout en souriant, sans y mettre trop de solennité. Il a accepté que je lui prenne la main. Et il a hoché la tête. Cinq minutes plus tard, je l'ai vu se lever et tourner autour de Tishka en grattant une ligne de stries discontinues avec son doigt. On sait qu'elle a tourné plusieurs fois sur elle-même avant de tomber dans les buissons. Il est plausible qu'une portion du sillon soit partie dans son dos et qu'on l'ait confondue avec des entailles. Quand Lorca s'empare de la main de porcelaine, un frisson d'appréhension nous parcourt tous. Il… ! Il prend la phalange de l'index et il la casse !

— Pourquoi tu fais ça ? Tu es malade ! lui lance Sahar.

Lorca hausse les épaules et lève le doigt telle une craie. D'accord. Il veut juste avoir un support plus facile à manier que la main entière. Pas bête. Je le vois maintenant s'atteler à étudier le sillon. Il va prendre un cure-dent sur une étagère et s'entraîne à suivre la spirale en fermant les yeux. Il ne veut pas l'abîmer. À la cinq ou sixième passe, il est clair qu'il va beaucoup plus vite que moi. Ces derniers mois, et plus encore après avoir côtoyé Tishka, il est devenu parfois très vif, très surprenant. À l'évidence, il a des capacités furtives croissantes. Là, je le sens descendre dans la sensation du buste, sentir la ligne derrière le dos, l'endroit où le sillon se poursuit. Il passe et repasse encore au cure-dent, Arshavin l'observe aussi, Šahar a compris, elle a un demi-sourire, elle le laisse opérer.

Puis il y va. Avec la phalange coupée cette fois. Et dès la première passe, la mélodie jaillit. Les ĥarmoniques sonnent tellement plus amples qu'aveč moi que tous les apartés čessent dans le salon. Un čĥat apparaît et s'arrête sur le seuil, fasčiné. Lorča accélère et ačcélère enčore ses passes, il a mis la main sur la tête de sa fille et il la fait pivoter sur son sočle aussi souplement qu'un danseur de ročk pour pouvoir laisser l'onğle de verre sinuer en čontinu sur le rail de čéramique et ne pas perdre la résonanče. Bientôt, čomme le băliăn plus tôt, il entre en trănse. Tisĥkă n'est plus qu'une petite stătue de terre vibrănte qui vălse dăns ses brăs ăveč une ğrâce qui défie les possibilités ĥumăines. Šaĥar n'ose plus intervenir, Vărečh reğarde ébloui,

Ărsĥavin est suspendu à lă mélodie qui se préčise enfin, prend enfin să forme musicăle de sorte que, săns même y réfléĉhir, je čours săisir mon olifănt pour ăččompağner če qui sort, en ămplifier les ondes et l'indučtănče.
Lorčă lit et relit lă piste inčisée, plus vite, enčore plus vite)) Lă stătue prend des ăirs de pĥonolitĥe et tourne à une véločité inquiétănte, je soutiens ău mieux lă liğne mélodique et intensifie les vibrătions tăndis qu'Ărsĥavin et Šaĥar viennent se plăcer pour părer ău pire čar lă pièče văcille telle une toupie et soudăin))) soudain elle échappe à Lorca et part en vrille ! Šahar la rattrape au vol, ouf, et la récupère dans ses bras serrés.

´ Le ˏ corps ´de Tishka a mis longtemps à s'arrêter de trembler et ȷ'ai fermé les yeux en espérant entendre quelque chose en sortir, sa voix monter à travers les vibrations qui s'imprimaient à ma cage thoracique, par vagues décroissantes. Entre mes bras, ȷ'ai espéré sentir la dureté de la terre figée se mettre à fondre, redevenir de la chair, de la peau, par un miracle sublime... Mais les vibrations ont simplement continué à décroître et la mélodie à s'absorber dans ma poitrine sans que ȷe parvienne à retrouver ce que ça me rappelait, certainement pas une musique, non, une récitation peut-être ou un chant ?
Lorca vient d'avoir tellement peur de tout briser que ça l'a expulsé de sa transe et qu'on a décidé d'arrêter : nous attendrons demain pour tenter à nouveau quelque chose.

ȷ'ai très peu dormi, et dans tous mes rêves, il y avait Tishka, Tishka qui chantait dans l'aven du camp de Canȷuers, Tishka qui mimait tous les sons du monde, Tishka qui me touchait l'épaule et dont ȷ'avais l'impression, à chaque ſois que ȷe me retournais vers Lorca, qu'elle était encore là, entre nous deux, blottie sous le duvet et que si je tendais suffisamment l’oreille, je pourrais l’entendre respirer.

‘Le ¸lendemain, ‘on a tous émergé vers midi. J’aurais bien pris du rab avec Saskia, et elle aussi la coquine, sauf qu’on a eu droit à trois bisous et vas-y, garde-à-vous, le commanche a fait l’inspection des turnes ! Avec sa classe naturelle, Sahar a gentiment blackboulé les invités restants. L’Amiral a sonné le ministère pour qu’ils rallongent la protection de deux jours. Chais pas ce qu’il a bavassé mais les bidasses sont restés à deux cents mètres, à quadriller les restanques, contrôler la rivière, chouffer les terrasses, bloquer le chemin. On allait pouvoir bosser en clandos. On a petit-déj’ viteuf puis on a tanké Tishka au milieu du salon, sur le tapis, en rameutant le canap et les fauteuils autour. À la regarder encore, t’avais juste l’impression que, hop, d’un claquement de doigts, elle allait bouger, rapport que ses appuis, l’élan du bras, ses billes écarquillées et sa bouche qui s’arrondissait pour crier un truc, tout ça avait été fauché en plein vol. Le sculpteur capable de modeler ça, il buvait des binouses avec Rodin, en enfer !
À côté de moi, j’avais Saskia et Lorca, ma meute. À gauche, le boss en tenue d’apparat. À droite Sahar dans un pull qui tient chaud, framboise écrasée, avec un bonnet à l’avenant, jolie comme un cœur. En face, t’avais Christofol et sa douce, Hakima, qui se caillaient grave, les mimines sur leur thé, emmitouflées dans leur manteau mode 2010. Puis Varech dans son caban, avec sa barbe gris-vert sur sa trombine de granit breton et ses cheveux en friche. Et pour finir, Toni, en sweat rouge à capuche tagué de partout, qui s’écoutait un rap en groovant, attendant que ça démarre.

Au lieu d'attaquer plein axe sur Tishka, comme ça me brûlait les doigts de m'y coller, l'Amiral a calmé le jeu d'entrée en demandant la parole. Lui, il voyait toujours plus loin. De plus haut. Son animal totem, c'était pas un sanglier, c'était genre un milan royal, qui te scannait la zone quand toi tu traçais trop vite dans le maquis :

— J'ai écouté les flashs ce matin. Gorner l'a encore confirmé. S'il est élu dans trois semaines, il s'engage à nettoyer nos villes et nos campagnes de « l'invasion furtive ». Je sais que nous n'avons pas la tête à ça, que Tishka occupe toutes nos pensées. Mais je voulais profiter de ce moment très spécial qui nous réunit pour vous dire des choses qui me semblent cruciales.

— Nous vous écoutons, amiral…

— Nous devons en être conscients : nous avons, à peu de chose près, l'élite de la recherche furtive réunie dans ce salon. Dans sa diversité et sa richesse : l'élite des chasseurs, la pointe de la recherche sonore et musicale avec Saskia, des céliglyphes avec Toni. L'élite littéraire du Cryphe, philosophique avec Varech, spirituelle avec le balian qui va nous rejoindre tout à l'heure. Sans que j'aie vos talents, la direction du Récif m'a permis d'accumuler dix années d'expérience en éthologie furtive. Plus important, nous avons tous, de près ou de loin, été confrontés directement aux furtifs. Certains ici vivent même parmi eux. Cette intelligence collective, il a fallu un événement tragique – le suicide provoqué de Tishka – pour qu'elle soit rassemblée en un même lieu et en un même temps. Ce qui constitue selon moi un indice ou un signe. Celui qu'il est temps de penser les furtifs, non plus chacun dans son coin, dans sa clandestinité finalement confortable, mais ensemble et publiquement. La furtivité a cessé d'être un enjeu pour initiés. Elle est devenue un combat écopolitique. Qu'il faut mener solidairement parce qu'en face, l'ambition est claire : elle est d'exterminer l'espèce avec l'appui du suffrage universel.

— Je viens de voir que Gorner a même promis un spiderbot par foyer pour les traquer. Financé par l'impôt optionnel… coupe ma Saskia.

— Ça va ravir les fabricants de bots… Smalt en tête, grogne Varech.

— Gorner a également annoncé que les données personnelles seraient fusionnées et confiées à Civin pour mieux articuler la surveillance des espaces à risque, enquille l'Amiral.

— Ça n'a rien à voir !

— L'idée est que les datas des spiderbots soient transmises en continu par les box des foyers. Pour pouvoir réagir en temps réel à des incursions furtives…

— Mais c'est n'imp !

— Bien entendu Toni. Sauf que ça permettra enfin aux entreprises et à la Gouvernance, au nom de la terreur furtive, d'entrer dans les foyers avec une caméra mobile qui peut circuler discrètement partout. Une caméra que les citoyens vont exiger eux-mêmes d'avoir, et qu'ils piloteront à loisir avec leur bague. Et quand je dis « caméra », je devrais dire capteurs car le spiderbot peut collecter des données calorifiques, auditives, lexicales, chimiques, etc.

— Plein de gens vont refuser !
— Quand on voit la ruée sur les spiders depuis deux semaines… ça rend pas vraiment optimiste !
— Les applis de détection furtive, même si elles sont bidon, font aussi un carton…
— On sait qu'il existe un marché extraordinaire pour la peur. En particulier la peur domestique et intime. À moyen terme, c'est l'architecture qui sera progressivement refondue pour devenir « furtiveproof ».

Le regard dans le gaz, Sahar lève la patte pour interrompre l'Amiral :
— Hier, le balian nous a ouvert un espoir. Si l'on pouvait se recentrer…
— Je voulais y venir évidemment. Je cherche juste à associer les enjeux. Bien sûr nous sommes là, tous, pour Lorca et toi, Sahar. Nous sommes là pour Tishka. D'abord et avant tout. C'est notre priorité absolue. Car si le balian a raison, il serait inimaginable de quitter cette bergerie sans avoir tout exploré, tout tenté pour ramener Tishka. Simplement, au-delà de Tishka, l'enjeu est devenu sociétal. À ce titre, notre responsabilité va s'avérer massive puisque nous sommes les seuls « experts », entre guillemets, publiquement reconnus sur les furtifs.

Varech broie quelques syllabes dans son lichen. Puis il lâche une salve où comme d'hab, je pige un mot sur deux :
— L'enjeu est même devenu anthropologique. Notre problématique est de déterminer si la pétrification

admet une réversibilité. L’emprise politique opère par la mise en convergence d’affects communs. Le fait que la contamination furtive, offrant cette opportunité séduisante : l’hybridation, débouche symboliquement sur la mort – à travers le mythème surmédiatisé de Tishka – a handicapé sinon obéré ce désir commun, qui émergeait, d’une vitalité neuve. Le désir a été retourné en terreur. Cet or des gouvernants.

¸C’est ˀ clair˜ que les wanabee-mutants ont été freezés par˜ la mort de la Tish. Même chez les Terrestres, même chez les radicolos, on s’est dit : bon, ben, ouais, OK, s’hybrider˜, c’est trop stylé sauf que, ouais, si tu finis en poterie, wesh, pas si fun. Si Tishka revit, ça sera la folaille par˜ contre ! Ça voudra dire qu’on peut y aller˜ à fond dans le cross-over˜ humano/fif. La fiffusion ! Tout peut repartir˜ !

´La ˏ discussion ´a dérivé sur l’impact de Tishka dans les luttes actuelles, sa dimension quasi mythologique désormais, son statut de martyre de l’écocide aussi. Je n’ai pas voulu intervenir. Sa mort « servait », oui, Arshavin avait raison. Elle avait un poids et un rayonnement qui auraient pu nous consoler politiquement, si cette expression avait le moindre sens pour moi. Si ce n’est que ce rayonnement puisait aux éternels affects des militances tristes : la défaite digne, la pureté vaincue et d’autant plus pure ; le martyre d’une innocente exhibée pour remobiliser le dégoût, la piété, la colère passive, le « ça-peut-plus-durer ! ». Son suicide, de surcroît par immolation, avait trouvé un écho rêvé chez les Saints-camarades, ceux qui n’en auraient jamais fini avec la religiosité. Les naturalistes et les collapsos l'associaient mécaniquement à la septième grande extinction des espèces. S'y ressourçaient aussi, dans et par sa mort, les forces réactives insatiables du ressentiment, de la vengeance, de la mauvaise conscience et de l'idéal ascétique, tout ce qui m'écœurait, tout ce que je fuyais avec soin dans mon combat quotidien.

Rien de tout ça n'était Tishka. Ni ne rendait grâce à ce qu'elle aurait dû incarner : l'exact inverse. Les forces actives de la joie tanguante, de la métamorphose qui destitue, du tissage tactile, d'une reliance fulgurante au monde... Le vivant dans sa totipotence, oui, dans toute sa fluidité, ses bruissements et son intensité, telle était Tishka. Le vivant dans sa résilience, dans son autopoïèse proprement miraculeuse, cette autocréation de soi qu'elle avait au plus haut point et qu'elle puisait dans l'environnement pour le métaboliser, s'en nourrir comme personne. Le vivant comme système ouvert plus que tout, en équilibre instable, qui conjure sans cesse l'entropie et s'offre sa propre liberté chaque jour. C'est tout ça que Tishka avait d'instinct été chercher chez les furtifs, du cœur de sa pulsion enfantine, c'était ça qui l'avait arrachée à nous, à son cocon, à notre confort de parents couvants. Quand je la regarde devant moi, figée, je ne me sens pas coupable de l'avoir regardée.

Je me sens furieuse de n'avoir pas su la maintenir libre. De ne pas lui avoir dit « nous sommes ton piège, chaton. Ton amour pour nous sera un jour ou l'autre ton piège. Pars, fuis quand tu sentiras la glu coller tes pieds, déploie-toi ». Et maintenant, elle est là : une statue. Et nous prions d'avoir assez de génie en nous pour la libérer de la mort.

⁾On) n'ose) pas démarrer en vérité. On a tous peur de reprendre. De découvrir qu'on ne sait pas au juste comment accéder à Tishka. Qu'on s'est leurrés totalement cette nuit. On recule en parlant, en bavardant. Pourtant, il faut y aller. Il le fallait. Alors j'ai coupé court et j'ai pris le lead. Pour finalement balancer :

— Qu'est-ce que vous espérez exactement ? Je veux dire : si l'on retrouve son frisson ?

Très vite je me rends compte que nous n'avons pas du tout les mêmes approches. Hakima répond la première :

— Nous espérons la mettre en résonance. Sloquer la gangue. Ou la liquéfier. Lui ramener sa fluidité qui est peut-être simplement coagulée. Par la sauvegarde.

— Toni ?

— Je sais pas. Le frisson, c'est sa zik. Elle a gravé son disque dur en partant. Si tu rebootes sur le bon rootcode, elle doit redémarrer. Un truc comme ça, non ?

Arshavin sourit. Je continue le tour de table par Agüero, ramassé en boule à côté de moi.

— Pour moi, franco, un furtif peut pas renaître. Par contre, vu que c'est une hybride... Je sais pas... Elle a pu conserver des cellules humaines. Le frisson peut agiter ça, ces cellules. Comme une pompe que tu réamorces. En tout cas, elle a pas gravé ce sillon pour des plosses !

— Louise ?

— Je crois que nous négligeons trop le statut du langage chez les furtives. Et plus encore chez les humaines. Nous sommes trop matérialistes. Une chose m'a frappée dans ce que Sahar m'a narré hier de sa fille. D'abord je voulais dire ceci : que cette hybridation si fine puisse exister est déjà proprement extraordinaire : cette expérience de parent, il va falloir la rendre publique et la diffuser le plus largement possible, par un livre ou un film. Rien ne peut donner plus envie de vivre parmi les furtives que ce que Lorca et Sahar ont vécu.

— Je n'en suis pas si sûre, Louise...

— Maintenant, je reviens au nœud de l'hybridation. Elle se fonde sans nul doute sur un frisson, comme pour toute furtive. Mais aussi sur une voix. Sa voix. « Je suis ma voix » a affirmé Tishka, si je ne déforme pas les propos de Sahar. C'est même la seule chose qui assurait sa continuité identitaire d'humaine. Et puis, elle a eu ce terme extrêmement précis et beau, qui est la « sangue ». Pas le frisson, pas la bruissance de M. Varech. La « sangue ». C'est-à-dire le sang et la langue, la langue-sang ou la langue comme un sang. Et dans cette fusion lexicale, à mon sens, elle nous a donné la clé. L'hybridation, c'est la mélodie fondamentale, ou frisson, c'est la vibration si spécifique et si vitale de la furtive, autour de laquelle elle se constitue et opère ses métamorphoses par conduction et résonance. Bien. Mais c'est en même temps la voix. Mêlée ou fusionnée à la mélodie. Donc le chant. Ou la poésie rythmique, scandée. C'est en ce point de fusion que l'hybridation humano-furtive devient possible. Sans sa voix, par conséquent, nous n'aurons qu'une vibration vide.

Varech s'arrache des brins d'herbe sur les bras en l'écoutant. Il hoche la tête par moments. À d'autres, il s'agace :

— Louise a raison, même si son tropisme intellectuel la pousse à privilégier une hypothèse trop spiritualiste. Ne jamais oublier qu'on parle du vivant. Où sont le sang et la merde ? Qu'est-ce qui fait sang ? Et non pas : qu'est-ce qui fait sens ?

— ...

— Cette statue, qu'est-ce que c'est, *in fine* ? Une lave qui a refroidi. Un magma cristallisé. Plus de sang dedans. Juste un signe, un sillon. Une ligne de fuite enspiralée. L'ultime. Où est le sang ? Eh bien, il est là ! (Il pointe Sahar.) C'est de là que ça bout et peut repartir. Avec le frisson, avec la voix sans doute et avec ce sang dont Tishka vient ! Et auquel elle est sans doute retournée...

— Retournée ?

— L'invocation ? Vous supposez que Tishka ait pu s'invoquer ? coupe Arshavin.

— En moi ? insiste Sahar.

— En qui d'autre ?

— L'invocation se fait toujours chez celui qui a vu. Ou qui tue, comme vous voulez. C'est une constante chez nos chasseurs, complète Arshavin. Sahar, tu n'as rien éprouvé de spécial au moment où ta fille... se figeait ?

— J'ai tellement éprouvé de choses à la fois... Je ne sais pas si vous imaginez la violence du moment...

— Est-ce que tu as ressenti un choc chaud ? suggère Agü. Comme si une grenade t'explosait dans le ventre tout doucement ?

— Peut-être, oui. Sûrement. Mais toute émotion brutale fait ça, non ?

— Non.

Arshavin a laissé la discussion se poursuivre et s'affiner. Puis il l'a synthétisée avec sa sérénité habituelle. Tous, nous étions sur des charbons ardents, à nous bouffer les peaux, les ongles, à s'arracher comme Varech des bouts de barbe. Mais lui, un missile à tête nucléaire aurait été annoncé au-dessus de la bergerie dans trois minutes quinze, il aurait encore su rationaliser la conduite pertinente à tenir :

— Je vous propose ce protocole, évidemment très amendable. Saskia a enregistré hier en haute-fidélité la mélodie que Lorca a réactivée. Elle va la rejouer avec son olifant électronique en modulant la vitesse, la tonalité, les harmoniques. Je crois qu'il est indispensable que Lorca, pendant ce temps, parcoure le sillon pour amorcer la mise en résonance du corps que Saskia va amplifier. Hakima, qui est une violoniste émérite, va l'accompagner, en analogique. Sahar de ton côté, tu peux, si tu le sens et quand tu le sentiras, essayer de poser ta voix sur ce flux, laisser monter en toi ce qui vient.

— Et si rien ne vient ?

— Ce n'est qu'un protocole. Nous essaierons autre chose. Notre seule certitude est que les furtifs naissent du son. S'ils doivent renaître, ça ne peut être que du son, n'est-ce pas ? Donc concentrons-nous pour l'instant sur cette piste…

‘Saskia ¸a ‘envoyé la sauce ! Dès que son olifant a craché, la statue s'est mise à branler. Alors Lorca a pris la phalange, fourré l'ongle dans le sillon, commencé à le faire glisser, une passe, deux passes, trois passes, retrouvant petit à petit, poco a poco, sa vélocité de la veille, mettant sa môme en siphon, en toupie, avec une maestria assez colossale. Puis l'Hakima a pris son violon. Elle a attaqué, c'était vache beau, on sentait le gros niveau, ça collait grave avec Saskia. Sur ce, le balian a débarqué comme une fleur, il s'est posé dos au mur et s'est mis à l'unisson ! Au bout d'un cycle, quand le quatuor a été monstre calé, Saskia a commencé à moduler à l'olifant, soufflant grave/aigu, saccadé/souple, jouant sur le volume, badant dans les octaves, virant sombre puis léger tout en matant du coin de l'œil la statue et Lorca non-stop, va savoir comment elle faisait, fallait avoir trois cerveaux. J'y connais limite que dal en musique classique mais ça sonnait symphonie, on va dire. D'autant que Saskia récupérait en boucle le violon, le boostait, le multipliait, sortait de sa trompe d'éléphant du hautbois et des flûtes, du piano par pluies, du tambourin qui tape, un orchestre por si sola !

Au centre du salon, Sahar avait descendu le volet roulant de ses paupières, elle était assise en chaman sur les tomettes, les mains à plat, comme pour mieux choper les vibrations. On la sentait plonger ultraprofondément dans le son, à s'y noyer. Alors un filet de voix a commencé à se barbouiller sur ses lèvres, un petit gazouillis modeste, total bouffé par le raffut qui faisait flageoler les vitres, excepté que ça prenait forme, ça se mâchait. À un moment, elle s'est levée pour élargir son coffre, pomper l'air par le bide, gonfler les sacs à poumons et on a commencé à capter ce qu'elle fredonnait. C'était un truc plus doux que la courbe de ses joues, plus mignon encore que son bonnet croquignole, c'était une chanson pour les marmots, pour les tout-petiots, une barcarolle à flotter en gondole sur une lagune. Une... berceuse, che ?

Et ça faisait :

Bonne nuit maman'doline
Toŭte ronde. et toute câline
Quand tu joŭes en sourdine

˘Bonne nuit maman'dibule
J'adore quand ta. bouche
m'embřasse et fait des bŭlles

Bonne nuit maman'dragore
qui fleŭrit en silence
Car le. silence est d'oř˘

Bonne nuit maman'gouste
˘Laisse-moi rêveř maintenant
Fais-moi un bisoŭ et. ouste !

·· Ça · a explọsé. En mọi. D'un ċọup. Explọsé. Un séisme. Ċe dọnt je me sọuviens est ċette sensatiọn d'un sylphė qui venait de survọler mọn ċrâne… mọn ċrâne lọurd à ċrever. D'un sọuffle, il en avait ėnlevé la plaque d'éġọut en fọnte qui l'éċrasait. L'air a reċọmmenċé à passer.
J'ai dû ġrandir de ċinq ċentimètres sur ċe seul miraċle… je le dėvais au fọudrọiement de la berċeuse dans l'épaissėur de plọmb liquide qui mė prọstrait.
Soudain, j'étais rėdevenu papa… j'étais allonġé sur la moquette touffue au bord du matelas de Tishka, aveċ Sahar lovée de l'autre ċôté, tout ċontre elle, qui lui marmottait sa ċomptine à l'oreille. Alors Tishka ėnfonçait son musėau dans l'oreiller moelleux et sa bouċhe babillait les paroles de la ċhanson, dans un ċlapotis minusċule, presqu'imperċeptible, une petite pluiė d'été.

— Continue Sahar, continue !

Bien quė j'aie ralenti mes passes, sans m'en rendre ċompte, la ċéramique avait attėint une telle amplitude de résonanċe que les tomettes, par ċonduċtion, ċommenċèrent à se fendre. Sahar sentit le ċhant monter et monter enċore, elle lė laissa prendre sa plaċe et sa portée, elle laissa ċette berċeuse qu'elle avait éċrite à la naissanċe de Tishka traverser les limbes du tėmps // et d'un flash mė revint l'aven à Ċanjuers, notre journée à ċhanter et ċe refus brutal dė Tishka quand Sahar avait voulu la lui ċhanter, ċette berċeuse ! On touċhait les fameux sons-totems révélés par le Ċryphe ! Ċes rythmes seċrets qui pouvaient sloquėr un furtif en l'amenant à son aċmé de résonanċe !

— C'est ça Sahar ! C'est ça ! Tu y es ! Tu as trouvé ! Tiens le flux, tiens-le !

) Lo)rča arrêta) net să lečture frénétique du sillon. D'un ğeste, je fis stopper Ĥakimă et je ne măintins qu'une făible liğne de băsses aveč mon olifănt, en soutien. Le bălian ăvait déjà čompris et čonsonăit, à lă voix. Les ondes ačoustiques ăvăient ătteint une telle perfečtion de résonănče que lă pièče entière semblăit măintenănt trépider ău diapăson du frisson. Le pĥénomène s'entretenăit tout seul. Les poutres osčillaient dănğereusement, les pierres se desčellăient păr endroits, les tomettes črépităient sur toute lă surfače du sol. Čhristofol ağrippait l'acčoudoir de son fauteuil săns săvoir s'il fallăit se lever et s'enfuir.

Et Šaĥar čhăntăit. Elle cĥantăit čette berčeuse étrănğe, săns forčer să voix, săns čhercĥer à čouvrir les ĥarmoniques que lă čérămique propağeăit dăns lă pièče. Elle čhăntăit pour elle-même, pour să fille, pour retrouver lă justesse ăbsolue d'un instănt, d'un ămour.

Măis à cĥaque mot qui sortăit de să boucĥe, à čhăque « mămăn » pronončé, le čorps fiğé de să fille se moirăit de rides čončentriques, păreil à un lăc toučĥé păr un čăillou.

— Regardez, regardez !

La matière du corps changeait, bougeait. On aurait dit qu'elle fondait en surface. Pourtant rien ne coulait, rien ne se déformait, tout semblait encore suspendu sur place sinon que ce n'était plus ferme et solide, plus réellement compact, c'était liquide ou gazeux, un plasma ?)(et ça s'éclaircissait du brun vers l'orange, de l'orange vers le blanc d'une sorte de porcelaine fluide. La statue se brouilla lentement. Le visage devint flou, la bruyère des cheveux se mélangea. Et l'on vit les poils félins des cuisses onduler et accuser l'impact des chocs acoustiques que le poème de Šahar continuait d'imprimer avec rien : un chuchotis. Une douceur extrême.

Šahar s'était à présent approchée. Elle pressentait quelque chose ou elle avait peur que sa voix ne porte plus assez, je ne sais pas. Mais elle fut là au moment où le corps, ne se soutenant plus de lui-même, s'affala dans ses bras.

Personne ne savait quoi faire. Je me souviens que Toni a gueulé :

— Fermez les yeux ! Matez pas ! Sinon on la refige !

Mais moi, je n'ai pas fermé les yeux. Pas plus que Varech. Šahar a pris sa fille dans ses bras et c'était une masse fluante, allongée, dont on avait l'impression que les mots de Šahar seuls lui donnaient encore une forme, la modelaient d'ondes cymatiques qui traversaient sa chair, la brassaient ou la restructuraient de nœuds vibratoires. L’air dans la pièce avait pris la couleur du chant :

˘Bonne nuit maman’dibule
J’adore quand ta. bouche
m’embrásse et fait des bŭlles

´Ne ˏregarde ´pas, ne regarde rien, chante et chante et chante, cajole-la…

Bonne nuit maman’dragore
qui fleŭrit en silence
Car le. silence est d’or˘

Un jour, Tishka aurait eu six ans, elle aurait couru pour se jeter dans mes bras et j’aurais senti ses hanches dans l’anse de mes coudes, l’armature naissante de ses épaules pointues, sa musculature s’affirmant, son poids. Plus tard, elle a quatre ans, elle débaroule sur le plancher et ſonce dans mes jambes, je la soulève plus qu’elle ne bondit, je la lève haut, elle rit et se blottit contre ma poitrine. Ses pieds ne touchent pas mes genoux, ses hanches sont en peluche, son buﬆe léger vole, elle enſouit ses joues dans mon cou. Bientôt, elle eut deux ans, elle s’approcha en vacillant à la limite de la chute et mes mains l’arrachèrent du sol pour l’envelopper tout entière. Tout était potelé en elle, son torse et ses bras poupons, les chevilles dodues, les genoux tout ronds, ses cuisses, elle gloussait, elle ne pesait pas plus lourd qu’un chat. Puis elle eût pu avoir six mois, Varech m’a raconté, elle eût ſondu encore, il aurait aperçu une petite boule dans mes bras, que j’eusse bercée, bercée toujours en chantant. Puis je n’eusse plus rien senti de concret entre mes mains, à peine un nourrisson, moins que ça, une petite balle de chair chaude, un reﬆe de terre tiède à malaxer.

Et j'ai ouvert les yeux au milieu du salon, éberluée, alors que les derniers harmoniques ſaisaient grésiller les ſenêtres de la bergerie.

) Ša)ĥar čontinuăit) à čhănter les măins vides. Le čorps de Tisĥkă n'ăvăit čessé de réduire jusqu'à s'évăporer čomplètement dăns ses brăs ! Elle se réveillă de să trănse săns ăssimiler où elle étăit. Puis elle eut un ĥoquet inčompréĥensible qui lă pliă en deux. Le ĉhant ne s'étăit păs ărrêté pour ăutănt, č'étăit juste que lă voix s'étăit métămorpĥosée. Le timbre s'étăit ăltéré, lă berčeuse se prolonğeăit măis on entendăit măintenănt, à lă plače, lă voix flûtée de Tisĥkă la čhăntonner. Dans la pièce, les dernières résonances s'étaient dissipées. Le silence des pierres offrait un contraste plus lumineux encore à la voix de la môme qui sortait en flot pur de la bouche de Šahar. Cependant Šahar porta bientôt les mains à son ventre dans un geste de mère : il était rond. Puis il diminua, il rétrécit vite, très vite et Šahar se mit à hurler en panique, avec cette voix de soprane qui n'était plus la sienne :

— Je la perds, je suis en train de la perdre !

— Continuez à chanter, n'ayez pas peur ! Elle revient vers sa naissance, elle prend matière, elle se refonde ! beugla Varech.

— Je la perds !

Et Varech, de la braise dans les yeux, pour lui-même, émerveillé comme un père qui guetterait son premier enfant sortir du ventre de sa femme, marmonna encore des trucs de philosophe indécrottable.

De fait, Šaĥar perdit son ventre, se tordit d'une manière atroče, en ğémissant čomme un veau qu'on abat, bêlant, čroassante, jetant par sa ğorğe des sons sans nom, sans direčtion, de pure survie. Lorča essaya de l'aider mais son iris d'un vert sifflant, ačide, le râle qui s'expulsait de son larynx étaient si ĥorribles qu'il était inĥumain de ne pas rečuler. Enfin, un spasme monta, monstrueux)) ((et une éructation viscérale de vomi déchira la trachée de Šahar. Par réflexe, tout le monde tourna la tête, Varech y compris. Tous on refusa de voir (et on ne comprit que bien après pourquoi ça se fit de cette façon).

Quand ma terreur osa me rouvrir les yeux, Šahar était étalée sur les tomettes, entre la vie et la mort. Šur le tapis, il n'y avait plus rien, plus un gramme de bile, de matière, de sang ou de lymphe, rien du tout. Le citronnier, dans un coin, n'avait plus de fruit. Même la main de porcelaine cassée au pied du socle avait disparu.
Lorca prit Šahar avec précaution et la retourna sur le dos. Elle était plus blanche qu'un cadavre retrouvé dans la neige. Mais elle respirait encore. Quelque part parmi les poutres, dans le conduit de la cheminée ou déjà sur le toit, les restes tintants d'une petite voix d'enfant se diluaient sur trois petits tons subreptices, filant.
Et je sus alors, dans une explosion étoilée de larmes, qu'on avait... Je sus qu'on avait réussi...

Bonne nuit... maman'gouŝte

˘Laisse-moi... rêver̃... maintenant...

Fais-moi... un bisoŭ... et-ouŝte !

CHAPITRE 21
LES CHASSEURS POPULAIRES

— ÉDITO REVUE TERRE-À-TERRE
La nouvelle de la résurrection de Tishka Varèse fait partie de ces événements qui marquent une époque. Il est probable que le soubassement mythique et religieux de ce type de phénomène, si rare, joue un très grand rôle dans la façon dont les populations, en France évidemment, mais aussi en Europe et partout dans le monde, ont reçu le choc heureux de sa dépétrification. Tout n'a pas fuité encore des conditions de cette réincarnation, et peu importe : l'essentiel est qu'elle n'ait pas été sérieusement remise en question, même par ses adversaires les plus farouches. Et qu'à chaque semaine qui passe, la fascination joyeuse que suscitent les furtifs, leur accueil enthousiaste dans les communautés autogérées qui s'efforcent, progressivement, d'en apprivoiser la présence témoignent d'un renouvellement profond de notre rapport au vivant.
Le XXIe siècle se sera ouvert sur le réchauffement climatique, la sixième extinction des espèces, l'épuisement tranquille et écœurant des ressources fossiles. Il aura été celui de l'anthropocène et des écocides enfin perçus à leur juste mesure. Il bascule, au mitan, sur l'émergence d'une espèce que la science n'avait jusqu'ici pas été capable de déceler. Et dont la découverte a finalement relevé de la recherche militaire sur la détection de menaces intrusives. Ce qui ne manque ni de sens ni de sel. Mais ce qui frappe, plus encore que les réflexes habituels de sanctuarisation de la nature, plus encore que la volonté de protection des furtifs, qui n'a

encore rien d'acquis, c'est que notre relation au vivant est en train de changer, grâce à eux. Pour beaucoup de jeunes adultes, qui ont forgé leur culture chez les Terrestres, la question n'est plus : « Comment sauvegarder la nature ? » mais « Comment cohabiter avec les furtifs ? Comment s'hybrider avec eux ? » Et mieux : « Comment rendre furtives nos existences ? » Ce qui va exiger de nouvelles pratiques d'ouverture, de composition et d'écoute qui, à ce jour, doivent être envisagées, il me semble, avec bienveillance mais en toute lucidité. Car les furtifs se nourrissent, altèrent et déforment aussi nos environnements. Ils tuent d'autres animaux, notamment domestiques. Ils font muter parfois nos enfants et pas toujours avec la grâce et la beauté de Tishka Varèse. Ils sont dangereux... comme la vie est mortelle... et dangereuse !

Si la résurrection de l'hybride Varèse est appelée à s'inscrire dans l'histoire, c'est aussi parce qu'elle a ouvert une porte à l'homme hors de sa propre condition. Elle est le soupirail qui nous fait entrevoir la sortie de l'anthropocène – ou tout au moins son dépassement possible. Avant Tishka et l'hybridation qu'elle potentialise, le dépassement de nos limites ne s'imaginait que sous une forme technologique et « augmentée ». Elle était l'empire du transhumanisme auquel les très-humanistes ne pouvaient répondre qu'à la force des philosophies et des spiritualités fines. Aujourd'hui, une alternative est née. Elle n'est pas technologique : elle est organique. Elle est issue directement du vivant, et même d'une forme vivante ancestrale qui aurait présidé (si l'on en croit certains biologistes) à la différenciation actuelle des espèces et à l'évolution des organismes végétaux et animaux, des champignons comme des bactéries. Sans être des LUCA (Last Universal Common Ancestor), les furtifs nous offrent une remontée aux sources du vivant, dont nous avons hérité

(d'où peut-être cette compatibilité organique qui rend possible l'hybridation).
Nous revenons et développons largement dans cette édition de Terre-à-Terre *les conséquences prodigieuses de l'émergence furtive sur nos vies avec un dossier particulièrement étoffé qui a sollicité les meilleurs penseurs, sociologues, anthropologues et biologistes du moment pour une analyse sans concession de la furtivité qui vient. Une fois n'est pas coutume et nous pouvons l'affirmer sans ironie : « Nous vivons une époque formidable. »*

·· Nous · n'avions pas le temps. Pas le temps d'assimiler, pas le temps de souffler, pas le temps de profiter de la bergerie, juste nous trois, Sahar, Tishka et moi. L'élection présidentielle arrivait dans deux semaines. Et à travers elle, à travers cette kermesse démocratique cyclique – dont on savait bien qu'elle n'était là que pour entretenir sa propre continuité en servant de cabinet d'ingénierie sociale au libéralisme le plus sordide – c'est le destin des furtifs qui se jouait pour nous.
Grand favori des sondages, encore auréolé par l'assaut sur Porquerolles, ce fumier de Gorner avait annoncé la couleur : s'il devenait président, la première mesure qu'il prendrait serait la neutralisation des furtifs. Il ne disait pas « extermination » bien sûr, encore moins « spécide ». Il variait selon les discours et le segment de clientèle qu'il avait en face de lui entre « éradication du péril furtif », « sécurisation des espaces visuellement inaccessibles », « sérénisation de nos quotidiens », tout en panachant ce langage trop techno, surtout destiné aux prescripteurs d'opinion, avec un semis de petites phrases à picorer, dont il saupoudrait les réseaux : « *Quand je mange au restaurant, je n'ai pas envie d'avoir un furtif sous ma chaise* »,

« Les furtifs sont fascinants, mais le terrorisme aussi est fascinant » ; *« Personnellement, je les préfère en céramique »*, *« Qui a envie d'un rat sous son lit ? »* ; *« Tishka est vivante ? C'est une bonne nouvelle, surtout pour les parents. »* Derrière ces phrases calibrées avec soin, sous leur apparence spontanée, ce n'étaient pas tant le troll ou le buzz qui étaient recherchés. C'était la suggestion affective, la production insidieuse d'un affect commun, comme disait Varech, capable de cristalliser les perceptions encore brumeuses du marais, de leur offrir une aimantation comportementale : une « opinion » à laquelle se tenir et adhérer. En la croyant sienne.

— Mais alors pourquoi, quand on vous voit avec des caméras ou des capteurs, vous ne vous figez pas ? On vous voit pourtant !

— Image papa, chaleurre. Pas pour de vrai.

— Mais toi, tu dis que tu voyais ton furtif dans ta chambre ! Que tu le voyais au plafond des fois ! Qui vivait, qui bougeait ! Pourquoi il se figeait pas alors ?

— Mamôme !

— Et alors ?

— Personne croit les nenfantes. Les papamamans pensent qu'on magine. Pareil les fous. Ils visuent les fifs. On les laisse nous garder car pacru !

— Donc les fous et les enfants ont le droit de vous voir parce qu'on les croit pas, mais pas moi ? Maman et moi, on pourra jamais te regarder ?

— Ni non…

Arshavin l'avait pointé très tôt : la guerre des imaginaires était lancée ; d'elle dépendrait *in fine* la façon dont les furtifs seraient traités. Dans cette guerre, l'élection était

une arme de destruction massive : avec ses pratiques rodées d'*affecting* et de *fiction scripting* pour mieux fixer nos mémoires, mieux canaliser nos projections, avec sa fausse urgence et son recours vicié au vote « pour trancher », elle offrait au suffrage universel l'aura sacrée de l'expression suprême du peuple alors qu'il n'était qu'une pâte tiède à malaxer avec la plus torse dextérité possible pour *produire les élisants* escomptés.
Alors nous sommes montés au front, Sahar et moi. Nous le devions à Tishka, à sa petite meute d'amis dont nous savions si peu, à notre histoire hors norme. De ces deux jours inouïs où nous l'avions ramenée à la vie, tous ensemble, par notre intelligence collective, avec Varech et Arshavin, Hakima et Louise, Toni, Saskia et Agüero, le balian et Kendang, il reste une amitié immarcescible, quelque chose d'un exploit fou, d'un miracle construit en commun, comme l'existence en apporte si rarement, sinon jamais.
C'est de cette amitié que nous pouvons aujourd'hui tirer la force tramée de nous battre. D'elle dont nous partons pour déployer notre stratégie furtive.

À Louise et Arshavin, nous avons laissé le terrain médiatique (dont ils ont les codes), l'affrontement rhétorique, la forge des arguments et les contre-attaques sémantiques. Le Parti furtif a été créé et il est en ordre de marche. Il a déjà fait des petits en Scandinavie et en Amérique du Sud. Louise l'a annoncé d'emblée : il ne s'agit pas d'un parti-pour-être-élu. Si par miracle nous l'emportons au suffrage, ils opéreront sous mandat révocable en prenant simplement les mesures assurant la sauvegarde des furtifs avant de s'autodissoudre. Leur but est d'avoir une tribune, la tribune que l'enjeu exige, hautement.

Varech a décidé d'assumer son statut de penseur culte pour le temps du combat. Il est le phare qui peut poser ses clartés sur la furtivité qui lève et nous amener à l'incarner, à la questionner, en nous sortant radicalement de l'anthropocentrisme. En tant que philosophe du vivant, il veut nuire à la bêtise partout où elle s'avère bavarde et entend fendre en deux le bloc de pensée inerte qui sert de viatique aux antififs.

Le Cryphe comme le Récif ont ouvert leurs savoirs aux communautés scientifiques. Sur ce terrain, nous sommes déjà en train de l'emporter : le soutien des biologistes et des éthologues pèse son poids dans la légitimité de l'espèce et des hybridations.

Saskia et Agüero vivent leur histoire d'amour, si belle dans son évidence, ils jouent le jeu des interviews et des témoignages en appuyant les luttes d'occupation. Sur place, ils essayent surtout d'apprendre aux camarades comment approcher des furtifs, échanger avec eux, trouver un langage commun de rythmes, comprendre ce qu'ils sont au-delà des délires qui circulent. Saskia mobilise aussi beaucoup le milieu musical, dont certains voient dans les furtifs une renaissance inespérée du son, une retrempe dans le feu vibratoire, d'où jailliront des œuvres qui, enfin, compteront.

Les Balinais sont retournés au Javeau-Doux où le balian transcrit son expérience sur des feuilles de *lontar*, sereinement. Il redonne sa dimension spirituelle à nos rationalisations d'Occidentaux pour qui tout phénomène s'analyse, se décompose et se démontre.

Avec Sahar, nous essayons autant que possible de parcourir le pays ensemble pour ne pas avoir à se « voler » Tishka l'un l'autre, qu'elle reste toujours avec nous, toutefois sans l'obliger à rester *auprès* de nous, bien au contraire, puisque ce serait la meilleure façon de la remettre en danger. Même si ça demeure angoissant et très ardu à accepter, nous voulons qu'elle soit libre de ses parcours, autant que possible. Si l'attaque de la batterie des Mèdes nous a appris quelque chose, c'est que nous savons désormais ceci : personne ne pourra la protéger mieux... qu'elle-même.

— Et à part les enfants et les fous, il y a d'autres personnes qui peuvent vous regarder sans vous tuer ?
— Les mourris.
— Les quoi ?
— Gens qui mourrissent. Les va-t'en-morts. On fait danse pour elleux. Quand ils sagonisent.
— Vous accompagnez les morts, alors ? Vous vous laissez voir pour leur donner un beau moment... avant qu'ils passent de l'autre côté ?
— C'est ça papa.
— Et parce qu'ils ne pourront jamais raconter à personne ce qu'ils ont vu ?
— Aussi !

Partout où des Zoùaves se montent, nous nous efforçons d'être aux côtés des camarades, de dissiper aussi les fantasmes, de donner envie. Notre célébrité subie aura au moins servi à ça : nous sommes intouchables politiquement. Nous pouvons soutenir n'importe quelle lutte sans risquer d'être arrêtés, sans besoin de montrer patte blanche, sans avoir à nous cacher. Arshavin m'a rapporté que lorsque le directoire de Cismabor a demandé ce qu'il fallait faire de Tishka Varèse et de ses parents s'ils revenaient à Porquerolles, Gorner a répondu, agacé : « On ne tue pas Jésus-Christ deux fois. »

¸Hello ˀ world ! This is Toni All-Mad speaking ! Jalla michto ? Quand je pense comment je ramais ma maman avant, à rameuter˜ quatre velus pour˜ occuper˜ un square privilounge ! Now je claque des doigts et je vois débarquer˜ cinq cents gamers au taquet, easy, pour˜ te démonter˜ une usine de spiderbots ! Les nymphettes se croient en réul quand elles filment le Tonio ! Tonio, le gadjo qu'a ressuscité de la terre cuite en jouant du banjo ! Tonio, le mec qu'a vu Jésus-Tish sortir˜ de la gueule de sa reum et planer˜ sous les poutres en chantant alléluia ! J'vais pas vous la raconter˜ ! Je kiffe grave ! J'laisse dire la street ! C'est tout ça de plus pour˜ nos commandos ! À *Oufs & Flous*, on se la roxxe ! On a maintenant une horde de hackers dans les racks pour˜ monter˜ du zagacenter˜ ! On est autonomes en serveurs à Porque, Groix et cap Corse, tout à l'éolien des familles !
Et quand il faut se marave avec les bleus, chercher˜ l'embrouille, casser˜ du nez et lancer˜ la stomba, j'ai plus les bollocks qui tremblent de finir˜ en cabane, j'y vais franco, je suis un one-lifer˜, la police mate mes boucles et ma face de métèque et elle zappe. Too famous ! Trop de buzz contre Gorner˜, s'ils me serrent !
Quand j'ai deux secondes, je fais dans la conf sur˜ les céliglyphes ! J'apprends aux camarades comment tu sniffes un sillon, où tu captes le gravé en dedans, les couches. J'fais mon marabout, mon griot, je les mets en rond et je raconte comment elle cause, Tishka, tu verrais les étoiles, comme ça brille sous les lentilles ! On va tout défoncer˜, vous savez. *Revolution will not be storytold ! Revolution is not on reul ! Revolution is stealth !* Je vois comment ça se passe dans les îles. C'est over˜ pour˜ la Gouvernance et les corpors. Ils nous reprendront plus rien. On est dans la place. Yolo !

´Eﬆ-ce ˏqu'il ´exiﬆe une université privée, depuis les événements, qui ne m'a pas demandé de venir enseigner ce que je sais sur les ſurtiſs ? J'ai reçu des tombereaux de sollicitations pour des conſérences et des colloques aux thèmes aussi vasoureux que « Éducation et hybridation », « Les ſurtiſs : vivre avec ou vivre sans ? » ; j'ai été harcelée pour venir éclairer de mon « expérience exceptionnelle » des *think tanks*, valoriser une série de leçons en ligne ſinancée par Civin sur des bases de cachets qui équivaudraient pour moi à huit mois au chapeau dans les cités à six heures de cours par jour ! Ces gens ne doutent de rien : ils croient au ſond que tu ſonctionnes comme eux, que ta célébrité, tu l'as sciemment conﬆruite par des poﬆures de rupeté pédagogique et qu'elle se monnaie, comme la leur, comme autre chose. Ils ne soupçonnent sans doute même pas que si je les avais en ſace de moi au moment où la proposition arrive sur ma bague, je leur mettrais mon poing dans la leugue. Et qu'à ce moment-là de ma vie – où j'ai la chance de pouvoir déplier mes tréteaux et mes chaises dans n'importe quel square ﬆandard, sur n'importe quelle glape de galets à Dunkerque, sous n'importe quelle halle glacée de Metz et d'avoir quatre cents personnes qui m'aident à inﬆaller, vingt animateurs qui se proposent pour les ateliers, plus d'enſants que je n'en ai jamais vu dans la rue – ils croient que je vais préſérer leurs moquettes bordeaux, leurs pupitres en chêne et leur ſric indécent, qui vient des mannes de l'enseignement privigèle ?

L'avenir de la ſurtivité, je reſpecte Louise et le Cryphe – mais il ne dépend pas d'une bataille d'arguments adressés à des adultes déjà soumis à la morne, déjà verrouillés dans leurs certitudes et leurs conſorteresses. Il va dépendre de ce qu'on apprend aux enſants. Ou plutôt, de ce qu'ils vont apprendre, par eux-mêmes et en groupe, des expériences

qu'on va leur proposer de vivre à l'école, quand elle exiﬆe – ou dans la rue, les parcs, les champs ou les ſorêts quand on n'a que ça – ce « ça » étant souvent plus riche pédagogiquement qu'un bâtiment à angles droits et à toit permanent. Il ne va pas uniquement dépendre des beaux concepts d'hoſpitalité et d'anynomat, de vigne de ſuite et d'imperceptibilité, qui eſſectivement sont conﬆitutiſs d'une ſurtivité revendiquée. Plutôt d'un mode de perception que nous allons ou non être capables de ſaire merger dans le corps des enſants, d'une porte entre leurs deux épaules qu'on va leur permettre d'ouvrir ou non ſace au vivant.
S'ils découvrent, en sentant du ciﬆe, en sculptant du buis pour une ſlûte, en cuisinant des gâteaux avec l'œuſ des loupes qu'ils ont nourries et la raſine qui vient du moulin dont ils ont ſait tourner la meule ; s'ils le cuisent ce gâteau dans un ſour qui sent la branche de genévrier qu'ils ont coupée ; si on les ſait arpenter le bord des rivières en repérant les empreintes de renard, en piﬆant des traces de blaireau, en avisant des écrevisses lovées dans les contre-courants des pierres ; s'ils saisissent, par une observation *in situ*, que l'attitude du chevreuil qui trie les ſeuilles des arbres qu'il mange eﬆ la même que la leur quand ils trient des ſruits pour une tarte ou des textes pour un exposé ; s'ils arrivent à éprouver que le vivant eﬆ plus qu'un beau mesh de tigre projeté sur une blate avec leur bague, qu'il eﬆ déjà opérant en eux, sédimenté par des millions d'années d'évolution, diſponible dans leur œil de prédateur ancien, dans leur ſaçon de tendre l'oreille telle une biche lorsqu'un danger s'esquisse, dans leur cognition même, et que l'enjeu n'eﬆ pas juﬆe d'être « relié » ou d'« aimer la nature » mais de sentir le vivant vibrer verticalement en soi, parce qu'il sollicite en nous, enſin, nos ascendances animales et nos aſſects végétaux… Alors les ſurtiſs seront

l'évidence pour eux ! Ils n'auront même pas besoin d'en côtoyer pour être déjà aſſurtés ! Et donc pour échapper aux routines du conſort mort partout où elles veulent nous empêcher d'émanciper la vie qui nous traverse – cette vie à laquelle nous devons laisser temps et libre cours.

\Qu'est-ce \\qu'ił \croit ? Les civiłs caquent. C'est ła base de tout. Gorner va gagner haut ła main. Sur Civinał, un expert a jeté cet os hier : « *Tout ce qui change autour de vous est potentiellement un furtif.* » Ił ł'a dit sans penser à mał. Tout ce qui rouiłłe, se fend, s'effrite, pourrit, une vitre pétée, des tessons de bouteiłłe, des déchets qui devraient pas être łà. Tout ça peut être łié aux métamorphoses d'un fif, à son activité métabołique. « *Ils s'ouvrent des circulations ainsi. Leur façon d'habiter s'aménage un environnement propice qui n'est peut-être pas celui que vous aimeriez conserver. Il faut l'accepter. Ça s'appelle cohabiter.* » Rien qu'avec ça, ces trois phrases d'expert, Arshavin et ła vieiłłe fołłe perdent 30 % des éłecteurs. « *Tout ce qui change est potentiellement un furtif.* » Mais qui veut changer ? Qui a envie que ça change ? Va dire ça à un vieux dans son appart premium ? Dans sa baraque qui se fend ? Gorner, c'est łe candidat de ceux qui veułent surtout que rien ne bouge. L'écrasante majorité, en fait. Le furtif, ça bouge. C'est déjà trop. Ça fait peur. Tout ce qui bouge fait peur.

‹Depuis ¸trois ‘jours, on est revenus à Porquerolles. Parce que pour nous deux, c'est là que ça a commencé. Ơn a retrouvé l'endroit où on s'était fait des bisous qui dérapent. Ça nous a émus, on a même retrouvé un bout de chandelle qu'avait pas brûlé complètement. Ơn a décidé de poser notre cabane là, sur la falaise. Bon karma. Ça fait drôle de voir l'île si pépouf, si douce, sans hélico, sans barge à couler,

sans bruit de moteur. Gorner parle de « résistance résiduelle » ici : la bonne blague ! Le résidu, c'est plutôt Cismabor, qui tente de garder la vigne Perzinsky et le fort du Bon-Renaud : des plosses. Les milices ont été lâchées par la police. La vérité, c'est que Gorner s'en fout : le coup médiatique est passé, il prépare l'élection. À part que quand il reviendra, s'il revient, il pourra plus nous déloger. Ou il faudra cramer l'île de part en part ! Le maquis est habité désormais. Les forêts gigotent. Ça creuse du tunnel et ça bâtit en dur. C'est dingo le monde qu'il y a ! Plus que lors de l'assaut. Mais réparti, aquí y allí, discretos. Les Corsaires ont consolidé leurs îles autour et remis à niveau l'armada. L'ermitage des Mèdes, un tas de ruines de plus de mille ans, est en chantier, ils le remontent à l'ancienne. Nous, avec Saskia, on se voit bien passer une paire d'années ici. Puis aller se balader ailleurs, dans d'autres îles, amener notre connaissance des fifs, transmettre ce qu'on sait, apprendre à les apprivoiser aussi, tant qu'à faire.
Ce matin, on regardait la mer sur l'épaule de la Grande-Cale ouest : ça moutonnait franc ! Le vent taclait l'écume, ça faisait *pschiitttt* sur les crêtes des vagues et la farine papillonnait dans l'air. Au-dessus, les nuages s'effilochaient, leur chantilly gonflait et filait, ça n'arrêtait pas... Saskia s'est tournée vers moi, c'est fou le bonheur qu'y avait dans son sourire. Y ella dijo :

— Tu sais ce que je pense ?

— Dis ?

— Que les nuages et l'écume, en vrai, ce sont aussi des furtifs. Peut-être même les premiers sur cette Terre. Des automorphes. Une seule matière, des métamorphoses infinies...

— Alors on les tue en les matant, en ce moment. Je fais un putain de génocide !

— Non, parce qu'on ne sait pas que ce sont des furtifs. Et ils savent qu'on ne sait pas. Qu'on ne saura jamais. Qu'on les verra toujours comme des nuages et de l'écume blanche, qu'on trouvera toujours ça beau, incroyablement beau. Sans piger que ça vit.

J'ai glissé ma pogne dans la poche de sa parka. Macanudo, la sienne y était aussi :

— Tu connais Zilch, nena ?

— Vaguement.

— Tu sais ce qu'il dit, lui ? Qu'il y a des furtifs de réseau, des furtifs d'ondes : mesh, radio, magnétisme, tout ce que tu veux. Des fifs faits que d'ondes qu'on voit pas. Ses potes appellent ça des résifs. Ils essaient de leur causer avec des glitchs. Ils balancent des paquets d'ondes bizarres et ils attendent que ça revienne.

— Moi je me suis toujours demandé ce que ça fait un furtif de verre ? Combien il y en a dans le monde ? Si tu regardes par une fenêtre et qu'elle est parfaite, tu vois pas la vitre donc tu le vois pas. C'est tricky...

— Et s'il y a un reflet, tu vois soudain le verre et le furtif se fige. Il se vitrifie aussi sec, hop ! Tu sauras jamais s'il était vivant au début, che !

— En vrai, t'as des côtés geek, toi ! T'as pas bossé avec un certain Nèr ?

— Le pire, c'est les miroirs, si tu vas au bout du truc...

’

‘

’

‘

’

‘

’

·· Saskia · et Agüero explosent de joie, Arshavin est dans les bras de Christofol, la moitié de la cellule Cryphe jette ses cannes en l'air... et quelque part dans la friche des Métaboles, au milieu du labyrinthe des containers et des palettes, Tishka et ses copains font des cabrioles...
Le résultat vient de tomber. Nous sommes au deuxième tour ! D'extrême justesse, à 20,4 % des voix, un cheveu devant le cadavre du Parti démocratique. Et sans le moindre suspense, ce sera face à Gorner, qui culmine déjà à 38 % des suffrages, dès le premier tour. J'aurais envie de sauter de joie, bien que je n'y arrive pas, pas plus que Sahar, nous aimerions, cependant l'évidence stratégique nous tombe dessus en même temps que le sentiment qu'on a fait un travail de fond, un boulot énorme qui va nous donner encore pas mal de visibilité. L'évidence est que Gorner a déjà gagné, qu'il sera président dans quinze jours et que ça va être saignant pour nous. Sur l'écran, il déroule un discours de velours : « *... prendre garde à l'euphorie, le Parti furtif est un adversaire redoutable et dangereux, nous devons encore convaincre les Français, restons mobilisés, merci de votre confiance qui m'honore et m'oblige...* » – la soupe habituelle. Va donc se tenir le fameux débat du deuxième tour, le duel français à la sauce postmorderne, avec la pléthore d'indicateurs temps réel sous les deux candidats, ce que j'appelle les statistiques de foot : nombre de phrases clés, de punchlines, taux de compréhension, d'adhésion ou de rejet, auxquels ils ajoutent encore les commentaires débiles des followers... Le cirque dans toute sa foutaise chiffrée. Et il va bien falloir y participer...

´Les ‚médias ´attendaient Arshavin ou Christofol, à la rigueur Lorca ou moi. Bien que nous nous soyons battus toute la semaine pour tenter de nous présenter à huit

devant Gorner, afin de rendre tangibles nos conceptions plurales, ça nous a été sans surprise refusé. L'alternative pouvait être de clédiner le débat, tout bonnement, au motif que leurs règles n'étaient pas les nôtres ; sauf qu'un boulevard se serait ouvert à Gorner qui avait d'emblée annoncé qu'il serait sur le plateau et *« prendrait ses responsabilités »* – lui – *« adversaire ou pas »*. Attendu que nos chances de gagner s'avéraient quasi nulles et que notre objectif restait de détendre les furtifs face au plus large public possible ; et étant donné que jamais, en vingt ans de combat et de limitance, nous n'avions eu une tribune aussi vaste pour déployer ce que nous entendions par « politique du vivant », nous nous sommes finalement losérus à y aller.
Qui ? restait la question. Une personne assez forte et cortiquée pour porter nos valeurs sans entrer dans le jeu politicien, capable de sortir des axes de tir, d'être hors cadre et hors norme, quelqu'un que les médias ne pourraient répucérer ou ré-envelopper et face auquel l'équipe de com de Gorner n'aurait pas de prise fiable, pas d'anticipation pertinente, combattrait en trope-à-faux, destituée qu'elle serait de ses tourines. Ce quelqu'un, ça ne pouvait être que cette constellation de noms qui disait déjà la prolifération des potentiels en un seul homme, ce fut donc à la fois Mizotor, Rizotom, Izomort & Zoromit qui montèrent au front – alias Varech.

) La) seule) chose qu'on ait réussi à lui faire accepter, c'est de coiffer à peu près ses boucles poivre et sel et de tailler proprement sa barbe de lichen. À l'image, il a des allures de Dionysos, tour à tour sage et inquiétant. Un sujet de fascination, il l'est déjà en soi tant l'hybridation chez lui est visible et ancrée. Le mettre sous l'œil des caméras est un pari costaud. À la lumière, son regard fluit comme une forêt ventée. Quand il relève les manches de son pull, les poils de ses avant-bras sont plus proches de l'herbe que de toute autre chose. On lui a fait jurer de ne pas rayer la table de débat avec ses ongles quand il s'énerve. L'annulaire et l'auriculaire frôlent la griffe.

Il n'a pas voulu qu'on vienne le soutenir sur le plateau, arguant que ça le déconcentrait. Il n'y aura qu'Arshavin et Christofol là-bas. Ce qui fait somme toute un trio plutôt âgé qui peut intriguer les vieux réacs votant en masse pour le bogosse. Pourquoi pas ?

Nous, nous nous sommes rassemblés à plus de mille sur le toit des Métaboles. La Céleste y a installé un grand écran en toile de parapente, la bière artisanale coule à flots, les batucadas dépotent. On dirait une finale de Coupe du monde.

Šoudain, le sonal de l'émission retentit dans le mur d'enceintes. Varech entre sur le plateau, petit, trapu, rageux. Il prend la main que lui tend Gorner, réputé pour sa poigne de mâle. Vu son âge avancé, on s'attend à le voir ployer. Mais non. C'est Gorner qui a une grimace d'étonnement et de souffrance, qu'il contient. Il n'ose réagir, de peur de passer pour une fiotte. Le fou ! Varech a sorti une griffe, j'en suis certaine, et il lui a planté dans la paume ! Le ton est donné ! Šur le toit, c'est déjà la folie, ça hurle de partout, on devine que ça va être énorme !

Šur le plateau, les animateurs égrènent les thèmes, les règles, le temps. Varech n'écoute pas. Il jette un dé à douze faces sur lequel il a gravé des trucs illisibles. Il est clair qu'il s'en fout. Des règles. Pas légaliste pour un rond. Pourvu qu'il pense au public, au moins un tout petit peu… Pense aux gens !

Gorner attaque sur le thème de la sécurité. Très vite, il sort ses petits couplets sur la « *nécessaire traçabilité des actes, des hommes et des objets* ». Šur la « *gestion harmonieuse de nos cités libérées* ». Varech le toise et le reprend au vol. D'emblée il déchenille :

— La trace n'est-ce pas ? la trace ! La trrraccce… Empreinte ou marque que laisse le passage d'un être ou d'un objet, bien sûr… Une piste, une brisée, une foulée, un pas ou une passée… Marque laissée par une action quelconque, plus largement. Trace d'encre ou de sang, traces de coups, de freinage, traînée ou tache… Ce à quoi l'on reconnaît que quelque chose a existé, ce qui subsiste d'une chose passée : un reste, un vestige, un souvenir, une archive. Je m'interroge sur la frénésie d'un monde qui ne supporte plus que le présent passe – et passe sans laisser de trace – juste passe. Sur cette compulsion que vous avez, vous et vos affidés, à retenir et à capturer. À piéger dans l'archive, à aspirer sans cesse de la donnée. Sur ce que ça dit de notre inaptitude panique à vivre le présent.

— Sans trace, il n'y a pas de contrôle possible, monsieur Varech. Vous le savez. Pas de sécurité durable. Et sans trace surtout, nos algorithmes publics ne peuvent pas personnaliser votre expérience de la ville. Comment vous proposer la ville que vous méritez si l'on ne sait pas ce que vous y aimez ? Si l'on ne sait rien de vos habitudes, de vos parcours préférentiels, de vos goûts ? Si l'on ne…

— Laissez-moi vous faire un tour de magie, monsieur, face à votre bonneteau triste.

— J'aimerais ne pas être coupé…

— Tout est contenu dans le mot « trace » au fond, vous avez raison. Osons donc la nomomancie. Avec le mot « trace », on touche au cœur de ce que gouverner-comme-un-Gorner, j'ai envie de dire : comme un goret du *Pig Data*…

— Je vous en prie ! Ne jouons pas à ces jeux ! Les Français méritent mieux que des insultes de comptoir !

— … au cœur de ce que gouverner veut dire. (Varech prend son dé et le jette sur la table. Il fait mine de regarder le résultat.) Car *trace* donne d'abord *caret*, tiens, du fil de chanvre qui servait à fabriquer les cordages pour la marine. Une trace n'est rien seule, elle ne prend de valeur que tressée, reliée. (Il relance son dé, les journaleux hallucinent.) Reliée par une *carte*, deuxième anagramme, hum… La carte est en effet la trace mise en ordre et en série, reliée par classe de nuages, corrélée par affinités. Les cartes sont les mises en sens et en scène des traces que nous laissons. Elles sont l'outil princeps de vos pouvoirs commerciaux, militaires ou cognitifs. On ne cartographie jamais que ce qu'on projette de s'emparer, de coloniser puis d'exploiter, n'est-ce pas ? *Tracé* nous livre, c'est très joli je trouve, *écart* si on l'écrit à l'envers. Et c'est bien un envers, cet écart, l'envers de la moyenne ou de la norme qu'on voudrait lui appliquer, auquel on voudrait le ramener. Sauf qu'au fond, chaque acte individuel est par définition un écart dans la nébuleuse des données. Et que cet écart est de toute façon tracé, à savoir mesuré, évalué et donc réintégré dans la matrice quantitative où il produit une valeur par différence. Notre liberté supputée, dans une ville comme la vôtre, est donc celle de l'*écart tracé.* Une simple singularité.

Une singularité dans nos déplacements, notre style vestimentaire, nos achats, notre cadence de marche, nos traits de visage, les points où se porte spontanément notre regard et que suit l'oculomètre, le timbre de notre voix qu'enregistrent les collexiqueurs... Une singularité qu'il ne s'agit en rien de mater à la façon des anciens régimes disciplinaires ni même de normaliser activement comme dans les plus récents régimes de contrôle. Non, seigneur Gorner, non... C'est plus fin et plus fou que ça ! Qu'il s'agit d'*accepter* comme telle, cette singularité, cette liberté d'être ce qu'on est : *come as you are, be yourself !* pour pouvoir mieux articuler autour et proposer en face, en temps réel, avec tact, les suggestions d'objets, les services et surtout les routines de comportements qui vont lui correspondre « naturellement »...

¸ Lui, ˀ lui, c'est un punk, un vrai ! Un grand malade ! À peine booté qu'il est déjà parti en sucette ! Ça y est, l'icône « Intérêt du public » tourne orange, le taux de compréhension, lui, se vautre de la falaise. Ça suit déjà plus. Appelez les pompiers ! Stoppez tout ! *Raf*, le mensché taquine ses dés :

— *Trace*, c'est aussi *acter* et *crate*. Le *crate* de démocrate ou de ploutocrate, le vôtre – le *crate* qui signifie « pouvoir » en grec. Et *acter* parce que ce *crate* est précisément le premier dans l'histoire humaine à considérer et à exploiter directement la liberté individuelle, qu'elle se contente de favoriser et d'acter, comme la source même de son pouvoir. La société de la trace est une société qui a précisément un besoin absolu de notre libre arbitre afin d'en collecter les traces et d'en nourrir ses dispositifs d'aliénation optimale. Qui a d'abord et chaque jour besoin de savoir ce qu'on désire et ce qu'on aime, au plus profond de nos intimités, pour nous faire des propositions qu'on ne saura, qu'on ne pourra plus refuser. *Trace*, *caret*, *carte*, *écart*, *crate*, *acter*. Tout est là… Le tour est fini.

Nous n'aurions peut-être pas dû… Quoiqu'il ait une authentique volonté pédagogique et l'envie sincère de mettre en mouvement la pensée des ſpectateurs, il n'a pas l'expérience d'une audience médiocre (pas ſtupide ni bas du tronc, ceux-là sont devant la réul, ils ne regardent même pas ce type de débat, juſte « moyenne »). Il eſt trop brillant et bien trop cherpé pour s'adresser au grand public. Des termes comme « cognitiſ » et « singularité » se sont immédiatement payés d'un décrochage sévère. Déteſtables sont par ailleurs ces mesures en temps réel : on en perd la continuité des idées, on n'écoute plus vraiment le contenu, diſpersée que l'attention eſt par le ſil rapasite des chiſſres qui déſilent et qui nous reſtituent comment le discours eſt perçu par la petite masse des ſpectateurs serviles qui tapent leurs notes ſrénétiquement.

Thème « Calidad de vida », ça enchaîne. Gorner vient de dégainer son programme « Un Anneau pour tous ». Varech tord le pif, dégoûté.

— De quoi votre anneau est-il le nom, Gorner ? Je vais vous le dire : d'un bouclage enfin féroce de l'individu sur lui-même. D'une chrysalide. Dont aucune chenille ne deviendra jamais papillon. L'anneau assure la triple convergence entre les traces qu'on génère, l'IA personnalisée qui les gère – à savoir notre alter ego, notre jumeau digital, notre moa – et la réalité ultime qui parachève la chrysalide en nous terraformant gentiment la dernière chose qui pouvait encore constituer un dehors : le réel. En confiant la gestion de cette chrysalide à une seule entité, Civin, qui va mettre l'ensemble des egodatas en silo, vous augurez une centralisation...

— Je permets surtout à chacun de pouvoir reprendre le contrôle sur ses datas et d'en optimiser l'usage ! Je remets l'individu au cœur de l'outil, monsieur Varech...

— Non. Vous pariez sur la bonne volonté de chacun de se soumettre au régime de l'optimisation de soi-même...

— Et alors ? Qui ne rêve de s'optimiser ? De se rendre meilleur ?

— « Un paradigme est dominant quand l'irréfléchi du quotidien se trouve ordonné par lui. » Benasayag. Avec l'anneau, vous renforcez ce paradigme dominant qui est de faire du monde une régie et de ses usagers des paramaîtres !

— Vous aimez beaucoup les jeux de mots, monsieur Varech. Je voudrais juste rappeler que l'Anneau a ce double mérite : il libère des opportunités de croissance qui vont créer de l'emploi. Et surtout il optimise notre qualité de vie.

Notre qualité de vide, plutôt, boloss ! Varech le laisse débiter son jambon blanc, tranche par tranche, puis lui jette un dé sur sa table ! Gorner sursaute, suspend sa jacte, Varech se marre, kill Varech, kill !

— Ce qui me donne envie de rendre, à vous entendre, ce n'est pas tant que vous densifiez encore le contrôle sur tous les axes possibles : centralisé et vertical, qui est déjà ancien mais tout autant horizontal, pair à pair, entre collègues, citoyens vigilants ou même amis, et encore intra sur nous-même. Nous y sommes presque habitués aujourd'hui. C'est qu'à travers ces technologies fines, vous maximisiez le rétro-ingéniering comportemental qui consiste pour chacun à devenir le designer d'un produit unique : être soi. Ce qui m'écœure, c'est l'auto-aliénation consentie et recherchée, ce statut d'auto-serf satisfait et frustré tour à tour, par cycle court, dans le lave-linge de l'egotrip. C'est la réduction cognitive progressive de nos aptitudes à force de les externaliser vers l'IA, par paresse ou par commodité. Suis ta pente naturelle, mais que ce soit en montant ! C'est cette déshumanisation relationnelle et empathique qui confine à la misanthropie molle. C'est cette étroitisation finale du vivant en nous, cette dévitalisation d'animal de zoo, dont nous repeignons chaque jour la cage souple – et qui nous rend indignes de l'évolution magnifique dont nous sommes issus ! Avec l'anneau, vous nous escamotez ce rapport précieux au dehors. Vous rendez improbable la rencontre avec ce qui n'est pas nous. Nous ne créons plus rien : nous paramétrons et nous permutons nos routines. Ce qui me glace, c'est le type d'humain que nous devenons, monsieur Gorner. Vous ne l'avez pas dessiné, j'entends bien. Mais votre politique consiste à faire en sorte qu'en toute autonomie, l'individu agisse sur lui-même de telle manière qu'il reproduise *en lui-même* le rapport de domination technolibéral. Et l'interprète comme liberté. *Sa* liberté. J'appelle ça le self-serf vice.

Oh putain ! Oh putttttain ! Le multifrag ! Il l'a douché au lance-flammes. Le mec titube, cramé jusqu'à l'os ! Ça hurle sur le toit, tout le monde se lève d'un bond, la batucada repart, couvrant la réponse de Gorner. Gorner lagge ! Chaos debout !

·· On · vient de perdre encore 12 % en compréhension du public. L'adhésion vacille, Varech dévisse sur le segment standard. Gorner laisse passer les salves en souriant, il sait qu'il va bénéficier d'un temps de parole plus long à la fin, qui lui permettra de dérouler. Sur son moniteur, on voit qu'il jette régulièrement un coup d'œil pour s'assurer que Varech s'enfonce tout seul. À la rigueur, tant pis, là où il doit convaincre absolument, c'est sur la dernière partie, laquelle s'affiche maintenant à l'écran, *« Furtifs et risque révolutionnaire »*, titre pour le moins biaisé. Gorner la joue fine, sinon vicieuse : il n'ostracise pas les furtifs, il insiste sur le principe de précaution et le devoir de protection des personnes fragiles, notamment les vieux et les enfants. Il a bien bossé, l'enfoiré. Il semble mesuré et humaniste alors qu'on sait, par le réseau d'Arshavin, qu'il a un programme d'extermination pur et dur dans ses cartons.
Varech commence en rappelant l'enjeu écologique et scientifique. Là il est bon, calme, très clair. Tuer les furtifs serait plus grave encore que l'extinction des singes, des pandas ou des abeilles parce que les furtifs jouent un rôle crucial dans l'empire du vivant : les mutations qu'ils impriment à l'évolution permettent la variété des espèces et leur renouvellement. Ils sont donc l'un des garants de la biodiversité future. Il remonte au score, avec une grosse adhésion du public écolo. Avec malice, la caméra filme sa barbe de façon plus resserrée. Sous certains angles, il a des

allures de faune au bouc végétal, ce qui a pour effet de crédibiliser encore plus son discours sur les mutations. Dans cette partie, où il est en tête-à-tête avec les journalistes, il a davantage de temps pour développer. On le relance sur la révolution et ce lien, assez inattendu selon eux, entre les mouvements insurrectionnels et les furtifs. Il faut qu'il assure… c'est décisif pour nous.

— Je crois qu'il faut dire les choses simplement ici : de toutes les incarnations du vivant, les furtifs sont la plus féconde. Ils sont la vie à sa plus haute puissance. Autopoïèse, morphogenèse, autodéveloppement, autorégulation, autoréparation, résilience. Faculté d'évolution et de métamorphose constante. Aptitude à traduire, transduire, interpréter. Néguentropie. Vitesse, esquive, prédation, créativité sonore… Sur tous ces axes, les furtifs sont exceptionnels. Ce sont des chefs-d'œuvre de l'évolution.

— Mais quel rapport avec la *ré*-volution ?

— À nos yeux, et je crois pouvoir m'exprimer ici au nom du Parti furtif et des mouvements radicaux, la seule politique qui nous semble désirable serait une politique du vivant. Or le vivant n'est pas une propriété, un bien qu'on pourrait acquérir ou protéger, c'est un milieu. C'est un champ qui nous traverse, dans lequel nous sommes immergés, fondus ou électrisés. Si bien que s'il existe une éthique, en tant qu'être humain, c'est d'être digne de ce don sublime d'être vivant. Et d'en incarner, d'en déployer autant que faire se peut les puissances. Qu'est-ce qu'une puissance, une puissance de vie ? C'est le nombre de liaisons qu'un être est capable de tisser et d'entrelacer sans se porter atteinte. Ou encore, c’est la gamme chromatique des affects dont nous sommes capables. Dans cette optique, vivre revient à accroître notre capacité à être affectés, donc notre spectre ou notre amplitude à être touchés, changés, émus – qui s’oppose d’ailleurs point par point à la surstimulation et à l’économie de l’attention dont l’anneau est porteur. L’anneau n’affecte pas, il nous infecte. Il pollue notre disponibilité. Il encrasse ces filtres subtils sans lesquels il n’est pas de discrimination saine entre les liens qui libèrent et ceux qui nous enchaînent, qui nous aliènent. Contracter une sensation, contempler, habiter, ce sont des liens élus. Subir des stimulus incessants, par contre, suscite ce stress qui nous détruit.

‘Ça ¸vole ‘haut au-dessus du caniveau, mais c’est beau ! Sur le toit, ça moufte pas. Ơn sent l’émotion monter :

— ... nos puissances de vivre relèvent d’un art de la rencontre, qui est déjà en soi une politique. Celle de l’écoute et de l’accueil, de l’hospitalité au neuf, qui surgit. C’est la capacité, selon moi, à se tenir debout dans l’Ouvert, dans ce qu’on pourrait baptiser le Rouge Ouvert : un champ d’intensité vibratile et frémissant, attentif et vigile. Qui discrimine donc, écarte et appelle, selon. Et puisque c’est la rencontre, le fait actif d’affecter et d’être affectés, passionnément, qui va nous hisser au vivant, il devient crucial *d’aller à la rencontre*. À la rencontre aussi bien d’un enfant, d’un groupe, d’une femme que de choses plus étranges comme une musique qui te troue, un livre intranquille, un chat qui ne s’apprivoise pas, une falaise ; côtoyer un arbousier en novembre, épouser la logique d’une machine, rencontrer un cri, la mer, un jeu vidéo, une heure de la journée, la neige…

)Je) me) sens ivre et heureuse. À travers les têtes fêlées et la longueur du toit, la voix de Varech roule en éclats et rocaille. À chaque salve, ses mains rayent la table du studio, comme si c'était une carte mentale, le terrain secret d'une pensée qui se trace. Šes ongles crissent, agrippent et fixent les concepts avant de les libérer dans l'espace. Šon regard a des verts de cyprès, l'iris y oscille comme traversé par un vent intérieur. Il n'est plus rien d'autre que ce qu'il dit.

— Nous avons un peu de mal, monsieur Varech, excusez-nous, à traduire tout ça sur un plan politique. Par exemple par rapport aux zones auto-gouvernées ?

— Eh bien je crois que le seul souci, épuisant et princier, d'une ZAG qui se voudrait pérenne est de faire vivre les liens. Centralement les liens sociaux, collectifs et communautaires, bien sûr, mais aussi amicaux et amoureux, filiaux ou familiaux. Puis au-delà et avec plus d'attention et d'intention encore : les liens avec le dehors, le pas-de-chez-nous, l'outre-soi. Avec l'étranger, d'où qu'il vienne. Et plus loin encore, hors de l'humain qui nous rassure, les liens avec la nature, le végétal comme l'animal, les autres espèces et les autres formes de vie : se composer avec, les accepter, nouer avec elles, s'emberlificoter.

— En quoi les furtifs sont-ils une révolution ? Je veux dire : une révolution sociale ?

— Parce qu'à tous ces liens horizontaux dont j'ai parlé, ils ajoutent une dimension verticale splendide, inaperçue jusqu'ici. Ils apportent une dimension de résonance interne extraordinaire aux capacités animales et végétales qui sont en nous, spécialement chez l'homme. Chacun de nous ici, sur ce plateau, est le résultat d'une évolution sélective de plusieurs millions d'années, dont chaque étape a laissé en nous une faculté : physique, perceptive, cognitive... Nous avons gardé quelque chose de la faculté d'absorption de l'éponge marine par exemple, de la patience de la panthère qui attend sa proie, du sens social des fourmis, de l'orientation des abeilles. Nous sommes des chefs-d'œuvre parce que ces facultés coexistent en nous, à titre d'ascendances animales, qu'elles tracent une généalogie verticale qui nous dresse et fait de nous ce que nous sommes. Si nous voulons bien y puiser et ne pas les rejeter comme une part impure. Dans l'histoire de l'évolution, les furtifs sont l'espèce qui a réussi, plus profondément encore que nous, à mobiliser en elle toutes les ancestralités animales et végétales du vivant, sans doute aussi bactériennes, mycologiques... Et qui les exploite avec le plus de virtuosité. À ce titre, ils nous montrent une voie possible pour sortir de notre clôture anthropocentrique. Ils nous font réaliser le potentiel de vitalité qui pourrait être le nôtre...

— Si l'on s'hybride, monsieur Varech, comme vous ?

— Pas nécessairement. Tout est déjà là, en nous... Nous n'avons pas besoin d'être hybridés pour exprimer ce potentiel. Mais à l'évidence, côtoyer les furtifs, accepter qu'ils nous affectent, les rencontrer ne peut que nous aider à grandir. Vous savez, il n'est qu'une seule vraie révolte, au fond : c'est contre les parties mortes en nous, cette mort active dans nos perceptions saturées, nos pensées qu'on mécanise, nos sensations éteintes. Être du vif, relever du vif. Les furtifs portent en eux et nous portent à nous, comme un cadeau caché dont le ruban est à défaire, cette double révolution possible : celle des liens horizontaux, à tisser sans cesse hors de nous, et celle des liens verticaux, à intensifier en nous, avec nos ascendances animales. Ce n'est pas l'un ou l'autre, l'un après l'autre : c'est tout ensemble une vitale insurrection, collective et intime, pour porter au point de fusion nos puissances. Et en offrir l'incandescence à ceux qu'on aime. C'est un alliage et c'est une alliance. Être moins celui qui brûle que celle qui bruisse. Entrer, par effraction, dans le Rouge Ouvert... S'y tenir, fragilement... Pouvoir entrer dans la couleur.

Sur le toit des Métaboles – comme sans doute sur tous les toits occupés de Srance – un silence magique se suſpend quelques secondes dans l'épaisseur nerveuse des corps. Soudain, Varech a arrêté de bouger, de ſaire grincer la table, d'aſſoler les contrechamps des macéras : il n'a été que sa voix. Sa pensée dans sa voix. Une sincérité brute, une âme retournée, soudain oſſerte. Sur le plateau, les journaliſtes sourient pour chacer leur émotion, on les sent chercher en eux le bouton ſuyant qui relancera la machine et le cirque, conjurera ce qu'il ſaut bien appeler un glitch. Le glitch Varech.

— Monsieur Gorner... Vous voulez... réagir peut-être ?

— Oui... Tout ça... est évidemment très joli... Mais c'est un peu moins joli lorsque votre propre fils va se retrouver avec un bras en plastique ou qu'une dame de quatre-vingts ans se casse le bassin en glissant sur une flaque de sang parce qu'un furtif a cru exprimer sa « puissance de vie » en empruntant la fourrure de votre chat…

— Ceux qui ont pu côtoyer des furtifs sont unanimes, Gorner. Tous les scientifiques dignes de ce nom également. Ils sont une merveille du vivant. En exterminant les furtifs, l'humain prouverait définitivement qu'il est la maladie de peau de la Terre. Et que vous, monsieur Gorner, vous êtes un fragment actif de cette mort qui travaille nos sociétés occidentales et qui les coupe du vivant en nous et hors de nous. Les tuer serait un suicide, un anthropocide. Avez-vous envie de rester dans l'histoire comme un criminel de guerre, monsieur Gorner ?

— J'ai surtout envie d'être le président qui aura évité la contamination vitale… pardon : virale… d'une espèce que personne ne pourra maîtriser si on ne la contrôle pas aujourd'hui. J'ai envie d'être le président qui stoppera ces révolutions qui couvent et dont vous vous faites le héraut parce que voler des territoires, ça s'appelle une invasion et un pillage.

Une semaine plus tard, j'ai appris rétrospectivement que Louise Christofol n'avait pas été très favorable à ce que Varech porte nos couleurs. Qu'après le débat et la sèche victoire de Gorner à 72 % des voix, elle a émis le regret de n'y être pas allée elle-même. Pour ma part, je n'eccorde qu'une attention mineure aux friches qui ne traduisent qu'une quantité plate et ne sauront jamais restituer l'intensité portée par les 28 % qui ont voté pour la furtivité jouyeuse de nos mondes. Pas plus ne crois-je qu'en insistant sur le tangage furtif, leur création de signes, qui

permet de les présenter comme des êtres intelligents, nous aurions pu mobiliser ou rassurer ceux qui les envisagent comme une menace – au contraire même. Et par ailleurs, si je me ſonde sur mon expérience avec Tishka, les diablogues débridés que nous avons toutes les deux, où elle ne se départit pas, avec le temps, de ses mots bougeants et souples, je crois même que les ſurtiſs se méſient, avec une radicalité ſine, du langage ; qu'ils ſuient sa précision qui incise, qui découpe et qui ſragmente le monde ; qu'ils en ont, comme pour les autres soches, un usage organique, bien plus viscéral et mortaméphique que signiſiant, avec une prédominance massive des sons sur le sens, que seuls les poètes pourront jamais adouber.
Mais voilà, nous y sommes.
Gorner eﬆ résident.
Et son programme d'extermination a commencé hier.
Avec une ticﬆaque hirroble.

COMITÉ MASSILIA DES CHASSES POPULAIRES

Avec Gorner, nous avons enfin un président qui fait ce qu'il dit et qui dit ce qu'il fait !
La mise en place des Chasses Populaires représente, n'en déplaise aux donneurs de leçons sociaux-démocrates, la proposition la plus démocratique justement que notre pays ait connue depuis trente ans. On en veut pour preuve leur succès dans une centaine de villes en France et leur reprise, certes encore timide, chez nos amis anglais et allemands.
Il faut mettre au crédit de notre président trois inspirations qui dans leur simplicité confinent au coup de génie politique. D'abord d'avoir réhabilité cette belle tradition des chasses du dimanche, qui permet à nombre de travailleurs et de familles d'y participer dans une ambiance conviviale. Ensuite de proposer une chasse sans arme à feu et sans danger mais avec la mise à disposition généreuse, par notre Gouvernance, des technologies de traque les plus pointues, issues du Récif

(que notre avisé président a dissous dès le lendemain de sa prise de fonction, avec raison !). Pour une fois que nos impôts optionnels sont bien employés, personne ne s'en plaindra ! Enfin et c'est sans doute l'idée la plus brillante, de parier sur l'effet de masse et sur la direction disciplinée des regards de nos meutes pour piéger les furtifs par un quadrillage optique qui couvre toutes leurs directions de fuite et toutes leurs caches possibles. Il est vite apparu qu'en dessous de cinq cents chasseurs, il est difficile de débusquer un furtif, surtout dans des sites à recoins. Cinq cents est donc la jauge minimum, mais elle a été largement atteinte partout, avec des meutes de plus de deux mille personnes ce week-end à Nice et à Toulon notamment. Il ne faut pas le cacher : l'organisation des différents groupes, la distribution à chacun d'eux d'une seule direction de regard (haut, bas, est, ouest, nord ou sud) et la coordination des déplacements demandent un peu de rigueur et de réglages. Toutefois là encore, l'aide des membres de la police, les formations gratuites qu'ils dispensent le samedi, parfois en dehors de leurs heures de travail (il faut le saluer), et qui s'adaptent à toutes les classes d'âge, des enfants de six ans aux quadragénaires, démontrent un souci démocratique et populaire exemplaire !

Pour donner un exemple concret, qui a mobilisé votre serviteur, nous étions près de mille ce dimanche à Marseille, dans la Friche de la Belle-de-Mai, sous la direction bienveillante des officiers de chasse. Après une petite heure de réglages, le site a été ceinturé par deux cents voyeurs disposés sur tout le pourtour. Puis les meutes mobiles, dont je faisais partie, ont pénétré dans tous les espaces du squat, sous la musique stimulante de la fanfare de chasse, sans jamais lâcher notre axe de vision (nord pour nous), malgré les cris, les leurres sonores et les hurlements ineptes des squatteurs. Nous avons opéré par groupes de vingt personnes, en arc ou en ligne selon les configurations, sous la houlette compétente des officiers qui nous guidaient dans nos oreillines. Bilan ? Quatre trophées en deux heures de chasse dont un magnifique oiseau-chat ; l'arrestation de vingt-six squatteurs (ce qui participe soit dit en passant pleinement de l'opération de prophylaxie et d'hygiène) ; des saisies d'objets volés, de drogues diverses, d'ateliers clandestins de piraterie ; et pour finir, un nettoyage collectif du site qui va le rendre rapidement propice à une réutilisation par la Gouvernance, pourquoi pas pour des formations à la chasse ? Le tout achevé par un succulent pique-nique de produits bio-identitaires, agrémenté de nos charmantes danses provençales. Bref, c'est un succès remarquable ! Mais qui exigera de la continuité, dimanche après dimanche, pour pouvoir atteindre l'été avec la certitude que nos villes seront à nouveau purifiées de tout ce qui les menace et les salit ! Et c'est, plus encore, une formidable éducation populaire pour nos enfants et nos adolescents, qui forge déjà les citoyens de demain. Une éducation à la vigilance collective, à l'entraide et à la réappropriation d'espaces confisqués par ceux pour qui le désordre fait office de viatique. Si le furtif n'a pas sa place dans nos villes, ceux qui le défendent et s'en inspirent n'en ont guère davantage. Il serait bon qu'ils le comprennent...

Jean-Claude Daugin, un chasseur sachant chasser

‹ C'étaient ¸des ‘pogroms, ni plus ni moins. Des ratonnades. Avec le matos du Récif, qu'ils nous avaient piqué. Nèr était sur-vénèr. Et la logistique des bleus-bites derrière. Ils raquaient le pique-nique parfois, histoire d'avoir màs gente. En vrai, ça cartonnait pas tant que ça, leur ball-trap, si tu prenais le boulier. Sauf qu'en com, Gorner arrosait dru. Que les vioques étaient ravis. Ça les rassurait grave, ils trouvaient ça mignon comme tout. Ce que les médiocs racontaient pas, c'était la pelletée de mecs armés dans les meutes. Les gars dézinguaient pas que du pigeon et des ratasses. Que les squatteurs qui répliquaient, ils se prenaient des bastos. Qu'y avait des clodos et des zagueux qui sortaient à l'horizontale des friches. Que les fifs qui tombaient, souvent, c'étaient des vieux comme nous l'avait dit Tishka. Que les autres giclaient bien avant l'arrivée de la fanfare.

Maintenant, ça fonctionnait leur truc. C'était de la chasse à courre version trash-bourrin, rien d'autre, mais avec des clebs qu'avaient des têtes de skins. Ça vidait les villes de nos fifs, c'est clair. Ça mettait de la mort. Ce fluide, leur présence, leur frisson, on savait pas bien à quoi ça nous servait, ce que ça nous faisait, ni pourquoi ils avaient le goût, eux les fifs, d'habiter parmi nous. Ce qu'ils y trouvaient de si estupendo pour prendre le risque sans arrêt d'être matés alors qu'à dix kilomètres dans la pampa, ils auraient eu la vida quieta ? Saskia posait une explique, comme la Christofol : ils se goinfraient de nos intensités, leur came première, c'étaient nos émotions, nos haut/bas/fragile. Et qu'ils les chopaient dans nos voix, par nos gorges à bagout, sous leur coulée, leur brame bougeant. Va savoir. Varech, lui, il allait plus loin : il disait qu'on était l'espèce qui transforme le plus, rien que nos aliments, la cuisine, les ordures, ce qu'on fabrique à gogo, crame, jette, que tout ça, c'était miam-miam pour les fifs, de l'inspi et du carbu, de quoi garder la gniaque et se morpher à la va-comme-je-repousse. Y avait derrière ça de la symbiose pas-vu-pas-su.
Lors des premières chasses, je suis monté au front à Orange, couilles à l'air, à tenter de causer aux familles, à leur dire « j'ai été chasseur también, j'ai fait ça dix ans, tuer c'est de la merde, laissez-les vivre ». Ça en a fait gamberger quelques-unes puis je suis tombé sur une meute de boules à zéro et là, j'ai cru que j'allais manger mes os. Les mecs ont vite calculé que je venais du Récif et ça a craché du « putain d'irresponsable, comment t'oses montrre encore ta gueule ? Saligaud, profif de merde, vous les avez nourris, maintenant c'est à nous de faire le taf, dégage où je t'éclate », ce type de truc. Saskia m'a exfiltré presto avant que je distribue gratos des coups de boule et que ça dégénère total.

⁾No)us n'avons) aucun recensement par définition. Aucun décompte. Ça reste une hécatombe, quelle que soit l'approche. Trois cents meurtres ce dimanche, deux cent quarante le dimanche d'avant. Les spiderbots ont été le cadeau de Noël le plus offert cette année. Les copropriétés craquent leur budget dans les bots et les drones d'intérieur. Varech a essayé de discuter avec Crisse-Burle. Lorca et Šahar avec Tishka. Nous nous sommes finalement réunis à la bergerie, toute notre petite bande, volets fermés, dans le noir absolu. Tishka a convaincu trois autres furtifs de venir. Elle les appelle ses copines. C'est très difficile de savoir quel âge elle a désormais. Ši la résurrection l'a fait grandir ou pas. À quoi elle ressemble. Lorca dit qu'elle est plus humaine globalement. Šans doute parce que son frisson nu a métabolisé en premier des fluides corporels de Šahar pour prendre matière et forme ? Ši bien que ça pourrait déterminer une dominante ? Ši le frisson métabolise d'abord du végétal, il est à dominante végétale ? Tishka a bien absorbé le citronnier aussi. Ša voix n'a pas changé par contre, évidemment. C'est son ADN sonore en quelque sorte. Ša *sangue*.

À leurs déplačements inčessants, on devinait que les amies de Tisĥka étaient nerveuses d'être là. Elles ne parlaient pas. L'une avait des sonorités de rouğe-ğorğe. L'autre piaillait doučement, plutôt un morpĥe de souris ? La troisième donnait l'impression de broyer des ğraviers quand Tisĥka disčutait aveč elle. La ğamine faisait l'interprète et č'était une francĥe merveille de l'entendre leur répondre tantôt en ğravoyant, tantôt par des pious-pious. Ça l'éčlatait à l'évidenče beaučoup et on n'avait pas toujours l'impression qu'elles čonversaient aveč ğravité, čomme nous, des enjeux de l'extermination. Plutôt qu'elles en profitaient pour s'amuser.

Est-ce qu'on pouvait les protéger ? Est-ce qu'ils étaient conscients du spécide en cours ? Est-ce qu'ils en parlaient, est-ce que l'info circulait entre eux, y avait-il quelque chose comme une communication générale interfurtive ? Des discussions transversales ? Un système d'alerte ? Pouvait-on imaginer une alliance entre eux et les humains pro-furtifs ? Un mouvement solidaire, un embryon de collectif chez les furtifs eux-mêmes qu'on soutiendrait, que nous aiderions comme on pourrait ?
Tishka avait bien compris nos questions. Elle fit apparemment ce qu'elle put. De ce qu'on en saisit, il existait bien des systèmes d'alerte entre eux. Relatifs à des zones dangereuses. Où ils laissaient des sortes de crottes de métal ou des tas de tessons très visibles, à la croisée des parcours. Des glyphes aussi, gravés en cryphe au plafond le plus souvent. Mais ça restait local. La densité de furtifs existants n'était pas suffisante, de ce que j'en déduisis, pour permettre une communication de proche en proche. Restait la possibilité du son. La gravoyeuse parla de sons « gravasses » selon la traduction de Tishka, des infrabasses j'imagine, qui pouvaient donner l'alerte sur de très longues distances, plusieurs dizaines de kilomètres. Je sais que les éléphants utilisent ce type d'infrabasses dans la savane entre hardes. Ç'aurait pu être une solution si nous avions quelque assurance que les furtifs pourraient interpréter un pareil message. Et pour faire quoi avec ? Fuir ?

·· J'ai · proposé la piste de l'invocation au bout d'un moment parce que cette potentialité me hantait depuis la réincarnation inespérée de Tishka. L'hypothèse avait longtemps été débattue au Récif, sans pouvoir conclure – à savoir que certains furtifs choisissaient de sauvegarder (de loger ?) leur frisson à l'intérieur d'un corps humain au moment de mourir, en particulier dans le corps qui les tuait. Comment ce frisson survivait-il, qu'est-ce qu'il produisait sur le corps d'accueil sinon la folie, très bien documentée chez les chasseurs du Récif ? Sinon une manière d'hybridation intime dont nous étions, Varech, Agüero ou moi, les quelques preuves vivantes et incertaines ? Qu'importe au fond. Faute de repérer le céliglyphe et de trouver le dispositif pour le lire et ressusciter ainsi le frisson, comme nous avions eu la chance de le faire pour Tishka, avec sa propre main, la possibilité d'abriter le frisson d'un furtif menacé… dans un humain consentant me semblait une solution forte pour protéger l'espèce. La protéger de l'extermination en cours. C'était une façon d'en graver un écho ou une copie sur un « disque dur » organique qui pourrait le réexpulser ou le réactiver si le furtif mourait ? Tishka se mit à rire en m'effleurant la joue.

— Pas copie, papa. La fif s'enniche devers ton corps. Une seule sangue. Elle mamute ton dedanse. Tu trachanges.

— Je ne suis pas sûr de comprendre, chaton ?

— Tu frissonnes par elle. Tu l'arbitres bougie.

— Je l'abrite, oui. Et elle bouge comme une flamme, elle me métamorphose du dedans ?

— Sylphe !

Sahar est intervenue de sa voix qui me retournait toujours un peu l'âme :

— Imaginons que tu me transmettes une partie de ton frisson, Tishka… Que je l'abrite en moi. Tu crois que c'est possible ?

— C'est déjalàm, maman.

´Déjà ,là ? ´Déjà en moi ? Sans pour autant être réellement surprise, j'ai accusé un flomettent de vertige. Depuis l'événement, je me sentais différente c'est clair, plus distraite ou dispersée, et j'avais des crises d'épilepsie partielles, avec hyperacousie. Déjalàm ? Au moment où elle s'était figée dans le maquis ? Au moment de sa résurrection ? Quand ? Et si j'ai hérité d'une partie de son frisson et qu'elle existe en même temps en chair et en os, est-ce que ça ne signifie pas, précisément, que le frisson peut exister dans deux corps différents ? Auquel cas la solution que propose Lorca serait piternente ? Alors j'ai insisté, en esquivant ses frasques et ses boutades, en la recentrant encore et encore, à la façon d'un parent qui veut connaître la vérité que son enfant lui cache. Elle a fini par reconnaître que le frisson pouvait être transmis. Et même qu'un furtif de verre lui avait raconté, une fois, que seul l'humain avait un corps capable de recevoir et d'amissiler un frisson sur la durée… Enfin parfois – les autres animaux en mouraient très vite. Varech avait eu le même écho appraximotif de Crisse-Burle et y intuitait une forme de plasticité propre à notre espèce. Bien…
Restait à accomplir un tour de magie qui me semblait complètement irréaliste à ce stade : amener le maximum de furtifs à transmettre leur frisson à des êtres humains, tout en convainquant réciproquement lesdits êtres humains de les accueillir en eux, avec la charge de lofie, de mutation virulente ou de matémorphose insue que ces frissons auraient la capacité d'imprimer à nos corps et à nos esprits… Utopique ?
Silencieux depuis près d'une heure, à se demander s'il était vraiment là, Arshavin sortit de sa réserve au moment où Agüero suggérait qu'on pourrait infiltrer leur chasse pupolaire, y intégrer une de leurs meutes, incognito. Et se rendre disponibles pour invoquer, le sac échéant.

— Ça me semble très irréaliste, ouvreur, si je puis me permettre. J'imagine assez mal comment un furtif en situation de traque pourrait savoir lequel, dans cette horde d'excités, est prêt à héberger son frisson…

— Dans ce cas, il faudrait que les furtifs viennent à nous…

— Qu'on leur donne un rendez-vous par exemple ?

— En quelque sorte. Qu'ils comprennent que la survie de leur espèce est en jeu comme elle ne l'a jamais été dans l'histoire. Ils ont été découverts. Ils ont été révélés. Ils ne peuvent plus espérer se cacher comme ils l'ont fait pendant des millions d'années. Et que la meilleure façon pour eux de ne pas disparaître est de confier leur frisson à un humain qui saura l'abriter en lui. Au moins le temps qu'ils mutent à nouveau, qu'ils s'adaptent aux chasses populaires, trouvent de nouvelles façons d'échapper au regard…

— … Et aux nouvelles formes de traques techno que Gorner fomente aussi !

— Oui. Ce qu'on peut leur offrir, c'est une sorte d'hébergement transitoire, de cache discrète en nous, là où personne ne pourra venir les déloger.

— Tu parles d'une cache pour un furtif qui meurt, qui se sacrifierait ? Ou juste une cache pour une copie de son frisson ?

— Peu importe, c'est eux qui choisiront. Tishka nous a dit que les vieux furtifs, les plus lents, avaient peur et qu'ils pourraient vouloir se faire protéger. N'est-ce pas Tishka ?

— Aoui.

— Sérieusement, vous délirez grave les chums ! On sait déjà à peine jacter avec un furtif alone et vous voulez les rameuter par centaines pour les sauver ! Faut arrêter la neuroïne là !

— Il est clair que ça restera inenvisageable sans l'appui exprès de Tishka, Toni. Tout repose sur elle en réalité…

Louise Chriﬆoſol a pris la parole avec son indécrottable saphré d'universitaire, qui se teintait d'un ton de bienveillante inﬆitutrice quand elle s'adressait à Tishka :

— Tishka, je voudrais m'assurer que tu as bien compris le contenu de notre conversation et que tu saisis notre demande ? Pourrais-tu la reformuler avec tes mots et nous dire ce qu'il te semblerait bon de faire ?

— Je puis-je ?

— Nous t'écoutons.

Il y a eu un court silence solennel, Tishka a croassé et elle a dit :

— Yaka Tishka, koa !

Et tout le monde a claté de rire. Pas désarçonnée pour autant, Louise a reſormulé sa queﬆion pendant que les copines ſurtives tournaient au plaſond dans un ramdam invraisemblable en ſeulant à qui lieux lieux. Sans se déſiler, ma ſille a répondu d'une traite, ainsi qu'elle aurait récité un mémento par cœur :

— Pisquefifstraquassés Tishkavapappelerfifs à fendezvous papamamanamis pour passe-passangue & cachecache encorps humanodoux.

— Vous avez compris ?

— Peu ou prou. Je crois. En tout cas, elle est consciente de l'enjeu, non ? Vous qui êtes ses parents ?

— On ne sait plus trop si nous sommes ses parents… Mais l'on peut vous dire qu'elle va réunir autant de furtifs qu'elle le pourra. La question maintenant est : où, quand et avec quel groupe nous irons ?

¸ Le ˀ C3 : Centre Culturel Capitale. Bouclé depuis trois ans. Insquattable. La pure réserve de chasse. Ben ouais ! Y aller˜ jeudi, juste avant les popus qui l'ont coché en mode paintball pour˜ ce dimanche. Caler˜ notre speed dating là-bas. Agü connaît par˜ cœur˜ & Sass' aussi. Lorca joue à domicile. Nèr˜ a toutes les maps. Arshavin les accès. Normal : ils ont déjà chassé déter˜ dans la place ! Première chasse de l'Orque, c'était ! Bizutage ! Plus mieux bien que ça : la Tish y a niché un bail, elle connaît la faune, elle y a son crew. C'est elle qui a proposé le site. Ailleurs, elle voyait mal comment rameuter˜, la petiote, elle a beau être overfutée, c'est pas le sous-commandant Marcos non plus, elle a que six berges, elle est toute mimide, lui demander˜ de siffler˜ la furtaille par˜-delà les montagnes chiapathèques, faut pas non plus surventiler˜. Fallait un lieu dense en fifs, assez pour˜ les quarante gars sûrs (c'est l'expression, faites pas ièch, y a de la meuf dans le lot !) qu'on a contactés, un par˜ un, à la mano. Pour˜ savoir˜ s'ils voulaient changer˜ leur˜ life à jamais en se prenant de l'invoque plein cadre. S'ils étaient *fit* pour˜ muter˜. J'ai djerté les cakes qui disaient « wesh, wesh, j'en suis » et ont commencé à virer˜ neigeux quand j'ai teasé un peu ce que ça faisait. Gros plan des bras de Varech. De sa bite en chou-fleur˜. Un petit pitch sur˜ Nèr˜ à l'HP. Le taux de vrillés du Récif. 66 % quand même chez les ouvreurs, ça pose. Rappelé que les mômes encaissent bien pasqu'ils sont souples dans leur˜ tête et leur˜ sang. Mais que nous, les grands à os carrés, ça passe pas si fluide. Bref, j'ai pas survendu le truc. Nop. Sur˜ cent, il en est resté quarante. Ça fait soixante dans la nature qui peuvent pipoter˜. Nèr˜ a pas du tout aimé. Arshave non plus. Sont gentils. Mais leurs potes à eux, ils sont où ? Moi j'ai pioché chez les guérilleros, c'est eux l'avenir˜ de la fiffuse, té !

— *On fait la scalade tout en haut ?*
— *Cap ou pas cap ?*
— *Cap !*
— *Tu prends l'ascenseur à bascule !*
— *Oh non papa ! Ça fait la peur !*

·· Elle · n'aurait rien oublié. Le *Ċosmondo* serait là, intaċt, aveċ sa maison-monde barlonġue et biġarrée à trois étaġes où l'on pouvait se ġlisser, ġrimper et sė perdre, de tunnel en tunnel ėt de trappes en esċaliers seċrets. Ċette fois-ċi, j'aurais amené un stoċk de batteries et la première ċhose que j'aurais faite, ç'aurait été de mėttre ċes batteries neuves dans les doudous ėt les bots pour que la sċulpture revive et que Tishka et ses ċopains furtifs puissent s'y amusėr dedans, à la folie. Et là, dans la ċhambre-ċheminée, trônerait toujours lė doux-d'art, sur le lit à baldaquin, vivant sans bėsoin de batterie, qui me réfraċterait par son visaġe tout le trajet immense quė j'ai fait pour en arriver là, enċore debout, tout ċe que je serais dėvenu, sans le savoir, par-devėrs moi.

) Ça) me) fait si bizarre de revenir ici. Ça fait à peine un an et j'ai l'impression que c'était une autre vie. J'ai connu une telle foutue densité d'événements depuis cette chasse ! C'était l'époque où sans me l'avouer, je rêvais de faire un bout de chemin avec Lorca, où Šahar appartenait au passé (enfin… que j'avais cru !). Où l'on avait partagé ce moment

de chasse hors norme ici, puis cette intimité d'écoute sublime dans l'auditorium de poche où je lui avais fait entendre comment les furtifs répondaient. Aujourd'hui je suis amoureuse d'Agüero. Ce que je trouvais si révolutionnaire dans la communication musicale des furtifs me paraît, avec le recul, un balbutiement de chercheuse. Nous en avons tellement appris depuis ! Au point que là, nous en sommes au stade ultime, à vouloir s'hybrider avec eux, à chercher à les sauver quand on les pourchassait encore, un an auparavant, comme des acharnés ! Je sais que ça fait bizarre aussi à Agü. Plus encore à Nèr qui n'a pas pu s'empêcher de ramener sa tonne de matériel et qui cherche sans cesse l'assentiment d'Arshavin ou d'Agü sur chaque décision. Agü, il rêve encore d'ouvrir, ça se voit. Il s'éclatait à défricher les sites pour notre petite meute. Il a ce goût viscéral de la chasse que je n'ai jamais eu, cet instinct jouissif de flairer, de traquer. Alors, avec les autres, sans même se concerter, nous lui avons laissé l'honneur de passer en tête au moment d'entrer dans le musée.
On a traversé les salles blanches et poudreuses, pris le couloir oblique…
Et voilà, on y est.
On est devant la porte à double battant, à moitié défoncée par les surchiens de Nèr. Rien n'a bougé. Derrière ces portes, il y a notre lieu de rendez-vous. Šoit les furtifs y sont. Šoit ils n'y sont pas. Tisĥka tente un trille. Ça ne répond pas. Alors Ağüero pousse le battant qui branle et je pénètre derrière lui dans la salle immense, plonğée dans le noir, aveč sa résonanče de čatĥédrale. Lonğue čomme un paquebot, la maison se disčerne à peine sur l'arrière-plan neiğeux. Le silenče a une perfečtion suspečte. Les autres sont restés en retrait dans le čouloir. Je fais quelques pas qui résonnent sans déčenče. Et je sors à

l’intuition mon olifant pour jouer quelques mesures du frisson de Tisĥka, laquelle tremble à tout rompre à mes čôtés, sans lâcĥer ma main…
Rien. Et puis soudain…
Explose un čarnăvăl éčlăboussănt de roulădes et de trilles, un tintămărre tonitrué de čymbăles et de tăm-tăms qui ağressent l’oreille ! Č’est une bačcĥanăle de ğroğnements qui roučoulent, une bourrăsque d’ăboiements čourts et de čris ĥačhés, çă račle, çă člăme, člăque et brăme, çă ğazouille et fărfouille à l’orée du plăfond, çă se bătăille dăns un ğrăbuğe innommăble qui săture toutes les băndes de fréquenče, toutes les notes de lă ğamme, tout le spečtre băvărd de če qui peut se cĥučhoter et se ĥurler d’un seul čoup ! Ši violent est le bărouf que je rečule inčonsčiemment. Est-če un ĥommağe, une ovătion ? Un tir de bărrağe pour se défendre ? Une déčlărătion de ğuerre, une mise en ğarde ?

— Ils sont contentes, non pas ? tente Tishka.

— Je crois, oui. Non ? Tu crois que tu peux leur parler ?

— Sûr pas. Pas n’ose.

— Je peux leur parler à l’olifant encore, si tu veux ?

Le brouĥahă furieux ă rečommenčé ăussitôt. Je n’ărrive păs à le lire. Trop čomposite, dispersif, trop éčlăté et tumultueux. Trop fort ăussi en volume, quăsi inéčoutăble. Ău bonnet d’éčoute, je n’ăurăis plus de tympăns)(et déjà là, je tămise mes păvillons ăveč mes păumes. Vărečh ă tenu à être des nôtres mălğré lă ğymnăstique éprouvănte, pour son âğe, des frăncĥissements de ğrillăge. Il s’ăpprořhe et me ĥurle presque à l’oreille :

— Ça sent pas bon…

— Pourquoi ?

— Ils ont peur.

— De nous ?
— Non. Il y a autre chose.

Au bout d'une minute, des animaux se sont mis à čourir au sol à toute vitesse, d'autres ont filé par des trappes ou des boucĥes d'aération dans les ĥauteurs. Tisĥka a disparu derrière le *Čosmondo* pour disčuter aveč des furtifs qu'elle čonnaît, j'imağine. Lorča et Šaĥar ont fini par entrer à leur tour. Les autres ne savaient pas s'il fallait attendre que ça se čalme ou entrer aussi. La furie restait impressionnante. Ils nous alarment ? Lorča a trancĥé pour le ğroupe :

— Restez dans le couloir pour l'instant ! On va essayer de les apprivoiser un peu !

\Sur \\ łe \ scan, ça décɵnne. J'ai bien une cinquanŧaine de ŧaches sur łe ŧɵmɵ eŧ c'esŧ raccɵrd avec łes cris. Iłs sɵnŧ łà. Iłs sɵnŧ venus. Jamais vu une ɵrgie pareiłłe. C'esŧ un gang bang. Chapeau ła peŧiɵŧe ! Mais quand je łidare derrière, à ŧravers łes murs, j'ai aussi des masses de ŧaches ŧhermiques. Płus drɵiŧes, serrées. Parałłèłes. Des humanɵs ? Un grɵupe płanqué ? Qu'esŧ-ce qu'iłs fɵuŧraienŧ łà ?

— Ouvreur…
— Quoi Nèr ?
— Ça craint un peu derrière le mur.
— Où ?
— 3 heures.
— Dans le musée tu veux dire ?
— À l'entrée, oui…
— Tu vois quoi ?
— Je dirais un groupe. Même…
— Même ?
— Une foule.
— Putain…

— Ils avancent.
— Combien ?
— Au volume… je dirais quatre-vingts… cent.

´L'immense ˏavantage ´des paranoïaques sur les citoyens épris de liberté, tels que Lorca ou moi, c'eſt qu'ils vivent dans un réel impitoyable auquel nous, nous n'aurons jamais accès. La meute des chasseurs populaires qui avaient guetté, deux nuits durant, notre intrusion dans le centre culturel, a été inſormée par un militant, une camarade déçue de ne pas participer, un mouchard interceptant nos communications pourtant archi-cryptées, un eſpion de métier, peu importe. Nèr nous avait prévenus, jusqu'à la nausée, que nos réseaux avaient des brèches et des ſailles, que le manoir le plus sécurisé du monde ne vaut que le cadenas à code de la remise du jardinier par où il passe le matin, rien de plus ; que nous étions aussi protégés et discrets qu'un exhibitionniſte sur une place dédiée aux vendiants. Et il avait eu raison.
Lorsque nous avons entendu les garcheurs s'emboîter dans les ſusils, les hurlements de machos dans le couloir du musée, lorsque la lumière surtout a été ellumée dans la coursive qui menait au *Cosmondo*, j'ai compris que nous allions être nassés comme des rats et qu'ils venaient pour les ſurtiſs, avec certitude, que nous leur avions amenés tels des naïſs irreſponsables sur un plateau d'argent – mais vraisemblablement aussi pour nous, les pro-ſurtiſs médiatiques, cette élite si déteſtée, par eux, que nous représentions depuis la résurrection de Tishka. Mon réflexe n'a pas été de me protéger ni d'avoir peur pour moi : il a été de leur bloquer le couloir pour protéger Tishka et tous les ſurtiſs derrière, lesquels étaient pris au piège de cette calle en sul-de-sac de sorte qu'ils se bousculaient et

s'extripaient pour ſuir par les conduits d'aération trop étroits. Avec la quarantaine d'activiſtes que nous étions, nous avons ſait masse dans le couloir, à vingt mètres en amont de la salle. Négocier. Leur larper. Gagner du temps. Où eſt Lorca ?

— Lorca !!!

— Je reste avec Tishka ! Coupez l'accès. Battez-vous !

·· S'ils · allument la salle, ce sera une hécatombe. Il y en a partout. Beaucoup sont venus se réfugier dans le *Cosmondo*, à cause de la foultitude de recoins, certains essaient de fuir par le plafond. Il y a eu déjà des pétrifications dans le couloir, des bruits de poterie cassée. J'essaie de calmer Tishka qui panique, elle se sent acculée, et coupable.

— On va s'en sortir chaton. Maman va les retenir. Dis à tes amis furtifs de couler leur frisson dans les camarades qui sont venus. De sauver au moins leur frisson. Dis-leur ! !

— J'ai dit. Ils fontentent.

Je me suis retourné à nouveau vers le couloir en lançant, conscient de la contradiction :

— On a besoin de gens dans la salle. Il faut que vous veniez invoquer !

— On fait ce qu'on peut !

J'entėnds la foule des ċhasseurs populaires ġronder dans la ċoursive, les ġueulantes, les rodomontades de ġros bras, les premières éċhauffourées. Ŀa poignée de ċamarades qui étaient à l'arrière du ġroupe sont entrés dans la salle pour tenter de reċevoir un furtif en eux, dans l'urġenċe. Ils ne savėnt pas quoi fairė en vérité, ċe qu'il faut faire, le bruit de zoo en émeutė les fait trembler.

Autour de moi, avec une vélocité inouïe, Tishka parle dans une flopée de langues, s'adapte et adopte plusieurs formes de cris, répond en percu, au tempo, chante, elle se démène avec sa petite voix pour interpréter dans les deux sens et faire le pont entre animal et humain. Quelqu'un vomit tout près, je crois que c'est Vasco, c'est bon signe. Plus loin, Velvi râle et siffle, c'est toujours ça de sauvé. Mais j'ai trop peur que ça s'allume alors j'amène Tishka vers la porte de la maison. Elle résiste, discute encore en crissant puis finit par venir :

— On va se cacher Tishka, d'accord ? Tout en haut, dans la chambre, tu te souviens ? Le doux-d'art ?
— Pas la tunnel des naraignes papa !
— D'accord, on prendra pas le passage des mygales. On va remettre des batteries dans les doudous, ça te dit ? Ça sera plus marrant comme ça, hein, parce que c'est un peu triste sinon ?
— Aoui papa ! !

À lui faire oublier la panique je suis presque parvenu, si bien que dès que nous pénétrons dans la maison, avec le salon rigolo aux hipposofas, ça va déjà mieux. Je la tracte dans le dédale au sol mou qu'on enchaîne très vite, l'échelle de corde du premier étage, hop, on débouche sur le chamboule-tout avec les balles-qui-parlent. Je les lance au hasard et elle les attrape toutes, j'en entends aucune tomber ! Elle se sent déjà beaucoup plus protégée et moi aussi, à nous enfoncer profondément dans cet univers enfantin, à retrouver émus le parc aux doudous fous où l'on remet une à une les batteries pour que les peluches partent en pogo. Tout au long du parcours, Tishka ne m'a pas lâché la main, la cuisse ou le pied et c'est tout comme avant, quand elle avait trois ans, la même trouille excitée, la même frousse rieuse et enthousiaste, la même joie de ramper et de se faufiler par les trappes, à part que cette fois-ci, les méchants qui nous poursuivaient dans nos délires sont bien là, à trente mètres, à enfoncer inexorablement un mur de camarades qui font ce qu'ils peuvent pour y opposer leur barricade de mots.

— CASSEZ-VOUS MAINTENANT OU ON TIRE !

Soudain, la lumière rince la salle d'une virulence blanche. Je n'ose pas regarder par les hublots de la maison. Je hurle juste :

— Fermez les yeux !

Mais c'est trop tard. Tout aguerris qu'ils soient, tout à la page de ce qu'il faudrait faire face à des furtifs, aucun des camarades en bas n'a l'expérience d'un Varech, d'une Saskia ou d'un Toni, n'a jamais mené une chasse ou vécu avec sa fille à un mètre de soi en devant sans cesse, sempiternellement, s'empêcher de la regarder. Alors ils regardent et ils tuent. Mais en tuant, ils invoquent sans le savoir aussi. Alors je ne sais plus, je prie que ça marche, Tishka sort et rentre par les ouvertures de la façade, donne de la voix et beaucoup de furtifs se rapatrient dans les logis et les recoins du *Cosmondo* désormais lumineux et chatoyants, même à l'intérieur, à cause des vitraux et de l'éclairage diffus. J'arrache la robe d'une poupée et je m'en fais un bandeau pour éviter la catastrophe.

— Monte chaton, monte ! On va se cacher en haut. Les chasseurs arrivent !

— Ils vont toutuer papa ?

— Ils veulent figer tes copains, oui. Dis-leur de se battre s'ils ne peuvent pas fuir ! D'attaquer ceux qui ont des fusils ! Les bâtons noirs !

Et au moment où je lâche ça, je me rėnds compte que je ne sais pas si lės furtifs sont pacifiquės, s'ils peuvent être agressifs ėt dans quel cas. Personne n'a jamais ėu de preuve de leur violenc̣e, on les idéalise tėllement. Au tọuċher je ċọntinue à prọġresser, à me ċọġner sans arrêt ċar la maisọn n'a auċun anġle drọit, pas la mọindre lọġique arċhiteċturale, ċ'est un subtil maelstrọm de pièċes enrọulées, de meubles ċọurbes et d'ọbjets pendus au plafọnd que je mė prends en plein frọnt. Par un sọupirail, je ġueule :

— Éteignez la lumière putain ! Flinguez les spots !

Quelqu'un jette aussitôt un ultrason qui éclate les halogènes. Tishka, sûrement. Le noir retombe, rassurant et plein, hormis que j'entends maintenant des tirs dans le couloir. Un chasseur populaire a pété les plombs et ça dégénère en baston générale. La violence grimpe brutalement d'un cran… Agüero rauque : « *¡No pasarán!* »

) Ma)is ça) passe. Agüero fait barrage, fracasse quelques nez, distribue des ippons mais ça passe. Quelques jeunes se faufilent ou passent en force, je les tacle comme je peux mais j'arrive pas à les bloquer. Ils investissent la salle. Le faisceau de leurs lampes ultralite vient saloper l'obscurité. Je tergiverse puis je décide que ma place est là, dans la salle. Que je dois invoquer. Que c'est ma mission prioritaire. Je reğarde sans reğarder, en vision vide, je me laisse ğuider aux sensations, č'est če que l'expérienče m'a appris. La ğriffure des čéliğlypĥes strie les murs très distinčtement. Des bločs de čéramique roulent dans les anğles, dёğrinğolent du plafond et éčlatent sur le sol de béton. Le čarnağe a démarré et il a pour seule arme effičače la lumière et un reğard bovin. Je veux bien

tuer si č'est ça qui les sauve. Je veux bien qu'ils vivent en moi. Venez, venez…
Le barrağe du čouloir a čédé. Des flots de ğens entrent. Dans la pénombre rayée par les frontales et les lampes torčhes se joue à présent une čoĥue monstrueuse et indéčise. Notre meute ĉherčhe à fračasser le maximum de lampes. Les moujiks et les čaïds des Métaboles affrontent les ĉhasseurs à čoups de latte, de boule, de črosse quand ils čhopent un fusil, de čoude quand ils n'ont rien d'autre pour čoğner. Les ĉhasseurs répliquent à la serinğue et au tonfa. Mais surtout, les furtifs ont l'air d'être entrés dans la bataille. Il y a des mouvements d'air sačcadés, des ombres de foudre qui frappent et fuient, des masses fantômes qui fondent du plafond et laissent aux visağes des trous de beč béants. Une čhasseuse ğlapit et une torĉhe čadre d'un éčlair son bras arračhé à ĥauteur de čoude. Ouille ! ça č'est de la morpĥose trasĥ !

— Au secours ! hurle sa copine en treillis mimétique.
— Les monstres attaquent, repliez-vous dans le couloir !
— Abritez-vous ! Ils nous mutilent !
— Hey, y en a plein planqués dans la maison. Il faut la nettoyer, aidez-nous !

·· Une · dizaine de ċhasseurs ċommenċent à pénétrer dans le *Ċosmondo*. Plus inquiétant, ċertains déċident d'esċalader par l'extérieur pour entrėr direċtement au premier ou au deuxième étaġe. Tishka ėxtirpe des profondeurs de son petit vėntre un son de sirène d'alarmė qu'elle module sur la mélodiė de son frisson et projette à travers un extraċteur de la ċuisine. Ça ċavalċade aussitôt dans tous les sens, planċhers, trappes, pieds, pattes, ġriffes et ailės

bruissantes, la maison oscille sous la poussée des animaux qui se terrent ou se préparent à contre-attaquer…
J'ai peur pour Tishka maintenant. Et j'ai peur pour moi. Je n'ai pas remis mon bandeau, j'ai demandé à Tishka de progresser juste au-dessus de moi car je ne vais cesser d'avuer par les hublots et les planches ajourées, vers le bas, pour parer à l'assaut probable des chasseurs. Au deuxième étage, en me penchant à un balcon de poupée, je tombe nez à nez avec un crâne rasé qui a grimpé jusque-là. Ahuri, il me regarde plusieurs secondes puis tend son index vers moi.

— Mais t'es Lorca Varèse, mon salaud ! T'es bien là ! Les indics ont bien bossé ! (Il se retourne vers la salle et beugle à la cantonade.) Hey les gars ! Y a Lorca Varèse dans la cabane ! Il se terre comme une tafiole, le héros de Porquos ! On va lui régler son compte, vous croyez pas ?
— Carrément ! Yiippéé !
— On arrive ! On va se faire ce fils de pute ! Chope-le ! Coince-le !

Le gars essaie de m'agripper et je le décroche d'un coup de pompe du balcon, il bascule et va s'éclater en bas. Il se relève bien plus vite que je ne l'espérais :

— Enculé, on va te faire la peau ! Filez-moi le gun ! j'vous jure qu'il sort pas d'ici vivant !
— Déconne pas, David !
— On dira que c'est un accident, on s'en fout ! Gorner a dit qu'il couvrait !
— Y a sa salope aussi, la Sahar, je l'ai vue !
— On va se la faire en tournante ! Elle est bonnasse !
— Ha ha t'es un vrai toi ! Ils sont tous là en tout cas ! Les grandes gueules profifs ! C'est la fête du slip, on va se remplir la chambre froide !

ʾJ')appelle Agüero,) j'appelle Toni, je cherche Šahar des yeux mais je la trouve pas. Varech est étendu au sol, il a pris une seringue hypodermique. J'essaie de le tirer à l'abri, près d'un mur, car les chasseurs populaires lui marchent dessus sans vergogne. On est nassés. Nassés de notre race. Qu'est-ce qu'on a été cons, putain, de pas checker le C3 in extenso ! Nèr l'avait dit. Trop débiles, merde !

— Agü ? Agü ?

— Tu cherches qui au juste, ma belle ?

Pas eu le temps de me retourner) (un tonfa m'éclate l'arcade. Ça tourne et je m'écroule sur le ventre. Je lutte contre le KO, un talon me défonce les côtes.

— Toi, t'es du Récif, j'ai vu ta tronche sur les réseaux. T'adores les bébêtes hein ? Tu leur fais bouffer ta chatte, à tes petits fifs ? Ça t'excite ?

— Va bouffer ta bite… connard…

Je sais qu'il va me fracasser à coups de rangers augmentées. Ils savent faire que ça, c'est leur trip. Le bout de la grolle est électrifié. Tu spasmes quand ils tapent. Je me recroqueville en sachant que je vais douiller… Rien ne se passe… J'ouvre les yeux et le type est à ğenoux, il pisse du sanğ sous les tempes, sans čomprendre. Il n'a plus d'oreilles ! Il lui reste deux trous. Ma vue vačille, des étoiles de neiğe tapissent ma rétine mais je lutte enčore pour pas sombrer. Je tiens mes paupières levées au ras du sol, ma joue ĉhaude čontre le béton froid. Des forêts de ranğers, de baskets. Des čorps allonğés. Et puis je lă vois, lă mănğouste, qui file entre les čorps. Elle ă une oreille dăns să mâčhoire. Elle s'ărrête et me reğarde, ses yeux noirs dăns mes yeux noirs. Mon čœur s'ărrête de băttre. Une musique se ğlisse dăns mă boîte črânienne et čommenče à faire vibrer mon očciput. Č'est un jăzz pétillănt et sublime, săx et čymbăles, juste çă, le petit bruit des bălăis métălliques ğrăttănt les disques de čuivre perčhés, le săx bouĉhé, pétărădănt… Çă se répănd en moi, le swinğ, le swinğ dinğ-ği-dinğ, le ğazouillis des pièčes de dix sčhillinğs dăns un bol doré blinğ-blinğ. Je prends et je souris… Merči. Tellement merči… Lă mănğouste n'ă păs bouğé d'un pouče quănd je lă čontemple à nouveău. Elle ă juste bruni. Puis un pied lă perčute et elle vădinğue à trăvers lă sălle dăns un tintement de văisselle…

·· J'aurais · atteint le dernier étaġe. Au fond du ċouloir, après deux ċhiċanes, il existėrait une trappe qui donnėrait sur une ċheminée-ċabane, laquelle ċoifferait toute la maison et ċontiendrait le doux-d'art. Pour moi, ċe serait le ċhef-d'œuvre de Fulvia Ċarvelli. Une peluċhe hybride, bourre et bois, aċier et ċoton, aveċ une tête en résine morphique qui sė modèlerait toute seule tout au lonġ de l'asċension en s'informant de ċe que tu fėrais, des pièċes quė tu traverserais, de la forme de tes ġestes et de la hauteur de tes ċris… Et qui se présėnterait à la fin devant toi ċomme un portrait dė Dorian Ġray : unė poupée-miroir, une sorte de figure-éċho de tes aċtes, de l'énerġie que tu as déġaġée, de ton vaġabondaġe dans la maison, et qui parlerait aveċ des extraits volés dė ta voix pris par des ċapteurs ċaċhés, dans un lanġaġe syllabique déroutant.

Tishka proġresse toujours au-dessus dė moi. J'ai voulu appelėr Sahar, savoir où elle est, je la voudrais aveċ nous, puis j'ai mesuré l'ampleur de mon idiotie : la mėilleure façon de la faire repérer, oui. Je priė juste qu'elle ait trouvé où se ċaċher, un reċoin du *Ċosmondo* où personne penserait à aller, qu'ėlle a réussi à fuir sinon, qu'Aġüero ou Toni la protèġent au pire. Ċ’est Ġorner hein. Ċ’est Ġorner qui a mis ça en plaċe sinon ils n’auraient pas su. Ils ne sont pas là seulemėnt pour les furtifs. Ils ċherċhent l’aċċident.

— Maman bradourse !

— Quoi ?

— Elle est sous protège. Bradourse la cache-bache. Cacours papa !

— Je peux pas aller trop vite, je suis trop gros pour certains passages, Tishka. C’est fait pour les enfants ici. Ils sont derrière ?

— La bagarre les barrage, ils s’enfiffent dans le barouf.

— Tes copains nous aident ?

— Plein morfluent. Trop de morves toupart. Ça me perd la joie.

— Mais certains fifs plongent dedans nous, tu vois, on va les accueillir. Ils vivront lonġtemps.

— Çaoui.

Il y a de la seringue beaucoup, et des tasers, mais aussi des tirs à balles réelles qui claquent froidement dans l’enceinte de béton blanc. Il est très difficile de savoir où l’on en est, le chaos est toujours aussi intense, l’obscurité empêche de se rendre compte des groupes, de l’état de notre meute, j’entends très peu de voix que je reconnais et ça m’angoisse. J’ai la sėnsation d’un lapin traqué dans une ġarenne et je sais bien que là-haut, je serai dans un pėtit fortin aveċ une porte à serrurė qui tiendra pas lonġtemps ėt derrière, je fais quoi ? Je fuis par la ċheminée et je saute de huit mètrės de haut ?

— Il est là-haut !

— Où ?

— Troisième étage ! Le hublot ovale !

Ŀe premier tir siffle un mètre devant – à travers le hublot qui explose. Ŀe deuxième déchiquette le mur de bois juste derrière moi. Cette fois, ils canardent. Ils veulent ma peau.

·⁾ Papa bébute par la planċhe et s'arrampe deċi delà travers le ċouloir se perſilant. Ça pique l'air et ſarſale, la mitraille bisque, je vélivole à voilà ſluis, ça pleuvine partout les ġouttes de ſerſeu siperċe ſenêtre papa qui ſile ſol ſile brinġuebalourd en boule d'ours baroulant jusquà-la-porte ouſ ! Sursaute ! Sursaute papouna ! ·⁾

·· Ŀa · ċadenċe de tir a dépassé tọute déċenċe. Ŀe mur du ċọulọir qui mène à la ċhambre-ċheminée éċlate sọus la ġrêle nọurrie des balles. Je ne pėux plus reċuler, ils sọnt dėrrière, je ne peux plus sauter sauf à me faire déċhiqueter. Alọrs je ċọurs au milieu de la ġrenaille qui défiġure les panneaux de bọis. Je ṡens des ċhọċs radiants à l'épaule au tibia, l'adrénaline me sature le sanġ je ċọurs et ċọurs et ċọurs et me jette sur la pọrte de la ċhambre plọnġe à l'intérieur et referme aussi seċ, en trėmblant tellemėnt que la ġâċhe ọsċille drọite ġauċhe et que j'arrive même plus à verrọuiller le verrọu. Je déċọlle la ċọmmọde et je la plaque ċọntre la pọrte, attrape le mirọir, empọiġne le lit et lė redresse à la vertiċale pọur faire épaissėur et tenter absurdemėnt d'arrêter les ballės.
Ŀes tirs ċessent. J'arraċhe la lampe de ċhevet en aċier, m'enroule le poiġnet aveċ le fil, prêt à ċoġner puis jette tout et je file à pas de loup mė blottir dans la ċheminée, prêt à fuir dès qu'ils entrėnt. Je sens plus mon épaule droitė. Un buvard de sanġ suppure dans ma manċhe, j'ai envie de ċhialer tellement j'ai mal mais je bouffe ma morvė et je souffle, je souffle autant que possiblė pour faire refluėr la douleur. Un ġarrot ? Aveċ un seul bras ? Osċille la

porte sous les coups d'épaule des chasseurs populaires. Le lit à baldaquin branle. Le matelas tombe soudain sur le plancher et le doux-d'art en surgit, rebondit et roule avant de s'arrêter assis devant moi. Il a une tige de métal qui lui traverse la tête bizarrement. Il me regarde avec ses grands yeux narquois et hache pour moi une phrase qui a le son de ma voix.

— *Dis/leur de se bat/tre s'ils ne peu/vent pas fu/ir ! On va les ac/cueil/lir. Ils vi/vront long/temps. Long/temps. Long/temps.*

— Tu n'as retenu que ça, petit doux-d'art ?

— *Pa/pa te pro/tège cha/ton. On va se ca/cher, tu viens ?*

— Je te protège chaton, oui.... Mais là, il faut que tu fuies... Il faut que tu partes maintenant. Ils vont te tuer sinon. Tu es où, mon chaton ? je t'entends plus ?

— Je suis là papa.

Par réflexe, et avec l'impression de soulever la Terre au bout de mon bras, je lève la main au-dessus de moi, vers le rebord de la cheminée pour la toucher. Il n'y a rien.

— Je suis là, papa... Devant toi.

— Pourquoi... Pourquoi je peux... te voir ?

— Pasque tu pars dans la morve, papa...

Au milieu de la mansarde de bois clair, sous l'abat-jour maintenant lumineux qui balance, Tishka est debout, face à moi. Les boucles de ses cheveux sont d'un ambre liquide, elles semblent ruisseler vers le haut, une fontaine à l'envers, en variant du blond d'orge au roux d'un écureuil. Ses yeux effilent une amande et au centre, ses prunelles balaient des teintes oscillantes de vert qui me ramènent des souvenirs de maquis retourné par la tramontane. Ses joues, ses lèvres, son petit nez, tout son visage de pure splendeur sourit. Sa peau flue comme une eau calme et c'est Sahar soudain que je vois, la même grâce simple, la même finesse des courbes, cette framboise écrasée, juste cueillie, des lèvres sur des petits crocs d'un blanc de lait. Avec l'avidité panique d'un homme qui aurait attendu sa promise, sa vie durant, je la regarde sans pouvoir me détacher d'elle. Ses narines frémissent.

— Tu es beau papa quand tu es dans la regarde…

— … Viens… Viens vers moi…

D'une coulée féline elle avance, elle est nue si ça peut avoir un sens chez un animal et tout son torse est tapissé d'une fine fourrure de biche ou de daim qui se prolonge en plumes sur un bras cependant que sur l'autre elle se fond en fourrure de lynx tacheté. Ses doigts sont évasés à la manière d'un gecko et ses jambes hésitent entre le métal et le bois, presque d'un pas à l'autre, avec des mollets et des pattes de fauve, qui doivent l'aider à bondir. Elle vient se nicher dans mes bras tandis que la porte, là-bas, tangue et tangue encore mais tient. D'une main je lui caresse la joue, la nuque, le dos et je vois la fourrure se clairsemer et refluer doucement partout où ma main passe. Mon sang lui tache le bout du nez, un point de peinture mais elle rit encore et me regarde avec une intensité fantastique en m'embrassant dans le cou.

— Mapaime…

— … Dis-moi pourquoi je vais mourir, chaton ? Tu… prédis l'avenir… aussi ?

— À cause le trou…

— Où ? Dans l'épaule ? Ça va passer ça… Ça saigne, mais ça se soigne…

— Trou là…

— Où là ?

Elle se délove d'un bond souple et file attraper un éclat de miroir qu'elle me tend.
Un trou net traverse mon front de part en part. Je suis dans la réul, je joue, ça va passer, c'est un trashgame, c'est le principe, on va couper la connexion et je vais en rigoler. Je ne sens absolument rien. Juste une sensation de mercure dans les veines, de plomb fondu que je n'arrive pas à pousser avec mon cœur battant. Mais j'ai la certitude que je peux encore me lever et m'échapper par la cheminée. Si je veux.
Tishka est revenue se blottir dans mes bras. Lentement, sous mes câlins, ses joues évoluent et s'adoucissent, ses cheveux s'éclaircissent vers le blé et basculent un instant au bord du safran. Ses yeux changent imperceptiblement de forme quand je lui souris, ils s'arrondissent un peu, l'iris se paillette d'or et chatoie, sa fourrure s'épaissit à l'épaule et mes doigts peuvent y plonger avec la volupté d'un pelage de chat persan.
Même au repos, on dirait que tout pousse sans cesse en elle, que son corps est une terre, que son sang bout en douceur comme une compote de pommes sur un lit de braise. Sa fourrure se régénère à l'envi et se chamarre à chaque cycle de respiration ample, qui l'amène vers la toison ou la peau, en alternance.

— Tu… n'es jamais fatiguée de bouger tout le temps… comme ça…

— Je débouge là.

— Oui… mais même là, ton corps se transforme sans arrêt, il est vivant, il se passe toujours quelque chose…

— Je sais pas stop.

— J'adore te regarder. C'est tellement beau…

Un sọn bọurdọnnant mọntė dans mės tympans ėt rėnd l'air pâtėux, tọut sọurd. Au bọut dė la pièċė, jė vọis lė lit trépidėr sọus la pọusséė, la pọrtė va plus résistėr lọnġtėmps… jė vọudrais la rėtėnir là, ma fillė, pọur l'étėr-nité. Mais jė dis :

— Tu dois partir… Tishka… Comment… Comment tu vas faire pour fuir ?

— Vavoler…

— Comment… ? Tu n'as qu'une aile !

D'un bond de quatre mètres, elle se jette sur une couette et l'éventre avec une frénésie de fouine. Les plumes volent dans le volume de la mansarde, elle éclate de rire et siffle sa berceuse fulguramment. *Bonne nuit, maman'gouste…* Les plumes sont ċomme éleċtrisées dans l'air et d'unė vaġue en vortex, le duvet éparpillé file vėrs le bras de Tishka où il s'implante dans sa pėau frissonnante. Trente seċondes plus tard, son bras fourré ėst devenu une aile… Lė lit sė déċalė, ċọup dė bọutọir après ċọup dė bọutọir… La pọrtė s'ėntrėbâillė à présėnt…

— Ça vient ! Cet enculé a bloqué avec des meubles ! Poussez !

Brusquėmėnt, lė nọir dėsċėnd dans la pièċė, l'abat-jọur sė vọilė, lė plọmb durċit dans mės vėinės, jė sėns plus mės jambės, plus mės bras, plus riėn, j'ai pėur.

— Viens chaton… viens !

— Tu neiges papa… Je veux pas toi partir.

— Prends-moi ! Prends-moi quelque chose… ! Prends-moi un morceau de moi !

— Pas peux.

— S’il te plaît…
— Pas peux papa. Veux pas tatuer.
— Prends un bout de moi… Qu’il vive… qu’il vive en toi. Je t’en supplie… Vas-y… fais-le, fais-le !

J’ai vu sės billės d’ọr vėrt… virėr au nọir. Au nọir du ċọsmọs… piquėté d’étọilės. J’ai sėnti sės lèvrės m’ėmbrassėr unė ultimė fọis dans mọn ċọu &…

,

, .

.

, , , ,

, .

,

,

.

,

.

. ,

, ,

,

.

, ,

, , ,

,

,

.

,

, , ,

.

,

,

, . ,

,

, ,

CHAPITRE 22
À FEU ET À SON

|| À quoi | tient une révolution ? À tout le moins, à quoi tient une dynamique insurrectionnelle ? Ou plus modestement encore cette myriade de basculements intimes, pourtant épars, dont la mise en résonance populaire produit un mouvement de fond qui semble avoir les propriétés d'un champ magnétique ?
La société du spectacle, qui ne croit qu'en elle-même et à son empire, nous a habitués, n'est-ce pas, à lire dans ces évolutions très rapides le produit d'un twist ou d'un pivot dramatique, autrement dit l'œuvre d'un déclencheur : ce fameux « événement » que vont plus tard valider les livres d'histoire des vainqueurs. Pour nous, ce déclencheur supposé sera à l'évidence « l'assaut barbare du *Cosmondo* » et « le meurtre atroce » de Lorca Varèse par les chasseurs « populaires ».
Pourquoi la mort puis la résurrection plus spectaculaire encore de sa fille, Tishka, n'étaient pas parvenues à provoquer ce qui se passa alors ? L'effet de seuil ? L'accumulation sous-marine de particules de colère, en suspension, qui s'agrègent en magma, *in fine*, au plus propice des moments ?
Ou les images, tout benoîtement les images ? Ces images révoltantes du cœur arraché de Lorca, ce cratère insoutenable, chairs retournées, devant lequel, dans le feu de l'action, pose le chasseur injustement inculpé, Jacky Roux, ses mains sanguinolentes, en arborant sans le vouloir une grimace sardonique d'assassin, alors qu'il arrive après coup ?

Gorner avait cru détenir le privilège du *storytelling*, s'imposer comme le *showrunner* d'une série dont il était le héros, pour reprendre le jargon de ses conseillers, sans comprendre qu'à certains carrefours d'un récit collectif, ce n'est pas tant la vérité des faits qu'il s'agit de rétablir pour conserver l'adhésion du public. Plutôt s'agit-il de deviner ce que les gens *veulent* croire et ce qu'ils *se refusent* à croire. Ils ont *refusé* de croire que Tishka avait arraché elle-même, d'un geste fulgurant, le cœur de son père afin qu'une part de lui survive en elle. Comme ils refuseraient sans doute d'imaginer qu'elle vit désormais avec ce double cœur qui bat dans sa poitrine. Ils ont *voulu* croire que les chasseurs populaires, avec l'appui logistique de la police d'État, qui fut réel, et la bénédiction de Gorner, qui est encore à prouver, étaient venus faire un carnage, un pogrom visant à éliminer les premiers opposants politiques du président. À savoir nous : les têtes pensantes et fragiles de l'autodissous Parti furtif. Ont fait le reste les théories du complot, ce savoureux biais cognitif qui simplifie à merveille, par insuffisance ou fatigue, ce qui relève de la complexité des coïncidences et du hasard. Dans les interprétations désormais intégrées par la majorité de la population, la meute des chasseurs n'est plus venue profiter d'un rassemblement furtif, dont elle avait intercepté date et lieu secret, pour faire un carton facile. Non : elle a fomenté un piège ignoble pour assassiner Lorca et nous massacrer. Et il faut reconnaître que les vidéos prises à l'intechte par Nèr et que j'ai diffusées avec une certaine complaisance, en prenant soin d'en masquer la source, ces vidéos du corps de Varech piétiné alors qu'il gît inconscient, avec ses six côtes cassées tandis qu'une chasseuse essuie ses semelles gluantes de tripes sur ses joues comme sur un paillasson ; celle du nez cassé de Sahar, sa face étoilée de sang avec les insultes sexistes qui fusent derrière et les rires attenants ; celle du dos

brûlé de Toni avec huit marques de taser ; ou encore la vidéo du quasi-viol de Saskia avec les trois ados qui la tiennent en laisse et miment des chiens en rut… Tous ces abus révoltants ont contribué à la perfection à cimenter la thèse du carnage barbare – au bout duquel le cœur arraché de Lorca, encore chaud, s'insère avec une logique impeccable dans un imaginaire du pire auquel, pourtant, il ne participe pas.
Que je ne me sois pas battu avec toute ma probité pour invalider ces *fake news*, le dieu des causes justes malicieusement victorieuses – s'il existe – daignera me le pardonner. Que nous en ayons profité pour obtenir un moratoire de trois ans sur les chasses aux furtifs ; que Gorner n'ait pas survécu politiquement aux soupçons d'« organisation d'associations de malfaiteurs à but criminel » et qu'il ait été destitué trois mois seulement après son élection, au profit d'un président plus conciliant et d'une prudence propitiatoire ; que l'on m'ait autorisé dans la foulée, dans la coulée, à refonder un nouveau Récif avec des moyens plus conséquents et l'appui soutenu de la communauté scientifique internationale ; toute cette chaîne d'événements inespérés ne nous rendra jamais Lorca, en tout cas pas l'homme de quarante-trois ans qui était devenu mon ami, avec son altruisme rare, auquel nous devons ce qui arrive de si précieux aujourd'hui. Au fond, sa mort aura été à l'image de sa vie : il n'a pas pu empêcher qu'elle soit, à sa façon tragique, un don pour les furtifs, et pour tous ceux qui, dans le monde, ont compris ce qu'ils apportent d'éblouissant à notre humanité rassie.

) « Ce) serait) bien qu'on en fasse une sorte de carnet, au jour le jour, pour rendre hommage à ce qui change en profondeur. Ce serait beau, non ? » Il avait souri parce qu'il souriait toujours, même s'il y avait de la peur, ce soir-là, dans son sourire. De l'enthousiasme aussi, à retourner au *Cosmondo*, de l'appréhension à voir si les furtifs y seraient... Tellement de choses.

Le lendemain de sa mort, j'ai commencé ce carnet. J'y mets ce que je lis, ce que j'entends sur les flux, ce que me racontent les activistes et les copains. Ça bourgeonne tellement de partout, des choses mutent de manière si surprenante, que j'ai souvent du mal à n'écrire qu'un seul événement par jour. Lorca aimerait ce qui se passe. Il adorerait même. Mais peut-être qu'il le voit, ou qu'il le sent, là où il est. J'espère au moins qu'il le sent.

Le 1er mars, Vinnie a gagné une partie de cache-cache dans le hangar des Métaboles juste en épousant les gestes du loup, trente centimètres derrière lui, avec une précision et un timing hallucinants. Le loup l'a bien sentie tout du long sans jamais pouvoir se retourner au bon moment.

Le 2 mars, un mécano de drones, Fabou P., a « suspendu un café » dans le dernier bar standard de la rue des Martyrs. « Tu le fileras à un crochard, à qui tu veux ! » il a ajouté devant les yeux écarquillés du robot.
Le lendemain, j'y suis retournée : l'option existait dans la routine d'encaissement.

Le 3 mars, Velvi, Fled et Carlif ont atterri par défi sur le toit du BrightLife, avec douze camarades de la Céleste. Plutôt que d'alerter la police, les concierges ont appelé les copropriétaires, qui sont venus et ont accepté, contre toute attente, de devenir Toit Ouvert pour les Altistes. Depuis, la Céleste se consacre à ouvrir des toits partagés à travers l'Europe, de ville en ville, pour en faire un archipel de passage et de brassage. Sky is the milit.

|| L'intelligence | de l'histoire implique, il me semble, que nous acceptions que les véritables changements aient quelque chose de nécessairement invisible. Dans la mesure où c'est précisément cette invisibilité aux capteurs des dominants, à leur récupération prédatrice, qui leur offre l'espace et le temps indispensables pour se déployer. Saskia a raison : quelque chose passe et se passe, dans les corps et les têtes, entre les humains qui s'ouvrent et les furtifs qui s'approchent, dans ce rapport interespèce encore balbutiant qui nous arrache totalement à nos cadres anthropocentrés. Le pays vibre. Nos rapports au monde, notre relation au vivant, à l'autre comme à soi, tout est impacté. L'agenda politique, les priorités écologiques, les horizons sociaux, se retournent rapidement, ils changent d'erre et d'axe. Si les chasses clandestines perdurent malgré leur interdiction officielle et si les attitudes réactionnaires restent fortes, en face, les invocations deviennent de plus en plus courantes, même si elles demeurent une exception. Nul doute qu'elles donnent progressivement naissance à une humanité plus vaste.

Le 4 mars, Tatou de Touta, proferrante, a suggéré
à la Traverse que chaque nouvelle cabane construite
dans les interstices de la ville abrite une entre.
Comme on met un couvert de plus à table pour l'inconnu
qui viendrait. Ces entres sont fabriquées par des groupes
d'enfants avec des matériaux de récup. Les migrants
qui les habitent disent souvent que de drôles d'oiseaux
chantent et parlent dans leurs cabanes.

Le 5 mars, Cathy et Jack, retraités privilège, qui avaient
voté Gorner au second tour, ont enlevé à la tenaille et à
la bêche les quatre cents mètres de grillage qui entouraient

leur pavillon au Roy-d'Espagne, à Marseille. Depuis, leur gazon anglais est défoncé par des sangliers, tandis que des renards viennent manger dans la gamelle de leur chat. Un matin, ils ont découvert des formes de traces dans la terre qu'ils n'ont pas retrouvées sur Internet. D'abord déstabilisés, les voisins ont fini par retirer leurs propres barrières parce que leurs gamins voulaient voir les renardeaux.

Le 6 mars, Captain Capiz a remonté l'intégralité des Champs-Élysées sans être perçu par un seul capteur.

Le 7 mars, lors d'un concert de jazz pour la Zoùave de La Palud-sur-Verdon, la saxo Audrey Kalypso, musicienne intermittente, a sorti de son tube de cuivre un solo d'une telle incandescendance sublime qu'on raconte qu'un furtif en est né.

— Si je m'en tiens à mes sensations depuis le *Cosmondo*, Björn... Excusez mes manquements à la pudeur, mais... je vais vous lire un extrait de mes notes, que je devrais baptiser mon journal de mutation...

— Nous vous écoutons, Louise...

— Voilà : « *Avec un peu plus de lucidité critique et de rectitude dans la distinction des dialectes, j'aurais dû acter que l'intellect furtif relève d'une "poétique de permafrost" comme l'a dit Hakima une nuit inspirée : sous la terre gelée du signifié scintillent les pierreries du phonème pur. Brillent les rubis d'un rouge dur, indescriptibles et indécryptables, rétifs à toute explication car infectés de vie. Dans ce printemps brusque qui m'habite, le phonème se dresse, l'iris irrité, injecté de son. Cette hérésie dicte sa sensation directe à mon cortex qui la décortique. Ce matin, je suis venue à la grotte, je me suis étendue sur le sol humecté et j'y ai chanté la litanie crépitante, à la fois intacte et inexacte des lexèmes qui m'habitent : pecte, pacte, picte, docte, dicte, ipte, epte, upte, opte, copte, capte, cupte...* »

— Ce sont des plosives coarticulées. À la fois puissantes et précises...

— On dirait un crépitement d'insecte, mais transcodé dans l'intellect...

— Oui. Tout autant que mon corps, ma parole change. Ou elles se changent, mutuellement. En nous hybridant, il se produit selon moi un troc immense entre la sémiotique furtive, qui est pour l'essentiel haptique et sonore, et nos langues humaines, qui sont, elles, architecturées par le sens. Si les furtives nous offrent ce cadeau d'un corps mutagène, nous leur portons en retour la matière la plus métamorphique, pour notre part, que nous ayons à offrir, à savoir notre langage. Notre langage et sa flexibilité infinie, ses morphes permutants, ses mues inouïes. C'est notre langage, pour l'essentiel dans sa manifestation orale, par nos voix, qui les a maintenues depuis l'origine de *sapiens* dans nos sphères d'évolution. Elles y puisent un renouvellement de leur frisson.

— En tout cas, une nourriture sonore quotidienne...

— Mais pourquoi... cette sensation d'être hantée par des phonèmes ? Tout à l'heure, Hakima a évoqué ces sifflantes, qu'elle ressent sans cesse depuis le *Cosmondo*...

— Cela pourrait provenir de la *nature* du frisson invoqué. Louise semble avoir hérité d'un frisson d'insecte. Hakima, ce serait plutôt un oiseau, en tout cas une espèce pour laquelle, ou autour de laquelle, l'air siffle. Nyrin ressent surtout des « ou » et des consonnes liquides, il est plausible que son frisson provienne d'une espèce aquatique. Ces spécificités travaillent nos paroles.

Le 8 mars, Toni Tout-fou a démonté un par un tous ses botags pour en faire une unique machine à faire le flou. Quand il se déplace en ville sur sa flouchine à pédales, les réseaux zozotent. Depuis le Cosmondo, *il a arrêté de taguer. Il dit qu'il abrite un condor de brume et que son corps est un brouillard.*

Le 9 mars, Christian A., viticulteur premium, a stoppé son tracteur en haut de la colline d'Aubenasson. Il avait cru voir une belette passer sous ses roues. Il est descendu, a vérifié son pneu puis il a levé la tête pour contempler la Drôme, d'un vert translucide, qui coulait au loin sur son lit de galets. Et sans raison apparente, il a décidé qu'il vendrait désormais son vin à prix libre.

Le 10 mars, au Javeau-Doux, Kendang et ses amis ont accueilli quarante-quatre migrants en provenance de Libye, dont le zodiac avait été percé au harpon par un chalutier à l'approche de Martigues.
Les réfugiés ont agrandi l'île en aval, mètre par mètre, avec des alluvions. Ils ont construit leur propre maison avec l'aide des Balinais. Ils élèvent des truites à même le fleuve et ils les donnent en échange de légumes.
Il n'y a plus de troc ni de monnaie au Javeau-Doux : que du don et du contre-don. À l'instar de toutes les îles du Rhône, c'est devenu une terre gratuite.

‘Arribà ¿Agüero ! ‘Danseur de tango et de boogie-woogie dans les bodegas de Bourgogne ! Demain on déboule à Brest avec ma concubine : on va batifoler sur un bagad breton blindé de bombarbes et de binious, le pur big band, bigre ! La barmaid sera une bigoudène de Pont-l’Abbé. On va se goberger de bigorneaux et de gambas, là-bas, à t’en galander les badigoinces ! Dans une gargote pas bégueule, on ira gueuler *¡Aguante Argentina!* Au pire : un gourbi, un bon bar à bières où l’on pourra boire du bourbon à glou et à glou, à gogo, à buguer de la glotte jusqu’à dévergonder toutes les gourgandines en goguette, les grandes gigues rigolotes et les brindilles qui boulottent de la ganga *cabezudo* sur du reggae. Et finissent *fundido* à débagouler leur tabac à la badiane dans des gobelets en carton. Depuis que l’Orque a fini en burger bien saignant, eh ben... avec ma baroudeuse Saskia, on fait pas les bagagistes du croque-mort. On dégobille notre bourdon, *brrrro !* on se biodégrade notre chagrin. Et on bourlingue *a lo bestia*, en beaux branques bien barrés. Partout on s’embringue, on s’embrouille, *no tengo guita* \ on se débrouille, on boulègue, on se bouge. On est debout, quoi ! Certains matins, on raboudine dans le camping-car. Range notre barda. On se fait du gringue. Moi en bermuda et débardeur, elle, *bombon* en débraillé battle-dress gangster ! Tellement on garde le béguin et le goût de tanguer bras dans les bras. Le soir, on enquille bringue sur bringue, au bagout, badaboum ! On débarque au débotté, en tongs, pour gober du boulgour au gorgonzola et se gaver d’une tête de veau sauce gribiche avant que les gabelous nous aboyent dessus façon bouledogue.

Je vous vois déjà dégoiser : « L’est où le barracuda du jet-pack ? L’est où, Garibaldi ? Le Che Guevara du coup

de coude et de la capoeira ? Le ġauchσ à banderilles, à banderoles ? Va donc badġer chez les moujiks, l'Aġü, bandit ! Retourne booster les fifs, builder des cabanes ! Tu déġrinġoles, ġrinġo Aġüero ! Tu ġambades, buenσ, mais tu te déballonnes !
Ya basta ! La vie, les ġars \ vous les draġons bouġons du doġme / les camarades ġris-sur-ġris, vous les biġleux du ġoulaġ 2042, les kibboutzniks du jamais-je-nique \ la vie, bouġres de pisse-froid rabouġris, c'est ça aussi ! Faire ġouzi-ġouzi à l'amour quand il te sourit. Cabosser ta blonde toute ġironde debout sur le toit du monde \ Brûler la chandelle par les deux bouches / Et béġayer avec le sσleil.

Le 11 mars, Bruno R. a coupé sa réul, jeté ses disques rétiniens aux toilettes et tiré la chasse. Il a pris sa bague, l'a fait fondre dans la braise de son barbecue deux jours durant, avant de la reforger à la main, comme il a pu. Puis il l'a offerte à son amoureuse en la demandant en mariage. Elle a coupé sa réul trente secondes pour dire « oui ». C'est un début.

Le 12 mars, Cèce-la-Rousse a fait à peu près la même chose dans une charbonnière du Vercors, avec ses bracelets connectés. Elle en a forgé six bagues fondues et elle s'est fiancée six fois avec six arbres de la forêt : un épicéa, un chêne, un fayard, un pin sylvestre, un charme, un orme. Elle se vit à présent comme une nymphe des bois dédiée à des arbres qu'elle habite tour à tour, naissant et mourant avec eux : une hamadryade.

¸Ce ʕ qui s'esτ passé ? Au *Cősmőndő* ? *I don't knőw*. Enfle le flőu. La flőuille. L'embrőuillâme. Ma peau flume, je m'emplume sőus les brasses, je cőurs plus, je cav̆ole. Tőni

Tŏut-flŏu, ich ! L'hŏmme de brume, hum, ahem, salam aleykŏum, shalŏm !

Le 13 mars, les CAG (Communes Auto-Gouvernées) sont passées au nombre de huit mille, un chiffre jamais atteint depuis la « libération des territoires » en 2028, c'est-à-dire leur privatisation. Une CAG fonctionne par quartiers autogérés et mise en commun de tous les espaces, même privatifs. Les dispositifs institutionnels s'appuient sur l'élection sans candidat, le recours soutenu au hasard, les mandats tournants et révocables et le principe du quorum par lequel 10 % des habitants peuvent proposer un projet ou une règle communautaire.

Le 14 mars, Nantes est officiellement devenue la première VAG (Ville Auto-Gouvernée) de France. Après trois ans de guérilla intense, elle a été rachetée à Civin par ses habitants, une semaine tout juste après la destitution de Gorner. À ce jour, Brest, Rennes, Vienne, Nanterre, Orange, Alès et Marseille sont en passe de basculer aussi. Les multinationales, de leur côté, semblent « au creux de la VAG ».

Le 15 mars, un collectif moujik a semé des milliers de graines d'amarante dans les champs de soja transgénique de la Beauce. L'amarante, d'un rouge magnifique, pousse plus vite que les clones pesticides brevetés du soja et en phagocyte la croissance. Les Incas en mangeaient beaucoup.

Le 16 mars, un quadragénaire victime d'un AVC, Gaby R., a vu quelques minutes un furtif se lover sous le plafond de la salle d'opération. Ramené de son état de mort cérébrale, il a sans doute livré sur Phaune Radio le plus beau témoignage « non militant » sur la beauté éblouissante d'un furtif. Quand on lui a demandé ce que ça avait changé dans sa vie, il a dit : « Maintenant, quand un moustique me pique, je laisse faire. Tout le monde a le droit de vivre, non ? »

Le 17 mars, Nèr a éteint ses scanners pendant trente-sept minutes !

Le 18 mars, la ville d'Orange est devenue à son tour une VAG.

) On) le doit) à l'acharnement de Šahar et d'Arshavin qui s'étaient promis d'honorer l'un des rêves de Lorca. On le doit évidemment aux insurgés, au ras-le-bol des standards, à l'émotion suscitée par sa mort, à plein de choses inquantifiables qui font que cette ville a voulu un peu lui ressembler.
Notre première mesure d'habitants autonomes a été de rouvrir le C3 au public. Le musée a été reconverti en ateliers pour enfants et confié aux proferrants. On va y apprendre la cuisine, le camouflage, le logiciel libre, l'anonymisation, la robotique de récup, le tag bio, à fabriquer des jouets, des vêtements naturels et des bandes dessinées.

Je suis retournée au *Cosmondo* toute seule. Je n'ai pas voulu y aller avec Agü, je ne sais pas pourquoi. Je crois que c'était une façon pour moi de rendre un dernier hommage à Lorca. J'ai mis le bracelet-capteur de Carvelli et j'ai fait tout le parcours intérieur jusqu'en haut, en pleurant comme un chiot. Je l'avais jamais fait en vrai. Je suis montée jusqu'au doux-d'art, dans la chambre-cheminée, là où

Lorca s'est éteint en regardant sa fille. Quand j'ai poussé la porte toute neuve, le doux-d'art était bien là. Il est venu vers moi en saluant et j'ai regardé son morphe. Pour savoir. Šavoir ce qu'il y avait dans mon visage intérieur. Il est possible que le robot ait bugué à la mort de Lorca. Qu'il se soit figé. Car le visage que j'ai vu sur la résine souple, c'était celui… de Lorca.

Le 19 mars, Agüero a fait à son tour le parcours du Cosmondo. *Lui… c'est mon visage qu'il a vu dans la chambre-cheminée.*

Le 20 mars, nous avons appris que Marseille était en train de basculer. La deuxième ville de France ! Ça couvait sérieusement depuis des semaines mais là, ça s'accélérait. La Plaine avait été entièrement reprise et dépavée pour retrouver la terre battue. Le cours Julien était un souk géant. Orange et Civin venaient d'envoyer là-bas la quasi-totalité de leurs milices commerciales pour tenter de sauver leur modèle, qui craquait de toutes parts.

Avec le Cryphe, la Mue, les terrestres, le collectif *Reprendre*, la Traverse, la Céleste, l'Inter, les moujiks, des zoùaves et des zaguistes venus de partout, nous avons fait une AGAF (Assemblée-Grenade-à-Fragmentation) au Javeau-Doux, pour préparer la Vague, prévue le lendemain. Toutes les têtes connues de Porquerolles étaient là, avec quelques centaines d'autres)(dont beaucoup, beaucoup de jeunes. Comme pour toute assemblée grenade (j'étais calée désormais), nous nous sommes fragmentés en groupes de trente. Mission : proposer un mode de lutte. Vénèr, classique, arty, basique, inattendu… peu importe ! Mais applicable dès demain dans la manif, dans les occupes, dans le combat pour reprendre la ville. Ensuite, le principe, c'est : chaque groupe expose sa proposition et les militants s'agrègent sur celles qui leur semblent les plus déter, les plus fun ou les plus pertinentes. Cette méthode permet de se doter de tactiques de luttes imprévisibles, chaque fois nouvelles, qui rayonnent sur plein d'axes. Elles sont du coup très difficiles à contrer par un pouvoir policier habitué à des stratégies de contention simples.

Évidemment, nous nous sommes retrouvés dans le même groupe avec notre petite bande : Šahar, Varech et Arshavin, Toni et ses potes, Hakima et Louise. Il y avait des militants de la Traverse avec nous, Naïme de la Mue, Noé et ses lémuriens (qui bouffaient nos bols de riz), le colosse Vasco, des moujiks avec leurs masques de koala... Vu le nombre de groupes (plus de cinquante !), on s'est cherché un coin tranquille pour brainstormer : un ponton flottant en aval de l'île, à côté des élevages de truite. Deux Šoudanais nous ont troqué des farios contre des bagues premiums. Tishka était là aussi. Šous le ponton ou dans l'eau, ça dépendait. Elle ne ratait pas une miette.

— Donc on part sur cette idée de fanfare furtive ?

— On a déjà : tambours et grosses caisses, sax, hautbois, violons, guitares, percus, plein de cuivres, des cornemuses, des xylophones, des boîtes à barouf, un gamelan automoteur, un piano roulant, quelques synthés... J'aurai bien sûr mon olifant...

— Et on a des enceintes à fracasser toutes les vitrines de la Canebière !

— D'accord, mais on fait quoi ? On joue, c'est tout ?

— L'idée, enfin l'espoir, est de faire sonner la ville. De la faire entrer en résonance. De se réapproprier

Marseille par le son. Et d'embarquer les furtifs avec nous, grâce à Tishka…

— Sapeu ! a glissé sa voix de flûte, dessous le ponton.

Tout le monde a souri.

— C'est joli mais c'est juste artistique, non ?

— On va se faire plaisir, quoi…

— Je crois que ça pourrait être bien plus furieux que ça, si vous me permettez…

La voix râpeuse de Varech ouvre aussitôt une forme de silence. L'écoulement du fleuve devient audible. L'eau se frange derrière les pilotis. Tishka ou ses amies clapotent.

— Beaucoup ici, dans notre groupe, ont invoqué. Nous portons désormais un frisson en nous. Ce frisson est à la fois un don et une menace. Il faut l'assimiler, c'est déstabilisant. Mais il a une puissance physique insoupçonnée, que nous pouvons sans doute libérer. Ensemble. Peut-être pas, nous verrons. Mais il faut le tenter, c'est l'intuition de Saskia, que je partage. À mon sens, tout furtif est un orchastre. Son jazz intérieur touche au cosmos parce qu'il peut agir sur la matière même. En tant qu'hybride, nous potentialisons aussi, en nous, cet « art de vibre ». Nous devrions pouvoir le mobiliser pour faire sonner les matériaux, impacter les murs peut-être, les vitres, les protections en carbène des milices, je ne sais pas, endommager peut-être des véhicules…

— C'est de la magie ! Vous croyez à la magie !

— Je ne crois à rien, jeune homme. J'ai juste constaté qu'en chantant, chaque jour un petit peu, je suis parvenu à me ressouder six côtes cassées en une semaine. J'ai juste vu un bloc de céramique d'un mètre de haut se métamorphoser sous la seule puissance d'une berceuse et d'un olifant trafiqué. (Là, sa tirade calme tout le monde, c'est marrant.) Alors pourquoi pas, à cent personnes, avec une fanfare et quelques furtifs amis, ne pas espérer, disons… au moins défoncer un pare-brise ?

´En ˏdébut ´de soirée, alors que les préparatiſs allaient bon train et que les camarades chargeaient les péniches qui ſileraient cette nuit à Sos, jusqu'au cargo, j'ai demandé au balian si je pouvais aller m'isoler avec Tishka au *Pura Dalem*.
Dans la troisième cour du temple, les portes ſermées, nous étions enveloppées de statuaire balinaise. M'est revenu ce que disait Jean la semaine dernière, dans son atelier bronze : qu'il était probable que les premières sculptures zoomorphes, les bas-reliefſ, les moulures des corniches, les gargouilles… que tout ça provenait de ſurtiſs découverts par hasard et ſigés par un regard humain lors de la construction des cathédrales… Ça donne le vertige… Avec Tishka, nous nous sommes recueillies, comme sur tous les lieux où Lorca est venu… a laissé pour nous son souvenir et sa présence.
J'ai serré Tishka contre ma poitrine, pour m'enivrer de son odeur, et j'ai senti contre moi battre ses deux cœurs. L'un était calme, battait proſond, l'autre à gauche cavalcadait sur un tempo très rapide, comme un poney joyeux…

— Tu crois que papa est heureux d'être là ?

— Il est.

— Tu le sens, quand il est heureux ?

Elle m'a ſait poser la main sur son poumon droit. C'était doux et chaud, ça donnait envie de rester toujours.

— Tu n'as pas envie de te cacher, mon chaton ? Je peux ouvrir les yeux… un peu ?

Elle a laissé couler ses cheveux dans mon cou et j'ai ouvert les yeux. C'était la sixième ſois depuis la mort de Lorca. Il y avait du blé vert en germe sur sa tête et une oreille blanche en ſleur de *jepun* que j'avais peur de décrocher si je la caressais. Au Javeau-Doux, Tishka devenait plus végétale – ses odeurs de ſleur l'emportaient sur ses odeurs de ſauve, plus habituelles.
Varech m'avait bien dit que les rares ſurtiſs qui ont céramiſié et qui sont revenus à la vie développent une résilience particulière : ils deviennent aptes à être vus, ſugitivement, sans se ſiger. Crisse-Burle lui en avait parlé. Ils résiﬆent à la pulsion de la Gorgone. Je ne l'ai pas vraiment cru avant d'oser le demander à Tishka. Depuis qu'elle eﬆ revenue – et surtout depuis le *Cosmondo* où le cœur de Lorca, en elle, l'a ſanﬆormée, sans que je mesure réellement comment, l'a humanisée je crois, un peu plus en tout cas – il m'arrive à présent de la regarder quelques inﬆants : elle me laisse ſaire… et si je la xiſe un peu trop, elle s'éclipse. C'eﬆ un bonheur immense pour moi de pouvoir la contempler, même sur ces quelques secondes que je lui chaparde. Elle eﬆ d'une beauté sans nom, ma ſille. Souvent elle s'ambre quand je la regarde, elle chatoie, son sourire ſait voler ses joues.

— Qu'est-ce qui… Qu'est-ce qui change… a changé… depuis que tu as pris papa en toi ? Tu… mûris plus vite, non ? Tu te sens… plus grande dans ta tête ?
— J'entense mieux, maman… Je coute des voix…
— Quelles voix ? Tu entends Lorca ? Il te parle ?
— Noui.
— Non ou oui ? Essaie de parler aussi droit que possible, s'il te plaît, c'est très important, là.
— Ma langue sourche, maman, je fais le mieux.
— Tu entends quelles voix ?

— Nous les fifs, on… On sent les frissonnes de tout ce qui fouge, vit… On tend leur musique, je tends la musique du riz qui pousse, je sangue comme un ragondin sonne, une truite, comment tu symphonises, toi… Papa aussi. Mais depuis la cosmonde, ça monte aussi par les mots, ça tinte en mottes dans l'asprit. Ça phrase !

— Tu entends des phrases qui coulent dans ta tête ? Comme si le frisson des gens t'arrivait… traduit en mots ?

— C'est fatigassant. Parfois, je ferme. M'encrâne. Parfois j'aime cette flûterie. Ça me truffe de la telligence.

Je me représentais très bien ce qu'elle me disait. Depuis que j'avais vu cet oiseau de ſeuilles au *Cosmondo*, qu'il m'avait oſſert son ſrisson, le monde me parvenait diſſéremment. Les premiers jours, terrassée par la mort de Lorca, j'avais l'impression de ne plus rien ſixer, de ſrotteler tatolement. Puis j'avais repris pied en comprenant que, d'une ſaçon ou d'une autre, quelque chose de lui restait en vie dans notre ſille, que je ne l'avais pas complètement perdu. Et progressivement, de jour en jour, en écoutant mon corps, je me suis rendu compte que ce que je prenais pour de la dispersion, cette sensation de ſlotter, elle venait d'une ſluidité nouvelle. Mon égoventre se diluait, ſondait vers ses périſéeries. Je me sentais prolongée, un peu ſloue, tissante – et le monde extérieur a commencé à entrer plus ſacilement en moi, à ondoyer vers moi. Je ne peux pas dire que je sentais verbir les arbres ou l'asphalte, touteſois quelque chose grondait des troncs, que je pouvais percevoir, un rythme têtu, une ſorme de scansion, oui. Et sans que je puisse le contrer, dans mon eſprit sinuaient, à certains moments, des couleurs sonores – quand l'émotion montait, j'entendais le ſrouſrou viſ des *ſ*, le charme des chuintantes, le j des joues, un chatoiement de plumes, des rémiges. Et je commençais, parſois, à entendre la mélodie des autres, des hemmes et des ſommes, la ſaçon dont leur ſrisson s'enlaçait au monde, y contraſtait ou s'y liait. C'était très beau. Très désarçonnante aussi.

J'ai reſermé les yeux en enſouissant mon nez, encore ſragile, dans ses cheveux.

— Tu ne me lâcheras pas demain, hein ? Tu resteras pas loin de moi ?

— Mamoi.

— Tu crois que tu arriveras à embarquer des furtives avec nous ? Qu'elles vont nous suivre, nous aider ? Qu'on va pouvoir arriver à faire sonner ensemble cette ville ? Tu crois qu'on est fous d'y croire ?

Elle n'a pas répondu. Je l'ai serrée encore jusqu'à entendre les deux cœurs battre contre mes seins. J'avais l'impression qu'ils s'harmonisaient. Je ne sais plus si elle a ouvert la bouche mais j'ai entendu…

— Papa y croit…

‘Bing !‚Le ‘lendemain, on a débarqué en cargo aux Goudes, baie des Singes, avec tout le matos. Deux cents gus, en gros, dans nos bagages, qui avaient kéblo sur notre propale ! Sur la corniche *WorldCruise*, ça maillochait déjà costaud. Ơn est passés au culot, à la va-fuite. Plage du Prophète, Malmousque, vallon des Auffes, Catalans, la Criée. Ơn a remonté jusqu'au Vieux-Port en vrillant les oreilles de tout le monde. Les réseaux annonçaient soixante mille personnes, on était le double, au bas mot !

Le 21 mars, Vasco est devenu un dauphin au large de l'archipel du Frioul. Enfin, c'est lui qui l'affirme. À midi, il était bien avec nous au Vieux-Port sur ses pieds d'humain…

´Ce (jour-là, ´ à Marseille, je n'ai pas eu peur malgré la ſoule énorme, pas eu peur que quelqu'un voie Tishka, j'ai su qu'elle y survivrait et ça m'a donné une liberté et une ſorce incroyables.
Dès l'arrivée au Vieux-Port, tout autour de nous, je l'ai senti tout de suite – une myriade de ſurtiſs couraient sur les toits en parallèle, par la ligne inteſtine des égouts, se ſauſilaient sous les ſourgons et les taxiles, dans le chaos des barricades – et nous suivaient, et ſaisaient corps avec nous. En repiquant par une rue perpendiculaire sur la Canebière, nous sommes tombés sur la police de la Gouvernance qui ſaisait bloc avec les milices commerciales d'Orange et de Civin. Ensemble, ils arrosaient l'artère de gaz et de grenades répulsives, ciblaient les douteſeux aux lanceurs de balles à tête chercheuse, en les programmant pour briser les genoux et ſaire le maximum de blessés. Breſ, ils jouaient oſtensiblement l'aſſrontement et l'escalade basique des violences, bien calés, eux, derrière leurs blindés et leurs armures de guerre.

, Ni ˀ une ni douze, mŏde hiτ-and-run, notre fanfare a skaτé ῦers l'aῦant du cortège de tête. Aῦec le crew, on a sorti les paint-iτ-bŏts et les roῦers sont allés maculerˇ au pisτole les ῦisières. Rouge-jaune-ῦert, Jah man, Jah ! Saskia en a profité pourˇ goberˇ son ŏlifant et enτonnerˇ un airˇ de chasse, *Le Rēῦeil*, aῦec gain bŏŏsτé à bloc parˇ les enceinτes qui planaient sous nos drones d'appui ! Et grain monsτrueux dans le cuiῦre ! Ça nous a électrŏcuτé l'échine, francő, un τruc ancesτral qui reṽenait. Le signal ! Alors on a épaulé nos instrus, les guitar˜ herőes ont branché les jacks, les baτucadős attrapé leurs baguettes… Et notre fanfare a enτamé la guerre, mettant littéralement l'aṽenue à feu et à sőns !

⁾Im)perceptiblement, ils) reculent… Ils reculent pour mieux nous aspirer ? On avance rive droite du Vieux-Port, passe la Caravelle. Ils savent qu'on va chercher le Mucem, et derrière, toute la ville nouvelle, la ville Orange, Euroméditerramerde. Trente ans de skyline, de mall privilège, de docks gentrifiés, que c'est ça qu'on vise. Varech est revenu à ma hauteur. Il avance comme un bloc de marbre sur des pieds. Je peux sentir son frisson minéral. Tishka passe juste devant, elle est visible un éclair, elle pose sa main brièvement sur le front de granit du philosophe, comme si elle voulait savoir, voulait l'écouter…

— Ça rarech ici, Sassie ! elle me lance, sans que je pige vraiment.

J'aimerais être dans son corps.

o•Aux premiers brames des cuivres, les vitres des parebrise crépitent et frétillent. Prudence, Varech ! je grogne. Mais j'avance. Le long des trottoirs, l'armature des carrosseries branle, les phares râlent et se désencastrent. Les pare-buffles des quatre × quatre trépident sous le trémolo régressif des guitares, qui couvrent et découvrent les contrebasses et leur crincrin. Les archets sont morsures, les percus bricolées agressent des plaques de bronze et à chaque coup de racloir, elles leur abrasent des battitures. Les tambours rugueux, apprêtés à l'arrache avec des croûtes de cuir rêche et mal corroyées, roulent un rythme rageux et rustre qui sonne garrigue et rocaille, trame de grotte, lit de gravier, grenier qui croule, râpe à gruyère. J'adore ! À notre droite, des grattes grossières aux riffs braques jouent par-dessus la grêle des tambours un rock brut, éraillé jusqu'à la rupture, qui récure les oreilles. On l'entend pervibrer dans les rails du tram et ébrécher les poutres des apparts du quartier. À trois cents mètres, les gros bras à cuirasse et bouclier froncent leurs sourcils, prostrés à l'abri derrière leurs fourgons qui bremblent.

Le vacarme ! Le bruit cru les trûle. Ils nous scrutent. On s'incruste dans leur cadre. Alors leurs grenades partent et broum ! se diffractent sur l'asphalte – ou repartent à l'envoyeur d'un coup hargneux de raquette.

Est-ce clair ? On reste de marbre. Coriaces, les Terrestres ! Rustiques ! À dire vrai, la monstrueuse force de notre orchestre déjà les perfore. Elle apporte la déflagration. Ils croient qu'ils tiendront le Vieux-Port. Au pire, les docks et ses baraques à fric, ses terrasses qui craquellent, ses ferries qui crament. Croyez-moi, c'est leur permafrost commercial qui se crevasse ! C'est notre printemps qui fracture la croûte et leur facture la frousse ! C'est notre désordre frustré qui se désincarcère et part faire crier la vie jusqu'au tréfonds de leurs parkings brunâtres. Ontégrez-le : l'orchestre furtif du désastre est en train de gréer. Créer son bruit propre, à lui ! Et c'est rude, âcre, âpre, crâpeux. C'est le son broyé de l'Orchastre de la Grande Ourse. Tombé sur Mars. Rârrrrrre.

Sahar m'arrête du bras alors que je m'apprêtais à ramasser une grenade. Elle sourit comme Lorca souriait. Une grâce.

Sur la ligne chahutée du cortège, à la lisière des lacrymos, Varech s'écarta. Les olifants jouaient seuls à présent. Une longue salve de solo flamboyant qui s'insinuait dans le miﬆral et y mêlait ses giboulées, ses ſlocons de notes et sa chaleur dans ce mois de mars ſrisquet où l'on eſpérait revoir le ſriselis des ſeuilles agiter les tilleuls. Par moments, il me sembla que ces trompes amenaient par bouſſées la mousson ; ou une ſorme de typhon neuſ, à même de ſouailler la ganſe nauséabonde des milices que je sentais se déſlonger, les jambes en ſlanelle, redoutant le camouſlet ou ſlairant déjà le parſum de déſaite qui déſerlait, encore incertain, vague après vague. Touteſois des balles siſſlèrent – leurs boules vicelardes de plaﬆique ſéroce – et des silhouettes ſlanchèrent ici et là, suivies de visages aux joues boursouſlées, à l'œil bouſſi, de jambes aux genoux enſlés qui reſluaient sous la charge des ſactions mobiles. Néanmoins Saskia nullement ne déviait : elle semblait suſſoquer parſois, s'étouſſer sous les gaz pour mieux retrouver son coſſre ſaramineux la minute suivante – si bien que je saisis un oliſant laissé au sol et je l'embouchai à mon tour ainsi qu'un souſſlet de ſorge pour alimenter notre brasier. Les tambours revinrent, les cordes avec, puis la masse des cuivres. Je ſermai les yeux, j'essayai de tensir l'aſphalte, son mouvement, j'aurais voulu toucher les murs des bâtiments, pour savoir. Eﬆ-ce que ça marchait ? Eﬆ-ce que ce n'était pas juﬆe… du bruit ?

— Tu sens quelque chose ? j'ai demandé à Saskia, qui se retournait pour jauger la fanfare.

— On a très bien démarré, on était dans la résonance, le béton vibrait puis on a perdu le fil ! Il faut insister ! Jouer dans les mêmes bandes de fréquence ! Où est Tishka ?

— Je sais pas…

— Il faut qu'elle dise aux furtifs de nous aider ! On y arrivera pas sinon. Là, ils reculent plus. Ils bloquent le quai. Ils vont charger !

— Je suis là, maman.

— T'as vu Velvi là-haut, chaton ?

·) Velvi est dans leur ligne de rite. Ils la blicent. Ça ſlisse dans sa toile. Elle squive et vire, in extremis. Youpil ! File… vite, vite ſolie jille ! ·) Elle squisse un souris. La bise rince au jet, l'air est iſ, elle aime ce déſi, Velvi, et singeste à Carliſ :

— C'est limite ici. Gicle !

Son iris à lui se carquille… Mince ! Carliſ dévisse. Verla digue. D'un cil, il évite un vicil en ſixie et il assole. ·) Blim le biltume ! Pas loin, Hakima se tient libre et vigne au milieu d'un sit-in. Ces virevols lui sont illisiles, c'est ſriste ! Elle aussi, je l'entense. Je la sends. Son ſrisson m'onde par les os, ça ſait ça :

… grince la stridence… sirènes percent… se strie du crissement des scies circulaires… s'aſſûte avant qu'elles n'incisent l'acier clair des serrures qui sécurisent les vitrines… Fraiseuses et disques s'aiguisent… stridulation hésite… une vrille, une vis insidieuse… un vice sadique de sistre cru et de tsé-tsé vorace… Le trille brille, s'intensiſie, scintille… perd son atroce virulence… « Viens ! » me glisse Arshavin. « Il ſaut s'abriter Hakima, les blindés arrivent. »

Alors je coule derrière Arshavin, le sens chaſouin, chachaud et mamoursonné, ·) il se ſrissourle contre moi en me touchant ma main. Ça se phrase tout seul avec lui…

… Je décroche et je rêve… Je rêve de mouſles ſourrées et de ſourrures d'astrakhan, d'un chandail en cachemire couvert des poils nonchalants de mon chat angora. Je songe à une atmosphère ſeutrée et au conſort enveloppant d'un soſa souple et molletonné où je réſléchirais à nos lois bouſſonnes pendant qu'au ſour à charbon cuirait le chapon à la

châtaigne et aux girolles, ou mieux un chachlik rôti sur la broche accompagné d'un château-margaux ample et rond en bouche. Je rêve d'enſin me calſeutrer en châtelain, en chambellan qui pantouſle devant sa cheminée, emmitouſlé de ses combats longs. Je rêve d'ombres, de chaleur, d'un ange girond aux cheveux châtains dans une grande robe en taſſetas changeant qui chuinterait aux mouvements de ses plis. Je rêve d'indolences, de teintes et de nuances. Je rêve… et ȷe me prends une grosse boule dans le ventre… Mal !

— Boss, ça va ?

— C'est de ma faute… Je rêvassais.

— Je vous couvre.

— Merci Nèr, je vais m'abriter à l'arrière. Poursuis le combat, protège Sahar ! Marseille doit être libérée !

\Cɵrrect. \\Le\ verdict de mɵn intechte est : détectiɵn insecticide, biɵcide et pesticide dans ł'air. Suspectiɵn répułsif à furtif. Site infesté. Acidité ełevée. Diagnɵstic : menace prɵphyłaxie niveau 6. IA sur district : efficacité tactique pɵłice 7/10. Attaques racistes ɵu fascistes : 68. Séquestratiɵns : 104. Expułsiɵns : 120. Traces furtives, sans artefact ni pistes factices : 72. Effacer. Effacer. Inspecter agencement spatiał. Cadastrage panɵptique. Restitutiɵn temps réeł. Cɵłłexiqueur satełłisé : ałerte sur pɵtentieł sɵnique destructif des 1/g. Infrabasses à 24 Hz rayɵnnement cɵntinu. Ułtrasɵn à 24 000 Hz par accès. Les fifs attaquent. Ɵn va passer, mec, tu łe sais pas. Si, ɵn va passer. Je suis du Récif. Je łe sais.

·) Dessous la route, ȷe tense Noé, son ſrisson sombre, courlé. Celui bête ſouisseuse qu'il a métaboulisé. ·) Ça m'émonte en moı, aussi netté qu'Arshavin, ȷe plonge sous-sol pour le suivre un moment…

S'enſonçons dans les égouts sous grondement des blindés ébranlant parois... Tombent les bombes, là-haut... Gibbons grognent, ma loutre s'ébouriſſe. Furtiſs bougent et débougent dans les décombres – courses de potorous, de marsupiaux, brouillées. Tous entendons vrombissement charpente béton, ces basses de ſrelon, ſaux-bourdon, de rhombe. Sommes maintenant dans sorte caveau noir comme ſour, grotte de boue ou goudron. Bougonnements parois sonnent lugubres, trop graves en ſréquence, ça peut rompre, animaux tremblent. Gong de bronze là-haut, coups de canon à nouveau... répondent un oliſant, troupe de trompes et tromblons, plus lourds encore, plus proſonds... ça s'estompe... se dissout... goutte d'encre dans charbon... Saut continuer à avancer sans se tromper, tronçon après tronçon, sous le boulevard. Mon lombago relance, me sens lourdaud, cadavre marchant sur ȷambes de plomb, ma loutre dans les bras bronche quand ȷe la pose. Sortir maintenant de ce trou à rats, retrouver le sol, le volcan sombre de la ſoule, ce soulèvement contre le mensonge d'une gouvernance de morts, contre sa tourbe ſourbe, ses trahisons, ses ſraudes, ses poisons ! Aſſronter enſin debout l'immonde et son monde ! ȷe soulève la plaque d'égout. Un pirate passe, protégé dans son caddie blindé. Captain Capiz, non ?

— Ils vont se replier vers le Mucem, continuez à avancer ! On lâche rien !

— C'est un quiproquo, ils reculent pour mieux charger ! Ils préparent la somnose, faites gaffe !

Quel quıproquo ? Quel couac ? ;) Les camarades caracolent pour consolider la barricade ! Qui recule macaque ? Eux ou nous ? Eux heın ? D'ac ! Des kamıkazes et des casse-cous tankent en quinconce des canoës-kayaks sur des camping-cars. Côté mairie, le quaı est un chaos de carcasses, de clic-clac craspecs calés sur des chriscrafts, de 4 × 4 cubiques concassés jusqu'à la caricature. Les cancrelats à casque, casaque kaki (les pas cardiaques en tout cas), sont au contact des kékés, casaque noire, parcours christique, qui font claquer leurs calicots Mars attaque et leurs kakémonos coupés-collés de Porquerolles. Quelques-uns, craignant la cacophonie, tiennent caucus à l'écart ; quelques autres, une kyrielle, sous la cataracte continue des lacrymos, reculent à contrecœur, tentent un cake-walk, un pas de kabuki, se décalent en crabe, quand ils ne claudiquent pas, le genou en cacahouète ou la clavicule en vrac, en quête du cataplasme d'un street medic ou du chiropracteur qui d'un cric-crac te remet l'épaule d'un quinqua, cahin-caha, sans que tu couines un karaoké électro-funk aussi sec, mon coco ! ·/Dans le cocon de leur cockpit de plexi, les pilotes de concept car cornaquent leur kraken pour croquer quiconque court à portée de tentacules mais pour qui capte le combat, ils ont du cacao dans leur couche-culotte, les mectons ; ça cocotte du coccyx, la colique coule sur leur connectique, je critique pas, quoique... Juste, ils craquent ! Car les conquistadors des barricades, en cache-col et carrick, rompus aux bivouacs, klaxonnent tout à coup leur cocorico et sortent de leur carquois des cascades de couscous au curcuma, des cucurbitacées cradoques et passées, du coca-collant – de quoi contrecarrer les robots et court-circuiter les criquets qui nous gnaquent à la nuque.

Là-bas, au bout du quai, des Kanaks tranchent au coupe-coupe les câbles des canons à sons : couic ! Tout près, les contreplaqués des vitrines craquent. Encore ! Encore ! Une cavalcade cathartique d'un coup descend de la barricade comme la mitraille calme d'une kalachnikov, comme une rasade de cognac ou de vodka servie sur glace. Le bloc des camarades fonce. ·/ Trois... Deux... Impact ! Le pack des ſlics éclate, les golgoths basculent, plombés par leur carapace. Leurs casques cabossés roulent sous les pare-chocs. Ric-rac, les camarades passent, ıls courent, toujours compacts. Coucou les cocus ! Le Panıer est à nous !

·⁾ ſanſare tonitonne, ſanſare continue, ſoule est toupart, ſeu ſollet sur les toıts, je vole de voıx en voıx, ça me vıent dans les senses, papa m'aıde parſoıs, me met les mots, maman a peur que ſuıs-ȷe, elle me cherche, ça ſrıssonne par la vılle, ȷ'appelle les copınes, elles sıſſlent pleın de choses, maıs les voıx à mots domınent, les voıx toujours… ·⁾

Au loin, le Mucem somnole sous une lueur ultramarine.
Une musulmane illumine l'esplanade de son voile déployé, oriflamme.
Un lamento philharmonique moissonne les dalles.
Mélusine sniffe de la mescaline.
Le soleil fuit.
Ici la lune.

… Dans la venelle qui mène place de Lenche, une kyrielle de ſilles bataillent sous la mitraille des balles brise-pupilles. Elles ne ș'égaillent pas, plus abeilles que gazelles, plus gorilles que ſemmelettes, les oiselles. Les tristes drilles déſerlent pour les cueillir et les étriller. Sauſ que jaillissent des ſurtives : les psylles, les squilles, les judelles ; les goélandes outillées de plumes de linoléum ; les ſoulques aux ailes de lamellé-collé ; ·⁾ les libellules de paille aux yeux de myrtille, les gerbilles de crécelle, les zorilles écaillées de chanterelle et d'arolle. Elles pépient et pétillent, piaillent et grésillent, elles leur grêlent les oreilles, à cette caillera des colonels… lesquels ont la trouille ! Si bien qu'ils s'éparpillent au ſil des escaliers, en un brouillard de tesselles…

... *Une belle boule brune blaste d'un lanceur de balles et rebondıt sur une poubelle bleue. Une bonbonne de gaz débaroule le boulevard Gaudın. Un bıbendum tombe. Plus bas, une bande de gıbbons dansent et jubılent sous la lune gibbeuse. Noé le bossu vous salue bien !* ৶

— Paparle !

— Quoi Tishka ?

— Paparle ! !

— Et... quoi ? Qu'est-ce que je peux faire ?

‹Sahar ¸se ‘retourne, sa gosse plonge à l'eau, on la paume, elle croche une amarre, saute sur une goélette, disparaît encore. Chien et loup, on commence à plus y voir. Ơn godille sur la bande du quai, au bord la flotte, parce que les galions à la colle, les fifs adorent \ plein de caches, de niches / la plupart sont là, nous suivent par là. La Tishe aussi. Quand elle surgit devant sa mère, encore, elle a paumé ses écailles sur ses joues. Ơn dirait pleinement une petite fille, ça frappe. Une grande fille même. Son regard est monstre clair, humano comme jamais. Elle fait trop penser à Lorca, là. « Paparle ! » elle redit, et je la sens ailleurs, balayée du dedans, plus du tout gamine. Ơn croit qu'elle va plonger à l'eau, mais elle reste, elle reste avec nous, chope une cagoule et un foulard pour s'emmaillocher ses bras nus rouges comme crabe, c'est tout !

·· Sur · le quai du port, le dernier barraġe des milices nous ċoupe encore du fort Saint-Jean et du Mucem, juste derrière. Je ne sais où je suis exaċtement dans l'émeute, qui j'êtes ou vous sommes ? L'orchastre de Saskia a repris sa place aux avant-postes du cortèġe de quête avec ses bombarbes et ses tromblons, sa fanfare d'olifants, de ċors et de trompes, tout un zabar de darboukas, de timbales, de bamtours, de fûts, qui pétarade derrière, boosté enċore, si ċ'était possible, par la mitraille des caisses claires de la batucada. Dans la nuée de furtifs qui nous accompaġnent, bruissant parmi les bateaux, souvent nous préċèdent, parfois nous cuivent, je n'entends maintenant que l'éclat réfracté des A dans l'architecture des ċorps et des os, dans le bois des pattes et des ailes, sur les peaux éċaillées et la chitine des paracaces. La vibrance en est assimilée et relancée aussi sec, plus animale, bien plus mate, répercutée vers l'avant et projetée par vaġues et ressac sur le barraġe des derniers cars de ġandermes. Là-bas se détachent déjà les pare-pierres des ġourfons, les boulons roulent, l'asphalte même commenċe à se fendre sous les roues comme la ġlace d'un sérac. L'orchastre clavance encore, raġeur, les A ġiclent des tam-tams et des ċymbales, la fanfare rattaque au sax et fait bramer les cuivres comme on forġe une épée de braise éċarlate. Le chambard sonne si trubal, le tohu-bohu si barbare aux tympans que les lanċeurs de balles des limiċes de Smalt, appelées en renfort, cranardent au hasard, çà et là, dans la panique, sans chouter quiconque. Les ċars sont laissés en trevars, tels quels, les ġendarmes détalent et s'éparpillent comme une lovetée de petites ċailles.

La clameur monte alors, une ċlameur infernale de sabbat, de carvanal des fous, une ċlameur de bacchanales qui braille à plein pharynx, frappe, claque, éclabousse les dalles et embrase l'esplanade à présent libre devant vous. Les cars sont casbulés et batassés, leurs trives fraċassées à coups de barre et de laton, les rares fliċs qui n'ont pas su fuir finissent à l'eau ou finissent mal. La loufe des insurġés atteint enfin le fort Saint-Jean, elle ġrimpe à l'intérieur du Muċem, se perche sur la tour du Roi-René, surplombe le Vieux-Port, toise le Pharo en riant. Elle coule en eau à travers les passerelles, les ċafés, les jardins. Elle pénètre en masse dans le célèbre ċube de Ricciotti, dont le moucharabieh de bonté à haute performance résiste pourtant mal au ramdam renflé de l'orċhastre qui s'harnache à continuer à faire sonner ċette ville.

Il me semble que tu sont allés sur le toit du Muċem, Tishka ? En haut du fanal ? Que nous avez plonġé de la passerelle du J4 dans la darse, naġions parmi les méduses en saċ plistaque, à touche-bouche des dorades de cuir et des banċs de saupes toutes liserées d'alumine. Il vous semble que j'eutes été, bien plutôt, en bas, mon Tishkouple, sur l'esplanade du J4, en bas sous la Villa Démiterranée quand, patatras, le porte-à-faux, harassé de brivanċes, s'est desċellé de l'armature pour s'écraser dans le bassin. Elle semble même qu'en réalité, ils ont prisse la promenade Brauquier autour du fort, nous deux, puis la diġue où des tortues de bloc, énormes, pumertèrent des roċhers.

La léġende raconte que le vacarme n'a jamais ċessé, que l'orchastre de Saskia, reloyé et amplifié par une myriade de furtifs de toutes formes, vitesses et puissanċes, a canonné d'ondes et de résonances, tour à tour, la brasserie de L'Embarcadère, le musée Ġerards de Provence, contourné la ċathédrale de la Major, avant de lonġer la raġe maritime (coulant un ferry) et d'atteindre le ċentre commercial des Terrasses du Trop, où les limiċes ont jeté leurs derniers feux dans la tabaille pour dé/fendre Marseille.

Nous ne vous souviennent pas très bien. Je ridais plutôt ça : vers 10 heures du soir, le ventre commercial privilèġe a été pillé ; le pillaġe franstormé en marċhé aux puces à la Vieille Charité ; le marché en troc ; le troċ en fête. À 11 heures, sous une salve d'infrabasses de douze hertz, denrant le béton poreux, les parkinġs se sont effondrés, embarquant les ċommerces dans un cratère. À minuit, le cortèġe s'est approché de l'autoroute du littoral dont les piliers commençaient à s'affaisser. L'objectif était ċlairement d'attaquer la skyline, en partiċulier la tour de la Marseillaise, symbole arroġant et laid de la ville privatisée. C'est là que les tanks vous attendaient. Nous autres. Quatre tanks à détection et personnalisation de cible qui nous ont épelés par vos noms dès que nous avons été dans l'axe labistique. *« Dernière sommation, nous allons faire usage de la farce ! »*

Ici on dit que j'ai ċrié par ta bouche et que tous les fructifs qui étaient avec nous ont crié avec vous, à l'unisson, quelque part entre le théâtre de la Joliette, le quai du Maroċ, l'hôtel Dolġen Putil et le Calypso, entre le sièġe de la Ġérion Sud, le multiplexe fade, l'autocroute et les doċks, quelque part parmi les monceaux de ċontainers, le môle d'Arenc, les ferrys à quai et les ċhars à tourelle, donc, siġlés Civin, qui avançaient sur vous.
Je me souviens de ce irc. C'était pas un irc de trouille, non, ni un irċ pour les faire reculer avec une pointe ciblée d'ultrasons. C'était pas un irc pour décheniller les chars et les laisser, les roues à nu, tourner sur le vide du bitume dans un ċr-ċr exaspérant. Ça a finalement produit ça, plus tard... mais maman je te jure que j'ai pas fait exprès. C'était un ċri pour métalboïser la ville, un ċri pour faire sonner d'une seule onde toutes les structures des bâtiments, pour en faire frissonner du dedans, lonġitudinalement, le matériau propre et l'amener à muer, à reprendre élan contre la ġravité mortelle. C'était un ċri dual, quadrupède, plural, un cri disséminé et polyphonique, un cri sorti de mille ġorġes, de mille ġueules, humaines autant qu'animales, dans un même souffle raclant, métamorphe

et vibral. La tour de la Marseillaise s'est mise à vaciller sur son pied bot et à perdre par bordées ses brise-soleil blancs.

« Reculez Hernán Agüero, Saskia Larsen, Nèr Arfet, Feliks Arshavin… Dernière sommation… »

Tout le monde est là, je me souviens. Vasċo d'un ġeste branque se plante, tête haute… devant le tank ! Velvi vire et file, elle devient aussi liquide que le ciel. Louise décrypte le cliquetis des chenilles, acte leur taċtique inepte et s'en remet instinċtivement à son intellect. Varech se fait rare, prend le ġris anthracite du pilier, s'obscurċit. On perd sa trace. Devant moi, maman Sahar ġonfle ses joues et souffle dans son olifant avec un couraġe chavirant. Je t'aime. Hakima l'imite et fait crisser son harmoniċa aux stridences de ġlace.
À l'avant du cortèġe, Arshavin se réċhauffe et s'emmitoufle puis s'approche des ċhars sans broncher pour tâcher d'en enjôler le ċhef ou le porte-parole. Si stressé semble Nèr qu'il aċtive un intechte. Noé se dissout dans le noir. Zilch sċripte un drone anti-drone et hacke le radar du tank. *His ġift*.

« Dernière sommation pour Tishka Varèse. »

·)Des amıs miens entends tinter milieu ma tête la sangue et rythme, ton et le timbre, même à travers la sılence de leur peur. Tout autour de vous, les ſurtives aguets blougent et flûtent. ·) Ensemble une ſoıs pour, en semble dans la même parle tuissée.
Ma tête nous tourne. ·) T'acoute monter les psyllabes du bıtume, s'élever des terre-pleins meubles, ȷ'enlover en copeaux de mousse de la mer meulée par la mıstral. Nous

ne les a pas cherchés, ces sons : on les a prıs là étaient, au cœur vos voıx.
La lune luıt, mélancolique. Les proȷecteurs nous veuglent.
·) Le temps se ditale encore.

« Cible Sahar Varèse verrouillée.
Rendez-vous mademoiselle, vous mettez votre vie en jeu… »

— *Madame !* hurle maman. *Madame Sahar Varèse !*

« Nous allons faire usage de la force, mademoiselle ! Lâchez votre instrument et levez les mains en l'air ! Obtempérez ! »

·ϟ Peut-être que ȷ'ai sıfflé alorc. ȷe n'en sommes pas sûre. ȷ'aı vu la libellaille de pull aux yeux de myrtille frôler ma man… vu la tortue bloc rouler troıs mitours sur terrevague.
·· Le · ġrand rhinolophe de toile a jeté un ultrason sur le tankiste au moment où les ġerbilles à fourrure de ġraminées progressaient de dix mètres en mimant le mouvement d'une rafale sur du blé. Dans le labyrinthe des ċontainers, sur le môle à ma ġauche, ȷ'ai encore aperçu un lynx de ġraines, à l'affût, une belette de palette froissée, des mouettes de tissu…
·
ϟ… quelques crables de tôle…
·· Nous · aurions pu fuir. Toutes.
·ϟ Comme toujourses !
·· Nous · aurions dû, par instinct, par prudenċe.
·ϟ Mais ȷ'ai sıfflé, papa.

·· Les · tanks qui barraient l'accès à l'autoroute du littoral ont reċulé d'un tour de chenille pour ajuster leur ċanon. Un premier tir d'obus a ouvert le bitume sur dix mètres, pile dans l'axe de maman. La déflagration vous a fait sursauter, moi, toi, tous et un inévitable mouvement de panique, de panique pure, immobile, sans geste, de pétrification. a saisi leur petite loufe. enfin la nôtre. Les musiciens de fortune sont restés sous cryogénie, la main sur leur instrument, incapables de plus que de respirer. Et encore.

Mais pas Saskia. Saskia était colère…

Et sa colère fut plus forte que la terreur qui la trouait elle aussi de part en part. Elle a fait un pas en avant. Ce pas, il vaut plus cher que tout. Il vaut tout. Elle a fait un pas en avant et elle a épaulé son olifant en coupant tous les effets – l'amplification, la réverb, les distorsions… Le silence suivant le tir d'obus était si dense qu'il devait être possible de froisser une papillote à cinquante mètres et que tout le monde l'entende. Saskia l'a su. Elle s'est mise à jouer en levant son ofilant exactement dans l'axe du canon du tank et elle a avancé, tout en jouant, jusqu'à toucher du bout de sa trompe… la trompe d'acier du canon. Elle n'a pas joué fort. Elle a joué comme si elle jouait une musique de chambre ou l'entame, encore délicate, d'une symphonie dans une salle acquise. Derrière elle, Agüero s'est avancé aussi avec ses maracas, presque loufoques, mais le mouvement des grains avait quelque chose de tonique et de joyeux à écouter. Puis un hautbois s'est fait une place, miniscule aussi dans ce cadre gigantesque des ponts autoroutiers, des buildings de cent cinquante mètres et du port vaste, miniscule mais audible pourtant parmi les rafales qui ne faiblissaient guère. Un violon est venu le soutenir, une contrebosse s'est harmonisée, des cordes se sont ajoutées aux cordes, très doucement, osant à peine, et des vents aux vents.

En face, la domestie presque dérisoire de notre réponse, le volume digne d'un concert en sourdine, interdisait que les tankistes puissent prendre ça pour une provocation, un éclat de morgue, un contre-feu. À la limite, pour eux, ça n'avait pas de sens – d'autre sens qu'un dernier raboud romantique avant de se rendre, qu'une tentative acceptable pour eux, de notre part, de grader la face.
De minute en minute, la symphonie a pris forme, comme si les quelques musiciens professionnels présents dans l'orchestre s'étaient pris au jeu et s'écoutaient vraiment, comme s'ils tendaient ou spéraient aussi, sans se le dire, que quelqu'un ou quelque chose les rejoigne et donne davantage d'ampleur à leur improvisation.
Si bien qu'on a commencé à bourbailler un chant, vous deux, à chercher ta voix, à appeler là-haut sous les poutres du pont, là-bas dans les containers, tandis que les premiers trilles, les premières roulades pondéraient aux feulements et aux sifflets de quelques fifs enhardis. L'orchestre s'est mis d'instinct au diapason, latérant ses sons, distordant ses souffles pour qu'ils ressemblent aux cris des mustélidés et des oiseaux, qu'ils s'y mélangent dans une sorte de fazz-jusion interespèce.
Fut-ce la réaction agacée des tankistes qui remontèrent leur canon, augurant un nouveau tir possible, qui déclencha ce miracle ? Toujours est-il que les furtifs d'eux-mêmes stoppèrent leurs cris et basculèrent sur un registre où personne ne les attendait, je veux te dire ceci : qu'ils se mirent à chanter avec des voix de femme, d'homme, de garçon, avec des voix… humaines qu'ils ressortaient du fond de leur mémoire sonique, de leur aptitude glottale soudain exaptée, cette faculté de memir voire de reproduire à l'identique des timbres, des phrases, des chansons. Symétriquement, par intuition croisée, l'orchestre tira

davantaġe vers une musique animale, poussa stridences et croassements, aiġuisa encore les dents des ċuivres, fit barrir les trompes, enrauqua les ċontrebasses…

— Ça vient les gadjos ! Ça vient !

— Tenez l’harmonie !

‹L’effet ¸était ‘si bluffant que tankards et milicos, couci-couça, tendaient maintenant l’esgourde, rassurés (les boludos) par le côté minus du barouf, charmés même par l’opéra classieux qu’on leur servait en loucedé. La masse des furtifs gazouillait dans une langue qui aurait pu être du gaulois ou bien de l’esperanto, c’était pas spécialement articulé mais ça donnait du frisson dans les poils et ça ébouriffait les fourrures.
En tournant la tronche, j’ai scanné les voiliers piratés du Vieux-Port qui caltaient par centaines coloniser les calanques ou le Frioul, tout au moins ça donnait cette buena onda. Les milicos les pointaient du doigt, l’air flippé. Saskia aurait pu profiter de la diversion pour rebooter l’ampli et tirer le max des vibratos, histoire de dessouder les plaques du tank, leur déboîter les casques, no lo se… Ella vaciló.

´Quelque ˏchose ´dans la musique mêlée aux mots, dans cette harde ſurtive articulant ensemble une langue, dans cette horde d’humains composant ensemble des cris animaux et les harmonisant, ſaisait résonner au ſond de tous les corps présents ce soir-là une puissance commune, une vie longtemps engrainée qui germait par saccades, cassait ses coques, libérait des ſacultés, en retrouvait le ſrémissement et la joie d’agir. Quelque chose resollicitait en nous, et réaƈtivait en eux, cette sensation d’avoir été une éponge marine se gorgeant d’eau salée, un singe arboricole triant et pelant ses fruits, un chevreuil cueillant du museau des feuilles, un fauve qui sait ? une part d'enfant qui joue, un fragment d'orque ou de crabe arc-bouté.

Personne n'a su dire à quel moment le pont de l'autoroute a commencé à se fendre. Personne ne se souvient exactement. Quand la plaque de quelques centaines de tonnes s'est effondrée sur les tanks, chargée des camions bloqués depuis des heures sur la passerelle, nous nous sommes exfiltrés sans paniquer de la zone dangereuse en descendant sur le môle d'Arenc – toute la fanfare animale, tous les furtifs chantant, toutes les sangues ensemble.
Je sais que seule Tishka m'a crue, parce qu'elle me l'a dit, mais c'est à ce moment-là seulement que les frissons enkystés dans l'asphalte, piégés dans le béton des façades et l'acier des poutrelles, tous les frissons stockés dans l'épaisseur minérale du building ont commencé à répondre à notre appel et à se désincarcérer. Tishka dit que ce sont de vieux furtifs, qui ne bougent plus – ou plus beaucoup : seulement quand il le faut vraiment… En vérité, ce ne sont pas uniquement nos furtifs, notre orchastre et nos chants qui ont fait s'effondrer la tour de la Marseillaise et nous ont rendu la ville : ce sont aussi, et plus subtilement, eux. Les anciens. Enfin, je crois…

CHAPITRE 23
SKYMWEG

Le 22 mars, le lendemain de la libération de Marseille, j'ai dit à Agüero « j'aimerais qu'on ait un enfant ». Il m'a regardé yeux dans les yeux et m'a répondu : banco ! « Autant, il sera tellement hybride qu'on le verra même pas naître : il sortira de ton ventre et hop, il se cachera sous l'oreiller ! »

Le 27 mars, Varech a quitté son château d'eau pour rejoindre nos péniches nomades, amarrées à Dunkerque, et descendre avec nous jusqu'en Méditerranée. En partant, il a contaminé les trois cent mille litres de son réservoir avec de la « matière furtive » m'a-t-il avoué, puis a ouvert les vannes. On ne sait pas ce que ça fera au bout des robinets. Crisse-Burle est venu avec lui. Il est devenu notre bibliothèque de cale. On y prend les livres dans le noir, au hasard.

— Ce sont nos frissons qui ont reconfiguré les gravats ! Ça j'en suis sûre ! Ils ont terraformé les premiers terriers, les premières entres, les débuts de cabanes !
— Ils disent qu'on a détruit la skyline. En vérité, on l'a refaite à l'horizontale ! On l'a réinventée !
— Enfin ouais… Faut pas s'enflammer. On a juste fait un joli bidonville… Genre les Métaboles, mais en plus trash !
— Moi je me souviens très bien, Naïme, que sur le môle, les bennes se tordaient sous les slabs des contrebasses ! J'ai vu des poteaux plier ! J'avais

l'impression que si je me concentrais, je pouvais fabriquer des tables et des bancs avec la tôle des containers !

— T'en penses quoi, toi, Tishka ?

·))Sur la dıgue du large, milieu, troıs grues éclairées la nuıt. On a marché ſanſare, les violiers venaıent le salut, oſſraient bateau-stop. ·) Quand vous êtes passés, papa et moı, les grues ont ſrémisse par les sangues oliſants. Derrière ton dos, elles ont trempé un pied dans l'eau et sont devenues giraſers… En ma poitrine, ton cœur battait plus que le mıen, papa, non ? ·)) Chamade ? Charade ?

Le 31 mars, la loi Van Exhum privilégiant l'usage d'un territoire sur sa propriété stricto sensu a été adoptée pour les espaces naturels. Elle ne concède plus aux propriétaires publics ou privés qu'un droit relatif à la terre mais non sa possession, ce qui ouvre la porte à plusieurs manières d'habiter les forêts, les bocages… ou les fleuves.

Le 38 mars, Hakima et Louise se sont mariées dans la grotte aux Œufs à la Sainte-Baume. Toutes pudiques, elles ont quand même osé le bisou sur la bouche devant tout le monde ! Du discours fleuve de Louise, j'ai retenu ceci : « Les furtives nous ont appris une chose : il n'y a pas de lendemains qui chantent. Il n'y a que des aujourd'huis qui bruissent. »

Le 44 mars, le groupe Hackers Vaillants a piraté le cloud mâconnais qui contrôlait les spiderbots domestiques de Smalt. Zéroté toutes leurs datas. Puis reprogrammé les araignées pour qu'elles miment des cigales et diffusent Phaune Radio dans les chambres.

⁾On) vient) de passer Nestlyon, on a zappé, pas la peine. Nestlé et LVMH, c'est du solide, c'est de la milice de guerre. On les reprendra pas, ces villes, Paris et Lyon. Sur un lacet du Rhône, Vienne apparaît… On sera à Valence ce soir pour livrer du mâcon-loché et troquer quelques tonneaux d'hermitage. Varech va apprécier. Les camarades nous ont préparé un banquet, on fera un petit concert-frisson. Demain matin, Sahar et Naïme proposent une rencontre sur l'hybridation transgenre. Toni et son gang feront leur atelier Chaosmose pour les plus radicaux. Zilch montrera à quelques zaguistes comment câbler un mesh local. Moi je sais pas… j'irai apprendre à une poignée de mômes à faire vibrer un buis à l'olifant ? Ou je leur raconterai l'histoire du robot ultrarapide qui devait attraper un furtif vivant… C'est ma préférée du Récif. Je vois encore le robot se faire démantibuler à mille images-seconde…

— Tata Saskia, on joue à fais-mon-bruit ?

— Tout à l'heure, Tishka, là j'ai la flemme…

— D'ac !

Le 45 mars, un écrivain, Norbert M., a prétendu que le propre des grands poèmes est de contenir un frisson caché. Il affirme qu'une oralisation polyrythmique des vers peut le libérer, sous certaines conditions. Et donner ainsi naissance à un furtif. Un slameur et un rappeur ont raconté la même chose. Certains ont poussé jusqu'à dire qu'un roman est une « chaîne d'adn sonore ». Pourquoi pas ? Par contre, la musique peut créer un furtif. Ça j'en suis convaincue.

Le 52 mars, un collectif de vendiants s'est mis aux enchères, par autodérision, sur la place Hakim-Bey. Les habitants d'Orange les ont rachetés symboliquement en un seul lot et leur ont offert une année sabbatique payée au salaire premium.

Il fait si beau pour un début avril. Le réchauffement climatique nous aura au moins apporté ça... Sur le Rhône, nos trois péniches rouges se tirent gentiment la bourre. *L'Alizarine* est devant, pilotée par Raffic. *Garance* revient à côte-côte, histoire que Toni et ses potes puissent sauter d'un bateau l'autre. Y en a toujours un qui finit à la baille et qui croit qu'il va devenir une loutre. Moi j'évite les sauts depuis que j'ai le ventre qui pousse. Aujourd'hui, en queue d'armada, il y a nous, la péniche *Rocou*. Celle où l'on se planque quand on veut chiller sur le pont, plutôt que de réparer la grue qui grippe, sarcler le potager flottant ou pondre un MOOC sur les furtifs de décharge. Celle où l'on prend le soleil, en regardant Tishka jouer. Elle se laisse facilement voir maintenant, surtout lorsqu'on reste entre nous. Mon bel Argentin déplie les panneaux solaires à la manivelle. Ça nous donne une allure de vaisseau spatial.

Le 61 mars, le groupe de quatre-vingts sans-bagues qui occupaient le datacenter de Civin à Avignon a reconnu avoir tué par mégarde un résif – aka un furtif de réseau. L'animal était entièrement constitué d'ondes et il s'est figé dans une dentelle d'air et de lumière avant d'éclater comme une vitre.

Le 64 mars, Arshavin a découvert, en vente sur l'Undernet, une sculpture de céramique représentant très exactement son fils. Il a essayé de l'acheter mais le site renvoie une erreur 606 : « Artist not found ». Il ne désespère pas. Il continue à chercher. Zilch va l'aider.

Le 69 mars, Carla B. a cessé de parler à son intelligence artificielle personnalisée. Moi aussi. C'était le 68.

¸ Ils ˀ calculent rien ici. Ça me saŏule. Sont hors du game ! Pour eux, l'hybridation c'est cui-cui les nŏiseaux, on gazouille ensemble dans les branches, ŏn ʋ̆it cachés dans la forêτ, loin des méchants mŏteurs et on est des fifs quoi !

— Bon, on va essayer de vous expliquer la chaosmose. Le vrai swag furtif, c'est ça.

— Hein ? ?

— La furtivité, preum's, c'est corps et mental, les deux ! Faut clasher tes routines ! Chaque jour, tu chamboules tout ! Nous, on s'échange nos vêtements, nos bagues, nos avatars, nos noms. On fait tout à la cocotte !

— À quoi ?

— On prend une feuille qu'on plie, on fait une cocotte en papier puis on met une consigne dedans, chacun, sans voir ce que mettent les autres. Y a huit shots par cocotte. Puis le lendemain, on jette un d8 et on fait ce qu'il y a marqué sous les plis. Méthode Luvanéo !

— Vous prenez quoi comme neuroïne ? C'est portenaouak !

— Justement ! C'est la chaosmose, ça ! Y a des cocottes pour tout : ce que tu dois bouffer, fabriquer, lire, construire, à qui tu dois parler, ton animal-totem du jour, la plante que tu vas étudier, ta mission sociale...

— Genre quoi ?

— Genre faire la bouffe pour tout le monde, monter des vélos, leader une manif, déterrer une barrière, dire oui à tout le monde...

— Mais le but, c'est quoi ?

— Le but c'est d'entrer dans la métamorphose de toi ! De faire muter les autres, les sortir de leur dedans ! Se lâcher la bride, accepter que le monde te percute et que tu percutes le monde ! Le but, c'est frôler le chaos, filer borderline, être furtif dans sa tête ! Tu prends l'enviro comme un réservoir où tu puises, où tu donnes, où tu crèves tes sacs de toi, tes ego de merde.

— C'est auch votre truc, là... Ça fait pas trop envie...

— Yep, ça a l'air bien vénèr !

— Faut oser, c'est clair ! Hier, par ex, j'ai passé la journée dans la flotte, accroché à une corde derrière la péniche. Je suis devenu de l'eau, c'était énorme ! J'ai pigé ce que c'était l'eau, la coulée ! Faut essayer, faut se faire démettre ! On pourra jamais mixer avec les fifs si on se déboîte pas l'habitus !

Les mecs et les gonzes me regardenт chelŏu. Ça me blase. R.One m'aŭait dit : « Beaucaire, tu verras, c'est des gros relous ! » Je ŭoulais jacтer de ce que ça fait pŏliтiquement aussi, dans les communautés. Le fait que ce soient les autres qui décidenт quoi mettre dans ta cŏcŏттe, ça crée du lien, en ŭrai. C'est pas juste du hŏurrah-siтu !

Le 73 mars, un groupe K-Osmose a proposé une semaine chamboule-chambre dans la ville d'Arles. Les « chambouleurs » s'échangeaient leur chambre une semaine pour la retourner de fond en comble, habitant chez l'autre, dans son environnement familial.
Ça s'est plutôt mal passé, globalement.

Le 76 mars, douze adolescents en fugue d'un collège de Toulon ont bouclé un mois complet en autonomie absolue dans le cap Corse. Ils sont revenus parce qu'ils en avaient marre de bouffer du sanglier.

´C'est ´fou ´ce que je suis heureuse depuis un mois, sur ces péniches, à filer le long des canaux et des fleuves. Tous ceux que j'aime sont là : Velvi, Carlif, Héloïse, Khader, Toni et Mayane, Saskia et Agüero, Varech bien sûr, Arshavin quand il passe. Et ça se renouvelle au jour le jour, on prend des moujiks en bateau-stop, nous laissons des copains à quai, on les retrouve plus au sud, des proferrants nous rejoignent, une paire de semaines nous accompagnent d'autres bateaux, des canoës s'accrochent derrière, nous sommes la Flotte furtive, nous filons sur notre ligne de fuite. Lorca me manque évidemment, mais Tishka me le redonne sans cesse, à sa façon, c'est magnifique comme elle l'a intégré et fusionné, son intelligence parfois me sidère, comme s'il remontait en elle, par moments, pour faire coucou et me dire qu'il est là.
Je me régale tellement de la voir vivre… Ça me suffit, sa présence me suffit, elle me remplit à ras bord. Tout me suffit de toute façon, ce que j'ai vécu ces deux ans m'a détruite, m'a massacrée puis reconstruite, retournée encore et encore, tout m'a été donné puis repris puis redonné puis repris, j'ai eu mon lot de morts, de résurrections, de morts-vivants qui refusent de vraiment mourir, je ne me projette plus, c'est fini ça, je ne cherche plus d'outre-monde, de futur-mieux, je ne fais plus de projets, de plans sur la comète parce que la comète, c'est devenu moi, c'est nous, ici.
Nous lancés dans notre *river movie* – avec notre sillage d'écume dans la voie lactée des fleuves, qui essayons d'approcher une furtivité que nous n'avions jamais atteinte dans nos vies – aucun de nous – même les plus vagabonds.

— On avait dit pas sous la coque, Tishka, tu triches !
— Elle a encore gagné ?
— Tu m'étonnes qu'elle gagne : elle se cache sous l'eau !

)Ti)shka a) un sourire mutin. Elle lève les bras en l'air en signe de victoire. Sur ses paumes palmées, de petites ventouses rondes se dissipent sous sa peau.
— Encore camoufle-moufle !
— Tish... Il n'y a que toi qui arrives à te fondre dans la couleur des murs...
— Agüero est pas mal non plus, dit Naïme, dont les cheveux trempés ont des allures d'algues. Allez, la dernière ! Après, on se prépare pour la fête !

Le 78 mars, Tishka m'a révélé qu'il existait des oiseaux d'un bleu si parfaitement mimétique du ciel que tu ne les vois pas voler. Elle m'a aussi dit que la lumière sur la mer, l'écume agitée, les rides du vent sur l'eau, les nuages, les dunes de sable qui chantent, la neige qui transforme – tout ça était des furtifs automorphes que les humains perçoivent comme une manifestation poétique, donc qui ne figent pas. Personnellement, je m'en doutais.

Le 84 mars, Malo et Nils ont sans comprendre hybridé leur adn avec une plante grasse. Mushin a fait muter l'iris de ses yeux. Paul s'est réveillé avec les lignes de sa main modifiées. Tous sont devenus anonymes aux tests adn, iridiens et palmaires.

Le 95 mars, Madame Cloud, la hack team secrète de Zilch, a lancé avec Fugit, Logique floue et les Anonymous le plus large piratage de smart city jamais tenté sur la ville belge d'AlphaBrux, gérée par Alphabet. Toute la flotte de taxiles et de camions autonomes a bouché les artères principales de la ville. Des immeubles entiers sont devenus « hantés » par une domotique folle. Blocage des volets roulants, frigos dégivrés, portes verrouillées, chauffage dépassant les 35 °C... ascenseurs fous. Les banques ont subi un hack de type Robin-Hood avec virements massifs des comptes fortunés vers les comptes débiteurs. Smart ? Who's smart ?

Au loin, on commence à deviner la mer. Nous avons passé le Javeau-Doux à midi, on y a déjeuné avec Kendang et les musiciens du gamelan avant de repartir. Ils ont encore accueilli des centaines de migrants depuis la dernière fois. Le sud de l'île a des allures de village africain désormais, avec un métissage subtil de cases et pavillons balinais.

La chaleur de l'après-midi laisse place à la fraîcheur. L'humidité remonte du fleuve. Ce soir, nous serons à Marseille, au quai d'Arenc, histoire de nous rappeler de bons souvenirs... Y constater de visu comment évolue la « earthline » le long du port. Comment la VAG se porte, si la mafia n'y pond pas déjà ses œufs, profitant de nos polices « vagues », justement. Là-bas, nous allons fêter notre entrée en Méditerranée. Célébrer la métamorphose des péniches pour pouvoir tenir la mer.

Avec quelques copains de la Traverse, nous préparons l'apéro sur le pont en nous jetant les sacs d'olives d'un bateau l'autre et en faisant voler les bouteilles. On a sorti les fauteuils en bois flotté, lourds comme des bûches, les poufs en sac de graines, une flopée de coussins de toutes les couleurs. J'agence au feeling des anses et des ellipses pour faciliter les circulations et aménager de petits espaces pour parler, danser, rire. Des moujiks montent une table dans leur canot accroché à notre poupe.

Aussi excités que les autres mômes (une dizaine), Toni et Agü continuent à jouer. Tishka est la seule hybride du lot. Pour l'instant. Elle vient se cacher derrière moi, en se coulant si bien contre mes jambes qu'il est impossible de la repérer. Sauf à sa petite odeur de poisson... Je lui parle en chuchotant :

— J'ai senti des fifs tout à l'heure bouger avec toi... Tes copines jouent aussi ?

— On joue à mâche-mâche... Cache-cache trop falice !

— Comment elles s'appellent tes copines ?

— Alentourne... y a Pluie-vitrée, Bleue-boue, l'Outrecaca, Rouge-qui-urge, Blanc-casse-pied... Et dans l'eau... euh... le Caradangle, Laloutre, Ragondingue, Jette-les-poufs, Rule-gîte, Mama Démeltigeuse, Chante-courbe, L'Happefilet, le Passe-dessous...

— Trouvée Tishka !

— Zlute ! Agü-gros-groin !

‘Ça ¸fleure ‘ déjà la menthe dans les mojitos. Envie de me vautrer dans les coussins et de kiffer. Mais faut que je prépare l'asado, vide la poiscaille... Je suis de cantine d'après la cocotte-matin des *Capitanes Chaos*. Toni se poile : lui, il a tiré « jouer jusqu'à plus soif ». En sautant sur *Garance*, j'ai manqué de riper à la flotte. Vasco m'a chopé d'un bras, quel colosse ! Y tan tranquilo !

— Putain, en jet-pack, ça le faisait mieux, non ?

Dans la cale, un petit groupe de Terrestres te démonte des caddies. Ils se bricolent des casiers pour la pêche aux crabes, quand on sera en mer.

— Il vous reste une ou deux grilles pour un barbeuque ?
— Prends celles-là... On arrive pas à les tordre !

Quand je reviens sur *Rocou*, des musicos hoppés à Arles, qui cobaturent avec nous jusqu'à Marseille, ont entamé un zouk-love pour poser l'ambiance. Varech vient de débarquer. Depuis le *Cosmondo*, sa gueule frôle chaque semaine un peu plus la roche. Ça lui donne un grain de statue, muy bello. Il dit qu'il vire au minéral et que ça lui plaît. Sa partie végétale recule, mais le lichen résiste bien sur la barbe. Toni et ses potes gavés de soleil, qui puent la liberté, nous ont rejoints aussi. Ils dragouillent Velvi et une bordée de filles de la Céleste qu'ont passé l'après-midi sous leurs parapentes, arrimés au bateau façon cerfs-volants. Leur éclate était de passer sous les ponts sans toucher !

Tout le monde s'affale en cercle à même les planches. Agüero tisonne le feu enkysté dans un petit cratère, protégé du vent par des briques. Le delta du Rhône s'évase encore. On aperçoit un tanker au loin. La Camargue à droite se tache de rose. L'odeur d'iode nous pique le nez. La mer est toute proche et l'excitation monte. Varech a déjà trop bu et fait son show :

— ... c'est comme si on avait transféré tout ce flux corporel métamorphe, bloqué chez nous, vers la synaptique. N'est profondément vif et changeant chez l'humain que notre réseau nerveux et neuronal, et ce qu'il produit : la langue oui, mais aussi l'imaginaire, la spéculation, la créativité...
— L'émotion...
— Oui, l'émotion aussi parce qu'elle révèle et libère un changement d'état...

— Alors ces furtifs nous suivraient parce qu'on est... parce qu'on dégage ensemble, sur ces péniches... plein d'émotions ?

Les moujiks, qui se sont agglutinés autour, sourient, amusés ou émus.

— C'est mignon... lâche Velvi en retournant les truites sur la grille.

Un jeune garçon aux allures de surfer ose timidement s'adresser au « maître » :

— Beaucoup de gens disent que la voix, nos voix, les attirent ? Je comprends pas pourquoi ?

Varech souffle, il en a parlé cinquante fois, il pourrait zapper mais il sait aussi qu'il est là, avec nous, pour ça : pour dire et redire encore, transmettre, partager. Que la furtivité est un monde inconnu encore pour tellement de gens, souvent incompris même chez les plus engagés des camarades. Alors il s'y colle :

— Peut-être parce que la voix est un pont entre le langage et le corps. Entre le sens et le son. C'est sur ce pont que les furtifs et les humains peuvent se rencontrer et échanger quelque chose. C'est en ce point de fusion que la synaptique humaine et la métamorphose des corps se touchent.

— Si je te suis, ce serait quand on discute qu'on est le plus proche d'un furtif...

— Discuter, ça reste très étrange... C'est sculpter de l'air ensemble, par la voix. C'est utiliser nos corps, le ventre, la trachée, notre bouche, pour fabriquer des objets sonores – qu'on s'échange et qui nous changent, en profondeur. Discuter, c'est comme accepter de se transformer, l'un par l'autre...

— Dismuter...

— Toi tu penses le passé Varech ! Moi je danse le futur ! *Throw the dice !*

¸Yala ! ⁊ Spinella est déjà bőurré ! Ça ʋ̃a être long, cette τeuf... Je lève la ʋ̃isière pour me calmer... Fire in the sky ! Les tőrchères ! Ça y est, on est à Fos, the cyberpunk ciτy ! On dirait un pas de tir avec des fusées. Un tanker à tête de mort ʋ̃ient nous escorter... C'est des Corsaires du Frioul, des pőτes ! Ils sauτent à l'abőrdage en balançant leurs cordes. Crunch :

— Alors vous allez faire quoi dans les semaines qui viennent ? Vous lâchez la France, c'est ça ?

— Ben, on va d'abord transformer le bateau pour qu'il tienne la mer. On va mettre des longerons et des serres, monter trois mâts pour les voiles, refaçonner la quille... Ensuite on verra ! On veut rejoindre vos îles corsaires, sur la Méditerranée... aller voir ce qui se crée sur les amas artificiels, les cargos-cités. Dire coucou aux camarades du cap Corse...

Les mecs ont reconnu Sahar. C'est une mégasτar partout en ʋ̃rai, chez les zigzags. Dès qu'elle ouʋ̃re la bőuche, t'as l'impression qu'un DJ descend les pőτards pour elle. Listen :

— Nous commençons à avoir un petit vécu, on va dire, de la furtivité... Un début de connaissance. Nous allons essayer de l'essaimer ailleurs. Faire de l'éducation populaire, apprendre tout doucement à s'hybrider au vivant, à partager nos pratiques, nos recherches...

— Moi, juste apprendre à apprendre des autres, déjà… je trouverais ça pas mal…

— Nous allons aussi tout connement amener de la joie là où on pourra. Là où c'est pas la joie, justement… Si on peut aider l'*Aquarius*, notamment, à sauver des gens qui se noient à cause de notre indifférence obscène, ce serait déjà très bien. — Les fugitifs, c'est pas des furtifs, faut pas confondre ! clashe un pirate sous speed.

Le gars a écarτé le cercle et veut se plugger la sτar en liʋe, ça sent ça.

— Si tout se passe bien, on pourra les rapatrier sur des îles corsaires où ils pourront trouver leur place.

— Et tu penses sauver le monde comme ça, princesse ? Vous mesurez la merde dans laquelle on est ? ! Tous ?

)To)ni s'électrise.) Un instant, je crois qu'il va passer le pirate par-dessus bord. Varech sourit en dodelinant de la tête. Agüero me fait un clin d'œil et se rapproche du type, au cas où ça partirait en sucette. Sahar le regarde longuement dans les yeux. Dans le vent, il y a une odeur d'iode et de pétrole, mêlés.

— Si mon amoureux Lorca avait encore une bouche à lui… il te répondrait sûrement quelque chose comme ça : dans l'océan de merde dans lequel on patauge, pour parler comme toi, dans cet océan du capital, tous les continents lui appartiennent. La seule chose qu'on peut faire, pour l'instant, c'est, peut-être, d'aller fracturer la croûte terrestre, là où c'est un peu fragile, un peu ouvert, et tirer avec nos bras dans la fissure pour faire sortir du magma en douce… Disons provoquer ou accompagner des éruptions. Et quand un volcan, par miracle, pousse assez haut pour émerger à la surface, qu'un îlot se forme, vite nager pour s'y installer… et y faire pousser ce qu'on pourra…

Le pirate cherche quoi répondre, une vanne, trouve pas. Alors il retape dans sa boutanche de rhum puis lance :

— Des ZAG, des Zoùaves, c'est ça votre truc ?
— Oui, un système où tu n'es plus valorisé pour ce que tu accapares, mais pour ce que tu donnes…
— Ouuuaais… Vous prônez l'insurrection quoi ! Comme tous les merdeux !
— Je ne sais pas… Il me semble que l'enjeu est moins l'insurrection en tant que telle que la surrection. Au sens géologique. Ériger. *Faire terre.*
— Faire taire le capital !
— Si tu veux…

Sahar se lève, elle ne veut plus cristalliser l'attention. Ou elle a envie, comme moi, de danser et de faire la fête. La discussion continue sans le troll, entre terrestres et zoùaves, avec le Cryphe en appui :

— Une île bien sûr, c'est pas grand-chose. Une ZAG de trois cents personnes, on peut en rigoler. Mais deux îles, quatre, dix îles, ça commence à faire un archipel ! Et plusieurs archipels, reliés et complices, ça peut faire un pays, comme la Grèce. Et à force de faire terre, peut-être qu'on finira un jour par faire continent…
— Je ne sais même pas si c'est souhaitable, tu sais ! *Small is beautiful !* Si tu restes à taille humaine,

ça permet une démocratie directe. Moins de deux mille, c'est la dimension d'une commune rurale. Si tu multiplies un peu partout ces communes, avec chacune bricolant ses modèles politiques, ancrés dans le local, articulés au vivant, ce sera au final plus viable que de vouloir imposer un contre-modèle unique !

— C'est la polyphonie des pratiques qui peut garantir une liberté. Enfin, il me semble...

— Moi je crois qu'il faut sortir de la hourrah-révolution surtout ! 1/g ! 1/g ! OK ! On destitue tout, OK ! Mais aucun être vivant, même les furtifs, ne tient sans structure, sans mémoire. La vitalité ne s'oppose pas à la structure. Elle en dépend, même, le plus souvent, si elle veut s'exprimer. Il faut créer des dispositifs et ne plus avoir peur des institutions en soi, si elles restent fluides.

— Au moins des éthiques qui cadrent. Des horizons de comportements positifs, bienveillants...

Sur le pont de *L'Alizarine*, la fête bat son plein. La Chaosmose de Toni & friends stoppe et relance la musique, sans cesse, pour casser nos codes de danse. « *Dégonde !!* » ils gueulent. Ils sont casse-couilles, alors on se trémousse dans le silence comme des foutraques et quand ça redémarre, on pogote pour les dégager du pont. Après une heure de zouk-punk, un groupe plus soft prend la relève et envoie du slow. Pas mon truc.

Alors je prends Agü par la main et on saute de barge en barge pour en trouver une presque vide. Le gars qui la pilote est un Corsaire aussi. Il amène des oranges au marché de la Plaine. Avec un gramme de rhum dans les veines,

Agüero tourne romantique. Ou alors c'est le tango qu'on entend maintenant monter de la péniche et se diluer dans les vagues ?

— C'est quoi ton rêve, mon amour ? Ton rêve à toi ? Ton rêve ultime ?

— Moi ? Tu le sais, non ?

— Pas vraiment.

— Ce serait… de créer un frisson ! D'en sortir un, un petit, un jour, un soir… de mon olifant. Qu'il soit si beau, si plein de vie, qu'il tienne tout seul dans l'air… et jamais ne se dissolve.

— Tu veux créer un furtif, en vrai ?

— Oui…

— C'est déjà un peu ce que tu fais, non ? il me dit, en m'effleurant le ventre.

´La ‚baie ´de Marseille s'élargit à mesure devant nous. Nous dépassons la ligne du Frioul, ſrôlons à présent l'Estaque et remontons le port industriel… Varech est venu s'accouder au bastingage, à côté de moi. Il est complètement éméché, il grommelle, il me sourit. Il dit :

— *« Phusis kruptesthai philaï. »*

— Hum… C'est du grec ça, seigneur Varech… *« Nature aime à se cacher… »*

— Brrrouuais… C'est un de ces foutus fragments d'Héraclite… Je me bats avec lui depuis des semaines…

— Et… qui gagne ?

Tishka vient se blottir dans ma jupe, ſugitivement… Comme si elle avait entendu Héraclite… Varech nous regarde, émerveillé, un long instant, et s'enſuit vers la ſête.

Nous longeons maintenant la digue du Large. Tishka monte sur une caisse et pose quelques bougies, tremblantes au vent, qu'elle sort de je ne sais où. Elle se met à marmotter toute seule, comme elle le ſait souvent quand elle joue.

·⁾ Parſoıs, quand ȷ'ai la trıstesse, ȷe ȷoue à ce que papa vit vraıment et qu'on parle nous deux. Ça ſaıt la pleure à maman mais moi ȷ'aime, ça bien me ſaıt dans nos cœurs trois...

— Tu te souviens ce soir-là ? Quand on a repris Marseille, Tishka ? Arrivés le phare, on était plètement trempés par les vagues ! Ben un ferry est passé devant soi juste à ce moment et il a fait sa corne sonner de brume ! T'as sursauté mon chaton !

— Oui, oui, papa, je me souviens !

— Alors l'orchestre est redevenu l'orchastre de la Grande Ourse, celui qui fait vibrer les étoiles, juste avec des cuivres !

— La Grande Ourse, c'est maman, hein ?

— Oui.

... ȷe sais trop pas sı tu vivrais longtemps. ·⁾ ȷe sais pas si nous vivèrent demaın. ȷe sais ça : qu'ici on vıte. Là. Maintenante. Tous autant que nous êtes.

Hein papka ? Mon nom plus tard seront Tishca Varesh. Mon nom s'écrıra Saharshavin. Mon nom aurait été Tonèrstoſol, Saskima, Kendagüero, Velvasco, Zilchka parſois, ȷette-les-pouſs... Tu, on, ielle ? Eȷ ?

— Et moi, je m'appelle comment papa ? En vrai ?

— Toi ? On sait plus eux. Moi je t'appelle ma cosmôme.

Tishka m'a regardée en coin au moment où l'on dépassait le phare Sainte-Marie, au bout de la digue du Large. Je l'ai vue graver un mot en hâte sous le couvercle de la caisse et la refermer doucement. « Tu le peux lire, sais-tu », elle m'a lancé. Alors j'ai soulevé la caisse en prenant une petite bougie et j'ai lu :

skymweg

L'une des cinq mille anagrammes du mot swykemg. Ce mot qui peut cacher et déplier la totalité des lettres de la langue furtive. Ce mot qui veut dire « cosmos » ou « monde » ou « l'être », ou la *phusis*, ou je ne sais quoi... Qui veut dire le tout. Tout ce qui vit.
Tishka s'est jetée dans mes bras, je ne sais pas si elle pleuvait, mais il y avait des gouttes d'ambre qui me glissaient sur les joues.

J'ai tourné ma tête vers la Méditerranée, les Goudes, les calanques...

Au-delà.

Le 106 bars, le millième doudou vivant a été certifié par l'office informel des enfants crédibles.

À la mémoire de Marilou,

qui s'est envolée un jour de soleil,

au-dessus des arènes de Nîmes

et qui n'a pas voulu retomber.

Ce roman, tu l'as vu naître,

et maintenant tu y habites

et tu y bouges, en furtive,

à la lisière de nos oublis.

Dans un angle vif, parfois,

je te vois encore :

tu luis.

DU MÊME AUTEUR

Aux Éditions la Volte

AUCUN SOUVENIR ASSEZ SOLIDE (Folio Science-Fiction n°474)

LA HORDE DU CONTREVENT (Folio Science-Fiction n°271

LA ZONE DU DEHORS (Folio Science-Fiction n°350)

LE DEHORS DE TOUTE CHOSE

LES FURTIFS (Folio Science-Fiction n°674)

« Sam va mieux », nouvelle dans LE JARDIN SCHIZOLOGIQUE : NOUVELLES APPARUES DANS LE MIROIR

« Le Chamois des Alpes bondit », nouvelle dans FAITES DEMI-TOUR DÈS QUE POSSIBLE : TERRITOIRES DE L'IMAGINAIRE

« Serf-made-man ? Ou la créativité discutable de Nolan Peskine », nouvelle dans AU BAL DES ACTIFS, DEMAIN LE TRAVAIL

Aux Éditions Gallimard

SO PHARE AWAY et autres nouvelles (Folio 2€ n°5897)

Chez d'autres éditeurs

EL LEVIR. Nouvelle graphique, APDRAMA-Organic

MONDIALE TM. Illustrations de Beb-Deum, Les Impressions nouvelles

« Définitivement », nouvelle dans APPEL D'AIR, Éditions ActuSF

« Disparitions », nouvelle dans APPEL D'AIR, Éditions ActuSF

« Étranger, ici on aime les étrangers », nouvelle dans DÉCAMPER : DE LAMPEDUSA À CALAIS, La Découverte

« Hyphe... ? », nouvelle dans ÉLOGE DES MAUVAISES HERBES : CE QUE NOUS DEVONS À LA ZAD, Les Liens qui libèrent

« Trois nuances de jaune », nouvelle dans GILETS JAUNES : POUR UN NOUVEL HORIZON SOCIAL, Au Diable Vauvert

Dans la même collection

474.	Alain Damasio	*Aucun souvenir assez solide*
475.	Laurent Genefort	*Les opéras de l'espace*
476.	Roger Zelazny	*Dilvish le Damné*
477.	Thomas Day	*Dæmone*
478.	Philip K. Dick	*Ne pas se fier à la couverture*
479.	Léo Henry	*Le casse du continuum* (INÉDIT)
480.	Frank M. Robinson	*Destination ténèbres*
481.	Joël Houssin	*Le Temps du Twist*
482.	Jean-Marc Ligny	*La mort peut danser*
483.	George R. R. Martin	*Armageddon Rag*
484.	Lewis Shiner	*Fugues*
485.	Collectif	*Alternative Rock*
486.	Arnaud Duval	*Les Pousse-pierres*
487.	Christian Léourier	*Le cycle de Lanmeur*, I
488.	Lisa Tuttle	*Ainsi naissent les fantômes*
489.	Pablo de Santis	*La soif primordiale*
490.	Norbert Merjagnan	*Treis, altitude zéro*
491.	Robert Charles Wilson	*Julian*
492.	Patrick Ness	*La voix du Couteau* (Le Chaos en marche, I)
493.	Patrick Ness	*Le Cercle et la Flèche* (Le Chaos en marche, II)
494.	Patrick Ness	*La guerre du Bruit* (Le Chaos en marche, III)
495.	S.G. Browne	*Comment j'ai cuisiné mon père, ma mère... et retrouvé l'amour*
496.	Glen Duncan	*Le dernier loup-garou*
497.	Christian Léourier	*Le cycle de Lanmeur*, II
498.	Mira Grant	*Feed* (Feed, I)
499.	Richard Matheson	*Par-delà la légende*
500.	Dan Simmons	*L'échiquier du mal*

501. Mira Grant — *Deadline* (Feed, II)
502. Robert Holdstock — *Avilion*
503. Graham Joyce — *Lignes de vie*
504. Mira Grant — *Red Flag* (Feed, III)
505. Jean-Philippe Jaworski — *Même pas mort* (Rois du monde, I)
506. Arkadi et Boris Strougatski — *Il est difficile d'être un dieu*
507. Laurent Genefort — *Omale*, 1
508. Laurent Genefort — *Omale*, 2
509. Laurent Whale — *Les étoiles s'en balancent*
510. Robert Charles Wilson — *Vortex*
511. Anna Starobinets — *Je suis la reine*
512. Roland C. Wagner — *Rêves de Gloire*
513. Roland C. Wagner — *Le train de la réalité*
514. Jean-Philippe Depotte — *Le chemin des dieux*
515. Ian McDonald — *La maison des derviches*
516. Jean-Michel Truong — *Reproduction interdite*
517. Serge Brussolo — *Anges de fer, paradis d'acier* (INÉDIT)
518. Christian Léourier — *Le Cycle de Lanmeur*, III
519. Bernard Simonay — *Le secret interdit*
520. Jean-Philippe Jaworski — *Récits du Vieux Royaume*
521. Roger Zelazny — *Les princes d'Ambre* (Cycle 1)
522. Christopher Priest — *Les insulaires*
523. Jane Rogers — *Le testament de Jessie Lamb*
524. Jack Womack — *Journal de nuit*
525. Ray Bradbury — *L'Arbre d'Halloween*
526. Jean-Marc Ligny — *Aqua™*
527. Bernard Simonay — *Le prince déchu* (Les enfants de l'Atlantide, I)
528. Isaac Asimov — *Fondation 1*
529. Isaac Asimov — *Fondation 2*

530. J. G. Ballard	*La forêt de cristal*
531. Glen Duncan	*Talulla*
532. Graham Joyce	*Les limites de l'enchantement*
533. Mary Shelley	*Frankenstein*
534. Isaac Asimov	*Les vents du changement*
535. Joël Houssin	*Argentine*
536. Martin Millar	*Les petites fées de New York*
537. Mélanie Fazi	*Le jardin des silences*
538. Graham Joyce	*Au cœur du silence*
539. Bernard Simonay	*L'Archipel du Soleil* (Les enfants de l'Atlantide, II)
540. Christopher Priest	*Notre île sombre*
541. Bernard Simonay	*Le crépuscule des Géants* (Les enfants de l'Atlantide, III)
542. Jack Vance	*Le dernier château*
543. Hervé Jubert	*Magies secrètes* (Une enquête de Georges Hercule Bélisaire Beauregard)
544. Hervé Jubert	*Le tournoi des ombres* (Une enquête de Georges Hercule Bélisaire Beauregard)
545. Hervé Jubert	*La nuit des égrégores* (Une enquête de Georges Hercule Bélisaire Beauregard, INÉDIT)
546. L. L. Kloetzer	*Anamnèse de Lady Star*
547. Paul Carta	*La quête du prince boiteux* (Chroniques d'au-delà du Seuil, I)
548. Bernard Simonay	*La Terre des Morts* (Les enfants de l'Atlantide, IV)
549. Jo Walton	*Morwenna*

550. Paul Carta — *Le Siège des dieux* (Chroniques d'au-delà du Seuil, II)
551. Arnaud Duval — *Les ombres de Torino*
552. Robert Charles Wilson — *La trilogie Spin*
553. Isaac Asimov — *Période d'essai*
554. Thomas Day — *Sept secondes pour devenir un aigle*
555. Glen Duncan — *Rites de sang*
556. Robert Charles Wilson — *Les derniers jours du paradis*
557. Laurent Genefort — *Les vaisseaux d'Omale*
558. Jean-Marc Ligny — *Exodes*
559. Ian McDonald — *La petite déesse*
560. Roger Zelazny — *Les princes d'Ambre* (Cycle 2)
561. Jean-Luc Bizien — *Vent rouge* (Katana, I)
562. Jean-Luc Bizien — *Dragon noir* (Katana, II)
563. Isaac Asimov — *Cher Jupiter*
564. Estelle Faye — *Thya* (La voie des Oracles, I)
565. Laurent Whale — *Les damnés de l'asphalte*
566. Serge Brussolo — *Les Geôliers* (INÉDIT)
567. Estelle Faye — *Enoch* (La voie des Oracles, II)
568. Marie Pavlenko — *La Fille-Sortilège*
569. Léo Henry — *La Panse* (INÉDIT)
570. Graham Joyce — *Comme un conte*
571. Pierre Pevel — *Les enchantements d'Ambremer* (Le Paris des Merveilles, I)
572. Jo Walton — *Le cercle de Farthing*
573. Isaac Asimov — *Quand les ténèbres viendront*

574. Grégoire Courtois	*Suréquipée*
575. Pierre Pevel	*L'Élixir d'oubli* (Le Paris des Merveilles, II)
576. Fabien Cerutti	*L'ombre du pouvoir* (Le Bâtard de Kosigan, I)
577. Lionel Davoust	*Port d'âmes*
578. Pierre Pevel	*Le Royaume Immobile* (Le Paris des Merveilles, III)
579. Jean-Pierre Boudine	*Le paradoxe de Fermi*
580. Fabrice Colin	*Big Fan*
581. Fabien Cerutti	*Le fou prend le roi* (Le Bâtard de Kosigan, II)
582. Jo Walton	*Hamlet au paradis*
583. Robert Charles Wilson	*Les Perséides*
584. Charles Yu	*Guide de survie pour le voyageur du temps amateur*
585. Estelle Faye	*Un éclat de givre*
586. Ken Liu	*La ménagerie de papier*
587. Chuck Palahniuk et Cameron Stewart	*Fight Club 2*
588. Laurence Suhner	*Vestiges* (QuanTika, I)
589. Jack Finney	*Le voyage de Simon Morley*
590. Christopher Priest	*L'adjacent*
591. Franck Ferric	*Trois oboles pour Charon*
592. Jean-Philippe Jaworski	*Chasse royale – De meute à mort* (Rois du monde, II-1)
593. Romain Delplancq	*L'appel des illustres* (Le sang des princes, I)
594. Laurence Suhner	*L'ouvreur des chemins* (QuanTika, II)
595. Estelle Faye	*Aylus* (La voie des Oracles, III)
596. Jo Walton	*Une demi-couronne*

597. Robert Charles Wilson — *Les affinités*
598. Laurent Kloetzer — *Vostok*
599. Erik L'Homme — *Phaenomen*
600. Laurence Suhner — *Origines* (QuanTika, III)
601. Len Deighton — *SS-GB*
602. Karoline Georges — *Sous-béton*
603. Martin Millar — *La déesse des marguerites et des boutons d'or*
604. Marta Randall — *L'épée de l'hiver*
605. Jacques Abeille — *Les jardins statuaires*
606. Jacques Abeille — *Le veilleur du jour*
607. Philip K. Dick — *SIVA*
608. Jacques Barbéri — *Mondocane*
609. Romain d'Huissier — *Les Quatre-vingt-un Frères* (Chroniques de l'Étrange, I)
610. David Walton — *Superposition*
611. Christopher Priest — *L'inclinaison*
612. Jacques Abeille — *Un homme plein de misère*
613. Romain Lucazeau — *Latium I*
614. Romain Lucazeau — *Latium II*
615. Laurent Genefort — *Étoiles sans issue*
616. Laurent Genefort — *Les peaux-épaisses*
617. Loïc Henry — *Les océans stellaires*
618. Romain d'Huissier — *La résurrection du dragon* (Chroniques de l'Étrange, II)
619. Romain Delplancq — *L'Éveil des Réprouvés* (Le sang des princes, II)
620. Jean-Philippe Jaworski — *Chasse Royale – Les grands arrières* (Rois du monde, II-2)
621. Robert Charles Wilson — *La cité du futur*
622. Jacques Abeille — *Les voyages du fils*
623. Iain M. Banks — *Effroyabl Angel*
624. Louisa Hall — *Rêves de Machines*

625.	Jean-Pierre Ohl	*Redrum*
626.	Fabien Cerutti	*Le Marteau des Sorcières* (Le Bâtard de Kosigan, III)
627.	Elan Mastai	*Tous nos contretemps*
628.	Michael Roch	*Moi, Peter Pan*
629.	Laurent Genefort	*Ce qui relie* (Spire, I)
630.	Rafael Pinedo	*Plop*
631.	Jo Walton	*Mes vrais enfants*
632.	Raphaël Eymery	*Pornarina*
633.	Scott Hawkins	*La Bibliothèque de Mount Char*
634.	Grégory Da Rosa	*Sénéchal*
635.	Jonathan Carroll	*Os de Lune*
636.	Laurent Genefort	*Le sang des immortels*
637.	Estelle Faye	*Les Seigneurs de Bohen*
638.	Laurent Genefort	*Ce qui divise* (Spire, II)
639.	Ian McDonald	*Luna – Nouvelle Lune* (Luna, I)
640.	Lucie Pierrat-Pajot	*Les Mystères de Larispem, I* (Le sang jamais n'oublie)
641.	Adrian Tchaikovsky	*Dans la toile du temps*
642.	Karin Tidbek	*Amatka*
643.	Jo Walton	*Les griffes et les crocs*
644.	Grégory Da Rosa	*Sénéchal II*
645.	Saaf Z. Hossain	*Bagdad, la grande évasion !*
646.	Al Robertson	*Station : La chute*
647.	Pter Cawdron	*Rétrograde*
648.	Fabien Cerutti	*Le Testament d'involution*
649.	Yoon Ha Lee	*Le gambit du Renard*
650.	Sabrina Calvo	*Toxoplasma*
651.	Karoline Georges	*De synthèse*
652.	George R. R. Martin / Lisa Tuttle	*Elle qui chevauche les tempêtes*
653.	Katherine Arden	*L'Ours et le Rossignol*
654.	Laurent Genefort	*Ce qui révèle*
655.	Léo Henry	*Thecel*

CET OUVRAGE A ÉTÉ COMPOSÉ AVEC LES CARACTÈRES :

« Avara » de Raphaël Bastide, Wei Huang, Lucas Le Bihan,
Walid Bouchouchi et Jérémy Landes (Velvetyne type foundry),

« CirrusCumulus » de Clara Sambot (Velvetyne type foundry),

« Compagnon » de Juliette Duhé, Léa Pradine, Valentin Papon,
Chloé Lozano et Sébastien Riollier (Velvetyne type foundry),

« DIN Condensed » de Manven Shmavonyan
et Tagir Safayev (Paratype/Adobe),

« Format 1452 » de Frank Adebiaye et Anton Moglia
(Velvetyne type foundry),

« Garamond Premier Pro » de Robert Slimbach (Adobe Originals),

« Nickainley » de Seniors studio (Fontfabric),

« Open Sans » de Steve Matteson,

« Phenomena » de Radomir Tinkov et Plamen Motev (Fontfabric),

« Rotis » de Otl Aicher (Adobe),

« Savate » de Wech (Velvetyne type foundry),

« Sporting Grotesque » de Lucas Le Bihan, George Triantafyllakos
et Maciej Połczynski (Velvetyne type foundry),

« TheMix » de Luc(as) de Groot (Lucasfonts),

« VG5000 » (Velvetyne type foundry),

« Vision » de Daniel Iglesias (Fontfabric).

Mise en page Esther Szac
Impression Novoprint
à Barcelone, le 4 janvier 2021
Dépôt légal : janvier 2021

ISBN 978-2-07-284792-9. / Imprimé en Espagne.

350824